国家社会科学基金西部项目（批准号 13XZW022）

文化生态视域下的
甘肃民间故事研究

徐凤　著

蘭州大學出版社
LANZHOU UNIVERSITY PRESS

图书在版编目（CIP）数据

文化生态视域下的甘肃民间故事研究 / 徐凤著. -- 兰州 : 兰州大学出版社, 2020.12
ISBN 978-7-311-05815-9

Ⅰ. ①文… Ⅱ. ①徐… Ⅲ. ①民间故事—文学研究—甘肃 Ⅳ. ①I207.73

中国版本图书馆CIP数据核字(2020)第187589号

策划编辑 宋 婷
责任编辑 刘爱华 宋 婷
封面设计 大有工作室

书 名 文化生态视域下的甘肃民间故事研究
作 者 徐 凤 著
出版发行 兰州大学出版社 (地址:兰州市天水南路222号 730000)
电 话 0931-8912613(总编办公室) 0931-8617156(营销中心)
0931-8914298(读者服务部)
网 址 http://press.lzu.edu.cn
电子信箱 press@lzu.edu.cn
印 刷 西安日报社印务中心
开 本 710 mm×1020 mm 1/16
印 张 22.25
字 数 376千
版 次 2020年12月第1版
印 次 2020年12月第1次印刷
书 号 ISBN 978-7-311-05815-9
定 价 56.00元

目 录

绪　论

民间文学是口传文学，传统的文学研究一直以文字文本为中心。自20世纪80年代后期以来，随着言情小说、家族小说、侦探小说、民族志小说、科幻小说、新武侠小说、新写实小说、纪实文学、报告小说、电视剧文学、广告文学、摄影小说、网络文学，乃至手机文学的出现，学者们渐渐把研究视野从文字文本拓展到了文字文本之外，出现了所谓的“文学和文学观念的泛文化化”①。针对这一问题，中国文艺学界于21世纪伊始，展开了一场比较持久的有关文艺学边界问题的讨论，一些学者认为文学观念的泛化导致了文学研究的过宽、过泛，远离了传统的纯文学研究，进而呼吁文学研究回归经典。那么，文学研究到底能不能超越文本，涉足文本之外的领域呢？

2005年，曲阜师范大学李钧副教授认为，意识形态化的研究使现代中国文学史研究陷入了一种“瓶颈”状态，要突破这一困境，就要以文化生态学为指导重写文学史②。2008年，中山大学高小康教授在《文学评论》上发表《非文本诗学：文学的文化生态视野》一文说：“传统的文学研究以文本为中心的观念忽略了文学存在和发展的实际过程，遮蔽了许多活生生的文学经验；文学研究的发展和创新需要超越文本中心的局限，建设从文化生态的视野审视和研究文学的‘非文本诗学’。”③2009年2月14—16日，“文化生态与中国文学演变发展”学术研讨会在华南师范大学举行，与会的近百名专家学者就“文化生态与古代文学的演变”“文化生态与中国文学的现代嬗变”“语言变革

① 姚朝文：《文学观念泛文化化与立场迁移》，《文艺理论与批评》2006年第4期。

② 李钧：《文化生态学：现代中国文学史研究的新理路》，《枣庄学院学报》2005年第1期。

③ 高小康：《非文本诗学：文学的文化生态视野》，《文学评论》2008年第6期。

与中国文学的转型、发展”“中国新文化传统与学术思潮”等论题展开了热烈而深入的讨论，毫无疑问，这些讨论给了文学研究以新的启示和新的视野，学界也相继出现了《新闻文本与文化生态——媒介话语的框架性解读》（孙发友，人民出版社，2009年）、《生态批评视域下的中国现当代文学》（王喜绒等，中国社会科学出版社，2009年）、《新世纪文学现象与文化生态环境研究》（吴秀明等，浙江工商大学出版社，2010年）、《中国古代散文思想史：文化生态与中国古代散文思想的嬗变》（马茂军等，人民出版社，2011年）、《文化生态与中国古代文学论丛》（戴伟华，人民出版社，2011年）、《文化生态与中国文学研究》（戴伟华，《华南师范大学学报（社会科学版）》2011年第2期）、《1930年代的文化生态与文学理论形态》（张清民，《汉语言文学研究》2011年第3期）、《人与自然：中国当代少数民族作家生态文学创作研究》（王静，中国社会科学出版社，2011年）、《文化生态与中国文学批评的现代转型》（庄桂成，《江汉大学学报（人文科学版）》2011年第2期）、《文化生态与20世纪中国文学理论批评的发展演变》（柯汉琳等，中国社会科学出版社，2012年）、《空间、媒介和上海叙事》（蔡翔、董丽敏，上海大学出版社，2013年）、《“人与事”中的文学社群：现代中国文学社团和作家群体文化生态研究》（杨洪承，人民出版社，2014年）等研究成果，但是从总体来看，从文化生态视角研究中国文学，尤其是从文化生态视角研究中国民间文学的思路还有待进一步拓展。

本书拟从文化生态这个新视角来研究甘肃民间故事，旨在寻求一种新的民间文学研究路径，以拓宽中国民间文学的研究视野。

一、“文化生态”概念的提出及其基本内涵

“文化生态”是文化生态学的一个衍生概念，最早由美国人类学家朱利安·斯图尔德（Julian Hayues Steward）于1955年在《文化变迁的理论》[①]一书中提出，1999年我国学者黄育馥率先将这一理论介绍到国内。

（一）“文化生态”概念的提出

斯图尔德的学术思想来源于美国人类学家弗朗兹·博厄斯（Franz Boas）的文化相对主义和莱斯利·怀特（Leslie White）的新进化论思想。博厄斯认

① 书名英文全称是“Theory of Culture Change: The Methodology of Multilinear Evolution”，1984年由台湾学者张恭启翻译为中文，书名译为《文化变迁的理论》，作者译为朱利安·史徒华。

为，任何一个民族或者部落都有自己的社会观、世界观、道德观、价值观和思维方式，加之文化的范围本来就非常宽泛，所以任何人都不应该用自己的一套标准来衡量其他民族或部落的文化，更不能以一个放诸四海而皆准的绝对标准来衡量它。怀特认为文化是不断创新的，且文化的创新不以个人的心理为动力，而以人的主观能动性为动力。在博厄斯和怀特的影响下，斯图尔德在研究美国西部印第安部落——派尤特人、肖肖尼人的民族志时，发现自然环境、地理状况与文化和社会结构之间存在着一定的能动关系，就把用于研究生物有机体与其环境之间相互关系的生态学引入了人类学研究，进而提出了生态适应决定论和多线演化论。为了方便研究，他创用"文化生态"[①]一词来区分生物生态、人文生态和社会生态，并创立了一套文化生态研究方法，此方法主要用于研究生态环境、生命有机体与文化要素三者之间的关系。在斯图尔德看来，文化与其生态环境密不可分，它们之间相互关联又相互作用，共同构成了一个复杂的文化生命体系，这个生命体系中有许多文化因素，其中人是诸多文化因素中最活跃、最主动的因素。他特别强调文化与其生态之间的作用和关系，认为相似的生态环境产生相似的文化形态，相异的生态环境造就相异的文化形态，世上没有完全相同的两种文化形态。由此可见，斯图尔德的文化生态学将人类文化置于生态环境的多维空间中给予了多层次、多角度的立体考察，不仅给人类学研究开辟了一条新路径，还赋予了生态环境应有的人类文化地位，因此《文化变迁的理论》被学界普遍看作文化生态学正式诞生的标志。

20世纪60年代末，在斯图尔德的影响下，三部重要的文化生态学著作《献给祖先的猪》（R.拉帕波特，1968）、《尼日利亚的山地农民》（R.内廷，1968）和《北方平原居民》（J.贝内特，1969）问世，它们进一步拓展和深化了斯图尔德的文化生态学研究。70年代，哈里斯提出"文化唯物论"，认为社会下层建筑研究应该优先于基础建筑和上层建筑研究，其中上层建筑由娱乐、美学的产品及服务构成，下层建筑由生产模式、人口结构以及宗教仪式构成，基础建筑主要指家庭经济和政治经济，"文化唯物论"使文化生态学研究向更多、更深层次发展。20世纪80年代，文化生态学已基本成熟，其影响也相应扩大，世界上许多人类学家都参与了这一研究。这一时期的文化生态学基本

---

①［美］朱利安·史徒华：《文化变迁的理论》，张恭启译，台湾：台湾远流出版事业股份有限公司，1989年，第37页。

成熟的标志主要集中在四个方面：（1）系统论被纳入文化生态学，并成为这一学科的基础；（2）由环境单向决定文化研究转向了环境与文化的双向互动影响研究；（3）文化生态环境的内涵拓宽，信息环境、人化环境也被视作文化生态环境纳入其中；（4）文化生态学研究从美国走向全球，被国际学人引入多个研究领域，不仅做了具有学科特色的阐释，还出现了多学科交叉研究。

（二）国内学者对“文化生态”的重释

1999年，黄育馥在《国外社会科学》第6期上发表论文《20世纪兴起的跨学科研究领域——文化生态学》，这是我国学者第一次向中国学界介绍文化生态学。在该篇论文中，黄育馥比较详细地介绍了斯图尔德提出文化生态学概念和用它来研究文化变迁的过程和原因。在随后的十几年里，国内许多学者都把自己的注意力投向了文化生态学，有的深入探讨文化生态学的基础理论，有的用它来研究具体问题，使该领域的研究呈现出一片勃勃生机，其中最多的则是对“文化生态”概念的重释，其观点主要有：

1.文化生态是一个有生命机能的文化生态系统

持此观点的学者有徐建[①]、韩振丽[②]、王金柱[③]、孙兆刚[④]、柴毅龙[⑤]、方李莉[⑥]、王长乐[⑦]等。他们认为这是一个相当复杂的文化生态系统，由诸多文化要素构成，这些文化要素之间相互关联、相互作用，使这个文化生态系统在不同时期、不同地域、不同民族里呈现出不同的状态。比较而言，持此观点的学者最多，也得到了学界的普遍认可，但是文化生态系统到底包含了哪些文化要素，它们之间如何关联、如何影响，各自有着怎样的生命机能，他们都没有解释清楚。

---

① 徐建：《当代中国文化生态研究——基于文化哲学的视角》，华东师范大学博士学位论文，2008年。

② 韩振丽：《文化生态的哲学探析》，新疆大学硕士学位论文，2008年。

③ 王金柱：《非物质文化遗产与文化生态建设》，《内蒙古师范大学学报》（哲学社会科学版）2007年第1期。

④ 孙兆刚：《论文化生态系统》，《系统辩证学学报》2003年第3期。

⑤ 柴毅龙：《生态文化与文化生态》，《昆明师范高等专科学校学报》2003年第2期。

⑥ 方李莉：《文化生态失衡问题的提出》，《北京大学学报》2001年第3期。

⑦ 王长乐：《论“文化生态”》，《哈尔滨师专学报》1999年第1期。

2. 文化生态是一个由诸多文化要素构成的文化系统

持该观点的有张晧[①]、王玉德[②]、邓先瑞[③]等学者。乍一看，该观点似乎与前一观点没有什么区别，但实际上它们之间有比较大的不同：该观点只看到了文化生态的复杂性，即文化生态由诸多文化要素构成，却忽略了文化要素之间的关联性和它们各自的能动性，把文化生态看成了一个由诸多文化要素构成的静态组合体。

3. 文化生态是诸文化要素相互作用的状态和方式

学者戴伟华[④]、李学江[⑤]、孙卫卫[⑥]、管宁[⑦]等持此观点。这一观点既看到了文化生态的复杂性，又看到了文化要素之间的关联性，但是忽视了文化生态的系统性及文化要素的能动性，把文化生态看成了文化要素之间相互作用的状态和方式，研究的重点有所偏移。

4. 文化生态是文化形态与诸文化要素之间的关系

持此观点的学者是高小康[⑧]，显然该观点不仅偏移了研究的重点，而且混淆了概念，文化形态并非文化要素。

5. 文化生态是生态文明

即一种理想的、和谐的文化状态，持此观点的是熊春林[⑨]等人。很明显，这一观点混淆了文化生态和生态文化两个概念。

（三）文化生态的基本内涵

根据以上学者对文化生态的重释，可以从如下方面理解文化生态：

1. 文化生态是一个相当复杂的文化系统，由诸多文化要素构成

要理解这一点先必须弄清什么是“文化”，因为文化生态首先是一个文化系统，与文化有着不可分割的血缘关系。关于文化，英国著名人类学家爱德

---

① 张晧：《生态批评与文化生态》，《江汉大学学报》（人文科学版）2003年第1期。

② 王玉德：《生态文化与文化生态辨析》，《生态文化》2003年第1期。

③ 邓先瑞：《试论文化生态及其研究意义》，《华中师范大学学报》（人文社会科学版）2003年第1期。

④ 戴伟华：《文化生态与中国文学研究》，《华南师范大学学报》（社会科学版）2011年第2期。

⑤ 李学江：《生态文化与文化生态论析》，《理论学刊》2004年第10期。

⑥ 孙卫卫：《文化生态与先进文化的发展》，《理论探索》2004年第3期。

⑦ 管宁：《文化生态与现代文化理念之培育》，《教育评论》2003年第3期。

⑧ 高小康：《非文本诗学：文学的文化生态视野》，《文学评论》2008年第6期。

⑨ 熊春林等：《国内文化生态研究述评》，《生态经济》2010年第3期。

华·泰勒在《原始文化》一书中说："文化，或文明，就其广泛的民族学意义来说，是包括全部的知识、信仰、艺术、道德、法律、风俗以及作为社会成员的人所掌握和接受的任何其他才能和习惯的复合体。"[①]这一定义被中外学者当作经典所引用，但是这一界定过于宽泛，不能具体化文化的所指范畴。我国民俗学家钟敬文先生说："凡人类（具体点说，是各民族、各部落乃至于各氏族）在经营社会生活过程中，为了生存或发展的需要，人为地创造、传承和享用的东西，大都属于文化范围。它既有物质的东西（如衣、食、住、工具及一切器物），也有精神的东西（如语言、文学、艺术、道德、哲学、宗教、风俗等），当然还有那些为取得生活物资的活动（如打猎、农耕、匠作等）和为延续人种而存在的家族结构及其他各种社会组织。"[②]陈建宪在《文化学教程》一书中进一步指出：文化系统的表层是物质文化，里层是精神文化，中层是制度和行为文化，贯穿它们三个层次的是信息文化，其中物质文化最活跃、变化最快，制度文化有很大的稳定性与继承性，精神文化最难改变。[③]由这些界定可以看出：文化生态的确很复杂，不仅由诸多文化要素构成，而且这些文化要素有各自不同的活跃程度和分布空间，其中处在外层的有历史、地理、政治、经济、气候、建筑、宗教、科技、交通等，这些要素客观地存在于现实社会，不以人的主观意志为转移，且深深地影响着文化形态，是衡量一个国家、一个民族在一定历史时期文化发展程度的最直接、最客观的外在标识；处在内层的是世界观、人生观、道德观、审美观、价值观、教育观，乃至民族性格、思想情感等，即有关"人心"的方面，是文化生态最核心的部分，最难改变，但它最能反映一个国家、一个民族的文明程度；处在外层与内层之间的是语言、文字、制度、风俗等，它们是连接人与人、人与自然、人与社会之间关系的纽带，既是文化生态的有机组成部分，也是文化生态得以体现的载体。

2. 文化生态是一个具有"生命"体征的文化有机体

方李莉说："人类所创造的每一种文化都是一个动态的生命体，各种文化聚集在一起，形成各种不同的文化群落、文化圈甚至类似生物链的文化链。它们互相关联成一张动态的生命之网，其作为人类文化整体的有机组成部分，

---

① ［英］爱德华·泰勒著：《原始文化》，连树声译，上海：上海文艺出版社，1992年，第1页。

② 钟敬文：《话说民间文化》，北京：人民日报出版社，1990年，第35页。

③ 陈建宪：《文化学教程》，武汉：华中师范大学出版社，2004年，第17页。

都具有自身的价值，为维护整个人类文化的完整性而发挥着自己的作用。”[①]可以说，这是理解文化生态的关键。文化生态由诸多文化要素构成，但这些文化要素不是一成不变的存在，而是自产生之日起就不断地发展变化，使其在不同的历史时期呈现出不同的表现形态。比如，汉字在六千余年的发展历程中经历了甲骨文、金文、大篆、小篆、隶书、楷书、行书等字体形态的演变，它们不仅有各自的书写特点，还体现了作为中国文化载体的汉字在历史长河中的演变情况。还有中国的交通工具，最原始的出行方式是步行，当人类驯服了马、牛、驴这些动物之后，人们不仅可以直接骑着它们行走，还发明了马车、牛车等交通工具。蒸汽机发明以后，人类的交通工具更是进入了飞速发展阶段，短短数百年，人类不仅有了能上天的飞机、火箭，能入海的轮船、潜艇，还有了在陆地上可以快速行驶的汽车、火车、电车、拖拉机、摩托车、电瓶车、磁悬浮列车等交通工具。这些文化事象之所以发生变化，不仅受到社会发展、科技进步、政治体制变化等外部因素的影响，更重要的还是自身需要发展，否则难以适应社会和人类的需要。有学者曾说：“文化既赋予现实以意义，又需要现实的载承。而现实是一种动态的存在，是‘变’与‘不变’的复合体，‘变’的表征是时间的流逝，‘不变’的表征是空间的凝固。只有在这种时空构造中，文化才能够得到充分的认识。”[②]这句话揭示的正是文化生态的生命变化规律。

3.文化生态是一个文化要素之间相互作用、相互影响的生态系统

文化生态由诸多文化要素构成，这些要素并非孤立存在，而是相互作用、相互影响，共同构成一个你中有我、我中有你、相互依存的文化生态系统，只要一个文化要素发生变化，其他要素就会随之发生变化，从而导致整个文化生态发生变化，只是变化的大小不同罢了。比如，在18世纪中后期，当人们把蒸汽机引入冶炼、纺织、机器制造等行业后，许多行业都得到了飞速发展，其中英国纺织品产量在1766年到1789年之间增长了5倍，不仅为人们提供了大量的消费品，加速了产业资金积累，还对运输业的发展提出了迫切要求。1776年，蒸汽机在船舶上实验成功，1807年美国人富尔顿制造出了第一艘明轮推进蒸汽机船“克莱蒙号”，1829年英国人史蒂芬孙设计了“火箭号”蒸汽机车，最高时速可达46公里，成了火车的雏形，开创了铁路时代。这些

---

① 方李莉：《文化生态失衡问题的提出》，《北京大学学报》2001年第3期。

② ［德］卡尔·马克思：《路易·波拿巴的雾月十八日》，南京：江苏人民出版社，2011年。

例子典型地说明了科技与机器制造、纺织、交通等文化因素之间相互影响、相互作用的密切关系。

嫡长子继承制是中国古代在一夫多妻婚姻制度下推行的爵位及财产继承制度，目的在于解决权位和财产的继承与分配问题，避免兄弟之间的互相残杀，稳定社会秩序。该制度始于商末，定于周初，具体内容为“立嫡以长不以贤，立子以贵不以长”（《春秋公羊传·隐公元年》），也就是说，只要是嫡长子（正妻生的大儿子），不管他贤与不贤都是继承人，如果嫡妻无子，就立庶妻中级别最高的贵妾之子，至于被立者是否是庶子中最年长的，也不在考虑之列。周以后，嫡长子继承制成为宗法制度的核心，成了中国古代上至皇帝卿大夫，下到平民百姓分配权位和财产必须遵守的原则。后来，为缓解兄弟之间经济利益的冲突，嫡长子继承制只适用于权位的承袭。但是，嫡长子继承制并非一成不变，而是因时而论，如从三家分晋到秦始皇统一六国这段时间，受频繁战事的影响各诸侯国在遴选王位继承人时更看重备选人的德和才，比如孟尝君为其父田婴的一个贱妾所生，由于才能、品格都高于田婴的其他儿子而被其父立为继承人，还有秦国的秦孝公、秦昭襄王、秦庄襄王、秦始皇、秦二世、秦末王都不是嫡长子，却都被立为王位的继承人。显然，嫡长子继承制的变迁受到了中国古代婚姻制度、等级制度、经济因素、战争因素等方面的影响。

4.文化生态有鲜明的地域性和民族性

受文化要素的影响，文化生态也有鲜明的地域性和民族性。我们可以说长江流域文化生态、峨眉山文化生态、蒙古草原文化生态、黄土高原文化生态、塔克拉玛干沙漠文化生态、河西走廊文化生态，也可以说汉族文化生态、藏族文化生态、哈萨克族文化生态、苗族文化生态、保安族文化生态等，就是因为文化要素的不同。

马克思说：“人们自己创造自己的历史，但他们并不是随心所欲地创造，并不是在他们自己选定的条件下创造，而是在直接碰到的、既定的、从过去承继下来的条件下创造。”[①]人们创造文化必然受到地域条件的限制。地域，首先是一个区域性概念，具有相对稳定的空间形态，超越空间形态的地域文化是不存在的；其次是一个文化性概念，既包括自然地理地貌，还包括民情风俗、礼仪制度、宗教信仰、方言俚语等，处于核心层面的则是土著人的意

① 马克思：《马克思恩格斯全集》（第8卷），北京：人民出版社，2007年，第121页。

识观念和价值取向；再次，地域是一个历史性概念，它是人们在继承前人所创造的文化成果的基础的文化再创造，任何地方的文化都是文化积累。严家炎先生说："地域对文学的影响是一种综合性的影响，绝不仅止于地形、气候等自然条件，更包括历史形成的人文环境的种种因素，例如该地区特定的历史沿革、民族关系、人口迁徙、教育状况、风俗民情、语言乡音等，而越到后来，人文因素所起的作用也越大。"[①]这句话也适用于地域对文化生态的影响，不同的地域有其不同的文化生态，不同的文化生态成就了不同的地域文化。

文化生态也有民族性。民族是一个基于语言、服饰、宗教、民俗、生活习惯等方面与他人有所不同的人群，民族既有客观特质，如地域、语言、民俗、生活方式、宗教、外貌特征等，也有主观特质，如民族性格、民族精神和民族感情等。不同的民族分布在不同的地区，有些民族还有自己的语言和文字，不同的民族有不同的民族服装、生活习惯、宗教信仰，形成了不同的民族性格。我们知道文化是"人化"，由文化要素和人创造出来的文化构成的文化生态必然具有民族性，所以各民族有各民族的文化生态。比如，我国境内的藏族主要分布在西藏自治区和青海、甘肃、四川、云南等省区，他们有自己的语言和文字，只是受地域文化的影响藏语分为卫藏、康多、安多三种方言，有自己的服装、医药学理论、历法、戏曲、文学、音乐、舞蹈、建筑等，他们中的大多数人信仰佛教，形成了不同于其他民族的礼仪、习俗、饮食习惯、民族性格，从而形成了独具特色的藏族文化生态。东乡族主要聚居在甘肃省临夏回族自治州的东乡族自治县，少数散居在青海省、宁夏回族自治区和新疆维吾尔自治区，东乡族有自己的语言却没有自己的文字，绝大多数人懂汉语，所以汉语是他们唯一的书面语言，他们中的大多数人信仰伊斯兰教，有自己的服装、民族医学、民俗、饮食习惯和民族性格，形成了不同于其他民族的文化生态。可以说，中国有56个民族文化生态。

综上所述，文化生态指"由影响文化生成和变迁的自然环境、政治制度、经济体制、社会习俗、语言文字、道德观念、价值取向以及思想感情等变量所构成的文化生态体系，随着社会的发展这些变量不仅形成了自己的发展演变规律，它们还相互作用影响着整个文化生态，乃至整个社会的发展与变化，

① 严家炎：《20世纪中国文学与区域文化丛书·总序》，《理论与创作》1995年第1期。

表现出鲜明的地域性和民族性。”①

二、文化生态：民间文学研究的非文本诗学视野

作为一种与作家文学相对而言的特殊文学，民间文学是劳动人民集体创作、世世代代口头流传下来的，我口说我心、我口抒我情，“饥者歌其食，劳者歌其事”的一种文学，它是劳动人民的生产生活、思想感情、生活环境、民情风俗的零距离反映。与作家文学相比，它与文化生态（尤其是民间文化生态）之间有着更为密切的关系，从某种意义上说，民间文学就是民间文化生态的“活化石”，从文化生态视角研究民间文学不仅必要、可行，而且更有意义和价值。

（一）文化生态与民间文学的关系

斯图尔德说，尽管文化生态以环境适应为基础，但其探讨步骤必须考虑到文化的复杂性和层次，首先应该分析生产技术与环境之间的相互关系。②同理，从文化生态视角研究民间文学必须首先分析民间文学与其文化生态之间的关系，因为文化生态对民间文学的影响不仅复杂，而且也有一定的层次性。

1.文化生态是民间文学创作和演变的文化空间

民间文学是“生产者的艺术”，不管是历史的还是现实的，不管是幻想的还是写实的，不管是韵文的还是散文的，它们都是劳动人民生产生活的反映。

（1）不发达的文化条件是民间文学得以产生的母床

针对民间文学的起源，鲁迅先生曾说：“我们的祖先的原始人，原是连话也不会说的，为了共同劳作，必需发表意见，才渐渐的练出复杂的声音来，假如那时大家抬木头，都觉得吃力了，却想不到发表，其中有一个叫道‘杭育杭育’，那么，这就是创作；大家也要佩服，应用的，这就等于出版；倘若用什么记号留存了下来，这就是文学；他当然就是作家，也是文学家，是‘杭育杭育派’。”③在原始社会，所有社会成员都是劳动者，他们共同劳动、共同生产，为了协调劳动节奏或缓解劳动疲劳便创造了“文学”，因那时没有文字只能口头创作、口头传播，于是就有了现在所说的“民间文学”。在文字产生之后，受诸多因素的影响文字只掌握在少数人手中，广大劳动人民仍然

---

① 徐凤：《再论“文化生态”》，《教育教学论坛》2016年10月第43期。

② ［美］朱利安·史徒华：《文化变迁的理论》，张恭启译，台湾：台湾远流出版事业股份有限公司，1989年，第48-49页。

③ 鲁迅：《鲁迅全集（第6卷）》，北京：人民文学出版社，2005年，第96页。

没有使用文字的能力，他们只好依然用口头语言创作和传播民间文学。从这个意义上说，广大劳动人民所处的不发达文化决定了民间文学的生成，也影响了它长期以口头语言创作和传播的形式，离开了这个文化生态，民间文学将至少不会成为口头文学。

（2）劳动人民的生产生活给民间文学提供了丰富的创作素材

就艺术形式来说，民间文学有神话、传说、民间故事、寓言、童话、笑话、民歌、史诗、民谣、谚语、谜语、地方小戏、评书、快板、相声等；就内容而言，民间文学几乎涵盖了劳动人民生产生活的方方面面，有描述农业生产的、有记录生活经验的、有想象祖先创世的、有赞美民族英雄的、有讥讽贪官污吏的、有自诉婚姻悲剧的、有歌颂自主婚姻的、有记载族群迁徙的、有描写家庭矛盾的、有写邻里纠纷的、有憧憬美好生活的、有讲述民俗由来的、有传播宗教信仰的、有描写民族性格的，等等。尤其是民歌，既可以抒离家游子思乡之苦，也可以写居家妇女思夫之痛；既可以是青年男女花前柳下谈情说爱，也可以是中年鸳鸯日落潮涨时打情骂俏，还可以是老人安享儿孙承欢膝下的天伦之乐，几乎是无事不入歌，无景不入歌，无情不入歌，无人不入歌。民间文学无论是侧重于描写生产生活场景、揭示阶级矛盾、描绘自然景观、讲述民情风俗，还是反映精神世界，无一不是来自于劳动人民的生产生活，可以说劳动人民的生产生活是民间文学艺术取之不尽、用之不竭的源泉，离开了这个源泉，民间文学就失去了源头活水，失去了创作的生命力。

（3）劳动人民的价值取向决定民间文学的文化功能

民间文学是展演活动，不仅它的每一次展演都是一次再创作，而且其展演活动多为在场展演活动，即展演者和观众同时出现在展演场地共同完成展演活动，离开了任何一方展演活动将无法进行，那么展演什么、怎样展演、通过展演要达到什么目的，都由人们的价值取向决定，于是“农功之暇，二三野老，晚饭杯酒，暑则豆棚瓜架，寒则地炉活火，促膝言欢，论今评古，穷原竟委，影响傅会。邪正善恶、是非曲直，居然凿凿可据。一时妇孺环听，不自知其手舞足蹈。言者有褒有贬，闻者忽喜忽怒。”[1]由此渐渐形成了民间文学寓教于乐、寓情于乐的教化功能，这既是古代社会人们在闲暇时间展演民间文学的原因，也是当今社会民间文学被大量选录在学前儿童读本和小学

① 许奉恩：《兰苕馆外史·自序》，合肥：黄山书社，1996年。

语文教材上的主要原因。

（4）文化生态的变化促进了民间文学的演变

《孟姜女》是中国古代四大民间传说之一，通过大量考证，我国民俗学家顾颉刚先生发现孟姜女的原型是春秋时期齐国大将杞梁的妻子，因杞梁战死于沙场，齐侯要在野外悼念杞梁，杞梁妻认为这样做不合乎礼仪，就为此辩驳了一番，这是最原始的历史事件。战国时期，受鱼盐贸易的影响，齐国商业得到了快速发展，人民的生活水平有了较大提高，休闲娱乐活动盛极一时，人们编故事、谱音律、跳舞蹈，于是杞梁妻的故事就进入了艺术殿堂。汉时，“天人感应”学说盛行，故事情节就由杞梁妻辩驳齐王发展为杞梁妻哀悼杞梁哭声感动天地城垣为之崩塌。北齐时期，朝廷大兴土木，尤其是兴修长城，人们就把杞梁妻哭倒的城垣改为长城。到了唐朝，出于对暴君的痛恨和对秦始皇修长城事件的记忆，人们又把齐王换成了秦始皇，杞梁妻的名字也被正式确定为孟姜女，其实孟姜女在当时是美女的代称。①这一民间传说的演变过程典型地说明了礼仪制度、文化娱乐、历史事件、哲学思想、商业发展、朝廷政策等文化因素对民间文学演变的影响。

2.文化生态影响民间文学的传承和传播

“传承性和传播性是非物质文化遗产的两个基本特征，其中传承性指非物质文化在人类代际间传衍的连续性，是历时的纵向延续；传播性指非物质文化在社会空间上的延展性，是一种共时的横向传播。……传承性使非物质文化能够穿越历史的隧道从古传到今，继续为后世社会的发展发挥作用；传播性使此地的非物质文化传到彼地，让更多的人认识它、研究它。传承性和传播性的合力作用使非物质文化遗产，尤其是非物质文化遗产代表作既具有了历史的深邃性，又具有了地域上的广阔性。”②作为非物质文化遗产的重要构成部分，民间文学自产生至今少说也有三四千年的历史了，那么它是怎样穿越历史的长河从古传到今、从此地传到彼地的？

（1）自由宽松的生产生活方式给传统社会传承民间文学提供了良好的文化空间

农民既是民间文学的创作主体，也是它的传承主体，传统社会里很少有娱乐工具，“冬季是农闲季节，寒夜又那么漫长，于是，躺在温暖的炕头上，

① 顾颉刚：《民俗学论集》，上海：上海文艺出版社，1998年，第93–127页。

② 徐凤：《论高校非物质文化遗产专业的建设》，《兰州文理学院学报》（社会科学版）2015年第1期。

或围在火盆边，嘴里巴嗒着旱烟袋，也许手里纳着鞋底等活计，手不闲，嘴也不闲地讲述着。夏季挂锄时节，夜晚坐在大树底下，或在庭院里以此来消磨暑天的酷热。秋后扒苞谷米或扒蚕茧，需要人手多，讲故事会吸引来劳动帮手。”[①]另外，在打麦场上、在打夯中、在屋顶上、在村头地边、在吱吱呀呀的马车上、在与小儿的玩耍中都能看见人们利用山歌、小戏、笑话、故事、谜语等艺术形式活跃气氛、缓解疲劳、传情达意、传授知识的场景，上自天文地理下至鸟兽虫鱼，远自人文先祖近到当前史话，无不为广大劳动人民所用。所以说，民间文学是地地道道的民间文化的产儿，产生于民间、流传于民间、消费于民间，是广大劳动人民喜闻乐见的精神食粮，这也是它千百年来能流传于民间而不衰的主要原因。

（2）科学技术的发展决定民间文学的传播媒介

作为传播的对象，民间文学也有自己的传播媒介，而且其传播媒介会随着科学技术的发展而变化。综观民间文学的整个发展过程，它大体经历了口语传播、文字传播、印刷传播和电子传播四个阶段。从第一个民间文学口语文本产生到第一个民间文学文字文本的出现是口语传播阶段，其传播媒介是人的口头语言。由于信息全靠人的大脑保存，人的声音又转瞬即逝，所以保存时间非常有限，致使民间文学在传播过程呈现出非常鲜明的多变性，难以找到完全一样的两个文本。从第一个民间文学文字文本的出现到印刷术的发明是文字传播阶段，其传播媒介由口语变为文字，表现出不同于口语传播的五大优势：（1）克服了声音转瞬即逝的弱点，使文本由口头形之于文字，延长了文本存留的时间；（2）打破了在场传播的局限，观众不去展演现场，只要有文字文本，只要识字，照样可以把此地的民间文学传到彼地，扩大它的传播空间；（3）本文信息的储存不再依赖人脑，定型的文字文本为后代传播民间文学留下了可供参考的文献，减少了文本的变异性；（4）人们传播民间文学不仅可以口头传播，还可以用文字文本传播；（5）传播的动作不仅有口头讲述，还有文字阅读，增加了传播渠道。印刷术发明之后，民间文学便进入了印刷传播阶段，该阶段的传播媒介尽管还是文字，但由于对印刷技术的应用，文字文本由手抄本变成了印刷本，民间文学的文字文本被机械批量印刷，不仅大幅度增加了民间文学的文字文本且出现了一模一样的复制文本，使更多的人不再受在场展演的约束。信息时代的到来使民间文学的传播进入

① 张其卓：《满族三老人故事集》，沈阳：春风文艺出版社，1984年，第589页。

了电子传播阶段，其媒介由文字变成了电子产品，如电影、电视、动画、广播等，文本也由文字文本变成了电子文本，不但使其传播速度“闪电”般快，还可以使不同民族不同地域的人们同时观看（收听）同一个民间文学文本，更为重要的是，人们充分利用人体的外化语音和影像传播信息，信息不再是抽象的口语或静态的文字而是集图像、声音和色彩于一体的动态视频，大大提高了人们的观赏兴趣。

（3）社会的发展既促进了民间文学的传播又带给它新的挑战

在文字产生之前，民间文学的传播只是单一的口语传播，传播主体和受众几乎都是劳动人民；在文字产生之后，其传播成了口语与文字的双线传播，部分文人也加入了传播行列，成了传播者和受众；在戏曲和说书艺术产生之后，民间文学逐渐从田边地头、炕头炉旁走进了勾栏瓦舍，走上了舞台，受到了部分商人和统治者的青睐；在商业和政治国际化的时代，民间文学则趁着商政或宗教之便穿越国界从此国传到了彼国；在科技越来越发达的今天，民间文学走上了荧屏，走进了广播，不仅使国内的千家万户可以同时观看或收听，也可以通过卫星同步转播到世界各地，大大拓展了民间文学的传播空间，比如中国四大民间传说之一《白蛇传》，不仅以传说、评话、说书、弹词、小说、歌舞、漫画、电影、电视剧等形式在我国各地广为流传，还被国外拍成影视作品在多个国家传播。由此可见，社会发展不仅拓展了民间文学的传播主体、受众和传播空间，提供了更多的传播民间文学渠道，而且让人们在阅读书刊报纸、收听广播、观看影视、欣赏文娱节目时可以受到民间文学的熏陶，还充分利用科学技术使民间文学产业化，大大凸显了它的现代经济功能。当然不可否认，科技的发展也带给民间文学新的挑战。报纸、期刊、书籍、广播、电影、电视、短信、互联网、光盘，甚至便携式MP4、手机等传播媒介的大量出现，绝大多数人不愿再用山歌传达自己的情感，或者去露天广场观看传统的木偶戏，以及围着老人去听古老的传说了，致使大部分民间文学面临日渐消亡的危机，目前已经列入四批国家级非物质文化遗产名录及其扩展名录的民间文学共计168项，约占总数的9.2%，几乎涉及神话、传说、故事、民歌、史诗、笑话、地方小戏等民间文学的所有形式，其项目之多、地域之广足以见出问题的严重性。

3.文化生态赋予民间文学情感价值和文化色彩

（1）劳动人民的思想感情赋予民间文学情感价值

劳动号子是一种与生产劳动直接关联的即兴创作的民间歌谣，有打夯号子、伐木号子、打渔号子、搬运号子、插秧号子、打桩号子、开山号子、车水号子等，几乎是见什么唱什么、想什么唱什么，比如《开封日报》在2014年12月2日刊登了一篇详细记录打夯号子的文章，其中歌词有“快到头喽”“北边歪半夯啊”“扁头你要使劲呀”“乡亲们来到哟”“帮主人建新房哟”“明年娶新娘哟”“大伙那儿提精神耶”“高高举过头哇”“小呀么小狗蛋呀”“媳妇来找他呀”“想亲到黑呀”“白天能干啥”①等。可以看出，劳动者不光用号子来协调节奏、指挥劳动，还交代劳动缘由、反映劳动过程、描述打夯者的心情等，的确是见什么唱什么。花儿是西北人在山野放牧、田间耕作、外出做工或赶车途中传唱的一种山歌，大部分内容与爱情有关，如“天上的月亮们出来了（呀），星宿的光气压（哈）了；尕妹妹的模样们长全的了，皇上的正宫压（哈）了”等是赞美“尕妹妹”的美丽；“半个天晴来（嘛）半个天阴，半个里烧红者哩（呀）；两个的身子（嘛）（就）一个心，尕心们连实者哩（呀）”等是表达恋人真挚而深切的爱；“打马的鞭子们闪折了（呀），走马的脚步们乱了；心上的阿哥们出门了（啊），尕刀子绞心着烂了”等是抒发情妹对情哥的刻骨思念，其语言之直白、大胆、火辣，无不形象地体现了西北人率真、豪爽的性格特点。另外，神话《精卫填海》赞美至死不渝的斗争精神；故事《黄狗耕田》控诉家族制度的不公，并对弱者深表同情；传说《梁山伯与祝英台》歌颂不畏强暴、宁死不屈的爱情；笑话《父子骑驴》嘲讽没有主见的人；寓言《猴子的心挂在树上了》赞美聪明才智，批判为友不仁，等等，它们来自于生活又记录和反映生活，是劳动人民思想感情的零距离体现。

（2）社会的发展赋予叙事性民间文学历史记忆

叙事性民间文学是一个外延比较宽泛的概念，包括散文体叙事性民间文学和韵文体叙事性民间文学，其中散文体叙事性民间文学有神话、传说、民间故事、笑话、地方小戏等，韵文体叙事性民间文学有史诗、叙事性民歌等。这里所说的“历史记忆”并不是说它所讲述的人物和事件就是历史真实，而是指它在从某种程度上从某个方面反映了某个地方（或民族）的某个历史，如先祖神话《伏羲女娲成婚》旨在强化人类血亲不婚的观念并在一定程度上体现了人类对男性生殖的认识，《女娲抟土造人》则烙下了人类对女性生殖崇拜的历史印痕；史诗《玛纳斯》讲述了柯尔克孜英雄玛纳斯祖孙八代率领全

① 李星涛：《打夯号子》，《开封日报》2014年12月2日。

族人民先后反抗契丹人、成吉思汗、卡勒玛克蒙古人、蒙兀儿斯坦蒙古人的掠夺与奴役以及肃清内奸、惩处豪强、斩除妖魔，最终创造美好生活的历史，《格萨尔王》既纵向追溯了岭部落的起源和发展，又横向铺叙了藏族英雄格萨尔一生的丰功伟绩，传说《五泉山的由来》《酒泉的由来》《铁马站》等记忆了西汉名将霍去病率兵征讨匈奴的历史事件，《狗不理包子》记忆了清光绪年间天津城北侯家后一带的繁华和“狗不理”名字的由来，《凤阳花鼓的来历》讲述了凤阳人民生活的变迁和凤阳花鼓的兴起，《神奇的皮袋》记忆了裕固族人民为避免在民族斗争中全族被歼灭的命运而举族迁徙的整个过程，它们无一不是一个社会群体对某个历史事件或某个历史人物的公共记忆，并且这些公共记忆中充满了他们爱憎分明的感情。

（3）文化生态赋予民间文学鲜明的民族色彩和地域色彩

目前，大多数学者把民间文学的特点概括为口头性、集体性、变异性和传承性四个方面，也有少数学者在此基础上增加了立体性①和表演性②，其实民间文学还有鲜明的民族性和地域性。首先，语言是民间文学最突出的民族性和地域性表征。与作家文学不同，民间文学是一种口头语言的展演活动，说唱文本始终存在于说唱展演活动中，维吾尔族人多用维语说唱、藏族人多用藏语说唱，即使用汉语说唱，不同地方、不同民族的语言也有较大的差异，比如汉语“爸爸”“妈妈”在藏族口语中多称为“阿爸”“阿妈”，在裕固语中多称为“阿扎”“阿娜”，在东乡语中多称为“阿达”“阿娜”；蒙古族人把妖怪称为“蟒古斯”，东乡族则称之为“伊比力斯”，至于方言音，其变化就更多，几乎是一个地方一种方言。其次，自然地理是民间文学民族性和地域性的二级表征。既然是文学就少不了对自然环境的描写，每个社会群体（包括地群和族群）都有自己的生活空间，不同的空间有不同的自然环境，另外每个社会群体都有自己的民族特性，那么讲述生活在一定空间的社会群体的民间文学必然带有该群体的地域色彩和民族色彩。比如流传在河南的《伏羲画八卦》说伏羲是在淮阳县蔡河边受白龟龟盖纹路的启发画出了八卦，甘肃的《伏羲画八卦》讲伏羲是在天水市三阳川渭河边受黑龙和马背上花纹的启发画出了八卦，而且它们都对当地自然环境做了介绍，使同一个故事染上了各自不同的地域色彩。第三，民俗是民间文学民族性和地域性的三级表征。民俗

① 段宝林：《中国民间文学概要》，北京：北京大学出版社，2012年，第16页。
② 黄涛：《中国民间文学概论》，北京：中国人民大学出版社，2013年，第32页。

是人民群众在生产生活中逐渐创造，又被他们所享用和传承的一种群体生活文化，涉及生产生活的方方面面，既包括农村民俗又包括城镇和都市民俗，既包括物质民俗又包括精神和制度民俗，如农业民俗、牧业民俗、饮食民俗、服饰民俗、建筑民俗、宗教民俗、节日民俗、人生礼俗，等等。不同国家、不同民族、不同地域的民俗既有共性又有个性，其个性多为民族性或地域性。民间文学是反映劳动人民生产生活的文学，其中必然涉及民俗，那么富有个性的民俗本身就体现了鲜明的民族性和地域性。第四，民族性格是民间文学民族性和地域性中最稳定、最不易变化的一个表征。“南方谓荆阳之南，其地多阳。阳气舒散，人情宽缓和柔”“北方沙漠之地，其地多阴，阴气坚急，故人刚猛，恒好斗争”（孔颖达《十三经注疏》），说的是人的地域性格。俗话说“千古中国，万种民性”，“民性”指的就是人的民族性格，“万种民性”是说中国人有非常多样的民族性格，中国有56个民族，几乎是56种民族性格。

柯汉琳教授说：“一个民族的文学的母题、价值取向、情感特征、存在形态、表现方式和方法、审美风格及其演变发展都直接由民族的文化生态所决定，中西文学概莫能外。”[①]用这句话来形容民间文学与其文化生态之间的关系是再恰当不过了，文化生态不光决定着民间文学的创作素材、思想情感、传播方式和文化功能，还决定着它的生成、演变和传播媒介等方面。

（二）文化生态视野紧扣民间文学的特质

“中国民间文学之父”钟敬文教授曾说：“要建立真正的民间文艺学，就必须针对民间文学的特点，它本身独具的性质去进行探索，找出规律。”[②]不仅建立民间文艺学必须针对民间文学的特质，民间文学的研究也要紧扣民间文学的特质，否则其研究或隔靴搔痒，或误入歧途，难以达到真正的研究目的。

民间文学的特质指民间文学所独有而其他文学所没有的特点和性质，不同于基本特征又与基本特征有着千丝万缕的关系。尽管“文化生态”这一概念来自于国外研究理论，但它也适合中国民间文学的研究，因为它适合于民间文学的特质。民间文学的特质主要有：

1.非文字文本特质

民间文学又称口头文学，“口头”一词形象地标识出了它不同于作家文学的最重要的方面，因此许多学者把民间文学文本称作“口头文本”，但“口头

---

① 咸立强：《“文化生态与中国文学的演变发展”会议综述》，《文学评论》2009年第4期。

② 钟敬文：《中国民间文学讲演集》，北京：北京师范大学出版社，1999年，第68-69页。

文本”并不能准确标识出民间文学的文本特点。法国解构主义大师德里达曾说：“文本”有狭义和广义之分，狭义文本指人们通常所说的一种用文字写成，有一定长度的符号形式；广义文本指包含一定意义的符号形式，这个符号既可以是一个词语、一段文字，也可以是一个仪式、一种表情、一段音乐、一个范畴，即非文字的。[①]我国学者万建中说：“民间文学是一个区域内广大民众群体创作和传播口头文学的活动，它以口头表演的方式存在，是一个表演的过程。”[②]既然民间文学是一种表演活动就意味着它的文本不是狭义的文本而是广义的文本：不仅包括口头文本，还包括表演场景、天气情况、表演者的表演（如语调、表情、体态、手势等）、受众的情况（如受众的反应和参与程度等）等，是一个由多种要素综合效应的、非文字的活态表演活动。从这个意义上说，把民间文学文本称作“非文字文本”更准确。

（1）表演者对民间文学展演的影响

在民间文学活动中，表演者既是民间文学文本的展示者、再创作者，也是民间文学的传承和传播者，是最具能动性的一个因素，其表演直接影响着民间文学表演活动的效果。比如，江西省赣南地区有出地方小戏叫《老少配》，故事内容是即将成亲的大宝和三妹子面对不能和亲人住在一起的问题，想出了一个两全其美的解决办法，就是两家老少四口人一块生活，这个想法也正好附合两位老人的心愿，但碍于传统观念，老人们又不好在儿女面前正面提出，于是就在表演中展开了一场“眼神大战”：三妹子的娘听到儿女们的想法后红着脸像个未出阁的大姑娘一样一边说：“那怎么成哦，还不会让人笑掉大牙哟”，一边却偷偷用眼睛深情地瞟了一眼大宝的爹，意思是说：我一个女人家羞于说出口，得你来说。大宝的爹当然领会她的意思，尽管他嘴上说不行，但又眉目传情用眼神告诉三妹子的娘：一切包我身上啦，只是也得先扭捏一阵子，不然我老脸往哪儿搁呀。尽管此时两人都没说一句有关他们感情的话，但二人的感情已跃然于观众面前。试想，如果没有演员之间的眼神大战只用文字或语言来表述，其艺术韵味必将大打折扣。又如，贵州山歌《苦媳妇歌》，如果只看文字文本，这首山歌似乎平淡无奇，但经过演唱者表演后就产生了不同的艺术效果：先是表演者用一种非常凄凉哀婉的语气唱：“瞌睡神，瞌睡神，瞌睡来了不由人。唯愿公婆早些死，小媳妇当家好为

① ［法］德里达：《文学行动》，赵兴国等译，北京：中国社会科学出版社，1998年，第85-96页。

② 万建中：《民间文学引论》，北京：北京大学出版社，2006年，第28页。

人。”再用一句沉重而盛气凌人语气责问“幺子”，紧接着表演者立刻眉头一皱，眼珠一转，赶紧用一种讨好的语气接唱：“瞌睡神，瞌睡神，瞌睡来了不由人。唯愿公婆活百岁，大树脚下好为人。”就这样，演唱者用传神的语调、表情和眼神把一个专制蛮横的婆婆和一个备受折磨的苦媳妇表演得惟妙惟肖，给受众留下了深刻的艺术印象。也正因为这一点，有学者说：“表演本身包含着许多文字以外的因素。有经验的歌手就会充分地利用这种与听众面对面地交流所带来的便利，他的眼神、表情、手势、身体动作、嗓音变化、乐器技巧等等，都会帮助他传达某些含义。”①

（2）受众对民间文学展演的影响

罗曼·雅各布森在《结束语：语言学和诗学》一书中说：“任何交流都是由说话者所引起的信息构成的，它的终点是受话者。但是这个过程并不那么简单。信息需要说话者和受话者之间的接触，接触可以是口头的、视觉的、电子的或其他形式，接触必须以代码作为形式：言语、数字、书写、音响构成物等等。信息都必须涉及说话者和受话者都能理解的语境，因为语境使信息‘具有意义’。”②民间文学是表演者与受众面对面的语言“交流”，表演者、受众和讲唱的内容（即雅各布森所说的“信息”）缺一都不能使展演得以顺利进行，使信息“具有意义”。一般来说，受众对民间文学活动的影响主要有：（1）在活动中讲唱者与受众主动互动，讲唱者根据受众的回应即兴创作讲唱内容，如凉州贤孝；（2）由受众变成演唱者，主动参与表演，如山歌的对唱；（3）受众被动参与表演，即受表演形式的要求指定部分听众参与艺人的表演，如宣讲宝卷时的“接佛”，这种参与一般不影响表演内容，只对表演活动起一定的烘托作用；（4）受众不参与表演，表演者示受众情况而即兴创作，如劳动号子；（5）受众主动影响表演活动，如因纽特人讲述传说时，经常会受到听众的抗议，讲述者不得不改变讲述内容以适合听众的需要。③

（3）表演场景对民间文学活动的影响

通常情况下，大部分民间文学的表演不受场景限制，可以是任何一个地

① 朝戈金：《口传史诗诗学：冉皮勒〈江格尔〉程式句法研究》，南宁：广西人民出版社，2000年，第236页。

② ［英］特伦斯·霍克斯：《结构主义和符号学》，瞿铁鹏译，上海：上海译文出版社，1987年，第83页。

③ 李亦园：《从文化看文学》，转引自叶舒宪《口传文化与书写文化——“民族志诗学”与人类学的表现危机》，《广东社会科学》2001年第5期。

方，比如“仲肯”（专指演唱《格萨尔》的艺人）“无论在任何地方、场所都可以表演，每逢喜庆佳节、迎亲娶婚，或者庄园里、牧场上举行盛大集会，更是他们展露才华、大显身手的极好机会”[①]；神话、民间故事、传说、笑话等既可以在春天的瓜田豆边表演，也可以在夏季的树荫底下表演、秋天绩麻剥豆的劳动中表演，还可以在冬季的炕头炉边表演。但是也有少部分民间文学的表演要受到活动场景的限制，比如劳动号子，往往是在劳动过程中即兴创作，并和着劳动节奏喊出来的一种“文学”，劳动节奏快则号子节奏紧促，劳动节奏慢则号子节奏舒缓，如果离开了具体的劳动场合，那么喊号子就失去了存在的意义，即使硬性创作，其内容也会受到很大的限制。

万建中说：“民间文学并不是具有表演性，它本身就是表演的。”[②]我们知道，专业演员表演所用的底本是作家对生活的加工提炼，是高于生活的东西，演员的表演技巧是经过反复训练而来的，也是高于生活的。与专业表演不同，民间文学是我口说我心、我口抒我情，是看见什么就表演什么，可以说其口语文本完全是对生活的再现，其表演技巧也是直接来自于生活。从这个意义来说，民间文学的非文字文本就是表演者所生存的文化生态。

2.集体创作特质

民间文学是人民大众集体口头创作，又集体口头传承和传播的一种文学，其“集体创作”有三方面含义：从创作的历时性看，民间文学通常是先由一个人创作，再传给另一个人，这个人在讲述的过程中加进自己的附会再传给下一个人，形成一个由多人多次创作的纵向附会链，并且传承不断，附会不断，这个创作链条也就不断。这一创作过程早在1907年就被英国民间音乐家塞西尔·夏普（Cecil Sharp）提出了，他说：

> 民谣的每一行、每一词最初是从某个人（某个吟唱者、行吟诗人或农民）的头脑里冒出来的，正如一首民歌的每个音符、每个乐段当初都是从某一个歌唱者的嘴里发出来的一样。共同的活动从来不曾创造一歌一曲，也不可能创造一歌一曲。共同创作是不可思议的。毋庸置疑，集体发挥着作用，不过，那是在较后的阶段，是在个体的创作已经大功告成之后，而不是在此之前。在这个阶段，集体来衡量、筛选，也就是从大量个人创作中选取那些最准确地表达

① 苏俊：《〈格萨尔王传〉的传承研究》，《黄河之声》2008年第11期。

② 万建中：《民间文学引论》，北京：北京大学出版社，2006年，第47页。

了流行的趣味和民众的理想的作品，而舍弃其余；然后，在集体不断的重复中产生更多的变异，如此一而再，再而三。这一过程持续不断，民谣也就生生不已。[①]

从创作的共时性来看，民间文学的任何一次再创作（即展演活动）都是由一个特定的群体完成，这个群体由表演者和受众两部分人构成，且表演者和受众常常处于一种互相转化的状态，就是说此时的受众可能是彼时的表演者，此时的表演者可能是彼时的受众。从民间文学的版权来看，任何一个民间文学文本都为一个群体（或民族群体，或地域群体）所特有，任何一个个人不具有民间文学的著作权。

那么，什么原因导致了民间文学的集体创作特质呢？首先，集体劳动是导致民间文学集体创作最主要的原因。在原始社会，人们生产能力相当低下，任何一个个人都必须融入群体才能得以生存，人们集体打磨石器、集体劳动。在社会分工出现以后，“一切部门——畜牧业、农业、家庭手工业——中生产的增加，使人的劳动力能够生产出超过维持劳动力所必需的产品。同时，这也增加了氏族、家庭公社或个体家庭的每个成员所担负的每日的劳动量。吸收新的劳动力成为人们向往的事情了。”[②]为了缓解劳动疲劳、统一劳动节奏，他们集体创作民间文学又集体传承民间文学，以至于民间文学伴随着劳动而产生又伴随着劳动而发展，成了人类生产生活不可缺少的一部分。其次，家族生活是导致民间文学集体创作的又一个主要原因。在传统社会，尤其在乡土中国，不管外面的世界如何发展，时代如何变化，家族内集体生活似乎成了人们永恒坚守的信念，这种生活方式使得年轻人几乎整天在外劳动，而年幼的孩子只能由祖父母或曾祖父母照顾。白天，在外的劳动者用民间文学缓解疲劳、娱乐自己，在家的老人们便用民间文学教育孩子、维持孩子间的秩序；晚上，一家人或数家人围坐在一起又用听过无数遍的古老传说打发漫漫长夜。“花儿本是心上的话，不唱是由不得自家；刀刀拿来头割下，不死还是这个唱法。”[③]这句花儿不仅唱出了西北人对花儿的热爱，更体现出了广大劳动人民对民间文学的热爱。就这样，老中国儿女集体创作了民间文学，又集

① ［英］塞西尔·夏普：《英国民歌：若干结论》，转引自［美］阿兰·鲍尔德《民谣》，高丙中译，北京：昆仑出版社，1993年，第6–7页。

② ［德］恩格斯：《家庭、私有制和国家的起源》，北京：人民出版社，2009年，第167页。

③ 郗慧民：《西北花儿》，西北民族大学研究所资料，1984年1月，第11页。

体传承了民间文学，以至于民间文学成了老中国儿女们生活的一部分。第三，自由宽松的公共空间和频繁多样的民间集会为集体创作民间文学提供了有利的文化空间。“文化空间”也称“文化场所”，是联合国教科文组织在保护非物质文化遗产时使用的一个专有术语，指“一个集中了民间和传统文化活动的地点，但也被确定为一般以某一周期（周期、季节、日程表等）或是一事件为特点的一段时间。”[①]“文化空间”并不单指空间向度上的某一场所，也可以指时间向度上的某一个周期，具有时间和空间上的双重指向性。在传统社会，几乎所有的生产生活空间都为人们所共有，如田间地头、打麦场、农家小院、胡同口、弄堂里，就连神庙、祭祀场、竞技场、村头十字路口也是人们所共有的，男的抽着老旱烟，女的纳着鞋底，孩子们在周围追逐打闹。农闲时节，尤其是遇到节庆或婚嫁丧娶时，这些地方便是举行仪式、传承民间文化的重要场所，定期和不定期的民间文学展演活动（如花儿会、传唱史诗、表演地方小戏等）在这些地方举行，所有参加这些集会的人都参与了民间文学的再创作活动。

3.活态性特质

民间文学的活态性特质可以从两个视角来理解：从历时性来看，民间文学自产生之日起，就处在一个活态的发展过程中，该过程只有起点没有终点，其起点因为人类口头记忆的不确定性而变得模糊不清，所以该过程中的任何一个文本既不是第一个也不是最后一个，而是某人在某个时间段采用某种手段记录下来的某个人在某个情境下说唱的文本，以前它有许多异文，以后还会有许多异文。从共时性来看，任何一场民间文学展演活动都是唯一的，不可能有复制文本，因为它不只与表演者的声音、动作、表情有关，还与表演情境（如季节、自然景物、天气、光线）和参与人数等密切相关，哪怕是一丁点变化都会使整个表演活动发生变化，用“牵一发而动全身”来形容它一点都不过分。可以看出，民间文学的活态性特质直接来自于它的展演属性，其结果是民间文学有无数的异文，所以面对已经成形的民间文学文本（或文字的，或音像的），我们必须保持清醒的头脑，认识到该文本只能是某个人在某个时期、某个情境下对某项民间文学所做的录制文本，在解读时必须结合录制时的表演情境，否则文本就会被误读。

---

① 转引自乌丙安：《民俗文化空间：中国非物质文化遗产保护的重中之重》，《民间文化论坛》2007年第1期。

那么，影响民间文学活态性特质的因素有哪些？首先，新生的历史事件和历史人物不断进入民间文学，使民间文学变得更加“丰满”。如果把某一民族或某一地方的民间文学，尤其是叙事性民间文学挑选出来，就会发现历史上的重大事件和著名人物都包含其中，如若把它们再按时间顺序串联起来就是一部民族史或地方史。现以沙武田编著的《敦煌壁画故事与历史传说》一书中有关敦煌的70则传说[①]为例。在这70则传说中，有2则无年代，剩余的68则传说的年代分布如下：尧舜时期1则、西周1则、西汉3则、三国2则、西晋1则、前秦2则、北凉2则、西凉1则、北魏1则、北周1则、隋1则、唐前期6则、吐蕃统治时期11则、归义军统治时期32则、元代1则、清代2则；涉及舜帝迁三苗于三危，汉武帝征“天马”和先后派大将李广利、李广征西，三国时仓慈和皇甫隆先后任敦煌太守，西晋书法家索靖题字仙岩寺岩壁，前秦大将吕光劫西域僧人鸠摩罗什去凉州途经敦煌，前秦僧人乐僔率弟子开凿莫高窟，中亚大禅师昙摩密多在敦煌传教，唐初名将侯君集征高昌与敦煌，武则天时期敦煌再现五色大鸡祥瑞，吐蕃时期玉关驿户起义，张议潮推翻吐蕃统治，归义军政变，历代名人开凿莫高窟，元代皇室速来蛮建莫高窟皇庆寺，清康熙帝惩处程金山父子以其皮骨做人皮鼓等历史事件（传说），几乎记录了整个敦煌古代史。其次，历代统治阶级的政治、文化、宗教等思想逐渐渗入民间文学，成了影响民间文学主题的重要因素。仍然以《敦煌壁画故事与历史传说》中的敦煌传说为例，西汉时期传说体现了敦煌地区人民对汉武帝征讨匈奴的政治方针的支持和响应，三国时期传说体现了民众对有作为官吏的崇敬，西晋到归义军统治期间的传说体现了敦煌地区对佛教事业的热衷，吐蕃统治时期传说体现了吐蕃统治阶级对敦煌地区人民汉民族的歧视以及敦煌地区汉民族对吐蕃统治阶级的反抗。第三，旧思想逐渐让位于新思想，并影响着民间文学的文化功能。河西宝卷是从唐代佛教俗讲演变而来的一种说唱文学，一开始与佛教密切相关，绝大多数宝卷沿袭讲经的路子讲唱宗教的科仪、教派经卷和布道书，后来随着社会的发展，一部分宝卷沿着讲故事的俗讲传统把神话故事、民间传说，甚至时事新闻纳入说唱内容，成了既有浓厚的宗教气味又有鲜活的民众情感的说唱文学。随着人们对佛教感情的淡化，在大众媒介日益盛行的今日，“酒泉宝卷还在农村中为广大群众所喜爱，念卷

① 该书共收录故事191则，其中敦煌壁画故事109则、敦煌近现代故事8则和敦煌学故事4则，剩余70则是有关敦煌的传说。

和抄卷活动仍在继续，逢年过节一些边远乡村仍可聆听到讲唱宝卷的声音，不过念卷已由过去的劝化说教演变为文化娱乐活动”。①另外，刘魁立对浙江《狗耕田》故事形态结构分析也能说明这一点：如果把变体二中“弟得牛虱，牛虱被鸡吃，弟弟得鸡；鸡被狗吃，弟弟得狗”情节看作原始社会“物物交换”的遗风的话，那么变体五中“弟弟卖香屁获利”情节就记录了人类社会从有形物交易向无形物交易的进步；如果把变体一中“狗耕田获得好收成”看作是劳动人民农本思想的记录的话，那么变体三中“狗耕田，弟弟打赌获利”则记录了人类对商业致富的认识。刘魁立说：“探寻民间叙事的生命树的奥秘虽然艰难，但却是十分有益趣的事！它对于我们理解世世代代的劳苦大众的心灵，该会提供多少帮助啊！”②其实，在这棵“民间叙事的生命树”中看到的不仅仅是劳苦大众的心灵，更是孕育这棵生命之树不断生长的文化生态。

4. 多维度特质

民间文学是一个多维度文学，这些维度既是它的创作维度，也是解读和研究民间文学的维度。

（1）生活维度

民间文学的生活维度可以从三个方面来理解：首先，民间文学是生活的反映，如“从前有座山，山上有座庙，庙里有个和尚在讲故事”揭示了古代寺庙依山而建的选址要求，以及和尚们用讲故事的方法给人们讲经说法的方式；笑话《父子同拜堂》揭示了中国传统社会里缔结婚姻的方式：人们只认可世俗婚姻，即两人在“父母之命，媒妁之言”的前提下当着父老乡亲的面拜堂才叫结婚，否则即使有了孩子也叫未婚，所以这则笑话中的女子即使要当婆婆了，其“发蓬蓬”依然“作处子装”。其次，民间文学反映了广大民众的生活观念。比如，异类婚是全国各地普遍流行的故事，有时女性为异类，如蛇女、狐女、螺女等，有时男性为异类，如蛇郎、青蛙丈夫、牛犊儿子等，这些异类脱去动物皮就成了美丽的女子或英俊的男子，不管是异类女还是异类男都有情有义，且能赢得人类的公平对待——与他们成婚生子。这是为什么？在这类故事中都能看到这样一条线索：这些异类原本是人，他们因事被罚变成了异类，正在经受生活的考验，成则恢复原来的一切，败则生命堪忧，

① 金波：《独具魅力的河西宝卷》，《科技风》2008年第12期。

② 刘魁立：《民间叙事的生命树》，北京：中国社会出版社，2010年，第12-13页。

人类在不知情的情况下毅然决然地与他们成婚，婚后夫妇还要共同面对许多挫折，但最终他们还是过上了幸福美满的生活。显然，这类故事反映了人们的一种生活理念——只要人们勇敢面对，任何困难和挫折都不可怕，一切困难和挫折都是幸福的源泉。再次，民间文学反映了广大民众的生活标准。“感恩的动物、忘恩的人”是民间故事中最常见的母题之一，尽管故事的题目在各地叫法不一，但都包含了相同的故事梗概，即好心人在灾难中救了动物和人，动物均能感恩图报，人却恩将仇报，使恩人受尽了磨难。这个故事经历了从民间故事到佛教故事，再到民间故事的多次转变，不管它怎么转变总脱不了人们对善恶的评判：知恩图报就是善，以仇报恩就是恶。孝顺媳妇也是民间文学中常见的一个人物形象，她宁愿自己挨饿也要尽自己的努力让婆婆吃饱肚子，甚至还要遭受丈夫或小姑子的误解，不管行孝的过程多么艰难但最终孝顺媳妇还是得到了好报——雷公给她的手上戴满了金银珠宝。这个神奇荒诞的结局体现了广大民众的道德评判标准：人的道德有大道德和小道德之分，为了大道德而失了小道德，这个人依然还是道德的，比如这个孝顺媳妇，本来偷东西是不道德的，但她却是为了孝敬婆婆，古人向来把“忠孝”列为道德之首，所以人们依然在赞扬她的孝顺。

（2）知识维度

刘守华、段宝林等学者都认为民间文学为社会科学乃至某些自然科学提供了珍贵的研究资料，民间文学中的确存在着许多地方性知识，其中最明显的莫过于历史、地理、农业、民俗、医药、天文等方面的知识，它们来自于生活，反过来又用之于生活，成了民间文学中不可忽视的一部分。比如，许多地方传说在开头都要交代清楚故事发生的地点，如“全椒县蔡集附近有一座小桥，它的名字叫娥眉桥”（安徽传说《娥眉桥》）、“孟达村是循化撒拉族自治县东部黄河南岸的一个偏僻的村庄，孟达在撒拉族语言中的‘这里’的意思”（青海传说《孟达村》）、“坐落在丝绸之路上的焉支山，就是史书上说的删丹山，今天的大黄山。焉支山方圆近百里，地势险要，风光旖旎，苍松挺拔，翠柏生香，它既是景色秀丽的仙境，又是历史兵家必争之地”（甘肃传说《焉支山的传说》），这些描写不仅让受众对故事所涉及的对象在地理位置上有个大体了解，还对它在民族语言中的含义、军事地理价值有一定的了解，既讲了故事又传授了地理、军事知识。另外，青海藏族传说《“六月会”跳神舞》、浙江传说《七月三十插地香》、贵州苗族民俗传说《祭米魂的由来》、四川民俗传说《土葬的起源》、贵州水族民俗传说《铜鼓节的由来》都讲了民俗的由来，含有丰富的民俗知识。

（3）生命维度

民间文学有很强的生命意识，不仅认为生物有生命，就连无生物也被认为是有生命的，并且表现出极强的生命追寻意识、对生命的尊重意识和生命的平等意识，中外著名的“怪异儿”故事就是典型的例子。这是故事讲一对夫妇结婚多年，甚至年已半百却无一男半女，他们迫切盼望有个孩子延续他们的香火，给他们无味的生活带来欢乐，为此有些夫妇求助于神灵，有些虽不求助于神灵却因为生不出来孩子整天痛哭流涕，终于有一天他们意想不到的得到一个怪异儿或怪异女。之所以说是他们是怪异儿，其原因有二：一是他们有非凡的出生，有的由拇指而变、有的从冬瓜里出来、有的从枣核里出来、有的从青蛙而变，因此人们赋予他们一个具有象征意味的名字，如拇指儿、葫芦娃、枣核娃、青蛙姑娘、豆团等；二是他们有不同于常人的形体特点，或者是动物的外形人的声音，或者是超乎寻常的小，如枣核大、拇指大、蚕豆大等。这些故事首先体现的是强烈的生命追寻意识。人不仅承担着个人生命的再生产任务，还承担着人类生命的再生产任务，当他们的生产能力受到限制时他们就千方百计地去追寻生命，以实现生命的再生产。其次体现的是对生命的尊重。尽管这些怪异儿不同常人，但人们并不嫌弃他们，反而倍加珍惜，视他们为掌上明珠，好吃的好玩的给他们不说，还尽最大努力满足他们的要求，表现出了对生命的尊重和生命的平等意识。

（4）情感维度

《毛诗序》云：“情动于中而形于言”，不管是哪种文体，民间文学都蕴含着丰富多彩的民族情感。比如，神话《盘古开天辟地》表达的是人类对万物缔造者的崇敬之情，民歌《君子于役》体现的是人们的厌战情绪，传说《梁山伯与祝英台》体现了人们对真挚爱情的赞美之情，故事《狗耕田》体现的是人们对不公平的封建家长制的批判之情，描写山山水水的地方传说更是体现了广大民众对家乡的热爱和赞美之情，农谚则体现了广大民众的聪明智慧，等等。英国抒情诗人华兹华斯说：“诗人是以一个人的身份向人们讲话。”[①]与作家文学不同，民间文学的每一次情感抒发不仅仅代表个人，更是群体情感的表达。比如《格萨尔王传》是藏族人民集体创作的一部伟大的英雄史诗，

① ［英］华兹华斯：《十世纪英国诗人论诗》，曹葆华译，北京：人民文学出版社，1984年，第13页。

全诗有120多部，100多万行，2000多万字，是世界上迄今发现的篇幅最长的英雄史诗。它历史悠久、结构宏伟、卷帙浩繁、内容丰富，讲述了格萨尔南征北战的一生，塑造了一个伟大的藏族英雄形象，表达了人们对他的赞美之情，但是值得注意的是，他不仅是藏族人民的英雄，更是我们中华民族的英雄，所述的赞美之情不光是藏族同胞的更是整个中华民族的。另外，人们赋予《梁山伯与祝英台》“化蝶”的结局，意在寄寓“有情人终成眷属”的美好祝愿，同样这种愿望也不是某个人的而是所有中国人的。

当然，民间文学不仅仅只有这四个维度，还有历史、哲学、社会、宗教等维度，它们都从不同角度成就了民间文学。可以看出，民间文学的这些特质都是受文化生态的影响而形成，既然这样，那么研究民间文学就离不开对其文化生态的审视，只有这样，其研究才“接地气”、不违背其“民间性”的本质属性。

（三）文化生态视野顺应民间文学研究的发展需要

以“五四”文化运动为界，中国开启了现代意义上的民间文学研究，至今已有百年历史了。

1.我国民间文学研究的百年历程

早期启蒙主义者意识到要改变中国落后面貌实现民族富强，其首要任务就是唤醒民众的思想觉悟，而实现这一目标的最好办法是借助民间文艺来宣传他们的政治主张，于是梁启超采用弹词、歌谣和民间戏曲等通俗文艺形式编著了《爱国歌》《变法自强歌》，章炳麟以歌谣的形式创作了《逐满歌》，秋瑾和陈天华借用弹词的形式创作了《精卫石》《猛回头》以宣传他们的思想。同时，还对中国古代神话、传说和笑话等民间文学的社会功能、远古文学体裁的起源问题等，从语言学、历史学、社会学、民族学等方面进行了一定的研究，如蒋观云的《神话、历史养成之人物》、章炳麟的《原学》、鲁迅的《破恶声论》、刘光汉的《氏族原始论》等。虽然他们没有明确提出“民间文学”的概念，却奏响了民间文学研究的序曲，具有重要的历史意义。“五四”新文化运动的倡导者意识到要实现民主科学的启蒙任务，必须发起一场旨在“反对文言文、提倡白话文，反对旧文学、提倡新文学”的文学革命，而实现“文学革命自当从‘民间文学’入手。”[①]1918年2月，刘半农、周作人、沈尹默、钱玄同等人在《北京大学日刊》发起歌谣征集活动，并于1922年12月17

① 胡适：《逼上梁山——文学革命的开始》，《东方杂志》1934年第31卷第1期。

日创办了《歌谣周刊》，他们在《歌谣周刊》的发刊词中开宗明义："本会搜集歌谣的目的共有两种，一是学术的，一是文艺的。我们相信民俗学研究在现今的中国是很重要的事业……歌谣是民俗学上的一种重要的资料，我们把它辑录起来，以备专门的研究：这是第一个目的。"[①]这是中国民间文学研究史上一件影响深远的标志性事件，标志着中国民间文学研究的正式开始，当时著名的学者，如胡适、顾颉刚、董作宾、朱自清等，都积极投身于这一研究，先后刊出《歌谣周刊》96期，搜集的歌谣达13 000余首，出版了不少具有开创性的学术成果，如顾颉刚的《孟姜女故事研究》、董作宾的《歌谣研究》等。在歌谣学运动的影响下，广州、杭州、厦门、福州等地也纷纷成立民俗学会，他们采作品、办刊物、介绍外国理论，涌现出钟敬文的《民间文艺丛话》、杨荫深的《中国民间文学概说》、黄石的《神话研究》、玄珠的《中国神话研究ABC》、顾颉刚的《孟姜女故事研究集》、赵景深的《童话评论》、胡怀琛的《中国民歌研究》、陈光尧的《谜语研究》等学术研究成果，使我国民间文学研究出现了一片新气象。

1942年，毛泽东在延安文艺座谈会上发表重要讲话，提出"文艺为工农兵服务"的方向，要求文艺工作者深入民间，向人民大众学习，运用人民大众喜闻乐见的形式进行创作，由此解放区展开了一股向民间文艺学习的热潮，文艺工作者广泛搜集民歌、故事、民间戏曲，成立民歌研究会，出版《陕北民歌选》《内蒙民歌集》《秧歌论文选集》《民间艺术和艺人》等一系列民间文学书籍，在借鉴和吸收民间文艺传统的基础上创作了《小二黑结婚》《王贵与李香香》《兄妹开荒》等具有浓郁民间文艺气息的作品。1950年，中国民间文艺研究会成立，这是新中国成立后建立的第一个学术团体，标志着民间文学研究受到政府的重视。1958年，随着毛泽东多次谈话和政府的积极介入，一场轰轰烈烈的采风运动在全国普遍展开，出版民间文学作品集达两千多种，代表性研究成果有钟敬文的《民间文艺论集》、贾芝的《民间文学论集》、匡扶的《民间文学概论》、赵景深的《民间文艺概论》、谭达先的《民间文学散论》、袁珂的《中国古代神话》、丁山的《中国古代宗教与神话考》、李岳南的《民间戏曲歌谣散论》等，在北京大学和复旦大学编写的《中国文学史》中都不约而同地把民间文学抬高到中国主流文学的位置。相比之下，这一时期的民间文学研究因引进了苏联的民间文学研究理论，在深度和广度上都比延安

① 周作人：《〈歌谣周刊〉发刊词》，《歌谣周刊》1922年第1号。

时期有了较大进步，但不可否认，过分抬高民间文学的地位和价值也是不正确的做法。新时期是民间文学研究的繁荣期，不管是民间文学的采录还是民间文学的研究，都取得了前所未有的新成就。

1984年，文化部、国家民委、中国民协三部委共同组织民间文学“三套集成”（《中国民间歌谣集成》《中国民间故事集成》《中国谚语集成》）的编撰工作，展开了有史以来在全国范围内对中国民间文化宝藏进行的最大规模的搜集采录工作，共采录歌谣320万首、民间故事183万篇、谚语784万条，总字数达40亿，到21世纪初，“三套集成”已全部问世，这件功在千秋的伟业为日后的民间文学研究奠定了坚实的基础。此外，民间文学理论研究也空前活跃，涌现出钟敬文的《民间文学概论》、段宝林的《中国民间文学概要》、李惠芳的《中国民间文学》、张紫晨的《民间文艺学原理》、袁珂的《神话论文集》、萧兵的《楚辞与神话》、刘城淮的《中国上古神话》、潜明兹的《神话学的历程》、刘守华的《故事学纲要》和《中国民间童话概说》、天鹰的《中国民间故事初探》、贺学君的《中国四大传说》、程蔷的《中国民间传说》、潜明兹的《史诗探幽》、吴超的《中国民歌》、张紫晨的《中国民间小戏》等百余部优秀研究论著和千余篇研究论文，使民间文学研究呈现出一片欣欣向荣的新局面。

进入21世纪以来，受社会快速发展的影响，传统的民间文学生存环境日渐衰萎，民间文学也失去了昔日所承载的社会功能，尽管民间文学研究仍在继续，也有一些颇具价值的研究成果问世，但总体而言，远不如前一时期那么辉煌，跌入了一个研究低谷，具体表现为：（1）以前发表民间文学作品和学术论文的专业期刊或停刊或转向，大大缩小了民间文学作品和学术论文的生存空间；（2）老一辈研究者或辞世或淡出研究，有些转到了其他研究领域，使民间文学的研究队伍大大缩减；（3）学科地位由汉语言文学的二级学科变为社会学的三级学科被纳入民俗学下，不少高校还取消了民间文学课程，使民间文学及其研究遭遇了前所未有的危机。①

2.我国民间文学研究的主要理论和方法

综观我国民间文学研究的百年历程，其中既有中国学人对国外理论和方法的介绍与借鉴，也有国内学人对研究理论和方法的自创，他们从不同角度促进了我国民间文学研究的发展。

---

① 陈友康：《中国民间文学研究的现实困境与未来出路》，《河北学刊》2009年第1期。

(1) 借鉴的国外主要理论和方法

英国人类学派神话学是最早引进中国民间文艺学界的国外学术理论。20世纪初，人类学派神话学通过欧洲和日本两条路线传到中国，被一些进步的知识分子所接受。一般认为，周作人是我国最早介绍并运用人类学派神话学理论的学者，他在1913—1914年所撰写的《童话略论》和《童话研究》等文章中对安德鲁·兰的神话观做了相当详细的阐述，这也是我国最早直接介绍人类学派神话学理论并用之研究中国神话的重要文章。受此影响，当时知名学者如鲁迅、茅盾、赵景深、钟敬文、黄石、谢六逸、林惠祥等都运用该学派的理论和方法进行中国神话研究，同时他们在许多方面又做了中国式的探索，为中国神话学的创立奠定了坚实的基础。直到20世纪40年代初，我国民间文学研究都深受人类学派神话学的影响。

故事形态学最早由俄国民间文艺学家弗拉迪米尔·普罗普所创立，他于1928年出版的《民间故事形态学》(*Morphology of the Folktale*) 被公认为民间故事形态分析理论的奠基之作，他为民间叙事结构的分析提供了一条崭新的路径。该理论传到中国后被许多学者所应用，钟敬文先生就用该理论成功地研究了中国的"老鼠娶亲"故事。

故事类型学最初由芬兰历史地理学派学者安蒂·阿尔奈创立，他于1910年出版的《民间故事类型索引》一书开创了民间故事类型分析及编制索引的工作，后经美国学者斯蒂斯·汤普森的修订，牢固确立了故事类型研究在世界民间文学研究中的重要地位。受此理论的影响，德国学者W·艾伯华、美国华裔学者丁乃通和我国学者刘守华、祁连休等人对中国民间故事做了类型研究，出版了颇具影响力的研究成果，尤其是刘守华《中国民间故事类型研究》和祁连休的《中国古代民间故事类型研究》(三卷本) 已经成了我国民间文学研究者研究民间叙事文学最常用的工具书。

田野作业，也称田野调查，是对中国民间文学研究影响最深的一种研究方法。作为一种研究方法，它最早源于早期人类学家，他们深入到落后原始的民族进行异文化调查，往往一住就是几年，甚至十几年，如摩尔根、哈顿、博厄斯、马林诺夫斯基等。田野作业于20世纪20年代被我国民俗学研究所使用，此后被应用到民间文艺工作的方方面面，目前成了民间文学研究最基本的、最恒常的研究方法。到目前为止，可以说田野作业与比较研究法和历史演进法是中国现代民间文学研究史上学者们使用最娴熟、最成功的三种研究方法。

在中国，胡适于1922年12月在《努力周报》上发表《歌谣的比较的研究法的一个例》一文，首次提出了歌谣的比较研究，随后常惠、董作宾等学者把这一方法应用到了自己的歌谣研究。随着研究的进一步拓展，比较法几乎用到了民间文学研究的方方面面，后经刘守华教授多年的探索，成功建构了中国比较故事学理论，他于2003年出版的《比较故事学论考》既是中国比较故事学理论的集大成者，也是比较故事研究的典范之作。

1924年顾颉刚的《孟姜女故事研究》问世，他“第一次使用了历史地理的方法，研究中国的民间传说故事，提出了自成体系的理论”①，这个“自成体系的理论”就是“历史演进法”。这是顾颉刚先生借鉴芬兰历史地理学派的方法，结合中国民间文学的特点构建起来的研究理论，也是中国学者对国外理论活学活用进而升华的典范。

20世纪90年代末，随着叙事学理论、语境理论、表演理论、民族志诗学和口头程式理论的引入，中国民间文学研究不仅由静态研究逐渐转向了动态研究，还催生了文化研究的新趋向。这里所说的“‘文化研究’，是指学者借鉴年鉴学派、新马克思主义、计量史学等学派的理论，从社会史、心态史、历史人类学等角度出发，对蕴含在传说故事中的历史内涵、社会记忆、文化价值展开探讨的研究方法”②。

（2）国内学人自创的理论和方法

中国学者并没有一味地接受国外理论和方法，他们也根据中国的具体国情积极创立具有中国特色的民间文学研究理论和方法，如钟敬文的“三层方法”和“三层文化”、段宝林的“民间文学的立体思维方法”、叶舒宪的“四重证据法”、刘锡诚的“整体研究”、万建中的生活维度研究、高丙中的用民间生活研究代替民俗文本研究法、刘铁梁的“标志性文化统领式民俗志”观点等，他们都不同程度地促进了中国民间文学的研究。

钟敬文先生认为任何研究不可能只用某一种研究方法，大多是多种方法的综合应用，这些方法又可以根据它们的研究功能分为三个层次：第一层是世界观或文化层面，这是指导研究者客观地审察所面对的事物的根本；第二层是一般研究方法，即分析法、比较法、归纳法、调查法等；第三层是某种学科的特殊研究方法，如民俗学的田野作业法、类型研究法、心理研究法等，

① 钟敬文：《建立中国民俗学派论纲》，《广西民族学院学报》2000年第1期。

② 安德明，祝鹏程：《2013民间文学研究年度报告——以神话、故事和传说研究为主》，《民间文化论坛》2014年第1期。

他建议研究者合理地选择、应用，尽量做到“物尽其用”“量体裁衣”。[①]段宝林认为六维的立体思维是研究民俗最科学、最全面的一种方法，其“六维”指通常所说的长、宽、高三维加上时间、内部空间和外部空间三维，其中前三维是对民俗的静态研究，后三维是对民俗的动态研究，时间一维研究民俗的发生、发展、终结和未来，内部空间一维考察事物由表及里的发展规律，外部空间一维研究生态环境、自然与社会环境、背景对民俗的影响，只有用六维立体思维来研究民俗才能找出民俗的本质。[②]

高丙中说，受胡塞尔现象学的影响国内学者得以用“生活世界”这一概念来研究民俗，使民俗背后深邃的生活世界得以显现，既然“生活世界”所支撑的民俗学理论大厦能够增强民俗学的智慧含量，拓展民俗学者的用武之地，那么“当我们把生活世界作为民俗的意义来源和服务对象，当我们把‘生活世界’作为民俗学的认识论基础，民俗学者会有新的施展才华的空间，民俗学慢慢会呈现不一样的面貌”[③]，主张用民间生活研究来代替民俗文本研究。如果说高丙中是民间文学生活维度研究的倡导者，那么万建中则是民间文学生活维度研究的实践者。

万建中认为：民间文学具有深厚的生活属性，民众在表演和传播民间文学时总是在经历一种特殊的生活，一般不会意识到自己正在从事文学活动，另外民间文学是一个民族的历史、宗教、信仰、伦理、民俗的反映，是一个区域民众的心理生活和现实生活在历史的进程中不断深化的记载，因此，从其生活属性的角度来考察民间文学，“可以更科学更全面地认识民间文学，将民间文学复归为原本的生活状态，从实际生活中考察其生存空间，才能真正理解什么是民间文学”，只有理解了民间文学的生活特征，才能真正认识民间文学的现实意义。[④]在这种思想理论的指导下，他在《民间文学引论》中第一次将生活属性引进了高校民间文学教材，还原了民间文学的生活世界，强化了民间文学的本质属性。

---

① 钟敬文：《我在民俗学研究上的指导思想及方法论》，《民间文学论坛》1994年第1期。

② 段宝林：《中国民间文学概要》（第四版），北京：北京大学出版社，2012年，第2–3页。

③ 高丙中：《中国人的生活世界：民俗学的路径》，《民俗研究》2010年第1期。

④ 万建中：《民间文学引论》，北京：北京大学出版社，2012年，第40–43页。

3.我国民间文学研究的现状和出路

可以看出，在这百年历史中，中国民间文学研究所用的理论和方法多数来自于西方国家，少数出自中国学者之手，其中西方理论和方法深刻地影响了中国民间文学的研究，而中国理论没有产生太大的影响，只是倡导者在自己的研究中局部地有所运用。针对中国学者一味借鉴和引用西方神话理论这一现象，我国学者陈连山大声疾呼“走出西方神话的阴影”①，那么，中国民间文学研究能否走出西方理论的阴影，创建出具有中国特色且影响深远的研究理论和方法呢？早在21世纪初，钟敬文先生就撰文说：“我们应从中国的具体国情出发，在吸收国外学术优长时，尽量回避其不足……学术最高境界在于对自身文化的准确把握，而不是对国外理论的刻意模仿。”②钟老的这句话告诉我们，要发展中国民间文学研究，首先要弄清中国的具体国情；其次中国学者要用扬弃的态度对待国外理论，既不能简单地肯定，也不能简单地否定，而是吸收其优长舍弃其不足；第三，借用“他山之石，可以攻玉”，但是选用的理论要适合本国文化，不可死搬硬套。

那么，中国的具体国情是什么？“最严酷的事实莫过于中国民间文学研究比西方国家滞后整整一百年，中国民间文学研究目前还不能完全摆脱西方理论和方法的影响，走出一条完全独立的发展之路。”③既然这样，那么借鉴和学习西方理论就势在必然，相信每一个中国学者借鉴西方理论的原因绝不是崇洋媚外，而是积累理论，希望有朝一日能站在它们的“肩膀”上提出自己的理论，这也许是中国学者先后引进许多西方理论的真正目的。

户晓辉说：“民间文学是一个有危机感的学科。这种危机感与生俱来，时隐时现，一直伴随着学科发展的始终。进入新世纪以来，中外学者又一次不约而同地感到：旧的研究范式极大地束缚和限制了学科的发展，已经越来越不能适应新时代的要求。但从世界范围来看，由于绝大多数学者对学科的反思都停留在旧的经验实证研究传统和惯性中，因而使民间文学研究在世界范围内出现了停滞和萎缩不前的局面。”④在危机感的助推下，民间文学研究者

① 陈连山：《走出西方神话的阴影——论中国神话学界使用西方现代神话概念的成就与局限》，《长江大学学报》（社会科学版）2006年第6期。

② 钟敬文：《二十世中国民俗学经典·序言》，北京：社会科学文献出版社，2002年。

③ 徐凤：《文化生态：民间文学研究的非文本诗学视野》，《内蒙古大学学报》（哲学社会科学版）2016年第5期。

④ 户晓辉：《纯粹民间文学关键词引论》，《文学评论》2009年第2期。

努力寻求新的、有助于学科增长的各种研究方法和视角，力图摆脱学科日渐式微的阴影。就目前民间文艺学界的研究状况而言，出现了两条并行不悖的探寻路线：一条是继续关注并引进国外理论和方法，另一条是努力寻求中国式的研究方法。相比之下，倾力于第一条路线的学者人数更多，问世的研究成果更多、价值也更高，比如自20世纪90年代后期到21世纪初，先后引进的西方理论有叙事学理论、语境理论、表演理论、民族志诗学和口头程式理论等，当代著名学者杨利慧、叶舒宪、安德明、万建中、彭兆荣、朝戈金、周福岩、巴莫曲布嫫等都参与了这些理论的介绍和翻译，尤其值得注意的是，介绍这些理论和方法的论文下载频次和引用频次都比较高。截至2017年5月20日下午14点，周福岩的论文《表演理论与民间故事研究》（《鞍山师范学院学报》，2001年第1期）被下载843次、引用35次，杨利慧、安德明的论文《理查德·鲍曼及其表演理论——美国民俗学者系列访谈之一》（《民俗研究》，2003年第1期）被下载1337次、引用64次，杨利慧的论文《表演理论与民间叙事研究》（《民俗研究》，2004年第1期）被下载2400次、引用119次，彭兆荣的论文《人类学仪式理论的知识谱系》（《民俗研究》，2003年第2期）被下载3841次、引用151次，张帆的论文《特纳与仪式理论》（《西北民族研究》，2007年第3期）被下载1718次、引用31次，董乃斌和程蔷的论文《民间叙事论纲》（上）（《湛江海洋大学学报》，2003年第2期）被下载987次、引用70次，《民间叙事论纲》（下）（《湛江海洋大学学报》，2003年第5期）被下载832次、引用32次；杨利慧的《民族志诗学的理论与实践》（《北京师范大学学报（社会科学版）》，2004年第6期）被下载1183次、引用45次，叶舒宪的《口传文化与书写文化——“民族志诗学”与人类学的表现危机》（《广东社会科学》，2001年第5期）被下载881次、引用17次，巴莫曲布嫫的论文《民族志诗学》（《民间文化论坛》，2004年第6期）被下载884次、引用20次，朝戈金和巴莫曲布嫫的论文《口头程式理论》（《民间文化论坛》，2004年第6期）被下载1439次、引用34次，这一现象说明这些理论不仅深受中国学者的欢迎而且深深地影响了中国民间文艺学界。

在这些理论的影响下，中国民间文艺学界涌现出了许多颇有价值的研究成果，如万建中的专著《民间文学引论》、华中师范大学出版的民间文化系列丛书《民间叙事文学研究》、杨利慧的论文《语境、过程、表演者与朝向当下的民俗学——表演理论与中国民俗学的当代转型》（《民俗研究》2011年第1期）、王杰文的论文《“表演理论”之后的民俗学——“文化研究”或“后民俗学”》(《民俗研究》2011年第1期)、王治国的论文《民族志视野中的〈格萨尔〉史诗英译研究》(《西北民族大学学报(哲学社会科学版)》2010年第5期)、尹虎彬的论文《河北民间表演宝卷与仪式语境研究》(《民族文学研究》2004年第3期)、席嘉和程志君的论文《民间传说的文本与语境——一个文化变迁的个案分析》(《湖北民族学院学报(哲学社会科学版)》2002年第1期)、彭兆荣的论文《仪式叙事的原型结构——以瑶族“还盘王愿”仪式为例》(《广西民族大学学报(哲学社会科学版)》2008年第5期)和《论身体作为仪式文本的叙事——以瑶族“还盘王愿”仪式为例》(《民族文学研究》2010年第2期)、刘宗迪的论文《从书面范式到口头范式:论民间文艺学的范式转换与学科独立》(《民族文学研究》2004年第2期)等。由此可见,这些国外理论的引入不但没有削弱中国民间文学的研究,反而为这一领域的研究注入了新鲜血液,激发了一些学者的研究活力,有力地推动了该领域研究的发展。

应这一时代需要,笔者提出从文化生态视角研究民间文学有其合理性:首先,文化生态研究是一种非文本研究,可以突破纯文字文本研究的局限,将研究对象从文字文本拓展到整个表演活动,还原民间文学文本发生发展的活态过程,更科学地认识影响民间文学生成和演变的生态基础,认识它存在的意义和价值。其次,文化生态研究是一种动态研究,可以通过考察民间文学与民间文化之间共生互动的关系,揭示民间文学演变的活态规律。第三,文化生态研究是一种多方位多层次研究,可以构建一种多层次的文化生态意识,从多个角度对民间文学做更全面的考察,以认识影响民间文学发生演变的因素的多样性。第四,文化生态研究是一种广谱研究,适用于任何一种文化,不会因为文化类型的变化而影响研究,反而能具体问题具体对待,发挥研究的最大优势。

作为民间文学最大的分支,毫无疑问,民间故事也应该用文化生态的视角来研究,这不仅是可行的,也是必要的。

三、甘肃复杂多样的文化生态孕育了丰富多彩的民间故事

甘肃位于中国的西北部,地处东经92°13′—108°46′,北纬32°11′—42°57′,东临陕西,南至四川,西南靠青海,西到新疆,北连内蒙古和宁夏,西北的一角还与蒙古国交界,总面积42.58万多平方千米。从最东端的甘陕交界处到最西端的甘新交界处,相距1 600多公里,地域比较辽阔。

（一）复杂多样的甘肃文化生态

复杂的地形地貌、辽阔的疆域、深远的人文历史、众多的民族、重要的地理位置等，都是甘肃形成丰富多样的文化生态的重要因素。

1.复杂的地形地貌

甘肃境域是青藏高原、阿拉善高原与黄土高原的交汇地带，境内黄河流域、长江流域与内陆河流域共存，从而造就了甘肃复杂多样的地貌特征。按照地貌形态，可以把甘肃划分为六个地区。

（1）陇东、陇中黄土高原区，东起陕甘交界，西接乌鞘岭，南到陇南山地，北至甘宁交界，海拔在2 200米—2 400米之间，面积达11万平方千米。该区域地表有逾百米厚的黄土层，该土层在地表流水的强烈作用下形成了无数条沟壑，整个塬面平整不足沟壑有余，水土流失十分严重。

（2）陇南山地区，大致包括渭水流域以南、秦岭以西、甘川交界以北，西到临潭、迭部一带，面积约5万平方千米。由于该区域系秦岭的西延部分与岷山东延支脉摩天岭组成，所以海拔差别较大，最高处达3 000米，最低处只有550米，形成了陇南东部山体不高、山间盆地居多，西部山势高峻、谷地深狭的不同地貌。

（3）甘南高原区，指陇南山地以西，甘青交界以东，甘川交界以北，临夏、和政以南的地区，面积约为2.1万平方千米。该区域系青藏高原的东部边缘地段，海拔相对都比较高，约在3 000米—3 500米之间，但整个塬面西高东低，地势比较平坦开阔，只是受水流支脉的影响，该区域的西中部属于黄河流域，东部属于长江流域。

（4）祁连山地区，位于省境西南部的甘青交界处，东起乌鞘岭，西至当金山口，面积约0.7平方千米，是青藏高原东北部最大的边缘山系，由众多的平行山脉组成，大部分地方海拔在4 000米以上，山顶终年白雪皑皑，其雪峰冰川融水是省内内陆河的主要源头。

（5）河西走廊区，指祁连山地以北，北山山地以南，东起乌鞘岭，西至甘新交界的长约1 000千米的狭长地带，该区域地势自东向西、由南向北倾斜，海拔在1 400—2 900米之间，面积约为11.1万平方千米。河西走廊自东向西形成了武威、张掖—酒泉、瓜州—敦煌三个内陆盆地，地势相对比较平坦，但土地沙化严重，使这一区域沙丘绵绵，荒漠辽阔。

（6）北山山地区，指河西走廊以北，包括马鬃山、合黎山、龙首山等山脉，是阿拉善-北山地台边缘的隆起地带，海拔差别较大，龙首山的东大山高为3 616米，黑河河谷海拔仅为1 200米，致使这一区域高山连绵，此起彼伏。

甘肃境内到处都是这些复杂的地形，高山深谷、重峦叠嶂、沟壑纵横是其地貌特点，只有河西走廊地势较为平坦，但那也是沙漠、戈壁和绿洲并存，山脉、沟壑与平地共在。

2.深远的人文历史

甘肃是中华文明重要的发祥地，我国第一块打制石器就发现于陇东。远古人类在秦安大地湾不间断地生活了3 000年之久，他们在这里度过了以石器为主要生产工具的人类漫长的童年期，孕育了强大的史前文化；五帝以后，当中原地区历经着由夏到商、由商到西周的王朝更替时，甘肃只有东部地区才出现了一些城邦性质的小方国，其中经古豳国孵化出来的先周文化深深地影响了中原政治势力的角逐，为西周一举推翻商朝统治打下了坚实的基础，使汉代史官司马迁欣然叹曰“周道之兴自此始”（《史记·周本纪》）。另外，甘肃境内还活跃着众多游牧部落，他们与东部方国共同推动着甘肃历史前进的车轮。

春秋时，秦国逐渐崛起，国域横跨甘陕两省。战国时，西北游牧部落的势力不断演变，月氏、乌孙曾活跃于甘肃中、西部，西羌也在河湟一带发展起来，陇东北部的义渠也与强秦一直对抗到战国后期。尽管有些戎狄酋邦后来被秦国所灭，但他们与秦国共同书写了先秦时期甘肃的历史文明。秦汉时，甘肃成了汉匈矛盾的重心，当修长城、和亲都挡不住匈奴掠夺关陇之地的铁骑时，汉武帝先后派卫青率大军夺回了被匈奴占领的河南地，霍去病率军大败匈奴右部，张骞出使西域开辟了举世闻名的丝绸之路，赵充国稳定河湟羌区，取得了边患问题的决定性胜利。魏晋南北朝时，甘肃大地上出现了前凉、前赵、后赵、前秦、后凉、后秦、仇池、南凉、西凉、北凉、西秦等十多个政权，发生过无数次战争，北方少数民族如羌、氐、匈奴、鲜卑、羯、柔然、敕勒等，几乎都在甘肃这个舞台上上演过历史剧。隋代时，隋炀帝西至张掖会见了二十七国使臣，举办了集商贸与文化交流于一体的“互市”。“安史之乱”爆发后，边兵内撤，吐蕃乘机攻占并统治了陇右、河西一带，848年张议潮发动起义推翻了吐蕃统治，872年回鹘人进驻甘州，914年曹议金取代张承奉成为归义军节度使，1036年西夏王朝崛起，甘肃曾经一度处在甘州回鹘、沙州回鹘、曹氏归义军、西凉吐蕃、西夏、北宋、金、南宋、元等诸多政权分立共存又纷争不断的局面。元朝时，一些民族不断涌入甘肃，加之原有的民族，使甘肃在明朝形成了现有民族分布的基本格局。清代时，甘肃属省一级行政建制，陕甘总督移驻兰州，甘肃成为西北军事重地。

3. 多彩的民族文化

甘肃自古就是一个多民族聚居地，民族与民族之间既有短暂的和平共处，也有战乱不断的纷争岁月，他们或“你方唱罢我登场”、或同台共舞，最终演绎出了今天多民族和平共存的大好局面。目前，在甘肃生活着汉、回、藏、土、蒙古、东乡、保安、裕固、哈萨克、撒拉等41个民族①，其中东乡族、保安族、裕固族是甘肃境内特有的少数民族。省内现有甘南、临夏两个民族自治州，天祝、肃南、肃北、阿克塞、东乡、积石山、张家川7个民族自治县，39个民族乡，大部分少数民族聚居在他们的民族聚居地，也有一些杂居在汉族的聚居区。复杂的民族成分让古代甘肃人民饱受战乱之苦，也让今日甘肃人民具有丰富的民族风采。

回族是甘肃仅次于汉族人口的一个少数民族，他们主要聚居住在甘州、肃州、凉州、临夏和陇东一带，他们中的大多数人信仰伊斯兰教，有自己的民族服饰和生活习俗。东乡族主要分布在临夏回族自治州东乡族自治县境内，由撒尔塔人融合当地的汉族、蒙古族等人逐渐形成，现有人口5万多，因他们自明代以来一直住在东乡而得名，他们中的大多数人也信仰伊斯兰教。保安族人主要居住在积石山保安族东乡族撒拉族自治县大河家的大墩、梅坡、干河滩村，俗称“保安三庄”，少数散居在其他市县，现有人口2万多人，他们有民族语言，他们中的大多数人信仰伊斯兰教。裕固族是一个人口比较少的民族，2010年全国人口普查时只有1.4万多人，主要分布在甘肃省张掖市肃南裕固族自治县和酒泉市黄泥堡裕固族乡境内。据传，在唐代突厥时期，裕固族人就有了突厥文和回鹘文，而且拥有了像鄂尔浑叶尼塞碑铭那样的史诗性书面文学作品和敦煌出土的颇具规模的佛经文学作品，但是裕固族游牧生活需要不断迁徙，致使书面语未能推广开来。现在的裕固族人有自己的语言，其语言以红湾寺的隆畅河为界：河岸以西人说西部裕固语，属阿尔泰语系的突厥语族；河岸以东的人说东部裕固语，属阿尔泰语系的蒙古语族，东、西部裕固族均无文字。

俗话说“一个地方一本书，一个民族一朵花”，甘肃41个民族就是41朵花，他们不仅历久悠久，而且民俗丰富，使甘肃文化呈现出多姿多彩的民族风情。

① 刘光华主编：《甘肃通史》（先秦卷），兰州：甘肃人民出版社，2009年，第4页。

4.重要的地理位置

甘肃地处西北，地理偏远又杂居着许多民族，地形复杂又形成了一条狭长却也相对平坦的通道，这条通道既可以东通中原又可以西接西域，这种地理位置注定甘肃在中国古代文明史上扮演重要的角色。

秦时，始皇在此修筑长城用以阻隔匈奴之侵。汉时，为“断匈奴右臂，张中国之掖”，武帝两次派遣张骞出使西域，不仅联络西域诸国与汉朝建立了友好交往的关系，而且开辟了举世闻名的丝绸之路。尽管德国地理学家李希霍芬把这条始于中国长安，横贯亚洲大陆，进而连接欧、非的陆上交通路线命名为“丝绸之路”，但事实证明经丝绸之路所贸易的并不只有中国的丝绸，也并不只是中国的商品流向了西域，这是一条中西贸易双向流通之路、中西文化交流之路、中西宗教传播之路，也是中西政治、军事沟通协商之路，她是人类文明和友好交往的见证，是“世界文化的大运河”、是“推动世界历史车轮的主轴”。丝绸之路贯穿甘肃的天水、平凉、定西、临夏、兰州、白银、武威、金昌、张掖、酒泉、嘉峪关11个市，旁涉庆阳、陇南、甘南三市的局部地区，来往于这条路上的不仅有各国使臣、商贾、僧侣，还有中原浩浩荡荡的和亲队伍、一拨接一拨的西征队伍，他们既谱写了丝路文明，也重构了甘肃文化，使甘肃成了各种文化的交汇地。

丝绸之路开通以后，汉廷将主要精力投向丝绸之路的咽喉地段——河西走廊，先派卫青、霍去病、李广利等人率兵打击匈奴、楼兰、大宛等国，再设立张掖、武威、酒泉、敦煌四郡，置阳关、玉门两关，从令居（今永登西北）起，经武威、民勤向西至额济纳旗，再向西至玉门关到盐泽修筑长城。同时，汉廷又移民河西，兴修水利，屯田开荒，赢得了“凉州之畜为天下之饶”的美誉。隋唐时期，丝绸之路空前繁荣，长安城里的东市和西市，到处堆积着胡商番客从四面八方带来的奇珍异宝。除此之外，唐王朝还先在西域设安西都护府，立龟兹、疏勒、于阗、碎叶四镇，后又设北庭都护府，镇守天山南北，派重兵把守河西、西域，并在丝绸之路沿线遍设驿站，供给客商食宿和牲畜草料，使“自安远门西尽唐境凡万二千里，闾阎相望，桑麻翳野，天下称富庶者，无如陇右”（《资治通鉴》216卷）。五代宋元时期，由于水路交通的长足发展、国内割据政权相互争霸等原因，使丝绸之路上的贸易不再像往日一样繁荣，呈现出日趋衰落之势。明清两代，尽管丝绸之路上的贸易曾经有过短暂的兴盛，但还是日渐衰落，使繁荣了千百年的古道逐步退出了中西文化交流和商业贸易的历史舞台。正因为有丝绸之路的存在，甘肃大地上才有了星罗棋布的寺庙、石窟、古城、古关、遗址、雕塑、壁画，它们像一颗颗璀璨的明珠闪耀着历史的光芒，向我们诉说着甘肃辉煌的过去。

（二）丰富多彩的甘肃民间故事

受地理因素的影响，甘肃境内既有直插云霄的皑皑雪山、高峻峭拔的重重山地，也有一望无际的辽阔草原和茫茫戈壁，还有神奇碧绿的次生森林和江南风光，这种复杂多样的地形既让甘肃人民饱受生存之苦，也锻炼了他们大胆而神奇的想象。甘肃是中原文化西传和西域文化东渐的重要通道，这种独特的地理优势使甘肃成了中原故事和西域故事的第二故乡，因此甘肃的民间故事似乎比其他地方更多、更有特色。

目前，学界对“民间故事”的界定有广义和狭义两种，其中《中国民间故事集成》用的是广义概念，包括“中国各族人民群众口头散文叙事文学的各种题材和形式，其中有神话、传说，还有其他各种的故事，如动物故事、幻想故事、生活故事、笑话、寓言，以及某些民族或地区特有的口头散文叙事文学体裁等等”①。狭义的民间故事指“以现实世界中形形色色普通人的生活遭遇及其理想愿望为叙说中心，以自觉的艺术虚构方式编织而成，富于娱乐性与教育性。对口述者来说，它是最贴近自己的生活与心理，表达自己的情感与想象最自由最随意，因而也最富有文学意趣的故事”②，即广义民间故事中神话、传说以外的故事。本书用的是广义概念。

甘肃民间故事特色主要表现在以下方面：

1.数量多，内容丰富

20世纪80年代，文化部、国家民族民事委员会、中国民间文艺研究会（今中国民间文艺家协会）联合签发了《关于编辑出版〈中国民间故事集成〉〈中国歌谣集成〉〈中国谚语集成〉的通知》，中国民间文学集成全国编辑委员会遵照《通知》精神，在科学性、全面性和代表性原则的指导下，在全国范围内组织人力全面普查、科学采录，先以县为单位编印民间文学资料本，然后地区编辑委员会汇集县资料本编纂成地区资料本，最后各省、市、自治区编辑委员会汇集地区资料本编纂成省、市、自治区的分卷本。2001年6月，《中国民间故事集成・甘肃卷》正式出版，甘肃省民间故事集成编委会在《甘肃卷》的后记中说：“全省绝大部分县进行了普查、采录，截至1990年，全

① 《中国民间故事集成・甘肃卷》编辑委员会主编：《中国民间故事集成・甘肃卷》，北京：中国ISBN中心，2001年，第1页。

② 刘守华：《中国民间故事史》，北京：商务印书馆，2012年，第6页。

省地县卷资料本达七千余万字……（本卷）初稿共选一百二十多万字，经国家总编委会三审其稿，省编委会根据审稿意见又进行了大幅度的修改、调整、补充，最后定稿一百余万字。”[①]也就是说，《甘肃卷》所刊故事只是当时地、县采录来的故事的1/70，占总数的1.4%，还有98.6%没有被刊出。另外，据甘肃省编委会人员说，当时由于多种原因，甘南和临夏两个民族自治州没有得到很好的普查，后来也没有再做这项工作。就当前全省划分的行政区（12个地级市、2个民族自治州）而言，甘南和临夏的资料最少，甘南只有《多彩迭部——民间故事》一本，临夏只有《炳灵寺与刘家峡传说》一本。即便这样，研究组共搜集来已出版的甘肃民间故事集40本，未出版的资料本39本，另有一些甘肃民间故事散见于《丝路传说》（甘肃人民出版社，1983）、《黄河神话》（甘肃少年儿童出版社，1992）、《藏族民间故事》（读者出版社，2008）、“中国丝绸之路著名景物故事系列丛书”（10卷，甘肃人民出版社，1995）及各地方志中，约有9 000则，可见甘肃的确有非常丰富的民间故事。

就目前所能见到的文字文本来说，甘肃民间故事不仅数量多，种类齐全，既有神话、传说，又有动物故事、幻想故事、生活故事、寓言和笑话等；而且内容丰富，既有解释民俗的、说明动物生活习性的、想象宇宙自然的、描绘山川景色的，也有表现人与人之间矛盾的、书写人们生存困境的、描写人类美好愿望的、赞美美好品质的、鞭挞丑恶行为的故事。比较而言，下面几类故事最具代表性。

（1）想象宇宙自然的神话。探寻宇宙自然的奥秘几乎是每个民族共有的性格特点，但在生产力极为低下的原始社会，人们无法科学解释宇宙规律和自然现象，只好展开丰富的想象，于是产生了具有鲜明民族特色的神话，如古埃及人认为大地是漂浮在水上的，古印度人想象大地是驮在大象背上的，古希腊人认为大地是用支柱支撑的。远在人类社会的早期，中国人就有“天圆如张盖，地方如棋局”的朴素见解；到了西周时代，又逐渐形成了“盖天说”；东汉时，著名天文学家张衡又说：“浑天如鸡子，天体圆如弹丸，地如鸡中黄，孤居于内，天大而地小，天表里有水，天之包地，犹壳之裹黄。”（《浑天仪图注》）在甘肃大地上，也流传着古代劳动人民探求宇宙自然的一些神话，如《盘古制世》《盘古开天辟地》《女娲补天》《夸父逐日》《后羿

---

① 《中国民间故事集成·甘肃卷》编辑委员会主编：《中国民间故事集成·甘肃卷》，北京：中国ISBN中心，2001年。

射日》《二郎神担山赶太阳》《撞林和玳玉》《劳美阿美盖美》等，尽管有些解释荒诞而幼稚，但它们却体现了甘肃人民最原始、最朴素的思想意识和思维方式，以及征服自然、改造自然的强烈愿望和战天斗地的乐观精神。

（2）保留族源记忆的民族传说。甘肃是一个多民族省份，有些民族有自己的语言和文字，有些民族只有自己的语言，尽管每个民族都有用口语记忆历史的传统，但对那些没有文字的民族来说，用口语记忆历史就显得更为重要。在古代，受多种因素的影响，人口流动非常频繁，有些民族部分迁徙，有些民族举族迁徙，为了不忘记过去，他们创作了许多记忆民族迁徙的故事，如裕固族的《裕固族东迁的传说》《裕固头目都姓安》和《女英雄萨尔阿玛珂》、保安族的《保安三庄的由来》、白马人的《小依奥哩》和《阿尼嘎萨》等。这些故事以群体记忆的形式或讲述迁徙之苦、开辟生活环境之不易，或描写他们与敌斗争之残酷，不仅包含了民族原始的文化内核，记忆了他们从摆脱生存困境到发展壮大的艰难历程，而且融汇了该民族在不同历史时期有关自然、社会、风俗、信仰、道德、艺术方面的基本知识，对研究这些民族的历史、文化等有着较大的帮助作用。

（3）记忆丝路历史的传说。丝绸之路是世界上最早开通的连接亚、欧、非三大洲的洲际“交通”大动脉，它以中国的长安为起点，延伸到西域各国，曾为中西政治、经济、文化、宗教等方面的交流和发展起到了重要的作用。这条“交通”大动脉上流传着许多美丽的传说，如《飞将军李广》《赵充国平羌》《五泉山的来历》《酒泉的来历》《锁阳城》《贰师泉》《天水关收姜维》《荒凉墩》《狄青拜庙振军威》《薛家泉》《张守珪知退番兵》《左宗棠的故事》等，这些传说保存了从汉朝到清朝这段长达两千年的时间里，历代朝廷抗击西北地区少数民族的战事记忆，是我们了解当时西北少数民族政权与中原王朝的冲突和历代中原王朝针对边患问题采取的军事行动的“活化石”；《西云观》《木塔的修建》《嵬咩始建大佛寺》《郭瑀与马蹄寺》《五色井》《高楼从顶起》《莫高窟的来由》等传说讲述了历代民众建庙、凿窟、塑像的宗教活动；《选址建关》《山羊驮砖》《鲁班窗》《冰道运石》《人皮鼓的传说》《嘉峪关城上的一块砖》《玉泉活水》等记述了历朝历代修关设卡的历史事件；《石门大佛》《莲花山》《通天河》《东晋法显西天取经“夏坐”张掖》《唐玄奘西天取经渡黑河》等记述了中原僧侣去西域求经的故事；《金马驹（一）》《瓜和瓜州》《玉门关》《祁连玉》等讲述历代商贾经商之事；《绿宝石》《公主泪与金塔河》记述汉公主和亲匈奴的事。这些传说和故事为人们全方位地了解丝织绸之路留下了宝贵的资料。

（4）传承民俗文化的传说。每个民族都有自己独特的民俗文化，而且这些民俗文化都有很强的原生性。甘肃地理偏远、地形复杂、民族众多，在文字只掌握在极少数人手中的传统社会里，广大劳动人民只能用口语化的民间故事来传承他们的民俗文化，如汉族的《社火的由来》《“年”的由来》《七日祭奠的由来》《元宵节“点明灯”的来历》，裕固族的《贵伊斯貂尔风俗的来历》《新郎骑青马新娘骑白马的由来》《新郎戴狐皮帽子的来历》，回族的《回族姑娘结婚时追马的来历》，东乡族的《东乡族迎亲曲“哈利”的来历》，白马人的《火圈舞的传说》《白羽毛的传说》《池哥昼的传说》等，他们以民族想象的形式将代代传承的历史记忆，以集体无意识的形式凝结在口传文学中，既为人类确认他们的民族身份提供了鲜明的文化标志，又为他们传承自己的民族文化找到了最佳途径。

2.类型多样，母题繁富

“类型”和“母题”是学习和研究民间故事不可回避的两个概念。“类型”由芬兰学者卡尔·克隆于19世纪末提出，芬兰学者阿尔奈于20世纪初第一次把它引入民间故事的研究。后来，美国学者丁乃通说：“我觉得只有一二个变体的故事不能称作一个类型，因此必须至少要有三个不同的故事异文，才能构成一个中国特有的类型。”[①]从此，类型成了研究民间故事的一个重要视角。

随着研究的深入，我国学者刘守华教授进一步指出：“类型是就其相互类同或近似而又定型的主干情节而言，至于那些在枝叶、细节和语言上有所差异的不同文本则称之为‘异文’。越是引人入胜的故事，它的异文也越多，例如‘灰姑娘’‘蛇郎’‘找好运’等著名故事。”[②]甘肃民间故事不仅有许多世界著名的故事类型，如老鼠嫁女、老虎怕漏、猫狗结仇、打野狐精、狗耕田、人心不足蛇吞象、蛤蟆儿子、两兄弟、凶宅得金、报恩的动物负恩的人、蛇郎娶亲、白羽飞衣、画中女、云中落绣鞋、河伯娶妇、西天问佛、猴子取心、两蛇相斗等，还出现了一些鲜为人知的新类型。这里所说的“新类型”是指在“AT分类”、丁乃通故事类型、祁连休故事类型、刘守华故事类型中没有见到，却在甘肃有三个以上异文的故事类型，如不见黄河不死心、儿女心在

① 丁乃通：《中国民间故事类型索引》，郑建威等译，武汉：华中师范大学出版社，2008年，第11-12页。

② 刘守华：《中国民间故事类型研究》，武汉：华中师范大学出版社，2002年，第2页。

石头上、三年等个闰腊月、寻找“阿格力”、姣姣女、三十年河东三十年河西、定城砖、飞来石、羊驮砖等。

《三十年河东三十年河西》讲一个叫李孝的人和老母亲生活在河西，他每天早上去河东王员外家干活，晚上再回来侍候母亲，一晃就是三十年。一天过河时他捡到一个好看的石头，就拿回家把它供了起来，没想到这个石头是一块镇海石。龙王打发海神来取镇海石，李孝受海神指点向龙王要了一只花葫芦，回家后花葫芦变成了一个漂亮女子与李孝结成了夫妻，原来这只花葫芦是龙女所变。一天，龙女剪了纸房屋、纸牛马和纸粮食，用嘴一吹这些纸货全变成了真的，李孝再用不着去王员外家干活了。两年后的一天，王员外来到李孝家，见李孝家不仅富裕，而且李孝的妻子也非常漂亮，就坚持要和李孝换家，包括妻子，龙女让李孝同意了此事，并立了字据。王员外到了李孝家，晚上睡下不多时就被冻醒，醒来后发现自己睡在一个破旧不堪的房子里，原来龙女和李孝只有三年的夫妻缘分，她已回了龙宫。为了糊口，王员外只能从河西到河东李孝家做长工，一直干了三十年。这个故事广泛流传在平凉、庆阳、定西、天水、兰州、张掖、武威等地，旨在说明事物并非一成不变，穷人可以变成富人，富人也可以变成穷人，其变与不变完全取决于自身因素：奸诈狡猾可以使富人变成穷人，真诚老实可以使穷人变成富人。《儿女心在石头上》大体写儿女们很不待见母亲（或父亲），一朋友给她（或他）出主意，让她用一块红绸子包一块石头假称是财宝，并扬言说谁对她好就把财宝留给谁，结果儿女们争相孝敬老人。几年后，老人去世了，几个儿女争着去拿那块“宝贝”，等打开后才发现那块所谓的宝贝是一块石头。该故事几乎流传在甘肃省各地县，旨在教育人们孝敬父母。“阿格力”是东乡语对阿拉伯语的一个借词，是“聪明才智”的意思，“寻找‘阿格力’”就是寻找聪明才智，故事讲某动物因羡慕人有“阿格力”，想骗取（或学到）人的“阿格力”以制服人，结果被人用自己的聪明才智整得很惨，这类故事主要流传在东乡族自治县一带，旨在说明聪明才智的重要性，同时也说明要正确使用聪明才智，否则反受其害。由于这些故事流传广泛且久远，一些短语如“不见黄河不死心”“三年等个闰腊月”“三十年河东三十年河西”“儿女心在石头上”等，已经成了甘肃人的口头常用语。

“母题”是英文“motif”的音译，美国著名学者史蒂斯·汤普森说：“一个母题是一个故事中最小的、能够持续存在传统中的成分……绝大多数母题分为三类。其一是一个故事中的角色——众神，或非凡的动物，或巫婆、妖魔、神仙之类的生灵，要么甚至是传统的人物角色，如像受人怜爱的最年幼的孩子，或残忍的后母。第二类母题涉及情节的某种背景——魔术器物、不寻常的习俗、奇特的信仰，如此等等。第三类母题是那些单一的事件——它们囊括了绝大多数母题。”[①]为了正确理解母题，进一步准确区分类型和母题，我国学者刘守华教授说：“母题是故事中最小的叙事单元，可以是一个角色、一个事件或一种特殊背景。类型是一个完整的故事。类型是由若干母题按照相对固定的一定顺序组合而成的，它是一个‘母题序列’或者‘母题链’。这些母题也可以独立存在，从一个母题链上脱落下来，再按照一定顺序和别的母题结合构成另一个故事类型。”[②]

甘肃民间故事不仅有非常丰富的母题，如龙王、龙女、蛇郎、蛤蟆女、后母、灰姑娘、野狐精、拜哥、支山石、刮金板、抓山鸡、宝珠、龙须、魔棒、百雀衣、宝盆、偷听话、西天问佛、蛇郎娶亲、许婚救女、凶宅得金、狗耕田、兄弟分家、风吹画像、化子登殿、皇帝化子换装等，而且它们还非常活跃，不断地组合、脱落，再组合、再脱落，构成一个个新的故事链条，极大地丰富了民间故事这个艺术世界。比如，“云中落绣鞋”与“井中偷听话”“石板下挖水”“烧草垛除妖”“灵芝草治病”“凶宅得金”等母题组成榆中县故事《王恩和石义》，与“深洞中除妖救女”“见美起歹心害友”“深洞救雏鹰，老鹰食百鸟报恩”等母题组成了东乡族故事《砍柴人》，与“两男人结义”“深洞中除妖救女”“见美起歹心害友”等母题组成渭源县故事《无稽山除妖》，与“求神治病”“病好还愿”“动物报恩”等母题组成通渭县故事《黄恩与吴义》；“西天问佛”与“风吹画像”“皇帝抢亲”“美人不笑”“百雀衣”“皇帝化子换装”“化子登殿”组成合水县故事《辛小孝登殿》，与“小瓦匠娶亲”“风吹画像”“皇帝抢亲”“美人不笑”“翻穿皮袄”“皇帝化子换装”“化子登殿”组成徽县故事《小瓦匠的故事》，与“放羊娃娶亲”组成皋兰县故事《放羊娃娶亲》，与“善人善报”“乞丐中状元”等组成榆中县故事《乞丐状元》；而“风吹画像”母题又出现在定西市故事《微小与凤仙》、天水市故事《报恩记》中。比较而言，在狭义的甘肃民间故事中很少有单一母题的故事，在神话和传说中多为单一母题的故事。

---

① ［美］汤普森：《世界民间故事分类学》，郑海等译，上海：上海译文出版社，1991年，第499页。

② 刘守华：《比较故事学》，上海：上海文艺出版社，1995年，第83页。

3.鲜明的地域文化色彩

东汉纬书《河图稽命徵》中说："华胥于雷泽履大人迹，而生伏羲于成纪。"关于成纪的地理位置，司马贞在补《三皇本纪》中明确指出："成纪，亦地名，按天水有成纪县。"经研究专家们一致认为，成纪先有名而后有县，汉朝为了纪念伏羲，在此设置了成纪县。古成纪所包含的区域比较大，大致东到陇山，西至渭源，北临静宁，包括张家川和庄浪，南与陇南仇池山接壤，其中心在今天的天水市，因此天水从古至今都被称为"羲皇故里"。《汉书人表考》卷二引《春秋世谱》说："华胥生男子为伏羲，女子为女娲。"[①]天水不仅流传着许多有关伏羲和女娲的神话故事，如《伏羲出生五凤台》《伏羲封姓》《伏羲画八卦》《伏羲女娲成婚》《葫芦河与伏羲》《女娲抟土造人》《女娲射鹰补天》《女娲与娘娘坝》《扑朔迷离女娲陵》等，还存留着许多所谓的"羲皇遗迹"和"娲皇遗迹"，如五凤台、葫芦河、显亲峡、卦台山、封姓石、洗衣石、女娲洞、风沟、风台、娘娘坝、风茔等。传说伏羲出生在甘谷县白家湾村的五凤台，女娲出生在秦安县陇城镇的风沟、长于风台，发洪水时，伏羲和女娲躲进一个大葫芦里顺河而漂，在显亲峡一带漂上岸，后来两人成婚繁衍了人类，于是人们就把漂了他们的那条河叫"葫芦河"。后来，伏羲在卦台山画八卦，在封姓石上给人类封姓，在洗衣石上教人类洗衣服；女娲曾经长期居住在女娲洞，娘娘坝是她用补天的五彩石所筑，女娲死后葬在风茔。这些故事不仅构成了一个完整的伏羲女娲神话圈，还与天水的真实地名紧密关联，生动而具体地演绎了他们从生到死的整个人生轨迹，不仅让人们在虚构中了解了人文始祖的光辉生命历程，还大大提升了这些神话的可信度，使这些神话表现出鲜明的既幻又真的特点，这在中国神话史上是不多见的。

崆峒山是陇山的一条支脉，它集自然美、人工美、历史美、传说美于一身，又因传说广成子在此修炼得道成仙、人文始祖轩辕黄帝亲临崆峒山问道于广成子而被尊为"天下道教第一山"。这里流传着以黄帝问道为起点，以周穆王、秦始皇、汉武帝、唐太宗等帝王"慕黄帝事"西巡崆峒，张三丰等人在此修行得道为延伸的许多故事，如《黄帝问道宫》《广成子的故事》《周穆王巡崆峒》《秦始皇登崆峒》《汉武帝游崆峒》《唐王问津处》《玄鹤洞》《羊不烂山》《镇山鞭》《莲花寺》《弹筝峡的来历》等。这些故事使读者既可以"饱览"祖国河山之秀美，又能充分感受道家思想之精深。另外，《禹王石》《八

[①] 王光庆：《伏羲女娲的故事》，兰州：甘肃人民美术出版社，2011年，第22页。

盘山》《朱喇嘛峡》《牛鼻子山》《金斧劈峡》《姊妹峰》《蔡寡妇搭天桥》《第一桥》《鲁班造桥》《二十四只神船》《金城白塔为何又叫镇河塔》《兰州水车》《晏公庙》等讲述黄河的故事，不光描写了黄河所经之处地形的险要和水势的凶猛，讲述了黄河水患对甘肃人民生命财产的威胁，还谱写了甘肃人民战天斗地治理黄河的丰功伟绩和智慧。

庆阳是周先祖不窋教民稼穑、务耕课桑的地点，陇南是嬴秦建邦立业、繁衍生息的桑梓之地；战国时，秦昭王在临洮修筑长城；汉代时，汉武帝派张骞经河西走廊出使西域，开辟了举世闻名的丝绸之路；三国时，诸葛亮“六出祁山”；隋朝时，隋炀帝在张掖举办了以“互市”为主要内容的国际贸易博览会；唐代时，张议潮领导沙州人民奋起驱逐吐蕃守将，收复了河湟十一州；宋朝时，党项夏州政权进入甘肃，在河西建立了西夏王朝；宋代时，甘肃出现了回、东乡、保安、裕固等新的民族共同体；清朝时，甘肃维护西北边疆稳定的大后方，又是民族交流融合发展的中心地区。这一件件、一桩桩，都被甘肃人民“写”进了民间故事，成了最能体现甘肃文化色彩的一笔。

透过这数千则的民间故事，我们不但可以了解甘肃的山川地理、人文历史、风土人情，领略先祖们昔日对抗自然灾害、开辟生活环境的风采和智慧，这些故事还能发出一种比我们自己的声音强烈得多的声音，时时激励我们摆脱危险、战胜困难、熬过漫漫长夜，是我们永不枯竭的精神食粮宝库。

第一章
甘肃民间故事中的自然地理

甘肃流传着一则从整体上想象甘肃地貌的神话——《甘肃大地为啥不平整》，它用“一坑一窝”“沟沟岔岔”“沟沟窝窝”等词来形容甘肃的地貌，非常形象，但这只是其中的一则，甘肃还流传着许多讲述甘肃自然地理的故事，它们从不同角度讲述了甘肃不同的自然地理，给我们了解甘肃地理地貌及其古今变迁、体悟广大民众的自然审美观提供了宝贵的资料。

第一节　多样地貌的艺术再现

甘肃是一个地形地貌非常复杂的省份，复杂得有点让人眼花缭乱，但甘肃民众依然用他们的智慧对它们做了艺术再现，让我们可以从中一睹甘肃地理地貌的“芳容”。

一、陡峭高耸的山地描写

甘肃不仅是一个多山的地方，而且这里的山有着不同的风格，有的陡峭如柱，有的绵延千里；有的草木葱茏，有的寸草不生；有的四季碧绿，有的终年白雪皑皑。

（一）草木葱茏的陇南山地

陇南，位于甘肃省东南部，因处陇山以南而得名。陇南东接陕西，南通四川，地处秦巴山区、青藏高原和黄土高原三大地形的交汇区域，尤其是其西北到东南这一带，重峦叠嶂，崖壁如削，但这里气候比较温润，植被覆盖特别好，几乎一年四季青山碧水，景色迷人。在陇南的文县生活着许多白马人，在白马人中流传着丰富的民间故事，这些民间故事生动而形象地描写了这里山地的情况。

1.山势险峻

《小依奥哩》是一则白马人缅怀先祖、记忆族源的传说，它在叙事的同时也具体再现了这里地势之险峻。小依、奥哩带领乡亲来到甘川交界的白水江流域，在阴平古城西侧的高台上安了寨子，不料一支“官兵”来攻打他们，并且整整围困了他们三年。后来“官兵”使用计谋破了山寨，小依、奥哩只好带领乡亲迁到了大山深处，“官兵”又追到了大山深处，这次又围了七天七夜。为了摆脱“官兵”的纠缠，小依、奥哩带领乡亲奋力攀上了一座陡峭的山峰，当山下“官兵”向山顶发起猛烈进攻时，白马人将涂了松油的干木头点燃推下山峰，“官兵被连砸带烧，不得不望风而逃”，使白马人取得了决定性胜利。白马人手无寸铁且常年以劳动为生，“官兵”武装精良又得到过专业训练，但“官兵”却最终失败，其中固然有小依、奥哩指挥有方、白马人精诚团结等因素，但地理因素也不容忽视，一个可以滚木头的山坡其坡度至少也在45°以上，一个能用木头砸死人的山峰，其高、其险不言自喻，可见白马人取胜的决定性因素正是高台、山坡、山巅的地理之险和居高临下之便。如果说《小依奥哩》是从侧面体现了陇南山势之险的话，那么还有一些故事则从正面讲述了陇南山岭之高险，比如“秋天悄然离去，凛冽的隆冬降临人间。海拔2 000米的蒲池山顶溯风呼号，飞雪狂舞，天寒地冻”（《蒲池龙王的故事》）；“与蒲池山对峙屹立的，是一座更加高大雄伟的山峰，当地白马人称‘咤咯山’”（《咤咯爷的故事》）；“石门沟的百丈悬崖上出现了一个泉眼，一股大水从泉眼里喷涌而出，飞流直下，……吼声如雷”（《石门沟瀑布的传说》）。它们共同展现了陇南山地的地理地貌——重峦叠嶂、峰崖如削。当地民谣：“交通基本靠走，通讯基本靠吼，治安基本靠狗，娱乐基本靠酒”“山比云高，水比城高，路比门高”非常形象地描述了陇南山地山高沟深、山峦重叠的自然地貌。

2.气候温润，草木葱茏

“跨过了三十三座山，越过了三十三道岭，走过了三十三条沟，趟过了三十三条河。我们来到了一个地方，百鸟在这里纵情歌唱，茂密的森林郁郁葱葱，白马河水翻滚着波浪。这里是神仙居住的地方，这里是人间的美好天堂。山清水秀好风光哟，怎不让我们深深地向往……”（《枕头坝的传说》）这是昔日居住在九寨沟的白马人第一次看到陇南文县白马河畔美好风光时唱出的“心中之歌”，他们之所以如此高兴，就是因为这里“茂密的森林郁郁葱葱，白马河水翻滚着波浪”，非常适合人的居住，于是他们就把家从九寨沟搬到了这里。经过一代又一代的繁衍生息，这里逐渐发展成了一个村寨，取名“枕头坝”，寓意这是个风调雨顺、吉祥如意的风水宝地，住在这里可以高枕无忧地生活。原来，陇南的自然环境竟然如此得人之爱。其实民间故事中还有许多这样的描写，比如班家兄弟达嘎和达玛不经意间抖在地上的燕麦竟然长出了旺盛的燕麦，于是他们便从外面迁到了白马峪，几十年后这里便有了漂亮的白马山寨（《四山班家的传说》）；西元村地处白水江和白马河的交汇处，秀丽的景色、温和的气候、肥沃的良田、丰富的物产，使这里成为人居住的好地方（《薛堡寨的来历》）；堡子坪村的山背后有一面大草坡，芳草如茵，随风摇曳，好像一个硕大的绿毯子覆盖着山峦（《祈雨》）等等。这不仅是民间故事中的陇南，更是陇南人心中的陇南：气候温和，草木茂盛，水源充足，景色秀美。

自然环境既可以为人类提供生存所需的物质，也可以陶冶和锻炼人的意志，白马人先祖在为自己选择了这温润葱绿的生存环境时，也只能连带接受高峻山地对他们生活的挑战，正是这既美丽又逼仄的环境熏陶了他们刚毅、坚韧的生存性格。

（二）白雪皑皑的祁连山脉

祁连山脉是青海省东北部和甘肃省西部边境山地的总称，是中国境内主要山脉之一，东起乌鞘岭，西至当金山口，海拔4 000米—6 000米，因位于河西走廊的南面又称“南山”。

1.用故事“解析”祁连山脉

在甘肃，既有整体想象或描述祁连山脉的民间故事，如《祁连山的积雪》《祁连山的传说》，又有具体讲述其中的山岭、山峰、谷地、盆地及河流的故事，如《乌鞘岭》《马牙雪山》《海神之窗》《滴泪崖》《磨脐山》《石羊河》等。聆听或阅读这些故事，首先，可以使人们不再笼统的理解祁连山脉，而是对它有了更为具体的了解，知道它是由一系列绵延的山岭构成，有些山岭还不只一个山峰，山岭与山岭之间有绵长的谷地和大小不等的盆地，谷地或盆地上又有数条河流流过，其构成比较复杂。其次，让人们知道许多山峰、山岭、盆地、河流还有具体的名字，且这些名字或与它们的某个特征有关，或与它们的由来有关，其间必然有一定的联系，比如之所以叫“乌鞘岭”是因为它是“一座乌黑的大山”（《乌鞘岭》）；之所以叫“马牙雪山”是因为这座雪山像13个兄弟骑着各自的马，马儿张着嘴腾空而起用利牙啃咬妖魔的样子（《马牙雪山》）；之所以叫“磨脐山”是因为这座山像一座石磨，磨盘最中间还有一个像肚脐一样的深凹（《磨脐山》）；之所以叫“石羊河”是因为传说这条河是一只石羊把祁连山雪水一直引到腾格里、巴丹吉林大沙漠形成的（《石羊河》），等等。再次，可以让人们大致了解这些山峰、山岭、草滩或河流的地理位置及其周边情况，如乌鞘岭的南面是金强河，岭北是清水河，岭上是积雪，岭下有一眼喷泉（《乌鞘岭》）；环绕磨脐山的是七座山，远远望去像七辆满载粮草的大车，人们叫它们“七辆草车”（《磨脐山》）；马牙雪山顶上有108个天池，永不结冰，山下有108眼药泉，能医百病（《天池与药泉》）等。

2.借故事绘祁连美景

由于祁连山海拔比较高，海拔4 000米以上的山峰终年积雪，即使在炎热的夏天祁连山巅也是白雪皑皑，远远望去就像山上披着一层薄薄的白纱，好看极了，故而河西人民说那是月宫仙女把随身披的白羽纱罩放在了祁连山头（《祁连山的积雪》）。但是，祁连山脉的景色并非一成不变，而是随着海拔、季节的变化而变化，比如夏季时气候温凉而湿润，山下草场“碧草如茵、繁花似锦、河如银练、浪似雪莲”，而且满山遍地的马、羊、驼和牦牛如同一颗颗珍珠撒在绿毡子上，煞是好看（《马牙雪山》）；草场间夹有田园福地，种啥长啥，麦穗长得像姑娘的羊角辫，苞谷壮得像棒槌，沉甸甸的谷穗足有一尺多长，洋芋比碗大，瓜果香甜甜（《姊妹湖》）；在山顶雪线跟前的石缝内还生长着非常珍贵的雪莲花（《雪莲花》）；在半山腰则是茂密的森林和各种飞禽走兽，以及珍贵的白牦牛，如果天气晴朗，举目远眺，整个祁连山脉“仿佛一位头戴雪帽，身披盔甲的将军，十分威武英俊”（《姊妹山》）；如果在祁连山的支脉焉支山附近，则冬温夏凉，山上森林苍翠、百花盛开，山下水草丰美、万马奔腾，气势非常壮观（《焉支山的传说》）；假若傍晚时分来到祁连山另一个支脉三危山前，你就会看到另一番风景：三危山的红色岩石被太阳照得金光灿灿，连山下那条清澈透亮的雪水河——大泉河以及河两岸的参天大树也披上了一层淡淡的金色（《莫高窟的来由》），更为神奇的是祁连山的另一个支脉鸣沙山，它的沙子竟然可以从山底吹向山顶，形成一座座连绵起伏又棱角分明的沙山（《月牙泉的来历》）；如果遇上大干旱，则泉水枯竭、河水干涸，雪山被太阳烧化，树木成了干柴，遍地是死的牛羊驼马，人也会死很多（《神水》）；隆冬季节，整个祁连山脉则银装素裹，壮观至极。这就是民间故事中的祁连山脉，不是多姿多彩的雪峰，就是千奇百怪的冰川；不是密密麻麻的森林，就是牛羊成群的草原；不是金光灿灿的石山，就是绵延起伏的沙山，几乎是一日一景、一步一景，气象万千。

3.用故事记录祁连之寒

寒冷是祁连山地区又一气候特点。每到冬天，整个祁连山脉千里雪飘、万里冰封，非常寒冷。如遇暴雪，则"不出一时三刻，狂暴的风雪就来了，一来就是十天半月。厚雪压盖了草原，人没有柴烧，牲畜吃不上草，小羔羊、小牛犊因为经不起严寒，也都被活活冻死"，这是裕固族民间故事《莫拉》对祁连山脉暴风雪的记忆，从风雪之大、之猛及其持续时间之长中不难看出天气的寒冷程度。即使是盛夏季节，祁连山上也是寒气逼人。隋时，炀帝带着一队人马西巡，他们到达扁都口时正值农历六月，突然天气骤变，狂风卷着大雪迎面扑来，冻得人直打哆嗦，只一两天工夫冻死冻伤人马一半以上，大有灭顶之灾的势头。炀帝见状当机立断，仗剑下令"速速通过，违者当斩"，剩下的人只好用身体在一人深的积雪中趟开一条雪路，死保着炀帝顶风雪、冒严寒冲出了祁连绝境（《神梦引游扁都口》）。

这就是民间故事中的祁连山地：地形复杂，景色优美，却异常寒冷，就像带刺的玫瑰，虽然很美，但常常会扎伤人。

（三）寸草不生的北山山地

北山，指河西走廊以北的山脉，包括马鬃山、龙首山、合黎山及其支脉，河西人民把它与祁连山合称为"姊妹山"。讲述北山的民间故事不多，最著名的是《姊妹山》，它们虽为姊妹山，但北山与祁连山却不同容貌、不同性格，远远望去北山就像一座火烧山，峰矮岭低，荒凉不堪，山上不见树，山下不流水，天上不飞鸟，地上不长草，怪石满地，使人望而生畏。观其主峰仿佛一位衣不遮体的丑女，形象而生动地描绘出了北山不同于祁连山的自然特征，给人们留下了深刻的印象。

二、干旱多风的戈壁沙漠叙事

甘肃地貌复杂多样，尤其是河西走廊，可以说是沙漠、戈壁与绿洲相间，高山、河谷与平川为伍，加之地处两山之间风力大、空气干燥、年降水量少，所以戈壁和沙漠分布特别广，尤其是武威北部和酒泉大部分地区直接处在沙漠和戈壁的包围中，生存在这里的人们饱受生存之苦。受自然环境的影响，在河西流传着许多讲述戈壁沙漠的民间故事。

（一）记忆缺水之苦

河西民间故事不仅讲述了缺水这一现象，还讲述得非常具体生动，使听者如临其境。

1.述缺水之苦

生活在河西的古代劳动人民，缺水使他们饱受苦难：一是饱受生活之苦，代表故事有《大佛山与黄羊滩》《龙潭》等。由于河西水源主要为内陆河，所以即使不遇干旱，一些地方也极为缺水，比如武威东四十公里处的黄羊滩，天梯山挡住了来自麦祁山的雪水，整个草滩贫瘠荒凉，偶尔有只黄羊出没，所以人们叫它“黄羊滩”；苏武牧羊的“北海”实为一片茫茫大漠，只有苦水，人不能吃、羊不能饮，慢慢连苦水也越来越少。二是饱受行军之苦，代表故事有《贰师泉》《李广杏》《古堡临水》《马踏泉》等。由于缺水，汉朝贰师将军李广利提剑劈石泄愤，不料从岩石中涌出了一股清水，人们叫此“贰师泉”；在茫茫戈壁上找不到一滴水，李广及其将士只好用杏子解渴，人们便叫此杏为“李广杏”；穿过盐碱戈壁，挨过了炎炎盛夏，将士们好不容易来到了一条河边，他们便在此安营消暑，并给他们修的城堡取名临水堡；北宋将士行军路过永昌，在水云山下找不到一滴水，许多将士因渴生病，万般无奈的女将杨满堂信马而走，不料马却用前蹄刨出了一股细流，这就是马踏泉。三是饱受建筑之苦，代表故事有《玉泉活水》《九眼泉》等。为了保障丝绸之路的畅通和进一步巩固民族的安定团结，历代朝廷不同程度地在河西选址建关，其中工程最大、位置最重要的当属嘉峪关。传说当年修筑嘉峪关时遇到的最大困难就是缺水，为了保证几万民夫的生活用水和工程用水，每天要派两三千人到五六十里以外的黑山湖去运水。即使是遇到修建寺院这样的小工程，也让河水突然减少、混浊不堪。

2.绘缺水之象

本来就缺水，如遇干旱，河底朝天，青蛙干得只张嘴，松枝柏叶日益发黄，麦苗菜花也枯萎卷曲（《九眼泉》）；夏旱川，秋旱山，山上山下万物皆枯，就连最耐旱的芨芨草也干了，只剩下光秃秃的杆（《姊妹湖》）；当头的太阳像火龙一样，喷下万道金光把白色的塔也照成了火塔，刺得人直流眼泪（《探龙窝》）。面对干旱带来的严重缺水，有些人不知所措，只好爬在地头上放声大哭；有些人听信迷信，杀猪宰羊求神降雨；有些人凭借经验用马、驼等牲畜寻找水源；有些人则历尽千辛万苦挖土凿石寻找水源。尤其是最后一类故事，塑造了许多找水英雄，如《石羊河》中的金钻银钻、《探龙窝》中的扎西、《姊妹湖》中的小姐妹、《九眼泉》中的金大龙、《神水》中的苏克等，他们不计个人利益、不惧艰难险阻、不惜牺牲自己竭力寻找水源，体现了河西人民面对困难所爆发出来的对抗自然灾害、努力改善生活环境的毅力与恒心。

3.探缺水之由

河西民间故事不仅描写了缺水给人们带来的苦难和缺水的景象，还探讨了缺水的原因，总的来说主要有三个方面：一是远离水源。河西走廊属于内陆河流域，有石羊河、黑河、疏勒河及其支流河，均由自祁连山脉雪水汇聚而成，它们所到之处草木茂盛、庄稼丰产、牛羊肥壮，但如果远离这些水源，不管是否遭遇旱灾都会缺水，比如黄羊滩、鸣沙山一带。二是遭遇干旱。河西所有河水均由祁连山积雪融水和雨水补给，各河出山后大部分水渗入戈壁滩形成潜流，一部分被人们引出用于灌溉田地，还有相当一部分被蒸发，所以一旦发生旱灾，河西就会严重缺水，这些是《白塔河》《神水》《姊妹湖》中所述。三是人为破坏。比如当南山下一户牧主截引了仅有的一点雪水后，山下大片草场、良田变成了戈壁滩，土地荒芜，颗粒无收，于是有些人逃到了其他地方，有些人外出经商，还有一些人携家带眷进南山淘金去了（《石羊河》）；有人放火烧山和滥砍滥伐，使青嘴喇嘛湾一带草木受到严重破坏，慢慢地河水枯竭，大地一片荒凉（《金塔河》）。兵法说“知己知彼，百战不殆”，改造大自然也是同理，河西人民知道只有弄清了缺水的原因，才能保护水源，合理利用水源，免受缺水之苦。

4.壮得水之喜

涉及缺水主题的民间故事几乎无一例外地都讲述了人们得水后的喜悦之情，以前因缺水逃至山上的乡亲们从山上下来，又在家乡的沙原上开荒造田，植树造林，防风固沙，打庄盖舍了（《石羊河》）。慢慢地，南滩干枯了的树木绿了，田里卷起的叶子展开了；北滩瘫倒在地的牧草站起来了，羊儿撒欢了，牛儿高叫了，全滩充满生机，一派繁荣兴旺的景象（《探龙窝》）。行军的将士们一见戈壁滩上流来了一股清泉水，顿时欢腾雀跃，拥向水边，争相痛饮（《贰师泉》）。“吃水不忘挖井人”，得水后的人们也不忘纪念他们的找水英雄，最常见的纪念方式就是用英雄们的名字或官职命名他们找来的水，如“贰师泉”“薛家泉”“姊妹湖”等。欠之愈甚，得之愈喜，在这得水的喜悦背后正是人们饱受缺水之苦的切肤之痛。

水是生命之源，缺水不仅影响人的生产生活，也威胁着生物的生命，进而导致整个生态环境失去生机。河西本来就缺水，如遇战争或工程更缺水；缺水本来就苦，如遇干旱或人为破坏则苦上加苦；缺水苦，得水乐，不光人乐，万物都乐。河西人民用最朴素的方式记忆了他们在一个特殊生态下的年华，这既可一泄他们的心中之苦，也为外界了解河西自然和河西人民打开了一扇窗户。

（二）描写风沙之灾

由于地理原因，河西走廊不仅多风沙，而且风沙来势凶猛、含沙量大，给河西人民的生产生活造成了极大危害。

1.风多、沙大、风力猛

武威民间故事《姊妹楼》这样描写民勤县双茨科小镇的风沙，“每当刮起西风，黄沙向东移动；每当刮起东风，黄沙向西移动；刮起南风，黄沙向北走；刮起北风，黄沙向南走。这地方，一年一场风——从正月初一早上，一直刮到腊月三十日晚上。要是早上刮西风，下午就刮东风；头天刮东西风，第二天必定刮南北风。”[①]风多、沙大且持续时间长，不仅一年四季都在刮，而且每时每刻都在刮，这是河西民众对这里风沙的评价。毛泽东曾说“没有调查就没有发言权”，从这个角度来说河西人民是河西风沙的亲历者和感受者，他们是最有发言权的。除此之外，河西的风沙风力大、来势凶猛，极具破坏性，可以在一夜之间掩埋一座繁华的古城堡（《吞没锁阳城》《黑水国》）；可以瞬间掩埋酣战的两队士兵，并堆起一座高高的沙山（《鸣沙山》）；可以把粗壮结实的红柳树连根拔起，把驼队刮得东奔西跑（《金马守套城》）；可以把人畜抛向天空，使人畜死的死、伤的伤，一片惨象（《黑牦牛》）。不可否认，后面的一些描述用了夸张修辞，但是透过夸张修辞，还是能深切感受到河西人民对风沙的一种恐惧心理，而这个恐惧的背后就是大风沙给河西人民的生产生活以及生命财产所带来的破坏和威胁。

2.探风沙之由

如此大的风沙是怎么产生的？河西人民对此也做了一定的探究。“老百姓都知道，林木是防风挡沙的墙壁，毁了林木，人们就无法在风沙线上生存”

---

① 潘竞万：《凉州传奇》，兰州：甘肃少年儿童出版社，1988年，第273页。

（《高沟堡的传说》），这是非常科学的认识。但是，在科学还不发达的传统社会里，在极为偏远又比较闭塞的荒漠里，人们对风沙的认识更多是迷信，许多人认为刮风沙就是妖怪在兴风作浪，他们把这个妖怪称作“黑风怪”“风妖”“黄龙”；还有人认为刮大风沙是上天对人的惩戒，比如《吞没锁阳城》中说：“因为锁阳城天网紊乱，世俗败坏，因此，触怒了天地神灵，要在腊月三十晚上，将这个城池全部毁灭！到时候，不论人、畜，一个也不放过，这是天神旨意，谁也无法解脱这场灾难。”[①]既然上天连“尕要答”用“麺尖子”救黄羊公这么小的善举都要网开一面，那么整个锁阳城里就不可能全是坏人，可见这种观点是荒诞的、不能成立的。但是，这个荒诞的想象背后则是人们试图解读风沙、弄清风沙产生之由的积极态度。

3.述风沙之治理

原因决定结果，正因为河西人民对风沙的探索是迷信与科学共存，所以他们对风沙的治理也同样是迷信与科学并举，面对猛烈而强大的风沙，他们一边植树种草一边祈求神灵的保佑，因此河西人民在民间故事中幻化出了许多镇风法宝，如逼沙珠（《高沟堡的传说》）、避尘珠（《避尘珠》）、定风碑（《定风碑》）、镇风塔（《五塔连环》），然而风沙依然如故，他们又不惜血本修庙宇敬风神，结果风沙还是刮个不停。其间不难看出人们的无奈，以及大风沙对河西的肆虐。

（三）讲述生存之难

民勤县地处武威市的东北部，在石羊河流域下游，除西南一角与金昌市、凉州区相接外，其余均被腾格里沙漠和巴丹吉林沙漠包围，是一个半封闭的内陆荒漠区，这里流传着许多讲述人们在戈壁沙漠中生存的故事，它们不仅生动细致地描写了戈壁沙漠的具体地貌，还从不同角度描写了在戈壁沙漠中的生存之难。

“苏武山，是立在北海边上的独山。山南是戈壁滩，滩里尽是鹅卵石，有的又光又滑，有的却长着利牙。山北是海，水汪汪一大片，望不到边儿。山西是茫茫的大沙漠，相传是黄龙所在地。山北则是大碱滩，说是白虎出没的地方。”[②]苏武山，传说中汉朝中郎将苏武牧羊的地方，起初这里有戈壁、沙漠、碱滩和内陆海，是河西走廊最典型的荒漠地带，也是生活最艰苦的地方。

① 《中国民间故事集成·甘肃卷》编辑委员会主编：《中国民间故事集成·甘肃卷》，北京：中国ISBN中心，2001年，第236页。

② 潘竞万：《凉州传奇》，兰州：甘肃少年儿童出版社，1988年，第65页。

这里的沙漠、戈壁和碱滩上有羊最喜欢吃的芨芨草，苏武常去那里放牧，他不是深一脚浅一脚地走在沙漠里，就是走在满地碎石的戈壁和碱滩上，因此他的鞋特别容易破。如果不穿鞋，冬天会冻掉脚丫子，夏天会烫伤脚掌，他只好就地取材用芨芨草编鞋子穿（《无节芨芨草》）。尽管这里有水，但它是苦水，人不能喝、羊不能饮，而且海水日渐减少，几年后干脆干涸变成了沙漠，苏武和羊连苦水也喝不上，苏武只好在五更天赶着羊儿到山下去喝水，然后再用半天时间回到苏武山牧羊。如果在盛夏季节，中午实在口渴难耐，苏武就捉来野鼠吮吸野鼠血解渴（《龙潭》）。如果在碱滩放牧又遇狂风，一条“雪龙”霎时从地而起，吹得羊儿打转转，吹得苏武睁不开眼，更为厉害的是那风里的碱，迎面扑到脸上，简直像蜂螫一样疼痛（《柴鼠洞与碱菜籽》），即便如此，苏武和他的羊儿还要常常遭受狼群的侵袭（《汉节与毛条》）。

海子滩，地处腾格里风沙线上，又大又平，一眼望不到边，偌大的滩上到处是黄沙，只有低洼潮湿的地方才生有一些矮矮的沙生植物，其余地方不是沙原就是沙丘。如果遇上雨水充足的年景，海子滩就会长出许多沙生植物，其中发菜、沙米、沙漠樱桃可以吃，苁蓉、甘草、锁阳是珍贵的中药材，芦苇、梭梭、毛条可以盖房子，所以每到夏秋季节，沙乡人民便赶着骆驼，拉着大轱辘车进沙漠采集沙生植物。可是沙漠里多风，每当刮起大风时黄沙满天，方向难辨，人们常常迷路；如果遇上狂风，风吹着人们走，风停后有些人再费上三五天功夫找回来，有些人则不知所终；如果遇上龙卷风，作业人驼又躲之不及，龙卷风就先裹着人驼缩成一个小圈，再把他们拧成一根黄色的柱子，接下来把他们抛入半空，有的纷纷落下，有的继续上升，这时就会从庞然大柱中发出人哭驼嚎之声，其凄惨程度令人毛骨悚然。顷刻，顶天大柱消失，齐天浊浪又奔腾而来，落在地上的人驼有的被刮得满地打滚，有的被黄沙掩埋，即使最终能活下来，也是伤的伤、残的残，无一健全者（《照子树》）。

这就是戈壁滩和沙乡人民的生活，不光缺食少水，饱受寒、旱、风沙的肆虐，还要遭受来自大自然其他方面的威胁。

三、沟壑交错的高原书写

甘肃境内的高原主要有陇南山地以西，南与四川省、西与青海省接界的青藏高原和陇东、陇中的黄土高原，前者系西秦岭与东昆仑的连接地段，西高东低，地表呈波状起伏；后者东起甘、陕交界处，西至乌鞘岭，在陇南山地以北，最北端与宁夏接壤，陇山北段峰脊将这一地带隔为陇东和陇中两部分。整个高原覆盖有逾百米厚的黄土层，在地表流水的强烈作用下，塬面沟壑交错，水土流失相当严重。

（一）沟壑峁梁的民间叙述

黄土高原和青藏高原在地表流水的强烈作用下，表面千沟万壑，形成了山地、平原与谷地并存的复杂地貌，这里流传着许多讲述沟壑峁梁的故事，但是地域不同其讲述也不同，使描写高原地区沟壑峁梁的故事表现出不同的叙述特点。

比较而言，陇东、陇中和甘南三地民间故事在讲述自然地理时有如下不同：(1) 在陇东、陇中，几乎每个市县都有讲述当地沟壑峁梁的故事，而甘南没有，比如正宁县的《庙梁的传说》《石门沟的传说》《龙凤山》《怀喜台》，镇原县的《剪梁渠》《鸡头山》《和尚峁》《人狐湾》，静宁县的《治平川》《张家崖》《黄家坝》，泾川县的《马泉沟的传说》《斩断山的传说》《挽头坪的传说》，麦积区的《康嫁崖》《凤凰山》《晒经台》，甘谷县的《龙眼山》《鸡公嘴》《蛤蟆石》，渭源县的《金娃娃崖》《七圣山的烟雾》，漳县的《蔫牛岻》《鸦儿崖》《起身梁》，永登县的《箍沙山的传说》《秦王川的传说》《猪驮山的传说》，榆中县的《马啣山的传说》《兴隆山的示雨茶》等。出现这种现象的原因主要有：一是陇东、陇中地区民间故事的搜集整理工作做得比较好，每个市都有若干个县或区出版（或印刷）了自己的民间故事集，甘南目前只有迭部县出版了自己的民间故事集。二是在搜集整理民间故事时对“民间故事”这个概念的理解不同，陇东、陇中地区的民间故事集既有神话、传说又有狭义上的民间故事，而迭部县民间故事集中只有流传在当地的狭义的民间故事。(2) 陇中故事相较于陇东故事，景观的细节描写更多，比如天水市的《十八盘梁》中讲恭门境内有一条樊河，樊河绕出一座高高的大山，行人从山下到山顶有一条羊肠小道，足足要转十八盘，因此人们把这道山界称作“十八盘梁”，这不仅交代了“十八盘梁”之所以叫“十八盘梁”的原因——山路细长、弯道又多，而且也说明了它的地理位置、山麓情况，使人们对“十八盘梁”的地理概貌有比较细致的了解。(3) 陇中故事在讲述中夹杂有许多自然描写，陇东故事多为直接讲故事，自然描写比较少，比如天水市的《仙人送灯》不仅交代“仙人崖”的外貌特点和山上的建筑情况，还讲述了它周围四座小山峰的形状和建筑情况；《南山古柏》借仙鹤的行踪不仅先后描写了大兴安岭、关山、天山的总体状貌特征，还分别选取了这三个地方的一两个具体小景观进行描写，让人们在听故事的同时可以领略这三地的自然风光之美。

（二）农耕文化的民间想象

相对来说，陇东和陇中的平地多、雨水足，是甘肃的主要产粮区，所以这里流传着丰富的与农耕文化有关的故事。综观这些故事，主要有两类：一类是想象农作物及其特征的由来，比如《面粉、小麦、荞麦及其它》想象了小麦、高粱单头而荞麦多头的原因，《棉花的传说》想象了棉花的由来，《小麦的传说》想象了麦粒上面为什么会有“壕壕子”，《黄花的传说》想象了黄花菜的由来，《萝卜的传说》想象红萝卜红、白萝卜脆的原因，《向日葵》想象向日葵的由来，等等；另一类是想象农业生产，如《旋黄鸟》讲兄弟俩懒于割麦子导致麦子被冰雹打得颗粒无收，事后非常后悔就变成一种鸟，终日放开嗓子高喊“旋黄旋割，不黄了旋坨坨”，以提醒农人及时抢收麦子。《净草锣》想象了盘古开天后先人们用木头棒棒、石头尖尖锄草，后来用敲锣净草，再到后来用锄头和铲子锄草的生产过程。《碌碡的来历》想象了碌碡的由来以及人们用它碾麦子，麦子从轴系眼里向外淌的情景。如果用科学的眼光来看，故事中的许多想象，如红萝卜是用红颜色染的，它比白萝卜甜的原因是人们给它加了糖，人死后变成鸟，用敲锣的方式净草等是比较荒诞不经的，但是却从另一个侧面反映了农耕文化在这些地方的发展情况以及人们对农耕文化的思考。

这就是民间故事中的甘肃自然地貌，复杂多样，有鲜明的地域色彩。虽然足不出户，读之可以一睹甘肃地貌的风采，听之可以细数各地之珍宝，得到全方位的美的享受。

第二节 甘肃自然地理的诗学叙述

由于地质原因，在甘肃大地上布满了大大小小的山、川、河、湖、泉、井、台、梁、沟、洞等自然景观和关隘、道观、寺院、村落等人文景观，它们不仅有一个美丽的名字，如崆峒山、凤凰山、五泉山、祁连山、乌鞘岭、马牙雪山、焉支山、龙泉、月牙泉、鸣沙山、酒泉、黄羊河、神仙岭、磨脐山、莱菔山、神马泉、甘泉、石羊河、玉门关、姊妹湖、黑河、钻羊洞、黑风洞、清泉寺、仙人崖、望儿台等，还有一个神奇的传说，这个神奇的传说或者讲景观的由来，或者讲它命名的过程，或者讲发生在这里的故事，都表现出一些与其他民间叙事不同的叙述特点。

一、时空化叙述

时空化叙述就是对所讲对象从时间或空间上进行描述，以期让人们通过故事了解它的地理位置或发展变迁过程。

1.空间化叙述

顾名思义，空间化叙述就是对所讲对象进行空间定位，使人们只要按故事的提示就可以找到故事所要介绍的对象，这是甘肃民间故事讲述自然地理时最常用的方法，一般都放在故事的开头。根据书写维度，空间化叙述又可以分为平面叙述和立体叙述两种。

（1）平面叙述

平面叙述是对所讲对象从东、南、西、北、东南、西南、西北、东北八个方位中的某一个方位进行平面描述的叙述方式。这种描述一般涉及两个地方一个方向，两个地方中有一个是已知地，一个是目标地，已知地通常是人们比较熟悉的或者有名的地方，主要用来确定方位寻找目标地，它可以是一座城池、一座山、一座寺院、一个村子，也可以是某个区域，还可以是两个地方的交界线。如果已知地比较小，那么目标地和已知地就在一条线的两端，从已知地出发沿着故事给出的方向就可以到达目标地，比如“出了天水城，往南走六十里有一座大山”（《齐寿山》）；如果已知地比较大，它就成了一个平面，目标地一定在这个平面的某一方位上，比如“在镇原县的西北角，有个殷家城乡”（《殷家城的传说》）；如果预设地是一条线，目标地就大多在这条线的某一段上，比如“在祁川与城川交界的地方有一座山”（《红山嘴头》）。

（2）立体叙述

立体叙述是对所讲对象既从方位上又从高低上进行描述，使其叙述表现出鲜明的三维立体效果，如“磨脐山，北跟牛头岙相连，东跟得泉山、乌鞘岭相接；它的西面是双龙河，河里流着清清的雪水，通过山峡，流到东面的张义川，流到银武威的黄羊滩。山下的川里，住着庄户人……”（《磨脐山》），这段话先平视了磨脐山的四周景观，又由高到低俯视了山下的情况；“在武威东南四十公里处，有座大山，陡峭峻拔，高入云霄，山有石阶，拾级而上，直通九天，故称天梯山"，这段话先以武威城为始发点讲了这座山的平面位置，再由低到高描述了它的高度及其山路情况。显然这两段叙述都产生了叙述的立体效果，使人们对景观有了更全面的了解。

2.时间化叙述

时间化叙述就是按时间顺序讲述故事的一种叙述方式，也比较常见。根据叙述顺序，时间化叙述可分为正叙、倒叙和插叙三种情况，讲述甘肃自然地理的民间叙事中主要用的是正叙和倒叙两种方式。

（1）正叙

正叙就是按照事件发生发展的先后顺序来讲故事的叙述方法，先发生的先说，后发生的后说，不得错乱时间顺序。用这种方法讲故事可以让人们从头到尾井然有序地了解事件的前因后果，且条理清楚，文气贯通，易于接受。正叙是最常见的一种时间化叙述方式。按正叙来讲甘肃自然地理的故事有《凤凰山》《状元崖》《姊妹湖》《乌鞘岭》《石牛峡》、《葫芦河》《酒泉的来历》等。这类故事都是原因在前，结果在后，顺序不得错乱，比如《凤凰山》先后讲了：A.天大旱，人们去山上的泰山庙求雨；B.两只凤凰在泰山庙上空旋了三圈后天下大雨；C.从此这里风调雨顺，人们就叫这个山为"凤凰山"。可以看出，序列A是序列B的因，序列B是序列A的果；序列B是序列C的因，序列C是序列B的果，而由序列A和序列B构成的大序列又是序列C的因，三个序列时间顺序非常严密，且环环紧扣，步步为营，缺一个序列或任何一个序列顺序错乱都不是正叙。

（2）倒叙

倒叙是先交代事件的结果，再按时间先后顺序讲述事件发生的整个过程。这种叙述容易设置悬念、吸引人的注意力，可以避免平铺直叙，使故事情节跌宕起伏，引人入胜。这类故事多用来讲述自然地理或人工景观的形成及其古今变迁，代表故事有《石羊河》《吞没锁阳城》《黑水国》《玄鹤洞》《雷声峰》《秋千架》《黄龙岭》《甘泉》《龙眼山》等。根据故事情节序列之间的关系，倒叙又有两种叙述形式，一种如《石羊河》的故事顺序：

A.祁连山下的石羊河灌溉着凉州大地，把荒漠变成了绿洲。

B.关于它的来历有一个传奇的故事。

a.早年，凉州一户人家有两个儿子金钻和银钻，日子过得不错。

b.金钻、银钻长大后学会了父亲的石匠手艺并以此谋生。

c.金钻、银钻成年后，这里因多种原因发生了大旱灾，人们逃到了外面。

d.金钻、银钻去找水源，他们顺着双龙河来到一座大山下面，看见半山腰有一只石羊在晃动身子。

e.金钻、银钻梦见石羊给他们说它可以引水，金钻和银钻就补好了石羊的腿和角。

f.石羊果然引着双龙河的水跑过了他们的家乡，一直到腾格里、巴丹吉林大沙漠。

g.草原绿了，人们回来了，祁连山下又恢复了往昔的繁荣景象，为了纪念石羊人们把流出山外的双龙河叫石羊河。

序列A和序列B为一级序列，是解释与被解释的关系；序列a、b、c、d、e、f、g为二级序列，共同隶属于序列B，即序列B与序列a、b、c、d、e、f、g为包含与被包含的关系。

一种如《黑水国》的故事顺序：

A.张掖城西有一座被积沙掩埋了的古城，这个古城就是黑水国。

B.很早以前这里是一个很大的湖泊，很多年后湖泊干了，这里变成了一片肥沃的土地。

C.月氏人看上这个地方，在此修了城池，取名叫“黑水国”。

D.隋朝时，大将韩世龙驻扎在黑水国。一天，这里来了一位云游老道，提着一篮枣一篮梨喊“枣……梨”。

E.韩世龙听出其中玄机，立刻率领全城人撤离了黑水国，当晚黑水国就被漫天飞沙掩埋了。

尽管序列A、B、C、D、E之间没有明显的包含与被包含的关系，但是它们也不是严格意义上的并列关系，而是序列B、C、D、E共同解释了序列A，是序列A产生的原因。

一般情况下，时间化叙述和空间化叙述并不是截然分开的，而是有机结合在一起的。通常，故事先用空间化叙述交代所讲对象的地理位置，再用时间化叙述讲述它的由来、命名过程、特征形成过程或变迁历史，才算完成了自然地理的民间叙事。

二、拟人化叙述

自然地理本来是天然形成的、不以人的意志为转移的无生命物体，但在甘肃民间故事中，“山，也是有感情的。它跟人一样，七情六欲全都有”（《老虎山与毛毛山》），它们不仅有人的感情、人的个性，甚至还能和人一样喜怒哀乐、嫉妒伤心，成了自然界中最有灵性的一部分，这就是所谓的拟人化叙述。拟人化叙述也是甘肃自然地理民间叙事的又一大诗学特征。

（一）人的感情和行为

在甘肃民间故事中，大多数自然地理都具有人的感情。比如，《姊妹山》这样描写南山和北山：起初，北山妹妹一年到头不管刮风下雨都恪守职责，守卫着河西走廊的北大门，狂风吹来她用身子挡住。河水袭来，她用双臂拦住，就像铜墙铁壁一样风穿不透、水侵不进。南山姐姐也用自己的全部心血养护着花草树木、飞禽走兽，灌溉着河西大地，哺育着河西人民。可是北山妹妹慢慢地变了，变得骄傲起来，她只顾自己疯长和梳妆打扮，不再恪守职责，于是风魔便乘虚而入，不仅咬伤草木还埋压农田。于是，南山请来骊山老母规劝北山，可北山怎么也不听，还是一个劲地疯长。为了惩罚北山，骊山老母让玉帝用三昧真火烧了北山，从此北山变得皮焦肉烂。后来，当南山知道北山疯长是为了保护焉支山上的百花池后，南山后悔极了，为了表达对北山妹妹的愧疚之情，南山终年头顶白素，并流下悔恨的泪——疏勒河、黑河、石羊河。本来山是无生命、无感情的自然物，但是听完这段叙述后我们不再觉着北山和南山只是山，而感觉她们是人，是性格完全不同的两个少女。她们不仅有自己职责，还有自己的性格：北山爱打扮，南山爱告状；北山将自己的想法包裹得严严实实，南山在知道真相后，勇于用行动表达自己的悔恨之意；北山内敛、伟岸又不失青年女性的爱美之心，南山正义、开朗又敢做敢当，两个鲜活的生命出现在人们的眼前。另外，祁连山雪水能带着微笑，唱着优美动听的歌儿，流进广阔无垠的黄羊滩，让黄羊滩由丑陋变为英俊（《探龙窝》）。苏武山上沙井里的水也能视人之好坏变甜变苦，让苏武活得好好的，让苏武的羊儿一年比一年多，却让单于的兵马轻者腹泻、重者丧生（《龙潭》）。当贪财如命的李员外要将专为穷人做好事的金驼羔据为己有时，沙漠里的沙子也能奋起全力用飞沙掩埋李员外来解救金驼羔（《金驼羔》）。这些描写，使自然界不再是一个毫无生机的死物，而是拥有人的感情、人的思维、人的欲望的生灵，使听者可以切身感受到大自然的生命，以达到人与自然之间的灵性交流、和谐相处，同时也体现出了人对大自然的深厚感情。

（二）人的关系

在甘肃民间故事中，许多自然物竟然也像人一样，有着密切的关系，如《老虎山与毛毛山》和《夫妻山》都把坐落在天祝藏族自治县内的老虎山和毛毛山说成一对恩爱的夫妻山，其中“丈夫”是毛毛山，“妻子”是老虎山，他俩含情脉脉地站在一起，还手拉着手。《黑河与山丹河》把黑河和山丹河说成一对情人，黑河是情郎，山丹河是情妹，为了实现诺言，他们冲破各自家庭的束缚，牵着他们自己的巨龙，来到他们曾经会面的那棵大槐树下，紧紧地拥抱在一起。《姊妹湖》把祁连山下芨芨滩上的两个湖说成是姊妹湖。《姊妹山》把北山和南山说成是姊妹山，其中北山是妹妹，南山是姐姐。《天池与药泉》把马牙雪山上的108个天池和山脚下108眼药泉说成是当年斩九头妖魔时的13兄弟以及与他们一起牺牲的其他兄弟。《长江和黄河》不仅把长江和黄河说成同胞出生的亲兄弟，还把巴颜喀拉山说成是他们的生母。《炳灵寺与刘家峡传说》中把炳灵寺石窟群北端的石雕大佛说成是释迦千佛的第五佛，把它南端两座山峰说成是大佛的母亲和姨母，把距炳灵寺约五里处的五座青山说成是王母娘娘的五个女儿的化身，它们是五姊妹，等等。本来这些自然物之间并没有什么关系，但人们却依据人的世界、人的关系赋予它们以人的关系，形象地阐释了天人合一的中国哲学内涵。

三、神性叙述

探究万物的来源，几乎是每个民族、每个人都有的心理愿望。面对这些山川河流及其富有个性的状貌特征，勤劳智慧的甘肃人民禁不住要问它们是怎么形成的？为什么会是这个样子？但历史悠悠，宇宙茫茫，他们无法科学地解释这些问题，就只好展开想象的翅膀，去充分设想它们的过去，于是就形成了他们对这些山川河流的诗性想象，而这诗性想象正好赋予了自然物一个非常鲜明的特征，就是神奇：神奇的状貌、神奇的声音、神奇的形成过程，还有神性的人物掌握着神奇的法宝和法术，使整个大自然充满了一定的神性。

（一）神奇的状貌和声音

有些自然景观有神奇的状貌，如远望乌鞘岭，它像一条巨龙，头西尾东，披云裹雾，由东至西蜿蜒而去（《乌鞘岭》）。南部的马牙雪山，时而像一颗颗玉齿，直插云天，时而像一座座银色的水晶宝塔，折射出七彩光芒；时而又似一位披着薄纱的少女，婀娜多姿，因其岩石表面颜色多呈白色，远看像雪，故称此雪山（《马牙雪山》）。如遇夏天山上打雷，顷刻间鹅毛般的大雪就会纷飞而下，第二天当朝阳初升时，马牙雪山中段的豁口里一会儿银光闪闪，一会儿金花朵朵，就像海神给自己打开的一眼天窗（《海神之窗》）。卡瓦掌西面的磨脐山就像一座石磨，石磨的中间还有一个深深的坑，就像人的肚脐眼（《磨脐山》）。毛毛山犹如苍龙卧地，挺颈拱背，每年九月至次年五月，山顶上都覆盖着数米厚的冰雪，远望犹如银蛇狂舞，壮美而圣洁（《老虎山与毛毛山》）。永靖县黄河岸边突起的一座山，形如黄牛吃水，牛鼻子将宽阔的黄河一下子挤缩成一条峡谷，只有十来丈宽，人们叫它牛鼻子峡（《牛鼻子峡》）。崆峒山东华庵的悬崖下有三个高约二十米，粗不到一米的石柱，远看好似均匀排列的三炷香，人们亲切地叫它“一炉香”（《一炉香》）。另外，龙首山像一颗高昂的巨龙之首，月牙泉像一弯下弦月，凤凰山像一只翘首奋飞的凤凰，马鞍山像一架马鞍，秋千架像一架竖起的秋千，鹰嘴崖像一只奋力啄向远方的苍鹰嘴，玉泉活水像一颗圆圆的眼珠，大象山像一头大象。

有些自然景观有神奇的声音：如古浪峡里那只石鹰嘴下的晶莹剔透的“泪珠儿”，泪珠滴滴答答地往下掉，声音非常凄惨（《滴泪崖》）；鸣沙山每到天气晴朗的时候就会自鸣，其声如金鼓齐鸣、刀剑相击（《鸣沙山》）；兴隆山滴泪岩下的“泪珠”长年累月“滴答——滴答”，再伴上隐隐约约的风声，就像一位少女在无奈地哭泣（《滴泪岩》）；崆峒山的雷声峰，如遇天空打雷，其声更是震耳欲聋，让人不忍听闻（《雷声峰》）。

这些千奇百怪的状貌和声音可以引发人们无限的遐想，既可以上到天界、下至地狱任意捭阖，又可以东西南北，汪洋恣肆。从这个意义上说，自然景观神奇的状貌和声音是人们展开大胆想象的出发点，没有这些神奇的状貌和声音，就没有人们对这些自然景观的神奇想象，也就没有这些神奇美妙的民间故事。

（二）神奇的人物世界和超自然的力量

在这些故事中都有一个人物世界，它们或者由人和神组成，或者由人和妖组成，或者既有人又有神和妖，或者完全由神或人组成，不管哪种情形，人们总给这个世界注入一种超自然的力量，让这个世界在冲突不可调和的情况下借用一种超自然的力量达到平衡。比如《乌鞘岭》完全是一个神的世界，这里有南海龙王、南海龙王的太子、北海龙王、北海龙王的公主和北海龙宫的虾兵蟹将，他们都有超自然的能力，南海太子和北海公主可以由龙变成人从海底来到草原观赏美景、谈情说爱，两个龙王可以将筷子和酒壶从北海龙宫一直扔到金泉边发生碰撞燃起齐天大火。《姊妹湖》是一个由凡人、神和妖构成的世界，有两姐妹、两姐妹的父母和乡亲、雷公妖、雪妖、九头妖、西海神等，不用说三个妖都有各自强大的力量，可是两姐妹可以凭借自己的勇敢和智慧战胜一个个妖，与她们的白龙马架起一架人马梯敲响“挂在高入云霄的宫壁上的大鼓”，唤醒西海神降雨给自己久旱的家乡——祁连山下的芨芨滩。《鸣沙山》里只有相互交战的两军将士，似乎全是一些没有超自然能力的平凡之人，但就在他们厮杀得难解难分的时候，一股狂风刮起黄沙，铺天盖地地向他们吹来，顿时在他们酣战的地方堆起了一座很高的沙山，这股狂风就像受人指示一样，瞬间平复了一场厮杀，让世界回归平静。《长江和黄河》中舟曲和玛曲两兄弟的父母死后竟然是去了天堂，两兄弟可以从人间来到天堂与阿爸阿妈会面，和他们一同去听经学法，当人间遭受旱魔的肆虐时，兄弟俩又可以顺着母亲变成的云梯来到人间，变成长江和黄河打败旱魔王。

品味这些人物和他们与妖魔之间的较量就会发现这样一个规律：不管是人的世界还是人神组成的世界，起初都是安宁和谐的，偶尔有一天，一个妖魔就用自己的超自然力量打破了这里的和谐，使人类饱受其害，于是神便用他的超自然力量帮助人类解除困厄，世界又恢复了往昔的安宁与和谐，其中人是弱者，而神是强者，界于中间的则是妖。妖有人所没有的超自然能力，但往往神的超自然能力又强于他们的超自然能力，所以相对于人来说他们是强者，但是相对于神来说他们又是弱者。由此可见，超自然力量在这个叙事中起着关键性的作用，可以说乱也超自然力量，治也超自然力量，而人的世界又是超自然力量得以施展的空间，人物是超自然力量得以存在的载体，换句话说，在这个民间叙事中，没有人的世界就没有超自然力量，但没有超自然力量就没有曲折跌宕的故事，它们共同建构了这种民间叙述。

（三）神奇的法宝和法术

法宝，就是能产生非凡效果或特殊威力的神奇宝贝，通常它能制服或杀伤妖魔，是道家神人和佛家高僧手中不可或缺的法器。法术是神仙和道人用来呼风唤雨、驱邪除病的手段。在这些想象自然景观的民间故事中，也出现了许多可以降妖伏魔的法宝和法术，比如《窟窿山》中，云游僧人在得知蛟龙在渥洼海附近嗜马害民时，就手持禅杖主动为民除害，他沿着渥洼海边踏查了三天三夜，最后选定在红山东侧设坛祈祷，运用法术炸开红山，使渥洼海海水奔泻到百里之外，让蛟龙失去了生存的根基，再用禅杖向西面山峰一劈，劈出一个窟窿，将蛟龙收进了窟窿。在《姊妹湖》中，人们听说两姊妹要去西海龙宫求雨，南山寺院的老道送给她们两把七星宝剑，北海灵钧台上的僧人送给她们九个宝碗，天梯山上一对同胞兄弟送给她们两个传世酒葫芦，其实这些宝剑、宝碗和酒葫芦都是具有特殊威力的法宝，它们或者劈杀雷公妖，或者喷火烧死雪妖，或者打落九头妖的九只头，都威力无比，甚至连西滩上两名猎人送给她们的两匹白龙马，也都具有了人的灵性和法宝所具有的威力，它们驮着两姐妹翻过九十九座大山，蹚过九十九条大河，最后像人一样前蹄腾起紧挨宫壁，让姐妹俩骑到它们的背上敲响天鼓，它们不是法宝却胜似法宝。在《贰师泉》和《五泉山》中，汉朝两位大将李广利、霍去病竟然能用宝剑在山崖上刺出泉水，其中固然有他们力大无比的因素，但如果这是一口平常的宝剑也不会产生刺穿青石的惊人效果，所以这两个故事中的宝剑也是具有特殊威力的法器。如果没有法术，法宝可以发挥威力。如果没有法宝，可以用法术解决问题。如果法术与法宝都有，那么它们会相互依存，共同对付世界上最难对付的妖魔鬼怪或者敌人。只要人（或神）的本性是善良的，所做的事情是正义的、道德的，那么再平凡的东西也可以在他们的手中变成法宝；如果人（或神）的本性是邪恶的，所做的事情是非正义的、不道德的，即使他们有再好的法宝和法术，最终都逃脱不了被打败的命运，这就是隐藏在这些故事背后的有关法宝和法术的魔咒，也是广大民众幻想出来用以解决困难的套路。

（四）神奇的形成过程

在这些故事中，许多自然景观都有一个神奇的形成过程。比如当南海龙王将夹着豹肉的筷子与北海龙王将酒壶一同扔向正在金泉边谈情说爱的龙太子和龙公主时，两物相撞发出的火烧着了金泉边的森林，龙太子和龙公主赶紧捧起金泉之水向那齐天大火浇去，这时在水天火光之中一座乌黑的大山就拔地而起了，这就是当年的洪池岭，今日的乌鞘岭，岭上的白雪是龙太子哈出的气所化，岭下的喷泉是公主流不尽的泪水。就这样，美丽的龙公主和英俊的龙太子之间的甜蜜爱情不仅被父辈们专制虚伪的怒火烧得一干二净，还把他们瞬间变成了自然物，让他们永远难以成夫妻（《乌鞘岭》）。唤醒西海神的两姊妹向芨芨滩奔跑，快到家时跑在前头的妹妹摔了一个跟头，姐姐想扶起她，可自己也摔倒在一个泥坑里，等乡亲们和她们的父母跑到跟前时，姐妹俩已经变成两个湖泊，湖水清澈见底，人们就把这两个湖泊称作姊妹湖（《姊妹湖》）。当金钻和银钻兄弟俩给石羊修补好腿、角后，石羊一下子就从山上站起来，扑通一声跳进双龙河将挡住河水的齐天大山劈开一道口子，顿时一股巨浪冲出山外，石羊跑到哪里双龙河水就流到哪里，于是人们就把流出山外的双龙河叫石羊河（《石羊河》）。白云仙子从嫦娥那里借来了弯月，把它往地上一摊，眨眼间弯月就变成了一湾形如弯月的水泉，这就是月牙泉（《月牙泉的来历》）。还有，大象山是驮黄帝来崆峒山问道的坐骑变的，凤城是驮不窋来庆阳的凤凰变的，长江是青龙变的，黄河是黄龙变的，五女峰是玉帝的五个女儿变的，玉泉活水是老道用自己的眼珠变的，神林山是天神从东边移过来的，马啣山是龙女的玉色宝马变的，祁连山是牛儿和龙妹妹变的，焉支山上百花池里的花是一位将军的画变的，等等。

在这些故事中，神仙妖魔可以变，飞禽走兽可以变，普通老百姓可以变，就连天上的月亮星星也可以变，可以说万物皆可变，皆可千变万化，皆可变出千奇百怪的状貌。这些自然景观神奇的形成过程与其神奇的状貌和声音、神奇的人物世界和超自然的力量以及神奇的法宝和法术共同完成了它们的神性叙述。

第三节　甘肃自然地理的古今变迁

在民间故事中，有许多故事讲述了甘肃自然地理的古今变迁情况，有些认为其变化是受自然灾害的影响，有些认为是人为破坏，还有一些认为是神魔所致。不管是哪种认识，也无论它科学与否，都给人们了解甘肃自然地理的古今变化提供了一定的参考价值。

一、自然灾害对地理地形的影响

受多种因素的影响，甘肃自古就是一个自然灾害多发区，大的自然灾害往往会引发地形地貌的变化，生活在乡村的广大民众又是这些自然灾害的亲历者，他们或目睹了自然灾害对地形地貌的影响，或用自己的所见推测以前的变化，于是产生了这类民间“记忆”。

（一）风沙的影响

在记录自然灾害对甘肃自然地理的影响的民间故事中，记录最多的、影响最大的是风沙对自然地理的影响。在记录风沙对自然地理的影响的民间故事中，破坏性最大的则是暴风沙对古代城堡的毁坏，如《高沟堡的传说》《吞没锁阳城》《张掖城的来历》《黑水国》《古董滩》《神游城》等都讲述了暴风沙对古代城堡的毁坏，其中最著名的是《吞没锁阳城》《黑水国》和《古董滩》三则。

据当地人说栅栏后面的沙滩和戈壁滩就是古董滩

锁阳城，原名苦峪城，位于瓜州县城东南约70公里的戈壁滩上，始建于汉，兴于唐，据《大唐西域记》记载，玄奘法师赴西域取经路过瓜州时，曾在此讲经说法半月有余，是唐代比较著名的一座城池，传说一夜之间被暴风沙吞没，现在成了一片荒漠。黑水国位于张掖城西10公里处，因坐落于黑河岸边而得名，相传在很早以前那里是一个一眼望不到边的湖泊，后来湖水干涸了，匈奴移居到这里修了城池并建了“月支国”，《甘肃府志》也称“其地在唐为巩肇驿”，可见也是唐代比较有名气的城池，可是现在那里只有一片破墙烂瓦，据传也是一夜之间被风沙掩埋的。“古董滩”在敦煌南湖古阳关附近，现在已成为一片荒漠，传说这里以前是一座繁华热闹的集镇，有一年九月初九过庙会时来了一群强盗，他们杀百姓、抢财物，无恶不作。当时驻扎在阳关的曹大人知道后，带着官兵与百姓将强盗杀得片甲不留，因为这里死的人太多，无人敢住，就慢慢变成了废墟，时间久了就变成了荒漠。虽说前两则用了夸张修辞，但这三座古城镇现在已经变成荒漠是不可辩驳的事实，由昔日的繁华城镇变成荒漠，其罪魁祸首就是风沙。古代城镇通常融政治、商贸、生活于一体，一般房屋建筑也在三米左右，唐末至今也就1100多年，城墙之高、时间的短暂与如今平展展的荒漠遗址形成了鲜明的对比，从中足以见出风沙对河西一带自然地理的影响之大。

（二）水灾的毁坏

伏羲女娲神话是中国著名神话之一，不仅数量丰富且分布区域和流传民族也相当广泛，在甘肃天水市及其周边地区流传有大量的伏羲女娲神话，其中《女娲补天》就记忆了大洪水对自然地理的破坏。《万笏朝天》讲有一天洪水巨浪像万马奔腾，淹没了平原大川，淹没了大树，后来连高高的积石山也被淹没了，为了挽救即将灭绝的人类，大禹才率天下能工巧匠来积石山劈山泄洪。《魏征梦斩泾河龙》中讲暴风恶雨整整“倒”了五个时辰，陇山发起了洪水，整个大地变成汪洋大海，山崩地陷，房屋倒塌。比较而言，《沙州城》更具体、更科学地记载了古沙州城被水灾所淹没的历史：古沙州城始建于汉代，位于党河西岸。有年夏天祁连山里下了七天七夜暴雨，使党河水猛涨了七尺，虽然水势大，但州官彭大人早就号召百姓筑堤防范，因此在这次暴雨中人畜都没有受到伤害。后来换了州官，新上任的白大人强行让百姓搬走了前任州官用来防洪的沙袋和柴草。有一天，沙州又下暴雨，百姓无法抗洪，使得古沙州城被又一次泛滥的党河水淹没了，从此古沙州城就变成了荒城。如果说前几则故事中的水灾事发突然让人防不胜防的话，那么《沙州城》的水灾已经有人提防，但最后还是没有摆脱被淹没的命运，其中不能排除人祸的因素。不管是天灾还是人祸，的确从民间故事中可以看出水灾对甘肃自然地理的影响。

二、人对自然的改造

除了自然灾害之外，人为因素也是影响自然地理发生变化的一个重要因素。甘肃境内流传着两类讲述人为改造自然的故事，一类是所谓的“斩龙脉”故事，一类是治理黄河的故事，这两类故事都为人们认识人类改造自然提供了有力的证据。

（一）“斩龙脉”故事中的自然改造

在甘肃流传着许多“斩龙脉”故事，如庆阳的《牛心石》《钯子山和马坊医的传说》《周赧王斩妖龙》和《斩山湾》，天水的《杏林观》《龙眼山》《花山子》《龙山镇（一）》《娘娘坝（二）》，定西的《祁城隍的传说》《斩脉塔》《帝王滩的传说》《寺崖头》，临夏的《刘伯温斩龙脉》，兰州的《蒲家坟的传说》《宁卧庄和红山根的传说》，白银的《斩断岘》《重阳山》《燕子龙》《张城堡》《二龙戏珠山》，武威的《旱滩坡》，张掖的《破山嘴子》等，其“龙脉”实指有好的山势（如像龙、像凤）又蕴意子孙后代兴旺发达的山脉，所谓的“斩龙脉”就是破坏“龙脉”的风水，让它不再造福于子孙后代。斩龙脉主要有两种做法：（1）挖山，即把所谓的“龙脉”从中斩断，如前面提到的《牛心石》《周赧王斩妖龙》《钯子山和马坊医的传说》《杏林观》《刘伯温斩龙脉》《祁城隍的传说》《蒲家坟的传说》等，这是最常见的“斩龙脉”之法，也是真正意义上的“斩龙脉”。（2）造物，就是在“龙脉”上建造宝塔、寺院、城堡或小山，是一种变相的斩龙脉，意思是用所造之物将“龙脉”镇住，防止它兴旺发达造福于他人，如《花山子》中用山镇龙脉，《斩脉塔》中用宝塔镇龙脉，《寺崖头》中用城堡镇龙脉等。

至于造物式斩龙脉，可以说与挖山式斩龙脉是殊途同归，挖山式斩龙脉是挖掉龙脉山的一部分，造物式斩龙脉是给龙脉上添加建筑物或小山，其本质都是改变龙脉山的原貌，即改变原有自然地理的状貌。

有斩龙脉，就有补龙脉。定西民间故事《赫道台除暴安良》中就讲了补龙脉的事：这一带有个砚哇台，台对面是座无头秃山。下面是赵土司的祖坟，听讲迷信的人说“主山无头，后代无首”，赵土司为了子孙昌盛，就叫来四乡八路的百姓给无头山上背运土石，直到无头山有了头。可见，补龙脉就是反其道而行之，将不是龙脉的山补成龙脉，其意图虽然与斩龙脉正好相反，但做法与它有异曲同工之妙，也是人为改造自然。

不管是斩龙脉还是补龙脉，都是用人力来改变自然地理的原有状貌，让它变成自己想要的状貌，带有强烈的主观色彩，更为重要的是这种改变多是将自然向有利的方面改造，既体现了人类改造自然的智慧和能力，也体现了人类改造自然的决心。

（二）黄河故事中的自然改造

黄河故事主要流传在黄河两岸及周边地区，其中《八盘峡》《牛鼻子峡》《朱喇嘛峡》《禹王石》《鲁班滩》《蔡寡妇搭天桥》《金斧劈峡》《鲁班造桥》《第一桥》《二十四只神船》《金城白塔为什么又叫镇河塔》等故事反映了中华儿女对甘肃段黄河的治理，它们与“斩龙脉”故事一样都谱写了甘肃人民改造自然的新篇章。根据故事内容，人们对黄河的治理有三种方法，一种是开山导河法，如《八盘峡》《牛鼻子峡》《禹王石》《金斧劈峡》；一种是架桥修路法，如《朱喇嘛峡》《鲁班滩》《蔡寡妇搭天桥》《鲁班造桥》《第一桥》《二十四只神船》；还有一种是造塔镇妖法，如《金城白塔为什么又叫镇河塔》，不管是哪种方法，都体现了广大劳动人民对自然的改造。

传说，炳灵寺是大禹导河的起点，那时积石山是山连着山，把河水围成了一片汪洋大海，而九州大地却十年九旱，百姓叫苦连天。大禹率领十万民工不远万里，跋山涉水来到此地，不料一条恶蟒从中作怪，一口就吞掉了八百民工，大禹也因为打恶蟒丢了自己的开山巨斧，大家安慰他说：“我们一年不行，两年。两年不行，三年。总有一天，要把积石捣开！”后来，他们果然凿开了群山，疏通了河水（《禹王石》）。再后来，大禹一行来到了金城附近，见远处是一望无际的平川，而近处咆哮的河水猛烈地撞击着山岩，大禹认为如果劈去这个大石山的一半，就可以既灌溉下游的农田，又消除金城附近百姓的水患。高兴之下大禹以掌拍山，竟然劈去了一大块，当天他就带领百姓凿山开道。这么大的工程，挖下了土石堆到哪儿呢，为了避免黄河再次被堵，他把凿下的土石分八摊堆放在了石山旁，使黄河河滩里平添了八座小山，从此黄河水从劈开的峡口流出，又绕过八座小山，人们就叫这里为“八盘峡”（《八盘峡》）。传说中兰生身高八尺，膀阔腰粗，双目似电，声若洪钟，他三斧就在一座石山中劈出了一条峡谷（《金斧劈峡》）。兰生，兰州之后生也，是兰州（乃至甘肃）无数男子的象征，他们在组织者领导下精诚团结、共同挖山，才最终驯服了黄河这条“九曲巨龙”，所以传说中的“一掌”“三斧”绝不是真实的一掌、三斧，是巨大工作量的浓缩和象征，他们平凡而伟大，但最终却用自己艰辛的劳动改造了自然，解决了黄河的水患。

寺沟峡、刘家峡、牛鼻子峡、朱喇嘛峡、盐锅峡是甘肃境内黄河最险要的地段，黄河在这些地方时断时连、时窄时宽，不仅常常吞没过往路人，还严重影响了当地百姓的正常生活，为此官府派人募捐钱款，说要开山修路造福百姓。可是几年过去了，他们募捐了一遍又一遍，就是不见修路。附近一个姓朱的喇嘛实在看不下去了，他不顾年老体弱，扛起铁锨、镢头来到峡谷，不畏艰险从早挖到晚。当地的百姓被朱喇嘛的精神所感动，有粮的出粮，没粮的出力，三年后他们终于在这里修出了一条比较平坦的栈道（《朱喇嘛峡》）。刘家峡河段谷深崖陡、水急浪大，羊皮筏子摆渡行人常常出事，不少人因此葬身鱼腹，蔡寡妇的丈夫想在黄河上架一座桥，可是在他勘察地形时掉进黄河淹死了，蔡寡妇决定完成丈夫的遗愿。后来，经过两代三人的努力，终于在儿子手里架起了一座桥（《蔡寡妇搭天桥》）。为了方便往来黄河两岸，人们把二十四只船连在一起架成了一座浮桥（《二十四只神船》）。为了修一座横跨黄河的大桥，“鲁班”努力过（《鲁班滩》），祁女和胡女也努力过（《姊妹峰》），虽然他们有过失败，但最终还是架起了“黄河第一桥”《（第一桥）》。朱喇嘛平凡而真实，是第一个敢于“吃螃蟹”的人，其他乡亲们也不退缩，他们与朱喇嘛一起改造自然，体现了他们愚公移山般的决心和信心；蔡寡妇、胡女、祁女、“鲁班”，他们也是广大普通老百姓的代表，他们没有宽裕的金钱，没有显赫的地位，却有一颗战胜自然的心，所以一年又一年、一代又一代，终于实现了自己的愿望，他们都是改造自然的功臣。

三、“神魔”对自然地理的作用

在甘肃民间故事中，有许多讲述“神魔”作用于自然地理的故事，其中“神”指与人类为友、为人类办好事的人或自然精灵，或者专门管理人间的天神，如花仙子、龙公主、玉帝等；“魔”指长得奇奇怪怪、专与人类作对的自然精灵，如妖龙、黑风怪、雪妖等。通常情况下，这些神、魔都有一定的超自然能力，如眼望千里、起风兴雨、指人为山等，他们或为了一己私利与人为敌，或善意帮助人类，都用自己的超自然能力对自然发生作用，使原有的地理状貌发生某种变化。比如《温泉》讲神仙受玉帝之命前来人间捉拿私自到人间与货郎成亲生子的仙女，当仙女抱着儿子走到南天门时又逃回了人间，神仙一气之下把天火扔下了人间，大火烧了三天三夜将仙女下凡洗澡的温泉烧干了，从此温泉便没有了一滴水。《万家河》讲这里本来没有河，有一天来了一个有法术的万道人，他与大安寺的雷祖爷比法术，结果大火烧着了大安寺，雷祖爷上天告状，玉帝就让雨神下雨，大雨一连下了三天三夜，在浇灭了大火的同时，洪水把平原冲出了三道大口子，留下了一条小河就是万家河。《降蟒山》讲很早以前这里风调雨顺、五谷丰登，百姓过着非常幸福的生活。一天，东海里的一条小青蟒来到了这里，见这里景色优美、气候宜人，就在此安了家。几年后，小青蟒长成了大青蟒，常常出来吃人，李二虎外出学艺归来，听说此事后非常生气，就决心除掉这一祸患，经过一番激战后，李二虎的宝剑终于刺透了大青蟒的心脏，大青蟒血流不止，流出的血渗进土里，将这座山染成了红色。这些都是传说中“神魔”对自然的影响。

如果对这些故事做一科学分析，就会发现这些所谓的“神魔”其实就是自然力，比如地壳的运动和大的蒸发量都可以使一个小湖泊慢慢干涸。大的洪水可以冲毁某些阻挡大河河水外流的小山梁，使河水改道或者流出一条小支脉河。土壤的颜色，主要由土壤中所含的矿物质所决定，如果含铁离子多就显红色，如果含钙离子多就显灰白色，如果含的腐殖质多就显黑色，由此推测降蟒山的土质中含有大量的铁离子，双龙河水外流是因为地震的作用。

费尔巴哈说：“人本来并不把自己与自然分开，因此也不把自然与自己分开；所以他把一个自然对象在他身上所激起的那些感觉，直接看成了对象本身的性态。”[①]这种分析非常适合传统社会里人们对自然的认识，人之所以赋予自然人的情感、人的思想，是因为他们在自己的精神世界中根本没有把人和自然分开，用自己的心理衡量自然、想象自然，就产生了自然的人化。同理，人是有社会属性的，所以自然中的一切事物或受制于他人，或管制着他人，都没有绝对的自由。高小康教授说：“文化生态视野的意义在于，以活态文学的观念审视文本意义的生成条件，从而为文本研究开拓更广阔的空间。”[②]的确，只有把民间故事放在文化生态视野中才能见出它生成的广阔天地。

① [德] 费尔巴哈：《费尔巴哈哲学著作选集》（下），荣震华、王太庆、刘磊译，北京：商务印书馆，1984年，第458页。

② 高小康：《非文本诗学：文学的文化生态视野》，《文学评论》2008年第6期。

第二章 甘肃民间故事中的西部历史变迁

我国学者钱穆说："各民族最先历史无不从追忆而来，故其中断难脱离'传说'与带有'神话'之部分。若严格排斥传说，则古史即无从说起。"①其实，不管是神话还是传说，其中都有历史的影子，只是它们记忆的方式、内容、侧重点有所不同罢了。

第一节 原始先祖的历史记忆

在群体记忆中，"尤其是那些关于远古英雄的传说，关于部族战争与流徙的传说，关于始祖起源与衍生的传说，关于重大灾难与变故的传说，其中都隐示着曾经发生过的史实印迹，折射着许多宏伟事件的片段。神话是童年期人类的精神产品，包含着真实的内核，沉淀着发育中的智慧，闪烁着远古的史影。"②在甘肃流传着160多则伏羲女娲神话，形成了一个比较完整的人文先祖神话圈。

伏羲，又称宓（fú）羲、庖牺、包牺、伏戏、牺皇、皇羲、太昊等，位居三皇之首，人称"人文始祖"。女娲，又称娲皇、女阴娘娘，也是人文始祖之一，位居三皇之二。对伏羲诞生的记载最早见于东汉纬书《河图稽命徵》："华胥于雷泽履大人迹，而生伏羲于成纪。"唐代司马贞在补《三皇本纪》时

① 钱穆：《国史大纲》（上册），北京：商务印书馆，2006年，第8页。

② 刘光华主编：《甘肃通史》（先秦卷），兰州：甘肃人民出版社，2009年，第98页。

说："太皞庖牺氏，风姓，代燧人氏继天而王。母曰华胥，履大人迹于雷泽，而生庖牺于成纪，蛇身人首，有圣德。"对于成纪的地理位置，司马贞在《三皇本纪》中自注说："成纪，亦地名，按天水有成纪县。"因此，天水自古就获得了"羲皇故里"的殊荣。《汉书·人表考》卷二引《春秋世谱》说："华胥生男子为伏羲，女子为女娲。"有伏羲的地方就有女娲，天水市秦安县陇城镇自古就被称作"娲皇故里"，因此在"羲里娲乡"的天水境内及周边地区流传着大量的伏羲女娲神话，透过这些神话可以星星点点地看到人类历史发展的影子。

一、对伏羲女娲文化的记忆

目前，学界对伏羲女娲文化的起源有"南方说"和"北方说"两种观点。"南方说"的倡导者是我国人类学家芮逸夫，闻一多的《伏羲考》是南方说的扛鼎之作，另有一大批中外学者都持此观点，如常任侠、徐旭生、吕思勉、胡小石、蒙文通、徐中舒、袁珂、邓少琴、刘大杰、刘起釪、冯天瑜、饶宗颐、萧兵、［日］白川静、［日］谷野典之、［德］W·蒙克、［德裔美籍］W·爱伯哈德、［俄］李福清等。"北方说"的倡导者是我国神话学建设先驱之一的茅盾，他在《中国神话研究ABC》一文中较早地提出了"北方说"，其后也有一大批学者，如张光直、王孝廉、张自修、云博生、魏娥、涂殷康、张振犁、霍想有、杨利慧、霍松林、唐明邦、刘文英、李希平、柯杨、雒江生、武文、赵逵夫、张先堂、李建成、雍际春、谢增虎、胡政平等坚持这一观点。尤其是杨利慧教授，她于1993年春、1995年夏、1996年冬先后三次对河南淮阳县的"人祖庙会"、西华县的"女娲城"，河北涉县的"娲皇宫"庙会，甘肃省天水市秦安县陇城乡的娲皇遗迹、神话及女娲庙会进行了实地考察，认为："与其颇生硬、牵强地说女娲由南方（西南方）起源，然后向北方传播，似乎倒不如推测她由北方、最可能是西北的渭水流域一带发源，而后才向东、向西北、向南传播到今天中国的许多地区，比较更合乎情理一些。"[①]她这一观点不仅为"北方说"再添一个砝码，而且把"北方说"向前再推进了一大步，为我国研究伏羲女娲文化的起源做出了重要贡献。甘肃伏羲女娲神话，作为中国伏羲女娲神话的重要组成部分，它不仅有力地证明了

① 杨利慧：《女娲溯源——女娲信仰起源地的再推测》，北京：北京师范大学出版社，1999年，第126页。

杨利慧教授的观点，还可以在此基础上做出更大胆的推测：伏羲女娲文化发源于甘肃的天水市，尤其是天水市的西北地区，由此沿葫芦河向渭水主干流域传播，而后向东、向南、向西北其他地区传播，直到中国的许多地区。

首先，在甘肃伏羲女娲神话中，讲述伏羲女娲成婚的故事有30则，位居第一；讲述伏羲诞生的故事有21则，位居第二，这并非一个偶然现象，而是“羲里娲乡”人民对远古祖先在此诞生、成婚这两件人生大事的一种群体记忆，而且这种群体记忆随着时间的推移已经积淀成了一种集体精神遗留物，内化在他们的精神血液中，成了他们代代难以忘怀又代代传承不息的集体无意识，只要一看到（或说到）羲皇遗迹或娲皇遗迹，他们就会不由自主地传说有关他们的故事。一旦这些故事被传播开来，她们就像一条巨流为自己冲开一道河床一样，绵延不断，从这一代传到下一代，沿途还会分出许多支流，流向更远更广阔的地区。甘肃天水市的西北地区就是伏羲女娲文化的发源地，葫芦河、渭河、黄河就是流淌伏羲女娲文化的河床，陕西宝鸡、河南淮阳和西华、河北涉县就是这条河流上的几个大支流，它们又分支散叶，不断流向全国各地。

秦安县陇城镇的龙泉及其石碑

其次，甘肃伏羲女娲故事

与伏羲女娲的历史遗迹密切相关，而且这些遗迹自成体系，构成了一个比较完整的伏羲女娲文化遗迹圈。传说女娲出生于秦安县陇城镇，陇城有用风姓命名的风沟、风台、风茔，有娲皇、凤尾、龙泉等村名，明朝《秦安志》载“陇城镇之北山，有建于汉代以前的女娲祠”，风沟里有传说中女娲出生的女娲洞，陇城镇北街有“娲皇故里”牌坊，都与纪念女娲有关。传说伏羲出生于甘谷，甘谷有古风台和古风台村，当地人还会编一种形似太极、纹似八卦的竹编鸡罩，能做八卦形的锅台。传说伏羲女娲在显亲峡的安伏一带合磨成婚，安伏乡和它的邻乡魏店乡不仅有许多以“伏”字命名的地名，如安伏乡的安伏村、伏洼村、伏湾村，魏店乡的伏家湾、伏家河、伏家峡、伏家梁，还聚居着许多伏姓村民，当地人还传说伏羲女娲成婚后生了四男九女，长大后分居各地。大儿子曾在伏家峡生活过，二儿子曾在伏家湾生活过，三儿子曾在伏家娲生活过，四儿子曾在伏家川生活过；三女儿曾在白鹿生活过，其他几个女儿离开安伏去了别的地方。[①]传说伏羲在麦积区的三阳川始创八卦，三阳川有卦台山、龙马洞、分心石等遗迹。这些都清楚地显示了伏羲女娲从出生到成婚，再到始创八卦的历史轨迹。

第三，有些甘肃伏羲女娲神话有民谣为证，如流传在甘谷县白家湾乡刘家岴古风台村的“别看冀县地方碎，伏羲皇帝头一辈；桑叶儿衣服脸上黑，伏羲爷出生在古风台”[②]；流传在秦安县五营乡到陇城镇一带的“山青水秀出圣贤，龙泉汲水有根源，和泥捏人伐康回，平息水患百姓安”[③]；流传在静宁县的“女娲懒，女娲懒，造人用鞭杆。一棍打了千千万，三个五个争一男”[④]，流传在静宁县治平乡的“八个湾里卧龙马，龙马负图走天涯，伏羲夜夜观天象，演化万物创八卦”[⑤]。有些甘肃伏羲女娲神话还有地方民俗为证，如伏羲女娲的兄妹关系演化为夫妻死后哭丧互称兄妹[⑥]、伏羲女娲合磨占婚的方式演化为人们把结婚称为“合茬”[⑦]、女娲婚后三天回去看乌龟伤势演化为

---

① 李建成：《伏羲活动区域新考》，《天水行政学院学报》2002年第1期。

② 李宁民：《人祖伏羲与宗庙》，北京：作家出版社，2008年，第14页。

③ 李芦英，耕夫：《天水传说》，兰州：甘肃文化出版社，2005年，第26页。

④ 王知三编：《静宁民间神话传说故事》，银川：宁夏人民出版社，2013年，第39页。

⑤ 王知三编：《静宁民间神话传说故事》，银川：宁夏人民出版社，2013年，第34页。

⑥ 《中国民间故事集成·甘肃卷》编辑委员会主编：《中国民间故事集成·甘肃卷》，北京：中国ISBN中心，2001年，第11页。

⑦ 王知三编：《静宁民间神话传说故事》，银川：宁夏人民出版社，2013年，第16页。

姑娘出嫁三天后回门的习俗[①]等。这些民谣和民俗也是伏羲女娲文化在此留下的印痕，从另一侧面证明了伏羲女娲文化在当地的存在。

二、对“大洪水”的记忆

在伏羲女娲神话中，只有伏羲女娲成婚神话和女娲补天神话讲了大洪水，那么这两则故事记忆的是同一次大洪水吗？

《女娲补天》讲自从天神女娲创造了人类后，女娲就带领着她的孩子们在树上采摘果实，在河里打捞鱼虾，生活十分自在，俨然一派母系氏族的生活景象。又讲女娲看着灾害十分着急，就四处奔跑寻找补天的东西。她跑遍了山林荒野，跑遍了整个大地，最后在海边发现了五块颜色不同的大石，她用尽全身力量举起一块又一块巨石填补天塌下的窟窿，说明水灾期间女娲这位大母神一直带领着自己的部族在全力抗洪。根据故事的描述可以判断这位女娲是一个聪明、能干、勇敢，有相当号召力的成年女性，而且不管是甘肃民间故事还是古代文献都没有提到孩子们的父亲，说明这位女娲很可能是一个母系氏族的部落首领。

在《伏羲女娲成婚》中有三个细节值得我们注意：第一个细节是伏羲女娲对待洪水的态度，不管是甘肃民间故事还是古典文献，都没有提到他们抗洪之事，只讲他们坐进一个容器顺水漂走了；第二个细节是伏羲女娲逃生的方式，有些故事说伏羲女娲俩爬上一节朽木才幸免于难，有些说他们俩爬进一只大葫芦里才幸免于难；第三个细节是伏羲女娲被大水漂到一个陌生地方后的生活，基本都说他们在这个陌生地方生活了一段时间后，才到了婚嫁年龄，这些细节说明发洪水时伏羲女娲尚处于青少年时期，并未成年。由此可见，此女娲非彼女娲，此洪水非彼洪水，两个故事记忆了两次大洪水。

那么，这两次洪水大约发生在什么时间呢？施少华曾在1993年发文说：“大约在4ka B.P.左右有一严重的气候事件，它以全国性的大洪水，似乎是由于连续不断的洪涝灾害而造成的灾难性气候事件，我国广泛流传大禹治水的传说。”[②]就是说，在距今约4 000年左右（4ka B.P.）的时候，中国大地上发生了一次非常严重的全国性大洪水。1998年，夏敦胜等人利用高分辨率（10cm，约100a）孢粉，结合磁化率和$CaCO_3$含量的变化，对秦安大地湾遗址

---

① 王知三编：《静宁民间神话传说故事》，银川：宁夏人民出版社，2013年，第18页。

② 施少华：《全新世高温环境变化对太湖流域新石器文化的影响》，《湖泊科学》1993年第2期。

附近的全新世黄土做了分析，认为全新世气候存在3个大的阶段：全新世早期（11—7ka B.P.）气候以寒冷为主要特点，全新世中期（7—3ka B.P.）气候温暖湿润，全新世晚期（3ka B.P.至今）气候以干旱为主要特征，在距今4.2ka前后曾出现过洪水事件，当时气候可能具有一定的不稳定性。[①]施少华和夏敦胜等人的观点基本一致，也就是说在距今4 000—4 200年前后中国发生过一次大洪水。

《精编廿六史·五帝》称伏羲氏在位一百一十年，年一百九十七岁，女娲治天下一百三十年。中外专家对考古发掘出的上万片人骨进行研究和鉴定表明，当时无一人百岁者，人们的平均寿命仅为34.3岁。[②]在这三十四岁中还有人的成长期，真正能执掌部落政事的年龄也就在二三十岁，如何能“在位一百二十年”“治理天下一百三十年”呢？《易·系辞·疏》《礼记正义·序》《帝王世纪》和《汉书·古今人表》等多种史料又载：“太昊庖羲氏没，女娲氏立为女皇，亦风姓，承庖牺制度，女娲氏没，次有大庭氏，柏皇氏，中央氏，栗陆氏，骊连氏，赫胥氏，尊芦氏，混沌氏，昊英氏，有巢氏，朱襄氏，葛天氏，阴康氏，无怀氏凡十五世，皆袭庖牺之号”，可见，“伏羲氏”经过了一个从个人名号到氏族徽号的发展演变过程。由此推测，母系氏族时期的女娲氏也有可能经历了同样的发展演变过程。这就说明中国历史上有多个伏羲氏、多个女娲氏，前面所说的“伏羲氏在位一百一十年”应该指承袭了伏羲氏徽号的多个男人在位时间的总和，“女娲治天下一百三十年”是承袭女娲氏徽号的多个女人治理天下的时间总和。事物发展的普遍规律告诉我们，任何事物的发展不可能突然开始或突然结束，社会的发展也是如此，从母系氏族社会向父系氏族社会发展的过程中一定有一个时间不短的过渡期。那么就可以这样说：在这数位女娲氏中，第一个女娲氏和她之后的几位诞生于母系氏族社会，《女娲补天》中的女娲就是其中的一个，最后几位女娲氏诞生于父系氏族社会初期，中间几位诞生于从母系氏族社会向父系氏族社会过渡的时期，第一个女娲氏与最后一个女娲氏之间应该相距数百年或更久，最后几位女娲氏中的一位与所谓的伏羲氏在大水之后成婚。在发掘大地湾遗址时，考古学家在第四期文化（距今约5 500—4 900年）中曾发掘出3个陶祖、1个石

---

① 夏敦胜等：《秦安大地湾高分辨率全新世植被演变与气候变迁初步研究》，《兰州大学学报》（自然科学版）1998年第1期。

② 安志宏：《远古部族首领故里溯源——兼论上古时代的‘袭号’现象》，《天水师范学院学报》2009年第3期。

祖，他们由此认为当时已进入父系氏族社会。[①]就是说大地湾在距今5 500年前就已经进入父系氏族社会。如果这个推断可以成立的话，那么《伏羲女娲成婚》中的伏羲女娲应该大约生活在距今5 200—5 500年之间，但是科学考证大洪水发生在距今4 200年前左右，这就只有一种可能，即伏羲女娲神话与洪水神话在流传的过程中发生了粘连，大洪水仍然是距今4 200年的那次大洪水，但人物却是早于这次大洪水的人物。

既然此洪水非彼洪水，那么《女娲补天》中的洪水发生在什么时候呢？李娟在《人类起源之谜》一书中说：

> 20世纪以来，在中国的华南地区、德国、法国及北美地区，各国地质学家都不约而同地发现了一层海底浊流沉积物。科学家肯定地认为：这是由一场巨大的海啸造成的，而后是全球范围内的大海啸，时间大致在距今1～3万年之间……
>
> 根据历史资料、各民族的历史传说和一些相关的地质特征，有学者认为：大约在1万年前，一场大洪水席卷了北半球，所有大约低于1 000米的山峰都被淹没，洪水的高峰期约持续40天左右，洪水大约在100～120天以后才消退。这场大规模的灾害毁灭了地球上绝大部分的人类，幸存下来的人类大多是平时居住在高原和山区的人们。[②]

夏敦胜等人说，在距今11 000—7 000年左右时，“气候不但相对寒冷，而且比较干旱”[③]，那么地处黄土高原的大地湾就不可能发生大洪水，那么《女娲补天》神话中的大洪水很有可以发生1.1万年以前。

瑞士分析心理学家荣格说：“心理与它所寄居的身体一样，都是历史的产物。”[④]作为远古祖先心理的宣泄口，不管是《女娲补天》还是《伏羲女娲成婚》，它们都是人类对童年时期所遭遇的两次大的创伤的记忆，而其罪魁祸首就是大洪水。

---

① 郎树德：《大地湾遗址的发现和初步研究》，《甘肃社会科学》2002年第5期。

② 李娟：《人类起源之谜》，北京：时事出版社，2008年，第41页。

③ 夏敦胜等：《秦安大地湾高分辨率全新世植被演变与气候变迁初步研究》，《兰州大学学报》（自然科学版）1998年第1期。

④［瑞士］荣格：《荣格文集·分析心理学》，任曾辉、牟旭景、徐说译，长春：长春出版社，2014年，第151页。

三、对农耕文化的记忆

中国是一个农业大国，那么最早的农作物种子是什么？它起源于何时何地？在甘肃境内流传的一则故事《五谷的来历》，似乎给我们提供了些许的线索。

（一）母系氏族社会肇启了农耕文明

《五谷的来历》讲在远古时期，人们过着艰苦的生活，女娲娘娘就把五个孩子唤到跟前，让他们去为百姓寻找食物，谁知这五个孩子来到人间后再没有回去。五年过去了，女娲不见孩子们的音讯，就下凡寻找，结果发现大儿子变成了谷子，二姑娘变成了高粱，三儿子变成了水稻，四姑娘变成了荞麦，小儿子变成了糜子。揭开神话的面纱，透过神奇的想象，我们似乎能感受到女娲这位母系氏族首领率领自己的部族，历经各种困难为人类寻找农作物种子的历史画面。无独有偶，在发掘大地湾原始文化遗址时，“在距今8 000年的大地湾一期文化房基F374西南角下面，叠压着一座灰坑H398，在灰坑底部令人惊奇地发现了已碳化的粮食作物黍和油菜籽。这是迄今发现的我国最早的旱作谷物黍。”[①]黍就是当地所说的“糜子”。魏仰浩在《试论黍的起源》一文中说：“以黄河为中心，西到新疆、东到黑龙江省的新石器遗址中，多处发现黍的遗迹。迄今为止，年代最早的是甘肃东部渭水上游的秦安大地湾一期文化遗址发现少量的黍炭化种子……经树轮校正，距今达曼表为7 150±90年，新表为7 370—8 170年。同时还发现石器、骨器、角器等生产工具60余件，石器多为打制和磨制，琢制较少，说明农业已有一定的基础。可以有把握地说，黍在中国栽培的历史至少已有七八千年了。”[②]那么，对农业的探索和尝试很有可能就在母系氏族社会。从这个意义说，《五谷的来历》正好形象地记录了母系氏族首领带领部族肇启农耕文明的历史。

（二）父系氏族社会开始探索农业生产规律

在伏羲八卦中，有八个符号：一乾☰，二兑☱，三离☲，四震☳，五巽☴，六坎☵，七艮☶，八坤☷，其中乾代表天，坤代表地，巽代表风，震代表雷，坎代表水，离代表火，艮代表山，兑代表泽，这显然是对自然规律的总结。甘肃故事《伏羲画八卦》中说：“人宗爷伏羲常站在渭水河边的一座高

---

① 汪国富：《大地湾——世界上农业文化的发源地》，《历史文化》2012年第11期。

② 魏仰浩：《试论黍的起源》，《农业考古》1986年第2期。

山上观察天地万物，他看着天上的日月星辰，看着地上的山川草木、飞禽走兽，又看着河里的鱼虾鳖龟，日子久了，他发现这些事物各有各的特点，各有各的规律，他根据平日观察创造了八卦。”胡缵宗在其《封台记》一文中也说：“成纪之北，约三十里，曰三阳川。其西北隅有台焉，羲皇画卦处也”，又云：“三阳云者，朝阳启明，其台光莹，太阳中天，其台宣朗，夕阳返照，其台腾射。”后有学者对封台山周围的阴阳变化做了详细勘察，发现“‘朝阳启明’时，其台一分为二，西阴东阳。‘太阳中天’时，下阴上阳，西东阴阳两部分被一分为二成不同阴阳停留时间的四块：东北角先阳后阴，是为少阻。东南角重阳。是为太阳。西南角先阴后阳，是为少阳。西北角重阴，是为太阴。与《系辞》所言：‘两仪生四象’完全吻合。”[①]可见，伏羲八卦就是对渭水流域地理地势和自然规律的观察和总结。《春秋内事》曰：“伏羲氏仰观天文，俯察地理，始画八卦，立天地之位，分阴阳之数，推列三光，建分八节，以爻应气，凡二十四”，其中“二十四”就是指二十四节气。二十四节气是根据太阳的运行周期来反映季节变化的，古往今来一直作为最重要的物候依据指导着人们的农业生产。后来，人们为了制定一个完全反映能指导农业生产的历法，就把反映太阳运行周期的“二十四节气”纳入其中，这个历法就是农历，有学者说“伏羲是古代历法的肇始者”[②]，该观点得到许多学者的认可。那么伏羲为什么要画八卦？在当时农业耕作技术还相当落后的时代，随着人口的增长，人类面临的最大困难就是粮食的匮乏。作为部落首领的伏羲，其最大愿望可能就是总结自然规律指导农业，而八卦中的八种自然现象的确与农业耕种有着非常密切的关系。

四、对原始民俗的记忆

民俗，就是民间习俗，指人民群众在社会生活中所创造、世世代代享用并传承下来的文化。民俗应人类社会群体生活的需要而产生，再在特定的民族、时代和地域中不断发展、扩大和演变，为民众的日常生活服务。可以说，自从有了人类就有了民俗。在甘肃伏羲女娲神话中，有相当一部分故事就反映了原始先民的一些民俗活动。

---

① 黄国卿：《对天水卦台山伏羲画卦传说的新思考——卦源新探》，《周易研究》1999年第2期。

② 柯杨：《论伏羲神话传说的文化史意义》，见霍想有主编的《伏羲文化》，北京：中国社会出版社，1994年，第74页。

（一）对实物占卜的记忆

《伏羲女娲成婚》神话不仅可见于甘肃，也可见于其他地方，而且都有占婚这一个细节，比如唐代李冗的《独异志》（卷下）记载："昔宇宙初开之时，有女娲兄妹二人，在昆仑山，而天下未有人民。议以为夫妻，又自羞耻。兄即与妹上昆仑山，咒曰：'天若遣我二人为夫妻，而烟悉合；若不，使烟散。'于烟即合。其妹即来就兄，乃结草为扇，以障其面。今时取妇执扇，象其事也。"可见他们占婚的方式是合烟。另外，河北涉县的《女娲兄妹结亲的传说》用的是滚磨；湖北省江陵县的《女娲配伏羲》先后用了合烟、滚磨和追赶三种方法；河南省西华县的《姊妹成婚》用的是滚磨，正阳县的同名故事用的是追赶，信阳县同名故事先用追赶，后用合磨两种方式占婚，等等。在甘肃，他们占婚的方式也有多种，如滚磨、合烟、穿针、追赶、聚云等。在此可以看出，伏羲女娲占婚的方式，不管是甘肃省的还是其他省的，不管是滚磨还是合烟、穿针、追赶、聚云，都用实物占卜婚姻，这绝非一种偶然，应该是对原始社会实物占卜习俗的一种记载。

占卜起源于原始社会宗教信仰前的巫术活动，属于巫术占验范畴。原始人类在生存过程中，经过长期的观察会把一些彼此之间有某种联系的事物结合起来，但由于理解能力有限会常常曲解了它们之间的联系，认为它们背后有某种力量在操纵，而这种力量就是鬼神。为了预测未来的吉凶祸福，他们就用占具作中介进行人鬼或人神之间的意识沟通，久而久之就形成了占卜巫术。因生存环境、生活方式和习俗的不同，占卜种类、占卜工具也常常不同。高广仁在《中国史前时代的龟灵与犬牲》一文中说：占卜始于史前时代，迄今所知整个黄河流域，自上游的齐家文化至中下游的诸龙山文化乃至北方地区的富河文化中都存在着占卜之俗，但均为骨卜，多以牛、羊、猪、鹿肩胛骨为之。[①]其实，占具和货币一样都是人类社会发展过程中发明的某种媒介，只是货币用于商品流通，占具用于人类对某种事象的占卜，货币经历了一个从实物货币向代用货币的发展过程，占具也经历了一个由实物占具向代用占具发展的过程。高广仁在这里所列举的牛、羊、猪、鹿肩胛骨，已经属于代用占具，而在更早的时候，人们占卜用的媒介应该是实物，而且这个实物应该是就地取材，见到什么就用什么占卜，他们重视的是占卜的结果，而不是

① 高广仁：《中国史前时代的龟灵与犬牲》，见《海岱区先秦考古论集》，北京：科学出版社，2000年。

占卜的工具，比如毛利人认为在开会时猫头鹰叫是不祥的征兆，在召开军事会议时大鹰在头顶飞翔却是吉祥的征兆。鸟儿飞向自己部落的方向，战争就会胜利，如果鸟儿飞向敌人的方向，战争就要失败。卡尔梅克人认为看到鹰向右边飞就是吉兆，向左边飞就是凶兆。[①]其实，这种实物占卜依然存留在我国大部分农村，比如在甘肃、山西、陕西等省的农村，人们认为听见猫头鹰的叫声是不祥的征兆；如果早上一出门遇见出殡，就认为今天有可能发财；如果鸟儿把屎屙到人的头顶上，就意味今天要倒霉，等等。这与《伏羲女娲成婚》神话中用合磨、合烟、穿针、聚云、追赶等方式占卜婚姻有异曲同工之妙。

（二）对自然崇拜的记忆

自然崇拜是在人类生产力极其低下的条件下，伴随着早期人类自我意识的觉醒而产生的一种原始信仰。在原始社会，由于人们对自然界缺乏正确的认识，受万物有灵观念的影响，人们常把支配人类生活的自然物和自然力想象成一个具有生命、意志和伟大能力的神灵，久而久之就形成了自然崇拜。自然崇拜的对象是被神化了的自然现象、自然力和自然物，包括天、地、日、月、星、山、石、海、湖、河、水、火、风、雨、雷、雪、云、虹等自然万物及自然变化现象。自然崇拜的起源，可以追溯到旧石器时代，人们较早崇拜的是那些对本地区的社会生产和社会生活影响最大、最具危害性的自然现象或自然力，然后才是对其他自然现象的崇拜，其目的是祈求自然神保佑他们风调雨顺、五谷丰登。在甘肃伏羲女娲神话中，也反映了原始先民浓厚的自然崇拜意识，其中最典型的就是对雷、天和土的崇拜。

1.对雷的崇拜

对雷的崇拜，主要表现在对雷神的描写上。《葫芦河畔的故事（一）》讲雷神是天神之一，下凡后住在红河边上，他脾气非常暴躁，常常酗酒闹事，把神鼓击得乱响。这神鼓一响天上就阴云密布，雷电交加，继而大雨倾盆，山洪暴发，导致红河泛滥，冲倒许多房屋，淹没许多庄稼，许多人的生命也随之丧失。为了让人们过上幸福安康的日子，勇敢、美丽的华胥氏去找他评理，他却提出要华胥氏嫁给他，为了换取人们的安宁，华胥氏答应了他，他们婚后生了伏羲。在此，人们不仅赋予雷神人的性格，有人的喜怒哀乐、娶

① ［英］爱德华·泰勒：《原始社会》，连树声译，桂林：广西师范大学出版社，2005年，第97页。

妻生子的愿望；同时还赋予他神性，即超自然的力量，人们对雷神也是怀着十分惧怕的心理。《人祖婆婆和人祖爷爷》中讲一个老婆子在河湾的稀泥里看到一个足有一尺多长的大脚印，出于好奇就站在了这个大脚印上，几个月后，这个老婆子发现自己怀孕了。在这则故事里，不见雷神只见雷神的脚印，但这个脚印却能让一个妇女怀孕，足见他的神力，显然人们在此突出的是他的神性。伏羲是人祖爷，雷公是伏羲的父亲，人们又给了雷神一个非常高的地位，此中足以看出人们对雷神的崇拜。正是出于对雷神的敬畏和崇拜，全国各地才盖起了那么多大大小小的雷神庙、雷公殿，且常年香火不断。

2. 对天的崇拜

对天的崇拜主要体现在两个方面，一个方面是人们“创造”了天帝，一个方面是对自然天的祭祀。在广大民众的心目中，天帝不仅是天界最高权力的拥有者，他还掌管着人间的一切生杀大权，就连掌握世间最高权力的人也是天帝的儿子，之所以伏羲能上得了天庭，下得了人间，就是因为他是天帝派到人间去继天而王的人。对自然物天的崇拜最典型的例子就是“女娲补天”仪式。《女娲补天》故事是上古人类与自然搏斗的历史在神话中的反映，但它绝不是女娲把石头举上天补住了漏洞的真实写照，而是上古时期原始人类用炼石方式求上天不再降雨的一种巫术祭祀仪式，这种仪式至今还广泛流传在贵州、河北、山西、河南、湖北、湖南、广东、浙江、江西、台湾、陕西、甘肃、宁夏等一些地区。比如在贵州省赫章县偏远地区的农村，每逢久雨不晴的时候，人们就让自家的独生女孩（有兄弟没有姐妹就行）或者邻居家的女孩儿来“补天”，具体做法是让女孩站在室外屋檐下，家长把点燃的甑碟用铁钳夹住递给女孩，由她拿着口念“补天补天，哪边漏昂补哪边”，念的时候需要看着天空。周围观看的人群也必须神情肃穆，不许嬉笑打闹，否则就会触怒天颜达不到停雨的目的。烧完的竹灰要等到天晴才可以扫除且不许乱踩，同时要求补天的小女孩不得哭泣，否则雨会下得越来越大，持续的时间也会更长。[①]选中的“女娲”就是小女孩，当地人称“女娃”，谐音“女娲”，只是补天的道具不再是五色石，而变成了颇受当地人崇拜的竹子。甘肃地处黄土高原，最不缺的就是石头，所以故事中是炼石补天。不管是炼石补天还是燃竹补天，其背后都是人类对自然天的崇拜和敬畏心理。

---

① 邓娟：《女娲补天仪式的解读——以贵州赫章县为例》，辽宁大学硕士学位论文，2012年，第8-14页。

3. 对土的崇拜

体现原始先民对黄土崇拜的典型事例就是《女娲抟土造人》的故事，《女娲抟土造人》神话是世界"抟土造人"神话的有机组成部分。"抟土造人"神话不仅甘肃有，其他省份也有，不仅汉民族有，其他少数民族也有，不仅中国有，外国也有，只是抟土造人的始祖不同罢了，比如哈萨克族神话里的始祖叫迦萨甘，独龙族神话里是嘎美和嘎沙，希伯来神话里是耶和华，希腊神话里是普罗米修斯。我国人类学家叶舒宪先生说："构成大地的泥土之所以被赋予创造生命的能量，主要出于农耕文化的下述直观经验：作物从土地中生长出来，土地一定具有孕育生命的潜能。神话中特别提示造人要取用'深渊的泥土'（the clay that is over the abyss），或许是因为深渊代表大地母亲的子宫深处，那里的泥土蕴藏着最充沛的生命能量。"[①]人类生存在土地上，土地不仅是人类的生命之本、力量之源、人类劳作和生息繁衍的唯一场所，还是人类最终的归宿，所以人类产生了对化育万物的土地的崇拜。在《女娲抟土造人》神话中，既可以说是女娲创造了人类，也可以说是大地母亲创造了人类，女娲是"小母亲"的代表，土地就是"大母亲""大母神"，她们都是人类的母亲。《周易》中说："乾，天也，故称乎父；坤，地也，故称乎母"，这个"以地为母"的思想和《女娲抟土造人》神话一样，都是人类土地崇拜意识的活化石。

五、对婚育文化的记忆

女娲和伏羲这两个人物从各自单独出现到二者相伴出现，经过了一个漫长的发展过程，如果把这些神话故事串联起来，就会发现人类社会在婚姻制度和生育观念上的某些变化，为我们认识中国婚育文化提供了一个很好的窗口。

（一）伏羲诞生神话中的婚育文化记忆

讲述伏羲诞生的故事有两类，一类是单一型，即专门讲述伏羲诞生的，如《伏羲的传说》《葫芦河与伏羲》《伏羲出生古风台》《葫芦河畔的故事》；一类是复合型，即将女娲诞生、伏羲女娲成婚与伏羲诞生放在一起讲，如《龙生伏羲》《凡女生伏羲》《葫芦河畔故事（二）》《人祖婆婆和人祖爷爷》《伏羲女娲成婚》等。不管是单一型还是复合型伏羲诞生神话，它们表现出如

① 叶舒宪：《文学与人类学》，北京：社会科学文献出版社，2003年，第203页。

下鲜明的神话特征：（1）这些故事多为感生神话，即指女子并未与男子交媾，只因感应某物而神秘怀孕生子；（2）伏羲为神子，即伏羲的父亲或者母亲总有一方是神（多为父亲一方），如雷神、金童、母黄龙等；（3）伏羲诞生的方式非常神奇，或怀胎十二年，或从倭瓜中诞生，或被五只金凤凰叫出，充满了神奇而大胆的想象。

剥去这些故事的神话外衣，就可看到蕴含在这些故事中的人类历史上曾经出现过的一个生殖文化现象——父权制度下男性对女性生育功劳的有意弱化。伏羲感生神话是中国感生神话之一，也是最具代表性的一个，有些学者认为："在中国少数民族感生神话中，女性的形象无论神、人，都是和生殖联系在一起的。母神因其衍生万物的功能而受到讴歌与赞美；母亲因为其生殖能力作为英雄之母而出现。"[①]也有些学者认为："父权制利用这些感生神话追溯了祖先的起源，宣扬了天命论、君权神授论，还篡夺了女性的生育之功。"[②]其实前者只看到了这类神话的表象，忽略了那个隐在男人的存在。中国有许多感生神话，如华胥氏履大人迹而生伏羲，女嬉（修己）吞薏苡感生禹，女修感玄鸟卵生大业，女登感神龙而生炎帝，姜嫄见巨人迹而生弃，简狄吞玄鸟卵而生契等。在所有的感生神话中除了始祖之母外，还有一个隐在的"父亲"，即神话中的"大人迹""薏苡""玄鸟卵"的主人，他们无一例外都是男性，而且都是"神"，如雷神、天帝、神龙等，始祖之母都是有感于他们才怀孕生子，而且他们的特殊身份和外貌决定了始祖的特殊身份和外貌，如伏羲的人首龙身与雷神的人首龙身，其实这种感生叙述就是在向世人昭示：尽管子女是女人生的，但是没有男人女人是生不出来的，而且女人生出来的子女都随父亲，母亲只是孕育孩子的"土壤"，显然是在强化父亲的生育地位，弱化母亲的生育功劳[③]。由此也可以推断伏羲感生神话是父权制度下男性与女性争夺生育功劳的产物，它记忆了男性对女性生育功劳的弱化历史。

（二）伏羲女娲成婚神话中的婚育文化记忆

伏羲女娲成婚神话属于兄妹婚神话，是世界神话宝库中的一部分，其流

---

① 卓玛：《少数民族感生神话女性形象原型及其女性人类学阐释》，《民间文化论坛》2009年第3期。

② 姜韫霞：《从性别角度看始祖诞生的感生神话》，《江淮论坛》2004年第4期。

③ 笔者认为用"弱化"比"篡夺"更恰当。"篡夺"指用非正当手段夺取，首先女人在生育中功不可没，任何人都不可能"篡夺"；其次神话中始祖之母的存在以及始祖之母的受孕、怀胎和生产过程的叙述本身就是肯定了女人的生育之功。

传相当广泛。中国的兄妹婚神话，不仅数量丰富而且分布区域和流传民族也相当广泛，几乎在全国各地各民族中都有。目前，中国的兄妹婚有两种类型：一种是原生型，说世界之初，世上只有兄妹两人，他们成婚首次繁衍了人类；另一种是再生型，说世界上原本有许多人，一次大洪水淹死了其他人，只有兄妹俩幸存下来，他们成婚再次繁衍了人类。在甘肃，这两种类型的神话都有，如《中国民间故事集成·甘肃卷》中的《伏羲女娲成婚（异文二）》《蛇为啥没有脚》，《甘肃民间故事集》中的《伏羲的传说》《女娲的传说》，《天水传说》中的《葫芦河畔的故事（二）》《人祖婆婆和人祖爷爷》，《神奇的天水》中的《华胥洲兄妹明身世》，《静宁民间神话传说故事》中的《伏羲女娲成婚（一）》都是原生型的，其余的都是再生型故事。

对于伏羲女娲成婚故事中所蕴含的婚育文化，有学者说“这是人们已经揭开了人类生殖之谜，认识到人类的诞生需要男女阴阳匹配。于是神话中的创造神由前期的独立男性或独立女性变成一男一女，或是夫妻、或是兄妹、或是姐弟。”[①]在漫长的母系氏族，女人一直处于主导地位，男人倍受女人的支配，当男人终于发现了自己的生育作用时，他们就不再甘心自己的被支配地位，必然想方设法提高自己的社会地位，以满足自己支配女人的心理欲望。在伏羲女娲成婚故事中，女娲已经由人类始祖女神变了伏羲的配偶神，由独立的造人神演变为合体造人神，这本身就标志着女性生育地位的下降，也隐喻着女性已经处于婚姻和生育的次要地位。对于伏羲和女娲以兄妹关系出现这一问题，有学者认为这象征着“人类的第一个社会组织形式——氏族社会就是由兄妹婚（即氏族外婚）所带来的”[②]。这个观点有一定的道理，但是却忽略了两个重要细节，一个细节是女娲对伏羲求婚的拒绝，另一个是他们婚后的生育情况。在几乎所有的故事里女娲都拒绝了伏羲的求婚，拒绝原因都是“世上哪有兄妹成婚的道理”，这说明人类已经远离了血亲婚[③]，并开始排斥血亲婚，这是社会进步的体现。在甘肃流传的伏羲女娲成婚故事中，他们婚后的生育有两种情况，一种是“从此繁衍了人类”，属于正常性生育；另一

① 木尧：《伏羲女娲神话的文化学析义》，《渭南师专学报》（社会科学版）1993年第1期。

② 段友文，郑月：《“单性异体”与“两性合体”：从女娲神话到伏羲女娲神话考论》，《贵州大学学报》（社会科学版）2015年第4期。

③ 笔者主张叫“血亲婚”，因为他们不仅可以兄妹成亲，也可以姐弟成婚，不仅可以与母亲的兄弟姐妹的子女成婚，也可以与父亲的兄弟姐妹们成婚。

种是生了个大肉球，属于非正常性生育。其实非正常性生育体现的是人们对血亲婚的否定，显然这种认识已经接近科学，比血亲婚更文明、更符合人类发展的需要。由此可以说，伏羲女娲成婚神话不仅反映了人类曾经有过血亲婚这个发展过程，但更多地体现了人类对血亲婚的排斥和否定，是比血亲婚更文明的历史记录。

（三）女娲抟土造人神话中的婚育文化记忆

《太平御览》卷七十八引《风俗通》说："俗说天地开辟，未有人民，女娲抟黄土作人，剧务，力不暇供，乃引绳絙于泥中，举以为人。故富贵贤知者，黄土人也；贫贱凡庸者，引絙人也。"于是女娲成了华夏子孙共同的母亲，也赢得了"大母神"的尊称。在甘肃民间故事中，也流传着多则女娲造人神话，如《女娲捏泥人》《女娲创造人类》《世上的女人为啥多》《龙泉的传说》等，与古代文献不同的是，甘肃不仅有女娲抟土造人神话，也有伏羲女娲成婚生育子女的神话。有学者说女娲抟土造人神话"反映了先民对生殖能力的膜拜、敬畏和祈求"[①]，这个观点有一定的道理。在原始社会，由于生存环境十分恶劣，医学极不发达，人的寿命都比较短，人们非常渴望有更多的人出生，受当时陶器制作工艺的影响，在只知道女人能生孩子的年代里，他们幻想如果有一个女人能用土造人就好了，这个女人是谁呢？他们自然而然就想到了氏族首领女娲，这时就有了女娲抟土捏人的传说。时间一长，他们发现用手捏制陶器的速度并不快，用草绳或木棍摔打泥浆可以溅出许多小泥巴，于是他们又赋予女娲用草绳或木棍摔打泥浆造人的行为，也就有了女娲摔打泥浆造人的传说。不管是黄土还是泥浆，都是生长万物的土的象征，都可以归入用土造人系列，从这个角度说，女娲用土造人神话是母系氏族社会人们对女性生殖能力的膜拜、敬畏和祈求。

有学者说："神话是一种十分复杂的文化现象，特别是原始神话，它既是人类早期反映认识活动结果的一种形式，同时也表现了人类在童年时期的艰难历程中所经历的一切，虽然这种表现经常是象征性和比喻性的。"[②]伏羲女娲神话，作为中国最古老的原始神话之一，也是甘肃最丰富的神话，它用象征和比喻反映了人类在童年时期的文化发展历程。

---

① 汪聚应，霍志军：《女娲神话的原型意义》，《甘肃社会科学》2008年第5期。

② 金棹：《羲女娲神话的文化意象——关于宗教与科学的起源和二者关系的演变》，《中国社会科学院研究生院学报》1990年第6期。

第二节 先周历史的想象

《史记·周本纪》载："后稷卒，子不窋立。不窋末年，夏后氏政衰，去稷不务，不窋以失其官，而奔戎狄之间。不窋卒，子鞠立。鞠卒，子公刘立。公刘虽在戎狄之间，复修后稷之业，务耕种，行地宜，自漆、沮渡渭，取材用，行者有资，居者有畜积，民赖其庆。百姓怀之，多徙而保归焉。周道之兴自此始，故诗人歌乐思其德。公刘卒，子庆节立。国于豳。""戎狄之间"在哪里？《括地志》载："宁、原、庆三州，秦北地郡，为义渠戎之地，周不窋、公刘居之。""宁、原、庆三州"即今甘肃省庆阳市宁县、镇原、庆城三县。《括地志》又载："不窋故城在庆州弘化县南三里，即不窋在戎狄所居之城也。"隋朝初年，朝廷废州实行郡县制，在庆城设弘化郡。开皇十八年（598年），在今庆城北15公里环江东岸设弘化县，隋末移弘化县治于今庆城县庆城镇，即今庆城县城所在地。唐初实行州县制，武德元年（618年），改弘化郡为庆州，即庆州州治与弘化县县治同地，都是现在的庆城县城。

不窋等周人当时居住在不窋的父亲弃的封地邰，"邰"即现在的陕西省武功县西南，武功县距庆城少说也有200公里，在生产力极为低下的夏朝初年，周祖是如何率领着他的族人翻山越岭从邰迁徙到庆阳的？他们来到这里后又是怎样生活的？这在古代文献中几乎找不到详细的记载，陇东民间故事却大胆地想象了这一历史。

一、对周先祖迁徙历史的想象

在庆阳，流传着两则讲述周先祖迁徙的民间故事，一则是《凤城》，收录在庆阳民间故事集《窑洞传说》中；一则没有题目，收录于庆阳地方文化丛书《庆阳文化春秋》中的《周族发祥故地——庆阳》一文。

（一）美丽的周先祖迁徙史

《凤城》中讲：夏太康年间，朝中官员不窋做了一个奇怪的梦，梦见一位白发老翁站在他的床头念念有词："龙兮凤兮，当离家依。"不窋询问其中的意思，老翁没有告诉他。他醒来后怎么也睡不着了，就到院子里走走。到了院子，看见一只五彩缤纷的凤凰栖在一棵梧桐树上，他喊了一声"凤凰"，凤凰向他点了点头就飞走了，他追过高山、追过河流，转眼天就亮了，凤凰一头扎进了一家院落。不窋去叩门，开门的却是一位眉清目秀的少女，两人一见钟情，不窋赠给少女两条玉带订了终身。过了几年，宫中内乱，不窋夫妇被囚禁了起来。八月十五晚上，他们在花园鱼池旁赏月消愁，不窋的妻子让不窋赶快带上儿子逃命，自己却拿着那两条定情的玉带跳河身亡了。就在这时，飞来一只凤凰落在鱼池旁向他点头，不窋就抱着儿子骑上凤凰飞走了。后来，凤凰落在一个很远的地方不见了，不窋却发现自己骑在一个山梁上。还没等不窋明白过来，突然间山崩地裂，只见山下冒出一座城池，湖水分东西两边而流，就像不窋当初送给妻子的那两条玉带，这座城池就是凤城。不窋抱着儿子进了城，教化老百姓开荒种田、栽桑养蚕，很快过上了富裕生活。

庆城县周先祖不窋墓前的石碑

一则没有题目，收录在庆阳地方文化丛书《庆阳文化春秋》中的短篇，说：不窋要被处死，全家人劝他赶快逃走，他丢不下妻儿老小，迟迟不愿动身。就在他被处死的前一天，突然飞来一只凤凰向他连连点头，不窋知道凤凰是来搭救他的，就骑上了凤凰，可是他的身体太重凤凰几次都没飞起来。这时来了一个武士打扮的人轻轻扶了一下，凤凰就腾空而起，他们飞啊飞，飞了很远很远，不窋低头一看，脚下是一片沃野，风景非常秀丽，不觉脱口而出："好美的景色！"话音未落，凤凰已降落到了一个高埠上，不窋放眼四顾，两条河水环绕高埠而过，两面高山青翠葱茏、鸟语花香，不窋正要感谢凤凰，凤凰却变成了一座城池，这就是现在的庆阳城，人们叫它"凤凰城"。不窋就在这里定居下来，因为他有种庄稼的技能，便教民稼穑，发展农业，受到了当地人民的拥戴。

可以看出，这两则传说都神化和美化了周先祖不窋从邰到庆阳的迁徙，其实，事情并不那么简单和美丽，其中充满了许多血腥和无奈。《史记·夏本纪》云：夏后启即位后，"有扈氏不服，启伐之，大战于甘。将战，作《甘誓》，乃召六卿申之。……遂灭有扈氏"。从此，帝启饮酒、打猎、歌舞，寻欢作乐。夏后启去世后，其子太康继位，但太康是无道昏君，常常带上家人到洛水北岸去打猎，一去就是几个月，致使朝政荒废，民怨沸腾。夷族酋长后羿趁机发起兵变夺取了安邑做了君长，号称有穷氏。太康失位，逃到同姓部落斟鄩（今河南巩县西），后羿又灭掉斟鄩并杀死了太康，立太康之弟仲康为王，仲康死后其子相继位，随后相又逃到商邱（今河南商丘市），从此有穷氏独揽王位。后来，有穷氏被他的亲信寒浞杀死，寒浞继承了他的妻妾和全部家业，并派兵追杀夏氏后裔相，相妻从墙洞中爬出逃归母家有仍氏生下遗腹子少康。寒浞继续追杀少康，少康又逃到舜的后裔有虞氏（今河南虞城县）。少康很有才能，纠集同姓攻灭寒浞，恢复了太康失去几十年的帝位，史称“少康中兴”。《史记·周本纪》又载：“弃为儿时，屹如巨人之志。其游戏，好种树麻、菽，麻、菽美。及为成人，遂好耕农，相地之宜，宜谷者稼穑焉，民皆法则之。帝尧闻之，举弃为农师，天下得其利，有功。……封弃于邰，号曰后稷，别姓姬氏。”不窋承袭了其父的农官后本应秉承生父遗志，致力于农耕生产继续造福于天下，却不料遭遇太康政乱，不仅自己的农官被罢免且农业生产也遭到了严重破坏，为躲兵乱以及继续发展农业生产，他不得不率领全族人逃亡到“戎狄之间”。

由此可见，不窋是率领全族人由陕西的武功县迁到了甘肃的庆城县，其间必然充满了许多艰辛，但是庆阳人却把举族迁徙说成不窋一人迁徙，还给它戴上了一个美丽而浪漫的光环，那么这是为什么呢？

（二）美化不窋迁徙之因

首先，不窋在古庆阳首开农耕生产，使土著人过上稳定安宁的生活，他们对不窋油然而生敬意。“戎狄”是古人对少数民族的蔑称，庆阳处在西戎和北狄的交接之处，古称“北豳”，在周人到来之前，庆阳土著人以游牧为主，过着逐水草而居的漂泊生活。周人到了庆阳之后，他们开荒拓土、种麻树菽，这无疑深深地影响了土著人，慢慢地也让一部分土著人学会了农业生产。农业生产的果实不仅可以满足他们的饮食之需，还可以让他们一改以前居无定所的生活方式。每个人都有趋乐避苦的心理愿望，而周人的到来正好满足了庆阳土著人的这一需要，所以时间久了，他们不仅能和周人和睦相处，还对周人产生了一种感激之情，尤其是对周人的头领产生了一种崇敬之情。

《诗经·周颂·载芟》云：“载芟载柞，其耕泽泽。千耦其耘，徂隰徂畛。侯主侯伯，侯亚侯旅，侯彊侯以。有嗿其馌，思媚其妇。有依其士，有略其耜。俶载南亩，播厥百谷，实函斯活。驿驿其达，有厌其杰。厌厌其苗，緜緜其麃。载获济济，有实其积。万亿及秭，为酒为醴。烝畀祖妣，以洽百礼。有飶其香，邦家之光。有椒其馨，胡考之宁。匪且有且，匪今斯今，振古如兹。”全诗三十一句，画面感特强，是《周颂》中最长的一篇，也是几篇有韵诗中用韵较密的一篇。前四句描写开垦的场面，有的人割草，有的人刨树根，把一片片土壤翻得松散散的，字里行间洋溢着浓浓的劳动热情；第五至第十句描绘了春耕场面：男女老少全出动，强弱劳力都上场，漂亮的妇女、健壮的小伙在田间吃饭狼吞虎咽，升腾着一派祥和之气；第十一至第十四句写播种，锋利的耒耜从向阳的田地开播，种子覆土成活，呈现出一片勃勃生机；第十五至第十八句写禾苗生长和田间管理情况，一切都井然有序；第十九句至二十一句描写收获场面，露天堆积的谷物广大无边，满是丰收的喜悦；第二十二句至二十八句写制酒祭祀，是全诗的中心，表明发展生产是为烝祖妣、洽百礼、光邦国、养耆老，即报答祖先、光大家国、保障和提高人民生活水平，这是周代发展生产的根本目标；末尾三句是祈祷之辞，祈祷神灵保佑他们年年丰收。这首诗属于“周颂”，是周王庭和贵族宗庙祭祀的乐歌，通常认为产生于西周初年，其实这一观点过于笼统。用发展学眼光来看，所谓的“颂歌”并非一蹴而就，它们大多建立在以前的颂歌和民歌的基础之上。我们知道任何一首民歌从创作到世人传唱，再到被文人搜集整理，都要经过比较长的时间，尤其在古代，受多种因素的影响，民歌的整理更难，从这个角度来看，编撰成册的诗歌中一定映射着数十年前社会发展的影子。既然这样，那么这首诗必然影射了周先祖时期社会发展的影子，况且如此有组织、有纪律的劳动秩序绝非一日所能养成，而是几代，甚至十几代人共同努力的结果，所以透过此诗我们能切实感受到周人在庆阳的劳动情景。难怪有学者认为，此首诗歌“用史诗般恢宏的笔调浓墨重彩地再现了不窋北上自窜于戎，以期发挥农业特长，谋求新发展而砍树掘木、除草翻土的热烈场面”[①]，这是有一定的道理的。

中华民族是一个感恩的民族，面对如此理想、和谐的生活，就自然而然地对不窋产生了一种崇敬和感激之情，认为不窋是神灵派来帮助他们的，于是就展开充分的想象来神化和美化自己崇拜对象——不窋了。

① 王丽娟：《从〈载芟〉〈七月〉〈公刘〉看周祖在北豳的创业》，《现代语文》（学术综合版）2014年第10期。

二、对周人开山疏通河道的记忆

不窋率领族人来到庆城后，见这里水土肥沃景色优美，非常适合农业耕种，就停止了迁徙，在此筑城定居。从不窋到其子鞠陶、其孙公刘，周人在此生活数十年，期间留下了许多有关周人的传说，而在这些故事中流传最广的是“周老王斩龙脉”。在笔者所能搜集到的故事集中就有五则故事从不同角度讲述了“周老王斩龙脉”，至今庆城县周祖农耕文化展览馆中还悬挂着讲述《周老王斩龙脉的传说》的木牌。

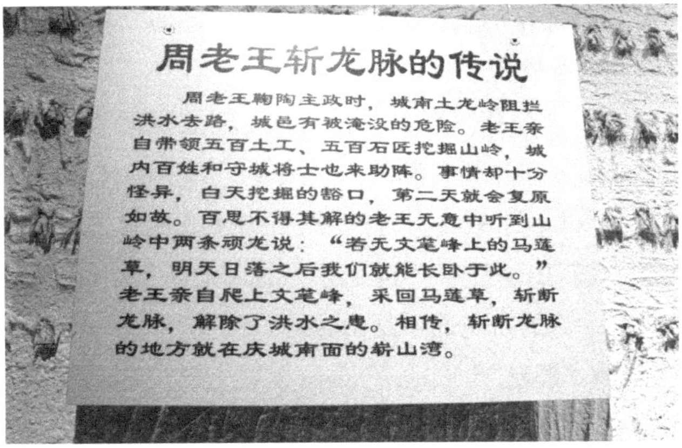

周祖农耕文化展览馆中讲述周老王斩龙脉传说的木牌

（一）眼花缭乱的“斩龙脉”传说

在庆阳的故事集中，有四则故事讲述了“周老王斩龙脉”这件事，它们是《牛心石》《钯子山和马坊医的传说》《周赧王斩妖龙》《崭山湾》或《斩山湾》，其中《钯子山和马坊医的传说》和《崭山湾》讲得最为详细。

《钯子山和马坊医的传说》讲相传周朝末年，诸侯叛乱直捣京都，周赖王骑着一只凤凰仓皇逃到庆阳城，因庆阳城是被水包围，地势险要，周赖王就在这里建都立业，将周王朝又维持了数年。有一年夏天，大雨一连下了几天几夜，马莲河河水泛滥，威胁着整个庆阳城。一天晚上，洪水吵醒了正在睡觉的周赖王，他急忙披衣上城墙察看，见水和城墙一样高，吓得他立刻下令调集民夫昼夜不停地挖城南小山湾，疏通了河道放走了洪水。哪知他却斩断了庆阳城的龙脉，从此周王朝势力越来越弱，最后被其他诸侯国消灭了。

《崭山湾》讲周老王为了确保庆阳人的安全，调集民夫凿挖一个阻拦河水直流的山梁，人们白天挖，晚上那山梁又恢复原样，结果挖了好长时间那个山梁还是原来的样子，周老王就开始有偿征集挖断山梁的办法，可是几天过去了，还是没有人能想出办法。一天晚上，一个民夫把东西落在了工地上，他就返回找东西，突然听到有两个人在说话，一个人问：“龙兄，每天这么多的人挖你，你能坚持得住吗？”另一个人说：“不怕挖，不怕削，只怕文笔峰上马莲草叶叶割。”民夫把这事报告给了周老王，周老王立刻派人去文笔峰找，果然找到了一个长得又长又大的马莲草叶子，他们采下来把它放到山梁上，只听一声怪叫，山梁上流出一股鲜血，顷刻间山梁从中断开，河水和着血水直奔而下，再不用拐弯了。此后，人们就把此处叫“染河川”，后来音变为“冉河川”。在山梁被斩断处留下了一块巨石，人们说这是龙心，就叫它“龙心石”，为纪念马莲草的功劳就把此河叫“马莲河”，把此地叫“斩山湾”了，后来为图吉利就音变为“崭山湾”。

《牛心石》《斩山湾》和《周赧王斩龙脉》的故事情节与《崭山湾》大体相同，其中《牛心石》中把斩龙脉的人说成了“周先祖”，把斩断“龙脉”的法器说成了“冰刀”（即冰草叶），把周先祖描述成一个不理朝政，整天只知游山玩水的昏君。《斩山湾》中“斩龙脉”的人是周王。《周赧王斩龙脉》中所斩的是一条为害一方的妖龙而不是山脉。

（二）传说中的“混乱”

可以看出，这些传说中混淆了三个人、两件事。三个人指周先祖不窋、周老王鞠陶和周王朝最后一个君主周赧王，两件事指周先祖在庆阳建都立业之事和周赧王亡国周灭之事。

1.不窋、周老王和周赧王

不窋，周先祖，率领周族人由武功迁到庆阳，并定都庆阳。周老王指不窋之子鞠陶，不窋去世后鞠陶即位，是周人在庆阳的第二代首领。鞠陶继承父业，继续拓荒种田发展农业，为周的发展做出了很大贡献，后世周人尊他为“周老王”，现在庆阳城西还有周老王墓，当地人叫它“天子穴”。在庆阳方言中，普通话中的前响复韵母ao和ai分别被发成了单韵母ɔ和ɛ，于是“老”就成了［lɔ53］，“赖”就成了［lɛ31］，音节和声调特别接近，传着传着庆阳人就把“周老王”传成了“周赖王”。

周赧王，姓姬，名延，东周第25位君主，也是东周最后一位君主。在他之前，周朝就已经分裂为东周和西周，他即位后由于身子弱就把国都从“成周城”（今河南洛阳白马寺东三里处）迁到了“王城”（今河南洛阳涧河东岸），虽为周天子，却寄居于西周国，面对强大的秦国只能一而再、再而三地忍让。到了周赧王五十九年（公元前256年），秦军攻破韩阳（今河南登封市东南）、负黍（今河南登封市西南）两地，西周非常恐惧，与诸侯合纵发动天下精锐之兵，从洛州的伊阙山出发攻打秦国。秦昭襄王大怒，派大军攻打西周国，“西周君奔秦，顿首受罪，尽献其邑三十六，口三万”（《史记》）。周赧王在西周公的劝说下，也向秦昭襄王投降。秦王剥夺了他的“天子”身份，改封他为周公，安置在梁（今河南开封），不久赧王就去世了。周赖王和周赧王，一个是周先祖之一，是“周道之兴”者；一个是周王朝的末代天子，他们中间相隔一千二百年之久。

2.“周道之兴”与周王朝之亡

夏朝中期周先祖不窋率领全族人向西迁徙，迁到哪里呢？他们只能边走边看，寻找理想的生活环境，最后选定了庆阳。庆阳地处“戎狄之间”，土著民以游牧为生，周先人却要在这里秉承后稷之业发展农耕，不窋则带领大家“相地之宜，宜谷者稼穑焉”。既然要在这里长期生活就要修建都城，不窋又凭借他的政治、军事眼光选择了那个形似凤凰又三面环水的二级平台。初来乍到，周人与古庆阳土著人有着完全不同的生活方式，不窋不仅严格要求族人“奕世载德，不忝前人”，还带领族人教土著人稼穑，改善他们的生活条件。举族迁徙，不仅让他们摆脱了夏宫的政治之争，更是给了他们休养生息、蓄积力量，发展壮大周族势力的机会，所以司马迁赞之曰“周道之兴自此始”。可以说，不窋之迁是“周道之兴”的关键，定都庆阳为“周道之兴”创造了良好的自然条件，与戎狄修好，教其稼穑，和他们一道发展农业为“周道之兴”打下了坚实的基础。

周朝自武王姬发创建到赧王时灭亡，共传30代37王，约800年，是中国历史上寿命最长的朝代。尽管周王朝在周赧王时灭亡，但错并不在周赧王一人身上，早在他的祖父周显王在位期间，秦国的势力就迅速膨胀，以西戎霸主自居。周赧王即位时周王室就已经十分衰弱，他所统治的地盘只有三四座城池，3万多人口，即使这样还被分成了东周国和西周国两部分，而当时的任何一个诸侯国地盘都比他大，势力都比他强，秦昭襄王基本取代了周天子的地位，更何况周赧王债台高筑，被人逼得四处躲债，纵然有中兴之心也无力回天，纵然不是一个花天酒地之君，也挽救不了气息奄奄的周王朝。

正因为人们混淆了周先祖不窋、周老王鞠陶和周朝末代天子赧王，所以在《牛心石》中有了周赧王率领族人迁至庆阳，后来又整日寻欢作乐、游山玩水，为了营造好景观下令凿石开山之事，显然是把不窋率族人来庆和周赧王的寻欢作乐、鞠陶下令开山混淆在一起了。《钯子山和马坊医的传说》则是把不窋迁庆阳和周赧王下令开山的事混淆了，《周赧王斩妖龙》直接混淆了周赖王和周赧王，周赧王压根就没来过庆阳，而是老死于梁的。

（三）产生混乱之因

任何一个现象的产生都不会只有一个原因，同理，周人开山疏通河道传说的混乱也是由多个原因导致的。

1.时间的久远，让人们的口头记忆产生了错位

从周先祖不窋到周赧王，期间约一千二百年，周朝灭亡至今又经过了两千多年，受社会发展水平的影响，这段历史很少见于史书，全凭人们口头记忆，代代口头相传就产生了混淆。

2.事件的相似性也容易让人产生混淆

这主要指不窋和周赧王的遭遇比较相似，他们都处在政治的转折点，都处在不利地位。《史记·周本纪》说："不窋末年，夏后氏政衰，去稷不务，不窋以失其官而奔戎狄之间。"也就是说，在不窋老年时夏朝政治渐渐衰败，农官被废弃，不窋因此失去了官职，他就只好带领着族人迁徙到了戎狄地区。他之所以"奔"，既有无法秉承父业继续发展农耕生产的原因，也有他摆脱夏后氏政治漩涡寻找理想生存环境的原因，而更多的是一种无奈，难怪有些地方直接用"窜"来描写，"窜"尽显不窋迁徙之狼狈。周赧王，尽管贵为天子，在位时间长达五十九年之久，但因周朝的衰败他继位后却抖不起威风，镇不了四方，还被逼得四处躲债，最后在强秦的威胁下断送了周室江山，其处境之差、人身之被动不亚于周先祖不窋。

3.人们朴素的爱憎感情影响了事件的正确传播

通常情况下，人们对正确的事和崇拜的人充满了爱，对错误的事和憎恶的人充满了恨，而且这个正误并不以客观公正为标准，而以自己的主观判断为标准，带有相当鲜明的个人色彩。不窋带领族人举族迁徙到庆阳，不仅保存了族人的有生力量，还教土著民稼穑，为庆阳播下了农耕的火种，使庆阳农业绵延数千年，促进了庆阳经济的发展，对周族和庆阳的发展都做出了不朽的贡献，人们感激他、爱戴他、崇拜他。周赧王软弱无能，又断送了周朝江山，不管他是否整日寻欢作乐、游山玩水，人们都认为他是昏君，只干坏事不做好事。鞠陶处于不窋和公刘之间，尽管他也对周族的发展做出了较大的贡献，但与不窋和公刘的贡献不可同日而语，人们对他的评价自然没有不窋和公刘那么高。另外，在奴隶社会，人们对自然没有科学的认识，受万物有灵思想的影响，认为每个自然物背后都有一个神灵，人们敬重它，它就可

以保佑人们平安吉祥，否则它就为害百姓，灾难不断。古代各地都有斩龙脉的传说，人们认为挖断山梁就是斩断了龙脉，对主持挖山者向来没有好的评价，其间不难看出人们对“斩龙脉”的担忧和否定，而周老王正好率领人们去挖山，当然也会引起当地人的担忧和不满。

4.字音的接近也是产生混乱的一个原因

在庆阳方言中，普通话中的复韵母ai和an被发成了单韵母ɛ和æ，且n和l不分，“赖”就发成了［lɛ31］、“赧”就发成了［læ31］，遇到吐字不清之人，干脆就“赖”“赧”不分了。

（四）传说背后的史实

如果把这五则故事结合起来看，就可以发现它们背后的历史真实，即第二代周先祖鞠陶（周老王）曾挖山疏通河道，由于时间过于久远，加之庆阳方言的影响，人们模糊了挖山的组织者，时而把他称作周老王，时而称作周赖王、周王、周先祖等，又赋予这一历史事实神话色彩。《庆阳文化春秋》一书说：“周老王斩龙脉的故事，就是他疏通河道、开辟良田活动的反映。”①这一判断是正确的。

1.陇东的山川梁峁非常密集，有些就是水灾的制造者。庆阳，即今之庆城县，位于环江和柔远河交汇之处，又西临蒲河，这样的地形既方便人民生活用水，也有隐患——如遇河流不畅，就会直接威胁庆城人民的生命财产安全，从这个意义上说，疏通河道保证河水畅通对庆城人来说至关重要。这一点在《斩山湾》里也提到了：“那时候，庆阳城南面有一座大山，就像一座拦河大坝一样，堵住了东西两川流下来的河水，小城像一座半岛，被三面的水围在中间。遇到雨多的年头，上游河水暴涨，小城在水上飘摇，有被淹没的危险。”②

2.传说中的斩山湾在县城南三里处，系庆城东面的迎风山向西南延伸出的一条山梁，拦住了由环江与柔远河交汇而成的马莲河，使河水西折流向教子川沟口，再折而向南形成一个约270°的大转弯，使河水无法直接南流而下，如遇环江与柔远河上游下大雨，此处容易积水成灾，如果挖断山梁就可以让河水直接南流而下，由此可见挖断这个山梁是保障庆城人民生命财产安全的首要措施。

① 中共庆阳地委宣传部：《庆阳文化春秋》，兰州：敦煌文艺出版社，1991年，第23页。

② 姚自昌，高俊才主编：《窑洞传说》，兰州：甘肃文化出版社，1999年，第190页。

3.《史记》载："不窋末年，夏后氏政衰，不窋以失其官，而奔戎狄之间。"由此推测，不窋到庆阳后年龄已经比较大了，在庆阳生活的时间不会太久，要建都城，要开荒种田，即使他发现那个山梁是隐患也无暇顾及。他的儿子鞠陶即位时，周人在庆阳已经基本安定下来，亟待解决的问题都已基本解决，他有足够的时间和精力来组织人力治理水患，所以传说中的周先祖不是别人，正是周老王鞠陶。

4.周人有着悠久的防患意识。《周礼·地官·族师》有"春秋祭酺"的记载，"祭酺"是一种禳除自然灾害的祭祀活动，传达出来的是人们对自然灾害又恨又怕的思想感情。《庆阳县志》记载："四月初，各乡村请阴阳先生诵经，宰鸡羊祭神，制五色纸幡遍插田中，谓之祭夏虫。七月间又一次，谓之祭秋虫""四月二十八日，广严寺酬神演戏，居民皆焚香，求止雹雨""七月一日，八蜡庙演戏三日，夏秋在此祭虫"①，庆阳这些名目繁多的祭祀活动与《周礼》不谋而合，其间必有一定的联系，那就是周文化基因内化为一种民族集体无意识，并通过民俗一代一代地遗传至今，这个文化基因的母床极有可能是周先祖的防患意识。既然斩山湾存在严重的水患，周先祖又有较强的防患意识，那么他们在此挖山的目的，就是疏通河道治理水患。

第三节　历史长河中的丝绸之路

"丝绸之路"这一概念，系1877年德国地理学家李希霍芬在其《中国》（又名《中国亲程旅行记》）一书中提出的，指在公元前114年到公元127年间，中国与河间地区（中亚的阿姆河与锡尔河之间的地带）以及中国与印度之间，以丝绸贸易为媒介的这条西域交通路线。后来，德国的东洋史学家阿尔巴特·赫尔曼在《中国与叙利亚之间的古代丝绸之路》一文中主张把这一名称的含义一直延伸到通向遥远的西方叙利亚的道路上去，他的意见得到了国际学术界的普遍支持和认同。从此，"丝绸之路"这一名称被广泛使用，成了从中国长安出发，横贯亚洲大陆，进而连接非洲和欧洲一条陆上交通线的

① 刘治立：《"周赧王斩妖龙"的文化阐释》，《庆阳师专学报》（社会科学版）1996年第1期。

总称。

张骞开通的丝绸之路在我国古代对外友好交流和贸易方面都发挥了非常重要的作用，正如季羡林先生所说："横亘欧亚大陆的丝绸之路……实际上是在极其漫长的历史时期东西文化交流的大动脉，对沿途各国、对我们中国，在政治、经济、文化、艺术、宗教、哲学等方面影响既广且深。倘若没有这样一条路，这些国家今天发展的情况究竟如何，我们简直无法想象。"[①]名曰"丝绸之路"，但经丝绸之路所贸易的并不只有中国的丝绸，那么她到底是一条怎样的"路"，甘肃民间故事全面地"书写"了她。

一、艰苦卓绝之路

丝绸之路是世界上最早开通的连接亚、欧、非三大洲的洲际交通大动脉，它以中国的长安为起点，延伸到西域各国，曾为促进中西之间政治、经济、文化、宗教等方面的发展起到了无与伦比的作用，但是它的开辟并不容易，中原与西域的文化交流也并非一帆风顺，丝路传说不仅描写了丝路先驱们开辟丝路的艰辛，也描写了历代朝廷为保证丝路畅通在丝绸之路上设关建卡的不易。

《瓜州蜜瓜救张骞》写张骞受汉武帝之命出使大月氏，因完成使命心切，张骞带领一行人于寒冬季节长时间行走于荒山野岭、戈壁大漠之中，在途经瓜州时张骞病倒了，随从人员四处求医却无一人能医治张骞的病，眼看着张骞的病情一天比一天重，他们心急如焚。就在他们一筹莫展，张骞已经着手为自己安排后事之时来了一个郎中，经过一番诊断后他说只要能给张骞吃三个好西瓜就可治愈他的病。寒冬腊月哪里能有西瓜？为不辱朝廷使命随从们四处去找，好在天无绝人之路，他们终于在一村民家里找到了西瓜，一瓜下肚张骞"二目有神，面色转红"，二瓜下肚他"似觉体内正气贯通，手足有力，神清气爽……三瓜下肚张骞下得床来，行走自如"，他们终于得以继续西行。因为此事，此地才被皇帝赐名为"瓜州"。尽管这则故事的落脚点在于说明"瓜州"得名之由，但其中对张骞一行出使西域时所受的身体磨难和心理煎熬也做了具体而形象的描述，使我们相隔一千多年都能感触到他们当时的艰辛。

天汉元年（公元前100年），汉武帝派苏武以中郎将的身份持节出使匈

① 李明伟：《丝绸之路贸易史研究·序》，兰州：甘肃人民出版社，1991年。

奴，不料就在完成出使任务准备返回中原时，匈奴上层发生内乱，苏武一行受到牵连被扣留。匈奴贵族多次威逼利诱欲使其投降匈奴，但苏武都不为所动。在使尽所有手段仍不见苏武有投降之意时，匈奴王越发敬重他的气节，既不忍心杀他也不想放他回国，就把他流放到“北海”[①]边让他去牧羊，那么北海有怎样的自然环境，苏武在此地都遭受了哪些苦难呢？苏武山是立在北海边上的一座独山。山南是戈壁滩，滩里尽是鹅卵石，有的又光又滑，有的却长着利牙。山北是海，水汪汪一大片，望不到边儿。山西是茫茫的大沙漠，相传是黄龙所在地。山北则是大碱滩，说是白虎出没的地方。（《无节芨芨草》）北海还严重缺乏人畜饮用水，甚至随着环境的恶化就连苦水也越来越少（《龙潭》），然而这些都不是苏武遇到的最大困难，其最大的困难就是没粮食吃，为了活命他只好以野生的动植物为食，其中野鼠和碱菜籽是他最常吃的食物（《柴鼠洞与碱菜籽》）。在如此恶劣的环境中，苏武早上五更时分就赶着羊去放牧，天黑才能回到住处，由于天天行走在碱滩和沙漠中，他的鞋子永远都是烂的，他就用无节芨芨草锥鞋子（《无节芨芨草》）。即便这样，野狼还时不时地威胁着他和他的羊群（《汉节与毛条》）。除此之外，他还要忍受思乡之苦、思国之痛（《野鸽子墩》）以及匈奴上层统治者对他生命的威胁，即单于给苏武一群羊，其中公羊一半母羊一半，还要求不论公母都得一羊一羔，否则就要砍头（《双羊羔》）。可以说，他遭受着来自各个方面的苦难，但他手持汉节心存社稷，以坚定的信念和顽强的意志战胜了种种困难，不仅彻底击碎了单于的阴谋，最终还得以成功回到汉朝。

如果说我们从有关张骞、苏武的传说中看到的只是丝绸之路开辟之苦的话，那么我们从建关筑城传说中就可以看到守成之难。唐朝时，李世民派秦琼、敬德去河西一带屯军设防，当他们到了肃州后才发现整个肃州都是茫茫戈壁、一马平川，到底在哪里设防呢，他们一连勘察数日依然选不出合适的地方。一天，大风吹走了秦琼的帽子，他们追帽子时才发现了后来的天门关

---

① 任继周、张自和、陈钟三学者依据地理、人文等多项资料研究认为，匈奴囚禁苏武的北海应该是甘肃省民勤县境内的白亭海，其“北海”或为白亭海简化为“白海”的转音，因西北话中“北（běi）”“白（bái）”两字发音极为近似（《苏武牧羊北海故地考》，见《兰州大学学报》（社会科学版）2007年第3期）。针对这一问题，笔者在民勤县做调研时特别关注了这两个字的发音，发现当地农民把苏武牧羊的那个地方称“［bə］海”，当地口语中“北”“白”都发［bə］，只是前者为［bə53］，后者为［bə13］，所以笔者赞同任继周等学者的观点。

所在地（《天门关》），这个地方南北山之间也近8公里，并不是军事上最理想的设防地理。

相传，当初修嘉峪关关城时，为了加固城墙，城墙根基全用巨型石条铺成，每根石条长约2米、宽约0.5米、厚约0.3米，而且所有石条都是在黑山凿好的。这又大又重的石条，人抬不起、车拉不动，山高路远，如何才能运到工地呢？大家集思广益终于商量出一个对策：从山上往山下修一条山路，在隆冬季节给山路上泼上水，让水凝结成一条冰道，把石条放在上面滑行运输，于是大家在夏季采石凿石，在隆冬季节运输石条，这样才完成了城墙根基的建筑工程（《冰道运石》）。修建嘉峪关时遇到的最大困难是缺水，施工队只好每天派两三千人到五六十里以外的黑山湖去挑水（《玉泉活水》）。明代正德年间，要在嘉峪关城墙上修建十多座大小不一的楼阁和垛墙，用砖量之大，前所未有，而且所用之砖还在关西四十里以外的地方炼制，民夫只好先从砖场把砖用车子拉到城墙下，再用人力把砖背到九米高的城墙上，不但运砖速度赶不上砌墙速度还把民夫累得半死，更重要的是严重影响了工程进展，在一个放羊娃的帮助下，农夫用羊驮砖才加快了工程的进度（《山羊驮砖》）。就这样，河西人民凭借自己的智慧、胆识、吃苦耐劳的精神战胜了一个又一个困难，为保证丝路的畅通做出了巨大贡献。

嘉峪关城楼下的大石条

二、民族战争之路

甘肃自古就是一个少数民族聚居地。早在秦王朝建立之初，正在蓬勃兴起的北方游牧民族——匈奴就不断入境骚扰。此后，尽管秦始皇多次出兵打击匈奴，还修筑了阻隔匈奴入侵的万里长城，但是匈奴贵族依然经常率领骑兵掠夺中原人民财产，给朝廷的安定构成了巨大威胁。后来，从冒顿单于开始，在近一个世纪的时间里，匈奴持续向外扩张，其国境东达辽河，西迄今中亚大部分地区，康居、大宛等西域诸国都是其属国。汉朝西北边外，包括祁连山、河西走廊、贺兰山、今内蒙古大部分地区，都是匈奴放牧生息的地方，其铁骑驰骋于今陕北、甘肃中东部、晋北、冀北等地，所到之处，烧杀抢掠、无恶不作，给当地老百姓带来了莫大的危害。为了有效打击匈奴，汉武帝决定利用西域力量，联合夹击匈奴，于是他派张骞出使西域。不管是先前匈奴的主动侵袭，还是后来中原诸王朝对匈征伐，都注定丝绸之路是一条多事之路。

汉武帝在取得河南、漠南之战的胜利后，为打通西域道路和保卫西北边郡，于元狩二年（公元前121年）三月任命十九岁的霍去病为骠骑将军，率骑兵万人由陇西出发至焉支山西对匈作战。同年夏天，汉武帝派霍去病与公孙敖率数万骑兵再次进军河西，同时遣卫尉张骞、郎中令李广率万余骑兵出右北平（今内蒙古宁城西南），以钳制左贤王，策应河西作战。天汉二年（公元前99年），汉武帝派李广利率三万骑兵从酒泉出发攻打在天山一带活动的右贤王，李陵也受命带领五千步兵从居延（今内蒙古的额济纳旗）出发，向北到浚稽山协同作战。神爵元年（公元前61年），年逾七十的赵充国受命督兵西陲，多次挫败羌人进犯。三国时，诸葛亮曾“六出祁山”。唐龙朔元年（公元661年），新继位回纥首领比粟与唐为敌，唐高宗诏郑仁泰为主将，薛仁贵为副将领兵赴天山出击九姓铁勒。宋时党项夏州政权进入甘肃，消灭了西凉府吐蕃、回鹘、曹氏归义军在河西建立西夏王朝。清初，甘肃是维护西北边疆稳定的大后方，同治年间甘肃又成了民族交流融合发展的中心地段，这一件件一桩桩历史事件中在甘肃民间故事中都能找到历史的印痕。比如，《五泉山的由来》讲述霍去病率兵来到金城兰州，因当地找不到水做饭，霍去病以剑刺山，山出清泉的事。《酒泉的来历》讲霍去病率兵征讨匈奴打了个大胜仗，武帝奖励他十坛酒，他为了能让所有将士都喝上御酒就把酒倒入泉中，自己和士兵一起舀水喝酒；《铁马站》讲霍去病带兵去打匈奴，匈奴用铁蒺藜对付汉军，结果汉军寸步难行，于是铁匠就打铁马掌套在汉军马蹄上对付铁蒺藜。《李陵碑》讲李陵对匈奴作战胜利后沾沾自喜、居功自傲，在二分海子给自己树碑立传。《贰师泉》讲李广利奉命西征，适逢盛夏季节，将士们走在戈壁荒漠之上饥渴难忍，他愤而拔剑刺石为将士取水解渴。《李广杏》讲李广西征，在戈壁滩上找不到一滴水，先后遇两片杏林，将士们以杏解渴。《赵充国平羌》讲述赵充国奉命镇守西陲，他不用一兵一卒，单人独骑去平羌的英雄事迹。《诸葛亮点将台》讲诸葛亮率军对魏作战途经天水时，诸将士为了能听到他精彩的演讲用“乡土袋”中的乡土给他筑起了点将台；《天水关收姜维》讲述诸葛亮在天水智收姜维之事。《姜维遇险》讲姜维受诸葛亮之托讨伐中原，正好应了诸葛亮临终前所说的偈语，他就依照诸葛亮给他出的主意冲出了围困。《孔明死后除敌将》讲孔明设计在自己死后为蜀国除掉了司马懿和邓艾两名魏国大将。《锁阳城》讲薛仁贵奉命西征被困苦峪城，全军没有粮草只好挖锁阳充饥。另外，《红柳与沙枣》讲雄居河西的两小国之间的战争。《王开国的传说》和《赵统领大战马匪》讲马匪对百姓的侵犯以及百姓对马匪的反击。《马蹄寺缘由》讲回纥国对岭国的侵犯。《新娘骑白马新郎骑青马的由来》和《女英雄萨尔阿玛珂》讲裕固族内部两头目之间的战争。《“上受宝圭元年”的来历》讲西夏王朝对临夏地区的侵犯。《宋家城》讲铁木真派叶咪西征，途经炳灵寺时所发生的事。《太平池》讲刘伯温奉朱元璋之命前去镇压西北边境，路过永靖时因水源问题与藏民之间发生的冲突。《皋兰人的大红棺材》讲北方游牧民族对陇上百姓的侵害以及甘肃总兵率兵对北方游牧民族的反击。《骆驼城》讲外族人对骆驼城的侵犯。《高台的传说》讲西凉与北凉之间的冲突。《五个墩的传说》讲吐蕃内乱。就笔者所能搜集到的资料而言，此类故事多达90余则，如果按时间顺序排列，它们就是一部中国古代丝绸之路的军事史，既体现了中华民族为争得民族团结所付出的艰辛努力，也赞扬了广大将士排除种种困难顽强抗击、英勇杀敌的精神，从另一个侧面也能见出丝路人民所饱受的战乱之苦。

除以上直接涉及战争的故事外，甘肃民间故事里还有一些讲述公主和亲的故事，如《“灵岩寺记”的故事》《炳灵寺大佛》《兴隆“示雨茶”》《公主泪与金塔河》《绿宝石》等，它们从另一个方面体现了古丝绸之路的民族矛盾，只是前者用武力解决民族矛盾，后者用女子和亲的方式解决罢了。这些故事或者赞颂和亲公主的深明大义，或者描写她们的任性而为，其实都表现了古中华儿女从皇帝到公主，从朝臣到老百姓都渴望和平的民族心理。

三、商业贸易之路

张骞通西域之后，伴随着西汉与西域诸国的政治往来，也开始了他们之间的商业互通。尤其在西域都护府设置以后，中西互派的使者相望于道，络绎不绝，这些使者除了肩负一定的政治使命外，也肩负着一定的通商任务，如《汉书·匈奴传》载，自甘露二年（公元前51年）呼韩邪单于降汉后，单于每每入朝，汉以大批“锦绣绮縠杂帛”馈赠，而且越赠越多。后来，就出现了专门通商的中西商贾。《史记·大宛列传》载，来长安通商使者“一辈大者数百人，少者百余人”，一年之中“使者多十余辈，少者五六辈”，他们到不同的地方“远者八九岁，近者数岁而返”。从此，这条军事之道也成了一条商业贸易之道。隋唐时期，丝绸之路空前繁荣。为了进一步繁荣经济，隋炀帝曾派裴矩于肃州建立外贸中心。607年，隋炀帝又御驾亲临张掖，在张掖大宴西域27国国王、使者和商人，开“万国博览会”之先。唐帝国时，四夷皆服，丝绸之路上的贸易不再是零散的商业来往，而成为中央政府直接经营管理的商贸活动，长安城里的东市和西市，到处堆积着胡商番客从四面八方带来的奇珍异宝。

（一）述通商之难

受自然环境的影响，经由丝绸之路经商并非一件易事，许多丝路传说都讲述了通商之难：

1.行路难

永靖道是沿黄河去西藏、青海和新疆最捷的一条路，但这里重峦叠嶂、悬崖峭壁，地势非常险要，今天不是这个脚夫掉下悬崖，明日就是那个驼队出了麻烦，骇人听闻的事时常发生，当地人还传着一首民谣“上青海，下四川，难过十八坎；十八坎，鬼门关，阎王跟前过一遍”（《朱喇嘛峡》）。过黄河时，有些地方设置木船，将两三匹马拴上绳套并驾齐驱，在激流中拉着木船上的人与货来往摆渡。有些地方，商人们先把骆驼、马背上的货物卸下来，一件一件地背到羊皮筏子上，再提心吊胆地慢慢划到对岸，来回数次，要折腾好几天才能渡过黄河，货沉人亡的事经常发生。（《鲁班滩》）

2.住店难

针对绝大多数生意人来说身上都带有一定的钱财，由此一些店主便心生邪念，如《辛店的壁虱——吃客哩》中的店主利用壁虱谋财害命。《邱家峡里开旱莲》中的店主直接把客人杀了劫财，被杀者多达1 000余人。

3.守钱难，保命难

商人辛辛苦苦挣来的钱自己不一定能守得住，甚至还因此招来杀身之祸，如《甜水井》讲做生意的兄弟俩路过此地，老大看见这口枯井就起了坏心，设计把老二推下了井里，自己拿着两人挣来的钱跑了。《乌鸦案》讲寡居在家的妻子伙同奸夫杀害了做生意归来的丈夫。《金鞭寺》《狗娃庙》和《狮妈阳关除恶贼》《瓜州降妖镇风碑》都讲述了土匪对商人的抢劫，《包公再生》《活包公袁天凌的传说》讲当地老百姓对过路商人的迫害。

当然，并不是所有的人都觊觎商人的钱财，丝路传说中也记载了丝路人民对经商在外的商人们的关心和帮助，如《驼铃的故事》讲铁老爹为西去送货的独子连夜赶制了两个铃铛挂在骆驼鞍上，因此就可以远远地听见儿子的声音，后来他做了许多铃铛送给西去的驼队，从此驼队就不再孤独、不再迷路，人们亲切地叫这个铃铛为“驼铃”。《五湖四海的传说》（二）讲生意人五湖到四海家去投宿，四海家只有一床破被子，四海就拿给五湖盖了，第二早上起来发现自己的儿子竟然被冻死了。《鸳鸯玉》写缅甸商人保罗领着儿子阿龙来陇西经商，过邱家峡时阿龙被蛇所咬，正当阿龙生命垂危时一个叫鸳鸯的姑娘救了他。

（二）不光贸易丝绸还贸易其他物品

虽然名曰“丝绸之路”，但经丝绸之路所贸易的并不只有中国的丝绸，只是说通过这条漫漫长路进行贸易的货物中，中国的丝绸最具代表性，其实丝绸之路是一条中西商品双向流通的贸易之路。通过丝绸之路传入了西域的中国货物除了丝绸还有棉布、茶叶、瓷器、漆器、装饰品和造纸、印刷、冶炼等技术；当然，西域的玉石、马匹、乐器等许多珍奇物品也通过丝绸之路传入了中国，有几则丝路传说就讲了运玉之事，如《玉门关》（异文一）讲贩玉的商队一进入小方盘城就迷路，在一只大雁的提议下，商人们用玉石砌了小方盘城城门，城门上闪闪发光的玉石使人们再也没有迷过路。《玉门关》（异文二）讲官兵押运玉石来往于丝绸之路，后来驼队一进小方盘城，骆驼就口吐白沫昏迷不醒，一位老人说这是得罪了玉神，建议他们用上等玉把城门砌一圈，玉商就照着老人说的去做，后来骆驼果然无病无灾。《祁连玉》讲一个叫仲天喜的骆驼客奉命给朝廷送玉雕贡品，在嘉峪关时突遇大风，玉器损伤了一些，到祁连山时又遇雪暴，玉器又损伤了好多，无奈之下他只好采祁连玉补齐玉器。

玉门关遗址

另外，为了有效打击匈奴，汉武帝决心建设一支精锐的骑兵，而选取和培育优秀马匹就成了他们的当务之急，汉武帝深知西域马匹是世界上最优良的马种，就多次向西域求取优良马种。但是，光从西域输入马匹远远赶不上汉朝廷的需要，汉廷必须营建自己的马场，培育自己的优良马种。在祁连山的哺育下，古代河西走廊天然植被非常好，尤其“在张掖、酒泉二界上，东西二百余里，南北百里，有松柏五木，美水草，冬温夏凉，宜畜牧”（《史记·匈奴列传》）。公元前121年，骠骑大将军霍去病在山丹始创中国第一个军马场——山丹大马营。大马营地跨甘青两省、毗邻三州（市）六县，总面积达329.54万亩，为历代朝廷培养了大批军用马匹。受此气候的影响，加之汉武帝“梦骏马生渥洼水中”，大臣作天马歌以献，曾经一段时间全国上下形成了一股爱马、养马的风气，尤其在阳关以东、敦煌以西这一带，老百姓也开始自发养马，从这个意义上讲，丝绸之路也是一条输送马匹、培育优良马种之路。这里流传着多则有关献马、送马、养马的故事。《大马营》讲的就是汉武帝向大宛国求取良天，大宛国使者护送天马沿河西走廊，在山丹马营逗留三天，再到达长安的经过。《牧童捉天马》既讲了渥洼池附近百姓养马的事，又讲了牧童巧用计谋捕捉天马的事。《暴利长献天马》讲暴利长给汉武帝献天马的事。《天马泉》讲马员外捕捉天马失利之事。《马蹄寺》讲暴利长送天马去长安，天马行空，却被悬崖上一棵苍翠欲滴的灵芝草所吸引，于是天马踩石摘灵芝，马蹄在石板上留下了一个深深印痕。

尽管这些传说没有讲述战争的传说那么多，且夹杂在众多民间故事中，不易引起人们的注意，但它们毕竟存在着，存在的就是合理的，它们就是用这种不引人注意的朴素向世人证明了丝绸之路曾经有过的商贸繁华。

四、佛教传播之路

相传，佛教于公元前6世纪到公元前5世纪，由古印度迦毗罗卫国（今尼泊尔、印度交界处的泊罗提河东北部）的王子乔答摩·悉达多创立，从此便开始了他长达45年的传教生涯，他的足迹遍布印度的恒河流域，他的直传弟子将活动区域扩大到东至恒河中游，西到阿拉伯河沿岸，南至戈达维利河，西北至怛义尸罗等地。公元前3世纪到公元2世纪，比丘的足迹已经走出恒河流域，佛教大规模向外传播，传播范围东至缅甸，南至斯里兰卡，西到叙利亚、埃及等地，逐渐成了一个跨越地域、跨越民族的世界性宗教。

张骞通西域以后，随着中西政治、经济的往来，西域的佛教也通过这条军事、商业之路于公元前后传入中国，不少西域僧侣来中国讲经说法、建寺开窟，中国的僧侣也去西域取经学法、释惑解疑，既促进了佛教在中国的传播，又促进了东西文化的交流以及各国人民的友谊，丝路传说也记载了这一历史盛事。

（一）西域僧人东来讲经之路

西域僧人来中国讲经说法的故事不是太多，但比较引人注意，如《罗什寺塔》《白马塔》《潘唐娃的故事》《姊妹峰传说》《印度王子》《嵬咩始建大佛寺》《罗家洞的铁牛》《释迦牟尼涅槃》等，其中前两则讲的是西域著名僧人鸠摩罗什（简称“罗什”）来中国讲经说法的故事。

鸠摩罗什，生于龟兹，是西域最受人敬仰的僧侣，称雄关中的前秦王苻坚知道后，就派吕光用兵西域以图迎请鸠摩罗什来中原讲经。前秦建元十八年（公元382年）吕光破龟兹，当他劫持罗什至凉州时听说苻坚兵败被杀，于是他就不再东进，并在凉州建立西凉国，从此罗什便在武威讲经说法，传播佛法长达十七八年之久，罗什寺就是吕光为罗什修建的讲经说法场所。后来，罗什又辗转到了长安。罗什在长安圆寂后，根据教义火化其身，但薪灭形碎后唯舌不烂，信徒就把罗什的不烂之舍迎到武威，在罗什寺里建塔葬之。（《罗什寺塔》）当年，罗什随吕光在途经敦煌时，其坐骑因过度劳累而死，罗什念其跟随自己为佛教文化的传播做出了贡献，就在敦煌花重金修了白马塔，并以塔高九层象征马有九龄。（《白马塔》）

炳灵寺，位于临夏市永靖县西南35公里处的小积石山中，既是丝绸之路上的商贸重镇，也是西行求法及东入传教僧人的必经之地，这里也流传着一些西域僧人来此传教的故事。尼泊尔王子潘唐娃出家为僧，师从大自在金刚，一日师父告诉他，他的修缘地在中原，他就背上行囊跋山涉水来到了炳灵寺。炳灵寺所在的太极村有个叫罗有荣的老汉，乐善好施，非常同情这个西域和尚，就让自己的女儿罗金环为他送饭，助其修行。一日，罗金环告诉潘唐娃自己要出嫁了，但丈夫为人不正，自己不愿嫁给他，潘唐娃就设计在罗金环出嫁那天救了她，并和她一起成了佛。（《潘唐娃的故事》）另外，《姊妹峰传说》（一）（二）和《印度王子》都讲述的是西域僧人来此修行的故事，尽管故事情节有些许雷同，但其中也能看出西域僧人来此讲经说法的历史。

从这些故事中既可以看出鸠摩罗什等西域僧人虔诚的宗教信仰和可贵的传教精神，也可以看出当时中国百姓的佛教信仰程度以及他们对西域僧人的同情与帮助。最值得一提的则是《释迦牟尼涅槃》：很早以前，从很远的西方来了兄弟仨，他们见神就尊，见佛就拜，后来老大在甘州安身成了睡佛，老二在山丹安身成了坐佛，老三在凉州安身成了站佛，原来他们是释迦牟尼在为自己寻找涅槃的风水宝地。这一故事既生动地说明了中国佛像的主要形态——睡、坐、站，也形象地再现了西域佛教在中国的传播路线——由西向东逐地延伸。

（二）中原僧人西去求法之路

与西域僧人东来传教的故事相比，中原僧人西去求法故事的数量要多一些，有晋代法显取经的故事，也有唐代玄奘取经的故事，还有其他僧人或信徒去西域取经的故事，但其中知名度最高、最富想象力的故事则是唐玄奘西天取经的故事，其中既有妇孺皆知的《通天河》《晒经台》《白马洞》《高老庄》，也有只在甘肃流传、外地人并不知晓的《迷儿沟》《唐玄奘西天取经渡黑河》《古唐泉的来历》《甘州寺观庙宇的传说》《石门大佛》《莲花山》《乱山子》《唐僧夜渡葫芦河》等。

综观唐玄奘取经故事，它们主要表现出如下几个特点：

1.不管是具有神性的动物还是普通老百姓，都对唐僧西出求法行为表现出极高的支持热情，甚至连神灵都在暗中帮他，以至于他不管遇到多大的困难都能顺利解决。据学者考证，贞观二年（628年）八月，玄奘“再三表奏”唐太宗允许他西行求法，都没有被批准，于是他一面学习诸番语言，一面等候机会。同年冬，因灾荒严重朝廷下令可以“逐丰四出”，玄奘乘机办理了西去凉州的通行证件，于贞观二年冬离开长安西行。[①]其后，他在凉州停留月余后继续西行至玉门关，于“贞观三年四月，冒违宪章，私往天竺”，从这个意义上说唐玄奘的确是“私自偷渡”[②]，但是人们并没有因为他西行取经是个人行为就为难他，反而表现出极高的支持热情，如《通天河》讲唐僧一行来到通天河边，面对一眼望不到头的滚滚波涛，一个个傻了眼，正当他们一筹莫展之时，一大群妖精在蜘蛛精的带领下向唐僧奔赴而来，就在这紧要关头一只神龟钻出河面，将他们及时驮过了通天河，让妖精们望之莫及。《唐僧夜渡葫芦河》讲因为唐僧西行取经并没有得到朝廷的准允，朝廷还给沿途关卡发了不许他西出的文书，因此他只能在夜幕的掩护下偷渡玉门关，就在他匆忙赶路时葫芦河挡住了他的去路，为了不耽误时间，他与胡人向导石磐陀砍下

① 温玉成，刘建华：《玄奘生平几个问题的再考订》，《文物春秋》2005年第1期。

② 陆瑞：《玄奘西天取经其实是“私自偷渡”》，《咬文嚼字》2009年第12期。

几棵高大的胡杨树，可是怎么才能把这棵胡杨树架到河面上呢，忽然白光一闪，那几棵胡杨树一下凌空而起，端端地架在了葫芦河上，使他们顺利而及时地渡过了葫芦河。

2.故事皆具深厚的神话色彩。比如，《通天河》和《晾经台》中的神龟不仅能预知唐僧师徒的到来，而且龟壳足有一间房子那么大，其力气足以驮得起他们师徒四人和白龙马，甚至还能像人一样说话和修行。《石门大佛》里一头白牦牛驮着唐僧渡过了一片汪洋大水；《莲花山》讲唐僧在晒经卷时，一片片经页，被一朵朵像莲花的山石徐徐托起转眼就变成了一座莲花山，山上还印有经文和九色鹿形兽。《乱山子》讲乱山子（一个山峦起伏的乱山岗）竟然发动风沙掩护唐僧顺利躲过了官兵的追捕。

3.唐僧的随从中很少有凡人，都是孙悟空、猪八戒、沙僧以及白龙马这些有神性和超自然能力的神。

从这三个方面可以看出，唐玄奘西天取经的故事深受《西游记》小说的影响。

甘肃还流传着一些讲述其他僧人去西域取经的故事，如《东晋法显西天取经"夏坐"》《宗喀巴大师去拉萨》《西藏取经》（裕固族）等。把这些故事与唐僧取经的故事做一比较，就会发现此类故事都是对当年中原僧人去西域取经这一历史事件的朴素记录。

不管是东来的西域僧人还是西去的中原僧人，他们的东来西往促进了不同民族文化背景下的佛学思想的交融，推动了中印佛教乃至世界佛教的传播与发展，他们还以自己舍身求法的佛教精神、孜孜不倦的钻研精神、百折不挠的进取精神、不慕功利的国际主义精神感动着一代又一代的中国人，激励我们不断前进、不断探索，同时促进了中西诸国人民的友谊与交流。

五、文化交流之路

张骞所开通的丝绸之路不仅在中国的军事、中西诸国的贸易交流和宗教传播方面发挥了重要的作用，她实际上对沿途各国的政治、经济、宗教、文化、艺术、哲学等方面都产生了深远而广泛的影响，尤其使我国的音乐、绘画、舞蹈、建筑、文学都得到了一定的发展，使她成为人类文明友好往来的历史见证，因此被誉为"世界文化的孕育地""世界文化的大运河""推动世界历史车轮的主轴"。甘肃民间故事也记载了中西文化的传播与交融。

《炳灵寺大佛的传说》说文成公主进藏和亲时，随行带了一百多名中原工匠。《“灵岩寺记”的故事》讲唐朝应和蕃公主金城公主的请求，派御史大夫崔琳率领和蕃使团给吐蕃送去了《毛诗》《礼记》《左传》等典籍。《酒泉》《金泉》《金泉、酒泉、夜光杯》和《夜光杯》中都讲到一位河西老者在得知唐玄奘要去西天取经时，将自己精心雕琢的夜光杯捎给了如来佛，他们所经路线或全部、或局部都在丝绸之路上。据史料记载，从武帝时汉王朝就开始与西域联姻，细君公主、解忧公主、王昭君等被先后嫁到乌孙、龟兹、匈奴等地，她们的陪嫁不仅有许多汉朝的工匠、伶人、奴仆，还有数以千计的其他物品，他们去西域生活，自然就将中原文化带到了西域，促进了文化的交流与融合。

如果说和亲故事主要讲述的是中原文化向西域的传播的话，那么《飞天的故事》则讲了西域文化向中原的传播。《飞天的故事》讲从前有个农家小女，模样俊俏、身段苗条，从小就喜欢唱歌跳舞。有一年，从西天来了一位歌神，她收小女孩为养女，并每天教她唱歌跳舞，小女孩一学就会。村子里有个老巫婆，经常装神扮鬼残害人，她告诉小女孩的妈妈说那个歌神是狐狸精变的，外表是女的其实是男的，小女孩已经中了她的邪，灾祸就在后面，她还向小女孩的父母要整猪整羊给他们禳灾。小女孩告诉爹娘不要信她的鬼话，继续跟着歌神学跳舞。后来，巫婆造谣说小女孩已经怀上了小妖精，等小妖精生下后所有村民都要遭殃。村里一个富人要爹娘打死小女孩，小女孩的娘不忍心就偷偷放了女儿，后来她却让村民抓回来活活地在火中烧。忽然，吹来三股清风把火吹灭了，只见小女孩口吹竹笛舒展长袖慢慢起舞飞向了天空。一会儿，天边出现了另一个飞人，正是那位歌神，她手端琵琶边歌边舞，跟在小女孩身后护送小女孩飞向了更高更远的天空。原来这位从西天来的歌神是一位出家修道的大佛，为了传播西方乐舞，特意来到千佛洞。她不但教小女孩学会了歌舞，而且教她专心修道，小女孩也修成一位纯洁而高尚的歌神，终于升向极乐世界。

飞天是敦煌艺术的标志和象征，但这一艺术原型来自于古印度神话，随后被印度佛教所吸取，后来又随着佛教传入了中国。据佛经记载，飞天是乾闼婆和紧那罗二神的复合体，乾闼婆是印度梵语Gandhara的音译，意为天歌神，紧那罗是印度梵文Kipnara的音译，意为天乐神。传说，他们居住在风光明媚的天宫十宝山上，采百花之蜜为食，他们一直形影不离，是一对非常恩爱的夫妻。在佛教中，他们有三个职能：礼拜供佛、散花施香和歌舞伎乐。飞天传入中国后，与中国传统道教文化中的飞仙相融合，成了敦煌壁画艺术中数量最多、形态最丰富的一个艺术造型，还赋予她以新的艺术内涵：不长翅膀只凭飘逸的衣裙、飞舞的彩带就可以凌空飞翔，是自由和美的象征。可以说，这则《飞天的故事》不仅记录了一个敦煌女孩向一位西域歌舞大师学习歌舞并献出自己年轻生命的事件，还将对艺术造型飞天的想象与发生在敦煌的生活故事进行有机结合，以最有力和最生动的事实说明了中西文化在交流过程中所发生的碰撞与融合，是中西歌舞交流的最好见证。巫婆、村民和那个富人对女孩的迫害是中国传统文化对西域文化的抵御。小女孩的父母一开始并不反对她向西域大师学习歌舞，体现了一部分中国民众对西域文化的认同。小女孩的母亲背着丈夫和村民放了小女孩，是一部分中国民众对西域文化的保护。人们看小女孩与西域歌者边歌边舞“看得出神”体现了中国民众对西域歌舞的欣赏。中国女孩与西域歌者一起升向极乐世界则可以看作中西文化的最终融合。就这样，这则故事生动而形象地演绎了中西文化交流的全过程：碰撞、学习，再碰撞、再学习，最后达到完美融合。

丝绸之路是一条多彩之路，在这条多彩的路上有星罗棋布的寺庙、石窟、古城、古关、遗址、雕塑、壁画，它们像一颗颗璀璨的明珠，都闪耀着历史的光芒；丝绸之路是一条神奇的路，在这条神奇的路上曾经发生过无数神奇的故事，它们如数家珍一般向我们诉说着过去的一切，为我们真实地了解这条神奇的路提供了有力的证据。

第四节　少数民族的迁徙史

民族迁徙指由于某种原因，民族的全部或部分成员离开原居住地或游牧地，到其他地方去居住或游牧。在古代，我国少数民族大都有过迁徙的经历，受多种因素的影响，有些民族的迁徙被浓墨重彩地留在了史册上，有些民族则被忽略，但是人类社会的历史不会消失得无踪无影，而是另辟蹊径用口语的形式保存在了人们的记忆里，这就是民族传说的历史价值。甘肃是一个多民族聚居的地方，历史上曾经有过多次大的民族迁徙，它们在民族传说中都有深深的印痕。

一、裕固族东迁史

裕固族的祖先可以追溯到公元前3世纪的丁零、4世纪的铁勒和居住在色楞格河和鄂尔浑河流域的回纥[①]。8世纪中叶，回鹘击败突厥，在乌德勒山（今杭爱山支系）、温昆河（今鄂尔浑河）建立回纥汗国。公元840年，回鹘汗国为黠戛斯所破，回鹘各部四处逃散，其中一支迁到了河西走廊，史称“甘州回鹘”。1028年，甘州回鹘政权被西夏王朝所灭，他们再次离散，其中一部分逃往沙州（敦煌）以西及新疆东部开展游牧生活。这部分回鹘人《元史》称之为“撒里畏吾”，《明史》上称“撒里畏兀儿”。14世纪中叶以后，“撒里畏兀”人逐渐和一部分蒙古部落融合形成了自称“尧乎尔”的裕固族。明朝中叶，西域伊斯兰教势力日渐东侵，不断侵袭畏兀儿地区，加上关外诸卫统治者之间互相攻杀，各卫相继残破，纷纷要求内徙，朝廷下令将关外诸卫先后东迁，于是这一部分回鹘人又从关外迁到河西走廊的祁连山北麓。从总体上看，裕固族人民先后经历了从漠北西迁到河西走廊、从甘州到沙州以西、再从关外到河西走廊三次大的迁徙。

关于裕固族的东迁，只有《裕固族简史》做了一点介绍，其他历史著作很少谈及，但是作为“裕固族历史上一件大事”[②]，不能不研究。那么，怎样研究？资料在哪里？裕固族民间传说《神奇的皮袋》《裕固族东迁的故事》《裕固人姓安的传说》对他们的迁徙都有一定的记忆，或许这可能给我们提供一定的资料。尽管民间传说不是历史，但是“在裕固族人民的天真而纯朴的心里，是一直把它当作真正的历史和人物来看待的”[③]，所以解读这些传说还是可以看到他们“东迁”的许多信息。

（一）东迁前的原住地

原住地就是民族迁徙前所生活的地方。关于裕固族的原住地，在裕固族民间传说共有三种说法，其中《神奇的皮袋》《女英雄萨尔阿玛珂》《吐鲁格排尔克》《王子和公主的故事》和《珍珠鹿》说他们来自“西州哈卓”，《裕固人姓安的传说》说来自“西至哈至”，《裕固族东迁的故事》说来自“嘉峪关外”。史书上找不到“西州哈卓”和“西至哈至”两个地名，那么“西州哈

① 回纥即回鹘，788年回纥改名为回鹘。

② 高自厚：《撒里畏兀尔和裕固族的形成》，《西北民族研究》1986年第6期。

③ 才让丹珍编：《神奇的皮袋（裕固族民间故事选）·前言》，兰州：甘肃人民出版社，1984年，第3页。

卓”和“西至哈至”在哪里？它们是一个地方还是两个地方？它们与“嘉峪关外”在地域上是什么关系？

据《神奇的皮袋》说：“古时候的人把那儿叫西州，后来又叫哈拉火卓，老人们现在干脆叫西州哈卓”，可见“西州哈卓”并非一个正式的地名，是当地人为叫起来方便而发明的一个口语，这也是在史书上找不到原因。既然“西州哈卓”是他们发明的口语，那么“西至哈至”也有可能是发明的口语词。针对“西州哈卓”和“西至哈至”这两个词的关系，笔者曾于2015年7月22日在肃南裕固族自治县调研时口头询问过几位裕固族同胞，他们一致认为“西至哈至”应该是“西州哈卓”的音异词，是由裕固族两种发音不同的语言导致，依此可以初步确定“西至哈至”就是“西州哈卓”。那么“西州哈卓”在哪里？《神奇的皮袋》中说人们以前叫它西州，后来叫它哈拉火卓，那么“哈拉火卓”又在哪里？高昌，古城名，在今新疆吐鲁番东南之六十里处的哈喇和卓，这里曾先后出现过四个独立王国，安史之乱时被回鹘侵占，元代文献作合剌火者、哈剌禾州、哈剌霍州、哈剌和州、哈剌火州、哈拉和卓，明称为哈剌火州，清作哈喇和卓，可见“哈拉火卓”就是现在新疆的“哈喇和卓”。“哈拉”系突厥语，是“黑”的意思。“和卓”系“高昌”的音讹，所以“哈拉和卓”就是古时的高昌古城，地处天山的东南，15世纪中叶被吐鲁番吞并。据《宋史》载，高昌国即西州回鹘，“西州”乃西州回鹘的简称，唐代时多称为“西州”，可见《神奇的皮袋》中说“古时候的人把那儿叫西州，后来又叫哈拉火卓，……在新疆吐鲁番至哈密一带”的记忆是完全正确的，其“西州哈卓”就是昔日的西州高昌，今日的新疆哈喇和卓。

传说《玛哈木王子狩猎记》中说：“相传在元末明初的时候，裕固族的祖先被称为撒里畏吾儿，居住在今甘肃、新疆、青海相邻的一部分地区，明朝为了边境的稳定，在撒里畏吾儿地区设置具有军事性质的行政单位：安定卫、阿端卫、曲先卫，加上敦煌东南的罕东卫，合称为‘远番四卫’。”既然明朝廷曾在撒里畏兀儿设四部三卫，那么这四部三卫的原住地都在“西州哈卓”吗？现代学者高自厚认为，许多人把明初撒里畏兀儿的四部和三卫混为一谈，造成了许多混乱[①]。其实，弄清这个问题也是解开裕固族东迁历史的关键。

撒里畏兀儿四部指明洪武七年（1374年）明朝廷招抚元代宗室卜烟帖木儿时明太祖所立的阿端、阿真、苦先、帖里四部。撒里畏兀儿三卫指明王朝

① 高自厚：《撒里畏兀尔和裕固族的形成》，《西北民族研究》1986年第6期。

统一撒里畏兀儿地区后，在撒里畏兀儿设立的安定、阿端、曲先三卫。经考证，高自厚认为安定为阿真的异译，阿真即阿真川，在阿尔金山一带。阿端，又写作五端、于阗，即今和田、于阗一带。曲先又作苦先，为库车、龟兹的音转，元代时辖区比较广，包括库车、塔里木河下游、罗布泊地区，到明代洪武初年曲先卫迁到了柴达木盆地西缘，即今新、青交界处的药王滩一带，由于当时阿端卫统领阿端部，曲先卫统领曲先部，安定卫统领阿真、帖里部，所以曲先卫在迁徙到药王滩后继续沿袭以前的曲先古名①。综上所述，说明：（1）元明时期撒里畏兀儿所居有的生活区比较大，新疆中南部地区都有撒里畏兀儿的足迹，尤其是曲先卫，不仅居有库车、塔里木河中下游、罗布泊一带，还居有吐鲁番等地；（2）撒里畏兀儿四部各有其居住地，且受辖于不同的卫部，其中曲先卫位于新疆中东部，安定卫、阿端卫在新疆的南部；（3）不管是安定卫、阿端卫还是曲先卫，它们都在“敦煌关外”，位于今甘肃、新疆、青海相邻的地区，可见民间传说中所说的裕固人原住地是比较准确的。

（二）东迁过程

关于裕固族的迁徙，《神奇的皮袋》称他们在西州哈卓的红柳丛中趁着黑风暴沿着红柳丛前行了“三天三夜”，当太阳放射出灿烂的光芒，照得大地一片明亮时，他们还在红柳丛中前行，但托什卡老人通过射进皮袋里的光发现他们不是“迎着太阳走”，就让卡龙请求国王由西向东走，去寻找拯救幸存者的地方，于是国王立即下令改变方向，避开来路，由西向东奔走了。《裕固族东迁的故事》讲他们从敦煌关外迁徙，在长期的跋涉后部落里的老人相继去世了，只剩下安千赞吉的阿爸安巴特尔活着，当安巴特尔看到儿子为确定不下迁徙的方向发愁时，安巴特尔老人建议部族“迎着太阳升起的地方走”，于是几千人的队伍才浩浩荡荡地向东迁徙。《裕固人姓安的传说》中只说裕固人向东迁徙，没有提及改变方向和确定方向的事，那么这三则故事说的是同一个部族同一次迁徙吗？

据《明史》卷三百三十《西域二·曲先卫》载，洪武初年，在曲先卫设置不久，遭朵儿只巴之乱，曲先卫由罗布泊一带“居阿真之地”，“永乐四年（公元1406年），安定指挥哈三、散即思、三即等奏：安定、曲先本二卫，后合为一。比遭土番把秃侵扰，不获宁居。乞仍分为二，复先朝旧制。从之，即令三即为指挥使，掌卫事，散即思副之。又从其请，徙治药王滩之地”。

---

① 高自厚：《撒里畏兀尔和裕固族的形成》，《西北民族研究》1986年第6期。

“洪熙时（公元1425年），散即思偕安定部酋劫杀朝使。已，大军征讨，散即思率众远遁，不敢还故土。”散即思逃到了哪里？《安定卫》说：明西征军“逾昆仑山，西行数百里，抵雅令阔之地”后，“曲先闻风远窜，追之不及而还”。对于雅令阔史书没有记载，但是从柴达木盆地西缘西逾昆仑山，再西行数百里，显然是今新、藏交界处，即昆仑山腹地。至此，曲先卫已经有过三次迁徙：第一次是从罗布泊迁到了阿真卫（即阿尔金山一带），第二次由阿尔金山一带迁到了药王滩（柴达木盆地西缘，甘、青、新），第三次由药王滩迁到了雅令阔（即昆仑山腹地）。从方位来看，这三次都是南迁，而非东迁，但曲先卫的迁徙并没有因此而终止。宣德六年（公元1431年）散即思又派人向朝廷贡马请罪，朝廷又让他们还居药王滩了。成化初年（公元1465年），《明史・西域二・曲先卫》载：“土鲁番强，曲先卫被其侵扰”，《明史・西域一・土鲁番》说成化九年（公元1473年）“收捕曲先”，曲先于此期间东迁青海境内。《明史・西域二・曲先卫》载：“正德七年（公元1512年），蒙古酋阿尔秃斯、亦不剌窜居青海，曲先为所蹂躏，部族窜徙，其卫遂亡。”其中一部分东迁入肃州境内，受肃州统辖。阿端卫于洪武八年（公元1377年）设置后不久“为朵儿只巴残破，其卫遂废”，部众不得不流离迁徙。永乐四年，在重建曲先卫的同时也重建了阿端卫，但是后来因指挥锁鲁丹被曲先卫指挥散即思胁迫劫杀明朝使者，被明朝大军西征，阿端卫部人流离窜亡于曲先卫，被称作“曲先卫真只罕部”。宣德六年，在明廷的扶持下还居旧地，但其故城早已不复从前，真只罕只能驻牧于故城东的帖儿谷。后来慢慢散迁于曲先卫，随曲先卫辗转于青海，最后到了肃州。据《明史・西域二・安定卫》载，洪武初年，因酋长相互残杀，又遭朵儿只巴之乱，走向衰落，部众流离迁徙二十多年，至洪武二十九年（公元1396年）“复立安定卫”。但是二十多年的流离迁徙使他们难以立足，遂于永乐四年徙苦儿丁之地，即甘、青、新的交界处。在曲先、阿端酋长劫杀明廷使者时，安定卫的指挥之一哈三也参与其中，明廷大军西征时，安定卫哈三部也随曲先部远遁他地，后来明廷招抚，“复业者七百余人”，可见安定卫较早地就杂处于曲先卫，后随曲先卫东迁到了肃州。

依据上面的史料可以得出如下结论：（1）最早迁徙的是曲先卫，它的迁徙次数最多、路线最复杂，同时它也是撒里畏兀儿的“难民收容所”，收留了来自安定卫和阿端卫的流离部众；（2）不管是曲先卫从罗布泊到阿真卫、到药王滩、到雅令阔，再到药王滩、到青海的迁徙，还是阿端卫到曲先卫、安定卫到曲先卫的迁徙都不是裕固族真正意义上的东迁，只有他们从青海到肃州的迁徙才是真正意义上的东迁，此后的曲先卫实为三卫的合体，后面所谓的曲先卫迁徙实为三卫合体迁徙；（3）自曲先卫于永乐四年迁到药王滩后，阿端卫和安定卫部族也先后零星地迁到了药王滩；（4）三则传说记载了不同时段、不同部族的迁徙。其中《神奇的皮袋》中的“东迁”部族可能是曲先卫，那个性格暴躁、滥杀邻国人畜的国王很有可能指当时的副指挥使散即思，“邻国联军”可能指朝廷的西征部队，其迁徙起点可能是药王滩，因为他们沿着红柳林偷行了“三个多月”后曾遭遇敌兵追击，而且是向西行，在所有的迁徙中只有他们从药王滩向雅令阔迁徙时既有敌后追击又是西行的路线。而躲过了敌兵后的迁徙则是从青海到千佛洞（即敦煌莫高窟）再到肃州的迁徙，是真正意义上的“东迁”，因为他们曾经在这一段路上先过戈壁滩、再过沙漠才到了千佛洞，显然说的是从柴达木盆地西缘到敦煌这一段路上的自然环境，同时迁徙的方向先是向东北，再是向东，基本上都是迎着太阳走。正因为迁徙的部族是曲先卫，所以他们才有故乡在“西州哈卓”的记忆，实际上他们所说的“东迁”是把几次迁徙杂糅成一次的一个群体记忆。

《裕固人姓安的传说》中“东迁”的部族有可能是阿端卫，也是杂糅了从阿端故城到帖儿谷、到药王滩、到青海、到千佛洞、到肃州的多次迁徙的一个群体记忆，因为这里提到了三个不容忽视的重要信息：特大风灾、大风沙掩埋了他们举族用黄金盖起的经堂和遭受信仰不同的外族人的压迫和歧视。笔者认为高自厚把帖儿谷看作阿端卫的阿端故城是欠妥的，因为和田地处塔克拉玛干沙漠北端，元末明初时和田不会容忍非伊斯兰文化的撒里畏兀儿在那里生存，同是驻牧撒里畏兀儿的阿真卫在和田以东的阿金川，所以阿端古城很有可能就在和田城的东部，既没有出和田城也离回族聚居区不远，因此《明史·西域二·阿端卫》才说“阿端古城在回回境，去帖儿谷尚一月程”。既然阿端故城在和田城东，地处塔克拉干沙漠北边，那么位于阿端古城东“一月程”的帖儿谷也就在塔克拉玛干沙漠的边缘上，这里至今都多风沙天气，由此可以推测出《裕固人姓安的传说》中的大风灾是发生在帖儿谷的大风灾，大风沙掩埋的是他们建在帖儿谷的经堂，后来在和田、于田、民丰一带发掘的尼雅、阿克斯皮力古城、买力克阿瓦提古城、喀拉墩古城、安迪尔古城等古城遗址都证实了这里风沙之大和掩埋经堂的可能性。那么传说中所说的信仰不同的外族人就指一部分信仰伊斯兰教的回族，也正是受他们的挤兑，阿端卫的撒里畏兀儿才驻牧于帖儿谷。不管是从阿端古城到帖儿谷，还是从帖儿谷到药王滩、到青海、到千佛洞、到肃州，他们都是一路向东，所以《裕固人姓安的传说》里的迁徙没有改变方向一说。

《裕固族东迁的故事》中的“东迁”可能指从青海到千佛洞、到肃州的迁徙，迁徙部族应该是曲先卫、阿端卫和安定卫的合众，传说中的“异族入侵”之说，很可能指正德七年窜居青海的蒙古酋阿尔秃斯、亦不剌部众对曲先卫的“蹂躏”，至于故事中所说的确定迁徙方向的事可能发生在被侵袭之后的逃亡中，正因为是三卫的合众，所以他们只能说是“在嘉峪关外游牧”。

由此可见，裕固族民间传说中的“东迁”实为一个非常宽泛的概念，包括裕固族祖先撒里畏兀儿从蒙古迁到新疆后的所有迁徙，因为三卫的驻牧地均在嘉峪关外，敦煌、肃州以西，所以他们把这次迁徙统称为“东迁”，从洪武初年到正德七年，约140年之久。

（三）东迁之因

关于迁徙的原因，有多种说法。《神奇的皮袋》说由于民族之间的仇恨引发了战争，而敌方又是多国联盟，势力非常强大，裕固族在面临全族绝灭的大难时不得不选择了迁徙。《裕固人姓安的传说》中讲了两个原因：原因一是有一年他们的家乡突然遭遇了一场特大的风灾，大风沙把裕固人的房屋家舍、牲畜人口掩埋了一大半，就连他们举族用黄金盖起的经堂也被风沙掩埋在沙山下了；原因二是他们信仰佛教，受到了信仰其他宗教的外族人的歧视。有学者把古代少数民族迁徙的原因归纳为经济原因、民族歧视、战争原因、政策原因四个方面[①]，也有学者从推力和拉力两个方面把它归纳为生产力的发展、气候和环境的变迁、战争、政策、民族认同等方面[②]。从裕固族东迁之事中可以看出，导致一个民族迁徙的因素不是单一的，而是多种因素合力的结果。导致裕固族迁徙的原因主要有以下三个方面:

1.明廷与元裔之间的斗争、元裔对撒里畏兀儿诸卫的破坏以及蒙古领主之间的权利之争是裕固族东迁的政治原因

元朝灭亡后，退居漠北和西北的元裔势力分裂割据，独霸一方，为统一国家，明廷对其采取武力征服与怀柔招抚相结合的办法。虽然一些割据于西北的元裔势力逐渐臣服于明廷，但他们时有兼并，偶尔还联合起来对抗明廷，这种复杂的形势对撒里畏兀儿影响极大。明初，撒里畏兀儿酋长、元宗室宁

① 张玉林：《论历史上民族迁徙主要原因及社会作用》，《贵州民族研究》2009年第4期。

② 李吉和：《中国古代少数民族迁徙原因探讨》，《中南民族大学学报》（人文社会科学版）2004年第1期。

王卜烟帖木儿率众归附于明廷，明廷先后设立了安定、阿端、曲先三卫，但“朵儿只班不奉诏，遁甘肃”（《太祖洪武实录》卷九十八），同明廷武力对抗，明廷派冯胜率大军武力征服。在明廷西征时，朵儿只班向西窜犯，安定、曲先和阿端三卫先后“遭朵儿只巴之乱”（“班”与“巴”同音异译），使曲先卫部众“徙居阿真之地”，使阿端卫“遂废”，使安定卫不仅亡其印还流离转徙二十多年。也正是这一次迁徙，使曲先卫民众失去了自己的原住地——“西州哈卓”。

元裔对撒里畏兀儿诸卫的破坏还表现在诸卫酋长的相互残杀。撒里畏兀儿诸卫酋长多系蒙古贵族，他们相互残杀之事时有发生，《明史·西域二·安定卫》载：“王为沙剌所弑，王子板咱失里复仇，诛沙剌。沙剌部将复杀王子，部内大乱。”这里的“沙剌”指曲先卫指挥；又载：正统九年（1444）安定卫指挥“那南奔率众掠曲先人畜”，成化十七年（1481）安定卫“率众侵沙州，大掠而去”。这种相互残杀与劫掠的事在撒里畏兀儿中时有发生，这也是导致撒里畏兀儿诸卫常常迁徙的主要原因。明正德初年，蒙古大酋亦不剌因反抗达延汗统一战争失败而逃至河西一带，因遇明军出击，正德七年率部西迁青海，击破了迁于青海西北部的安定、阿端、曲先三卫，占据了他们的牧地。在这种情势下，撒里畏兀儿不得不踏上东迁之路，亦不剌对撒里畏兀儿的入侵就是《裕固族东迁的故事》中所说的“异族入侵”。

自古以来，内乱比外患的危害性更大，消除了内乱，就可以抵御外患。如果内乱不断，外患就无法终止。如果内乱外患双管齐下，那这个民族的前途就不堪设想。撒里畏兀儿不仅内乱不断，还常常遭受来自明廷、元裔这些外患的征讨和侵扰，他们只有衰亡一条路，但他们不甘灭亡，为了保存民族的有生力量，他们只好东迁去寻找一个安定和平的生存空间。

2.伊斯兰教与佛教之间的矛盾是裕固族东迁的宗教原因

公元7世纪，伊斯兰教兴起于阿拉伯半岛，唐宋时期传入中国，因其传教方式不当，在中国一直处于徘徊之势。公元1218年，成吉思汗西征亚细亚，中西交通大辟，加之元代统治阶级对宗教采取比较宽松的政策，伊斯兰教之东来者和中国人西去者数量大增，尤其是东来的穆斯林人数超过了以往任何朝代，使伊斯兰教的聚居点星罗棋布，遍及全国各地。元统一新疆后，伊斯兰教在新疆开始传播。在元末明初时，伊斯兰文化在佛教圣地高昌已有很大发展，哈密也出现了不少伊斯兰教徒，撒里畏兀儿人已处在伊斯兰文化的包围中。伊斯兰教和其他宗教一样，其传播方式主要有两种：一种是和平过渡，另一种是武力传播，即所谓的宗教圣战。11世纪初，伊斯兰文化由喀什向和田发展时，曾发生了长达二十四年的宗教战争，其间穆斯林和佛教徒的相互残杀是骇人听闻的，战争以穆斯林的胜利和撒里畏兀儿人的失败而告终。《明史·西域二·曲先卫》载："土鲁番强，被其侵掠"；《明史·西域二·罕东卫》也载："时土鲁番日强，数侵掠邻境，诸部皆不能支"，"近土鲁番吞噬哈密，罕东诸卫各不自保"。由此可见，宗教战争对社会安定、对人民生命财产的确造成了很大威胁。《裕固人姓安的传说》中说"本来我们就信仰佛教，可周围的外族人信仰的是另外的宗教，我们常常受到人家的压迫、歧视……大伙一合计就决定举族东迁"，其中其他宗教在很大程度上指伊斯兰教，所以说伊斯兰教与佛教之间的矛盾是裕固族东迁的另一个原因，即宗教原因。

3.风灾是裕固族东迁的自然原因

《裕固人姓安的传说》中说："有一年我们的家乡里突然遭到了一场特大的风灾，那个风大得呀就无法说，大风刮起来后又把附近的沙丘卷上半空，真正是飞沙走石，天昏地暗。连续几天的工夫，就把全裕固人的房屋家舍、牲畜人口掩盖了一大半。最叫人伤心落泪的是，我们全民族用黄金盖起来的经堂，也让风沙给掩埋在沙山之下了。"塔克拉玛干沙漠地处新疆南疆的塔里木盆地，是我国最大的沙漠，是世界第十大沙漠，也是世界第二大流动沙漠。塔克拉玛干沙漠有三大特征：一是面积大，整个沙漠东西长约1 000公里，南北宽约400公里，面积达33万平方公里；二是风大，春季时塔克拉玛干沙漠地表沙温变暖，气流开始上升，东北风开始肆虐，狂风可将沙墙吹到3 900多米高；三是流沙，沙漠里沙丘绵延，受风的影响沙丘时常移动。撒里畏兀儿的驻牧地库车、塔里木河中下游位于塔克拉玛干沙漠的北部，罗布泊、若羌位于塔克拉玛干沙漠的东部，阿真、和田位于塔克拉干沙漠的南部，几乎环绕了塔克拉玛干沙漠的三面。据文献记载和考古研究表明，塔克拉玛干沙漠的沙漠化过程多发生在南部和东部，比如现已发现的尼雅遗址位于民丰县喀巴阿斯卡村以北20公里处的沙漠中，阿克斯皮力古城遗址位于洛浦县城以北距和田54公里的沙丘中，买力克阿瓦提古城遗址位于和田城东南25公里的玉龙喀什河西岸，喀拉墩古城遗址位于于田县大河沿乡政府驻地西克利雅河下游处的沙漠中，安迪尔古城遗址位于民丰县城东北180公里处安迪尔牧场东南、偏西南20公里处的沙漠腹地。这些被深埋于沙海中的丝路遗址、远古村落足以证明塔克拉干沙漠周围自然环境的恶劣以及它对人类生存的威胁，那么驻牧于塔克拉玛干沙漠三面的撒里畏兀儿必然也受到风沙灾害的影响。他们笃信佛教，举族用黄金盖起的经堂却被大风沙掩埋，必然使他们倍感伤痛，所以他们举族东迁离开了这个令人伤痛的地方。

二、保安族东迁史

保安族也是甘肃境内特有的少数民族之一，保安族民间传说《保安腰刀的传说》讲："在很早很早的时候，我们这里有三个庄子，名叫保安庄、上庄、下庄。三个庄上居住着汉、藏、保安、土四个民族。因为保安族来这里最早，人口也较多，这三个庄就统称保安三庄。"后来，受恶人迫害，"他们翻越大山，到甘肃那边定居了，过上了自由的生活"。因为从这个"保安三庄"到甘肃也是由西向东，所以保安人习惯性地称这次迁徙为东迁？保安族其他民间传说也多多少少地讲述了他们东迁一事，为我们认识保安族东迁提供了一定的资料。

（一）对族源的记忆

对于保安族族源问题，以前有两种看法，一种说他们是1229—1241年经新疆星星峡进入河西走廊，到青海东部和河州定居的信仰伊斯兰教的蒙古人①，一种认为他们是随成吉思汗来中土的中亚穆斯林和蒙古军②。针对第二种观点，杨德亮还进行了比较详细的解释：公元13世纪，成吉思汗西征，裹胁大批中亚穆斯林来到中土，编入"探马赤军"（时人简称为"探马"），元朝灭西夏后大量"探马"与蒙古军留驻于青海同仁。明代时，同仁为西北边疆，明朝在此设置军卫所，并在万历年间重修城堡，号称"保安城"，当地人依据地名把生活在此的"探马"和蒙古军的后人称作"保安人"，因他们主要居住在保安城、下庄、尕撒尔三地，所以也就把这三个地方称作"保安三庄"。不管是这两个观点中的哪一种，它们都说明了一个问题——保安族是蒙古族的后裔，但同时它们也都忽略了一个问题，那就是多民族的融合发展，这在民间传说《神马》中说得非常清楚："几年后，三个小伙子中的第一个娶了回族姑娘，第二个娶了蒙古族姑娘，第三个娶了藏族姑娘，三对青年夫妇和睦相处，勤劳耕作，子孙逐渐繁衍增多。不知过了多少年，他们的子子孙孙，分居在三个庄子里，就是今天的保安三庄。"虽然这个记忆讲述的是他们

① 马正亮：《保安族人口发展初探》，《兰州大学学报》（社会科学版）1985年第4期。

② 杨德亮：《保安族口承民俗的分析与确认》，见马少青主编的《保安族研究文集》，兰州：甘肃人民出版社，2006年，第397页。

东迁以后的生活，但它生动地告诉人们，保安人是族外婚，他们与不同民族，如回族、藏族、蒙古族的融合才有了今天的保安族。同时，这三个小伙并非实指某三个保安族小伙，而是用象征的手法说明了他们多民族融合的发展历程，也正因为这一点，对于保安人的族源才形成了一个比较一致的观点："由驻扎在保安地区的信仰伊斯兰教的色目人组成的探马赤军为源，相继融合了信仰伊斯兰教的回族以及蒙古族、藏族和土族等民族，历经明清而形成的民族共同体。"①

（二）两个"保安三庄"

从族源上说，保安族是蒙古族的后裔。公元1227年，成吉思汗攻取西夏王城，此后蒙古军人频繁往来于青藏地区，尤其是保安一带，成了"兵家"过往的交通要道，有相当一部分蒙古人在此活动。在1229—1241年间，蒙古族人因信仰产生矛盾，其中改信伊斯兰教的一部分蒙古人经新疆的猩猩峡（星星峡）进入河西走廊到青海东部和河州一带定居，他们成了保安族的主要成员。形成保安族的这部分蒙古人最早居住在青海省同仁县隆务河两岸的保安城，和信仰藏传佛教的土族为邻。在长期的历史发展中他们与周围的土族、汉族、回族等族相互融合，最后成为一个独立的民族。明万历年间，在同仁（原隆务镇）附近修筑了保安城堡，并设置"保安营"。此后，由于贸易往来、军屯、民屯、民族迁徙等原因，在隆务镇附近逐渐形成了藏族、汉族、蒙古族、回族、土族、撒拉族等多民族大杂居、小聚居的复杂情况，当地人把保安人聚居的地方保安（妥加）、下庄、尕撒尔三地统称"保安三庄"，把住在这三庄的人称为保安人。清朝中叶，保安人因故先迁徙到循化地区，受到循化信仰穆斯林的撒拉人的热情款待和帮助，原来住在保安城内的保安人被安置在苏尔工，住在下庄的保安人被安置在街子工和查汗大寺工，住在尕撒尔的保安人被安置在查家工。②循化地区经济本来就不发达，又长期受教派矛盾和民族矛盾的影响，使这里的群众生活极为贫困，保安人迁徙到这里后撒拉人并没法分给他们用以生产劳动的土地，加之撒拉人始终把他们当作客人对待，使保安人无法真正融入当地社会，所以保安人在循化居住了三年后又不得不继续东迁。这一次，他们东渡黄河，穿过积石峡，来到积石山下的大河家地区的大墩、甘河滩、梅坡等地，受以前习惯的影响，他们把这三地也称

① 杨德亮：《保安族口承民俗的分析与确认》，见马少青主编的《保安族研究文集》，兰州：甘肃人民出版社，2006年，第352页。

② 杨操：《浅议十九世纪中叶保安族东迁及其它》，《中国穆斯林》1998年第2期。

作“保安三庄”。所以，在保安人的历史中曾经出现过两个“保安三庄”，一个是青海同仁的“保安三庄”，一个是甘肃河州（今临夏回族自治州）的“保安三庄”，它们虽然都叫“保安三庄”，但一个在青海一个在甘肃，一个是保安人的曾住地，一个是他们现住地。

在保安族民间故事中，有两则提到了“保安三庄”，一则是《神马》，一则是《保安腰刀的传说》，其中《神马》讲很久很久以前崔家峡口有一眼神泉，每天太阳升起的时候从神泉里就奔出一匹神马来，每当天旱时神马就张嘴吐水，为保安人浇灌庄稼。每当雨水太多时它就把田里的雨水悄悄地喝到肚子里去，所以这里的庄稼比任何地方都好，人民也过着幸福美满的生活。可惜好日子不长，村里的财主知道了这件事，就想把神马据为己有，他一箭射到了神马的屁股上，神马受惊想跑进积石山，结果因用力过猛把积石山冲开了一道大口子，于是一股大水冲了下来，冲毁了农田、庄园，把人也都冲走了，美丽的山庄从此变成了石头滩，那个射神马的财主也死了。在这场灾难中幸存了三个小伙，他们又在大水冲毁的乱石滩上重建了家园，这个家园就是今天的保安三庄。《保安腰刀的传说》又说他们从“保安三庄”迁到了甘肃，显然，《保安腰刀的传说》中“保安三庄”指青海同仁县的“保安三庄”，《神马》中的“保安三庄”是甘肃河州境内的“保安三庄”。

（三）东迁之因

关于保安族东迁的原因，《积石山保安族东乡族撒拉族自治县概况》一书归纳了如下三点：一是清同治元年，麻巴部落头人联络保安地区的统治者以及信仰藏传佛教的部落对保安人排挤；二是保安人与当地尕寨东部落因水渠灌溉问题引起纠纷；三是同仁地区信仰佛教的统治者采取行动强制信仰伊斯兰教的保安人改信藏传佛教。杨操认为，主要是“当地土司头人和寺院上层喇嘛等地方势力的不断扩展，特别是清廷统治者利用同仁地区各民族风俗习惯和宗教信仰的不同，不断挑起民族矛盾，以至最终引起民族仇杀和械斗，才使保安人在付出血的代价后，被迫离开了祖祖辈辈生活的地方，迁往积石山的大河家地区。”[①]《保安腰刀的传说》中讲：在一年春天，因家里生活实在困难，住在下庄的保安族兄弟开吉尔便把祖传的一把“什样锦”腰刀拿到保安城去当，结果让当地田财主看到了，田财主硬说那把“什样锦”腰刀是自家多年前丢失的祖传刀，并准确说出了这把刀的特征，在狗腿子的帮助下

① 杨操：《浅议十九世纪中叶保安族东迁及其它》，《中国穆斯林》1998年第2期。

他们抢了开吉尔的腰刀扬长而去。其他保安人听到这个消息后非常气愤，在索南尔老人的指示下他们与田财主展开了斗争，这时田财主又勾结隆务（今同仁县）的大头人联合对付保安人，保安人也毫不示弱，在索南尔老人的指挥下与他们斗智斗勇，大展保安腰刀的雄风，吓得他们只好抱头鼠窜。但是田财主和头人并没有因此罢休，而是切断了三庄的水源不让保安人活命，保安人因不愿向恶势力折腰低头，于是举族向甘肃迁徙了。

保安腰刀是保安人最著名的手工艺产品，不仅造型优美、装潢考究、工艺精湛，而且种类繁多又各具特色，其中最漂亮的是“什样锦”。尤其引人注目的是“什样锦”的刀柄，用鲜艳的什样锦镶嵌而成，有金黄、翠绿、湛蓝、澄紫、黛黑、银白、桃红等颜色，并夹有朵朵梅花，有些还镶有宝石，不长不短正好三寸三分。银白色的刀鞘，包着三道枣红色的铜箍，分外璀璨夺目。刀鞘上端有个小孔，插着一把铮亮别致的紫铜环子，拔刀出鞘，刀锋闪闪发亮，寒光逼人。财主，指旧时占有大量财产的人，该术语多用于汉族中。田财主熟知“什样锦”腰刀的做工技艺自己却没有什样锦腰刀，所以田财主很有可能是汉族中的有钱人。“头人”指旧中国某些少数民族的头领，一般为世袭，也有由土司或地方政府指派，由当地富户霸居，或通过当地传统的选举形式产生。头人有大小之分，职权连各族各地也有所不同，除阶级分化不明显的民族外，头人一般都享有剥削和压迫人民的特权。通常情况下，土司最大，土司下面是头人，头人管百姓。元代时青海同仁是一个多民族聚居的地方，主要居住着蒙古族、汉族、回族、藏族、土族等民族，可见保安人与田财主、隆务的大头人之间的矛盾既是民族矛盾也是阶级矛盾，其中也不乏宗教矛盾，而这些矛盾正是导致保安人东迁的主要原因。

三、白马人迁徙史

陇南境内生活着一个特殊的族群，当地人把他们称作白马人。白马人有自己的语言无自己的文字，其历史全靠口传心授，他们“以传说映现了他们民族的集体想象，不断实现着他们本民族的历史文化记忆，增强着其族群意识和认同感”[①]，白马人有大量的民族传说，如《小依奥哩》《白羽毛的传说》《火圈舞的传说》《四山班家的传说》《枕头坝的传说》《堡子坪的传说》《蒲池

① 蒲向明：《论白马藏族族源记忆与传说——以陇南为例》，《西藏民族学院学报》（哲学社会科学版）2013年第4期。

山的传说》《池哥昼的传说》《白马爷的传说》《班帝班诹》《江油白马人避祸阴平》等，使白马人的民间故事表现出很强的史学价值。

（一）对迁徙形式的记忆

白马人也用民间故事讲述了他们的迁徙史，但是他们的迁徙比裕固族和保安族的迁徙更多样，既有异地迁徙，也有同地迁徙；既有为寻找更好的生存环境而发生的主动迁徙，也有被“官兵”逼迫无奈的被动迁徙。

1.异地迁徙

异地迁徙就是从甲地迁到乙地。在白马人的民间故事中，有多则故事讲述了他们从其他地方迁徙到陇南的经过，其中《四山班家的传说》讲达嘎、达玛兄弟俩来到文县铁楼乡白马河畔的白马峪打猎，这里虽然人迹罕至却景色迷人，他们就坐到一棵大树下歇息赏景。他们歇息时顺手抖掉了鞋里的燕麦，当他们第二年再次来打猎时发现这里长出了旺盛的燕麦苗，兄弟俩觉得这里是个长庄稼的好地方，而且山清水秀，气候温和，土地多，草山广，很适合人居住。于是，兄弟俩便从外面搬迁到了白马峪。后来达玛的四个儿子分别占居了贡山、麦贡山、中岭山和立志山，被称为“四山班家”。达嘎因住在竹林而改姓朱，因他们共同建设了白马山寨的美好家园，达嘎和达玛被尊称为白马人的先祖。《枕头坝的传说》中讲了同样的故事，但却明确说明这兄弟俩来自九寨沟，安家落户的地方是枕头坝和尕阳山。《堡子坪的传说》说很久以前白马人居住在四川大槐树、蛮坡渡、珠寺巷一带，后因不堪忍受官匪的侵扰和其他民族的歧视，扶老携幼四处迁徙，其中一支走过巴山蜀水，来到了甘川交界的文县境内，一直溯白龙江而上，又沿白水江而上，走进了城关西元村。尽管第一则没有交代白马人的来源地，但是因为故事情节的相似可以把第二则看作第一则的补充版，从这个意义上说，这三则传说都讲了白马人从四川向甘肃陇南文县的迁徙，其中不难看出白马人对美好生活环境的向往以及被官兵逼迫的无奈，这些正是促使他们从四川向甘肃迁徙原因中的主要原因。

2.同地迁徙

同地迁徙指白马人在陇南境内的搬迁，有时他们从一个地方搬向了另一个地方，搬出后不再回原住地，有时他们因为躲避战乱或其他原因先从原住地搬到一个新地方，等战乱结束后他们再搬回去，比如《蒲池山的传说》等故事就提了他们同地迁徙的过程。《蒲池山的传说·蒲池龙王的故事》讲：相传明朝年间，文县丹堡河流域匪盗成患，百姓生活在水深火热之中，无奈他们只好求救于朝廷，朝廷任命一位姓蒲的禁军教头为将军，率领数百名精兵，前往文县丹堡河流域剿灭匪徒。蒲将军和精兵们刚来文县时，盗匪们势力不是很强，蒲将军凭借着自己的指挥才能和将士们的英勇把盗匪打得溃不成军，狼狈逃窜。被打败的盗匪并不甘心，不久之后他们卷土重来，加之盗匪们熟悉地形、人多势重，硬是把蒲将军的军队逼上了蒲池山。由于蒲池山地势险要，又被盗匪们挡住了上山的通道，蒲将军和他的将士们只能在蒲池山顶自耕自救。没有蒲将军的保护，盗匪不仅变本加厉地祸害百姓，还放火烧他们的山寨，在蒲将军和将士们的帮助下，白马人只好无奈地迁到了蒲池山顶，在蒲池山顶一住就是三年。蒲池山在丹堡河流域，从丹堡河流域迁到蒲池山其实就是从山下迁到山上，属于同地迁徙。其实这种迁徙也多见于《小依奥哩》《四家班山的传说》《刀背喇嘛》等故事中，不难看出《小依奥哩》中的同地迁徙是在“官兵”逼近下的被动迁徙，《四家班山的传说》中的迁徙属于家族扩散的主动迁徙，《刀背喇嘛》中的同地迁徙也属于家族扩散的主动迁徙。通常情况下，被动的同地迁徙时间短，时机成熟后他们又返回原住地，而主动的同地迁徙多为长久居住，也就是说一旦他们占有了某座山，只要没有外因干扰，他们便世世代代都住在那座山上。

当然，异地迁徙和同地迁徙并不是截然分开的，他们有时是同地迁徙，有时是异地迁徙，比如《刀背喇嘛》讲白马人的先祖们刚到文县时分散居住在了白马峪的各个寨子。有些家族走得远，翻过黄土梁到了王坝楚，上的上下的下，各占地盘，称作南路十八寨，也就是现在平武白马山寨。还有些到了南坪勿角、马家、九寨。朱林坡姓氏较多，有余、朱、杨、马、苟、闫等姓。石鸡坝乡薛家寨、堡子坪的多数白马人都是从朱林大族迁过去的，其中从白马峪到平武、九寨的迁徙属于异地迁徙，从白马峪到石鸡坝的迁徙是同地迁徙。

（二）对族源的记忆

口头文本是民族文化的载体，在民族生活中有着极其重要的作用，尤其是对那些只有语言没有文字的民族来说更为重要。陇南白马人以传说来记忆自己的历史、体现自己的民族想象、传达自己的民族思想、增强族群意识和认同感，与其他民族的民间故事相比，陇南白马人的传说更具族源记忆性。白马人有专门讲述族源的传说，如《小依奥哩》《白羽毛的传说》《火圈舞的传说》《九寨沟人枕头坝认娘家》等。《小依奥哩》讲白马人常常遭受外族的歧视、排斥和匪盗们的袭击侵扰，他们不得不在民族英雄小依、奥哩夫妇的率领下艰难迁徙，他们先后迁徙到四川大槐树、珠四巷、蛮婆渡等地，都得不到安宁，后来又进入陇南阴平大地，在阴平古城西侧一个高台安营扎寨，这里地肥水足，白马人用肩膀“拉”出数百亩良田，种了庄稼，栽了树木，修筑了城墙，却突然来了一支“官兵”接二连三地攻打白马人，企图侵占这方宝地，经过三年的持久战斗，白马人终因人少势弱又不得不移居深山老林。即使这样，那些官兵还时不时地来攻打他们的山寨，无奈之下他们又逃到了一座山上。冬月季节，每到夜晚寒气袭人时，大家就燃起一堆堆柴火取暖，小依、奥哩看大家情绪低落，就带领男女老少手拉着手围着火堆跳起了舞，这一天正好是腊月初八，从此白马人就把腊月初八定为火圈舞的起跳日。跳累了唱累了，大家跌入了梦乡，官兵又来偷袭他们，就在关键时刻，白公鸡的打鸣声叫醒了熟睡的人们，避免了白马人的一场灭族之灾，为了纪念和感谢白公鸡的救命之恩，白马人就世世代代在自己的沙嘎帽上插上白鸡翎。后来，火圈舞从腊月初八一直跳到正月十七，整整持续四十天，白马人说火圈舞中的“火”象征城池、白马寨，白马人手拉着手、臂挽着臂表示护城的决心和信心，火圈舞象征白马人齐心协力、坚不可摧的团结精神，显示了他们同仇敌忾、誓死抵御侵略的坚强意志。可以说，白羽沙嘎帽和火圈舞不仅是白马人世世代代记忆民族历史的重要见证物，也是他们身份认同的重要标志。

虽说神话和传说不是真正的历史，但是它们的记忆中会多多少少地存留一些历史的影子，当一个民族的历史无法从史书上找到记录时，或许存留在神话和传说中的这一星半点的影子就是人们解开该民族历史的重要资料。这就是神话和传说的历史价值。

第三章
甘肃民间故事中的西陲战争

有人的地方就有冲突，民族复杂的地方冲突越多，这似乎成了社会发展的普遍规律。民族复杂又是边塞的甘肃，自古就是一个多事之地，其民间故事也不可避免地记录了这些战事，上至三皇五帝，下至清末民初，其战事之多、记载之细令人惊叹不已。如果将这些故事按时间顺序排列就是一部甘肃军事史，只是有些战事讲述得具体一点，有些讲述得粗略一点罢了。比较而言，炎黄之争、蜀汉之战、汉匈战争和少数民族之间的战争更吸引人的眼球，也更具史学价值。

第一节　神话中的炎黄之争

炎，即炎帝；黄，即黄帝，传说中的五帝之二。在《中国民间故事集成·甘肃卷》中收录了一篇题为《炎黄二帝与龙旗》的神话，讲述了他们之间的权力之争，虽然篇幅不长，叙述简单，但也有一定的史学价值和文化价值。

一、与古文献遥相呼应

甘肃民间神话《炎黄二帝与龙旗》讲：相传在厉山脚下的姜水旁兴起了一个部落，玉帝命自己的大儿子化名为“炎”当了这个部落的首领，炎帝为他们的部落设计了龙旗。后来岐山出了黄帝，黄帝是玉帝的二儿子，西边部落全归顺了黄帝，黄帝就派出大军去攻打厉山。炎帝是个善良的人，想到自己又是哥哥，便一直退到了东海边，可是黄帝以为炎帝怯懦，于是率大军穷追猛打。在炎帝忍无可忍之下，两军在一片平原上展开了激烈的战争，他们整整拼杀了三个月，使平原上尸骨成山、血流成河。看到这些，炎帝不忍心打下去了，就去玉帝跟前告状，玉帝说只要人们能聚集在龙旗之下炎帝就没有输。炎帝回到战场就和黄帝讲和，条件是黄帝以后打炎帝的龙旗，黄帝同意了，于是炎帝回到了天庭，黄帝继续打着龙旗在人间做他的部落首领，厉山的老百姓见龙旗还在，就跟了黄帝，世世代代做了龙旗下的子孙。

关于炎黄二帝之战，在中国古代文献中也有记载，《史记·五帝本纪》载："轩辕之时，神农氏世衰。诸侯相侵伐，暴虐百姓，而神农氏弗能征。于是轩辕乃习用干戈，以征不享，诸侯咸来宾从……炎帝欲侵陵诸侯，诸侯咸归轩辕。轩辕乃修德振兵，治五气，蓺五种，抚万民，度四方，教熊罴貔貅貙虎，以与炎帝战于阪泉之野，三战，然后得其志。"后人把炎黄的这次战争称作"阪泉之战"。另外，《新书》（贾谊）、《吕氏春秋·荡兵》、《列子·黄帝》、《大戴礼·五帝德》等文献也从不同侧面记载了阪泉之战。由此可见：（1）甘肃民间神话《炎黄二帝与龙旗》并非老百姓的凭空杜撰，而是有其历史依据；（2）这一民间传说与文献记载遥相呼应，用口语和书面语两种方式完成了炎黄二帝阪泉之战的历史书写，为不同文化层次的人提供了了解先祖历史的宝贵资料；（3）《炎黄二帝与龙旗》中所说的两军在一片平原上拼杀了三个月的战争就是文献中的"阪泉之战"，关于阪泉之战的地点，尽管目前尚未形成定论，但几种说法，如河北中部的"直隶保定说"、河北南部的"巨鹿说"、河北西北部的"涿鹿说"和"延庆说"、江苏徐州的"彭城说"等中的战场都在平原上，符合事件发展的真实条件。

二、炎黄二帝：有神性的原始部落首领

《炎黄二帝与龙旗》明确交代炎帝和黄帝都是原始社会部落首领，炎帝的部落居于厉山脚下的姜水旁，姜水在陕西省宝鸡市东南五六公里处，是渭河的一条支流，宝鸡市位于渭河中上游。黄帝的部落居于岐山境内，两者相距800多公里。其次，炎帝和黄帝是玉帝之子，位天神之列，其中炎帝是玉帝的长子，黄帝是玉帝的二儿子，其中部落首领是其人性，玉帝之子是其神性，二者相辅相成构建了神话中炎黄二帝的非凡身份。那么，为什么会有这样的

说法？

（一）《国语·晋语》中载：“昔少典娶于有蟜氏，生黄帝、炎帝。黄帝以姬水成，炎帝以姜水成。成而异德，故黄帝为姬，炎帝为姜，二帝用师以相济也，异德之故也。”其中，姬水就是现在的漆水河，而岐山就在漆水河流域的西南部，与神话中的说法完全一致。关于炎帝部落，郭沫若在《中国史稿（第一册）》中说：“从渭河流域到黄河中游，是古羌人活动的地方。炎帝可能是古羌人氏族部落的宗神，号神农氏，说明他们是主要从事农业的氏族部落。”[①]宝鸡市位于渭河中上游，多年来考古工作者在市区发掘出了20多处新石器时代遗址，出土了许多农业生产和粮食加工工具，说明这里当时已经进入了原始农业社会，这与神话中炎帝部落居住的地理位置完全吻合。岐山位于宝鸡市东北部，境内渭河、雍河、横水河及沿北山一带有新石器时代遗址19处，说明当时已有先民在此劳动生息，黄帝时代岐伯就生活在这里，这也与神话传说相吻合。

（二）中华民族向来有神化先祖的感情倾向，为了显示自己先祖的非凡之处，表达自己对先祖的崇拜，往往把先祖们说成天神的儿子，如《格萨尔传》中的格萨尔王、《伏羲诞生传说》中的伏羲、《后稷传说》中的后稷等。

（三）神话中的炎帝黄帝形象与古代文献中的炎帝黄帝形象一脉相承。关于炎帝和黄帝的身份，《淮南子·说林训》里说：“黄帝生阴阳。”高诱注：“黄帝，古天神也。始造人之时，化生阴阳。”可见他们把黄帝看作了原始社会的生殖神，具有化生阴阳的功劳。《逸周书·尝麦解》说：“赤地大慑，乃说于黄帝，执蚩尤，杀之于中冀。以甲兵释怒，用大正顺天思序，纪于大帝。”这里，黄帝紧承天帝具有了天神的身份。《国语·鲁语》中说：“夫圣王之制祀也，法施于民则祀之，以死勤事则祀之，以劳定国则祀之，能御大灾则祀之，能扞大患则祀之。非是族也，不在祀典……故有虞氏禘黄帝而祖颛顼，郊尧而宗舜；夏后氏禘黄帝而祖颛顼，郊鲧而宗禹；商人禘舜而祖契，郊冥而宗汤，周人禘喾而郊稷，祖文王而宗武王。”他们又把黄帝看作祖先神。《史记·五帝本纪》中说：“黄帝者，少典之子，姓公孙，名曰轩辕。生而神灵，弱而能言，幼而徇齐，长而敦敏，成而聪明。”这里黄帝又变成了真实的人，从此成了姬姓及华夏民族的共同祖先，因为这是司马迁翻阅众多古籍和实地考察得出的结论，所以后人一直把它当作权威言论信奉。由此可以

① 转引自于盈：《炎帝、黄帝部落与炎黄子孙传说》，《齐鲁学刊》1990年第4期。

看出，在古代文献中，中国人对黄帝形象的认识经过了一个从神到人的漫长过程，“如今的黄帝，已经从神仙偶像与历史人物之中超脱出来，升华成中华民族人文初祖形象，是深入海内外人心的文化符号”[①]。炎帝的形象在中国历史上也经历了同样的变化过程，只是他的变化没有黄帝那么棱角分明。如果把民间传说与文献记载做一比较，就会发现它们对炎黄二帝形象的塑造完全一致，那么到底是民间传说影响了史书，还是史书影响了民间传说，或许影响是双向的。

三、有一个比较完整的传说圈

不管是民间传说还是古文献记载，都显示黄帝的主要活动场所不在甘肃，但是在甘肃却流传着一些讲述黄帝的神话或传说，如《炎黄二帝与龙旗》《黄帝问道广成子》《黄帝问道于岐伯》《黄帝升天》《煮羊锅》《大象山的传说》《龙须草的来历》等，形成了一个比较完整的黄帝传说圈。当然这个所谓的“完整”是比较而言的，如果与流传在全国的黄帝传说比较，甘肃的黄帝传说只是其中的一小部分。这里之所以说其“完整”是因为这些故事讲述了黄帝从兴起到求取治国方略，再到他终老仙去的整个人生过程，给广大民众了解黄帝的史迹提供了一定的线索，其中人们从《炎黄二帝与龙旗》中了解了他的兴起与最终取胜的发展过程，从《黄帝问道广成子》《黄帝问道于岐伯》中了解了他心系广大民众，无视个人安危、无视帝王威严，虚心下问的伟大圣王情怀，从《煮羊锅》中了解了他作为一个人所具有的真实人性，从《大象山的传说》中了解了他听道之认真，从《龙须草的来历》中了解了他求道态度之坚定，从《黄帝问道广成子》中还可以了解到他于老年时期在荆山下铸造铜鼎，最后骑巨龙升天的人生经历，让人们对黄帝的人生和伟大业绩有了比较全面的认识。

那么，为什么会有这样一个比较完整的黄帝传说圈？与黄帝在甘肃的活动有关，《庄子·在宥》篇曰：

> 黄帝立为天子十九年，令行天下，闻广成子在于空同之山，故往见之，曰：“我闻吾子达于至道，敢问至道之精。吾欲取天地之精，以佐五谷，以养民人。吾又欲官阴阳，以遂群生，为之奈何?”广成子曰：“而所欲问者，物之质也：而所欲官者，物之残也。自而

① 李凭：《黄帝历史形象的塑造》，《中国社会科学》2012年第3期。

治天下，云气不待族而雨，草木不待黄而落，日月之光益以荒矣，而佞人之心翦翦者，又奚足以语至道！”黄帝退，捐天下，筑特室，席白茅，闲居三月，复往邀之。广成子南首而卧，黄帝顺下风膝行而进，再拜稽首而问曰：“闻吾子达于至道，敢问，治身奈何而可以长久?”广成子蹶然而起，曰：“善哉问乎！来！吾语汝至道。至道之精，窈窈冥冥；至道之极，昏昏默默。无视无听，抱神以静，形将自正。必静必清，无劳汝形，无摇汝精，乃可以长生。目无所见，耳无所闻，心无所知，汝神将守形，形乃长生。慎汝内，闭汝外，多知为败。我为汝遂于大明之上矣，至彼至阳之原也；为汝入于窈冥之门矣，至彼至阴之原也。天地有官，阴阳有藏，慎守汝身，物将自壮。我守其一以处其和，故我修身千二百岁矣，吾形未常衰。”黄帝再拜稽首曰：“广成子之谓天矣！”广成子曰：“来！余语汝。彼其物无穷，而人皆以为有终；彼其物无测，而人皆以为有极。得吾道者，上为皇而下为王；失吾道者，上见光而下为土。今夫百昌皆生于土而反于土，故余将去汝，入无穷之门，以游无极之野。吾与日月参光，吾与天地为常。当我，缗乎！远我，昏乎！人其尽死，而我独存乎！”[①]

这是目前能看到的最早记载黄帝问道于崆峒山广成子的文献记载，《史记·五帝本纪》中也说：“黄帝东至于海，登丸山，及岱宗。西至于空桐，登鸡头。南至于江，登熊、湘。北逐荤粥，合符釜山，而邑于涿鹿之阿。”这两部古文献把黄帝问道于崆峒山描述得有声有色，细节俱出。另外，《史记》《帝王世纪》《资治通鉴》《甘宁青史略正编》中都说岐伯为“北地人”，当年轩辕黄帝统一了黄河流域，为了能更好地治理国家，便到处访贤，当他问道于平凉崆峒山广成子时，广成子特意向他推荐了北地的岐伯，黄帝便到北地找岐伯，向他提了1 080问，岐伯从“上医医国，中医医人，下医医病”三个方面做了精辟的回答，黄帝非常感动，将他请回朝中，拜为大天师。到了春秋战国时期，后人将这1 080问答总结成医书，便成了我国第一部中医学著作《黄帝内经》。“北地”是庆阳的旧称，后来又并入凉州，郡治为富平（今宁夏吴忠西南）。这些古文献记载为民间传说黄帝事迹提供了有力的理论依据，增强了他们传说的自信心。

① 郭象注，成玄英疏：《南华真经注疏》，北京：中华书局，1998年，第219-221页。

第二节　三国时的蜀魏之战

陇右历来为兵家必争之地，三国时更是蜀魏交锋的前沿，诸葛亮六出祁山、马谡痛失街亭、诸葛亮挥泪斩马谡、智收姜维、设计杀张郃等重大事件都发生在天水，天水境内有街亭、天水关、木门道、诸葛军垒等多处三国古战场遗址，这些既为天水文化书写了厚重的一页，也为人们传说三国时期的蜀魏之战提供了很好的资料。

在研究这个问题之前需要辨清两个概念：三国故事与蜀魏之战故事，这是两个不同的概念。三国故事指讲述三国时期的人物及事件的故事，筛选这一类故事只需要符合一个条件，就是人物生活在三国时期或事件发生在三国时期；蜀魏之战故事指讲述三国时期蜀国与魏国之间战争或与两国战争相关的故事，筛选此类故事需要符合两个条件，即事件发生在三国时期，且内容与蜀魏战争密切相关。由此可见，三国故事与蜀魏战争故事是包含与被包含的关系，蜀魏之战故事一定是三国故事，但三国故事不一定全是蜀魏之战故事，比如《当归的传说》讲述三国时期蜀国著名将领姜维与其母借中医药名字传情达意的故事，人物虽是三国的，但事件与蜀魏战争没有任何关系，所以就不能算作蜀魏之战故事。还有《红堡子山》《羊的传说》也不能算作蜀魏之战故事，因为故事中的人物虽然是诸葛亮，但那是人们借诸葛亮这一个家喻户晓的人物来解释红堡山或羊蹄特征的由来，诸葛亮在这些故事中只是一个符号，故事内容与蜀魏战争没有任何关系。

一、蜀魏之战故事的主题

综观流传在陇右的蜀魏之战故事，主要有如下主题：

（一）赞美诸葛亮的聪明才智

这是蜀魏之战故事中最鲜明的主题，故事数量也最多，主要有《天水城的由来》《天水收姜维》《诸葛亮堆土堆的传说》《七擒孟获》《孔明死后除敌将》《姜维遇险》等。诸葛亮是三国时期蜀国丞相，我国古代杰出的政治家、军事家、发明家。受文学作品的影响，他的事迹如赤壁之战、北伐中原、七擒孟获、六出祁山、舌战群儒、草船借箭、三气周瑜、空城计等，早已家喻户晓、妇孺皆知，他几乎成了中国人最崇拜的大智之人。同时，诸葛亮又担任蜀汉军师，亲自指挥了蜀魏之战，所以讲述他的聪明才智几乎成了这些故事绕不过去的一个话题，也是这些故事最醒目的主题。

刘禅继位后，诸葛亮带三万人马进陇南山区讨伐魏国，以扩大蜀国地盘，打通甘陕要道。当时天水叫成纪，是魏国的一座郡治小城，蜀军离川入陇首先攻下的就是成纪这个郡治小城。魏国知道后立刻派司马懿率十万大军去夺城。司马懿到了城下立刻攻城，几次都以失败告终。无奈之下，魏军死死地包围了成纪城，想把蜀军困死在城里。就这样打打停停，他们相持了数十天，依然分不出高低。天气一天天变冷，蜀军多为滇川人，衣着单薄，冻得直打哆嗦。司马懿看到这些非常高兴，认为他们可以趁机杀进去生擒诸葛亮，就下了攻城令。诸葛亮早已料到司马懿会攻城，就下令叫士兵担水往城墙上泼，一阵北风过后，泼到城墙上的水都结成了冰，魏军刚把云梯架上城墙就滑了下去，攻城车撞在冰墙上也没任何效果。正在这时，天又下起了大雨，淋得魏军抬不起头来，魏军只好撤回。等雨过天晴后，城墙上的冰更厚了、城更坚了，司马懿见状仰天长叹："诸葛亮真智慧超人；城虽小，可人马强壮，天又助他，水又助他，我怎能再恋战攻城?"只好慌忙退兵，从此人们便叫成纪城为"天水城"（《天水城的由来》）。另外，《诸葛亮堆土堆的传说》讲述诸葛亮用土堆迷惑魏军，以振自己军威的事，《七擒孟获》讲述诸葛亮如何七次擒拿、七次放归，让孟获真正臣服于蜀国的故事，它们都体现了诸葛亮过人的智慧。

诸葛亮向来以善用妙计而闻名天下，他不仅在活着时能运筹帷幄有效打击敌人，就连死后也能用妙计保护爱徒、斩杀敌将。诸葛亮临死前给爱徒姜维留偈语："竹林坡前有大难，借水浇花把箭还"，又叮咛说："大将遇战，丢甲不能丢盔，丢箭不能丢弓。"诸葛亮去世后，姜维就依照他的遗愿九伐中原，一次姜维被迫逃进一片竹林，满坡竹林如麻，其中又藤蔓盘错，道路十分难走，姜维只好下马步行，无奈身上穿着厚厚的铠甲，头上压着重重的头盔，身上挂着的弓也被竹枝扯来扯去，行走十分艰难，于是他脱下盔甲、取下弓，准备扔掉，突然想起诸葛亮给他说的话就赶紧戴上头盔、拾起弓向山顶走去。这时，只听山坡上传来一片喊杀声，姜维想看个究竟，一抬头只见一支箭"嗖"的一声向他飞来，他连忙低头躲避，只听"嘭"的一声箭扎在了他的头盔上，他拔下箭顺势朝对方射去，郭淮躲闪不及，只觉眼前一黑便一头栽下马昏死过去了，士兵见此赶忙抬上郭淮回营，再无心追赶姜维了

（《姜维遇险》）。诸葛亮死前料到司马懿会来翻坟，就将一本“无字天书”用剧毒浸泡后每页写上“死治司马懿”埋入一座显眼的坟中。司马懿果然来翻坟，掘得“无字天书”蘸着唾沫一页一页地翻阅，读到最后一页时身中剧毒而亡。后来，他又让人在自己的祠内巧设机关，斩杀了魏国大将邓艾。这就是民间故事里的诸葛亮，其聪明程度无人能比，不仅生前能相时相地灵活发挥自己的聪明才智，还能预知未来，防患于死后。

（二）描写将士对诸葛亮的爱戴

诸葛军垒，也叫点将台，位于天水市秦州区岷山路南侧，现为古秦州八景之一。关于诸葛军垒，有两则内容稍有不同的美丽传说，其中一则题目是《诸葛军垒》，讲诸葛亮第一次率军攻打中原时怕士兵到了北方水土不服，就让他们每人带上一袋四川的土，到了新的地方如果出现因水土不服所染的病时就让士兵冲服一点乡土。当他们到了天水后，因这里的水质好、气候宜人，士兵并没有出现水土不服的现象，为了轻装上阵，他叫士兵把装在衣兜里的乡土全倒到指定的地方，结果堆起了一座小山。因为所有将士一一从这里通过，百姓们以为诸葛亮在点兵点将，所以就叫它“点将台”，后来又因为这是诸葛亮的军队堆起来的，所以又叫它“诸葛军垒”。另一则故事的题目是《诸葛亮点将台》，内容大致是：为了实现北定中原、统一天下的大业，诸葛亮亲率蜀国大军多次对魏作战。蜀军纪律严明，对百姓秋毫不犯。到了天水，军队就驻扎在荒郊野外，诸葛亮向军队讲话也只能在一片平地上，士兵们认为这样不能一睹丞相精彩的演讲，一致认为应该为丞相修筑一座高一点的讲坛。在一个士兵提议下，大家纷纷解下自己的乡土袋，把从家乡带来的乡土倒在一起，一会儿工夫就堆成了一个高高的土堆，然后他们把上面用脚踩平，就成了一个台子，其顶部面积比两间房子还大。台成，诸葛亮就高高兴兴地登上了“讲坛”，而他在这个“讲坛”上做的第一件事就是先对各路大将一一点名，从此人们亲切地叫它“点将台”。如果将两则故事做一比较，就会发现《诸葛军垒》中的堆土属于军事行为，非常理性，目的是减轻士兵的负担让他们轻装上阵，而《诸葛亮点将台》中的堆土属于个人行为，带有强烈的感情色彩，就是一睹丞相风采。士兵不但不反感诸葛亮，反而为不能一睹他的风采而着急，其中蕴含的不是别的，而是将士们对诸葛亮的崇拜和爱戴之情，他们无法用言语表达，就用自己的行动去体现，这是中华儿女最真诚最纯朴的表达方式。

（三）赞美将士的勇猛

这一主题的代表故事是《姜维上马石的传说》，说三国蜀汉延熙十九年（公元256年）春，大将军姜维继承诸葛亮的遗愿，谋求统一大业，率精兵五万西出阳平，北上伐魏，一路攻城略地，所向披靡，斩杀雍州刺史王经，吓死雍凉都督郭淮。狄道得手，首阳归降，陇西告急。魏国大将军司马昭仓皇救援，前军刚到铁笼山，未及安营扎寨便被姜维团团围困达五天五夜之久，经过一番整顿，司马昭率领残部杀出重围，狼狈逃窜，因慌不择路误入贵清山峡谷，姜维紧追不舍，就在关键时刻从河对岸飞来一只苍龙，将司马昭平地托起，姜维见状催马急追，尽管因失之毫厘让司马昭得以逃脱，但因姜维用力过猛，马蹄印被深深地印在了石头上，后人就把这个石头叫“姜维上马石”。尽管整个故事只有短短的三百多字，但把蜀军将士英勇杀敌、尽忠报国，一路所向披靡的行为刻画得淋漓尽致，尤其是蜀国大将军姜维，他身先士卒，以身作则，无视个人安危直接与魏国大将军交战，体现了蜀国将士上下齐心，共同打击敌人的优良作风。

（四）质疑最高军事指挥

《错斩马谡》是蜀魏战争故事中最吸引人的一则故事，也是最能引人深思的一则故事，之所以这样说是因为：（1）这则故事颠覆了以往人们惯常的认识，提出“错斩马谡”的观点，矛头直指蜀国最高军事指挥诸葛亮，其观点之大胆，语言之犀利让人愕然；（2）该故事一反往常的叙述形式，直接用论证的方法建构整个故事，但又通过事实论据比较完整地交代了故事的前因后果，使人们不仅了解了“斩马谡”的故事梗概，又明白了“错斩”的理由；（3）整个故事有理有据，有论有叙，开创了一个讲故事的新模式。

二、蜀魏之战故事的功能

作为一组特殊的故事，蜀魏之战长期流传在陇右，发挥着它应有的作用：

（一）记忆历史

在中国人民的心目中，诸葛亮不仅是“智慧”的化身，更是“忠贞”的象征，他在一篇《隆中对》中精辟分析了天下大势，为刘备拟定了“两步走”的治国战略：第一步是先夺荆州，再取益州，形成天下三分之势；第二步是外结孙权，内修政治，等时机成熟后从荆、益两州分兵北伐以图兴复汉室。为了实现他的“两步走”目标，他一生南征北伐，为蜀汉江山鞠躬尽瘁，死而后已。对于不能用文字记录历史的广大劳动人民来说，口传历史是记忆历史的最佳、最便捷的方式。对陇右劳动人民来说，这些所谓的蜀魏之战故事就是他们用自己的方式记忆历史。

“七擒孟获”是诸葛亮传说中非常著名的一个故事，几乎是家喻户晓、妇孺皆知。但是由于史书没有准确记载这一历史事件，加之“七擒孟获”之地“南中”是一个容易令人产生误解的地名，所以目前在学术界有两个诸葛亮七擒孟获的“南中”，一个指云南、贵州以及与云贵接界的四川西南部地区[①]，一个是甘肃的陇右一带[②]。今甘肃省陇南市礼县东、西汉水北侧有祁山，西起平泉大堡子山，东至盐官镇，绵延约25公里，山势险峻易守难攻，地扼蜀陇咽喉。祁山中部峰顶，三国时有城，极为严固，城南三里有诸葛亮故垒，今名祁山堡，距礼县城25公里，南北朝时在堡内建有武侯祠。现存武侯祠殿宇，前后三院，为歇山式建筑，正殿内塑有高大的孔明像，手执羽扇，端坐正视。陇右一带流传着《诸葛亮七擒孟获》的故事梗概是这样的：建兴六年（公元228年）四月，诸葛亮亲率军队主力首次北伐，此为“一出祁山”，其结果是陇右三郡降蜀。后来，由于先锋马谡失街亭，情势急转直下，诸葛亮只得拨西县千余家还汉中。是年冬，诸葛亮又率大军第二次北伐，出散关（宝鸡西南），围陈仓（宝鸡市东），后因粮草不济而退兵。建兴七年（公元229年）第三次北伐，诸葛亮派陈式占领了魏之武都（今成县）、阴平（今文县）二郡，诸葛亮本人曾到达建威城（今西和县城附近，距祁山仅20公里）。建兴八年（公元230年）第四次北伐，诸葛亮派魏延西入羌中（今天水、陇南一带），郭淮截阻魏延于祁山一带，被魏延击败。建兴九年（公元231年）二月，诸葛亮亲自进行第五次北伐，以木牛运输粮草，再出祁山，六月破上邽（今天水市麦积区）。由于李严假传退兵旨令，诸葛亮在退保祁山途中射杀张郃于木门道（今礼县罗家堡附近）。建兴十二年（公元234年），诸葛亮亲率十万大军从汉中乐城（今城固县北）出发，进行了最后一次北伐，杀出斜谷口，据五丈原（今陕西岐山县东南），以木马流牛运送粮草，八月卒于军中。六役中，诸葛亮北伐直接出祁山两次，间接出祁山二次，一次是诸葛亮到祁山南的建威（今西和），一次是魏延与郭淮战于祁山一带，还有两次未经

---

① 李明：《诸葛亮“七擒孟获”传说的文化内涵初探》，《临沧师范高等专科学校学报》2008年第1期。

② 持此观点的有两篇文章：一篇是朱双周的《从“六出祁山”看诸葛亮决策上的失误》，发表于《决策探索》1987年第4期；一篇是徐志斌的《诸葛亮北伐的争议及其才能质疑》，发表于《成都大学学报》（社科版）2007年第3期。

祁山，总称“六出”，是泛指其西线北伐战略行动的整体而已。

姜维（公元202—公元264年），字伯约，天水冀县（今甘肃甘谷东南）人，三国时蜀汉名将，官至大将军。姜维自小好学有大志，其父亲姜冏曾是天水郡功曹，时逢羌、戎叛乱，姜冏挺身护卫郡守，死在战场，姜维被赐中郎、天水郡参军。建兴六年（公元228年），蜀汉丞相诸葛亮率军出祁山伐魏，天水各郡严防死守，当时姜维和功曹梁绪、主簿尹赏、主记梁虔等跟随天水太守马遵在各地巡查。一天，马遵带士兵外出巡查，参军姜维从行，不料与蜀军相遇。诸葛亮早就听说姜维文武双全、胆识超群，一交锋果然出手不凡。诸葛亮爱才如命，有意要收姜维为徒，便施小计有意放过马遵又拖住姜维不放。马遵以为姜维有投蜀叛魏之心，就连夜潜回上邽，立即通知各部注意姜维，严防有诈。交战中，诸葛亮一再劝说姜维弃魏投蜀，可姜维始终不肯，就放姜维回去。姜维到了上邽，见城门紧闭，拒绝他的人马进城，他又奔冀城，冀城也拒绝姜维入城。正在进退两难之时，蜀军将士又紧跟而来，诸葛亮两次劝降，姜维只好归顺了蜀国。姜维投蜀不仅是他人生的一个重要转折，也是蜀汉一个重要的历史事件，故事《天水关收姜维》比较详细地讲述了这一事件的经过。

（二）解释人文景观

陇右，尤其是天水，不仅有着重要的军事地位，也是中华民族和华夏文明的重要发祥地。天水享有羲皇故里、娲皇故里、轩辕故里的盛誉，其伏羲文化、女娲文化、轩辕文化、大地湾文化、先秦文化、三国文化博大精深，也留下了许多历史遗迹，如伏羲庙、女娲祠、仙人崖、南郭寺、大地湾遗址、天水关、木道门、诸葛军垒、麦积山石窟等，其中天水关、木道门、诸葛军垒、姜维上马石等属于三国时期遗留下来的人文景观。关于这些人文景观在陇右都有民间传说，比如《诸葛亮点将台》《诸葛军垒》《姜维上马石的传说》《诸葛亮堆土堆的传说》讲述了诸葛亮点将台（诸葛军垒）、姜维上马石、姚家坪两个大土堆的由来，《天水城的由来》讲述天水城名字的由来，《天水关》讲述发生在天水关的故事，它们都赋予这些人文景观以鲜明的三国文化色彩。《天水关》讲诸葛深爱姜维才华，于是下令先攻姜母所在的冀城，目的是诱惑姜维前往救援，随后又派遣魏延攻打天水，故意说姜维已投蜀汉，马遵轻信其言，等姜维到了城下后他们闭门不纳，姜维进退无路只好投降诸葛亮。天水关本是一个普普通通的关城，却因为诸葛亮的存在让它成了姜维命运的转折地，也尽显魏军与蜀军对待人才的态度。尽管它与前面提到的《天水收姜维》讲述同一历史事件，但《天水关》重在讲述历史事件，而《天水收姜维》重在赞美诸葛亮的聪明才智，体现了它们不同的文化价值。

（三）抒发情感

几乎所有民间故事都蕴含着广大民众的某种情感，蜀魏之战故事也不例外，比较而言，这些故事在抒发情感时表现出如下两个鲜明的特点：

1.具有鲜明的尊刘贬曹倾向

“尊刘贬曹”中的“刘”指以刘备为代表的蜀汉集团、“曹”指以曹操为代表的曹魏集团，“尊刘贬曹”就是尊以刘备为代表的蜀汉集团为汉室正统、以曹操为代表的曹魏集团为朝廷奸贼，与之相伴的还有“扬孔明抑周瑜”“扬孔明抑司马”等现象，即不管是刘曹还是孔周，魏蜀吴之间，蜀汉总是正统的一方，其人物也是正面人物，其他两国都是非正统，其人物也是非正面人物，这种情感倾向几乎渗透在所有的蜀魏之战故事中。

（1）多正面写蜀国将士，侧面写魏国将士，且高度赞美蜀国将领，贬抑魏国将领，最具代表性的故事就是《孔明死后除敌将》，极力赞颂诸葛亮的神机妙算，他不但活着时能运筹帷幄，就连死后的事也一清二楚，用自己的计谋先后退了司马懿的大军、毒死司马懿、斩首邓艾，同时又极述魏军将领司马懿之多疑、邓艾之无能，似乎魏军将领的一举一动都在诸葛亮的预料中，难以逃脱诸葛亮的法眼。另外《天水城的由来》《诸葛亮堆土堆的传说》也具有同样的感情色彩，都是极述诸葛亮的聪明才智和司马懿的愚笨和多疑。

（2）几乎所有的蜀魏交战均以蜀国取胜、魏国惨败为结局，不仅《孔明死后除敌将》《天水城的由来》《诸葛亮堆土堆的传说》是这样，就连《姜维遇险》也是这样，本来魏军已经打得蜀军狼狈逃窜，蜀军将领姜维也狼狈不堪，结果魏将郭淮的主动出击却给了姜维扭转局势的有利机会，姜维将郭淮射他的箭反射回去，射中了郭淮的眼睛，使魏军大乱无心追击姜维，让姜维顺利摆脱了魏军的追击。

2.带有一定的宿命色彩

宿命就是把事情的发展看成上天的安排，人无力于它的发展，最典型说法就是“生死有命，富贵在天”，流传在陇右的蜀魏之战故事中也带有这种思想倾向。比如，在《姜维上马石的传说》中讲姜维率领蜀国大军将刚刚到铁笼山安营扎寨的司马昭围得水泄不通，使魏军粮断水绝、军心大乱、死伤无数。无奈之下司马昭焚香祷告，结果干涸数日的大小泉眼瞬间“叮咚盈流”，使本已困顿不堪的魏军顿时军心大振，竟然在司马昭的率领下杀出重围，但因慌不择路却误入了贵清山峡谷，姜维率兵穷追不舍，司马昭见两边悬崖飞瀑、峭壁入云，后有大军追赶，无望地仰天长叹："身入绝地，吾命休矣!"话音未落，只见河对岸潜龙洞中飞出一条苍龙，将司马昭平地托起。人们都知道，再真诚的祈祷也难以让山泉出水。世上没有龙，也就不存在飞龙平地托起人的事，但故事却这样讲了，并明确说之所以出现这些非正常的事情就是因为"天不灭曹"，属于典型的"生死有命"思想，该思想在《姜维遇险》中也能看到。司马昭在干涸的山泉旁设香案祷告，结果让干涸的山泉流出了一股碗口粗的泉水，把不可能发生的事详加叙述，并坚信它的真实性，其目的也很明确，就是为蜀军的失败和魏军的胜利寻找合理的借口，达到为尊者避讳的目的。

第三节　汉唐时的汉匈战争

汉唐时，不仅汉王朝征讨匈奴的主战场在甘肃境内，而且汉朝征讨羌族、唐朝征讨吐蕃和吐谷浑的战争也发生在这块土地上。为研究之便，这里的"汉匈战争"指汉朝和唐朝征讨少数民族的所有战争，它与第四节中所谓的"少数民族之战"不同，"汉匈战争"中的主动方是汉朝廷或唐朝廷，少数民族是被征伐的对象，而"少数民族之战"中的主战方可以是任何一个少数民族。

一、汉匈战争故事的基本特征

(一) 以汉廷征讨匈奴的故事居多

在甘肃民间故事集中，能明确判断出作战时间是汉、唐的故事有26则，其中汉代的14则，唐朝的12则。在汉代14则故事中，只有《赵充国平羌》讲述的是汉朝廷征讨羌人的战争，其余13则全都讲述的是汉廷征讨匈奴的战争，如《五泉山的来历》《仙姑庙》《酒泉的来历》《李陵碑》《贰师泉》《李广杏》《铁马站》《效谷县的传说》《飞将军李广》等。在唐代的12则故事中，多为"征西"或"西征"，如《锁阳城》《面山》《跑马泉》《薛家泉》《锁阳古柳》等，只有少数说是打吐蕃的，如《白虎关薛仁贵丧生》《五个墩的传说》《张守珪退吐蕃》等，有些是说打吐谷浑的，如《琵琶舞女救岷州》，有些说是打突厥的，如《将军三箭定天山》。同时，在这26则故事中，名字出现次数最多的大将是西汉著名抗匈将领霍去病，出现在8则故事中，其次是唐代名将薛仁贵，出现在5则故事中，西汉大将李广，出现在3则故事中，另有西汉名将李广利、李陵、赵充国，唐代名将秦琼、敬德、程咬金、薛丁山、樊梨花、张议潮、张守珪等，他们都只出现在1则或2则故事中。由此可以看出，在这26则汉唐与少数民族战争的故事中，以汉廷征讨匈奴的故事居多，这也是把此类战争称作"汉匈战争"的主要原因。

（二）以河西走廊为主战场

在这26则故事中，有19则故事的发生地在河西走廊，如《仙姑庙》的故事发生在张掖城北百里远的黑河岸边，《酒泉的来历》的故事发生在酒泉，《李陵碑》的故事发生在嘉峪关东北的长城边一个方圆数十里的草湖滩，《锁阳城》的故事发生在安西（今瓜州）的苦峪城，《贰师泉》的故事发生在从安西走向敦煌的戈壁滩里，《李广杏》的故事发生在敦煌境内，《铁马站》的故事发生在张掖城南二十里处，《效谷县的传说》的故事发生在敦煌城北面通往汉长城、玉门关的古驿道旁边，另有《霍去病与双墩子》《东山寺剑泉》《霍去病纵黑河起名》的故事发生在张掖境内，《五个墩的传说》《梧桐林》的故事发生在敦煌境内，《将军三箭定天山》《白虎关薛仁贵丧生》《张守珪退吐蕃兵》的故事发生在酒泉市的瓜州县境内等。有6则故事发生在甘肃其他地方，如《五泉山的来历》的故事发生在兰州，《赵充国平羌》的故事发生在天水市的甘谷县，《莲花台前调敬德》的故事发生在天水市张家川和平凉市华亭县的交界处，《琵琶舞女救岷州》的故事发生在定西市的岷县，《面山》的故事发生在天水市麦积区，《马跑泉》的故事发生在天水市秦州区，只有《飞将军李广》的故事发生在甘肃境外，之所以流传在甘肃省境内，是因为李广是今甘肃省天水市秦安县人。

（三）薛家将故事受作家文学影响较大

薛家将故事指与薛仁贵及其家人有关的故事，包括薛仁贵故事、薛仁贵儿子薛丁山故事以及薛丁山妻子樊梨花的故事，此类故事受《薛家将》《薛丁山征西》等文学作品影响较大，主要表现在：（1）人物名字与作家文学中相同，与历史真实相异。在历史上，唐代著名将领薛仁贵有薛讷、薛慎惑、薛楚卿、薛楚珍和薛楚玉五个儿子，没有薛丁山这个人，而古典章回小说《薛丁山征西》等小说中则说薛丁山是薛仁贵的儿子，曾主动请缨率军征西平定西凉（西突厥），其原型就是薛仁贵长子薛讷，因他多次击破吐蕃、突厥屡建奇功，官至平阳郡公。至于薛丁山之妻樊梨花，正史中更没有她的记载，而《薛家将》《薛丁山征西》等文学作品中无一例外地都塑造了这个富有叛逆精神又敢于大胆追求爱情的古代巾帼英雄。（2）故事情节类似却不雷同于《薛丁山征西》。正史中有薛仁贵三箭定天山的记载却没有兵陷锁阳城（苦峪城）的记载，更没有被儿子薛讷射死的记载，薛仁贵是在永淳二年（公元683年）以七十岁高龄终老于任所。而《薛丁山征西》中讲薛仁贵征西误中圈套，被困锁阳城，为苏宝童的飞镖所伤，在昏迷中魂游地府得知儿子薛丁山与自己有一段难解的死结。民间故事《白虎关薛仁贵丧命》的情节正好演绎了这一"死结"：薛丁山前来白虎关救援父亲，薛仁贵的帅帐设在山顶上，薛丁山刚登上一座小土坡，见一白虎向自己扑来，情急之下搭弓射箭，白虎大吼一声倒地而死，薛丁山近前一看，没有白虎却见自己的父亲头中一箭，血流满地倒毙坡前。原来薛仁贵是天上白虎星下凡，这一日由于公务烦闷现出了原形，自己又不得知，见儿子上山就去迎接他，结果被不知情的儿子射死，给英雄故事蒙上了一层神秘的面纱。另外，既然没有樊梨花这个历史人物，就没有她堆"面山"迷惑苏宝，使苏宝撤兵退走的历史事件，可见流传在甘肃的唐代薛家故事深受文学作品的影响，其中又不乏广大劳动人民对英雄形象的再创造，显示了"人民对一个战功显赫、破敌安民的将军的一种讴歌。就是他的败亡，人民也以一种美丽的神话予以褒饰"①。

二、汉匈战争故事的主要内容

尽管只有26则故事，但这些故事的内容比较丰富，主要有以下几类。

（一）述将军们的神勇

叙述将军们的神勇可以说是该类故事最主要的话题，且叙述有正面叙述和侧面烘托之分。

1.正面叙述

正面叙述就是通过正面讲述将军的某一英雄事迹来表现他的神勇，代表性故事有《五泉山的来历》《贰师泉》《薛家泉》《将军三箭定天山》等，比如《五泉山的来历》讲汉武帝派骠骑大将军霍去病率领二十万人马出征匈奴。一天，他们来到一座光秃秃的山前，全军上下已是人困马乏，又饥又渴，而前面的路又崎岖不平十分难走，霍去病便命令三军在山下扎营，埋锅做饭，让

① 赵存福：《瓜州民间故事》，北京：中国戏剧出版社，2006年，第28页。

士兵好好休息一宿，第二天好趁凉赶路。大营扎好后，有个小校来报“无水做饭”，霍去病派人四处找水，天色暗了，派出找水的人都回来了，可个个愁眉苦脸都说没水。士兵们只好拔出地上稀疏的小草放在嘴里嚼用以解渴，战马卧在地上用舌头舔着已经冷下来的石头。霍去病看在眼里痛在心里，牵马要亲自去找水，可是在这干得连草都长不好的地方哪里能找到水，士兵们连忙劝阻，性如烈火的霍去病呼的一声拔出宝剑说：“我就不信这地方没水！”说着就举起宝剑向身边的石崖刺去，只见寒光一闪，宝剑深深地插进了石崖，只留剑柄在外面，将士们都惊呆了，霍去病气恼地哼了一声，拔出宝剑，突然一股清泉从剑洞里流出，落在石头上溅出晶莹的水珠。将士们又惊又喜，纷纷涌上来捧起清凉的水又喝又笑。霍去病见人多水少，又接连在附近的石崖上刺了四剑，剑洞里都留出了泉水，从此人们就把这座山叫五泉山。如果仔细思索就会发现再锋利的宝剑、再好的武功也难以把宝剑刺进石头中，即使刺进去，也很难出水，但广大民众却让它“发生”了，目的很简单，就是“书写”霍去病的神勇，他不仅武艺高强，力大无比，而且精神与天地相通，不是神仙胜似神仙。正因为有这种心理，所以贰师将军李广利用龙泉宝剑可以在青石上劈出一股清凌凌的泉水（《贰师泉》），唐代征西大元帅薛仁贵能在百步之外连发三箭射死突厥三员大将，让突厥将士吓得一哄而逃（《将军三箭定天山》），能用十指在一片湿地里掘出水来（《薛家泉》），其中都蕴含着广大民众对这些大将军的爱戴和崇拜之情。

2.侧面烘托

侧面烘托就是不通过正面讲述将军的神勇，而是通过其他事件烘托将军的神勇，最具代表性的故事是《酒泉的来历》。汉武帝给霍去病赐了十坛御酒，霍去病不忍一人享用，想与士兵同享，就传令大小三军聚集在泉边，霍去病把御酒倒入泉中，二十万将士在泉边舀泉水畅饮。那么汉武帝为什么要奖励霍去病御酒呢？就是因为霍去病率领二十万大军过焉支山征讨匈奴，在河西走廊一带打了一个大胜仗，但是这个仗是怎样打的，霍去病如何指挥，将士们如何杀敌，杀了多少敌人，都没有交代，人们只从皇帝对他的奖励中知道了他的神勇，所以这种书写属于侧面书写。《赵充国平羌》也是一样，羌人突然进犯，汉宣帝非常恼怒，就诏赵充国上殿责问，赵充国给宣帝说“臣愿不带一兵一卒单人单骑去平羌”，赵充国单人单骑去了羌人军营，果然未动一兵一卒成功退羌。那么，为什么会有如此好的效果呢？原来几年前羌人在甘谷一带大规模进犯，当时赵充国受命率兵前去征讨，羌人大败，写下了软表降书，并说“赵充国在世一日，永不进犯天朝”，让人们不得不为他当年的神勇拍案叫绝，至于他当年如何英勇杀敌，故事也没有交代。

比较而言，正面叙述能让人们直接领略将军们作战的英勇和智谋，而侧面烘托更能激发人们的想象，给人以含蓄之美。

（二）诉作战之难

少数民族本来就以剽悍而闻名，汉唐朝廷所面对是剽悍的少数民族，不仅如此他们还要以河西走廊为主战场，这就使战争难上加难、苦上加苦，所以讲述作战苦难就成了这些故事的另一主题。

1.行军之难

位于中国西北部的甘肃，尤其是河西走廊一带自古就以缺水闻名，且沿途有长达数百公里的戈壁沙漠，一旦进入戈壁沙漠，不是沙漠就是裸岩，异常难走，这是行军第一难。戈壁沙漠地带终年少雨，且地表水流相当少，即使有也苦涩异常，不适合人畜饮用，所以缺水是行军遇到的第二大难题，这也是最大的难题，如果是在夏季行军，缺水问题就更为严重，《五泉山的来历》《李广杏》《贰师泉》《马跑泉》《东山寺剑泉》《薛家泉》等故事都正面讲述了汉唐时期大部队行军时的缺水问题，比如《贰师泉》中说李广利兵马长途跋涉，已疲劳不堪，再加上中午天热，没有水喝，纷纷倒在了戈壁滩上，派去找水的兵士回来说山口峡谷干涸，方圆数里连根草也不长。《薛家泉》中讲正值夏天，天气十分炎热，众士兵难耐干渴，薛仁贵只好下令扎营休息，可是派出找水的人回来说四周都没有水。通常情况下，征讨匈奴少则数千人，多则几万人，本来就少水的戈壁沙漠，能有几处水源让如此多的人喝个够呢？这也是河西一带之所以流传多则讲述部队找水之难故事的主要原因。

2.给养不足

给养是军队行军打仗所需的物资，包括将士们的衣食、牲畜的饲料等。军队的给养一般有两大来源，一是朝廷调拨，二是由当地百姓提供。在古代，大战争的给养主要靠朝廷调拨。河西走廊路途遥远，道路艰险，运送给养非常困难，所以给养不足是汉匈战争中遇到的另一困难，《锁阳城》《效谷县的传说》《面山》《霍去病与双墩子》等故事就讲述了给养的缺困问题。比如，《效谷县的传说》讲由于霍军追击敌人行军速度快，粮草车辆未能赶上，到破城子（效谷县城遗址）时全军上下只剩下了半袋马料，《锁阳城》讲唐代大将薛仁贵率兵征西，不料被围困在苦峪城，城中缺少粮食，薛仁贵亲自带领将士挖草根剥树皮充饥，士兵们挖到了一些像小红萝卜一样的东西，当地人叫它锁阳，可以食用，他们就挖食锁阳直到援军解困，人们为了纪念锁阳对军队的贡献，就将苦峪城改名为锁阳城，《面山》讲由于供养未到，樊梨花率领的军队缺粮少草，寡不敌众，只好退到另一座山上等候援兵的到来。为了不让敌人识破他们的困顿，她便命令士兵转运白土，铺在她们驻扎的山上，敌人一看果然认为她们“兵精粮足”，于是引兵撤走；双墩子也是霍去病为迷惑敌人而堆起的“粮堆”，实为土堆（《霍去病与双墩子》）。

（三）讲民众支持

虽说打击敌人是将士们的事，但是民众也是将士们的坚强后盾，如果能受到广大民众的支持，战争就会如遇春风，取得更大的胜利，《铁马站》《仙姑庙》两则故事从不同角度描写了民众对汉匈战争的支持。《铁马站》讲霍去病率大军到河西一带征讨匈奴，匈奴铸造出许多铁蒺藜撒在路上来阻挡霍去病的骑兵，霍去病为此感到非常苦恼。一天，一个黑脸大汉前来求见，说自己有办法对付这个铁蒺藜。原来他是个铁匠，他能给马打造铁马掌，上面带有小牙，钉套在马蹄上就像给战马穿上了铁鞋，再也不怕匈奴的铁蒺藜了。霍去病听了非常高兴，立刻把缴获匈奴的兵器交给他，并调拨数十名兵士听由铁匠调遣，铁匠也立刻召集了当地数十名铁匠，昼夜赶制铁马掌。霍军的战马套上铁马掌，所到之处铁蹄踏踏，冲杀之声震天动地，最终大败匈奴。《仙姑庙》讲汉武帝派霍去病率领人马到河西一带驱逐匈奴，有一天，匈奴首领带领兵马来骚扰霍去病的营地，霍将军大怒，立即率领军队把匈奴赶跑。不料这时突然乌云蔽天，大雨顷刻将至，明亮的天一下子变得伸手不见五指，霍去病只好下令全军停止追击赶回驻地。就在这关键时刻，忽见一青衣女子手举灯笼在前面引路，霍去病当机立断下令让大家跟着女子追击匈奴，不一会全军就从桥上越过黑河，追上了匈奴，打了一个漂亮的胜仗。雨过天开，太阳又出来了，霍去病率领大军来到桥边，看见桥边有一座庙，进去一看，惊奇地发现庙里供奉的神仙就是给他们打灯笼引路的青衣女子。其实这个为霍军引路的青衣女子根本不是什么神，而是一个熟悉当地地形的老乡，在伸手不见五指的天气里导引霍军顺利通过黑河大桥追击敌人，之所以把她说成了青衣仙姑，原因可能有四：(1) 那个老乡为了取得霍军的信任，故意打扮成青衣仙姑；(2) 为了保护自己和家人事后不受牵连，那个老乡故意打扮成青衣仙姑；(3) 为了保护那个老乡，霍去病故意把他说成是青衣仙姑；(4) 为了表达对霍去病的崇敬之情，民众故意把那个老乡说成仙姑，即通过神化向导神化霍去病。从这个意义上说，不管是黑脸铁匠还是“青衣仙姑”，他们实为广大民众的一员，平日里深受匈奴的侵犯，对之深恶痛绝，见汉廷派大军前来征讨，就以不同的方式帮助汉军，其目的就是让汉军彻底打败匈奴。

三、汉匈战争故事生成的历史背景

民间之所以流传这种具有鲜明特征的汉匈战争记忆，有其不可忽视的历史背景。

（一）汉武帝严厉打击匈奴

汉初，作为刚刚建立的新朝，汉朝在军事实力方面远不如匈奴，为了缓解匈汉矛盾，汉高祖采纳刘敬的和亲之策，双方约为兄弟，规定：“长城以北，引弓之国，受命于单于；长城以内，冠带之室，朕亦制之。使万民耕织射猎衣食，父子无离，臣主相安，俱无暴逆。”（《史记·匈奴列传》）从此汉匈和亲断断续续维持了数十年，虽然其间也产生了一些矛盾和冲突，但是还是缓和了匈奴骑兵对北地、陇西等边地的威胁，既促进了全国人口的增长和经济的发展，也为西汉巩固在甘肃的统治赢得了时间。

文帝、景帝时期，匈奴一再违背和亲约定南下掠夺，西汉统治者也慢慢认清了匈奴贵族贪得无厌的本质，认为只有蓄积力量狠狠地打击匈奴才是解决北方边境安全、维护王朝安定的根本之道，于是汉朝廷除了继续奉行和亲政策外，还采取了一系列发展经济和强化军事的措施，比如大力发展农牧业生产、减轻农民的徭役和赋税、调兵遣将强化边境军事力量、繁育马匹建立骑兵部队、募民实边军民联合防匈等。到武帝即位前，汉朝不仅已经蓄积了雄厚的物质基础，还建立了一支可以与匈奴相抗衡的骑兵部队。武帝即位后，他一改过去安抚与和亲的政策，开始重新考虑对匈奴的战争问题。为了有效打击匈奴以保证汉朝在对匈战争中的绝对优势，汉武帝决定利用西域力量联合夹击匈奴，先后在建元三年（公元前138年）和元狩四年（公元前119年）派遣张骞率领使团两次出使西域联合乌孙以断匈奴右臂，乌孙最终以联姻的方式与汉朝结成同盟达成了共同抗匈的共识，使以前不平等的汉匈关系得以根本扭转。此后，武帝多次派大兵出击匈奴，其中元朔二年（公元前127年）春，车骑将军卫青“出云中以西至高阙。遂略河南地，至于陇西”（《史记·卫将军骠骑列传》）；元狩二年（公元前121年）三月，骠骑将军霍去病率一万骑兵“出陇西”远征河西走廊；同年二月，霍去病、公孙敖、李广、张骞四路出击匈奴，尤其是霍军绕过贺兰山，在大漠中渡过居延海（今内蒙古额济纳旗），沿着弱水（今额济纳河），进入浑邪王驻牧地（今张掖境），南至祁连山小月氏地与匈奴展开激战，给匈奴以毁灭性打击，使浑邪王及休屠王部下约4万人归汉，使“金城、河西并南山（今祁连山）至盐泽（今罗布泊），空无匈奴”（《汉书·张骞传》），取得了征讨匈奴的彻底性胜利。

（二）赵充国平羌

霍去病两征河西，使匈奴损失了数万部众和大片疆土，匈奴人不甘心丢失河西，不但一再反扑，还策动羌族（尤其是河湟一带的羌族）在汉边境滋事，于是羌族问题成为汉族与匈奴斗争的关键点。

羌族是西部最古老的农牧兼营且以牧业为主的民族，有多个分支，如发羌、婼羌、先零羌、广汉羌等分支。在诸羌中，先零羌力量最强，而且与匈奴关系最为密切。当武帝认识到羌族问题必须解决时，于元鼎六年（公元前111年）十月派遣将军李息、郎中令徐自为率兵10万前去平定，汉军占领羌人根据地湟中，剩余羌人逃到西海（今青海）、盐池（今茶卡盐池）一带。宣帝时，羌族又一次大规模反叛，宣帝让御史大夫丙吉向赵充国征询镇压羌族的将士人选，赵充国自告奋勇，宣帝允准。神爵元年（公元前61年）四月，赵充国到金城展开军事调查，六月正式开始军事行动。赵充国认为，解决羌族问题应分清主谋和胁从，对不同的角色采取不同的方法：严惩主谋者，宽恕胁从者，只要打败了先零，其他种落就会自动臣服。于是，他就向羌族诸种落宣布汉军只诛杀反叛有罪者，希望大家不要学习先零羌人自取灭亡，并鼓励他们：斩大豪有罪者一人赐钱四十万，斩中豪有罪者赐十五万，斩下豪有罪者赐二万，斩大男有罪者赐三千，斩女子及老小有罪者赐千钱。在得到宣帝的同意后，赵充国率兵神速进军到先零叛羌的驻地附近，叛羌纷纷丢弃辎重逃跑，他率兵在后面驱赶，叛羌数百人为了抢渡湟水而被淹死，向汉军投降及被斩首者500余人，汉军夺得其牛羊马匹10万余头，车四千余辆，随后罕羌等万余参与反叛的羌人投降了汉朝。而先前逃到南山及青海湖以西的羌族，凭借险要的地势坚守，汉军与之作战难以取胜，对此赵充国采用撤走骑兵、留步兵屯田，以持久对持久的策略来对付他们，终于在神爵二年（公元前60年）彻底平定了羌族的反叛，汉朝置金城属国并安置投降的羌人，初步实现了断匈奴右臂的战略构想。

（三）“安史”之后吐蕃诸番纷纷在河西登场

公元618年，李渊在长安称帝，建立唐朝。唐初，唐朝相继平定了割据陇右的薛举、李轨政权，统一了甘肃，并将今甘肃大部分地区划归陇右、河西两道管辖，此时甘肃境内以汉人为主体，聚居着如吐蕃、突厥、党项、回鹘、粟特等少数民族。公元755年，“安史之乱”爆发，为镇压叛军，唐朝边兵内撤，吐蕃趁机攻占河西、陇右地区，长期对这里实施有效统治，同时对其他民族实行同化政策，迅速壮大自己。吐蕃在占领陇右、河西之后，对唐朝采用和、战双重手段，其中以和平为主、以军事压力为辅，迫使唐朝割地、弃民、输帛，企图不战而取陇东、关中、剑南以西之地，但被唐朝拒绝，双方长时间处于和、战的胶着状态。会昌二年（公元842年），吐蕃赞普朗达摩遇刺身亡，为争夺赞普之位，吐蕃王室一分为二，各不相让，他们竞相用兵争雄，大大削弱了吐蕃军事实力，也为唐朝收复失地提供了良好的机会。会昌四年（公元844年），唐朝以“回鹘衰微，吐蕃内乱，议复河、湟四镇十八州”（《资治通鉴》卷247）为目标，先后派遣多名节度使量力收复，共收复失地三州七关。

大中二年（公元848年），敦煌张议潮发动起义收复了沙州、瓜州，又于大中三、四年先后收复肃州、甘州、伊州等地。大中五年八月，张议潮遣其兄张议潭为使者，携天宝年间河西陇右十一州旧图归朝，翌年十一月，唐廷宣布在沙州设归义军节度，授张议潮为节度使管理十一州的军政事务。乾化四年（公元914年），张氏家族的姻亲曹议金取代张承奉，被推举接掌归义军政权，开宝七年（公元974年）以后曹氏归义军政权开始衰落，东西方两支回鹘势力不断侵扰敦煌，归义军政权内部也出现矛盾，公元1036年，西夏攻占沙州，归义军政权结束。

据《新唐书》《旧唐书》《资治通鉴》等史料记载，回鹘早就在河西一带活动。唐高宗初，回鹘平定突厥有功，迁其部落于甘州。开成五年（公元840年），漠北回纥汗国灭亡，大批回纥迁到河西走廊一带。公元900年左右，回鹘占领甘州，甘州回鹘王国政权正式形成，后经过不断地东征西讨，在11世纪初河西地区几乎全部为甘州回鹘所控制。这一时期，除回鹘外，甘肃境内还有汉、吐蕃、龙家和党项等民族，他们时而和平共处，时而相互冲突，共同谱写了唐时期河西一带的民族历史。

西汉时期是汉匈矛盾最为剧烈的时期，唐时又是多个少数民族在河西一带称霸夺权的时期，正是这种民族冲突为广大民众讲述民族斗争、纪念民族英雄提供了最有力的素材。

第四节　形形色色的民族争斗

这里所说的民族争斗主要指古代由汉族或少数民族建立的小国家之间的斗争和小国家内部不同势力之间的斗争，与“汉匈之战”相比，前者主要讲的是中原朝廷对少数民族政权的征伐战争，而后者多是小国家与小国家之间的矛盾冲突，前者的作战规模大，后者的规模小。

一、涉战民族多而复杂

在这些故事中，涉事民族多而复杂，如《阿木兰汗的传说》讲的是元世祖忽必烈之孙镇西武靖王铁木尔汗国与裕固族汗国之间的争斗，铁木尔属于蒙古族，这个冲突就属于蒙古族与裕固族之间的冲突。《石槽与马踏井》《骆驼城趣事》《高台的传说》讲的是西凉国与北凉国之间的争斗。西凉国和北凉国都是晋十六国时期在凉州（今张掖）地区先后出现的“五凉”割据政权，西凉由西汉名将李广的后裔李暠而建，因都城位于凉州之西而称为“西凉”。北凉由匈奴的支系卢水胡族的首领沮渠蒙逊所建，北凉都城先为张掖，后迁武威，最强盛的时候控制今甘肃西部、宁夏、新疆、青海等部分地区，是河西一带势力最强的一个小国。《五个墩的传说》讲述了汉人与吐蕃统治者之间的争斗。《红柳与沙枣》讲述了林园国与黑风国之间的争斗，至于这两个小国家是什么民族，故事没有交代，但故事明确说林园国在腾格里沙漠，地处石羊河的下游，黑风国在巴丹吉林沙漠附近，且两国疆域相接，都是河西走廊的两个小国家。另外，《女英雄萨尔阿玛珂》《新娘骑白马新郎骑青马》讲述了裕固族内部两个小部落之间的争斗，《神奇的皮袋》讲的是裕固族与外族的争斗，《二郎山花儿会》讲了突厥人占山为王的事，《羊头会》讲了羌人与鞑靼之间的冲突，《“上受宝圭元年”的来历》讲了西夏王朝和吐蕃民族先后对炳灵寺一带的侵扰，《宋家城》讲了元代将领叶咪率兵对炳灵寺的侵扰等。可以看出，参与争斗的有些民族自古就有且一直延续到今，如蒙古族、羌族、裕固族等，有些民族古代有而现代已经消失或融入其他民族，如吐蕃、突厥、水胡族等，有些民族国家在史书上有记载，如西凉国、北凉国等，有些小国家史书上没有任何记载，如林园国、黑风国等，使这些故事的战争记忆既真实又扑朔迷离。

二、明确交代作战缘由

明确交代作战缘由是这些故事非常明显的一个特点。综观这些故事，其作战缘由主要有：

（一）邻国之间的侵略

这种战争可以分为两种，一种是两国之间的互侵，如《石槽与马踏井》中讲五代十六国时天下大乱，群雄割据，称霸沙州的太守李暠建立了西凉国，称霸甘州的太守沮渠蒙逊建立了北凉国，他们都想吞并对方，所以两国之间经常发生争夺疆土的战争。《新娘骑白马新郎骑青马》中的祯格尔斯可汗和鲍黛尔斯可汗总想征服对方，所以两个部落之间经常打仗。另一种是两邻国中的强国对弱国的侵略，如《阿木兰汗的传说》中元裔武靖王铁木尔汗的汗国对裕固族阿木兰汗的汗国的作战，《骆驼城趣事》中一支外族大兵对骆驼城的侵犯。

（二）因事而引发的战争

比如《红柳与沙枣》中的林园国和黑风国，以前两国世代友好却因下一代的婚事而引发了战争，原来黑风国的王子看上了林园国王的公主，但黑风国的王子是一个不学无术且贪财好色之徒，而林园国的公主与本国一武将之子从小青梅竹马，所以林园国国王就拒绝了黑风国的求婚，结果黑风国国王就趁林园国国王带大臣出巡之际偷袭林园国，致使林园王公主重伤而亡。

（三）大臣觊觎王位，故意挑起两邻国之间的战争

代表故事代表是《女英雄萨尔阿玛珂》，讲白头目手下有个大圈头（管家），品行特坏，总盘算着当头目，但他不能直接下手，就想出一条毒计，挑起白头目和黑头目之间的民族仇恨，借黑头目的刀杀掉白头目，借机夺得王位。没过多久，由于大圈头的暗中挑拨，白头目和黑头目真的打了起来，而且越打越凶，打得遍地都是人畜尸体。

（四）少数民族占山为王并侵扰所在地区百姓，汉朝廷派兵来征讨

如《二郎山花儿会》《“上受宝圭元年”的来历》等。

（五）少数民族肆意压迫和剥削汉族，汉族人民奋起反抗

比如《五个墩的传说》讲吐蕃统治者不仅残酷剥削汉人，还随便打死、买卖汉人，甚至规定汉人婚后头三天新娘必须先和吐蕃人睡觉，还美其名曰“压炕”，吐蕃人出门骑马要汉人趴在地上当踩脚石，最终引发了汉人的反抗

战争，赶跑了驻守沙州的吐蕃守将普赞才让，树起了唐朝的旗帜。

三、作战形式多样

民族争斗的形式有武力作战和讲和两种，其中武力作战的故事比较注重作战过程的叙述，如《石槽与马踏井》中讲由于西凉国的后继君主李歆不听手下人的劝告，举兵攻打势力比自己强大的北凉国，结果被沮渠蒙逊打败，全军覆没，造成西凉国灭亡。当时李歆的三弟李恂掌管沙州，仍然举起西凉国的旗号在敦煌与北凉国对抗，沮渠蒙逊亲自带领精兵3万攻打沙州，围了半年也无法破城，最后引党河水淹城，西凉将士英勇抵抗，最后因寡不敌众，李恂乞降不成自杀，沙州城被攻破。这则故事不仅讲述了西凉国灭亡的前因后果，还比较详细地讲述了他们作战的过程，使人们对此次战争有了比较全面的了解。《红柳和沙枣》讲当黑风国国王得知林园国国王带领文武大臣出巡各地的消息后如获至宝，连夜动员万骑去偷袭林园国，林园国民众得到消息后立刻集合迎敌，一场马兵和驼兵之间的战争就在两国的交界处打响了。

以讲和为主的故事，其讲和形式也有两种，一种是一方假意讲和，内心却暗藏阴谋，在阴谋被对方破解后不得不与对方真正讲和，代表故事是《阿木兰汗的传说》。铁木尔汗为了得到阿木兰汗的汗国，假意提出要把自己的女儿嫁给阿木兰汗的儿子，想利用阿木兰汗父子去铁木尔汗国相亲的机会杀掉他们，没想到阿木兰汗有个斋桑（大臣）特别聪明，也特别忠诚，在斋桑的精心策划下，阿木兰汗不但没有被铁木尔汗杀害，还顺利地把公主娶回了阿木兰汗国，铁木尔汗不得不与阿木兰汗真正和好。另一种讲和是一方真心实意地讲和，另一方却拒不接受，后来由于某种原因双方还是以讲和告终，代表故事是《新娘骑白马新郎骑青马》。祯格尔斯汗的王子受父之命前去征服鲍黛尔斯部落，鲍黛尔斯汗的公主代父迎战，谁知他们不但没有打起来，公主还领着王子来见自己的父汗，原来他们不想让尧乎尔（裕固族旧称）子孙继续仇恨下去了，所以前来征求鲍黛尔斯汗的意见，鲍黛尔斯汗表示自己没有任何意见，要王子回去征询其父汗的意见。祯格尔斯汗听了王子的想法后大发雷霆，不但把儿子贬为庶民还将儿子轰出了王宫，事后亲自率兵前去征伐鲍黛尔斯部落，结果被鲍黛尔斯公主打败，将他关进死牢，并说如果王子五年后还不回来就祯格尔斯汗处死。五年后，就在祯格尔斯汗将被处死的那天，王子回来了，于是两个部落和好，王子和公主结为夫妻。

不难看出，在这些讲述民族战争的故事中渗透着非常明显的厌战和反战心理。首先，讲述武力作战过程之残酷、伤亡人数之多，目的在于展示战争的负面影响，以引起统治者的注意；其次，通过讲和故事正面陈述了人们对和平的渴望；第三，大部分故事以挑起战争者和主战者的失败而告终。其实，讲述者就是想用这种最朴素的方式告诫：人们追求和平是人间正道，挑起事端终将得到惩罚。

综观所有讲述战争的故事，它们表现出如下鲜明特征：（1）记载冲突不以讲述战事见长而以侧面呈现居多。这些故事多描写战前或战后之事，甚至许多被用作解释当地自然景观、人文景观、地方物产或民俗的由来，如《贰师泉》《李广杏》《效谷县的传说》《酒泉的来历》《李陵碑》《薛家泉》《锁阳城》等。那么，为什么会出现这种现象呢？首先，讲述者不是当年战争的亲历者，缺乏描写作战场面的直接经验；其次，时间的久远限制了讲述者的视野；第三，恶劣的自然条件（如缺水、风沙大、路难走等）给昔日军队作战带来了异乎寻常的难度，冲淡了人们对战争的认识；第四，广大民众的厌战心理。（2）对民族冲突做史性呈现。在这些故事中，有些故事明确说明了故事发生的朝代，有些没有说明却可以根据人物大体推算出故事发生的朝代，如果把这一类故事按时间顺序进行排列的话就会发现几乎每个朝代都有战事发生，它们或者是中原朝廷征讨少数民族，或少数民族之间互相征伐，大体反映了有史以来到清朝这段时间里发生在甘肃的军事历史。

第四章
甘肃民间故事中的宗教文化

宗教是社会发展到一定历史阶段所出现的一种文化现象，属于特殊的社会意识形态，它不仅在人类文化发展史中占有十分重要的地位，还与其他文化现象结下了不解之缘，几乎所有文化形态都与宗教有着密切的联系。民间故事，作为民间文化事象之一，与宗教有着非常密切的关系。

第一节　浓郁的原始宗教色彩

宗教有原始宗教和人为宗教之分，原始宗教产生于原始社会，是“原始人类对自然和社会的一种初步、幼稚、朴素的认识，是与生产力低下的社会经济基础相适应的一种原始意识形态”[①]。但是，产生于原始社会的原始宗教绝不会因为原始社会的消亡而消亡，它会继续流传于阶级社会，或发展演变为人为宗教，或仍然以原始宗教的形式影响其他文化的发展与演变。原始宗教的内容比较宽泛，包括自然崇拜、鬼魂崇拜、动植物崇拜、图腾崇拜等。在甘肃民间故事中，最鲜明的原始宗教意识是自然崇拜、鬼魂崇拜和动植物崇拜。

① 和力民：《简论原始宗教的基本性质和形态特征》，《云南师范大学学报》（哲学社会科学）1992年第6期。

一、自然崇拜

在原始社会，人类所受的灾祸主要来自大自然，但是当时生产力水平非常低下，人们无法正确认识自然现象，受“万物有灵观”的影响，人们认为自然界中的一切都受一种神秘力量的支配，于是他们把自然物和自然力视作有生命、有意志、有超能力的对象加以崇拜，就产生了自然崇拜，其崇拜的对象是被神化了的自然现象、自然力和自然物，如天、地、日、月、星、山、石、海、湖、河、水、火、风、雨、雷、雪、云、虹等。甘肃民间故事有浓厚的自然崇拜意识，最明显的表征有以下几个方面。

（一）自然物都有自己的神灵

在甘肃民间故事中，自然物都有自己的神灵，且形成了一个比较完整的自然神圈，如天神、土地神、山神、水鬼、河伯、龙王、火神、雪妖等，而且这些神灵各有自己的地盘、各司其职，有些造福百姓，有些为害一方，不仅如此，许多故事还具体讲述了这些神灵的由来及其特点。

1.形形色色的自然神

在甘肃民间故事中，许多自然物都有自己的神灵，如山有山神、水有水神（多是龙王）、土地有土地神、树有树神，即使一块巨石也有自己的神灵，而且不同的山、不同的水有各自不同的神灵。有些神灵是固有的，如江河湖海中的龙王、南山北山的山神、祁连山下冰洞中的水妖；有些则是暂时寄居的，如拱土山上的妖龙（《勒退夫智斩妖龙》）、呱录呱山上的大蟒精（《璐妇人斩蟒》）等。有些神灵是动物，如江河湖海的水神是龙王、凤凰山的山神是凤凰、大象山的山神是大象、呱录呱山的山神是一条蟒蛇；有些则是人身，如前面提到的龙首山、石门峡、南山、北山的山神和月牙泉的水神等。有些神灵是女性，如焉支山百花池中的百花仙子、南山山神姐姐和北山山神妹妹；有些则是男性，如马唧山山神是金炉和香炉两兄弟（《马唧山的传说》）、长江和黄河的河神是舟曲和玛曲两兄弟等。有些神灵是有形的，如前面所述；有些则是无形的，如《龙潭》中的“鬼井子”，上通玉皇大殿，下通东海龙宫，很有灵性，善人喝则甜，且喝了健康长寿，恶人喝则苦，还会死于非命。还有《神仙岭》中的“神仙”，好人能化险为夷，恶人就掉下悬崖，冥冥之中似乎有一种力量在掌管着这里，但这个“神仙”是谁、长什么样，故事并没有交代。不管是有形的还是无形的，不管是人形的还是动物形的，不管是男性的还是女性的，它们都是甘肃民间故事中的自然神，形成了一个丰富多彩的神灵世界。

2. 天神是人间的管理者

在甘肃民间故事中，天神并不指某一个神灵，而是一个神灵群体，有玉皇大帝（即玉帝）、王母娘娘、仙女、雷公、电母、风婆等。他们大都生活在天界，各有不同的职务又统一受制于玉皇大帝，其中王母娘娘是玉皇大帝的妻子，是女神中职位最高的，仙女是玉皇大帝和王母娘娘的女儿，雷公是专管打雷的，电母是专司闪电的，风婆是专管吹风的，龙王主要负责下雨，等等。如果需要，这些天神可以一会天界一会人间，比如玉帝让牛（实指牛神）下界给人间传达自己的旨意，让人们“一天一吃三打扮”，牛却传成了“一天三吃一打扮”，玉帝非常生气就把牛打下凡间让它在人间耕地种田养活人（《牛的传说》）。玉帝决定让四位天神下界掌管宇宙，以便让宇宙有序运行，有个叫“年”的动物非常积极，玉帝就答应了它，并把时令取为“年”，又把每年定为365天。年刚到人间时非常尽心，把人间管理得非常有序，玉帝奖给它一壶玉琼仙酒，年一高兴就忘了自己的职责，天下又乱了。玉帝知道后不仅把年叫回天宫训斥了一顿，还把它关进了冷宫。年怀恨在心，给天下降暴雨、下冰雹、放害虫、施瘟疫，玉帝下令撤了年的时令职务，派了另外四位天神下凡管理时令，这就是春、夏、秋、冬四季（《过年的由来》）。人间事务非常繁杂，玉帝打算选拔十二位天神下凡处理，通过比赛玉帝最后选定了鼠、牛、虎、兔、龙、蛇、马、羊、猴、鸡、狗、猪，即十二属相（《猫为啥恨老鼠》）。东海龙王有八个儿子，玉帝赏识他们，给他们封了大仙之位，在天宫生活。某一天他们想到外面逛逛，就故意说要去给西王母请安，玉帝答应了他们，他们来到现在的八龙峡上空时被这里的美景所吸引就在此游玩。玉帝不见八龙子回宫就派托塔天王下界召唤，龙子只好返回天宫。为了不再发生此事，天王就用法术罩住了八龙子的真身，它们的真身就成了八座山梁（《八龙峡》）。由此可以看出，玉帝是天界和人间的最高统治者，其他天神都是玉帝的助手，协助玉帝管理天界和人间的事务，玉帝对天界和人间所有成员有绝对的支配和处置权，如果天神和人类有违玉帝的旨意，他们就会受到玉帝的惩罚。

（二）不同的神灵对人类有不同的态度

在所有的自然神灵中，有些神灵造福百姓，如龙首山山神龙清不仅平日里为民做好事，还在危急关头不惜将自己变成一块巨石来保护百姓（《甘州石·龙首山神所变》）。马啣山山神听说东乡老底嘎和汉族孤老汉想在洮河上架一座方便两岸人来往的桥，就毫不犹豫地拔掉自己的高龄齿送给了孤老汉（《葡萄山和高陵峙》）。白云仙子见古敦煌非常缺水，百姓种什么死什么，就向嫦娥借来月亮变成月牙泉，让百姓用泉里的水浇灌庄稼（《月牙泉的来历》）。他们或者经常造福百姓，或者偶尔为百姓做好事，但从不为害百姓，所以百姓把他们称作“神”或“仙”。但是有些神灵专做坏事，如古浪石门峡山神刘忠小肚鸡肠，看到西王母赏赐龙首山山神就很不高兴，还造谣说古浪山民嘲笑西王母，使西王母要用大水淹掉古浪，当他听到龙清请求太白金星将自己变成巨石要堵暴雨时又从中作梗使巨石留在了古浪峡峡口，破坏了龙清保护古浪百姓的计划。黑风洞的风神专刮大风，致使整个天空一片黑暗，冰洞中的雪妖专下暴雪；而且一下就是十儿天，冻死冻伤人畜无数；住在山上或钻到海子里的恶龙专门吃人，他们不但不给人类办好事还专门给人类制造灾难，所以人们把他们称作“精”或“妖”。

（三）人对不同的神灵有不同的感情

在甘肃民间故事中，不同的自然物有不同的神灵，不同的神灵与人类相处的态度不同，因而导致人们对不同的神灵有不同的感情。

通常情况下，人们尊重、崇拜那些善良的、与人类友好相处的、为人类做好事的神灵，比如13兄弟为抓喜秀龙草原的牧民铲除了九头妖魔，自己和坐骑却变成了雪山，人们为了纪念他们便把这座山叫作“马牙雪山”，还每年到斩妖之日在山下举行赛马会，奖励得胜的前13匹马（《马牙雪山》）。东海龙王的小儿子青龙奉父命去参加西王母的蟠桃会，看见一伙强盗在追杀一位漂亮女子，就上前解围，原来这伙强盗已经祸害此地百姓数十年了，适逢凤凰仙子路过，凤凰仙子本想教训他们一番，不料自己功夫不深被他们打伤，青龙狠狠地教训了强盗一番后携凤凰仙子一起去赴西王母的蟠桃会，人们为纪念他们就把此山命名为“龙凤山”（《凤凰山》）。一个裕固族小伙放牧时总爱唱歌，歌声招来许多天鹅，其中一只总是天天依歌起舞，与小伙子形影不离。一天，迟迟不见天鹅来，小伙去找，发现天鹅被一只恶鸟吃得只剩下了骨架和肠肚，他扑上去抱着骨架放声大哭，一直哭到深夜才睡着。第二天醒来，小伙发现天鹅的骨架和肠肚变成了一架美丽的天鹅琴，琴头和天鹅头一模一样，他就弹了起来，当弹动第六根琴弦时，从白云间飞来一位白衣美女，微笑着向小伙走去，她就是天鹅仙女，后来他们成了亲又飞到天上去了（《天鹅琴》）。

相反，对于那些为害人类，与人为敌的神灵，人们表现出是恐惧、厌恶，甚至还要想方设法除掉他们。比如抓喜秀龙草原的九头妖魔在草原上横行霸道，吞吃牛羊，抢走民女，牛羊吃完了又来吃人，人们死的死逃的逃，偌大的草原就只剩下了一个孤老头，九头妖魔后来被13兄弟除掉。祁连山下冰洞的雪妖常常兴妖作怪，给草原制造灾害，致使许多生活在这里的人畜被活活地冻死，聪明勇敢的裕固族小伙莫拉历尽千难万险向太阳神借来宝葫芦烧死了雪妖。呱录呱山的大蟒精经常吃男霸女伤害生灵，就连狩猎本领很强的年轻猎手璐推也命丧它口，后来在聪明勇敢的璐妇人的策划和指挥下，众人终于斩杀了大蟒精。另外，还有被勒退夫斩杀了的专吃牛羊的妖龙（《勒退夫智斩妖龙》）、被年轻的猎手除掉的长着三只头专喝人血的“老奶奶”（《除妖的年轻人》）、被魏征在梦中斩杀了的泾河龙王（《魏征梦斩泾河龙》），等等，都是专干坏事的自然神灵，人们恨之入骨，最终都除掉了它们。

二、鬼魂崇拜

鬼魂就是人死后的魂魄。鬼魂崇拜是普遍存在于世界各地各民族的信仰之一，是万物有灵观念进一步发展的产物。通常情况下，鬼魂崇拜有祖先崇拜和狭义的鬼魂崇拜之分。

（一）祖先崇拜

尽管祖先崇拜也是鬼魂崇拜的一种，但是在大部分文化中，祖先崇拜又不同于普通意义上的鬼魂崇拜，鬼魂崇拜大多是人们向鬼魂祈求某种利益，祖先崇拜并不仅仅是祈求好处，大多用来表达对先人的崇敬和怀念之情。在甘肃民间故事中，最典型的，也是数量最多的则是人文始祖和行业祖师的故事。

1.对人文始祖的崇拜

盘古、伏羲、女娲、黄帝、炎帝、舜、禹是中国民间故事中最常见的人文始祖，他们的故事几乎是妇孺皆知。在甘肃，也有许多讲述他们的故事，其中最多的是伏羲和女娲的故事，除了在第二章第一节中提到的伏羲诞生、女娲诞生、伏羲女娲成婚、女娲抟土造人、女娲炼石补天的故事外，还有许多讲述伏羲女娲为人类做贡献的故事，如《伏羲画卦》《结网捕鱼》《龙王告状》《伏羲造渔网》《伏羲缘木上天庭》《伏羲攀登天梯》《女娲芪》《五谷的来历》等，讲述了伏羲作八卦、造书契、制嫁娶、教渔猎、制九针、正姓氏、兴农耕、创历法、兴瑟乐的九大贡献和女娲打败康回恢复人类秩序的伟大功绩。人们不仅用讲述故事的方式纪念他们，还修祠堂、兴庙会来纪念他们，故事《卦台山的伏羲庙》《柏树灸百病》《纸人香火祛病》《胡缵宗夜宿卦台山》《李南晖夜梦伏羲》等就讲述了人们对他们的纪念和崇拜。

大禹治水故事是仅次于伏羲女娲故事数量的人文始祖记忆故事，有《禹王治水》《八盘峡》《禹王坪》《禹王石》《万笏朝天》《导流山》《洮水流珠》《禹王爷治河》等，不仅讲述了大禹治水的艰辛，还讲述了在治水过程中大禹展现的智慧和过人的力气，也讲述了他在治水过程中遇到的困难、挫折和锲而不舍的高贵品质。正因为有这些值得人们学习的方面，他的治水大业才得以最终成功，所以人们不厌其烦地世世代代讲述他的故事，志在学习他、纪念他，其中也蕴含着人们对他的深厚敬意。

人们讲述盘古、黄帝、炎帝、舜的故事主要是为了纪念：纪念盘古开天辟地和化生万物之功，纪念黄帝、炎帝和舜对民族文化的创造之功。“文化是人化”这句话固然不假，但许多文化的发明和创造离不开个别伟人的智慧，而黄帝、炎帝和舜等人类祖先正是这许许多多的拥有智慧的人的代表，人们讲述他们的故事就是对他们创造文化的历史功绩的纪念，也是对这一类伟人的怀念。

2.对行业祖师的崇拜

行业祖师崇拜是祖先崇拜的又一个分支，过去各行业都很重视，视其为本行业的保护神。通常情况下，祖师爷们都是行业内很有名望的人，他们直接或间接地开创或扶持过本行业，为本行业的发展做出了重大贡献。在甘肃民间故事中，有许多讲述行业祖师的故事，如鲁班的故事、药王的故事，其中讲述最多的则是鲁班的故事。

鲁班，姓公输，名般，鲁国人。生活在春秋末期到战国初期，出身于工匠世家，从小就跟随家里人参加过许多土木工程的建筑工作，积累了丰富的实践经验。鲁班非常注重对客观事物的观察和研究，受自然现象的启发，他发明创造了如云梯、勾强、木马车、曲尺、墨斗、刨子、凿子、磨、碾、锁等许多器械。鲁班由于成就突出，土木工匠就把他尊为“祖师”。在甘肃流传着许多关于鲁班的故事，如《木塔》《鲁班窗》《鲁班选徒》《木人挑担》《金马潭（二）》《石门坎》《鲁班试犁》《赵小送灯台》《鲁班滩》《天下第一桥》《鲁班的板凳》《鲁班修河桥》《白塔寺的木匠》《鲁班点化》《神建后寺》《鲁班楼》等。其中讲述最多的则是他杰出的木工技艺和超人的智慧，比如《木塔》讲正当负责修木塔的屠龙师父为造塔加铆的问题发愁时，参加修塔工程的“鲁班”用豆腐拌韭菜的方式点化了他；《鲁班窗》讲正当人们苦于正殿山门正中二尺多宽、二尺高的一块空白无法点缀时，却在午饭后发现了一个小巧玲珑、样式别致的窗子，窗子的大小和山门上空白处的大小一模一样；《木人挑担》讲鲁班做了一个能帮人挑担的木人；《鲁班试犁》讲鲁班对农具犁的发明；《赵小送灯台》讲鲁班做了一个能飞的木马；《鲁班的板凳》讲鲁班教徒弟们做小板凳的事。考查这些故事发生的时间就可发现这些事情绝非鲁班亲为，应该是当地的能工巧匠所为，但人们却把它们都堆积到鲁班身上，并对此深信不疑，究其原因就是人们对他的崇拜，认为如此高难度、如此巧妙的木工活非鲁班莫属，其中饱含着人们对鲁班的崇拜。

关于药王，民间说法不一，大多指孙思邈，有些还指神农、扁鹊、华佗等人。在甘肃民间故事中，药王多指孙思邈。讲述孙思邈的故事可以分为两类：一类是赞颂孙思邈的医术，如《药王爷》《药王的故事》等。他不仅救活一位被误以为已经死亡的产妇，还让她顺利产子，他能给受伤的老虎、泾河龙王治病，他能用锯末姜汤做药引给一个重病的老人治病，能给唐王李世民医治癔病，几乎是无病不能治，没有他治不好的病；另一类讲述他遇到的一些疑惑，如《药王洞》《药王爷轶闻》《药王爷撒药的传说》《羞死药王孙思邈》《药铺山的传说（一、二）》等，面对农夫用大蒜解蛇毒的做法他无法解释其中的奥妙，只能深叹“学海无涯”“单方一味气死良医”，但人们讲述这一类故事并非嘲笑他的无能，而是从另一个侧面赞颂他的人格——不骄傲、不自负、不气馁，不断潜心研究，治病救人。其实，对于一个医生来说，这种精神比精湛的医术更重要，也正因为这样，人们才把这个医术高明又不怕困难的古代医生称作“药王”，从中可以看出广大民众对孙思邈的无限敬意。

（二）鬼魂崇拜

在古代广大民众看来，人不仅死后有鬼魂而且孤魂野鬼最可怕。所谓的“孤魂野鬼”指非正常死亡，且灵魂不得超生者，所以在民间也流传着许多讲述孤魂野鬼的故事，但是受民间故事搜集和编辑指导思想的影响，在已经编撰成册的资料本和正式出版的故事集中鬼故事非常少，但还是有的。如《鸣沙山》讲一位将军率兵征西，人困马乏就歇息在一片绿洲上，将士们的欢笑声引来了敌军，正当两军酣战时忽然狂风大作，黄沙满天，瞬间一片绿洲就变成了一座沙丘，两军将士也被埋在这座沙丘之下，从此沙丘里总能听见两军厮杀的刀枪声，也就是说两军将士的鬼魂在沙丘中继续厮杀。《古董滩》讲这里以前是一个非常繁华的地方，一天晚上一群强盗趁村子唱大戏之机来侵袭，他们烧杀抢掠，无恶不作，驻扎在阳关的守将曹大人得到信息后领兵前来剿匪，虽说强盗全被杀死了，但因这里死了太多的人，人们不敢居住都逃到了其他地方。《世上无北瓜》讲李世民杀了好多人，这些人的鬼魂把他告到了阎王跟前。另有《鬼女还魂》《顺定卖鬼》《洪福齐天吓跑鬼》《党三娃盘口外》也是讲述鬼魂的故事，尽管这些故事并没有讲述鬼魂对人类的威胁和迫害，但是从中可以看出鬼魂意识的存在以及人们对鬼魂的惧怕心理。

三、动植物崇拜

动植物崇拜就是对动植物的神化，以及由此而产生的一种或敬畏或喜爱的心理。在甘肃民间故事中，有一些讲述人们崇拜动物的故事，如牧民们对牦牛的崇拜，裕固族对天鹅的崇拜，汉族对龙的崇拜。

（一）牧民们对牦牛的崇拜

牦牛是高寒地区的特有畜种，力气大，且耐粗、耐劳，善走陡坡险路、雪山沼泽，能生活在海拔3 000米以上地区，能渡江河激流，有“高原之舟”之称，主要产于中国青藏高原。牦牛全身都是宝，青藏高原上牧民的衣、食、住、行、烧、耕几乎都离不开它，除此之外牦牛抗病力强、食性广、耐饥渴，宜粗放型饲养，嗅觉灵敏，有识途的本领，并能避开陷阱择路而行，所以深受牧民们的喜爱。

在毛色上，牦牛有黑牦牛和白牦牛之分，其中黑牦牛比较多见，白牦牛的数量较少。比较而言，藏族同胞喜欢白色，所以白牦牛被藏族人称为神牛，把它视作胜利、吉祥的象征，《马牙雪山》讲当年13兄弟赶着他们的黑牦牛从阿尼玛卿雪山下向抓喜秀龙草原迁徙，当他们走到黑风峡时遇到一个黑色怪物，这个黑色怪物专吃黑色牲畜，13兄弟决定和这个黑色怪物决一死战，当13支箭齐刷刷向黑色怪物射去时，它全然不顾，只一个劲地向黑色牦牛群猛冲，这时只见从阿尼玛卿雪山深处窜出一头个大体壮的白牦牛，在一阵惊天动地的吼声中冲向黑色怪物，没战几回合黑色怪物就被白牦牛犀利的角挑起来，撂到了一个山谷里，从而保护了黑牦牛的安全。

裕固族同胞则特别崇尚黑牦牛，视黑牦牛为神牛，原因很简单，就是黑牦牛既有抗风沙的能力又有找水的神功。据传，裕固族东迁时，黑风妖作怪，想吃黑牦牛，黑牦牛就用它们锐利的犄角跟黑风妖拼搏，它们聚集在一起屁股朝里，头角朝外，互相紧挨在一起，不给黑风妖可乘之隙，使黑风妖难以下手，只得败回。当他们过了戈壁进入沙漠时，迁徙队伍非常缺水，黑牦牛好几天没有饮水还背负着重物继续跟随人们前行，当人们实在忍无可忍的时候就把黑牦牛的缰绳解开，随它们往前走，大黑牦牛挣扎着向祁连山跑去，并边走边闻，一直到离山不远的砂崖下用前蹄刨了起来，一会儿后大坑里就冒出了一股清泉，紧跟着其他黑牦牛也刨出了泉水，就这样人畜喝足了清凉甘甜的泉水，才最终完成了东迁（《神奇的皮袋》《黑牦牛》等）。东迁不仅仅改变了裕固族人的生活环境，更重要的是他们不再遭受外族人的歧视和挤兑，有了属于自己的生活区域，所以对裕固族来说东迁是他们民族史上的大事，而黑牦牛则是保护和解救他们的大功臣，因而裕固人崇拜黑牦牛。

（二）裕固族对天鹅的崇拜

天鹅琴是裕固族特有的乐器。关于天鹅琴，在裕固族流传着一个美丽的故事：一个裕固族小伙放牧时总爱唱歌，许多天鹅都来听，其中有一只每天都来听他唱歌并依歌起舞，小伙和天鹅几乎是形影不离。一天，小伙等了很久不见天鹅来，就去找，发现天鹅被一只恶鸟吃了，只剩下了天鹅的骨架和肠肚，他就抱着天鹅的骨架哭，一直着到夜半才睡着。第二天醒来，发现天鹅的骨架变成了一架美丽的天鹅琴，天鹅的肠子做了琴弦，当他弹到第六根琴弦时，从天上飞来了一位白衣美女，微笑着向他走来，小伙把姑娘扶上马，两人弹着天鹅琴走遍了“尧乎尔”家乡。从此，尧乎尔有了自己的乐器——天鹅琴，原来这位姑娘就是那只天鹅，因为同情小伙子，就下凡和他成了亲。可以看出，在裕固族人的心目中，天鹅美丽、纯洁、善良，与人友好相处，不仅活着是人类的朋友，就连死后也不忘为人类做贡献，所以裕固族人满怀着真诚和感激之情一代又一代地讲述着自己与天鹅的故事，其中也不乏他们对天鹅的崇拜之情。那么，为什么裕固族人崇拜天鹅呢？天鹅高翔在天，羽毛如雪，从不吃死物、喝死水。天鹅为群栖动物，它们之间友爱互助，如遇天敌母天鹅就让幼子吸净自己的鲜血高飞逃生，极富有牺牲精神。天鹅也是结对生存，雌雄天鹅对自己的伴侣非常忠贞，若有一只死亡，另一只则终生单独生活，不再寻找伴侣。这些美好的品质使东、西方文化不约而同地把它作为纯洁、忠诚、高贵的象征，中国古代人称天鹅为鹄、鸿、鹤等，“燕雀安知鸿鹄之志哉”这句话就形象地说明了中国人对天鹅的崇拜。裕固族人对天鹅崇拜不仅有整个中华民族对天鹅的崇拜的原因，更是裕固族人精神的象征。

（三）汉族对龙的崇拜

汉族有许多动物崇拜，如对龙、凤、虎的崇拜，其中对龙的崇拜最为典型。汉民族的龙崇拜由来已久，且龙在中国古代信仰中具有至高无上的地位，甘肃民间故事也遵循了这样的原则。

1.人文先祖为人首龙身

在甘肃，流传故事最多的人文先祖是伏羲和女娲，其中有些故事把伏羲说成是人首龙（蛇）身，比如《伏羲出生五凤台》讲伏羲的母亲是燧人氏的女儿诸英公主，诸英公主在一场大雪之后见地上有一行人的脚印，就踩着这行脚印走出大沙沟，后来就有了身孕，在甘谷白家湾的五凤台生下了儿子，取名伏羲，蛇身人首。唐代文人司马贞在补《三皇本纪》时也说："太皞庖牺氏，风姓，代燧人氏继天而王。母曰华胥，履大人迹于雷泽，而生庖牺于成纪，蛇身人首，有圣德。""女娲氏亦风姓，蛇身人首，有神圣之德，代宓牺立，号曰女希氏。"在民间，人们常常把蛇称作"小龙"，所以蛇身也即龙身，人们这样说的目的是神化人文先祖，表达自己对他们的崇拜之情，同时也给他们罩上一层神秘的面纱，让人们对他们产生一种敬畏之感。

2.帝王也是龙

在古人的眼里，皇帝不是普通的人，他们是上天派下来管理人间的天帝之子，称他们为"真龙天子"，由此也衍生出了一系列带"龙"字的词语，如龙颜、龙廷、龙位、龙威、龙旗等，有些民间传说直接把他们神化为龙，如徽县西北七十里处有个盛产大米的地方叫游龙川，为什么叫游龙川呢？原因很简单，就是武则天来过这里（《游龙川》）。清水县百家乡的盘龙铺之所以叫"盘龙铺"，也是因为康熙到过这里（《盘龙铺》）。

3.水族的最高统治者是龙

人们不仅把人间权力的最高统治者称作龙，还把水族的最高统治者也称作龙，由此衍生出了无数有关龙王、龙子、龙公主的故事，如《舜的故事》《楚霸王的力气为什么很大》《二月二"龙抬头"》《狄仁杰斩九龙》《乌鞘岭》等。其实，把水族最高统治者称作龙的背后则是人们对江河湖海既爱又怕的心理。江河湖海是人们生活用水最直接的源泉，人们离不开它们，受它们的哺育人们对它们产生一种感激之情。但是当它们泛滥时又常常伤及人的性命，迫使许多人无家可归，甚至背井离乡，于是人们对它们又产生了一种惧怕心理。

4.山是龙的遗骨

在甘肃民间故事中，有多则故事说某山系某龙所变。最典型的故事就是《三危山和鸣沙山》，讲一条黄龙来到敦煌便吐黄沙刮黑风，玉帝的女儿看见后将此事奏明天廷，玉帝派青龙下凡征服黄龙，它们从地上杀到天空，一直大战了四十九天，后来两龙都被撞死在地上，黄龙躺在南面变成了现在的鸣沙山，青龙躺在东面变成了现在的三危山，因为黄龙是条沙龙所以它所变成了鸣沙山，青龙是条水龙所以它变成了三危山。另外，龙首山系一条老恶龙的前半身所变（《龙首山》），黄龙岭是一条得道升天后的黄龙的肉身所变（《黄龙岭》），八龙峡中的八座山梁是东海龙王的八个龙子的真身（《八龙峡》），等等。人们之所以有这样的想象，就是因为山的形状与传说中龙的形状相似，都蜿蜒曲折。

正因为人们对龙的崇拜，所以全国各地有各种各样的有关龙的传说，从中体现了人们对龙的崇信和敬畏之情，而“对于龙的崇信和敬畏，早已潜移默化变成了华夏民族的集体无意识和族类认同感，流淌在每一个华夏子孙的血液里，成为我们民族世代传承、绵绵不绝的精神血脉和文化基因，以至于我们甚至以‘龙的传人’自居”①。

第二节　崆峒山传说中的道家文化

崆峒山，系六盘山东南方向上的一个支脉，位于甘肃省平凉市城西12公里处。崆峒山北倚关山，南望太统，背负笄关，面临泾水，有大小山峰数十座，主峰为马鬃山，马鬃山之巅称绝顶，海拔达2 123米。主峰前为望驾山，传说因黄帝驾临而得名，山上草木繁茂，山下道路蜿蜒。主峰之后是翠屏山（也称垂峰山、香山），断岩陡壁，绿茵滴翠，形如画屏矗立，故名翠屏山。远望崆峒山，峰峦雄峙，危崖耸立，似鬼斧神工；林海浩瀚，烟笼雾锁，如缥缈仙境。既有北方山势雄伟之壮美，又兼南方景色之秀美，也因为这个原因，崆峒山自古就是宗教的重要活动之地。

在平凉流传着许多所谓的“崆峒山故事”，王文杰主编的《崆峒山神话故事》（第二集）和《崆峒传说故事集》《平凉地区故事集成》资料本（上、下）、甘成福主编的《平凉民间文化瑰宝》（上）、仇非主编的《崆峒史话》等书籍中都有选录。细读这些所谓的“崆峒山故事”，就会发现这个概念有两种不同的含义：一种指流传在平凉境内的民间故事，这里的“崆峒山”是平凉地区的代称，这类故事数量多、内容丰富，几乎涉及生活的方方面面；另一

① 刘宗迪：《华夏上古龙崇拜的起源》，《民间文化论坛》2004年第4期。

种是有关崆峒山的传说，此类故事的数量虽然不是太多，却最有特点。这里分析的是后一种崆峒山故事，即有关崆峒山的传说，为了区别前一种崆峒故事，我们把它称作“崆峒山传说”。

一、崆峒山传说中的道家文化色彩

尽管有学者说：“道教的宇宙论、本体论、生命论、生态学、认识论、历史观等都是以道家思想为根基进行构建并发展起来的。从这个意义上讲，没有道家学说，也就没有后来的道教思想。”[①]但是，道家和道教是两个完全不同的概念。“道家”指自先秦老庄之学、秦汉黄老之学至魏晋玄学的道家学术流派；道教则是我国土生土长的一种宗教，其思想渊源“杂而多端”，除了道家学说和神仙思想之外，还有上古时期以“敬天法祖”为核心的原始宗教观念、儒墨伦理学说、传统医学养生理论和兵家术数思想。

在已有的资料中，共整理出63则“崆峒山传说”，经过分析发现它们具有鲜明的道家文化色彩。

（一）涉及的人物多为道家人物

在道家学派进行生命哲理构建的同时，神仙家则把人类的生命理想注入传统的祖先崇拜和天帝鬼神信仰中，构建了一个多姿多彩的神仙谱系，形成了富有中国特色的神仙文化。应发展的需要，道家思想吸纳神仙文化成为道家文化的一部分，如《逍遥游》中说：“藐姑射之山，有神人居焉，肌肤若冰雪，绰约若处子；不食五谷，吸风饮露；乘云气，御飞龙，而游乎四海之外。”《齐物论》曰：“至人神矣！大泽焚而不能热，河汉冱而不能寒，疾雷破山而不能伤，飘风振海而不能惊。若然者，乘云气，骑日月，而游乎四海之外。死生无变于己，而况利害之端乎！”随着道教的出现，其神仙世界则更为庞大复杂，如三清、四御、门神、财神、灶王爷、土地神、城隍神、黄帝、西王母、真武大帝、钟馗、雷公、药王、八仙，等等，可以说是无所不包。在这59则崆峒山传说中，与道家相关的传说有51则，其中50则中都有道家神话人物，如广成子、赤松子、黄帝、太上老君、玉皇大帝、西王母、药王、八仙、黑虎灵官等。在这些神话人物中，提及最多的则是广成子和黄帝，其中广成子出现在27则传说中，共出现198次，黄帝出现在16则传说中，共出

① 卿希泰主编：《中国道教思想史》（第一卷），北京：人民出版社，2009年，第35页。

现206次。除此之外，西王母、赤松子、太上老君、玉皇大帝等也频繁出现在这些传说中，给这些传说染上了鲜明的道家文化色彩。当然，也有一些道教真实人物，如张三丰、袁勤道士和他的道长，但其数量远远不及道家人物多。

（二）讲述了道家活动

道家学派是一个非常注重实践活动的学术流派，其实践活动几乎涉及羽化登仙的方方面面，崆峒传说就记录了它的一些实践活动，如问道、传道、炼丹等。

“问道”就是道外之人向道内之人询问有关“道”的问题。在崆峒山传说中记录最多的是黄帝向广成子问道，在《黄帝问道》（有三则异文）《问道宫》《观望亭的来历》《煮羊锅》《问道广成子》《崆峒洞天》《龙须草》《棉花》等传说中均有记载。黄帝问道广成子一事最早见于《庄子·在宥篇》，也是道教历史上津津乐道的一段仙传故事，《抱朴子·极言》《神仙传》中都有比较详尽的叙述。

传道是任何学术流派发展自己、宣传自己的重要途径，道家也不例外。崆峒山传说就记载了道内之人向道外之人宣讲道义的故事，比如黄帝问道于广成子，广成子向他宣讲道义（《黄帝问道》）；汉武帝向西王母询问长生之道，上元夫人借机向汉武帝宣讲修身之道（《西王宫》）；秦始皇到陇西察看军事防御情况后登崆峒山，访西王母宫，西王母借此机会向他主动宣讲修身治国之道（《秦始皇登崆峒》），这些都是道教中著名神仙向中国帝王们宣传道义的故事。另外，《鼋驮碑》讲的则是道士向普通老百姓宣讲道义的事情。

炼丹是道教长生成仙的实践活动，崆峒山传说也提及了此事，如《玄鹤洞》中讲，广成子正在炼丹，一味药不够了，便叫玄鹤童子去取，可叫了半天也不见人影，原来两个玄鹤童子在一起说悄悄话。《秋千架》中讲广成子一面修炼，一面为天下庶民提炼仙丹，常常忙得不可开交，两个玄鹤童子见师父如此劳累很不忍心，就用祖师麻的树皮在两个山柱间搭了个秋千。因为广成子常在崆峒山上炼丹，所以崆峒山上至今还留有广成炼丹穴、浴丹穴的遗迹。

（三）故事中蕴含着明确的道家思想

1.治国必先修身

关于“黄帝问道广成子”，崆峒山传说中有两种说法。说法一：黄帝来崆峒山向广成子问道，第一次广成子为了考验他是否真心，就把崆峒山变成悬崖绝壁，结果黄帝无法上山，再加上天气变冷，粮草将尽就无功而返。三个月后，黄帝又带上人马来崆峒山问治国之道，广成子嫌他心境浅陋，未向他讲至道。黄帝回去独居三月后，第三次来崆峒山向广成子问修身之道，广成子才欣然传至道。说法二：黄帝带着他的元妃和女节以及文武百官一百多人前来崆峒山向广成子问道，广成子不见他，大家就在山下焚香歌舞，果然引来了广成子，黄帝就向广成子询问治国至道，广成子认为时机未到就没有给他讲授。他回宫后励精图治，造宫室舟船、创天文历法、胜炎帝杀蚩尤，成就了一代伟业。在百岁时他一人悄悄离开轩辕之丘来到崆峒山拜师问道，半途中受赤松子指点一直膝行至山顶，向广成子询问修身养性之道，广成子才向他传道。他回宫后居于荆山之巅的昆台上，依广成子所传之法修身，活了一百二十岁，最后驾龙成仙而去。可以看出，这两种说法中都有一个共同点，即当黄帝向广成子问治国之道时广成子不予以解答，当黄帝向广成子问修身之道时广成子欣然作答，这绝非偶然，而是体现了道家关于治理天下的根本思想，即欲治其国必先修其身，修身为本，治国为末。这一思想不仅与老子"贵以身为天下，可以托天下"的思想一脉相承，还与《庄子·杂篇·让王篇》中"道之真以治身，其绪余以为国家，其土苴以治天下。由此观之，帝王之功，圣人之余事也，非所以完身养生也"所传达的意思完全一致。

2."公心守静"方能修身得道

《黄帝问道》中讲黄帝向广成子询问治国之道，广成子认为"你要问的东西，乃是万物的本质；要掌管的东西，只是万物的残渣。从你治理天下后，云气不待凝聚就下雨，飞鸟不待季候就迁翔，草木不待枯黄就凋落，日月的光辉越来越暗。你这样的人，心境这般浅陋，又怎能谈'至道'呢?"于是，黄帝回国"筑一间陋室，铺上白茅，独居三个月"，后再次来到崆峒山向广成子询问修身之道，广成子则欣然传道。显然，"筑一间陋室，铺上白茅，独居三个月"是修身得道的前提。对于"独居三个月"这一行为，学者刘永明等人把它解释为"斋戒"[①]，《重修崆峒山大什方问道宫碑》也说："知崆峒隐者广成子真风远照。于是，斋居三月，而往是之。"[②]其实，这里的"独居三个月"并非宗教文化中所说的"斋戒"，而是指道家问道修身之前提，即内心公正洁净，守静妄作。

---

① 刘永明，赵玉山：《"黄帝问道广成子"对道家和道教的影响——兼议陇东与道家道教文化》，《天水师范学院学报》2008年第6期。

② 潘延川：《崆峒道教碑文浅析》，《中国道教》1999年第2期。

宗教文化中的“斋戒”往往指祭祀前整洁身心，包含“斋”和“戒”两个方面：“斋”是整洁身体，如沐浴更衣、不饮酒，不吃荤；“戒”指戒游乐，比如不与妻妾同寝，减少娱乐活动等。尽管“斋戒”也是关乎身心两方面，但其侧重点在于“身”，即身体的洁净，而《黄帝问道》中的“独居三月”更侧重“心”的洁净。对于修身治国之道，老子明确指出“见素抱朴，少私寡欲”，他说：“致虚极，守静笃。万物并作，吾以观复。夫物芸芸，各复归其根。归根曰静，是谓复命。复希曰常，知常曰明。不知常，妄作，凶。知常容，容乃公，公乃全，全乃天，天乃道，道乃久。没身不殆。”（《道德经》），也就是说人要尽量使自己的心灵达到虚静，使生活达到清静，只有这样才能认识自然规律，使思考公正周全，使行为符合自然规律。可见，道家重视的是心灵之“虚”、生活之“静”，而非身之洁净。在《黄帝问道》故事中，广成子也明确指出黄帝的“心境浅陋”，并未提及他的身体，那么黄帝修炼的必然是心境而非身体，况且道教从未要求得道之人一定要身体洁净，即使身体污秽不堪的道人照样可以得道，比如传说中的宋代道士张三丰，衣着邋遢，行为疯疯癫癫却是得道很深的道士。

3.我命在我不在天

对于生命，儒家认为“生死有命，富贵在天”，佛家认为“诸法无我”“诸行无常”，道家却有不同的看法。《道德经》曰：“道生一，一生二，二生三，三生万物。”“一”即“元气”，认为“元气”乃生命的本原。《太平经》载：“凡天下人死亡，非小事也。壹死，终古不得复见天地日月也，脉骨成涂土。死命，重事也。人居天地之间，人人得壹生，不得重生也。重生者独得道人，死而复生，尸解者耳。”道家不仅认为生命是真实存在的，而且认为生命是短暂的、可贵的，对于天下所有人来说生命只有一次，值得珍惜，进而提出延长人生的途径——修身养性以达到长生不老。这种观念既体现了坚定不移的生命追求意识，也体现了“生命在我不在天”的生命自主意识。在崆峒山传说中，黄帝向广成子请教修身治国之道，汉武帝向西王母、广成子请教长生成仙之道，以及广成子以修身炼丹延长自己寿命之法，在某种程度上都体现了他们“生命在我不在天”的生命追求意识和生命自主意识。与宿命论相比，道家这种生命观有着一种积极向上、催人奋进的生命动力，更有助于社会的发展。

4.得道者昌，失道者衰

有多则崆峒山传说涉及问道和传道之事，综观它们的结尾，都传递出这样一个信息，即得道者昌，失道者衰，其中得道者昌的典型例子就是黄帝问道。黄帝不畏艰辛、不远千里多次来崆峒山虚心问道，得到广成子的指点悟出了至道，于是他不仅治理好了天下，自己也成了仙。与黄帝形成鲜明对比的是秦始皇和汉武帝。秦始皇来崆峒并非主动问道，而是巡视防御工事，西王母认为秦始皇“性情暴躁，容易独权专制”，这不仅会引起群众的不满，还不利于自己健康长寿，劝秦始皇戒暴戒躁，可是秦始皇并没有把西王母的话当回事，继续残酷剥削百姓，结果在巡游中病死，只活了49岁，尸体运回咸阳时都腐烂发臭了（《秦始皇登崆峒》）。汉武帝好神仙，向西王母求取长生之法，西王母认为他情感不纯，尚存淫欲，没有给他不死药，只给了他四颗长寿仙桃。可是，汉武帝并不满足，几个月后又要西王母教他成仙，上元夫人也要汉武帝超脱邪浊，拔除嗜欲之根，静修无为之道，可是汉武帝一面找神仙点化，一面又违背西王母的指点，结果惹怒了西王母，西王母断绝了与他的来往。后来，他又来崆峒山问广成子，广成子素知他的为人，拒不接见，所以他一生求仙却终未成仙。黄帝、秦始皇和汉武帝都是中国历史上非常著名的领袖，但是他们的结果却不同，其原因就是黄帝得到了“至道”，而其他两人没有。尽管这种观点带有严重的迷信色彩，但在古代、在文明程度还相当低下的乡村，人们却信以为真，所以《黄帝问道》明确说：“得到我的‘道’，在上可以为皇，在下可以为王，丧失我的‘道’，在上只能显露光芒，在下只能附于泥土。”从某种意义上说，道教借黄帝问道为自己树立了一个典范人格——黄帝。

道教是我国土生土长的宗教，它兼收并蓄我国古代许多思想文化，形成了自己独具特色的思想体系，涉及宇宙观、生命观、人生观、神仙观、道德观、价值观、社会观、历史观、发展观等许多方面。道家，作为道教思想源头之一，其思想也涉及宇宙观、生命观、人生观、神仙观、道德观、价值观等多个层面。任何思想都可以分为精英思想和民众观念两大系列，道家思想也是一样。对道家而言，精英思想是指由历代道家人物（如老子、庄子等）所提出的言论观点，民众观念则是广大普通民众对道家思想的理解，这50则具有道家文化色彩的崆峒传说体现的正是广大普通民众对道教思想的认识和理解。

（四）演绎了从道家向道教发展的历程

道家形成于先秦时期，以老子和庄子为代表，此为道家学术思想发展的第一阶段。老庄虽合称为道家，但是他们各自的“道”有所不同。老子认为，

"道"既是形而上的实存者又是一种规律，甚至还指人生的一种准则、指标或典范；庄子的"道"是人生所要追求的最高心理境界，即通过"心斋""坐忘"使内心虚寂与"道"合一。道家思想发展的第二阶段为黄老之学。所谓"黄"是指华夏民族的共同始祖黄帝，"老"指先秦道家的老子。在政治上，黄老学派主张"无为而治"，这里的"无为而治"并非"无所作为"，而是指人的思想和行为应该建立在认识和了解宇宙自然规律的基础之上，尊重宇宙自然规律，按照事物本身发展的规律或法则去处理事情，治理国家也是一样。作为从老庄道家分化出来的一个道家学术支派，黄老之学与老庄思想之间有同有异。就其相异方面来说，一般认为"老庄道家是出世的，黄老之学是入世的；老庄道家是消极的，黄老之学是积极的；老庄道家拒斥百家思想，黄老之学则兼容并蓄，等等。"[①]汉末，道家思想迈入了第三个发展阶段。这一时期，由于当时的思想家把《老子》《庄子》与《周易》作为谈论和研讨的对象，加之谈论的内容大多涉及远离具体事务的"玄远之学"，故而后世将这一时期的哲学思潮称为"魏晋玄学"。受多种因素的影响，道家学派在魏晋以后逐渐淡出大众视野。

公元前230—前221年，秦国连续吞并了韩、魏、楚、赵、燕、齐六国，中国社会由战国进入秦汉时代。受生产方式的制约，即使在秦汉鼎盛时期，社会矛盾依然十分尖锐，地主阶级对农民残酷剥削，农民赖以生存的土地被大量兼并，出现了"富者田连阡陌，贫者亡立锥之地""贫民常衣牛马之衣，而食犬彘之食。重以贪暴之吏，刑戮妄加。民愁亡聊，亡逃山林，转为盗贼，赭衣半道，断狱岁以千万数"（《汉书》）的局面。秦王朝推行严刑峻法，引发了以陈胜、吴广为首的农民大起义，秦王朝在大起义的冲击下走向灭亡。西汉王朝以此为教训，为安定社会秩序在汉初时就推行以"清静无为"为特征、以"无为而治"为原则的黄老思想，社会经济得到了较快发展，出现了"文景之治"的繁荣景象。但是，土地兼并之风不但从未间断，而且愈演愈烈，一方面土地和社会财富高度集中，使"豪人之室，连栋数百，豪田满野，奴婢千群，徒附万计"（《后汉书》）；另一方面广大农民丧失土地，一部分人沦为佃农和雇工，另一部分则无家可归变为流民，处境十分悲惨。加之频发的自然灾害，致使"死者相枕于路""民相食"，广大人民

---

① 丁原明：《从原始道家到黄老之学的轮回发展》，《山东大学学报》（哲学社会科学版）1996年第3期。

深陷水深火热之中。每个人都有摆脱苦难、获得幸福的欲望，当他们找不到行之有效的出路时，就常常把希望寄托在神灵身上。在东汉明帝时，楚地就出现了对黄老的祭祀。《后汉书·楚王英》记载，楚王英“晚节更喜黄老，学为浮屠斋戒祭祀”，袁宏的《后汉纪》卷十亦谓楚王刘英“晚节喜黄老，修浮屠祠”。对黄老偶像进行膜拜祭祀，将黄老与浮屠相提并论，已透出了黄老的宗教气息。东汉中后期，《太平经》吸纳道家哲学、阴阳五行学说、传统宗教思想、巫术、儒家伦理观念，以及天文学、医药学、养生学等成就，建立了一个非常庞杂的宗教神学理论体系。受《太平经》的影响，东汉末年张道陵、张角先后创立五斗米道和太平道，标志着道教正式产生。道教经历魏晋南北朝的演变和发展，到隋唐时期受到李唐王朝的推崇和扶持发展到鼎盛时期。

尽管崆峒山传说的数量并不可观，但却能看出道教发展的历程以及历代统治者对道家和道教的态度。

1.黄老之学曾在崆峒山传演

《抱朴子·极言》说：“言黄帝仙者，见于道书及百家之说者甚多。”《抱朴子·地真》又说：黄帝“过崆峒，从广成子受自然之经。”虽然黄帝问道广成子于崆峒山的传说，“不属于真实的历史事实，但却是真实的历史文化，是事出有因的文化创造”[①]。这个“因”在很大程度上就是在汉末以前的确有人在崆峒山传演过道家学说，只是传演的人不一定是广成子，问道的人也不一定是黄帝，后人为提高这件事的知名度就把它移接到了广成子和黄帝身上。之所以这样说，其原因有三：（1）1986年，在崆峒山中台修建崆峒山风景名胜区管理所时，在这里发现了新石器时代文化遗址，出土细泥红陶、夹砂陶器文物，说明早在四千多年前这里就已经有人居住了。（2）南怀瑾先生曾说：“我们都知道中华民族文化的发源地，先由西北高原开始，逐渐向黄河下游发展，到了三代以下，便形成中原文化。这一系统文化的老祖宗，大致都上推自伏羲画卦开始，以黄帝轩辕为中心，终以文王演绎八卦的《易经》哲学，奠定自伏羲，经黄帝，至于文王一系的学术思想，发源于西北高原，展开于黄河流域中心地区的文化。”[②]依照南怀瑾先生的观点，西北高原应该在东汉明帝（即楚地祭祀黄老）之前就已经推崇黄老之术了，而崆峒山作为西北最

① 刘永明，赵玉山：《‘黄帝问道广成子’对道家和道教的影响——兼议陇东与道家道教文化》，《天水师范学院学报》2008年第6期。

② 茹坚：《黄帝问道崆峒山》，《金秋科苑》2001年第6期。

著名、风景最为秀美的高山，人们将它选为祭祀黄老和传演黄老之说的地方有很大的可能性。（3）崆峒山至今留有许多有关广成子修炼和黄帝问道成仙的遗迹，如南崖宫、棋盘岭、玄鹤洞、广成子墓、黄帝问道处、大象山、轩辕谷、问道宫、羊不烂山、龙须草等。传说南崖宫是当年广成子居住、修道、炼丹的地方，棋盘岭是广成子和赤松子下棋的地方，玄鹤洞是广成子的两个玄鹤童子的住处，广成子墓在上天梯的中段，黄帝问道处是黄帝向广成子问道的地方，大象山是由黄帝的坐骑大象所变，轩辕谷是黄帝当年屯兵的地方，问道宫是当年广成子向黄帝传道的地方，羊不烂山是黄帝当年问道时派人煮了羊肉的地方，龙须草则是驮黄帝成仙的龙的胡须所变。这些遗迹与传说相得益彰，为古人在崆峒山修炼、传道提供了有力的证据。

2.汉武帝曾支持过崆峒山的发展

汉武帝一生好神仙，曾六次来平凉，两次登上崆峒山（《汉武帝游崆峒》）。为求长生，汉武帝曾三次到泾川县西王母宫拜谒西王母，在第三次时，他与西王母一同到崆峒山拜谒广成子和赤松子两位大仙，当他们来到崆峒山下月石峡时，山高人又乏，可无处休息，他就把此事牢记在心，等回到朝廷后专门拨银一万两，给西王母修了两处宫殿，一处在她的降生地泾川县瑶池，一处就是现在的崆峒山下的西王母宫（《王母宫》）。尽管这只是民间传说，并无可靠的文献或文物印证它的正确性，但是汉初时汉廷“大兴黄老道学之风。时有陈平、张良、盖公、曹参、吴公等人皆治黄老道学，尤其是接替萧何为相国的曹参更倡导以黄老道学治国，黄老道学达到了相当繁荣的地步”[①]，直到汉武帝时期，崇尚黄老道学之风依然生机勃勃，这是不可辩驳的事实。另外，汉武帝一生笃信神仙道术，一心求长生之法，在方士的诱惑下，他曾夜召爱妃王夫人之魂、下设祠灶以炼仙丹、遍访天下仙山。司马光说：“孝武穷奢极欲，繁刑重敛，内侈宫室，外事四夷，信惑神怪，巡游无度，使百姓疲敝，起为盗贼，其所以异于秦始皇者无几矣！”（《资治通鉴·武帝后元二年》）为了找到海上神山，他曾派数千人乘船漂浮于海上。为迎候仙人，他下令广造宫观殿台。如此热衷于神仙之术的汉武帝到了崆峒山，必然要为这里的道家做点什么，而西王母又掌管着长生仙果——蟠桃，那么拨银修建王母宫也就在情理之中了。《重修崆峒山王母宫碑记》上说：“山中

---

① 卿希泰主编：《中国道教思想史》（第一卷），北京：人民出版社，2009年，第213页。

旧有王母宫一处，创建时代无考，历代重修，巍峨辉煌。”[①]从这个意义说，民间所流传的汉武帝拨银修建王母宫之事并非空穴来风，而是广大老百姓对汉武帝支持崆峒山道家事业的一个群体记忆，它虽然不见经传却“存活”在老百姓的心中。

3.李世民曾拨银割地支持崆峒山道教的发展

《唐王问津处》讲唐太宗李世民于贞观二十年（公元646年）来到平凉崆峒山，见山上修建寺院庙宇银两短缺，就给崆峒山道教、佛教各赐银五千两，还让平凉知府给两教各割地二百亩。后来，李世民又得知山后的老百姓因山高路陡，交通不便而生活十分困难，其中有十户孤寡老人生活更为困难，他马上叫人给这十户孤寡老人送黄金白银各50两。受李世民的影响，一些外地的宗教人士也为崆峒山纷纷捐款修建宫殿。后人为纪念李世民关心平民百姓和崆峒山修建庙宇之事，就给崆峒山皇帝垂询的地方起名为唐王问津处。那么，确有此事吗？《新唐书・太宗本纪》上载：“庚辰，次泾州，赐高年鳏寡粟帛。丙戌，逾陇山关，次瓦亭观牧马。”泾州因泾水而得名，唐时辖地包括今甘肃省泾川县、灵台县、镇原县和宁夏回族自治区东部泾水中游地区。瓦亭，在今宁夏回族自治区泾源县大湾乡境内，唐时有国家军马场。就是说贞观二十年（公元646年）八月二十一日，唐太宗在泾州抚恤鳏寡老人，八月二十七日翻越陇山关，临时驻扎在瓦亭巡视军马场。《黄帝问道于广成子处碑记》载：“唐时太宗御赐田宅，崆峒山明慧禅院开山祖师仁智承圣恩，建问道宫、轩辕宫等四处，以纪念黄帝造访崆峒。”[②]《崆峒山新志》“大事记”中记载：“贞观二十年（公元646年），崆峒山明慧禅院开山祖师仁智，于大唐年间创建丛林，唐太宗御赐田宅。问道宫、轩辕宫、滹沱寺、上天梯等为唐代建筑。”[③]关于唐太宗御赐慧明禅院仁智大师田宅一事，还可见于金代铸造的万斤铁钟上。由此可见，唐太宗李世民拨银赐田支持崆峒山道教的发展确有其事，这与唐初李氏父子扬道抑佛，李世民晚年热衷于道教长生之术完全一致，只是民间传说记忆得比较具体，而官方文献记载得比较粗略

① 卿希泰主编：《中国道教思想史》（第一卷），北京：人民出版社，2009年，第353页。

② 国家重点风景名胜区崆峒山管理局编：《崆峒山新志》，兰州：甘肃文化出版社，2008年，第357页。

③ 国家重点风景名胜区崆峒山管理局编：《崆峒山新志》，兰州：甘肃文化出版社，2008年，第1页。

罢了。

4.明代是崆峒山道教发展的兴盛期

《凌空塔》本是一则讲述佛教发展事迹的传说，但其中有一句话不得不引起我们的注意，即“万历年间，……崆峒山正是佛道两教兴旺发达的时候，寺院、庙宇在崆峒山上拔地而起。”顺着这条线索，往下探寻明代时道教在崆峒山的发展状况，就会发现明代时崆峒山的道教已进入兴盛时期。首先，元末明初著名道士张三丰在未上武当山之前在崆峒山雷声峰避诏修行长达五年之久（《雷声峰的来历》）。古人云：“山不在高，有仙则名。水不在深，有龙则灵”，作为一代名道能在崆峒山修行，其原因很有可就是崆峒山道教的兴旺发达。其次，历史人物传说《赵时春的故事》中讲赵时春小时候家境贫困，父母无钱供他上学，可是他人小志大，决心成为一个有学问、有道德的人，他就到附近有钱人家借书读，等到他把周围能借到的书都读完了后，就去崆峒山给人抄经，借此读书。等他把山上寺庙里所藏的经卷都读完了后，一位白发老人告诉他北峰八仙台下的一个岩洞中有书，赵时春又在此苦读了三年。后人为了纪念他，将他当年在崆峒山抄经的地方叫“赵时春读书处”，把寻找经文的山头高台叫“读书台”，至今崆峒山上还有他的“洗眼泉”和“读书台”。赵时春生于明正德四年，嘉靖五年擢进士第一，说明当时崆峒山道教已经比较兴盛。第三，《崆峒山新志》共收录唐代到清代96人登临崆峒山感怀而写的200首诗歌，其中有80首诗歌中出现了“广成子”“问道宫”“仙人（神仙）”“黄帝（轩辕）”“玄鹤（元鹤）”等与道家、道教密切相关的词，尤其值得注意的是，在这80首诗歌中，唐代6首、宋代4首、明代36首、清代34首，从中不难看出一种现象，就是明代时崆峒山道教已经相当兴盛，由此吸引了大批文人墨客，明代诗人茅大方的诗歌《次平凉》中“为寻仙迹访崆峒”也说明了这一点。

5.洞天福地崆峒山

道教认为天、地、水、人等皆一气化成，就连仙境也是“结气所成”，不仅天上有仙境，而且地上、海上皆有仙境，洞天福地就是地上的仙境。所谓“洞天”指山中有洞室，既可通达上天又可贯通诸山。传说崆峒山是道教三十六洞天之一，关于崆峒洞天还有一个神奇的传说：黄帝向广成子问道，广成子认为黄帝只有去四川峨眉山求道于自己的师父天真皇人才能求到至道。在征得黄帝的同意后广成子就对天焚香，然后袍袖一挥，崆峒山上便打开一座石洞，石洞里鸾鹤翱翔，龙吟虎啸，仙乐阵阵，奇香袭人，另有一番景象。

广成子让黄帝等人骑上一条青藤瞬间便到了峨眉山下，问道结束后广成子又带他们原路返回崆峒山，这才发现黄帝带来的人马都已变成了累累白骨，原来“洞中才一日，世上已百年”，此洞就是崆峒洞天，从这以后崆峒洞天再也没开过（《崆峒洞天》）。在该传说中，崆峒洞天神奇而神秘，说它神奇是因为：(1) 洞内洞外两重天，洞外是人间，洞内则是仙境，洞内一日洞外百年；(2) 它可以上到天庭，下通神山，是联系人间和仙界的通道；(3) 不为凡人所开，是神仙的专用通道，而且就开了那么一次。说它神秘是因为它似乎自古就有，但并不常开。这崆峒洞天既给崆峒山增添了几分神秘感，也给凡人增添了几分成仙的欲望，这就是道教传说所具有的艺术魅力。所谓“福地”则意为得福之地，认为居此地可受福度世，修成地仙。崆峒山也是难得的道教福地，传说远古神仙广成子和赤松子在崆峒山修炼成仙，华夏民族的共主黄帝也在此得道成仙。

在道教思想魅力的诱惑下，“洞”便成了崆峒山传说中最重要的意象之一。如远古大仙广成子居住在仙洞中，此洞就叫“广成洞”（《广成子的故事》）。广成子成了仙，可他的两个玄鹤童子因相爱而不愿随他一起回天宫，他只好把他们留在一个岩洞中，这就是道教中著名的“玄鹤洞”（《玄鹤洞的传说》）。广成子和赤松子下棋，广成子突然不见了，原来他借翻天印的法力打通了崆峒山与五岳的阳灵天径。在广成子的建议下，赤松子也接通了崆峒山与华山、峨眉山和昆仑山的地脉，使“天地贯通，阴阳相调”“天神地灵共同护佑崆峒山”（《广成子通天径》）。另外，望驾山西北角的长岭南北方悬崖上有个阎王洞，洞口宽约十米，高约七米，深约五米，整个洞口呈半圆状（《阎王洞》）。就连历史名人赵时春在崆峒山所读之书也在是放在八仙台下悬崖上的一个岩洞中（《赵时春的故事》），老财主企图据为己有的神羊也跑进了山洞（《钻羊洞》），等等。在崆峒山传说中，几乎处处有岩洞，这些岩洞既可以是神仙鬼怪的生活起居之所，也可以是上通天庭，下通各路神灵的仙道。从这个角度来看，崆峒山是道教理想的洞天福地，这也是崆峒山流传如此多道家、道教传说的主要原因。

（五）体现了道教与佛教的和谐发展

说起道教与佛教的和谐发展，《凌空塔》是一则不容忽视的传说，讲万历年间崆峒山上佛、道两教兴旺发达，寺院、庙宇拔地而起，可是时间不长都倒了。看着大家的心血化为乌有，马德法和尚特别着急，就去陕西法门寺求救，才知是一个成了精的老鼠在作怪。受大师指点他回到崆峒山后就修了凌空塔，并在塔上塑了八大金刚，此后老鼠精再没作怪，山上修建的庙宇佛殿也没倒塌过。佛塔，亦称浮屠，原是印度梵文Stupa的音译，最早用来供奉和安置舍利、经卷和各种法物，隋唐时被译为“塔”沿用至今。金刚又是佛国中从事护法的卫士。马德法和尚正是利用这两种佛教宝物镇压了老鼠精，使崆峒山佛、道两教的建筑得以保全。故事本身并不吸引人，甚至饱含着一定的宗教迷信色彩，但体现在马德法和尚身上的那股舍身为教、不计个人得失的精神不可忽视。更为重要的是，他不远千里从甘肃到陕西求取解决问题的办法，而这个办法不光是针对佛教建筑，也保全了道教建筑，正好印证了明朝万历年间佛、道两家在崆峒山和平共处，和谐发展的事实。据传早在北魏时佛教就已驻足崆峒山且活动较为活跃，寺庙禅院林立。随后道教也看中了这块养生宝地。起初，为争地盘两教之间时有冲突，后来经过一段时间的磨合，“宋元以降，儒释道共居一山，兼容并蓄，共存共荣”[①]。元朝时，统治阶级儒道并重，至元十一年（公元1274年），重修问道宫，崆峒山成为西北道教活动中心之一。明朝时，统治阶级尊崇道教超过了以往任何一个朝代，由于明成祖崇信道教的北方尊神真武大帝，在湖北武当山大兴土木以崇真武，各地藩王纷纷效仿，崆峒山所在地平凉为朱元璋二十子朱松后裔韩王的封地，几世韩王在山上或新修或重修道教宫观，全山有较大宫观四十二座，总称八台（即东台、西台、南台、北台、中台、天台、灵龟台、八仙台）九宫（即紫霄宫、飞升宫、五龙宫、遇真宫、老营宫、太和宫、王母宫、静庆宫、询道宫）十二院，以及玄鹤洞、药王洞、广成宫、朝阳洞、许米仙洞、磨针观等，嘉靖年间韩王还聘全真龙门派第十代掌门苗清阳为崆峒山主持，使崆峒山道教发展到了前所未有的地步。

从学术角度来说，历史真实和文化真实是两个完全不同的概念，但二者之间又有着千丝万缕的关系，尤其对于远古社会而言，文化真实也是历史真实，正是这个原因，古代的一些史书才把民间神话和传说收入其中，成了后人深信不疑的历史真实，《黄帝问道广成子》等民间传说就是这样的文化真实。在这些文化真实中既有不可否认的虚构成分，又有星星点点的历史真实，而正是这些星星点点的历史真实却给我们研究远古文化留下了弥足珍贵的线索，从这个意义上说，它们有着真实历史不可替代的作用和价值。除了这些

① 国家重点风景名胜区崆峒山管理局编：《崆峒山新志》，兰州：甘肃文化出版社，2008年，第11页。

道教传说，崆峒山上还有月石峡、羽仙峰、空心峰、绣球峰、仙人桥、鹦子翻身、垂珠洞、归云洞、黄龙泉、丹梯岩等道教名胜，它们与相关的传说一道向世人讲述着道教思想从古到今的发展。黄帝是中国远古时代华夏民族的共主，位居五帝之首，距今已近5 000年，如果以黄帝问道于广成子的时间算，道家之“道”已经有近5 000年的历史。如果以黄帝问道之事见于史《庄子》的时间来算，道家之“道”至少也有2 300多年历史。通常情况下，是先有历史真实后有文化真实，据此推算，崆峒山在2 300多年前就有人在山上传道修行，只是那时所传之道系广成子之道，而非老庄之道、黄老之道，更非道教之道，我们可以把这种广成子之道称作原始道家之道。甘肃省作家协会副主席、平凉市文联主席姚学礼说，“中国道教有两个阶段。第一阶段是广成子道→黄老道→老子《道德经》；第二阶段是西汉佛学从印度传入，东汉的中国道家学说开始‘教派’传教”[①]，这个观点有一定的道理，只是混淆了“道家”和“道教”两个概念，也排错了道家的发展顺序。

二、崆峒山传说生成的文化生态

在63则崆峒山传说中，其中59则具有鲜明的道家文化色彩，4则属于佛教故事，还有一些讲述了发生在这里的战争，那么是什么文化生态成就了崆峒传说如此鲜明的文化特色？

（一）崆峒山的自然生态

崆峒山位于六盘山东侧，海拔在1 456米—2 234米之间，靠萧关，近泾水。崆峒山一带是一个干热半干热环境下的沉积盆地，属丹霞地貌，以“顶平”“身陡”“麓缓”为基本特征。其“顶平”是受古夷平面及较平缓的岩层面所控制，在山顶形成较平缓的地面，其上有一薄层黄土，利于植物生长和建造房屋。“身陡”是受岩层的垂直节理控制，沿这些垂直的节理和裂隙流动的水流不断侵蚀岩石，使崖壁更加陡峭高耸。陡峭高耸的崖壁常年裸露在外，不断风化剥落，逐渐形成了大小不一的洞穴。“麓缓”是由悬崖壁上沿节理崩塌下来的岩块、岩屑堆积而成，黄土含量多且土质疏松，所以缓坡上既可以绿树成荫也可以秀石累累。

崆峒山为陇东黄土高原丘陵沟壑区，根据甘肃省气候区划属泾渭河冷温

① 国家重点风景名胜区崆峒山管理局编：《崆峒山新志》，兰州：甘肃文化出版社，2008年，第424页。

带湿润区。由于崆峒山群峰高耸，林木茂盛，使得气候得以调节，形成了崆峒所特有的森林小气候，使其与山外干旱半干旱气候完全不同，所以空气湿度大是崆峒山有别于黄土高原气候的最大特点。空气湿度大既有利于花草树木的生长和人的养生，又可形成云蒸霞蔚的自然奇观，是一个天然的“氧吧”。

受西北大气候的影响，崆峒山一年四季景色不同。春季时，“人间四月芳菲尽，山寺桃花始盛开”，桃花如霞，落英缤纷，山前泾水清澈见底，山后湖水碧绿如镜，游乐于其间，令人流连忘返。夏季的早晨，站在山上向远处眺望，山上一片翠绿，而山与山间又云涌雾生，如同置身仙境。若移步至山谷鸟道等低洼之处，则浓雾逼人，咫尺不见，抬头望天，天蓝如洗，阳光如金，置身于此，其乐无穷。秋季时节，满山红叶，层林尽染，奇瑰绚丽，大有北京香山之美。冬日大雪过后，远眺群山银装素裹，近看则碧树银花，与傲雪屹立的峰峦、亭台楼阁相互映衬，形成一个晶莹剔透的冰雪世界。

夏季，清晨的崆峒山

大自然造就了崆峒山神奇的地貌，神奇的地貌又赋予它特殊的气候，特殊的气候又恩赐给崆峒山美丽的景观。当你面对这神奇而美丽的地貌和四季景观，而又无法科学地解释它时，只能展开想象的翅膀赋予它神的力量。

（二）崆峒山的宗教文化生态

据史料记载，在道教还未形成以前，崆峒山就有神仙隐居修炼。唐初，有僧人和道士居住，并修建寺院和宫观。此后，经宋、元、明、清、“中华民国”，历代都有创修或重修，到目前为止，已经成为儒、释、道三教和平共处的宗教重地。由此可见，崆峒山有着非常久远的宗教历史，积淀了非常深厚的宗教文化。

1.道家文化在崆峒

《庄子·在宥》篇曰：

黄帝立为天子十九年，令行天下，闻广成子在于空同之山，故往见之，曰：“我闻吾子达于至道，敢问至道之精。吾欲取天地之精，以佐五谷，以养民人。吾又欲官阴阳，以遂群生，为之奈何？”广成子曰：“而所欲问者，物之质也：而所欲官者，物之残也。自而治天下，云气不待族而雨，草木不待黄而落，日月之光益以荒矣，而佞人之心翦翦者，又奚足以语至道！”黄帝退，捐天下，筑特室，席白茅，闲居三月，复往邀之。广成子南首而卧，黄帝顺下风膝行而进，再拜稽首而问曰：“闻吾子达于至道，敢问，治身奈何而可以长久？”广成子蹶然而起，曰：“善哉问乎！来！吾语汝至道。至道之精，窈窈冥冥；至道之极，昏昏默默。无视无听，抱神以静，形将自正。必静必清，无劳汝形，无摇汝精，乃可以长生。目无所见，耳无所闻，心无所知，汝神将守形，形乃长生。慎汝内，闭汝外，多知为败。我为汝遂于大明之上矣，至彼至阳之原也；为汝入于窈冥之门矣，至彼至阴之原也。天地有官，阴阳有藏，慎守汝身，物将自壮。我守其一以处其和，故我修身千二百岁矣，吾形未常衰。”黄帝再拜稽首曰：“广成子之谓天矣！”广成子曰：“来！余语汝。彼其物无穷，而人皆以为有终；彼其物无测，而人皆以为有极。得吾道者，上为皇而下为王；失吾道者，上见光而下为土。今夫百昌皆生于土而反于土，故余将去汝，入无穷之门，以游无极之野。吾与日月参光，吾与天地为常。当我，缗乎！远我，昏乎！人其尽死，而我独存乎！”

这是目前能看到的黄帝问道广成子于崆峒山的最早文献记载。在《在宥》篇中有三个重要信息：一是黄帝时，远古神仙广成子就在崆峒山修炼；二是黄帝慕广成子去崆峒山向他问道；三是广成子因得“道”活千二百岁而形未衰。那么，确有此事吗？《史记·五帝本纪》载：“（黄帝）东至于海，登丸山，及岱宗。西至于空桐，登鸡头。南至于江，登熊、湘。北逐荤粥，合符釜山，而邑于涿鹿之阿。”看来黄帝登崆峒之山有几分史实，那么他真的是去问道的吗？英国汉学家戴维·霍克斯（David Hawkes）在解读《楚辞》中的游历时说：“‘游历’，即宗教仪式化的旅行——通常是宗教仪式化的环游，目的是为了加强权力或获得法力，或既是为了巩固、又是为了获得法力，这种‘游历’观念在中国传统中是司空见惯的。其本质总是具有巫术性质的。既可以是真实的，又可以是幻想的。游历者可以是一个术士，一个神秘之士，或者一个帝王。”他又说：“假如他是一个术士，他就可以左右任何法力；假如他是一个神秘之士，他就可以逍遥于天地之间，自在自得；假如他是一个帝王，他就可以凭借神圣的法力和名义，使一切世俗与神灵的势力屈服于他。”①霍克斯的这个观点对我们解读黄帝登临崆峒山很有帮助。《崆峒山新志》载，在崆峒山及附近，已发现古人类生活遗址38处，多为常山文化。常山文化是继仰韶文化之后的一种原始文化，据^{14}C测定，其年代在公元前2930±180年左右，它的相对年代晚于仰韶文化而早于先周文化。这说明早在4 000年前后，崆峒山及附近已有人类居住生活。在原始社会，巫术盛行，巫师多由高层领导担任，常常是集政权、宗教、医术于一身。另外，战国初期中国沿海一带才逐渐兴起神仙信仰，因此黄帝造访崆峒山多少与原始巫术有些联系，尚不具有求仙的目的。神仙之风兴起后，神仙家便高举“黄帝”的旗帜，为自己树立成仙的理想典型，致使这一时期的多种文献都假托黄帝之名行宣传仙道之实。秦汉时期，道家学说与神仙思想相互渗透，黄帝又成了道教思想的载体和典范人格。所以说，黄帝造访崆峒山在先，战国时神仙家赋予黄帝神仙身份，秦汉时道家又赋予黄帝得至道成仙的成分，完成了“道”与“仙”的结合，成就了道家发展史上一件盛事。

《史记·秦始皇本纪》载：“二十七年，始皇巡陇西、北地，出鸡头山，过回中焉。”秦始皇一生巡游六次，除了西南边地及岭南地区，其足迹几乎遍布所有秦帝国的版图。其巡游目的主要有二：一是安抚四海，威扬天下；二是祭祀名山，祈求长生。其中，二十八年“上泰山，立石，封，祠祀”“过彭城，斋戒祷祀……浮江，至湘山祠”，三十二年“之碣石，……使韩终、侯公、石生求仙人不死之药”，三十七年“望祀虞舜于九嶷山……上会稽，祭大

① ［英］霍克斯：《求宓妃之所在》，见于《楚辞资料海外编》，武汉：湖北人民出版社，1986年，第169页。

禹”，却没有在崆峒山祭祀、求仙的记载，主要原因就是当时崆峒山未进入道教名山之列且黄帝在崆峒山问道于广成子的传说也未在全国范围内传播开来，否则迷恋长生之道和崇拜黄帝的秦始皇到了崆峒不可能不祭祀、不求仙。

《史记·孝武本纪》载：公孙卿向汉武帝讲：“封禅七十二王，唯黄帝得上泰山封……黄帝采首山铜，铸鼎于荆山下。鼎既成，有龙垂胡髯下迎黄帝。黄帝上骑，群臣后宫从上龙七十余人，龙乃上去。”汉武帝听了感慨地说：“嗟乎！吾诚得如黄帝。”于是汉武帝“遂郊雍，至陇西，西登空桐，幸甘泉。令祠官宽舒等具泰一祠坛，……五帝坛环居其下，各如其方，黄帝西南”。可以看出，汉武帝登临崆峒山是慕黄帝成仙之事而去，其背后是黄帝问道广成子于崆峒山传说的广泛流传以及道家在崆峒山的逐渐发展。

东汉末，张道陵在四川创立了五斗米道，标志着道教的正式产生。《崆峒山新志》中说：南北朝时期，崆峒山道士大都是关中、陇右、山西、河南籍的士大夫和下层民众，他们被生活所迫，将崆峒山的深谷幽地当作了乱世安身之所。[①]唐时，太宗御赐田宅，崆峒山明慧禅院开山祖师仁智承圣恩，建问道宫、轩辕宫等四处。北宋乾德五年，在马鬃山巅创修真武殿；政和年间，知渭州张庄奉旨重修问道宫。至正十七年（公元1357年），重修大什方问道宫。此后，明万历二年（公元1574年），韩王将问道宫辟为十方道教常住。清顺治八年（公元1651年），修建崆峒山玄帝殿及香亭。宣统三年（公元1911年），在中台西南位置创建三皇楼。可以看出，自唐以来，崆峒山道教都得到了朝廷的重视，并在统治阶级的大力支持下得到了较大发展，其中问道宫始终是他们创修和重修的重点对象，显然他们已经把崆峒山作为“黄帝问道”的道场而经营。

从巫的出现，到道家学术的形成，再到道教的出现，崆峒山都是一个充满宗教色彩的地方，一代代崆峒人的文化生活是崆峒山传说的肥沃土地，久而久之流传在这里的传说也就浸染上了浓厚的道教色彩。

2.佛教在崆峒山

佛教是一种外来宗教，两汉之际从印度传入我国，后与我国传统文化逐渐融合，逐渐形成中国式的佛教，影响着广大中国民众的生活和思想。《崆峒新志》称，汉明帝永平元年（58年）佛教传入平凉，竺法兰、迦叶入住歇马

① 国家重点风景名胜区崆峒山管理局编：《崆峒山新志》，兰州：甘肃文化出版社，2008年，第84页。

店弘法于平凉[①]，但目前无可考证，不能信以为真，具有较高可信度的则是唐代有关仁智禅师的事情。传说，贞观年间仁智禅师云游到平凉，闻知崆峒山香火旺盛，就上山驻足，勘地建庙。他多年东奔西走外出化缘，首先在中台修建了滹沱寺（亦称明慧禅院，明万历二年辟为十方院，天启二年重修后改称真乘寺），又陆续在东西两侧修建了厢房数间，凿通了朝天门至绝顶的山路，砌石级三百七十八级，取名“上天梯”。唐太宗李世民于贞观二十年御驾北巡，途经平凉，听说了仁智和尚之事后深为感动，亲自颁诏书，御赐田亩，分赏财物，资其修寺建庙，广布佛事。仁智禅师率众，在崆峒山修建了法轮寺、舒花寺、观音寺、莲花寺等。北宋仁宗庆历二年（公元1042年）赐明慧禅院主持法淳为“护法大师”，并赐紫。在此前后，仁智法师率众修建了凌空塔。金代时，不仅建佛寺修庙院，还铸了一口万斤重的铁钟，并专门修建了钟楼。元朝至元九年（公元1272年），西域僧人槊里吉察思揭兀到平凉修行，朝廷特授三品银印。安西王尊其为一代天师，为其修建宝庆寺及寺内十大佛像，至元十五年（公元1278年）秋竣工。安西王率百官亲临庆典，此后又兴修香山寺、观音庵，修葺中台真乘寺等寺院。明万历初年，僧录司左觉义、张达坚同慧舟、湛兴二禅师入京畿向朝廷陈述崆峒之盛况，由于佛经之残缺，圣皇太后曾颁赐经律论三藏，而藩王韩国主乃捐金建阁珍藏之。万历三十一年（公元1603年），神宗亲敕匾额，其后将中台辟为十方常住之院，并在寺内设大铁锅一口，可供僧众弟子同时进餐。清代时，崆峒山佛教的发展依然承接明代之风，创建寺院如文殊庵、七佛阁、弥陀庵、茶庵寺等十余处。或许因为平凉地处丝绸之路，所以相比之下佛教的发展似乎比道教更快，规模更大，自然就给崆峒传说也染上了一定的佛教色彩。

当然，崆峒山并不是只有道教和佛教的发展，宋元以后儒、释、道共处一山，崆峒山的“三教洞”就说明了这一点。只是因为儒家思想长期浸润中国人的思想，人们对此已经习以为常，所以即使染上儒家文化，这种色彩也是若有若无、若明若暗，难以见出新鲜来。

（三）崆峒山也是军事要地

崆峒山地处六盘山东侧，“雄视三关，控制五原”，从周秦、西汉到唐宋，崆峒山向来都是兵家必争之地，崆峒山一带有关寨、城堡等古战场多处。在

① 国家重点风景名胜区崆峒山管理局编：《崆峒山新志》，兰州：甘肃文化出版社，2008年，第128页。

古代漫长的岁月里，这里曾经烽火连天，战事不断。隋唐时期，崆峒山道佛两教发展都比较快，都拥有一定的田产，崆峒山又处在边荒地带，经常会受到社会上闲散游兵的偷袭，为了保护生命与财产安全，崆峒山僧、道两家将武术列入他们参禅诵经之余的重要活动，久而久之，便形成了崆峒武术。宋庆历年间，西夏骑兵乘胜南下，长驱直抵平凉，破城而入，烧杀抢掠无恶不作，为保性命数万人逃往崆峒山，西夏军尾随而至，兵围崆峒山，在岌岌可危之时，崆峒山慧明禅院主持组织全山僧道及民众依山设防，与西夏军展开了一场激烈而残酷的战斗，最后以西夏军失败告终。这次以弱胜强、以少胜多的崆峒山之战不仅有效保护了平凉人民的生命和财产安全，还为崆峒山僧道集团赢得了崇高荣誉。在这种战争环境的浸润下，有些崆峒山传说也浸润上了一定军事文化色彩。

崆峒山是一个宗教要地，也是一个军事要地。作为一个宗教要地，它记录了从远古道家到汉末以后道教和佛教的发展历程；作为一个军事要地，它记录了从秦皇汉武对这个军事要地的巡视考察到宋代慧明禅院主持仁智和尚率众抗击西夏大军的整个历程，为人们了解崆峒山的历史留下了珍贵的资料。

三、崆峒山传说的文化价值

崆峒山传说是一笔内涵丰富的文化遗产，其文化价值不容忽视。

（一）有利于准确定位崆峒山的宗教地位

崆峒山自古就是重要的宗教活动场所，这是无可置疑的事实。近年来随着世人对传统文化的重视以及文化产业的兴起，人们越来越重视本土文化价值的挖掘，总想在自己的土地上找出个“第一”来。这固然有其积极的一面，但不可否认，也会因为论证不严密而出现一些定位欠准的问题。目前，对崆峒山宗教地位的定位也似乎存在这样一个问题。

在许多学者笔下，崆峒山被誉为“天下道教第一山”，如姚学礼的《崆峒山的文化定位》[①]、周守群的《“西镇奇观”崆峒山》[②]、仇非的《天下道教

① 国家重点风景名胜区崆峒山管理局编：《崆峒山新志》，兰州：甘肃文化出版社，2008年，第424页。

② 国家重点风景名胜区崆峒山管理局编：《崆峒山新志》，兰州：甘肃文化出版社，2008年，第433页。

第一山索隐》[1]等，其中仇非还对他把崆峒山称作“天下道教第一山”做了一定的解释，认为：(1) 居住在崆峒山的崆峒氏是殷商子姓族中的一支，古人有“殷人尚鬼”的传说，而中国道教的源起正是从鬼神信仰而来；(2) 道教典籍上记述广成子是太上老君的前身，《道教源流谱》中载：“初，黄帝访道崆峒，广成子授以至道而得跨龙飞升。至周末太上老君转劫降世度儒化释，传道尹喜而为三教之宗，万真之主也。”显然，仇老先生在此又混淆了“道家”和“道教”两个概念。要准确定位崆峒山的文化地位，必须弄清楚三个问题：①道家与道教的关系；②道家与黄老道的关系；③黄帝问道广成子于崆峒山之事。

首先，在中国传统文化中，“道家”一词有广义和狭义之分，狭义的“道家”专指从先秦到魏晋以来所形成的老庄之说、黄老之学和魏晋玄学；广义的“道家”不仅包括狭义的道家，还包括东汉以后所创立的中国本土宗教“道教”，广义的道家和道教是包含和被包含的关系，我们可以把道教称作道家，但不能把道家称作道教。从它们的渊源关系上说，道家思想是道教思想的基石，道教是在道家的基础上产生的。其次，春秋末期，老子站在历史的高度对现实社会进行反思，写成了《道德经》一书，标志着道家学派从此诞生。此后，老子的思想，既有继承又有批判。庄子是老子思想的继承者和发展者，后世将他们二人并称为“老庄”，其哲学思想被尊称为“老庄哲学”，此为道家思想的第一个发展阶段。就在《道德经》诞生前后，吴越争霸事件发生，本来弱小的越国却因为休养生息的政策而最终取得胜利。受此启发，一部划时代的著作——《黄老帛书》诞生了，标志着黄老道家正式诞生，其中“黄”指黄帝，是中华民族的人文祖先，也是中华民族的代表人物；“老”指老子，系春秋末年我国伟大的哲学家、思想家。黄老道是从老庄道家分化出来的一个道家学术支派，是道家思想发展的第二个阶段。第三，《庄子·在宥》篇是目前最早记载黄帝问道广成子于崆峒山的文献，老庄哲学是黄老道思想的源泉，从这个意义上讲，黄帝问道广成子于崆峒山是黄老道产生的基石，崆峒山是黄老道的发祥地（或者说“祖山”“第一山”），而非“天下道教第一山”，况且道教产生于东汉末年，以五斗米道和太平道的相继出现为标志，而五斗米道创教的地点是四川鹤鸣山，太平道的创教地点是巨鹿（今河

① 国家重点风景名胜区崆峒山管理局编：《崆峒山新志》，兰州：甘肃文化出版社，2008年，第444页。

北省邢台市平乡县），都与平凉市崆峒山无关。

（二）提升崆峒山旅游的文化品位

随着社会的发展和人民生活水平的提高，旅游越来越受到人们的喜欢。旅游，既是一项产业也是一种文化活动。作为产业，它可以有效促进区域经济的发展；作为文化活动，它不仅可以加强不同地区之间的文化交流，还可以让游客通过参观名胜古迹增长见识，陶冶情操，受到文化的熏陶，所以说文化是旅游的灵魂，是旅游业赖以生存和发展的基础。

崆峒山自古就是旅游之地。史载，秦始皇、汉武帝、唐太宗等古代帝王曾登临崆峒山，其中秦始皇还命丞相李斯在崆峒山刻石“西来第一山”，只是因为时间过于久远，现已佚失；文人司马迁也“西至崆峒”。另外，唐代的李白、杜甫，北宋的游师雄，明代李攀龙、赵时春，清代康有为、左宗棠等著名文人都登临崆峒山，留下了大量的诗词、华章、碑碣、铭文，如游师雄的《广成子洞》写下了他游览黄帝问道遗迹的感受，清代王肇衍《秋日登崆峒访张年友希孔》写出了他秋日登临崆峒所见之景，清代邓廷桢《和胡峰军门游崆峒山（其一）》更是写出了黄帝问道传说在华夏大地上传播之盛。

受崆峒山传统文化的影响，1978年，平凉市政府提出开发崆峒山旅游资源，使这座以前以烧香拜佛为主的宗教活动之地成了全民旅游的胜地。从1983年6月开始，市政府组织人员历时近半年时间对崆峒山及周围所有景点进行了比较详细的调查勘测，最后整理成《崆峒山旅游资源调查报告》并上报甘肃省人民政府，拟申请为省级风景名胜区。1984年1月，甘肃省人民政府批准崆峒山为省级风景名胜区。1994年1月，国务院批准崆峒山为国家重点风景名胜区。2000年12月，崆峒山被国家旅游局正式批准为4A级景区。2007年5月，获批为国家首批5A级旅游景区。崆峒山自从被开发为旅游景区以来，吸引着国内外大量游客，尤其是近三五年，每到旅游旺季，崆峒山日接待游客都在2 000人以上，为平凉市经济的发展做出了重要贡献。

崆峒山传说，作为崆峒山一笔比较可观的非物质文化遗产，也为崆峒山的旅游业做出了应有的贡献，其最大的贡献就是崆峒山传说进入了崆峒山景区解说词。在由崆峒山旅游管理局提供的于2015年9月新编写的“崆峒山景区导游词”中，100个景点共用民间传说48则，在这48则民间传说中，有些与道家或道教密切相关，如问道宫、轩辕谷、大象山、棋盘岭等，有些与佛教密切相关，如茶庵寺、滹陀寺、哼哈二将、天王殿等，有些与历史密切相关，如秦始皇巡崆峒、汉武帝游崆峒、唐太宗拨银赐田、赵时春崆峒山读书等。崆峒山传说进入解说词，首先，不仅可以让游客了解崆峒山景区景点的历史渊源、文化变迁，还可以增强游客聆听讲解的趣味性，给游客留下深刻印象，让游客真正享受文化旅游的乐趣；其次，极大地拓展了崆峒山传统文化的受众面，使更多的人了解崆峒文化，有力促进了崆峒山文化的宣传。

（三）整合传统生态智慧，净化人的心灵

自20世纪80年代改革开放后，中国社会进入了转型期，在随后的发展中中国经济建设取得了重大成就，随之也出现了新的社会问题和生态问题，其实，生态问题在本质上是社会问题，社会问题在本质上则是人的精神问题，比如人们在追逐经济利益时往往只看重眼前的经济效益，忽视了社会效益和子孙后代的长远利益，对自然只索取不补偿、只破坏不建设、只污染不治理，时间一长就产生自然资源短缺、生态环境破坏、土地沙化等问题，不但影响了社会的可持续发展，还助长了人们的攀比心理和盲目消费之风，在攀比心理和盲目消费心理的驱使下，他们又开始了新一轮的生态破坏。要彻底消除这种心理是不可能的，但是弱化这种心理是完全可以的，也是社会发展所需要的，那么如何弱化这种心理，英国著名学者李约瑟（Joseph Needham）在潜心研究中国文化数十年后曾经指出，未来也许属于道家①。李约瑟这里所说的"道家"是广义的道家，并侧重于道教。李约瑟的这句预言意味深长，对人类思想的发展有着比较准确的预测价值。

首先，道家"天人合一"思想有助于人们创建自然生态文明。"天人合一"是一个古老的哲学问题，"天"通常指自然界，"人"即人类自身，主要讨论自然与人类之间的关系，大约在殷周时期就提出来了。春秋战国时，诸家思想比较活跃，各家在天人关系上提出了不同的看法，如道家的"道法自然"思想、阴阳家的"人与天调"思想，墨家的"天志"主张等。到了西汉，董仲舒在其《春秋繁露·深察名号》中明确提出"天人之际，合而为一"，至此"天人合一"被正式确立。"天人合一"思想把自然与人类看成是密不可分的一个整体，认为天地万物的存在与变化都有自己的规律，而且这种规律不以人的意志为转移，人类对它的利用要适时而为，否则不仅影响物种的生长和繁衍，也影响人类的可持续发展，《荀子·礼论》中"天地以合，日月以明，四时以序，星辰以行，江河以流，万物以兴"和《荀子·王制》中"草

---

①［英］李约瑟：《中国科学技术史》（第2卷），上海：上海古籍出版社，1990年，第166页。

木荣华滋硕之时则斧斤不入山林，不夭其生，不绝其长也；鼋鼍、鱼鳖、鳅鳣孕别之时，罔罟毒药不入泽，不夭其生，不绝其长也；春耕、夏耘、秋收、冬藏四者不失时，故五谷不绝而百姓有余食也”说的就是这个道理。可以看出，“天人合一”思想在解决人与自然的关系上具有合理而积极的意义，它承认自然规律不可违，人应该尊重自然规律，但并没有一味地夸大自然规律、弱化人的能动性，而是主张人在尊重自然规律的基础上做积极的努力和改造，这对当今提出的可持续发展的战略有一定的指导意义。

其次，道家“无为而治”思想有助于人们创建社会生态文明。春秋战国时期是一个诸雄争霸的时期，为了拯救社会，当时的各派思想家站在各自的立场上，从不同角度提出了不同的治世之方，其中道家创始人老子提出“无为而治”的主张。老子的“无为”不是无所作为，而是在“无为”中实现“有为”，即顺应自然，按事物发展的规律因势利导，他否定的不是“作为”而是“妄为”，其目的是要统治者放弃给老百姓带来害处的有为之政，消除加于老百姓身上的束缚和压迫，是爱民治国的体现，对任何时期的国家治理都有一定的借鉴意义。尤其在现今社会，一些目的不纯的领导为了给自己搞政绩，不顾群众需要和当地实际，牺牲群众的利益，集资修建一些劳民伤财又浮华无用的形象工程，不但白白糟蹋了老百姓的血汗钱，有时还酿成重大安全事故，导致人员伤亡，为害甚烈。这种行为就是老子所批判的“有为”之作，应予以杜绝。

第三，道家“无为而治”思想有助于人们创建精神文明。《道德经》第三章说：“不尚贤，使民不争。不贵难得之货，使民不为盗。不见可欲，使民心不乱。是以圣人之治，虚其心，实其腹，弱其志，强其骨；常使民无知、无欲，使夫智者不敢为也。为无为，则无不治。”这里老子否定的并非人们的欲望，而是人们的贪欲和为满足贪欲所用的不道德手段，他主张一种适度的、知足的生活方式，这种观点适用于广大民众。在当今社会，受西方文化的影响，许多人追求享乐主义但却不愿付出劳动，为了支付高昂的奢华生活费用，他们不惜牺牲他人的利益，如拐卖妇女儿童、贩卖毒品、敲诈勒索、坑蒙拐骗等；还有一些领导，作为人民的公仆不为百姓的幸福着想，却利用职权贪污受贿、假公济私，为自己谋取大量的私利。凡此种种行为都是由不健康的心理导致的，如果他们能受到道家“无为”思想的洗涤，或许还会有一定程度的缓解。

当然，道家思想对当今社会的意义不只这三个方面，如道家“我命在我不在天”思想有助于消除人们由于工作紧张、事业不顺而产生的悲观情绪，“以德养生”思想有助于提高当代公民的伦理道德素养，“和合”思想有助于人类和平相处和人类对自然的保护，等等。崆峒山作为道家思想的重要发祥地之一，现在又是国家5A级旅游景点，成千上万的游客不仅可以在景点中受到道家文化的熏陶，还可以通过导游的讲解感受道家思想的奥妙，这对净化人们的灵魂、提升人们的思想认识有着较好的作用。

第三节　从敦煌壁画故事看佛教在中国的传播

敦煌位于河西走廊的西端，既是丝绸之路的“咽喉”，也是中西文化交汇的“门户”。公元1世纪左右，佛教从西域传入中国，首及河西，再传入中原，逐渐发展成为深刻影响中国人思想和日常生活的宗教。敦煌位于河西走廊的最西端，自然而然就成了佛教东传的重要转折点，也是中原民众最早接触佛教的地方。从前秦建元二年东游和尚乐僔在此开凿第一个石窟到宋元以后佛教走向衰落，每个朝代都在这里留下了传播佛教的足迹，尤其是敦煌壁画，它不仅是佛教艺术的瑰宝，更是佛教传播的活教材。

“壁画”，顾名思义就是画在墙壁上用以传达人们某种思想感情的画，早在原始社会就有，是人类最早的绘画形式。后来，随着社会的发展，壁画并不只画在墙壁上，有时还画在地上、屋顶上、屏风上，其所谓的“壁”既可以是佛寺道观、洞窟岩石之壁，也可以是宫廷殿堂、亭榭廊台之壁，还可以是佛塔俗墓之壁。敦煌壁画，有狭义和广义之分。广义的敦煌壁画指画在敦煌的石窟、寺庙、道观、佛塔、古墓、古代关城、现代建筑里的壁画；狭义的敦煌壁画专指画在莫高窟、西千佛洞、东千佛洞、榆林窟、五个庙、一个庙等石窟里的壁画。

狭义的敦煌壁画约5万平方米，其内容之丰富、题材之多样、艺术手法之美妙、规模之宏大，世界上再无第二。关于敦煌壁画的分类，早在20世纪50年代常书鸿先生曾把它分为经变、故事、曼荼罗、佛像、供养人像、图案六大类[①]，到80年代时，段文杰先生又把它们分为尊像画、故事画、经变画、

---

① 常书鸿：《敦煌艺术的源流与内容》，见《文物参考资料》，1951年2卷第4期。

佛教事迹画、神怪画、供养人像、装饰图案七大类[①]。其实，敦煌壁画可以被简单地划分为三大类：(1) 尊像画，包括佛像画和供养人画；(2) 装饰图案，如莲花、狮子、棋格、曼荼罗、大象等；(3) 故事画，就是用画面来阐释佛经义理、记述佛教人物事迹、记录佛教发展轨迹的壁画。本章的研究对象是狭义的敦煌壁画中的故事画，旨在从传播学和叙事学的角度研究当时佛教在中国的传播情况，以及人们对佛教的接受情况，进一步探讨佛教对古代河西人民生活的影响。

一、敦煌壁画故事的基本内容

敦煌壁画是佛教艺术，其故事内容与佛教、佛经和佛教的传播密切相关。

（一）本生故事

佛教宣扬灵魂不灭、轮回转世和因果报应，认为人的一生充满了生、老、病、死的痛苦，而这些都是人前世的业行所造，人只有虔诚礼佛、忍受苦难才能消除前世的罪孽，修得来世的尊荣富贵。本生故事主要讲释迦牟尼佛在过去世忍辱负重、救世救人的种种善行和事迹，其目的就是劝人向佛学习，多做善事，真诚礼佛，这一类故事有《尸毗王割肉救鸽》《月光王施头》《摩诃萨埵太子舍身饲虎》《毗楞竭梨王身钉千钉》《快目王以眼施人》《婆罗门闻偈施身》《须达拿太子施象》《睒子深山养盲亲》《九色鹿》《设头罗健宁变鱼救灾民》《郁多罗闻偈以皮作纸》《虔阇尼婆梨王身剜千洞燃千灯》《昙摩钳闻偈跳火炕》《慈力王施血济夜叉》《须阇提割肉济父母》等。首先，在这些故事里，都有一个心地善良、乐善好施的主人公，如《尸毗王割肉救鸽》里的尸毗、《月光王施头》里的月光王、《摩诃萨埵太子舍身饲虎》里的摩诃萨埵太子等。其次，这些主人公不仅乐善好施，还一心向佛，为了听到精妙的佛法不惜牺牲生命，比如，《毗楞竭梨王身钉千钉》中的毗楞竭梨王为了聆听佛法不惜让劳度叉在自己身上钉一千个钉子，《虔阇尼婆梨王身剜千洞燃千灯》中的虔阇尼婆梨王为了听到“真言妙法”不惜让劳度叉在自己的身上剜一千个洞燃一千盏灯。第三，这些故事都可见于古印度佛经，比如《尸毗王割肉救鸽》《九色鹿》《摩诃萨埵太子舍身饲虎》可见于《大藏经·本缘部》，《月光王施头》《虔阇尼婆梨王身剜千洞燃千灯》可见于《大藏经》。

---

① 段文杰：《敦煌壁画概述》，见《中国美术全集》绘画编14卷《敦煌壁画》（上卷），上海：上海人民美术出版社，1985年。

这些故事，有的画在洞壁上，有的画在屏风上；有些以单幅画的形式出现，有些以多幅连环画的形式出现；有些故事出现在多个洞窟中，有些故事只绘在某个洞窟中。就笔者能搜集到的资料而言，出现次数最多是《摩诃萨埵太子以身饲虎》，北周428窟，北魏254窟，北周299、301窟，隋代302、417、419窟，唐代9、85、231、237窟，五代72、98、108、146窟和宋代55窟中都有，共15个洞窟，但这些洞窟绘画并不是简单地重复或模仿，每个洞窟都有自己的表现形式，呈现出不同的表现特色。

（二）因缘故事

佛教缘起论认为："有因有缘集世间，有因有缘世间集；有因有缘灭世间，有因有缘世间灭。"（《杂阿含经》卷二）这句话的意思是世间万物的生起与灭亡都是有因果条件的，有因必有果，有果必有因，果由因而生，因必然产生果。因缘故事是佛教徒用以阐释佛家缘起论、因果报应思想的故事，为了增强它的可信性，他们往往说这是释迦牟尼当年度化众生时所发生的事情，因此因缘故事就成了各地佛教壁画中非常重要的一部分，敦煌壁画也是如此。敦煌壁画中的因缘故事有《难陀出家》《须摩提女请佛》《沙弥守戒自杀》《五百强盗成佛》《微妙比丘尼》《弊狗与比丘》《佛度恶牛》《梵志夫妇摘花失命》《波暗罗丑女变美》《无恼指鬘皈佛》《五百盲儿往返逐佛》《象护与金象》《宾头卢度化跋提长者及其姊妹》《妙音比丘》等。

根据其因果报应关系，因缘故事又可以分为：(1）现世报故事。现世报指众生在今生所做之业今生就产生果报，典型故事如《沙弥守戒自杀》《无恼指鬘皈佛》《五百强盗成佛》《波暗罗丑女变美》等。(2）来世报故事。来世报，就是今生所做之业今生并不产生果报，而是来生才得到。来世报故事是佛教故事中数量最多的因缘故事，敦煌壁画故事中有《微妙比丘尼》《佛度恶牛》《梵志夫妇摘花失命》《弊狗与比丘》《象护与金象》《妙音比丘》等。(3）隔世报故事。隔世报，就是造业在过去世而果报在今世，其过去世既可以是过去三五世，也可以是过去数十世，即其业与果之间有较长的时间间隔，敦煌壁画故事中的隔世报故事有《五百盲儿往返逐佛》《设头罗健宁变鱼救灾民》等。

这些因缘故事，有些以横卷连环画的形式展现整个故事内容，有些以单幅画的形式突出其重要情节，其中《沙弥守戒自杀》被绘制在北魏254、257和西魏285三个洞窟中，《妙音比丘》被绘制在五代98和146两个洞窟中，其他故事都只绘制在一个洞窟中。在长卷连环画中，《须摩提女请佛》《沙弥守戒自杀》《微妙比丘尼》最具代表性。

（三）佛传故事

佛教产生于公元前6世纪的古印度列国时代，其创立者是当时印度迦毗罗卫国净饭王的太子乔达摩·悉达多，成道以后被人们尊称为“佛陀”，简称“佛”，意为觉者。所谓“佛传故事”就是记述佛教创始者释迦牟尼人生事迹的故事。

在敦煌莫高窟，有许多洞窟都绘有佛传故事。其中有些洞窟只绘了个别片断，如北朝431窟，隋代278、280、383、397窟、唐代57、209、283、322、329、375、386窟都绘有太子乘象入胎，北周294窟绘有太子树下诞生，中唐112窟绘有太子步步生莲，五代454窟绘有太子学艺，北凉275窟、北周294窟绘有太子出游观人间生老病死，北魏431窟，隋代278、397窟，唐代57、322、386窟、宋代454窟绘有太子夜半逾城出家，宋代454窟绘有太子树下思维成道，北魏263、260窟绘有释迦于野鹿苑初转法轮；有些洞窟详尽而完整地绘出了佛祖的一生，如北周290窟和五代61窟，其中290窟依据的是《修行本起经》，61窟依据的是《佛本行集经》，290窟画于东、西两披，各分上、中、下三层而绘，61窟画于南壁西侧、西壁和北壁西侧下部，采用联屏形式，用三十三扇屏风详细绘画，相比而言，61窟情节最多，内容也最丰富。

（四）经变故事

经变，又称变相，指描绘佛经内容或佛传故事的图画，经变故事就是蕴含在经变画中的故事。敦煌壁画中有许多经变，如观音经变、弥勒经变、观无量寿经变、维摩诘经变、法华经变、华严经变、金刚经变、报恩经变、药师经变等，内容丰富，种类繁多。

在这众多的经变故事中，绝大多数经变都有与之相对应的佛经，如弥勒经变对应《弥勒经》，观无量寿经变对应《观无量寿经》，法华经变对应《法华经》、华严经变对应《华严经》、维摩诘经变对应的是《维摩诘经》，只有少数是个例外，如劳度叉斗圣变就没有对应的佛经，主要取材于讲唱文学作品《降魔变文》。

我国佛经版本比较多，依据的版本不同所绘制的画面就有所不同，比如弥勒经变，其译本有西晋竺法护译的《弥勒下生经》、刘宋沮渠京声译的《观弥勒菩萨上生兜率天经》、后秦鸠摩罗什译的《佛说弥勒下生成佛经》和《佛说弥勒大成佛经》、唐义净译的《佛说弥勒下生成佛经》，有学者经过研究认为：“初唐，皆据竺法护译；盛唐，大多据竺法护和鸠摩罗什译本，个别据义净译本；中唐以后，基本依义净译本。”①

（五）佛教史传故事

佛教史传故事指讲述佛教发展传播过程中有关事件、人物、佛教圣迹、瑞像等的故事，包括佛教从印度到西域各国，再到中原地区整个传播过程中的故事。根据故事的内容和性质，佛教史传故事又大体可以分为：（1）佛教历史故事，即讲述佛教发展和传播历史的故事，如《张骞出使西域求佛名号》《隋文帝请昙延法师祈雨》《阿育王建八万四千佛塔》《阿育王拜乾尼子塔》等；（2）高僧传记故事，即讲述高僧人生事迹的故事，如《西晋高僧佛图澄》《汉代西域高僧安世高》《唐代大圣泗洲僧伽和尚》《唐僧西天取经》等；（3）佛教圣迹故事，即记载佛教圣迹的故事，如《释迦浣衣石》《释迦晒衣石》《拘尸那城纯陀故井》《菩提寺高广大塔》《尼波罗国水火池》等；（4）瑞像故事，即记载佛像神异之事的故事，如《犍陀罗分身瑞像》《于阗坎城瑞像》《于阗牛头山瑞像》《酒泉郡释迦牟尼佛瑞像》《刘萨诃凉州瑞像》等。

敦煌壁画中的佛教历史故事大多取材于《高僧传》、高僧们的著作（如唐玄奘的《大唐西域记》）、史书或文学作品（如《汉书·西域传》《洛阳伽蓝记》）等。但是，它们并非对历史的真实反映，为了佛教的需要，往往出现了伪造事实的现象：（1）给与佛教毫无关联的历史事件附会上一定的佛教色彩，如《张骞出使西域求佛名号》把张骞出使西域的使命说成求佛名号，目的在于伪造佛教传入中原的时间；（2）给与佛教有关的历史人物或历史事件赋以神异的色彩，比如在莫高窟第323窟北壁以全景连环画的形式选绘了佛图澄三则神异故事。从科学的角度讲，这些事情都不可能发生，但《高僧传》中记载了，敦煌壁画也画了，他们之所以这样做原因很简单，就是神化佛教人物，用佛教的神异功能去震慑人们的心灵，进而达到让人们信奉佛教的目的。

这几类故事数量多、内容丰富、故事情节曲折，是敦煌壁画中最有价值的故事，也是最值得人们注意的一些故事。当然，敦煌壁画中还有其他类型的故事，如贤愚者故事、杂宝藏经故事、百喻经故事等。

---

① 李永宁、蔡伟堂：《敦煌壁画中的〈弥勒经变〉》，见《1987年敦煌石窟研究国际讨论会文集·石窟考古编》，沈阳：辽宁美术出版社，1990年。

二、从敦煌壁画故事看佛教在中国的传播

张骞开辟的陆上丝绸之路是人们公认的佛教传入中国的主要线路，敦煌是人们公认的佛教传入中原的第一个中转站，作为佛教艺术的敦煌壁画在一定程度上体现了佛教在中国的传播情况。

（一）传播主体

传播主体，即传播者，是传播动作的施动者，主要指为实现某种目的，借用一定的手段将自己所拥有的某个信息传送给他人的人或组织。传播是一个信息共享过程，必须发生在一定的社会关系中，而且传播主体和传播对象之间呈现出一个相互作用的动态过程，尤其是传播主体，既是传播活动的施动者又是传播活动得以实现的前提和基础。敦煌壁画是佛教艺术，传播的信息主要是佛教义理，但敦煌壁画绘制在石窟之内，从开凿石窟到壁画完成需要投入大量的人力和财力，从某种意义说石窟的凿修者、墙壁的处理者、壁画内容的提供者和筛选者、壁画粉本的绘制者、壁画的绘画者，以及凿窟和绘制壁画工作的组织者、金钱和财物的捐助者都可以算作佛教信息的传播者，他们有的是个人意愿，有的代表着某个团体，都为佛教的传播做出了重要贡献。

僧人和商人在敦煌佛教的传播中也起了重要作用。在敦煌石窟中，绝大多数壁画故事选自于佛经，这些佛经多是西域僧人翻译并介绍到中国的，比如本生因缘故事主要绘于北凉、北魏、北周、隋代及晚唐、五代洞窟中，按现存画面所能识别者共涉及53个故事、124幅画，它们多选自《法华经》《大般涅槃经》《六度集经》《杂宝藏经》《贤愚经》等佛典，其中《法华经》现存译本有三种：竺法护翻译的《正法华经》、鸠摩罗什翻译的《妙法莲花经》及阇那崛多和达摩笈多共同翻译的《添品妙法莲花经》，竺法护是月氏国人，鸠摩罗什是天竺国人，阇那崛多是北印度犍陀罗国人，达摩笈多是南印度人，他们都来自遥远的西域，为《法华经》在中土的传播做出了重要贡献。

另外，也不能忽视某些历史阶段中朝廷和敦煌地方官府对佛教传播的影响，因为它们是佛教传播的权力支持者。任何一种外来宗教能否顺利发展，统治阶级的态度非常重要，如果得到它们的支持，其传播不仅速度快而且范围也广，如果得不到官府的支持，轻者传播艰难，重者摧毁传播组织、剿灭传播人员。在敦煌壁画中，可以比较清楚地看到历代朝廷和地方官府对佛教传播事业的态度和支持力度：比如北魏、西魏和北周的统治阶级都崇信佛教，

石窟的建造得到了皇室公亲们的支持，不仅建造速度快且绘制面积也比较大；隋唐时，由于统治阶级的大力支持，朝廷不仅派大臣前来督修石窟，就是沙州各县官吏、富商、百姓也纷纷来敦煌开窟凿洞，以至于当时从南到北两三里长的峭壁上，整日锤声叮当、人声嚷嚷，到底有多少人谁都数不清，当地传着一首民谣“敬德督修千佛洞，整整造了十八年。吃粮多少无法算，每天要吃石二盐”，可见人数之多，造洞声势之大；宋元期间，统治阶级着重强调儒家的“三纲五常”，对佛教采取既利用又限制的政策，所以莫高窟的营建渐趋衰落，主要是重修前朝洞窟，新造洞窟极少；元代以后，敦煌停止开窟，明嘉靖七年，朝廷封闭九层楼内的弥勒大佛，几乎连窟室的修复工作也难以再继。从这个意义上说，借用敦煌壁画来传播佛教的主体是一个横跨中西国界、纵贯十六国时期到元朝长达1 600多年历史中的中外广大民众群体及部分朝代的统治阶级。

（二）传播对象

传播对象，即受众，是传播动作的受动者和信息的接受者。佛教初传中土时，一直只在上层统治阶级和知识分子阶层传播，下层劳动人民是被禁止信奉的。到魏晋南北朝时期，佛教在民间有了比较大的影响，出现了用来传播佛教的“义邑”和“法社”。随着佛教在中国的传播，他们的传播对象越来越明显地分成了两大阵营：上层统治阶级及知识分子和下层劳动人民。上层统治阶级和知识分子有丰厚的物质基础，不需要佛祖给他们提供什么物质帮助，主要用佛教义理解决人生中的精神痛苦，以提升自己的思想修养，中国的禅宗就是这种情况下产生的，所以有学者说：“禅思想主要是对少量社会知识阶层的人生态度与生活方式发生影响，使这批我们称之为‘文人士大夫’的人在其人生观念与行为上发生转变，因为禅思想那种完全心灵化的内在自觉，彻底无功利的精神超越，在古代几乎只能是文人士大夫的专利。”[①]广大劳动人民终日劳作却常年贫困，物质生活极度匮乏，他们不只看重佛祖或菩萨在精神方面对人的救助，更渴望他们带给自己生活上的物质方便。对于广大劳动人民来说，大多数信仰者追求的目标是乞求佛祖（或菩萨）保佑家人平安健康、人丁兴旺、生意兴隆，与文人士大夫相比更具实用性。

在佛教传播中，依据不同的标准可以把受众划分为不同类型。比如，依据社会地位及其对佛教的价值取向，可以把他们划分为上层统治阶级及知识

① 葛兆光：《中国禅思想史》，北京：北京大学出版社，1995年，第33页。

分子和下层劳动人民；依据受众对佛教的态度，可以把他们划分为主动受众和被动受众，主动受众指有明确的信佛目的，因而有意识地去接受佛教义理的人，被动受众指自己没有信佛的意愿，别人却强行给他灌输佛教思想或自己在无意识中受到了佛教教化的人；依据受众的地域文化背景，可以把他们划分为本地受众和外来受众，本地受众指长期生活、工作或经商在敦煌，经常受壁画这种佛教艺术所熏陶的人，外地受众指因某种原因途经敦煌做短暂停留，特意去观赏敦煌壁画以此受到佛教教义感染的人。我国学者葛兆光说："中国宗教，无论是佛教还是道教，实际上都有两种不同的信仰世界：一个是属于高文化水准信仰者的信仰，这些信仰是由道理、学说为基础的，人们追求宗教中的精神世界，希望借助宗教的信仰使自己的生活拥有超越脱俗的境界；一个是为数众多的普通人的信仰，这个信仰是以能不能灵验，有没有实际用处为基础，信仰者希望宗教可能给自己解决现实生活中的问题，给自己释厄解困，求得福祉。"[①]也有学者把中国佛教分为"精英佛教与民众佛教"，或者"义理型佛教和功德型佛教"[②]。从壁画艺术本身所具有的直观性和敦煌壁画内容可以看出，其传播对象首先是敦煌当地劳动人民，其次才是来敦煌做短暂停留的其他信众和敦煌本地官员，因为他们采用的是一种目不识丁就可以领会的传播媒介——壁画，他们所传播的佛教属于典型的"民众佛教"。

（三）传播媒介

传播媒介，即传播主体用以传播信息时所用的中介，是信息得以传播的物质载体。任继愈先生说："佛教在中国的传播和发展，经历了近两千年的漫长的岁月，它在中国封建社会各阶层中曾起过广泛影响。……佛教为了达到宗教宣传的目的，曾充分利用文学、艺术、音乐、壁画与雕塑等各种形式，对中国文化艺术产生过巨大影响。"[③]那么语言、文字、音乐、壁画、雕塑、舞蹈、戏曲等就是佛教的传播媒介。

据传，佛祖释迦牟尼当年宣讲佛法时，只是口授身传，其弟子奉持佛法也是谨遵师说。但是，佛教义理深奥难懂，那么如何把抽象难懂的道理讲得生动有趣，让信众既乐于听又易于接受？我国著名学者常任侠先生说："释迦牟尼所说的语言，是很富人情味的。他不仅是善于说教的人，也是善于讲故

---

① 葛兆光主编：《古代中国社会与文化十讲》，北京：清华大学出版社，2002年，第174页。

② 何光沪：《宗教与当代中国社会》，北京：中国人民大学出版社，2006年，第24页。

③ 任继愈：《中国佛教史》，北京：中国社会科学出版社，1981年，第12页。

事的人。他用通俗的常用语言，流行的民间传说，为大众说法，多方比喻，因此更能深入人心，使他的座前，集满了善男信女，合掌静听。在两千年后，读着这些有趣的故事，我们还仿佛听到佛的妙音，向往于那时的情景。”[①]释迦牟尼去世后，其弟子们为防止佛教教义日久失散和外道异说的渗入，也为后世佛门弟子留一个可以永远遵循的标准教义，曾先后多次结集佛典，才有了佛家文字性的经典。这是佛家经典从语言形态向文字形态的第一次转换。在传统社会里，不管是中国还是外国，文字都只掌握在少数上层统治者手中，广大劳动人民是没有条件读书识字的，然而对佛教教徒来说，他们绝不会只满足于在文化人中传播佛教，他们也想“度化”广大劳动人民。然而劳动人民或目不识丁或略识字，这就要求他们要寻求一种广大劳动人民既易于接受又乐于接受的形式来传播佛教教义，这就出现了音乐、绘画、舞蹈、雕塑、戏曲等艺术形式，从而实现了佛教义理的第二次转换。

就敦煌壁画来说，其媒介是壁画。之所以要用壁画做传播媒介，是因为壁画有其传播的优越性。佛教于两汉之际传入中国，传入时有两种传播方式：一种是僧人说法，一种是僧人译经。不管是哪一种都既有其优势又有其劣势：僧人说法的优势是僧人可以与信众面对面以口语为载体讲授佛法，劣势是有固定的时间和场所，信众如果不能按时到场就无法聆听佛法福音；僧人译经的优势是经书的阅读不受时间和地点的限制，劣势则是读经者必须具备相当的文化素养。那么，如何让不识字的人也能理解佛法要义，且不受时间的限制，壁画和雕塑就成了佛教的首选，一是可以画（或雕）在任何地方，二是信众观看不受时间和文化素养的限制，三是生动有趣可以吸引更多信众。与雕塑相比，壁画也有它的绝对优势：一是用料少且单纯，雕塑不仅需要塑像胎所需要的泥巴或石料，还需要雕饰其外在形象的颜料和布料，而壁画只需要一面墙和颜料，对于寺院或石窟来说墙面到处都是；二是需要的技术单纯，做雕塑不仅需要雕塑技术还需要绘画技术，而壁画只需要绘画技术；三是需要的时间短，做泥塑先是用泥巴堆起佛像泥胎，等泥胎干彻底了后再进行外部雕刻、绘画和装饰，若在夏天塑一尊泥胎少说也得三个月，若是春秋季节需要的时间就更长，如果是石雕就更费时费力；四是壁画可以用多画面展现完整的故事情节，而雕塑则不能。这是在传统社会为什么不管在寺院还是在石窟，壁画都远远多于雕塑的原因，也是在敦煌这个中西文化交汇的地方大

① 常任侠编：《佛经文学故事选》，上海：上海古籍出版社，1982年。

量绘制佛教壁画艺术的原因。

三、从敦煌壁画故事看古代河西人民的佛教信仰

张国刚说："佛教宗派的教义是深奥晦涩的，一般人难以理解。为宣传教义，佛教僧侣编撰了许多通俗文献，包括讲经文、变文、俗讲和各种通俗歌词、诗歌类作品，灵验故事、传奇小说也充当了宣传佛教的文学形式。佛教通俗文献……虽然在理论上不具有原创性，只是对于佛教教义的通俗化和形象化的衍述。但是，这种大众化的处理和加工往往就是佛教本土化和中国化的常见方式。在这些佛教通俗文献中，才真正包含着普通老百姓所理解的佛教是什么，才真正反映了佛教影响民众思想意识的基本内容。"[①]敦煌壁画作为佛教东传最通俗、最重要的表现手段，它同样包含着古代河西人民对佛教的理解和信仰，反映了佛教对古代河西人民思想意识的影响。

（一）古代河西人民佛教信仰的主要观念

佛教具有很强的活态性，这不仅指佛教可以随着时间和空间的推移而流布，还指它的教义不断地被不同时代、不同地域的信徒们充实和完善，形成风格各异的许多流派，且各派自立门户，异说纷呈。敦煌尽管位于河西走廊的最西端，是古代中国最西边的门户，但它毕竟属于中国，那么在中国的本土上画什么、传达什么意图并不完全取决于传教人士的意愿，而是取决于古代河西人民，从这个意义说敦煌壁画故事也反映古代河西人民对佛教的态度和价值取向。

1.人生无常空苦

佛教认为人不仅生、老、病、死会苦，还有怨憎苦、爱别离苦、求不得苦、五取蕴苦，人生就是一个痛苦的过程，之所以痛苦是因为人不懂得人生"无常""无我"的道理。后来，佛教十二因缘理论更具体、更系统地阐述了人生无常、生死轮回的过程，说明世上一切事物都处在一种永恒的变化过程中，像水流和火焰一样瞬息即变，无始无终，不能主宰自己，故而"无常""无我"。这种苦海无边、一切空苦无常的理论正好契合了古代河西人民对苦难现实、无常自然的理解，得到了他们的认可，从而成了他们理解人生、认识自然和社会的信条，致使敦煌壁画中佛本生故事、佛传故事和因缘故事随处可见。

---

① 张国刚：《佛学与隋唐社会》，石家庄：河北人民出版社，2002年，第169页。

2.众生皆有佛性

佛性，指众生成佛的依据和条件。关于佛性，不同的佛教宗派有不同的看法。小乘佛教认为只有佛祖释迦牟尼一人有佛性，其余一切人都没有佛性。大乘佛教认为："一切众生，无性得佛性，但有修得佛性。"（《大正藏》31卷）也就是说众生只要去掉无明（无知）都可修得佛性，只有"无性有情"的人不能成佛。禅宗则旗帜鲜明地认为："菩提般若之智，世人本自有之""一切般若智，皆从自性而生，不从外入。"（《坛经·般若品》）禅宗不仅肯定了人人都有佛性，还把解脱自己、超越苦难的权力交给了信仰者自己，为佛教在广大民众中推广宣传打下了坚实的理论基础。在吐蕃占领敦煌之前，著名禅师摩诃衍就到敦煌弘法，禅宗开始影响敦煌。在摩诃衍的影响下，禅宗经典《楞伽经》《金刚经》《思益经》《密严经》等在敦煌得以推广，从唐代中后期开始，敦煌的善男信女以上述诸经为题材，创作了大量禅宗壁画。据统计，敦煌现存楞伽经变11铺，金刚经变18铺、思益梵天所问经变15铺、密严经变4铺，除此之外，敦煌壁画中还有30余铺天请问经变。值得注意的是，这些经变大都为鸿篇巨制，不仅人物众多、场面宏大，且经义深奥、富于哲理，是古代印度、中亚地区、新疆境内石窟和佛寺所没有的壁画。

3.人生轮回，善恶果报

佛教十二因缘说宣扬众生都有"六道轮回"（即指地狱、饿鬼、畜生、阿修罗、人和天），且处在严格的善恶因果关系中，修善的将随着福业上升到"三善道"（即阿修罗、人、天），作恶的则随着罪业下堕到"三恶道"（即地狱、饿鬼、畜生），如此上升下堕，不断地在苦海中沉浮，在六道中轮回流转，永无了期，只有皈依佛门，弃恶从善，虔诚修持，才能跳出六道轮回的樊笼升入圣界，求得生死的超脱。在佛教中，本生因缘故事几乎都在宣扬这种理论。在敦煌石窟中，本生因缘故事主要绘于北凉、北魏、西魏、北周、隋代、晚唐和五代洞窟中，按现存画面所能识别者，共涉及53个故事、124幅画，其数量也不容忽视。

4.修持得福

针对众生求得解脱以达到涅槃的途径，佛教提出了几十种修持之道，而这几十种修持之道都说众生要皈依佛教，端正思想、舍弃欲念，不妄语、不邪淫、不杀生、弃恶从善，用自己的财力、言说和行动给众生以利益和教化，最终修成正果，以摆脱人生的痛苦升入净土乐国。在这种佛教观念的影响下，广大民众普遍采用布施之法为自己的今生和来世"广种福田"。广种福田的方法比较多，主要有出家为僧、供奉佛像、抄诵经卷、建造寺庙、开凿石窟、雕佛绘经等。古语云：“人人知道有来年，家家尽种来年谷；人人知道有来生，何不修取来生福?”正因为今生之福乃前世所修，所以人人争相为自己的今生和来世“种”福。从这个意义说，敦煌莫高窟迄今保存的735个洞窟、45 000平方米壁画、2 000多身彩塑，几乎全是广大民众为自己或家人种福田的产物，其数以万计的供养人更是说明了这一方面。

（二）古代河西人民崇拜的主要佛教神祇

小乘佛教一般把佛祖释迦牟尼看作一位觉者、教主、教祖、传教师，认为佛只有一个，就是释迦牟尼。大乘佛教则赋予释迦牟尼以全智全能的神格，把他看作是彼岸世界的统治者，还宣扬说三世十方有无数佛同时存在，如阿弥陀佛、弥勒佛、药师佛、阿閦佛、多宝佛等，他们都有自己的“净土”，各在自己的净土上教化众生。后来，佛教还把天王、罗汉、大士、观音、菩萨等神灵纳入了自己的人物体系。其中，只有释迦牟尼是历史真实人物，其余都是虚构的，充满了神奇的想象。敦煌石窟中有许多佛教人物的塑像或画像，从中可以看出古代河西人民所崇拜的佛教神祇主要有释迦牟尼、弥勒佛、药师佛、阿弥陀佛和观音菩萨等，但相对来说，对释迦牟尼、弥勒佛和观音菩萨的信仰和崇拜更胜过其他神祇。

1.释迦牟尼

在敦煌莫高窟，有21个洞窟中绘制了佛传故事，其中北周290窟在东坡和西坡分三层按“S”走向以连环画的形式，详细讲述了从能仁菩萨入梦投胎到太子出家成道87个画面，总长达27.5米。五代61窟采用联屏形式，通过33扇屏风详细描绘了佛传故事，是敦煌壁画中情节最多、表现最丰富的佛传故事。

2.弥勒佛

据《弥勒下生经》《弥勒大成佛经》和《阿含经》等佛典所载，弥勒是姓，名阿逸多，既是释迦牟尼的弟子也是他的继任者。据传，弥勒成佛后大千世界将国泰民安、雨泽随时、谷稼滋茂、一种七收、不生秽草，树上生衣、寒暑自用，夜不闭户、道不拾遗；人寿八万四千岁，女子一百岁出嫁；山喷香气，地涌甜泉，人民过着无忧无虑的生活。弥勒信仰传入中国后大盛，尤其在公元5世纪中叶到6世纪30年代期间，其塑像和画像几乎是处处可见。敦煌不仅有许多弥勒佛的塑像、画像，弥勒经变还是敦煌壁画中数量最多的经变画之一，多达一百多铺，仅隋代到西夏这一段时期的洞窟中就多达98幅

（莫高窟92幅，榆林窟4幅，五个庙2幅），从中可见河西人民对他的信仰和崇拜。

3.观音菩萨

《法华经》是早期大乘佛教的主要经典，形成于公元1世纪前后，现存的敦煌写本中以《法华经》为最多。《法华经》之所以深得民心，是因为它为人们塑造了一个万能的、大慈大悲、救苦救难的观音菩萨。敦煌现存法华经变67铺，其中莫高窟303窟的人字坡前后绘制的《观世音菩萨普门度》是敦煌壁画中出现最早的观音经变，419窟和420窟中法华经变以精致细密著称，尤其是420窟，窟顶四坡全部绘画《法华经变》，从北坡开始，经西、南、东绕窟一周，画面稠密、色彩变化多样鲜明。

（三）古代河西人民信仰佛教的缘由和意图

佛教自创立至今已经延续了2 500多年，广泛流传于印度、巴基斯坦、尼泊尔、阿富汗、中国、朝鲜、日本、越南、斯里兰卡、缅甸、泰国、老挝、柬埔寨及欧美一些国家，深深影响了这些国家的政治、经济、哲学、道德、文学、艺术、医学、风俗等。敦煌现存735个洞窟，仅428窟一窟就有1 198身供养人画像，残存的榜题文字显示，这些赞助人包括僧人和俗人，官员和百姓，多数是敦煌及晋昌郡（今瓜州县到玉门市一带）、甘州和凉州等地的人，其中不难看出古代河西人民对佛教信仰之盛。那么，古代河西人民为什么会如此信仰佛教？

1.佛教的苦谛之说契合古代河西人民的生存苦难

佛教不仅认为人生皆苦，还把人生痛苦扩大化，认为人生的过去、现在、未来三世皆苦，人生所处的广大世界——三界也是苦海无边。这个观点正好契合了古代河西人民的生存苦难：（1）自然环境之苦。河西地处中国的最西面，祁连山常年积雪、合黎山又寸草不生，狭长平旷的走廊里又多是戈壁滩、盐碱地，即使是可以种植的土地，又常常饱受干旱、风沙和寒潮的侵袭，人们长年累月地劳作在土地上，却食不果腹、衣不蔽体。（2）战争之苦。河西在春秋时期被西戎所占；战国时被月氏人所占，后被匈奴所占；汉朝时，匈奴常常侵扰河西；西晋时，河西又先后建立前凉、前秦、后凉、西凉及北凉等政权；唐朝时，先是吐蕃攻破凉州，继而敦煌军民顽强抵抗吐蕃10余年；大中二年（公元848年）张议潮又在沙州起事；北宋时，在西北崛起的党项势力曾与凉州的吐蕃和甘州的回鹘多次交战；景祐三年（公元1036年）元昊夺取肃、瓜、沙州，河西之地尽为西夏所有；自南宋嘉定十七年（公元1224

年）起，成吉思汗又征战西夏数年；明洪武八年（公元1375年），朱元璋又兵分两路攻打河西；清康熙五十四年（公元1715年），清军收复整个河西。这许许多多、大大小小的战争，使古代河西人民饱受战争之苦，轻则居无定所、吃苦受伤，重则身首异地。这自然环境之苦和战争之苦让勤劳朴素的古代河西人民倍感生存之艰难，他们终日挣扎着想要摆脱苦难，苦难却像幽灵一样缠绕着他们，无始无终，当偶然聆听到佛教解读人生困苦无常的“妙音”时，他们如醍醐灌顶，顿然醒悟，于是心中便自然而然地升起一股敬意，崇拜佛祖、信仰佛教便就水到渠成。

2.佛教的灭谛之说符合广大民众的人生理想

“灭”，指人生苦难的灭寂和解脱。佛教把人生的趋向归纳为两条相反的途径：一是人生的需求和环境不相协调，于是产生种种痛苦，人们又不了解它的原因，找不出解决的方法和途径，只好随波逐流，听任环境的摆布，陷入生命的轮回之中不可解脱，这是“流转”；二是人们对“流转”的生活采取相反的方法，破坏它、变革它，使之逆转，让人跳出生命轮回的圈套，达到永恒的解脱，这是“还灭”。显然，“还灭”是人们所要追求的最高境界。不仅如此，佛教还极力宣扬众生在临终前称念阿弥陀佛的名号就可往生阿弥陀佛极乐国土，尽享荣华宝贵；礼拜供养观音菩萨，观音菩萨就可救苦救难，让众生求男得男求女得女。人都有趋乐避苦的心理欲求，而佛教正好满足的是他们这种心理欲求，于是他们就自然而然地信仰佛教了。

3.佛教的道谛之法是古代绝大多数民众力所能及的

“道谛”是引导人们灭除痛苦、达到涅槃的方法和途径。针对道谛，释迦牟尼提出“八正道”，后来增加了“七科三十七道品”，大乘佛教又提出“四摄”“六度”，其中四摄、六度是最受广大民众喜欢的修持之法。四摄就是皈依佛教的四种行为，包括布施摄、爱语摄、利行摄和同事摄。六度指众生由生死此岸渡到涅槃彼岸的六种途径和方法，包括布施度、持戒度、忍辱度、精进度、禅定度和智慧度。到底布施多少钱财呢？佛教没有明确规定，故事《犍陀罗分身瑞像的故事》中显示即使是一枚小钱佛也会欣然接受，这就给众生布施于人、布施于佛留下了很大的空间。所以，古代河西人民才有钱的出钱、有力的出力、有智者出智，富者多出、贫者少出，同心协力为我们创造了敦煌壁画这笔弥足珍贵的精神财富。

（四）古代河西人民佛教信仰的主要特点

1.包容性强

综观敦煌壁画，其佛教内容呈现出非常强的包容性，其包容性表现在：（1）壁画内容以大乘经典为主，旁涉其他宗派佛典内容，如大乘佛教的经变画有法华经变67铺、涅槃经变21铺、维摩诘经变81铺，共169铺，禅宗经变画有楞枷经变11铺、金刚经变18铺、思益梵天所问经变15铺、密严经变4铺，唯识宗的天请问经变37铺，密教的如意轮观音经变78幅、不空羂索观贡间菩萨经变74幅、千手千眼观音经变71幅；（2）儒释道三教合一，这可以从两个方面来理解：一是外来佛教教义慢慢吸收中国本土文化儒家、道家思想，使佛教呈现出鲜明的中国特色，比如莫高窟、榆林石窟、西千佛洞和五个庙石窟共有51个石窟中现存35铺报恩经变、4铺父母恩重经变、20铺目连经变、2铺福田经变，不同程度地宣传了忠孝、报恩思想，表现了佛教受中国儒家思想的影响，现存禅宗经变画48铺，表现了印度佛教与中国道教思想的融合。二是儒、释、道三教思想并存于敦煌石窟，比如西魏第249窟窟顶西坡正中绘一巨大阿修罗像，属于佛教内容，南坡画有乘着凤辇的西王母，北坡画有乘着龙车的东王公，他们是中国道教人物，窟顶四周又画的是中国传统诸神伏羲、女娲、飞仙、飞廉、计蒙、雷神、霹电等，是典型的三教合一洞窟。

2.以实用为目的

莫高窟220窟（翟家窟）在甬道北壁一铺“新样文殊”旁留有长达14行的题记，其中写道：“敬画新样大圣文殊师利菩萨一躯并侍从兼供养菩萨一躯及□□（救苦）观世音菩萨一躯，标斯福者，先奉为造窟亡灵神生净土，不坠三途之灾，次□（为）我过往慈父、长兄勿溺幽间苦难，长遇善因，兼为见在老母、合家子孙，无诸灾障，报愿平安，福同萌芽，罪弃涓流。”可以看出这是一则重修石窟的发愿文，借此说明他绘画“新样文殊”的目的：一是祝愿造窟者的亡灵升入净土世界，二是祝愿已故父兄亡灵勿受阴间之苦，三是祝愿健在的亲人健康平安。35窟前室立有一功德碑，上面写着“使愿国安民泰，郡主千秋，四路平和，保□康吉”字样，显然是为国家、郡主和苍生祈福。192窟东壁门上有一篇《发愿功德赞文》，文字漫漶，王惠民参照P.3262等一些发愿文将它复原，其中有：“以此功德，先奉为当今皇帝御宇，金镜常悬，国祚永隆。又愿我河西节度使万户侯检校司空张公命同劫石，寿等江海，延年千载。次为合邑诸公等，惟愿常修正道，崇敬法门，躬至慈悲。”[①]这则发愿文不仅为国家、君主和社稷祈福，还为河西节度使及合邑诸公祈福、积功德。三则愿文，从不同角度充分显示了古代河西人民信仰佛教的实用性目的。

美国人类学家苏珊·朗格说：“一件艺术品的意味实际上就是它的‘生命’，‘意味’与艺术品的关系，就像‘生命’与生命体的关系一样，是密不可分的。”[②]作为一种佛教艺术，敦煌壁画不仅吸引中国古代人民为她“添砖加瓦”一千年，还赋予这种工作特殊的意味，使其生命之树长青。那么这个特殊的意味是什么呢？就是佛教给人们构筑的精神乐园，在这个虚拟的精神乐园里，人们可以得到现实生活中无法得到的东西，可以抽空由现实世界制造出来的焦躁和烦恼，可以休息现实世界中疲惫不堪的身体，可以领悟现实生活之所以充满苦难的原因，可以体验现实生活中无法达到的宁静和愉悦，可以领略美好的未来。正是这个原因，古代河西人民才不惜一切代价为自己构筑这个精神乐园，或许这就是佛教的魅力。

第四节　从麦积山石窟故事看佛教的世俗化

麦积山位于甘肃省天水市麦积区，是小陇山中的一座孤峰，高142米，因山形酷似农民堆积起来的麦垛而得名。麦积山石窟始建于后秦（公元384—公元417年）时期，大兴于北魏明元帝、太武帝时期，孝文帝太和元年（公元477年）后又有所发展，西魏文帝元宝炬的皇后乙弗氏死后在这里凿龛而葬，北周保定、天和年间（公元561—公元572年），秦州大都督李允信为亡父建造七佛阁，隋文帝仁寿元年（公元601年）在麦积山建塔“敕葬神尼舍利”，后经唐、五代、宋、元、明、清各代不断的开凿扩建，遂成为中国著名的石窟群之一，与甘肃敦煌莫高窟、山西大同云冈石窟、河南洛阳龙门石窟并称为中国四大石窟，现为世界文化遗产、国家5A级旅游景区、全国重点文物保护单位。

---

① 王惠民：《敦煌佛教与石窟营建》，兰州：甘肃教育出版社，2013年，第371-372页。

② ［美］苏珊·朗格：《艺术问题》，北京：中国社会科学出版社，1983年，第130页。

约在唐代开元二十二年（734年），这里发生了一次特大地震，麦积山石窟的崖面被断裂为东、西两部分，其中东崖保存洞窟54个、西崖保存洞窟140个，共194窟。如果说敦煌莫高窟是一个大壁画馆的话，那么麦积山则是一座大雕塑馆，麦积山石窟保存泥塑石雕7 200余身，以其精美的泥塑艺术闻名中外，被历史学家范文澜誉为“陈列塑像的大展览馆”。

麦积山石窟故事在《中国民间故事集成·甘肃卷》《天水传说》《麦积山的传说》《神奇的天水》《北道区民间故事集（上、下）》（上、下）《秦州区民间故事集》等书中都能看到，但内容重复者居多，所以其数量并不多，只有十几则。尽管数量不多，但它们却非常明显地体现了佛教在中国传播的世俗化特点。

一、麦积山石窟故事的主要内容

（一）想象石窟的修建

面对这一规模宏大的雕塑艺术馆，不管是谁都想弄明白它的建造时间、建造于何人之手、因何事而造等问题，广大民众也是一样的，现代学者张学荣[①]、黄文昆[②]、李清凌[③]等人就曾发文探讨过其开凿时间和背景。只是这些学者用学术研究的方法比较科学地探讨这些问题，而广大民众只能凭借自己的想象去满足自己的心愿，想象麦积山石窟修建的代表故事有《杀人沟后悔沟的由来》《麦积崖的三尊佛像》《七佛阁》《魏后墓》等。《杀人沟后悔沟的由来》讲：据传麦积山、仙人崖、石门三大奇景是由一家三口人修建而成，其中老婆子修仙人崖、儿子修石门山、老汉修麦积山，三人约定一个月完成，谁不能如期完工谁就要受惩罚。儿子年轻力壮，加上有石门夜月给他照明，他昼夜都干，所以不到一个月就修完了，而麦积山经常阴雨绵绵，烟雾笼罩着山头，所以时修时停，一个月过去了活还剩下很多，老汉想休息几天去看看儿子和老婆的进展。儿子完工后无事可干，想去麦积崖和仙人崖看看父母，走到半道上看见一块大石头，想歇一歇再走，由于太累没想到一躺上去就睡着了。正好老汉从此走过，看见儿子在这里睡大觉，一气之下杀了儿子，这就是现在的杀人沟。老汉杀了儿子继续往石门走，走到石门沟口，看到老婆

① 张学荣：《麦积山石窟的创建年代》，《文物》1983年第6期；“麦积山石窟创凿年代考》，《天水师专学报》1988年第1期。

② 黄文昆：《麦积山的历史与石窟》，《文物》1989年第3期。

③ 李清凌：《麦积山石窟的开凿背景与价值》，《丝绸之路》2003年第7期。

子手里提个大饭罐走来，一见面就夸儿子能干，提前半个月就完成了。老汉一听大吃一惊，向老婆子哭诉了自己杀儿子的事，老婆子听后气炸肝胆，一罐子打破了老汉的右脸，从此人们把这里称作“后悔沟”。为了纪念这一家三口人的功德，人们就在麦积崖上修了三尊大佛，中间一尊佛的右脸是破的，那是被老婆打烂的。《麦积崖的三尊佛像》与《杀人沟后悔沟的由来》的内容大体相同，只是多了一个大官人，这个大官人为了不给他们付工钱设计害死了这一家人，后来在老百姓的要求下这位大官人拿出自己的钱在麦积崖的东崖上按照这一家人的形象修了三尊佛像。另外，《七佛阁》讲了七佛阁的修造缘由及其七尊大佛像用泥胎而不是石胎的原因，《魏后墓》讲了麦积山第43窟的由来及其修建过程。尽管这类故事并不多，但它们反映了生活在这里的人们对麦积山石窟艺术的崇尚之情和探索心理。

（二）记录石窟的损坏

如果按目前公认的开凿时间（后秦时期）来计算的话，麦积山石窟距今已经有1 800年之久，在这漫长的历史长河中难免不被损坏，有些故事记忆了石窟被损坏的经过。

1.自然灾害的损坏

麦积山5号窟，名曰“牛儿堂”，中间龛门前有一金刚站在一只卧着的牛犊背上。这个牛儿，塑造得相当动人：圆圆的眼睛顽皮地注视前方，腿虽盘在身下却有想要站起来的欲望，脖颈上松弛的皮也颇有动感，当地人亲切地称之为“金蹄银角铁牛犊”。关于这个雕塑有一个美丽的传说：传说在麦积山的对面是卧牛山，卧牛山上是一只小母牛，麦积山牛儿堂里是一只小公牛，每当日出日落之时小母牛就“哞哞哞”地叫，好像是在问候牛儿堂的小牛犊。随着时间的推移，这对小牛长成了大牛，它们仍然借风力传达它们的问候。一天，它们突然焦躁不安，麦积山的公牛就使出全身的力气扯断缰绳去与母牛约会，麦积山顿时摇晃起来，石窟顶上的石块纷纷坠落，一时惊动了佛祖，佛祖就派天龙八部和金刚力士去逮这个动了凡心的牛儿，紧急关头金刚一个健步就蹬上了牛犊的背，牛犊再也起不来了。如果用科学的眼光来审视这则故事就会发现：首先，牛儿堂的小牛犊本是一个没有生命的泥塑，谈不上与母牛产生感情，更何况对面还是一头石牛；其次，其他异文，如《麦积山的牛儿堂》《牛犊儿》等，对此次塌陷也有记忆，有一年四月初八，秦州各地的男女老少都去麦积山进香，突然麦积山山摇地动，牛儿堂上面的天花板纷纷坠地，吓坏了游山的人，人们拖儿抱女、扶老携幼乱作一团，以为麦积山要倒，都抢着往下跑。“以为山要倒了”说明不光是牛儿堂在摇，而是整个山都在摇，而整个山都在摇的可能性只有一个，那就是地震；第三，据记载，从北魏到唐开元年间麦积山曾有过三次较大的地震持续期；一次在北魏正始至孝昌年间，一次在隋开皇至唐武德年间，还有一次在唐景龙至开元年间；麦积山在持续不断的多次地震中一定会受到严重的损坏，尤其是唐开元二十二年的那次将麦积山石窟的崖面断裂为东、西两部分，可见其摇动之甚；第四，民间本来就有地震是地下的牛在动的说法，由此可以说，这是一则记忆地震对石窟的损坏的故事。另外，故事《火烧麦积崖栈道》《火烧麦积崖》等故事讲述了火灾对麦积山石窟的损坏。地震、火灾，一场灾难接着一场灾难，但麦积山石窟依然屹立在中国的西北部，向世界展示着她昔日的风采，足以见出中国古代雕塑艺术不朽之魅力。

2.人为破坏

牛儿堂开凿在距地面20多丈高的悬崖峭壁上，是麦积山最高最险的一个洞窟。早在开凿时，它与其他洞窟隔绝不通。那么，怎样才都能观看到这个洞窟的景观呢？在七佛阁的石柱上栽着一根木桩，上面拴着一根铁链子，谁要去牛儿堂就手抓铁链脚蹬铁环，向崖面用劲一蹬就凌空翻过去了，人们称之为“鹞子翻身牛儿堂”。后来在牛儿堂的西端凿开了一个可容一人通过、长约10米的小洞，人们叫它“小有洞天”。关于这个“小有洞天”还有一个传说：相传在明代嘉靖六年农历四月初八庙会的那天，秦州有个县官来游麦积山，走上七佛阁看人们对牛儿堂望尘莫及，为了在大家面前显示自己的胆略，这个县官一时兴起，便借七佛阁的铁链用鹞子翻身的方法荡到了牛儿堂。当他从牛儿堂向下看时，只见悬崖陡立，山谷人如同蚂蚁，顿时浑身打战、两腿发软，不论如何再不敢翻到七佛阁了。众衙役只得火速请来一群石匠，经过一天一夜的功夫，终于在牛儿堂的西端凿开了一个只能容一人爬行的曲折小洞，县官才从这个小洞爬了过来，这个小洞就是“小有洞天”。其实，这个故事讲述了那些不义之人对麦积山石窟的人为破坏。这个“小有洞天”并非开凿者设计，而是这个爱炫耀又胆小如鼠的县官为了活命，命人强行开凿出来的一条小通道，其位置是随意而定，且事后也无任何修饰，属于典型的人为破坏。

（三）描述麦积山景观之美

麦积山俗称麦积崖，景区之内松竹丛生，清流遍地，山峦叠翠，自古有“秦地林泉之冠”的美誉。春天时，整个山上一片苍翠；夏日之际，山花漫山遍野；秋季之时，白云红叶更是一番景象；冬天雪后，玉树琼枝，颇有北国之美。尤其是“麦积烟雨”，那如仙如幻的美景使游人为之陶醉。面对如此之美的景色，天水人民绝不会错过借民间故事来描述的良机，《麦积烟雨》《火烧麦积崖栈道》《火烧麦积崖》《九墩莲花池》等故事就讲述了麦积山之美。

麦积山地处秦岭山脉西端，小陇山林区的边缘，长江流域和黄河流域交汇的地方，年降雨量584.8毫米，属温带湿润半湿润气候，冬无严寒，夏无酷暑，水资源丰富又日照充足，所以这里不仅草深林密、风光秀丽，而且自然形成一种烟锁麦积的景观，尤其是春夏秋三季，烟雾时而飘于山头停泊在峦峰松篁之上，时而落入谷底成湖成海；时而如恋人情意绵绵；时而如小动物，一溜烟转身不见，因此“麦积烟雨”被称为秦州八景之首。关于这个“麦积烟雨”的景观，还有一个美丽的传说：一天，玉皇大帝早朝，大殿里冷冷清清，只有天王一人前来上殿，一问才知是众神被麦积山的美景吸引得不想回天宫了。玉帝非常生气，命天王快快下界传旨，命众天神火速返回天宫，并要求天王把麦积山云遮雾挡，让它永远难见天日。众天神听后只好怏怏而回，众天神走后天王就施展法术召来云烟雨雾罩住了麦积山，从此麦积山便永远被笼罩在烟雾中了。

这个美丽的传说不仅讲述了麦积山景色之美，还讲了玉帝利用自己的权力对此美景的破坏——用烟雾遮住，不让人们看见她。有个词说得好“欲盖弥彰”，的确如此，朦朦胧胧的烟云给这个精美绝伦的艺术殿堂披上了一层薄薄的面纱，让她若即若离、如诗如画，再配上僧侣们断断续续的钟鼓声，真是人间天堂。《火烧麦积崖栈道》和《火烧麦积崖》讲众天神在麦积山游玩惹怒了玉帝，玉帝命火神前来施虐，麦积山正好没有塑火神像，火神非常生气，于是公事私恨一起报，放大火烧了麦积山，使麦积山的飞桥、栈道、窟门和龛檐都化为灰烬。如果说《麦积烟雨》是对麦积山美景的正面描述的话，那么《火烧麦积崖栈道》和《火烧麦积崖》就是对这一美景的侧面描述，如果说《麦积烟雨》讲的是玉帝对这一美景的掩盖的话，那么《火烧麦积崖栈道》和《火烧麦积崖》讲的就是欲盖弥彰，这三则故事从正反两个方面描述了麦积山景色之美，不仅给人以美的享受，也激发了人们去游览、欣赏的欲望，起到了一箭双雕的作用。

另外，《九墩莲花池》讲麦积山瑞应寺水潭里九墩莲花之美；《万岁牌》讲了农历八月十五人们来麦积山瑞应寺朝拜大佛的壮景；《散花楼》讲了七佛阁壁顶二十八飞天雕塑的流动之美；《香积山上马场梁》讲了麦积山北面小山香积山形状之奇，使人们从不同侧面了解了麦积山石窟的美景。

二、麦积山石窟故事的世俗化

佛教是世界三大宗教之一，备受世人的推崇，它于两汉之际传入我国，受中国本土文化的影响，佛教也发生了一些明显的变化，麦积山石窟故事就体现了佛教在中国传播过程中所表现出的世俗化特征。

（一）佛教人物的世俗化

佛教人物通常有佛、菩萨、僧人、天王、罗汉等，但是每到一个地方受当地文化的影响就会增添一些新的佛教人物，比如中国敦煌的飞天等。一般情况下，人们对佛教人物多表现为一种敬畏之情，然而在麦积山石窟故事中人们或把他们拉下了圣坛，让他们成了广大民众中的一员，或赋予他们世俗人的性格特点，让他们表现出明显的世俗化特征。

1.佛和菩萨的世俗化

13号窟位于东崖中部，是麦积山石窟中最醒目的一个洞窟，里面塑有一佛二菩萨，佛居中，菩萨立于佛的两侧。在佛教中，佛和菩萨备受人们的尊敬和崇拜，但在甘肃民间故事中人们却把他们拉下了神圣的祭坛，赋予其鲜明的世俗化特征。（1）人物关系的世俗化。在佛教中，佛教人物之间没有血缘关系，但甘肃民间故事不仅把这一佛二菩萨想象成父、母、子一家两代三口人，还赋予他们“麦积山开山之祖”的特殊身份，其中父亲和母亲为木匠，儿子为石匠。（2）人物心理的世俗化。《麦积崖的三尊佛像》讲这一家三口之所以开凿麦积山石窟是因为他们想让众人“观赏”他们的手艺。（3）人物形象的世俗化。在《麦积崖的三尊佛像》中塑造了一位唯利是图、心狠手辣的财主形象，是他杀死了修造石窟的一家三口。《杀人沟后悔沟的由来》中塑造了一个头脑简单、行为粗暴的父亲形象和一个护子心切的母亲形象，其实不管是财主形象还是那个父亲和母亲的形象在旧中国都能找到原型，他们是旧中国儿女的典型代表，也是旧中国社会的真实反映，具有鲜明的时代特色。

2.飞天的世俗化

飞天是敦煌壁画艺术中独有的艺术形象，是印度佛教中天人与中国道教中的羽人、西域文化中的飞天与中原文化中的飞天长期交流融合而成的一个新的艺术形象。天水人民不仅把13号窟的一佛二菩萨拉下了神坛，还大胆地想象了飞天形象。“七佛阁”位于麦积山东崖上部，也称“上七佛阁”“散花楼”，为北周秦州大都督李允信为超度其父亡灵所修的一个佛龛，高16米、宽30.48米、深8米，是麦积山规模最大的一个洞窟，其壁顶绘有28个飞天像。它之所以叫“七佛阁”是因为这个洞窟中塑有7尊大佛像，那么为什么叫“散花楼”呢？传说释迦牟尼来麦积山宣讲佛法，消息传开后佛门弟子从四面八方蜂拥而至，他们盘腿坐在麦积山下静听佛法，连蚊虫叮咬都不动一下。这事引起了七佛阁壁顶28个飞天的注意，她们想知道这些佛门弟子是否真心向佛，于是就舞动彩带、舒展长袖，不仅在空中翩翩起舞，还将采摘来的各色花瓣从高空撒下，让花瓣落在心不诚的弟子身上，可是这些花瓣在空中忽高忽低，一瓣也没有落下去，由此可见他们的佛心是非常虔诚的，于是28个飞天也各回各位了，自那以后人们又称七佛阁为“散花楼”。在这个故事中，飞天们一改敦煌佛教艺术中的成熟，变得天真、好奇和调皮，同时又不失善良和温婉，而善良和温婉是中国传统文化中少女的特点，天真、好奇和调皮又是小孩子们的天性，也极具世俗味。

（二）石窟用途的世俗化

早期，人们对佛充满了崇敬之情，为了求得解脱人们尽自己的财力去敬佛，如著名佛教故事《犍陀罗分身瑞像的故事》，而且敬佛时毕恭毕敬、态度庄严，但在麦积山石窟故事中这种态度和行为已经被大大消解，表现出极强的世俗化特点。

1.佛龛用做坟墓

麦积山43号洞窟，位于东崖西下部，造型特殊，是一座墓窟和佛龛相结合的大型单檐庑殿顶崖阁，高6.1米、宽6.65米、深7.3米，外有三间四柱式窟廊，廊后正中为一平面马蹄形窟窿大龛，即为“享堂”，享堂左右各开一圆拱壁龛，后壁凿盝顶龛，传说这是当年存放西魏文帝文皇后乙弗氏灵柩的地方，因此该窟俗称“魏后墓”，又称“寂陵”。关于这一历史事件在《北史》卷十三《列传第一·后妃上》中有记载：

> 文帝文皇后乙弗氏，河南洛阳人也。……（文帝）乃遣中常侍曹宠赍手敕令后自尽。后奉敕，挥泪谓宠曰：“愿至尊享千万岁，天下康宁，死无恨也。”因命武都王前，与之决。遗语皇太子，辞皆凄怆，因恸哭久之。侍御咸垂涕失声，莫能仰视。召僧设供，令侍婢数十人出家，手为落发。事毕，乃入室，引被自覆而崩，年三十一。凿麦积崖为龛而葬，神柩将入，有二丛云先入龛内，顷之一灭一出，后号寂陵。及文帝山陵毕，手书云，万岁后欲令后配飨，公卿乃议

追谥曰文皇后，祔于太庙。废帝时，合葬于永陵。

麦积山石窟故事《魏后墓》讲乙弗氏死后，王太子于麦积山凿窟葬母的过程，与史书记载基本一致。在此可以说，石窟的用途在某种程度上被世俗化了。

石窟原是印度的一种佛教建筑，因佛教提倡遁世隐修，所以僧侣们选择崇山峻岭的幽僻之地开凿石窟，以便修行之用。根据其功用，石窟可以分为礼拜窟、禅窟（修行之用）、僧房窟（生活之用）、瘗窟（埋葬死者之用）、禀窟（贮藏物品之用）。就瘗窟而言，或者在僧人坐化后直接封窟，或者将其遗体火化后藏舍利于其中，都非常简单，但是麦积山43号洞窟整体结构严谨，玲珑别致，为崖阁杰作，乙弗氏的遗体又为举棺而葬，且百官前来山中祭拜守灵，与埋葬一般的佛家弟子的形式完全不同，与其是说是佛家在埋葬一名弟子，不如说是举国在佛家重地埋葬一位落难的皇后，其功能完全被世俗化了。

2.宗教活动娱乐化

雕有佛像和绘有壁画的石窟在某种意义上就是开放式的寺院。寺院是佛门弟子进行宗教活动的场所，是佛教信徒顶礼膜拜的地方，也是出家僧众修行的场所，后来逐步发展为具有多种综合功能的建筑群，其功能主要有传法讲经、抚慰人心、劝人为善和旅游观光等，其中前三个属于典型的宗教功能，最后一个属于娱乐功能。

在麦积山石窟故事中，有多则故事讲述了农历四月初八麦积山举办庙会的境况，如《火烧麦积崖栈道》中说僧侣云集，善男信女鱼贯潮涌，四面八方朝山进香的香客及游览的人们络绎不绝，人山人海；《牛犊儿》中讲麦积山山摇地动，吓坏了游山拜佛的人，他们拖儿抱女、扶老携幼，乱作一团；《鹞子翻身牛儿堂》讲明代嘉靖六年四月八庙会时人山人海，挤得里八层外八层。通过这些描述可以看出麦积山石窟作为宗教之地被世俗化的两大表征：一是朝山人员的世俗化，即朝山者中不光有参禅拜佛的善男信女，还有专门游览观景的娱乐者；二是佛教节日的世俗化。农历四月初八是传说中的佛祖显世的日子，即释迦牟尼的诞辰，所以又称佛诞日，佛教非常重视这一天，前来参加的人们都要先举行浴佛活动，再各自游山玩水，但麦积山石窟故事几乎不提佛事，只讲来者的游玩，大大消解了这一日的宗教意味，比如《万岁牌》中的万历皇帝之所以来麦积山就是“听说麦积山胜景独尊”，于是“他坐着八抬大轿，前拥后卫，在文武官员和地方官员的陪同下上了山，游览了胜景以后，还作诗刻石留名”，属于真正意义上的游览；还有“小有洞天”的始作俑者——秦州县令，他不仅来玩，还将麦积山当作显示自己胆量和威风的场所。从这个意义上说，麦积山石窟已经从一个参禅拜佛的宗教重地变为集朝山游览与焚香拜佛于一体的地方，相比之下娱乐性更明显。

（三）故事内容的世俗化

麦积山石窟的壁画多为佛教绘画，所绘题材有佛像画、故事画和装饰画三种，几乎所有洞窟都绘有故事画，其内容主要有本生故事、经变故事和因缘故事。如127号窟正壁上部为涅槃经变故事，左壁上部是维摩诘经变故事，右壁上部为西方净土经变故事，窟顶左右坡为萨埵那太子舍身饲虎故事，窟顶前坡为睒子本生故事。4号窟廓顶是佛本生故事，顶部及四面壁均为说法故事、礼佛故事、经变故事。5号窟长廊西壁是地狱经变故事，长廊正壁上部西侧为西方净土经变故事，中龛顶部为说法故事及供养人故事，这些故事或者宣讲佛教教义，或者讲述人们对佛教的信仰，都与佛教密切相关。

比较而言，麦积山石窟故事与佛教关系远不如壁画故事与佛教的关系密切，甚至其内容已经游离于佛教之外，只讲一些世俗之事。比如，《七佛阁》虽然讲述秦州大都督李允信修凿七佛阁的前后经过，但他修凿七佛阁的目的不是对佛祖的信仰和崇拜，而是通过雕塑佛像达到超度父亲亡灵的目的，所以敬佛只是他达到目的途径，已经居于次要位置。《瑞应寺》讲的是该寺院名称的由来，但核心是讲一采药老汉在麦积山顶舍利塔下发现38棵灵芝，由此给当地老百姓带来痛苦和灾难的过程，这里佛教已经不再是救人于苦难、净化人心的良药，而是制造人间痛苦和灾难的帮凶。《麦积崖的三尊佛像》更是赋予佛祖和菩萨贫民的身份，消解了他们故有的高贵出身，是典型的世俗化。

在麦积山，民间故事中所体现出来的佛教的世俗化与石窟中雕像的世俗化是一致的。在麦积山石窟的雕像中，从北魏塑像开始差不多所有的佛像都是俯首下视的体态，都有和蔼可亲的面容，他们虽是佛家的至尊者，却像世俗的人一样成了美好人性的化身。

第五章 甘肃民间故事中的民俗文化

民俗，即民间习俗，指人民群众在社会生活中创造、享用并传承下来的一种习得文化。民俗应人类社会发展的需要而产生，在特定的民族和地域中不断传承、扩布和演变，既是历史文化的一部分，也是人民现实生活的一部分。民俗一旦形成又反过来影响着人们的语言、行为和心理，成了促进社会发展的重要力量。

在甘肃流传着非常丰富的民俗故事，几乎反映了人类社会的方方面面，其中反映生产生活、记录节日习俗和讲述人生礼俗的民俗故事最多，也最具特色。

第一节 多彩的节日习俗

节日，是人们为适应生产生活的需要而共同创造的一种民俗文化。中华民族是世界上历史最悠久、文化最丰富的民族之一，自古到今形成了一套极具民族特色的传统节日，其中最主要的有春节、元宵节、清明节、端午节、七夕节、中秋节、重阳节、腊八节等，同时各少数民族还有自己的传统节日，如回族的古尔邦节、傣族的泼水节、彝族的火把节等。此外各地人民还有自己的节日，如流行在甘青宁的花儿会及各地大大小小的庙会等，这些节日从不同角度记录了中华民族从远古先民时期至今所形成的社会文化，这既是中华民族文化的重要组成部分，也是世界文化的重要组成部分。

我国著名民俗学家乌丙安教授对民俗的养成有着非常深刻的理解，他认为民俗的养成离不开俗民、群体、习俗惯制、习俗规则四个方面，其中俗民就是文化的负载者，既可以是群体社会，也可以是俗民中的一员；群体就是负载世俗文化的俗民群体，这个群体既可以是家族，也可以是一个民族。①在任何一个地方，人们都过着两种节日，一种是大俗民群体节日，即全国绝大多数俗民都过的节日，如春节、元宵节、端午节等；一种是小俗民群体节日，即某个地方（或民族，尤其是少数民族）所特有的节日。可以看出，大俗民群体节日就是“全民性节日”，小俗民群体节日就是地方性节日或少数民族节日。甘肃地广人多，民族复杂，节日比较多，许多节日都有相应的传说故事，这些传说故事不仅很有特色，也在某些程度上反映了民俗形成的规律。

一、全民性节日习俗

全民性节日习俗故事是甘肃节日习俗故事中数量最多、也最容易引起注意的一类故事，不仅涉及的节日多，同时越是隆重的节日故事越多、习俗也多。

（一）隆重的节日故事多

如果将故事按其节日时间串联起来，就可以发现：（1）一年四季都有节日，而且大节日中套着若干小节日，在甘肃都有与之对应的民间故事。比如春节虽然定在正月初一，但春节的活动并不限于正月初一这一天，几乎从腊月二十三（“小年”）开始一直持续到正月十五，甚至有些地方认为正月结束后“年”才算过完，因此在春节期间小节不断，且各有叫法，如正月初三是“羊日”，正月初五是“五穷”（也称“破五”），正月初七是“人七”（也称“人日”）等，故事《五穷土》《点高山》讲的就是五穷。（2）越是隆重的节日，其故事越多，比如有关除夕的故事有《大年三十守夜的传说》《大年三十晚挂灯笼的来由》《除夕早上为啥没有吊水》《窗花》《腊月三十坐夜》《贴“福”字的来历》《三十晚守夜的来历》等，有关元宵节的故事有《元宵节的由来》《元宵节“点明灯”的来历》《社火的由来》《社火里的彩船》《踩高跷的来历》《正月十五戴锁锁》《正月十五跑旱船》等，有关端午节的故事有《端午节的由来》《五月五日为啥戴荷包》《五月五日吃甜醅的来历》《插凉柳的传说》《绑花线的传说》等。

---

① 乌丙安：《民俗学原理》，长春：长春出版社，2014年，第28-42页。

（二）隆重的节日习俗多

隆重的节日之所以故事多，是因为隆重的节日习俗多，不同的故事讲述不同的习俗，比如同是讲除夕的故事，其中《大年三十守夜的传说》《腊月三十坐夜》《三十晚守夜的来历》三则讲了人们在大年三十守夜的习俗，《大年三十晚挂灯笼的来由》讲了大年三十晚家家户户门上挂红灯笼的习俗，《除夕早上为啥没有吊水》讲了人们在除夕早上不吊水的习俗，《窗花》讲了人们在除夕贴窗花的习俗，《贴“福”字的来历》讲了除夕人们在门上贴“福”字的习俗。讲元宵节的故事，其中《元宵节的由来》讲了人们在元宵节吃元宵的习俗，《元宵节“点明灯”的来历》讲了人们在元宵夜点灯笼的习俗，《社火的由来》讲了人们在元宵这一天要社火的习俗，《社火里的彩船》讲了人们在元宵节扮彩船的习俗，《踩高跷的来历》讲的是人们在元宵节踩高跷的习俗，《正月十五戴锁锁》讲的是陇东人在元宵节给干儿子戴锁认亲的习俗，《正月十五跑旱船》讲的是人们在社火中扮旱船的习俗，几乎是故事不同所讲的习俗不同。

（三）故事发生的地点不局限于甘肃

与其他类型的故事相比，讲述全民性节日习俗的故事，故事发生的地点并不局限于甘肃省境内，而是出现了三种情况：（1）明确表明故事发生在甘肃某地，如《社火里的彩船》发生在兰州市兴隆山一个僻静的村子里，《五穷土》发生在天水东岔一带，《蜂窝寺庙会的由来》发生在临夏市康乐县鸣鹿乡，《撒牧》发生在陇东一带，《二郎山花儿会》发生在定西市的岷县，《清明戴柳枝帽》发生在平凉市的静宁县等；（2）在表示地方时不使用行政区划，而是用一些“城”“村子”“山上”，甚至“人间”等词，使其地域呈现出很强的模糊性，如《社火的由来》讲妙庄王出生后不久老王病死了，敌人想趁机夺取江山，左右丞相为了保存皇家命脉他们就与后宫男女一同装扮成社火队逃出了皇城，这个“皇城”在哪里、这个国家是哪个国家，故事都没有明确交代，而且故事中所出现的“妙庄王”“老王”“左丞相”“右丞相”也只是一个代名词，不具有判断地域的实际意义。《二月二“龙抬头”》《献灶糖》《正月十五戴锁锁》《喜鹊闹梅》《大年三十守夜的传说》等故事也都如此，没有明确的事件发生地；（3）明确说明故事发生在古代某国，但其地不在甘肃，如《六月六》中的故事发生在晋国，《元宵节的由来》发生在唐代的都城长安，《端午节的传说》发生在楚国。比较而言：（1）前两种故事数量多，后一种故事数量少；（2）第一种故事里所讲的民俗具有很强的地域性，或者属于甘肃当地民俗，或者属于西北地区民俗，不具有全国性；第二种故事中的大部分民俗具有更广阔的地域性，少部分是甘肃或西北民俗，比如除夕夜守岁的习俗几乎是全国性习俗，许多省份都把二月二称作“龙抬头节”，全国各地在春节时都表演社火，但“腊月二十三献灶糖”仅限于甘肃庆阳一带，清明节戴柳枝帽仅限于西北地区；后一种故事中所涉及的节日基本都是全民性节日，如过年、元宵节、端午节、中秋节等，但所讲民俗并不一定具有全国性，比如“六月六请姑姑”的民俗就与甘肃庆阳一带的民俗不同，庆阳请的对象仅限于新婚第一年的女子，不请姑爷，称之为“躲忙”，即躲避婆家繁重的农忙季节，显然与故事中所说的请回姑娘和姑爷好好招待以达到消仇解怨、免灾去难的目的不同。

（四）相沿成习是民俗形成的关键

这些题目是“××节的由来”和“××民俗的由来”的故事其实都讲了某个节日民俗的由来。从这些故事可以看出，任何一个节日民俗的形成都有两个密切相关的阶段：初成阶段和相沿成习阶段。比如，元宵节晚上家家户户点明灯习俗是这样形成的：深山里住着一对夫妻，他们靠辛勤的劳动终于攒了些钱，想在城里买一座好房子。腊月初八早上妻子打发丈夫到城里看房子，走前给丈夫做的糁饭，丈夫吃饱后就上路了。可是年都过完了还不见丈夫回家，她准备去寻找丈夫，刚出门就碰见一位白发苍苍的老人，老人说她的丈夫正在酒店喝酒而且花去了好多钱，之所以这样是因为丈夫吃了妻子的糁饭，糁饭也叫糊心饭，把心给糊住了。妻子听完后就哭了，老人劝她不要哭并说只要在正月十五晚上点上一盏明灯，她的丈夫就可以回来，说完老人就不见了。妻子很为难，她拿不出一文钱怎么去做一盏灯呢？她想啊想，终于想出了一个办法，就用面做了一个灯碗，把吃剩的清油倒上，再在灯碗里插上一根细木条，就可以点着了。正月十五晚上，她刚把灯点上，就听见有人敲门，她开门一看，丈夫回来了。妻子为了报答那位老人，把这个事告诉了乡亲们，让人都记住这个日子。就这样，腊八吃糊心饭，正月十五点明灯的习俗就流传到现在。其中，妻子听了老人的话在正月十五晚上给丈夫点明灯是这一民俗初成；妻子把这件事告诉其他人，其他人也在正月十五点明灯并世世代代延续下去，这是民俗的相沿成习阶段。

乌丙安教授说：“民俗事象只有得到众人的认可和接受，才能被作为人们不可缺少的、必需的文化财富。因此，民俗事象绝不是突发的、偶然的、一次性的行事，而是多发的、必需的、反复出现的行事，经过多次或经常的耳濡目染、潜移默化的感受，使所听所见所参与的民俗事象稳定下来，不停顿地重复运用，多次经历，形成‘惯例’。”[①]可以看出，民俗在形成过程中有两个重要转化：一个是将俗民个体转化成俗民群体，另一个是将突发的、偶然的、一次性的行事转化成多发的、必需的、反复出现的行事，而促使这两个转化得以顺利进行的关键是个人行事被众人认可和接受。民俗的初成期是典型的个人行事，其俗民是个体；相沿成习期的俗民变成了群体，其行为也变成了群体行事。不仅如此，这两个行事还有时间上的先后顺序，个体行事在先，群体行事在后，它们缺一不可，个体行事是群体行事的基础，群体行事是对个体行事的延展，没有个体事就没有群体行事，没有群体行事，个体行事只能是个人行为，无法相沿成习，所以说相沿成习是民俗形成时至关重要的一个环节。

（五）功利性目的是俗民们认同和接受民俗的主要原因

俗民们为什么要认同和接受这个个体行事呢？一是纪念，即纪念某个人或某件事，比如除夕夜在门上挂红灯笼是纪念为救别人而牺牲了自己的一对夫妻（《大年三十晚挂灯笼的来由》）；在元宵节那天装扮彩船是纪念那位为集够架桥钱，把自己打扮成美丽姑娘坐在彩船里让人们用银钱打，却被师父用法术变成女人的仙人（《社火里的彩船》）；在五月五绑花线、在六月六撇花线是纪念药王“惊梦寻仙药”之事（《绑花线的传说》）；在正月十五踩高跷是为了纪念把兵器藏到空心高跷里，在危急关头保护了唐太宗安全的高跷大将军（《踩高跷的来历》），等等。二是祛灾镇邪，即消除灾祸镇压邪气，比如人们在端午节佩戴装有雄黄、苍术、细辛、白芷、丁香等中药的荷包，是为了除瘟疫散浊气，驱毒保洁（《五月五日为啥戴荷包》）；在端午节熏艾插凉柳是为了熏灭瘟疫、驱除邪气（《插凉柳的传说》）；在六月六日撇花线象征撇百病（《绑花线的传说》）；在元宵节晚上放焰火、挂红灯是为了驱散灾祸、保佑平安（《元宵焰火的来历》）；在过春节时贴门神是为了挡住妖魔鬼怪、凶神恶煞（《贴门神的由来》），等等。三是习以为常，比如五月五日吃甜醅、腊八节吃糁饭、除夕坐夜的习俗，不为别的，就是因为成了习惯。乌丙安教授把俗民们养成习俗的规则总结为两种：“一种是自然而然地沿着惯习本身的惰性而来，即自古而然，从来如此和习以为常的状况；一种是基于

① 乌丙安：《民俗学原理》，长春：长春出版社，2014年，第43页。

某种利益的需求，有目的地遵守既定的先验模型惯习的状况。”[①]其实这一规则也形象地说明了人们认可和接受民俗的两种主要原因：一种是功利性原因，即纪念、消灾祛祸等；一种是无功利性原因，即习以为常，比较而言，功利性原因要远远大于非功利性原因。

二、地方性节日习俗

与全民性节日习俗故事相比，讲述甘肃地方性节日习俗的故事的数量并不多，主要有讲述甘肃花儿会和地方庙会的两种。

（一）花儿会传说

花儿，又称“少年”，发源于古河州（今甘肃临夏回族自治州），后来广泛流传于甘肃、青海、宁夏、新疆等地，是一种在汉族、回族、藏族、东乡族、撒拉族、保安族、土族、裕固族等民族中传唱的多民族民歌。花儿的歌唱形式有独唱和对唱两种，一般没有固定的歌词，多为即兴创作，歌声高亢悠长，抒情性强，用方言演唱，具有鲜明的地方特色。因对歌时，男歌手亲昵地称女歌手为“花儿”，女歌手称男歌手为“少年”而得名。

1.有关花儿会的传说

关于花儿的由来，有一个美丽的传说：相传很早以前，一位猎人上山打猎，忽然从松鸣岩顶上传来一个姑娘的歌声，歌声非常清脆甜美，猎人便飞奔上山，到了山上，歌声又好像在山下回荡，等下山寻找时歌声又回到了山上。就这样上山下山、下山又上山，直到天黑猎人也没有找到唱歌姑娘的踪影。猎人回家以后把遇到仙女的事告诉了大家，并把听到的歌唱给大家听，大家一致认为这是仙曲。为了纪念这位留给人间优美歌曲的仙女，人们便在松鸣岩上修起了一座雄伟的菩萨大殿，并在猎人遇仙的那一天——农历四月二十八日，男女老少齐聚松鸣岩，模仿仙女的曲调唱起了欢乐的歌，从此松鸣岩就有了一年一度的“花儿”会。

松鸣岩，又称须弥岩，位于临夏回族自治州和政县南25公里的叼滩乡小峡中，海拔2 730米，因每当风起，松涛大作，声如战鼓擂动、似马奔腾而得名。在甘肃，并非只有松鸣岩才有花儿会，其他地方如岷县、临洮县、康乐县、漳县等地也有花儿会，且每个县都星罗棋布地分布有大大小小20多个花儿会，它们不仅举办时间不同还有不同的传说，比如《五月二十七二郎山花

① 乌丙安：《民俗学原理》，长春：长春出版社，2014年，第49页。

儿会》《二郎山花儿会》讲的是二郎山花儿会，《莲花山“花儿会”的来历》讲的是莲花山花儿会。二郎山位于甘肃省岷县城南，是千里岷山的起首处，据考证二郎山花儿会最早源于岷县的祭神赛会，形成于明代。祭祀当天，祭祀群众赛唱“洮岷花儿”，歌词多为即兴创作，极具生活气息，参与人数达十余万，场面极其热闹。莲花山古称西崆峒，位于甘肃南部的康乐、临潭、卓尼、渭源四县交界处的崇山峻岭之间，地处洮河上游，早在明初就为佛教、道教胜地。莲花山花儿会是莲花山地区群众自发组织的民歌盛会，距今已有三百多年的历史，形式独特、规模宏大，莲花山花儿会从农历六月初一到初六为期6天，参与人次达十万人次以上。《六月六“花儿”会》讲的是漳县石崖寺花儿会，石崖寺位于漳县、岷县、卓尼、渭源四县交界处，这里的花儿兼有河湟花儿和洮岷花儿的双重特点。《曲子寺的传说》讲的是临洮县曲子寺花儿会，曲子寺位于临洮县南屏镇三甲村，其流传的花儿是临岷花儿，演唱曲调为“莲花山令”（亦称两莲儿），演唱方式是分两组搭班对唱，每组三至五人，有一人负责编词、协调、组织等工作，叫作“串班长”，一首花儿每人轮流唱一句，最后以合唱“花哟，两莲儿”结束。

2.花儿会传说以讲述其由来为主

甘肃是花儿的故乡，其南部地区星罗棋布着许多传唱花儿的场所，几乎每个场所都有或多或少的传说流传于当地，少则一则故事，多则数则故事，但基本都是讲述其花儿会的由来。如《五月二十七二郎山花儿》讲唐末时，邻近的羌人在岷州城一带占山为王，人们称他为鬼章王，鬼章王经常骚扰百姓，使这一带人民无法安居乐业。到了宋朝，朝廷派种谊率领敢死队征讨鬼章王，因鬼章王打不过种谊的军队就退居到岷州城北九十里处元山坪的铁城死守。铁城城墙坚固，种谊和将士们多次攻打不下就死死地围住城，直到鬼章王草绝粮断。后来，鬼章王采用“悬羊击鼓”“饿马摇铃”的战术迷惑宋兵逃出铁城，逃到了洮州一带，种谊发现后立即追击并抓获了鬼章王。鬼章王被抓获的那天是农历五月十七，人们高兴地在二郎山下南寺集会庆祝，有人用花儿来表达胜利的喜悦，此后每年农历五月十七当地群众就集会到这里唱花儿。《莲花山“花儿会”的来历》讲很久很久以前，有两个从南海来的仙女到瑶池去参加王母娘娘的蟠桃盛会，她们两人各拿着一朵含苞欲放的白莲花，仙女被人间的美景所吸引，年长的那位不小心手一松，白莲花便随风飘落了下来，白莲花落到地上立刻化作了一座形如莲花的山，人们便叫它莲花山。很多年以后，人们在山上修建了庙宇，庙成的那天人们都想庆贺一下，汉族人要唱戏，回、藏人要唱歌跳舞，整整一个晚上过去了，还没定下个可行方案。天亮了，忽然看见一对俊俏的仙女手持白莲花驾着五彩祥云，边走边唱，歌声特别优美好听，她们走远了众人只记住了她们唱的最后两句“花儿呀，莲叶儿”，一个小伙子兴奋地喊：“好呀，咱就唱‘花儿’吧！”于是人们就模仿着两个仙女的调子，三五成群地你问我答唱了起来，整整唱了三天三夜。以后，每年六月初三到初六，人们就聚集在莲花山来唱“花儿”、听“花儿”、赛“花儿”。

关于漳县石崖寺花儿会有三个传说。第一则传说讲很久以前拉麻（石崖寺所在的村子）人得罪了河神，河神发大水要将石崖寺的石崖慢慢聚拢将这里变成“海”，雪山太子连忙启奏玉帝，王母就派一个叫青娥的仙女下凡解救，青娥及时阻止了山的移动，使拉麻人躲过了一场灾难。青娥怕石崖再移，就只好蹲守在那里不敢回天宫，她一个闲得无聊就在石崖寺山嘴上唱花儿。一天，一人家娶媳妇路过山下，她就施法术将新媳妇“飞”上山，从此你问我答两人唱起了花儿，她们的花儿声脆嫩如琴，非常优美，吸引得周围人都来唱花儿。几年以后，她们不知去向，只留下了新媳妇坐化的石崖，人们为缅怀青娥撼山治水之恩，在每年农历六月六日唱花儿。第二则传说讲当初石崖寺附近有一对彼此相爱的青年男女，但他们的爱遭到族中长者的阻挠，两人私奔到石崖寺，坐下来对歌，用歌声表达对彼此的爱意，缠绵的歌声像一条流不尽的河没有个停歇，最后两人双双跳崖殉情，后人为纪念这一对情人，修建了寺庙，有了花儿会。第三则传说讲从前露骨山住着一个叫牡丹的仙女，她爱上了山下一个勤劳憨厚的少年，两人情深似海。一次，少年在六月初六外出，不知什么缘故再没有回来。牡丹仙子站在山坡上等情人回来，天天盼夜夜思，竟化成了白石头。人们为了缅怀牡丹仙子对爱情的忠贞不渝，便在每年的六月初六到石崖寺给仙子唱歌听。

不管是哪个花儿会，也不管是一个传说还是多个传说，它们几乎是清一色地讲述该花儿会的由来，而且多以纪念某人某事为主，使此类传说有了鲜明的主题。

（二）庙会传说

庙会，又称“庙市”或“节场”，是中国民间广为流传的一种传统民俗活动。因活动场所通常设在寺庙内或其附近，在寺庙节日或规定的日期举行，故名“庙会”。庙会起源于远古时期的宗庙祭祀，后来小商小贩们看到祭祀者多，就在庙外摆起各式小摊赚钱。随着社会的发展，庙会逐渐发生了两大变化，即把寺庙节日变成了地方节日，把宗教节日变成了世俗节日，目前庙会成了一种极富地方特色的集宗教信仰、商业活动、文艺娱乐于一身的综合性民俗活动。

1.庙会传说中的“庙”与“会”

正因为庙会是一种集宗教信仰、商业活动、文艺娱乐于一身的综合性活动，所以“庙”与“会”之间自古有着密切的关联，但“庙”并不专指用来供奉佛像的佛堂，也可以指供奉着道家、儒家神像或历史名人的处所，还可以是供奉着家族先祖的祠堂。就目前甘肃流传的庙会传说而言，其“庙”与“会”有三种关系：(1) 有庙有会，这是最常见的一种形式。传说泾川县是西王母的故乡，周穆王、汉武帝都曾来此拜谒过西王母，公元前2世纪泾川就修建了西王母宫，人们自古就留下一个规矩，即每年农历三月二十在泾川西王母宫举行盛大庙会。尤其是近十几年，每逢农历三月二十日，世界各地的善男信女不避风雨来此朝圣西王母（《西王母与周穆王汉武帝在泾川的传说》）。康乐县鸣鹿乡境内有一处幽静秀丽的地方，叫蜂窝寺，每逢农历正月初十，四乡八寨的人们汇集在这里耍社火，非常热闹（《蜂窝寺庙会的由来》）。(2) 无庙有会，静宁县也有一座五台山，传说一天中午王母娘娘同爱女六公主来这里游玩，见这里风景幽雅，人们安居乐业，非常羡慕。回到天宫后王母娘娘对人间产生了嫉妒之情，慢慢心生一种邪念——毁掉这个幸福安康的地方。心地善良的六公主知道后非常着急，就扮作一个村姑偷偷下凡，劝人们离开这个地方，可人们因为在这里生活的时间长了都不愿离开。这件事被王母娘娘看在眼里，就领着天将来这里施法，几声雷电过后这里的湖水干了，花草树林都死了，村庄只剩下一片光秃秃的荒地。王母娘娘还要向逃难的百姓下毒手，六公主跪下求情，王母娘娘根本不听，情急之下六公主拔下自己的玉钗甩向已经烧干了的大湖，只见那里长出了许多大树，六公主自己摇身一变，变成一座大山挡住了天兵天将，王母娘娘只好领着天将回了天宫，这座山就是现在的五台山，人们为了纪念六公主就在每年五月五登山烧香磕头朝拜六公主（《五台山的来历》）。庆城县马岭镇东面有一座山峰，叫凤凰山，传说有三位仙女坐化在凤凰山，人们为了纪念她们，就在每年三月十八日来凤凰山烧香祭拜表达自己的敬意。(3) 有庙无会，比如在从瓜州去敦煌的戈壁滩上，会突然看见一股清澈的泉水从南面三危山的谷流出来奔向大漠深处，这时你逆着泉水找去就可以看见一眼泉，这就是贰师泉，人们为了纪念李广利将军在戈壁滩上开出清泉的功绩就在山谷口修了一座“贰师庙”

（《贰师泉》）。孟姜女千里迢迢给丈夫送寒衣，来了后却获知丈夫已经死去，就连尸体也被打进了长城，于是她火化了寒衣，哭呀哭，哭倒了八百里长城，人们为了纪念她就在她哭倒长城的地方修了一座孟姜女庙。不管是贰师庙还是孟姜女庙，都只有庙而无会。相对而言，第三种故事多讲述某个人文景观，如四爷庙、红崖观、飞来寺的由来，不属于真正意义上的庙会传说。

2.庙会传说的主要内容

几乎所有的庙会传说都讲述了庙会的由来，比如《小西路的二月会》讲藏族一个姑娘因被逼婚而上吊自杀，其灵魂常常帮助人们，于是人们便修庙供奉她，并于每年二月二日举行庙会。《盐川和盐神》讲一姑娘在"及笈"之年脖子上长出来一个大瘿瘤，父母着急、姑娘伤心，可是没有任何办法。一天，姑娘去屋后山坡上玩，发现那儿有一层薄薄的白如霜雪的粉末，就用手蘸了一点尝，发现味道不但不苦还有一点香味，就带了一点悄悄放在水里、饭里，不仅饭菜香了，那恼人的瘿瘤也越来越小，最后竟然消失了。她高兴地把这件事告诉给大家，其他人也把这个白色粉末放进饭和水里吃喝，虽然都这样做，但人们并不知道这个白色粉末是什么。后来，从外面来了一个很有见识的人说这是盐，外面的富户人家早就吃了，于是大家都挖那个粉末。慢慢地粉末挖完了地上出现两个大井，井里的水比外面的水咸，他们就煮水析盐，有些人家把多余的盐卖到其他地方还发了家。时间一长，两口井都慢慢地干涸了，也断了那些靠熬盐活命的人家的活路。一天晚上，村子里两个有威望的老人同时做了一个奇怪的梦，梦见两位神仙给他们说因天下大乱地方不安宁，他们只好远避四川，如今见百姓生活艰难回来看看的，并说如果能建一清静之所让他们安身，他们就可随时回来走走，让盐水长流。第二天他们互诉梦境后一致认为那是盐神爷和盐神婆显灵，就赶紧集资在盐井平台上修建了一座盐神庙，正殿里按梦境塑上盐神夫妇的像，对面建一座戏台，每年十月十五日盐神爷圣诞时便唱戏三天。另外，《岷州显应侯》讲述了岷州城隍庙会的由来，《女娲庙》讲述了女娲庙会的由来，《金龙山》讲述了七圣母庙会的由来，《镇河塔》讲述了一个无名庙会的由来，《安家寺》讲述了安家寺麻线娘娘庙会的由来，《凤凰山的传说》讲述了凤凰山庙会的由来，等等。

3.举办庙会的缘由

举办庙会的缘由也是庙会传说交代得最清楚的信息之一，主要有：（1）纪念并表达敬意，如藏族姑娘阿玛达苏因不满逼婚上吊自杀，死后她的灵魂经常帮助当地百姓，人们为了颂扬她的功德上报朝廷，朝廷封她为“分巡圣母”，于是人们集资给她建庙并于每年二月二日举办庙会（《小西路的二月会》）。岷州的城隍爷原本是明代的一个姓黄的师爷，从很远的南方来到岷州，给这里人民办了很多好事，修卫学、建孔庙，死后人们尊他为岷州城隍爷，叫他“显应侯”，并建庙办会朝拜他，以示对他的怀念和尊敬（《岷州显应侯》）。传说女娲炼石补天，甚至因石头不够用自己的身体补好了天拯救了人类，使人们过上了好日子，人们为了纪念她的功绩就在张家川和秦安县交界的西山顶上盖了一座女娲庙，每年八月十三办会朝拜她（《女娲庙》）。(2) 祈福祛灾，如《漳河塔》讲每到夏秋季节，漳河龙君就发洪水，冲毁农田、冲走牲畜，甚至淹死百姓，给当地百姓的生活带来了许多灾难，人们传说这是妖魔折角龙王挟持河神发难，就举行盛大法会祈请托塔天王将手中的宝塔移下天宫，立于漳河之滨将折角龙王压在塔下，以后每年四月初一，四里八乡的人们就杀猪宰鸡，在此祈求平安。显然，这是两种截然相反的原因：纪念是针对那些与人为友、热心帮助人类的神灵而言的，祈福祛灾是针对那些危害人类的妖魔而言，人们对与人为善者满怀感激，表达的是深深的敬意，对为害的妖魔，人们企盼的则是让正义永远管制邪恶，其中充满了对妖魔的恐惧之情。

三、少数民族节日习俗

甘肃是一个少数民族比较多的省份，但把民间故事整理成册的民族不多，其中讲述少数民族节日的故事就更少，目前能见于故事集的只有《蒙古族白月节》《藏族望果节的传说》《火圈舞的传说》（白马人）《池哥昼的传说》（白马人）《关于“古尔邦节”的传说》五则。

这五则故事的主要内容有：(1) 节日民俗的由来，比如《蒙古族白月节》讲很早以前蒙古出了一个黑蟒古斯——丑魔王可汗，他突然入侵蒙古，抢的抢、杀的杀，使人民倍受磨难。就在这时，一个叫萨满的美丽女神为了蒙古人民的安宁愿意嫁给魔王，其目的就是除掉魔王。后来她果然斩除了魔王，当她回到自己的领地时正好是大年三十，人们高兴地一直欢庆到天亮，第二天便是正月初一，人们又举行了盛大的庆典，从此蒙古人便把这一天定为白月节——春节。《火圈舞的传说》讲相传很久以前，居住在大山深处的白马人遭受“官兵”的欺压和追杀，面对生死存亡，白马人与“官兵”展开了殊死搏斗，经过七天七夜的苦战终于打退了“官兵”。第八天是农历的腊月初八，傍晚时分疲惫不堪的白马人围着篝火渐渐进入梦乡，可是狡诈的“官兵”趁机来偷袭白马人，就在这关键时刻一只白公鸡发出了高亢的啼鸣声，啼鸣声唤醒了正在熟睡的白马人，使白马人摆脱了一场灭顶之灾，白马人为了纪念此事把这一天定为火圈舞的开始日，成了白马人最重要和喜庆的节日。(2)节日民俗，比如蒙古人每到大年初一，就不分诺彦、老爷、头人和官吏，都要挨家挨户地走遍各个毡包，互相问好祝福。白马藏人每到腊月初八就开始凑柴、烤街火、唱歌、跳火圈舞，一直到正月十八结束。他们跳火圈舞时不分男女老幼、富贵贫贱，大家手拉手、肩并肩，连成一个大圆圈，围着熊熊的大火载歌载舞。回族在每年伊斯兰教历十月二日，经济条件好的回族人家宰一峰骆驼，或一头牛、一只羊，将肉分成三份，三分之一送给同教乡邻和亲属，其余留作款待阿訇、宾客和家人。藏族每逢农历七月初，家家户户就自动出来在田间地头、溪水旁、草坪上或树林间搭起五光十色、装饰一新的帐篷，男女老少穿上民族服装，庆祝一年一度辛勤劳动获得的大丰收。(3)过节之由，主要有：一是庆祝，但是节日不同庆祝的对象和缘由就不同，如藏族的望果节是庆祝大年的丰收，蒙古族的白月节是庆祝萨满女神顺利除掉魔王；二是纪念，如裕固族跳火圈舞是为了纪念白公鸡的救命之恩，跳“池哥昼”是为了怀念白马老爷，回族过“古尔邦节”也是为了纪念真主。

虽然被记录下来的少数民族节日习俗传说并不多，但它们毕竟有，而且也可以通过这为数不多的几则传说透视出少数民族同胞们的民族性格和感情取向：向往和平幸福的生活，憎恶邪恶势力；不忘民族历史，有恩图报；敢爱敢恨，爱憎分明，阅读和听这些故事会给人带来一种文化享受。

第二节　丰富的生产生活习俗

生产生活既是社会发展的主要内容，也是人得以生存的必需活动。经过长期的积累，中华民族养成了丰富多样的生产生活习俗，其范畴几乎涉及生产生活的方方面面。与之相对应，其传说也非常丰富，涉及饮食、农业、服饰、建筑、交通等方面，是一个数量比较大的传说群。

一、农业生产习俗

甘肃尽管是一个以农业为主，兼有牧业的大省，但是许多从事牧业的民族对其民间传说整理不够，所以目前能见到的都是讲述农业生产习俗的民间传说，几乎没有关于牧业生产习俗的民间传说。

（一）对农作物的想象

对农业生产而言，最重要的莫过于农作物的种子了。这些种子来自于哪里？它们的特征是如何形成的？面对这些问题劳动人民充满了好奇，可是他们无法科学解释，只能展开大胆而朴素的想象，于是就产生了想象农作物的民间传说。

1.想象农作物种子的由来

如《麦子的来历》《蚂蚁、喜鹊和小麦》《糜子》《鸽子取谷种》四则传说分别想象世界上第一颗小麦种子、糜子种子、谷种的由来。首先，他们或认为这些种子来自西天王母娘娘处，或来自天宫，或来自印度，总之都来自很远的地方；其次，他们认为这些种子能留到人间很不容易，比如鹁鸽从西天王母娘娘那儿取来种子，却被田鼠偷去。田鼠正为自己偷得麦种得意时，风又把麦种吹到了石缝里。谁料第二年麦种在如此艰苦的环境中生长发芽，结出了沉甸甸的麦穗。人们无法采摘，只好请蚂蚁来帮忙，经过蚂蚁们的努力，人们才得到了麦种。糜子种子、谷子种子无一不是经过艰辛的付出得来的。尽管这些传说充满了幻想，但这些幻想表现了劳动人民对生产生活的认识，即没有艰辛的付出就没有最终的收获，富有深刻的哲理。

2.想象农作物特征的由来

比如《荞麦杆的传说》《庄稼的传说》《荞麦的传说》《荞麦杆为啥是红的》等，想象了荞麦秆、高粱秆呈现红色的原因，《麦子、豌豆和扁豆》想象了扁豆扁、豌豆有两个小窝窝和麦子肚子上有一道槽的原因。在这些传说中，广大劳动人民尽情发挥自己的想象，有时把种子拟人化，让它们有人的思想、语言和行为，让人们从种子们身上看到了人类的某些特征；有时又将它们置于天帝之手，让人们不由得对人类无力反抗，只能任人宰割的命运报以深切的同情。总之，它们身上任何一个特征都是被伤害的痕迹，从中也看出了广大劳动人民被自然所伤害的心理阴影。

3.想象农作物生长特征的由来

比如《庄稼穗为啥这么短》《庄稼的传说》等传说想象庄稼穗子小的原

因。劳动人民认为远古时庄稼长得非常茂盛，所有庄稼的穗子都有五六寸长，且有些庄稼还长着几个穗子，所以每年都能收获很多粮食，人们过着非常富裕的生活。时间一长，人们便不再珍惜粮食，而且浪费糟蹋粮食成风，甚至有女人拿面给小孩擦屁股，天神看到了非常生气，就把人们的这些恶行上奏给玉帝，玉帝一气之下就派天神将又大又多的庄稼穗子从下往下捋，以至于成了现在又小又少的样子。这些传说传递出来的则是劳动人民对美好生活的向往和对浪费粮食这个不良行为的谴责，同时也告诫人们一定要爱惜粮食，否则必将受到惩罚，这些无疑都来自于他们对生活的深刻体会。

只是以上三方面的故事比较多，也具有代表性，当然，还有其他方面的想象，如庄稼名字的由来等。其实，不管是哪种想象都体现了广大劳动人民对农业生产的探索、对生产经验的总结，正是这种向上的力量不断促进农业的发展、促进社会的发展，使中国成为世界农业大国。

（二）对农业生产的想象

在长期的生产劳动中，人们不停地探索、不停地积累生产经验，而劳动人民又没有使用文字的能力，就只能用口语把这些探索和经验讲给一代又一代的子孙，于是又有了一些讲述农业生产习俗的民间传说。

1.对牲畜的想象

在古代，生产力极不发达，加之甘肃山高沟深有许多山地，农业生产离不开牲畜，而牲畜中使用最多的就是牛，那么牛是哪里来的，它有哪些特征，这些特征又是怎样形成的？这些问题就不得不引起劳动人民的注意。《牛为啥没有上门牙》不仅想象了牛的由来，还想象了牛没有门牙的缘由：传说很早以前牛是天界神仙之一，有一天玉帝让老牛去人间传旨，让人们“一天一吃饭三打扮”，老牛却传成了“一天三吃饭一打扮”，玉帝气得拍案大骂：“你这个畜生，下界哪有那么多的五谷供人们吃，从今天起罚你给人间拉犁耕地种五谷，人吃五谷你吃草。”老牛犯了犟脾气扭头就走，玉帝更是生气，吼道：“回来，胆敢耍犟劲儿！”说着一脚踢过去就踢掉了老牛的上门牙，从此老牛不仅没了门牙，还成了人间拉犁耕地种庄稼的得力帮手。另外，《骡子为啥不下驹》想象了骡子不产驹的原因，《牛戴鼻环的来历》想象了人们给公牛戴鼻环的原因。其实，这些想象都没有科学性，却真实地反映了古代社会的不公，那位一脚踢掉老牛门牙的玉帝与其说是一位天神，不如说他是人间统治阶级的代表，那么老牛就是广大劳动人民的代表，统治阶级不劳动却掌握着奴役和惩罚劳动人民的权力，肆意践踏劳动人民的尊严，而劳动人民在强大的权势面前没有自由，只能一味地服从。

2. 对生产工具的想象

这一类的传说主要有《净草锣》《碌碡的来历》《锄头的传说》等，其中《净草锣》和《锄头的传说》内容相似，想象了锄草工具的变化：传说盘古开天辟地时忘了创制锄草的工具，人们只好用木头棒棒、石头尖或者手指挖草，时间长了人们手上都裂开了长长的口子。一天，一位神仙看到了人们的辛苦，就从怀里取出一面铜镜，顺手拿起一块石头敲了起来，敲着敲着铜镜变成了铜锣，他把这面铜锣交给人们，让人们拿着这面锣沿着庄稼地边走边敲边喊"宝锣响，杂草光，宝锣响，庄稼长"草就没了。人们按神仙说的做，果然杂草死了，庄稼越长越茂盛。后来，人们越变越懒，竟然连锣也懒得敲了，致使杂草比庄稼还长得高。县官一气之下没收了净草锣，给了人们一些铁，让他们做成锄头和铲子，他们只好用锄头和铲子锄草，从此净草锣也不灵了。《碌碡的来历》不仅想象了西北人碾麦子用的碌碡的由来，还想象了它的神奇功能——穷人用它碾粮食可以增加粮食，富人用它碾却没有这个效果。其实，铜锣是不能净草的、用碌碡碾粮食也不能让粮食增多，但劳动人民却赋予了它们这些功效，显然劳动人民想借此表达：（1）劳动人民的矛盾心理，既渴望轻松劳动又怕轻松劳动耽误了庄稼的丰收；（2）对劳动的肯定，对剥削的否定，所以在劳动人民的口中碌碡不再是一个简单的生产工具，而是一个奖励劳动，处罚剥削的法宝。

3. 对劳动经验的总结

最典型的故事则是《旋黄鸟》和《现黄现割鸟》，其实这两则故事都想象了"旋黄鸟"（也叫杜鹃鸟、现黄现割鸟）的由来，但故事内容有所不同。《旋黄鸟》讲兄弟俩都比较懒，别人忙于收割麦子时他俩却在地边睡懒觉，不料晚上一场冰雹把他们家熟透的麦子打得颗粒无收，兄弟俩伤心而死，死后变成"旋黄鸟"。每到收麦子的时候，它们就整日高叫"旋黄旋割，不黄了旋坨坨"，即使叫得嘴角流血也还不停地提醒人们及时收割麦子。《现黄现割鸟》讲弟兄四个都很懒，娶了媳妇还和以前一样，父亲临终前选聪明能干的四媳妇当家，可其他人都不服管，导致自家熟透的麦子一夜之间被大雨冲光，四媳妇伤心而死，死后变成"现黄现割鸟"提醒大家及时收割小麦。从表面看，这两则故事都是想象杜鹃鸟的由来，却在深层次上总结了生产经验，即熟透的小麦要及时收割，否则遇上冰雹或大雨将颗粒无收，但它并没有单纯地讲理论，而是通过典型的事例告诉人们这个道理，既通俗又容易记住，还能留下深刻的印象，起到了很好的教育作用。

二、生活习俗

生活习俗的范畴比较广，几乎包括了生活的方方面面，如饮食、服饰、交通、建筑等，甘肃民间故事中的生活习俗也是非常多样。

（一）饮食习俗

中国饮食文化源远流长，素有“烹饪王国”之称。中国烹饪不仅是一项技术活，更是一门艺术，也是我国各族人民智慧的结晶，它不仅丰富多样，其色、香、味、形都给人以美的享受。甘肃流传着许多关于饮食习俗的传说，也涉及饮食文化的多个方面，从中折射出了甘肃人民对饮食文化的重要贡献。

1.特色饮食习俗

甘肃有许多特色名吃，比如辛店石子馍、静宁烧鸡、涮羊肉、兰州牛肉面、荨麻卷饼、“御面”、臊子面、泾川罐罐蒸馍、炒面（用炒熟的五谷磨成了面粉），等等。其中静宁烧鸡入选甘肃省第三批非物质文化遗产名录、兰州清汤牛肉面入选甘肃省第二批非物质文化遗产名录。即使没有入选非物质文化遗产名录的名吃，也深受当地人的喜爱，许多名吃还留下了美丽的传说。

综观这些传说，主要讲了：(1) 名吃的由来。针对大多数名吃，都来自于一个偶然的机会，比如《静宁烧鸡》讲静宁人王烧和妻子本打算用家里仅有的一只老母鸡来招待平日里互相帮助的朋友，没有配料只好用家里仅有的一两黄酒和一碗陈年猪肉汤来烧。鸡刚烧好来了一位生意人，称自己做生意赔了本回不了家，想在王烧家住一晚上，王烧只好端出烧好的鸡给他吃，生意人也不推辞就吃了起来。肉一进口，生意人连声称好，并一口气吃完了一只鸡。过了几天，几个差役来到王烧家拿出一千两银子表示感谢，原来上次来的生意人是一名太守。王烧夫妻俩一合计，就用太守送的一千两银子开了个饭店，在招牌上写下“烧鸡”两个字，从此就有了静宁烧鸡。《涮羊肉的来历》讲唐代时吐蕃犯境，朝廷派李元谅率军前去平息战乱，但李部在平、庆两地连吃败仗，他们只好退到崆峒山后的深山老林，他们没有粮草，士兵只好挖野菜、打野物充饥。一天，士兵们打来一只野山羊，李元谅饿得实在不行了就把厨师已经切好的生羊肉片扔进开水锅里，胡乱用勺搅了几下就捞到碗里放上盐大口大口地吃了起来，他觉得又嫩又鲜，一连吃了三碗。几年后，他成了大将军，有一天突然想起那顿水煮羊肉，要厨师做给他吃，厨师知道如果按照以前的方法做绝对不好吃，就在锅里调好汤，再把切好的羊肉片放在锅里涮，果然好吃，也赢得了李元谅的称赞，从此便就有了涮羊肉的吃法，慢慢地这道菜便誉满西北了，后来全国各地的人也都涮羊肉吃。兰州拉条、荨麻卷饼、泾川罐罐蒸馍、臊子面、炒面等其他名吃也是一样，都是由一次偶然的机会赢得了某些人的认可和赞同，被世人流传了下来。(2) 讲述名吃的做法。几乎在每个传说中都或简单或详细地讲述了甘肃名吃的做法，如在《泾川罐罐蒸馍》中说先用石磨子磨好面，面要用绸底细箩筛一遍，再往一百斤面里加二十斤水，然后拿自家做的酵面先一天把面发好，最后用劲揉搓，做成上大下小、样子像小罐罐的面团放在锅里蒸。《荨麻卷饼的传说》中说先采来荨麻草晒干，再将晒干的荨麻叶捣碎，配以姜皮、花椒、大香等调料，用青稞面拌成粥状，然后均匀地糊在白面烙的薄饼或油饼上，卷起来即是外表美观、芳香扑鼻的荨麻卷饼。(3) 人们对名吃的好评。如《臊子面》讲一家人吃臊子面吃得眉开眼笑，特别是小叔子，经常缠着嫂子要吃嫂子做的面条，后来小叔子做了大官，仍然特别爱吃嫂子做的面条。《吃炒面》讲黄家媳妇端来两升炒面，搬来一缸凉水，两位龙君吃喝了个精光。其实，这三个方面是名吃之所以成为名吃的三个重要因素：偶然的机会是前提，人们对它们的好评是关键，做法是核心，三者缺一不可。

2.地方饮食习俗

每个地方都有独特的饮食习俗，比如甘肃有二月二炒豆子、中秋节晚上在月亮底下吃西瓜、鸡头不待客、陇东人不喝回锅水、陇东人喜欢喝枸杞子酒等饮食习俗，其中有些习俗有其科学性，有些则不然，但不管怎样，俗民们都信以为真，没有一点怀疑。首先，这些传说讲述了人们流传这个习俗的原因：如人们之所以在农历二月二炒豆子就是为了帮助被惩罚的土地爷骑龙上天（《二月二为啥炒豆子》）；人们之所以在月亮下把西瓜切成牙是因为替青年汉子回家报信的玉兔把摆在桌子上的西瓜啃成了锯齿状（《瓜牙儿的传说》）；人们之所以不给客人吃鸡头是因为一个妻子按当初的约定给做生意回家的丈夫吃了养了十几年的老母鸡，丈夫中毒而亡（《鸡头不待客》）；陇东人之所以不喝回锅水是因为一个妻子曾经与奸夫合谋用回锅水害死了丈夫（《陇东人为啥不喝回锅水》）；陇东人之所以喜欢喝枸杞子酒是因为枸杞子酒可以养颜延寿（《陇东人为啥喝枸杞子酒》）。其次，故事不仅情节曲折而且情真意切，非常吸引人，有些故事还具有鲜明的浪漫主义色彩。

（二）服饰习俗

不管是汉族还是少数民族都有不同于其他民族的服饰习俗，有些习俗还流传着美丽的传说，甘肃就流传着一些服饰习俗传说，既有汉族的也有少数民族的，既有男人的也有女人的。

1.汉族服饰习俗

相对来说，讲述汉族服饰习俗的传说不多，目前能搜集到的有《肚兜的来历》《五月五日戴荷包》《枕头上留洞的秘密》《河西人戴金锁的来历》和《卧龙带》五则。综观这些传说：（1）几乎每则故事都是讲该习俗的由来，人们之所以传承这些习俗，注重的是服饰的实用性，比如大姑娘、小媳妇戴精美的肚兜是为了好看，上了年纪的老人戴肚兜是为了暖胃、挡风和遮丑，小孩子戴肚兜是为了保暖。人们在五月五日给小孩戴荷包（也叫“香包”）是为了除瘟疫、散浊气、驱毒保洁。天水人给枕头上留洞是为了减小噪音；河西人给儿孙们戴金锁是希望他们长命百岁。西北农民冬天出门总要带上“卧龙带（即黑色棉袄）”是因为它既能穿又能盖，暖和、方便又实用。（2）每则故事都蕴含着一定的思想情感，比如杨贵妃和其他女性穿肚兜体现的是女性对美的追求，老人、小孩穿肚兜体现的是人们对健康的渴望，小孩五月初五戴荷包和河西人给儿孙戴金锁体现的是他们对健康长寿的向往，太后亲手给乾隆皇帝缝制“卧龙带”体现的是伟大的母爱，乾隆皇帝号召全民穿“卧龙带”体现的是对天下母亲的尊重，等等。

2.少数民族服饰习俗

与讲述汉族服饰习俗的传说一样，少数民族服饰习俗传说也讲述了其习俗的由来，相比之下少数民族的服饰习俗多了情感因素，有如下表现：（1）纪念某人或某物。最典型的是白马人的“沙嘎”帽及藏族和维吾尔族的狐狸帽。沙嘎帽是白马男子的帽子，用白羊毛擀成，像圆盘一样，上面插着白鸡翎，帽檐做成荷叶边状，再在隆起的帽沿边上绕上红、黑线做装饰。白马男子为什么要戴沙嘎帽？是为了纪念那只叫醒了正在沉睡的白马人的白公鸡（《小依奥哩》）。藏族和维吾尔族人不管男女老少都头戴一顶火红的狐皮帽子，而且皮毛朝外，是为了纪念一位有德的皇帝（《藏族狐皮帽的故事》《维吾尔族狐皮帽的来历》）。（2）美化自己。小花帽是维吾尔族服饰的重要组成部分，也是维吾尔族的美丽标志之一。早在唐代，西域男性多戴卷檐尖顶毡帽，到了明代，维吾尔族人开始戴刺绣的小花帽。清代初期，维吾尔族的小花帽在用料和款式方面都有了新的发展，冬用皮，夏用绫，前插禽羽，女帽皆用金银线绣花点缀。那么维吾尔族人为什么要戴这个小花帽？就是模仿阿美娜，而阿美娜做小花帽的初衷是美化自己，还有维吾尔族姑娘梳小辫子、戴戒指和耳环，无不体现了维吾尔族女性对美的追求。（3）实用，比如维吾尔族男子佩戴小刀是为了防身等。

第三节　意蕴深厚的人生礼俗

中国自古就是一个礼仪之邦，礼仪的传统不仅源远流长，而且无处不在。《中庸》说："优优大哉！礼仪三百，威仪三千。"可见中国礼仪之多，而在众多的礼俗中最重要也是最具代表性的则是人生礼仪。人生礼仪是人在一生中所经历的有仪式的行为活动，也是人生阶段的重要标志，有诞生礼、成年礼、婚礼和葬礼等，此外一年一次的生日庆贺、重要学段的毕业典礼也可视为人生礼仪，许多人生礼仪还有美丽的传说，甘肃就流传着许多人生礼仪传说。综观这些传说，它们主要讲述了婚姻习俗和丧葬习俗。

一、婚姻习俗

婚姻是维系人类自身繁衍和社会延续的最基本的活动，"在原始民族中间存在着一套决定两性间相互关系的复杂的规矩"①，这些"复杂的规矩"既可能是婚姻制度也可能是婚姻习俗，甘肃就有伏羲主张用两张兽皮做聘礼的传说，可见婚姻习俗在人类社会的确出现得比较早。

（一）婚俗传说的特点

关于婚礼，中国古代就有"六礼"之说，即纳采、问名、纳吉、纳征、请期、亲迎，实际上各地各族并不完全为这"六礼"所限，他们或将纳采、问名过程简化，或是将请期并于纳吉中，有些又从某环节中衍生出其他习俗，比如从亲迎中衍生出合卺（即新郎新娘喝交杯酒）、闹洞房、回门（婚后第二天或第三天回娘家）等习俗，所以相对来说，中国的婚俗比较复杂。甘肃婚俗传说不仅涉及民族多，且提及的婚俗也多，从结婚服饰、迎亲曲到闹洞房、回门，既复杂又有趣。

---

①［俄］普列汉诺夫：《论艺术》，曹葆华译，北京：三联书店，1973年，第115页。

1.涉及的民族多民俗多

甘肃本来就是一个多民族聚居的省份，加之结婚又是人生大事，所以甘肃流传的婚俗传说比较多，涉及多个民族多个婚俗，如汉族的闹洞房、贴“囍”字、翻箱子、新娘穿红衣、顶盖头、点“长命灯”、舔新、占喜、打女婿、新郎披红，裕固族的新娘骑白马新郎骑青马、新娘戴狐皮帽子戴头面、新郎向新娘射箭、新娘过火堆，回族和哈萨克族的姑娘追，土族的唱“道拉”和泼水，东乡族唱迎亲曲“哈利”，等等。其中有些婚俗富有鲜明的地域和民族特色，比如裕固族姑娘出嫁时戴“头面”的婚俗。裕固族婚礼分两天进行，第一天在女家，次日在男家。在第一天的晚上，当启明星冉冉升起时，新娘在伴娘的陪同下进入铺有红地毯的毡房举行戴头面仪式，该仪式由两位少妇

新娘胸前“头面”

新娘背后“头面”

主持，舅舅和歌手们唱《戴头面歌》，标志着姑娘已经结束天真烂漫的少女时代走向新的生活。裕固族妇女的头面是一件非常精制且价值不菲的民间工艺品，裕固语叫“凯门拜什”，是用红色珊瑚珠、白色海贝壳、玛瑙珠、珍珠、孔雀石、银牌、铜环穿缀，用红布、青布或红色香牛皮做底，中黄、淡黄、中绿、翠绿、黑、赭、紫红、大红诸色丝线合股滚边，用各种珠子穿缀成色彩斑斓的图案，色彩对比强烈，花纹图案排列整齐又相互对称，非常精巧。

另外，永登县土族唱“道拉”的婚俗也极富地域特色，“道拉”内容丰富，包罗万象，既可以唱神话、传说，也可以传授天文、地理、历法等知识，还可以是对祖国大好河山的颂扬和风土人情的介绍，除了有一定的套数外，内容可即事编辞，深受土族人民的喜爱。

2.主要讲婚俗的由来

讲婚俗的由来是这些传说的主要内容，比如裕固族姑娘结婚时不管春夏秋冬总要提前三天把一顶用狐狸皮做的帽子（裕固族话叫“吐鲁格排尔克”）戴在头上，直到婚礼举行完毕，其目是感谢老狐狸对加尔江的不杀之恩并兑现加尔江未婚妻对老狐狸的承诺（《新娘戴狐皮帽子的来历》）。东乡人在结婚的喜庆日子里唱“哈利”是为了纪念璐推妻子为民除害的功德（《东乡族迎亲曲“哈利”》）。永登县的土族人每逢儿女喜事，客人就要唱几天几夜的“道拉”歌，是为了纪念鲁氏太太率众勇士以唱“一道拉呀‘刀’尼者，支户上来瞄盅子”为准备暗号、以唱“莫‘刀’尼道拉者，行不日呀折回个”为暗号，斩杀当地恶霸王蟒之事（《土族唱“道拉”的来历》）。哈萨克族青年喜欢玩“姑娘追”这个爱情游戏，其起因是很早以前努尔古丽公主与她的心上人穷牧民沙里为逃避逼婚和迫害，努尔古丽公主的女仆追赶沙里三天三夜，沙里又追赶努尔古丽公主三天三夜（《哈萨克族姑娘追》）。汉族人结婚新郎要披红的习俗来自于唐时，宁州府（今庆阳市宁县）一户人家结婚时，一青年男子冒充新郎在洞房里向新娘要去“押柜钱”（新媳妇的陪嫁钱），致新媳妇上吊自杀，此后新郎便披红以作区别（《新郎披红的由来》）。

3.一部分婚俗发生了变化

民俗一旦形成通常不再会有大的变化，但有时也会有一些局部变化。婚俗和其他民俗一样，也分为初成和再成两个过程，其变化一般都发生在再成过程中，比如闹洞房民俗，刚形成时一直要闹个通宵，而且一连三天，后来在唐代时一个叫“李仙姑”的新娘把闹三个通宵改为只闹半宿，并一直延续到今天（《闹洞房的传说》）。以前人们在婚礼上翻新娘的箱子有三个目的：一是防止箱内藏坏人，二是看箱底有无凶器，三是看里面装些什么东西，并清除有害的东西，现在人们翻箱主要是看新娘的“押箱钱”，以便婆家给新娘“添箱”（即添加押箱钱）（《结婚翻箱的由来》）。以前人们迎亲时为了避邪，喜车不走重复路，新娘还要穿红衣、顶红盖头，怀揣铜镜，手撒五谷，现在人们把撒五谷换成了撒彩色纸屑，一承旧意，二图红火（《娶新娘为啥要穿红衣》），等等。综观这些变化，婚俗都是向更科学、更合理的方向发展，比如以前结婚时新娘穿红衣、顶红盖头是为了避邪，是典型的迷信做法，现在人们相信科学，废除迷信，但还是穿红衣、顶红盖头，主要是图喜庆。还有“翻箱”，并非每个新娘都像传说中的新娘一样把情郎藏在箱底伺机谋杀新郎，同时现在人结婚也不再用箱子陪嫁，当然就无箱可翻，这样“翻箱”就成了只保留了术语的一种仪式，并非真正意义的翻箱。另外，人们把婚礼上撒五谷换成了撒纸屑，避免了浪费粮食。把闹一宿洞房变成闹半宿，也更科学，因为不管是新人还是闹房的亲朋好友，第二天都有事要做，如果闹腾一晚上，势必影响第二天的工作和生活。

（二）婚俗传说的主题

每则传说既是劳动人民对生活、对历史的记录，也是他们情感的表达，其中也蕴含着深刻的主题，甘肃这些婚俗传说也有着深刻的主题。

1.对平安健康的追求

针对现代人来说，婚姻是爱情的港湾，但是针对古代人来说，婚姻是两个家族赋予了两个年轻人以“合法”的家族身份和传宗接代的家庭重任，而完成这些任务的前提条件是他们的平安健康，所以许多婚俗都是为保新人平安健康。比如人们最初闹洞房是为阻拦狐狸精对新娘的迫害；最初的翻箱是为了避免新娘对新郎的迫害，新娘穿红衣、顶红盖头、怀揣铜镜、手撒五谷，用“压轿娃”压轿，喜轿不能走重复路都是为了避免“五鬼”（即白马精、马蜂精、金鸡精、蝎子精和蛐蜓精）对新娘的迫害；在洞房里点“长命灯”、给新郎身上披红是为了防止坏人冒充新郎骗取钱财对新娘造成伤害，裕固族在新娘与送亲的人快到男方家时，新郎要向新娘方向射出三支柳条箭，然后燃两堆火，新娘和送亲的人从这两堆火之间通过才能举行婚礼，是为了防止妖精跟着新娘来。因为古人认为人生从一个阶段跨入另一个阶段的过程是最脆弱的、最易受到妖魔鬼怪的入侵和迫害，所以他们创造出许多习俗以保新人的平安健康。

2.对友好和平的向往

婚姻关系的缔结不仅是两个人的事，更是两个家族的事，如果新郎和新娘身份特殊，如王子、公主等，那么婚姻就成了两个国家的事，所以在有些传说中人们借婚姻习俗的形成传达了自己渴望友好和平的强烈愿望，《新娘骑白马新郎骑青马的由来》（裕固族）、《回汉联姻》是最典型的例子。《新娘骑白马新郎骑青马的由来》，也叫《王子和公主的故事》，是裕固族著名的历史传说，讲祯格尔斯可汗和鲍黛尔斯可汗都想征服对方，所以两个部落之间经常打仗，给老百姓带来了莫大的灾难。鲍黛尔斯公主和祯格尔斯王子都向往和平，意欲友好和平相处，并征得了鲍黛尔斯可汗的同意，但祯格尔斯可汗一意孤行，不仅赶走了王子还发动战争征讨鲍黛尔斯可汗，结果被武艺高强的鲍黛尔斯公主俘获并限期五年找回王子，否则就要问斩。庆幸的是，就在祯格尔斯可汗即将被问斩的关键时刻祯格尔斯王子出现了，于是鲍黛尔斯可汗及其公主与祯格尔可汗尽释前嫌，使尧乎尔（裕固人的自称）民族最终得以统一。公主和王子的事迹深深感动了龙王，龙王专门派小白龙和小青龙邀请公主和王子去龙宫游玩。裕固族人给公主和王子举办了世上最隆重的婚礼，尔后小白龙驮着公主、小青龙驮着王子去了龙宫。因为世间没有小白龙和小青龙，人们只好用白马和青马代替白龙和青龙，于是裕固族就有了新娘骑白马新郎骑青马的婚俗。渴望友好和平是每个人的心愿，作为统治阶级就更应该维护友好和平，然而祯格尔斯可汗一味地放纵自己的政治欲望，不顾老百姓的死活，显然人们对他的行为持否定和批判的态度，而对渴望和平并为争取和平做出努力的祯格尔斯王子和鲍黛尔斯公主给予了高度赞美，其中体现的也是广大民众对友好和平的向往。

如果说《新娘骑白马新郎骑青马的由来》体现的是民族内人们友好相处的愿望的话，那么《回汉联姻》则体现的是民族间人们友好相处的愿望。《回汉联姻》是《回族姑娘结婚时追马的来历》的异文，它们大体讲唐王为了把回族使者宛尕斯留在中原，邀请宛尕斯去皇家花园游玩，并允许他无偿带走一个宫女为妻，宛尕斯选中了一个宫女并要驮回住处，但看花园的人不知缘由，大喊大叫地追赶他们，使他们离开了皇家花园。后来，唐王下旨为宛尕斯和姑娘举办了婚礼，宛尕斯从此就留在了唐王朝。在这则故事中，唐王与宛尕斯的关系既可以看作汉族与少数民族之间的关系，也可以看作唐王朝与西域国家的关系，联姻既可理解成汉族与少数同胞之间的友好相处，也可以理解成唐王朝与西域国家的友好相处，其中宛尕斯就是普通民众中的一员，他留在中原并非贪图女色，也有民族团结、友好相处的愿望，他的愿望也是千千万万劳动人民的共同愿望。

3. 对民族英雄的纪念

许多婚俗传说明确说明是为纪念某人，而被纪念者多是他们的民族英雄，如《裕固族头面的故事》《东乡族迎亲曲“哈利”》《土族唱“道拉”的来历》等。《裕固族头面的故事》也叫《女英雄萨尔阿玛珂》，讲裕固族姑娘出嫁时之所以要戴头面是为了纪念他们的民族女英雄萨尔阿玛珂，头面分前胸和后背，前胸全用红色珍珠镶嵌，代表萨尔阿玛珂的两个乳房，后背全用白色的“董”（裕固族妇女头面上的装饰物，白色，一般用白石或海贝磨成），錾满红底子布带，表示萨尔阿玛珂的脊椎骨，帽尖上缀起红缨穗子，代表萨尔阿玛珂头顶的鲜血，扎红腰带代表她的肠血。感恩是绿叶对根的情意，是吃水人对挖井人的情感，感恩是一个人、一个民族应有的品质，这些老中国儿女用一颗赤子之心、用最朴素的方式表达着自己对民族英雄的感恩之情。习近平总书记在《纪念长征胜利80周年讲话》中说：“一个不记得来路的民族，是没有出路的民族。”[①]他们纪念自己的民族英雄就是不忘自己的来路、不忘自己的先祖、不忘曾经的艰难险阻，古老的甘肃人民不忘自己的民族英雄，铭记他们的丰功伟绩，才有了今天的幸福和辉煌，这种精神值得后人学习和继承。

当然，这些婚俗传说还有其他方面的主题，如《新娘戴狐皮帽子的来历》和《占喜》表达的是对动物和大自然的尊重，《舔新》教育子女要尊敬和孝敬父母等等，主题丰富而深刻，具有很强的教育价值。

二、丧葬习俗

丧葬，指办理丧事和埋葬死者。它是让死者有归宿，生者有悼念的一种仪式，是人类特有的一种感情的寄托方式。不同的地域、不同的民族有不同的丧葬形式和丧葬习俗，甘肃民间故事重点讲述了丧葬用品和丧葬习俗。

（一）丧葬用品

丧葬用品是丧葬活动不可缺少的硬件，如土葬用的棺木、祭奠用的纸货、代表亡者的神柱、陪葬用的公鸡等，不同的地方有不同的习俗，且每个习俗都是人民群众某种思想感情的寄托，传达了他们对逝者的某种情感。

1.讲述丧葬用品的由来

讲述丧葬用品的由来是这一类传说的主要内容，代表性故事有《神柱的由来》《金童与玉女》《丧棒的传说》等。

神柱，即牌位，指上面书写着逝者的姓名、称谓、名号、封号、庙号等内容，是供人们祭奠的木牌。按照我国民间传统习俗，人去世后家人都要为他（或她）立牌位，据说这是逝者的安魂之所，也是逝者的象征。牌位形制

---

① 新华网：习近平《在纪念红军长征胜利80周年大会上的讲话》，http://news.xinhuanet.com/politics/2016-10/21/c_1119765804.htm.

的大小没有定例，一般用木板制成，呈长方形，下设底座立于桌上。那么，神柱是怎样兴起的？甘肃有一个美丽而凄婉的传说：丁郎对母亲很粗暴，每次见母亲来地里送饭都很生气，动不动就打母亲，母亲也特别害怕儿子。一天，丁郎看见一棵树上有一只老鸹正在衔食喂小鸹，嘴对嘴，一遍又一遍，不厌其烦，他忽然想起母亲对自己的养育，顿觉自己那样对待母亲不对，决定以后好好善待母亲。母亲又来给他送饭，他赶紧迎上前去接，因心急忘了放下手中的鞭子，母亲见儿子手持鞭子向她走来，以为又要打她，一急之下转身撞死在一棵大树上。为了弥补自己的过失，丁郎砍下那棵大树，用其中最好的一段大头做了个木妈，天天像活人一样侍候，白天供在桌子上，晚上请下来睡到热炕上，天晴时还请到院子里晒太阳。有一次他外出，因媳妇害怕又找不到顶门的东西就用木妈顶门，他知道后不但暴打了一顿媳妇，还把木妈一直供在桌子上。后来，人们效仿丁郎的做法，双亲去世后也用一段木头刻上称呼和名字供在桌子上，这就是“神柱”。

在中国的西北地区，人去世后，亲人会在逝者的两边放置一对纸做的金童和玉女，是活人送给逝者的两个仆人，逝者的子孙后代要身穿孝衣，手拄哭丧棒，呼天叫地地号啕大哭。关于金童玉女和哭丧棒，都有个来头。原来金童玉女是两个能掐会算的、能禳灾消祸的一男一女的风水先生变的，他们活着斗，死了斗，一直把官司打到玉皇大帝跟前，玉帝长袖一甩就把他们变成了金童玉女。哭丧棒缘自一帮娘家人用柳木棒在逝者葬礼上教训一个败掉家产逼死老娘的不孝之子。这些故事不仅讲述了这些丧葬用具的由来，也极富教育意义，比如《神柱的由来》教育子女一定要尊重和孝敬父母，否则就会留下“子欲养而亲不待”的人生遗憾，《金童与玉女》教导人们处理人与人之间的关系要适可而止，否则就会陷入僵局，《丧棒的传说》教育人们做人要走正道，否则害人害己。

2.讲述丧葬用品的特点

有些丧葬用品全国通用，比如装尸体用的棺材，但不同的地方棺材的形状有所不同，尤其是棺材外面的花纹更是丰富多样，比如有些地方在棺盖上刻展翅腾飞的两只仙鹤，在棺木的两旁刻茂盛的松柏，棺木的前面是青青草地，草地的中间是通往大厅的石阶路径，整幅图画使棺木犹如域外仙境别室，显得十分整洁幽雅。有些地方则在棺木的两旁分别画着两条正在腾云驾雾、嬉戏宝珠的金龙。有些地方画“暗八仙”（即八仙们用的兵器）；有些地方画有琴棋书画或梅兰菊竹。这些图案，不管是绘是刻，不同的图案蕴含着不同的意思，但都代表了活人对逝者的美好祝愿。

在兰州市皋兰县一带，人们不仅要把棺材刷成大红色，还要给棺盖的上面和棺木的左右两边绘上玉带、海潮，在前面画上蟒，后面画上鹤，其中大红棺材和前面画蟒还有一个传说。大明年间，古鞑子来犯关陇，所到之处劫我民财、拆我河桥，给老百姓带来了很大灾难。后来，兵部尚书彭泽总督甘肃军务，在他的指挥下终于把古鞑子赶回了沙漠。可是有个叫王琼的奸臣，嫉贤妒能，在皇帝跟前陷害彭大人，皇帝将彭大人削官为民，赶回老家，彭大人郁郁而终。百姓感念彭大人的好处，在新皇帝即位后为彭大人鸣冤，新皇帝给彭大人昭雪，追封了谥号，并特意赏赐彭大人一口大红棺材，上面还画了玉带和海潮，其中玉带和海潮是仿照彭大人的官服所绘，从此皋兰人送葬就用大红色棺材（《皋兰人的大红棺材》）。至于棺材上画蟒，是因为兴隆山下一位善良老妇经常喂养一条小蛇，小蛇长成大蟒后被送往深山，老妇去世后大蟒来到墓地“祭奠”，直哭得眼泪变成了鲜血，最后大蟒给老妇人陪葬，当时就盘在棺材的前面，后来兴隆山一带就兴起了给棺材前面画蟒的习俗（《棺材头上画蟒的由来》）。显然，皋兰人使用大红棺材的习俗是为了纪念有功于民的彭泽大人，棺材头上画蟒的习俗为了传达人与动物和谐相处的理念，都体现了兰州人民的感恩之心。

（二）丧葬习俗

在丧葬活动中，人们不仅在丧葬硬件方面养成了一些习惯，在丧葬规矩方面也养成了一些习惯，久而久之便成了相应的丧葬习俗。甘肃有比较多的丧葬习俗，如汉族人在父母去世后子女要披麻戴孝、要给逝者烧纸、要七日一祭奠直到四十九天，裕固族人去世后必须火葬、要念经超度死者、要唱孝歌送丧、火葬后要举行“贵伊斯貂尔”仪式（即用四尺蓝布包藏尸骨），等等，关于这些习俗都有相应的传说。如果细分，这些传说中的习俗又可以分为祭奠习俗和丧葬习俗两种。

1.祭奠习俗

祭奠，是亲朋好友为逝者举行的悼念、追忆和表达敬意的一种仪式。按照中国传统观念，一个人从去世到三周年，亲人们在不同的阶段要举行不同的祭奠仪式，即使在三年以后，每逢春节、清明、农历十月初一等节日时，亲人们也要祭奠他们。相比之下，人刚去世后其祭奠仪式比较浓重，也比较频繁，其中给逝者烧纸和七日祭奠在甘肃都有传说。

《给死人烧纸的传说》讲有个叫尤文的秀才多年不中，于是放弃学业跟随蔡伦学习造纸，他造的纸又多又好，但由于当时用纸的人太少，纸堆得像山一样卖不出去，尤秀才为此忧愁而死。尤秀才的老婆说他们家除了纸再没啥陪葬，就请了个人在尤秀才灵前天天烧纸，烧到第五天时尤秀才竟然活了，他告诉人们家里烧的这些纸在阴间都变成了钱，他用钱买通了阎王爷，阎王爷把他放回来了。人们信以为真，都买纸给祖先烧，因此尤秀才的生意红火起来了。原来，尤秀才不是真死，而是和老婆设下的计，但是给死人烧纸却成了习俗。《七日祭奠的由来》讲韩信在山上放羊睡着了，汉钟离路过此地说韩信睡的偏左处是个龙脉，韩信回家后就催着母亲“为儿孙造福”，并答应在她的坟头上插根竹竿给她通气、每七天送一回吃的，韩母见儿子心意已决，就只好依了儿子。后来，韩信明知母亲已死，但他遵守诺言每隔七天给母亲送一回饭，一直到七七四十九天。后来，人们也仿效韩信的做法，在坟头插一根竹竿，每七天烧一些纸、埋一些饭食，重复七次，以示怀念之情。如果说古人在科学极不发达的情况下难以识破尤秀才的骗局的话，那么韩信活埋母亲的行为古人绝对持否定态度，即使在明知没有阴间的今天，人们依然愿意给故去的亲人烧纸钱、送饭，这是为什么？究其原因，主要是人们对祖先那种斩不断的思念，但是对古人来说，还有那浓浓的阴间意识，即认为死亡并不是生命的彻底终结，而是从阳间去了阴间，只是生活的环境发生了变化，是完全意义上的虚幻意识、迷信观念。

2.丧葬习俗

狭义上的丧葬习俗就是在送丧和埋葬死人的过程中所养成的习俗，有些全国一致，有些是某个民族独有，有些是某个地区独有。甘肃流传的丧葬习俗传说主要讲述习俗的由来，如《披麻戴孝的来历》讲述了父母去世后子女要披麻戴孝的由来，《贵伊斯貂尔风俗的由来》讲述了裕固族人在火葬结束后用四尺蓝布包尸骨的由来，《裕固族念经超度死者的来由》讲了裕固族人用念经的方式超度亡灵的由来，《裕固族火葬的原因》讲了裕固族火葬（非现代意义上的火葬，指架起一个大柴堆用火烧掉尸体）的由来，《唱孝歌送丧的来历》讲了人们在出殡前夜为死者唱孝歌的由来，等等。有些故事还具体讲述了习俗的形式，如披麻戴孝最初是给来祭奠的人披上麻布、腰里系上麻绳、头上戴上麻帽以悼念死者，后来是逝者的子孙们头戴孝帽、身穿孝服、腰系麻绳，如果是儿子则身穿长孝袍，如果是侄子则穿短孝衫，如果父母一方去世，鞋则包上半截白布，如果是二老都去世，则整个鞋都要用白布包上，同时给孙子的白布上要缝一小块红布，表示其为下一辈（《披麻戴孝的来历》）。唱孝歌送丧则是孝家请本地民间歌师，在灵堂前击鼓打拍，颂唱孝歌，主要内容是劝导世人行善尽孝、尊老爱幼，表彰死者生前的优良德行，寄托哀思，要连唱几个通宵（《唱孝歌送丧的来历》）。有些故事还讲述了人们以此为习的缘由，比如人们披麻戴孝最初是为了避免来人吃掉死者的肉，后来是悼念死者，唱孝歌是为了歌颂死者生前的美德并教导世人行善尽孝，裕固族火葬死者是为了防止野鬼祸害活人，举行贵伊斯貂尔仪式是为了纪念为民除害的勇士，念经超度亡灵的初衷是弥补自己的过失，后来则是祝愿死者早日脱离苦海，也饱含着广大民众对死者的深厚感情。

乌丙安先生说："民俗文化的传承一直都在满足人类社会历代人的多种需求而持久不衰，除了满足人类生存、生活的基本需求外，更重要的是满足人们精神上的，包括感情上的、知识上的、道德上的、娱乐上的和信仰上的更多更大的需求。"[①]也正是这种功能才使民俗历经数千年而不衰，历经千年而仍然被人们所遵循，不仅现在不衰，将来也不会衰。

① 乌丙安：《民俗学原理》，长春：长春出版社，2014年，第274页。

第六章
甘肃民间故事传播之探源

任何一则优秀的民间故事都不会故步自封，都会从古传到今、从此地传到彼地，这不仅延长了它们的生命周期，还扩大了它们的生存空间，这就是民间故事的传播。由于不同类型的民间故事有不同的形成原因、结构风格、文化价值，所以不同类型的民间故事有其不同的传播情况。

第一节　先祖神话传播之探源

在甘肃，最具代表性的先祖神话就是伏羲女娲神话，这里以流传在甘肃的伏羲女娲神话为例来探讨先祖神话的传播之因。笔者对所能搜集到的近三十年来甘肃省出版的民间故事集、文化部门刊印的内部资料本和地方志书中所收录的伏羲女娲神话进行了统计，共有161则伏羲女娲神话。尤其引人注意的是，这些故事主要流传在天水及其周边地区，内容以伏羲诞生和伏羲女娲成婚为主，涵盖了他们对人类的贡献以及后人对他们的崇拜等方面，形成了一个比较完整的伏羲女娲神话圈。针对这一现象，笔者曾于2014年上半年先后三次对天水及其周边地区进行了实地考察，认为影响伏羲女娲神话传播的因素主要有以下几个方面。

一、大量遗存是有力的见证物

见证物本来是研究传说时不可回避的一个术语，我们今天就借用它来研究伏羲女娲神话。见证物，也叫可信物，是与传说密切相关、且能证明传说故事真实性的风物或习俗，其中风物既可以是自然物（山、川、河、石等）和人工物（塔、庙、寺、碑等），也可以是动植物，只是有些传说的见证物有多个，有些只有一个；有些传说的见证物已经随着时间的推移而消失，而有些见证物至今依然存在。在甘肃省天水市及其周边地区现存着许多伏羲女娲神话的见证物，这些见证物有的是传说中的伏羲女娲遗迹，如秦安境内的葫芦河、显亲峡，陇城镇的风谷、风台、风茔、女娲洞、女娲潭、龙泉，安伏乡的莲花山、五女梁、五色石，麦积区三阳川的卦台山、龙马洞、分心石，甘谷县白家湾刘家岻的古风台，朱圉山下渭河旁的雷泽，静宁县治平乡的雷沟、前柳后柳村等；有的是后人为纪念伏羲女娲而修的建筑物，如秦安县陇城镇的女娲祠、卦台山上的伏羲庙、天水市西关的伏羲庙、秦安县城凤山上泰山庙里的伏羲殿等；有的则是民俗，如天水市每年农历正月十六的伏羲庙会，陇城镇每年农历三月十九和八月十三的女娲庙会，安伏乡的莲花馍、碗碗馍，甘谷县白家湾的八卦鸡罩等，这些都给人们想象和传说伏羲女娲神话提供了实物或非实物证据。

卦台山，传说中的伏羲画卦处，位于三阳川西北端，现辖于麦积区渭南镇，距天水市约15公里。卦台山系天水市西北方向凤凰山伸向渭水河畔的一个支梁，梁尾呈圆凸状高起，三面环渭如壁，南侧缓斜而下，犹如一条巨龙从群山中伸出头来，龙头顶上就是伏羲的画卦台。登临画卦台俯瞰三阳川，古老的渭河由西向东而流，在卦台山和东西峡口的马嘴山之间弯曲成一个巨大的“S”，把椭圆形的三阳川盆地一分为二，南山北脉若抱若合呈外弓形，与大“S”共同构成了一个天然的太极图。卦台山巅，宽敞平整，依山势筑有一堵高约13米（平均高度）、厚约3米（上端）的环型城墙，城墙有南北两个

卦台山远景

门，南门是正门，由此可进伏羲庙，北门在山后，由于山势陡峭此门已用土沙封死。城墙上有六个城垛，与南北城门构成一个南乾、北坤、东离、西坎、东南兑、西北艮、东北震、西南巽的八卦图。城墙内有伏羲庙、午门、牌楼、钟楼、鼓楼、戏楼和朝房等建筑，都是后人为纪念伏羲在此画卦而修建的。

分心石，也叫封姓石、风姓石，位于卦台山东麓的渭河岸边，宽约5米，高约3米，傍实中虚，每当秋雨季节渭河水涨之时，急流猛浪冲击大石，其声如雷，形成“渭水秋声”之奇观。相传伏羲时代人口渐多，当时人们有名无姓，管理很不方便，一天，伏羲把众人召集于此，在此石上赐封姓氏，故而称为“封姓石”。后来，人们见此石正处于渭水中流，就讹传为“分心石”。明代胡缵宗在《分心石》一文中描写得非常具体详尽：“卦台东北，渭水中流有石焉，屹然卓立，郡人曰‘分心石’也。石当于渭，渭分以流。然水涨不见其减，水落不见其增，若与水浮沉焉者。其形傍实中虚，非圆非方，似柱似笋，大约丈有五尺，高约丈有八尺，宛若龙马真图，又如太极本图。其虚处风能出，水不能入。其虚当水，水虽澎湃，亦不能冲其上。若蒙之而不著其中，若激之而不纳者。其声小如车，大如雷，盖不知几千百世矣。岂非为羲皇特出此石以为之象耶？以与龙马并呈若形耶？”据说，清朝时曾在此石上建了一座三层转角小殿，殿内塑有神像，殿旁长有一棵高约10米的柏树，后来这一殿一树毁于1933年洪水。20世纪50年代，村民开采白云石，炸毁了分心石，现只存留石根部分。

龙马洞，也叫白马洞、女娲洞，位于卦台山斜对面、渭河之北的九龙山半山腰，距地面约60米，是一眼天然的石质洞窟，由一主洞和两侧洞组成，状如一只伸头眺望卦台山的灵龟，主洞高约3米，宽约4米，深约7米，洞内有天然石槽和马蹄痕迹。明代胡缵宗在《龙马洞说》一文中说：“龙马山（即九龙山）之阳有洞焉，相传古龙马洞也。昔龙马负图出于是洞，羲皇则以画卦，故洞在卦台之侧。”关于此洞还有另外一种传说，即为伏羲女娲成婚的洞房，故有“天下第一洞房”之称。台湾著名易学家、六经学术研究会董事长张渊量先生先后13次来大陆考察山川地理，寻找伏羲画卦的依据。1992年，张先生和台湾的中国学术研究发展基金会一行12人来到羲皇故里天水，当他们置身于卦台山，遥望龙马洞，俯瞰三阳川时，禁不住感慨万分，后经仪器勘测认为伏羲氏立天地之心于卦台山，仰观俯察，推演八卦，卦台山名副其实，天造地配无与伦比，激动之余他以“天心山”命名卦台山，盛赞三阳川是“太极无双地”，卦台山是“华夏第一山”。[1]

秦安县陇城镇自古就有“娲皇故里”之称，流传着“女娲生于风沟（也叫“风谷”），长于风台，葬于风茔”的说法，不仅风沟、风台、风茔实有其地，而且传说之所以给这些地名前面冠以“风”字，就是因为女娲姓“风”。

风沟位于今陇城镇风尾村南，距陇城镇女娲祠约2公里，风沟里有女娲洞和女娲潭。女娲洞位于风沟右侧半崖上，距风沟口约0.5公里，洞口呈葫芦状，左右有两洞，洞高约3米，宽约4米，左洞深3公里多，一直通到风台梁东侧的郑家沟，右洞深约1米，洞壁两侧留有大片料僵石残片，其硬度类似于大地湾遗址F901大厅的地面，相传此洞是女娲出生和生活的地方。女娲潭，位于风沟女娲洞向南的山沟里，为一口水潭，相传是女娲生活用水之源。陇城有南北两个风台，北风台位于北山之巅，汉代以前曾建有女娲祠，南风台位于今女娲祠正前方的风台梁，距女娲祠约1.5公里。风茔位于陇城南面秦安县与清水县交界的一座山上，距女娲祠约3公里，山上自古建有鹦哥寺，传说鹦哥是女娲的使者，死后葬到了风茔附近。龙泉位于女娲祠的东北面，距女娲祠不到1公里，传说女娲当年就是用此泉水抟土造人战胜康回的，至今人们依然饮用龙泉井水，此地还盛传着一首民谣：“山清水秀出圣贤，龙泉汲水有根源。和泥捏人伐康回，平息水乱百姓安。”

风沟里的女娲洞

葫芦河，古称瓦亭水、陇水，在传说中有时称作“红河”，是渭河第一大支流，发源于宁夏西吉县与海原县交界处的月亮山南麓，向南流经西吉、静宁、秦安，在天水三阳川与渭河交汇。关于葫芦河，神话中有两种传说，一种是说华胥氏生下伏羲后，怕脾气暴躁的雷公对孩子不好，就把伏羲装进一个大葫芦里顺流漂下，正巧被一对在地里干农活的夫妇看见后收养，后来人们为了纪念伏羲的功德，就把以前的红河改称“葫芦河”了（《葫芦河与伏羲》）。另一种是说发大水时，伏羲女娲爬进一个大葫芦里顺流漂下，一直漂

① 刘雁翔：《伏羲庙志》，兰州：甘肃文化出版社，2003年，第81-82页。

到河边的一个山巅上，在此滚磨成婚繁衍人类，后来人们为了纪念伏羲和女娲两位人祖，就把漂了他们的河叫“葫芦河”，把石磨子合缝的山谷叫“显亲峡”（《显亲峡合婚传古今》）。

伏羲女娲到底生于何处？成婚于何地？伏羲在哪里始创八卦？由于缺乏准确的文献记录，人们只能任凭想象自由飞翔，但是当他们面对一个个真实形象的“羲皇遗迹”和“娲皇遗迹”时，不得不被这巧夺天工的造化所折服，因而他们坚信这些神话就发生在此。可以说，伏羲女娲遗迹、人们纪念伏羲女娲的建筑物和民俗就像原始人类结绳记事中的绳结一样，时时提醒着人们这里曾经发生的事情，只要它们存在，有关伏羲女娲的故事就会永远流传下去。日本学者柳田国男在论及传说时曾精辟地说：“传说有其中心点……传说的核心，必有纪念物。无论是楼台庙宇、寺社庵观，也无论是陵丘墓冢，宅门户院，总有个灵光的圣址，信仰的靶的，也可谓之传说的花坛发源的故地，成为一个中心。”[①]这些伏羲女娲遗迹、后人修建的纪念性建筑物和民俗就是柳田国南所说的“中心点”，以它们为中心伏羲女娲神话源源不断地“流向”远方，流向全国各地。

二、古代文献是传播的理论依据

关于伏羲女娲的传说，在春秋战国时期的《国语》《易经》《庄子》《荀子》《管子》《列子》《山海经》，西汉的《史记》《楚辞》《淮南子》，两晋南北朝时期的《拾遗记》《昭明文选》《抱朴子》，唐代司马贞的补《史记·三皇本纪》、李冗的《独异志》，宋代的《古史》《太平御览》《通鉴外记》，清代的《世本·帝系篇》《通俗编》等书籍中都有记载。尽管这些古籍对伏羲名字有不同的写法，如太昊、大昊、太皞、大皞、宓牺、伏戏、伏牺、庖牺、包羲、炮牺等，但都指中华民族人文始祖伏羲，其中有些文献还明确指出伏羲生于成纪，如《河图稽命征》云：“华胥于雷泽履大人迹，而生伏牺于成纪。”（见《黄氏逸书考》西晋皇甫谧所撰的《帝王世纪》中云：“太昊帝庖牺氏，风姓也。母曰华胥。燧人之世，有巨人迹，出于雷泽。华胥以足履之有娠，生伏牺，长于成纪。蛇身人首，有圣德。燧人氏后，庖牺氏代之，继天而王，首德于木，百王为先。”又曰：“以庖牺氏孕十二岁而得其名，汉即其地建县，谓曰成纪。”唐代司马贞在补《三皇本纪》中也说：“太皞庖牺氏，风姓，代

①［日］柳田国南：《传说论》，北京：中国民间文化出版社，1987年，第26页。

燧人氏，继天而王。母曰华胥，履大人迹于雷泽，而生庖牺于成纪。蛇身人首。有圣德。仰则观象于天，俯则观法于地，旁观鸟兽之文，与地之宜，近取诸身，远取诸物，始画八卦，以通神明之德，以类万物之情。造书契以代结绳之政。于是始制嫁娶，以俪皮为礼。结网罟，以教民佃渔，故曰宓羲氏。养牺牲以庖厨，故曰庖牺。"对于成纪的地理位置，司马贞在补《三皇本纪》中自注说："成纪，亦地名，按天水有成纪县。"因此，天水自古就获得了"羲皇故里"的殊荣。

成纪作为一个地名被载入史册，由两个重大事件而起，一个是华胥氏孕十二年而生伏羲，一个是汉代在伏羲的出生地设置成纪县。尽管华胥氏孕十二年而生伏羲一事既遥远又蕴含着许多超现实的想象因素，但是民间还是给了它一个约定俗成的名分，让它名正言顺地进入中国口传历史，即在汉代还没有设置成纪县时就成了一个地名，《史记·文帝本纪》中载："文帝十五年，黄龙见成纪"，文帝十五年即公元前165年，比汉朝置成纪县早51年。汉代时，为纪念伏羲氏对人类的伟大贡献，朝廷于其出生地设置成纪县，这是"成纪"地名的一个重大转折点，不仅标志着"成纪"由民间命名上升为官方命名，更为重要的是标志着成纪作为伏羲出生地这一飘渺的口传记忆被官方所认可，由野史变为正史正式载入中华民族的史册。在随后的时间里，由于多种原因成纪县治几经变迁，相关史料都做了一定的记载，如《晋书》记载："天水郡，汉武置，孝明改为汉阳，晋复为天水。统县六，户八千五百。上邽、冀（秦州故居）、始昌、新阳、显新（汉显亲县）、成纪。"唐代李吉甫的《元和郡县图志》对成纪的具体位置做了更为准确的说明："成纪县，中。东南至州一百里。本汉旧县，属天水。伏羲氏母曰华胥，履大人迹，生伏羲于成纪，即此丘也。周，成纪县属略阳郡，隋开皇三年罢郡，县属秦州。皇朝因之。瓦亭水，东去县一十五里。"明代杨恩撰、清代纪元补订的《巩昌府志》云："巩昌府，上古之成纪地也，上自鸟鼠山渭水界，下至陇山汧水界，皆成纪地也。"

成纪因伏羲而生，伏羲因成纪而名。如果说神话只是一种虚无缥缈的口承记事的话，那么这些文献记载就像给铁板上钉钉子，让神话成了有根有据的事实，不仅为伏羲女娲神话的真实性和伏羲女娲出生在天水这个传说加上了一个重要的砝码，还为传说伏羲女娲神话提供了可供查证的理论依据。在天水，随处都能见到这样的例子，如秦安县泰山庙里悬挂的伏羲女娲简介牌上说："据史书记载'伏羲生于成纪'""成纪素有'羲皇故里'之说，许多史志加注‘成纪故城在今甘肃秦安县地’；据《水经注·渭水篇》载‘水出北山（秦安县西北山），山上有女娲祠’。”“《学记》曰：‘女娲氏，风姓也，承包牺制度，变蛇身人首，一号女希，是为女皇。”“《淮南子·览冥训》中载‘往古之时，四极废，九洲裂……于是女娲炼五色石以补苍天，断鳌足以立四极……’”近年来所编写的史志性书籍，如《秦安史话》《天水史话》《秦安县陇城镇志》等，其中所引古籍出处则更多，这些都足以见出古籍记载在伏羲女娲神话传说中的分量。

三、当地人的自豪感是传播的情感动力

在天水境内可以看到许多与伏羲女娲有关的匾额和石碑，如天水市伏羲庙牌坊上的“祭祖”匾额、后院里的“羲皇故里”石碑、秦安县凤山泰山庙里的“羲里娲乡”石碑、兴国寺中的“羲里娲乡”木匾、陇城女娲祠里的“华夏先祖”木匾、陇城街道里的“娲皇故里”木牌坊、甘谷县大像山“羲皇故里”石碑等，蕴含在这些匾额和石碑中的既有人们对先祖的纪念，也有天水人以羲里娲乡人自居的自豪感。陇城女娲祠《重建女娲大殿重塑女娲圣像碑记》中写道：“为不负众望，恢复旧观，乡党同心，或解囊捐资，或踊跃投工，亦有众多工作于异地而以娲皇故里人为荣者，远道投书寄款以示支持……”[①]可见，以羲里娲乡人自居的自豪感也得到了当地人的认可。另外，在秦安县泰山庙的走廊两边挂有秦安县名人简介匾额，其中伏羲位居第一，女娲位居第二，与李广、符坚、李渊、李世民、李思训、李白、权德兴、李翱、胡缵宗、安维峻等真实的历史人物齐名并列，其中也蕴含着一股浓浓的与人文始祖同乡共里的自豪感。

伏羲始创八卦、始造书契、始制嫁娶之礼，女娲补天救民、抟土造人以伐康回，他们都留下了前无故人后无来者的史迹，有这样的先祖出生并生活于此，这是“羲里娲乡”人莫大的荣耀，传播有关他们的事迹也自然会升腾出一种自豪感。在伏羲女娲神话叙述中也可见这种自豪感，比如“据说滚磨子的山就是现在的卦台山，咱这里夫妻死了以后，哭丧互称姊妹的事，就是从这里传下来的”（《人祖婆婆和人祖爷爷》）；“伏羲当年观察天地间变化的那座山，后世人叫‘卦台山’。‘卦台山’下的渭水中，高出来的那块石头，名叫风姓石，以伏羲风姓而得名，后来人们叫作‘分心石’”（《伏羲画八

① 系笔者于2014年4月初赴天水考察时所采录。

卦》）；“因为伏羲创造的这种‘埙’能发出‘哇呜哇呜’的声音，所以天水人至今还把‘埙’这种古老的乐器叫做‘哇呜’”（《哇呜哇呜》）；“静宁人熬草药汤治百病的习俗，就是从女娲造人时开始的”（《女娲芪》），等等。

四、出土文物增强了传播的自信心

大地湾原始村落遗址位于天水市秦安县五营乡邵店村东、渭河支流清水河南岸阶地以及与之相接的缓坡山地一带，距秦安县城约45公里，地处伏羲女娲传说最浓厚的陇城和显亲川之间，尤其是离陇城镇只有8公里，是我国目前发掘出来的西北地区最重要的新石器时代聚落遗址之一。大地湾遗址发现于1958年，从1978到1984年，考古人员对整个遗址进行了大面积的考古发掘，揭露面积14 752平方米，清理灶址98个、柱基2处、房址240座、灰坑和窖穴352个、窑址35个、墓葬69座、壕沟12段，出土陶器4 147件、石器（包括玉器）1 931件、骨角牙蚌器2 227件、兽骨17 000多件。[①]经^{14}C测定，遗存时间跨度从距今7 800—4 800年，上下跨越3 000余年，前后大致划分为5个文化期：第一期文化，即前仰韶文化，距今约7 800—7 300年；第二期文化，即仰韶文化早期，距今约6 500—5 900年；第三期文化，即仰韶文化中期，距今约5 900—5 500年；第四期文化，即仰韶文化晚期，距今约5 500—4 900年；第五期文化，即常山下层文化，距今约4 900—4 800年。值得注意的是在第一、二期文化中，出土的农业生产工具有石斧、石刀、石镰、石铲、石凿、磨石、石弹丸、石球、石纺轮、陶刀、陶球、陶弹丸、陶纺轮、骨锥、骨镞、角锥等，表明当时农业生产还处于比较原始的“刀耕火种”阶段，在墓葬中女性的墓穴面积较大、间隔较远、地势较高、陪葬品较多，表明女性的社会地位比较高，处于母系氏族时期，而在第四期文化中曾发掘出3个陶祖、1个石祖，女性墓葬中尸骨呈侧身屈膝状，表明男性的社会地位升高而女性的社会地位下降，意味着当时已进入父系氏族社会，第三期文化则是父系氏族向母系氏族的过渡阶段，这与伏羲女娲生活时间完全吻合。对此，大地湾遗址发掘者之一的朗树德在《彩陶》一书中说：“天水秦安系‘羲里娲乡’，是华夏文化的起源地，这与今天的考古发掘成果在一定程度上是相当吻合的。”[②]秦安县志办王文杰先生有更为系统的看法，他认为大地湾遗址中编

① 郎树德：《大地湾考古创6项中国之最》，《收藏界》2003年第1期。

② 转引自马志荣：《伏羲和伏羲文化初探——大地湾的启示》，《甘肃联合大学学报》（社会科学版）2007年第1期。

号为F901的宫殿式建筑是伏羲氏女娲氏及其后代的集体活动场所，一期文物中最常见最典型的葫芦形器物形状体现了这里原始住民对“葫芦”的崇拜，陶器上的许多彩绘图案与记事符号很可能是伏羲“始画八卦，造书契以代结绳之政”的一部分，大地湾出土的碳化农作物种子和猪、狗、羊、鹿等兽骨及蚌壳、蚌珠等装饰品，与伏羲教化人们“结网罟以教佃渔，养牺牲以充庖厨”有着密切的关系。[①]另外，马志荣认为大地湾既是女娲伏羲联盟的重要根据地，也是伏羲的出生地[②]，霍志军也认为在大地湾遗址上发掘的许多文物正好反映了伏羲生活时代的情形，为伏羲文化的历史研究提供了证据[③]。他们不仅深信中国历史上确有伏羲女娲其人，还一致认为伏羲女娲就出生和生活在大地湾一带，其中，王文杰、马志荣是秦安人，霍志军是天水人，他们发出大体一致的声音并非一种巧合，在某种程度上代表了“羲里娲乡”人的共同心声，而正是这种共同的看法增强了他们传说伏羲女娲神话的自信心，使得伏羲女娲神话越传越远、越传越久。

五、文化产业的发展给传播提供了新契机

文化产业是一种以文化为内核，为满足人们精神需要而进行的文化产品生产和提供文化服务的活动，它借企业动作使文化资源的文化价值转换为市场商业价值，再通过文化商品和服务的消费过程来实现其经济价值。文化产业以经济效益为第一追求，以生产和经营文化商品和文化服务创造最大化利润为直接目标，近年来颇受社会的欢迎和支持。尽管甘肃地处中国的西北部，文化产业不如东南沿海地区发达，但目前还是呈现出了比较好的发展势头。天水位于甘肃东南部，不仅是华夏文明的重要发源地，而且文化资源非常丰富，就省、市级重点保护文物多达290余处，有着发展文化产业不可多得的优势。应社会发展的需要，近年来天水充分发挥大地湾文化、伏羲女娲文化、石窟文化、三国古战场文化的优势，走出了一条以旅游为龙头，带动天水漆雕、甘谷麻鞋、秦安小曲、天水羊皮鼓等文化产品和艺术表演共同发展的新路子，其中伏羲女娲文化旅游可以说既是天水的品牌产业，也是天水目前发展势头最好的一个文化产业项目。

---

① 王文杰：《遗物名胜与两皇故里》，《丝绸之路》1998年第4期。

② 马志荣：《伏羲和伏羲文化初探——大地湾的启示》，《甘肃联合大学学报》（社会科学版）2007年第1期。

③ 霍志军，吴云霞：《伏羲文化源流探析》，《天水行政学院学报》2011年第1期。

为什么伏羲女娲文化旅游会成为天水的品牌产业？这与天水伏羲女娲文化的本体特点有着密切的关系。伏羲女娲是中华民族的人文始祖，不仅位列三皇之首，而且从古至今深受广大民众的尊敬和爱戴，在中国几乎是妇孺皆知，有相当高的知名度。另外，不管是口传文化还是文献记载都说伏羲女娲生在古成纪，而古成纪就在今天水境内，这给伏羲女娲文化打上了鲜明的地域标记，成了其他地方伏羲女娲文化所没有的特殊标志。在当前“经济搭台，文化唱戏”的时代，发展伏羲女娲文化可以让天水产生一种无与伦比的文化效应，带来比较高的经济效益，那么如何推广宣传伏羲女娲文化，传说伏羲女娲神话就自然成了最佳途径，最典型的例子就是天水市伏羲庙、卦台山伏羲庙和陇城镇女娲祠的解说词、碑文和祭文，其中就穿插着有关伏羲女娲的神话。如李铁映为2007年天水市伏羲庙伏羲公祭大典撰写的祭文《伏羲祭》中写道：“羲皇吾祖，世传文载……八卦剖混，肇分阴阳。一画开天，始判乾坤。仰观天宇，俯察兽痕。俪皮作礼，始有婚姻。结绳为罟，以佃以渔……”；2014年农历三月十五陇城镇女娲民祭大典祭文中云：“有关女娲的事迹和传说，无论是史书记载，还是民间传说，颇为繁多，有深厚的群众基础和广泛的社会影响。相传她的功绩主要包括：补天立极、抟土造人、孕育人类、制笙簧、制婚姻嫁娶等。”陇城镇女娲祠内《重建女娲大殿重塑女娲圣像碑记》中写道：“女娲风姓，生于陇城风谷，长于风台，葬于风茔。炼石补天抟土造人之说，虽属神话，但化育万物，首倡婚嫁，始造笙簧，开始人类文明史之功德，实难磨灭，故与伏羲、神农并称三皇。”也正是在这种时代风的吹拂下，伏羲女娲神话如乘东风般被吹进了千家万户。

第二节 地方传说传播之探源

所谓地方传说，就是讲述某个地方的历史人物或历史事件、解释风物或习俗的口头叙述，一般以明确的人物、风物、史事、民俗或人工景观为对象，进行“有根有据”的故事讲述，它既不同于神话也不同于狭义上的民间故事，具有很强的地域性和历史性。“神话与传说最大的差别是描绘的时间：神话描写太古开天辟地时，即史前时代，传说描写历史时代，大部分是历史人物。神话的功能是解释最基本的概念和东西的来源，如宇宙、太阳、人类起源。

传说也有解释的功能，但大多不是解释基本的东西，内容不是全世界、全人类性的，而是次要的、地方性的：如地名的来源、植物或动物的特征来源，等等。传说常常把这些特征与历史人物的活动联系起来。”①既然传说不同于神话，那么传说的传播也不同于神话的传播。关于传说的传播，日本民俗学家柳田国男说：“民间故事宛如动物，传说类似植物。民间故事奔走于四方，因而无论到何处，都能窥见其相同的姿态；传说扎根于某一土地，并不断成长壮大。雀、鸥之类均长着同一脸颊，但梅、山茶等的每一株却是枝势迥异，容易识别。可爱的民间故事的小鸟，多数在传说的森林、丛中建巢，同时，把芳香的各类传说的种子和花粉搬运到远方的也正是他们。”②所以，针对大多数传说而言，它都有“根”，同时传说还有它的“传说圈（即传说所产生和流传的主要区域）”，这个圈有大有小；另外传说的类型不同其“元点”也不同，人们传说它的动因也不同。

一、元点和见证物是影响传播的主要因素

在探讨地方传说的传播问题时有必要弄清楚两个概念三个关系：两个概念是“元点”和“见证物”，三个关系指元点与传说、见证物与传说、元点与见证物之间的关系，因为这两个概念和三个关系是影响地方传说生成和传播的重要因素。传说不同于狭义上的民间故事，它的产生都有一个“元点”这个元点对传说有着至关重要的作用，没有这个元点就不会产生相应的传说，那么这类传说也就无从流传。

（一）元点是生成传说的元基因

“元点”指触动民众创作神经、激发他们创作热情，使传说得以生成的元基因，这个元基因既可以是一个人，也可以是一件事，还可以是任何一个物件或者一个民俗等。

1.人物传说的元点是人

人物传说就是关于历史人物、地方名人、宗教人物的故事。一般来说，该“人物”就是广大民众创作和传说与他有关的故事的元点，而且传说不同元点就不同，比如流传在甘肃的《李广射虎》的元点是汉朝著名大将李广、

① [俄] 李福清：《〈西游记〉与民间传说》，见《古典小说与传说》，北京：中华书局，2003年，第209页。

② [日] 柳田国男《日本的传说·序言》，转引自万建中的《民间文学引论》，北京：北京大学出版社，2006年，第172页。

《狄仁杰斩九龙》的元点是唐代武周时期政治家狄仁杰、《女英雄萨尔阿玛珂》的元点是裕固族某部落首领的妻子萨尔阿玛珂、《左宗棠斩驴》的元点是晚清大臣左宗棠、《康熙皇帝应考》的元点是清代康熙皇帝、《王元写对联》的元点是秦安县一个叫王元的秀才、《张爷翻罐罐》的元点是元末明初道教武当派祖师张三丰、《唐玄奘西天取经渡黑河》的元点是唐代著名僧人唐玄奘，等等。不管是古代王侯将相还是当地普通老百姓，抑或是著名宗教人物，他们的存在给广大民众创作传说提供了具体真实的素材，如果历史未曾有过他们，那么至少有关他们的传说就不会产生，更不会被世人所流传，所以说人物是人物传说的元点。

但是，"箭垛式"人物传说是个特殊情况。通常情况下，"箭垛式"人物传说有两种，一种是本人传说，一种是假托传说，本人传说指根据传说中人物的真实事件演绎出来的传说，假托传说指假托甲的名字去演绎乙的事件。鲁班是民间传说中著名的"箭垛式"人物之一，民间流传着许多鲁班传说，其中《鲁班造锯》是本人传说，其元点是鲁班，《鲁班窗》是假托传说，其元点有两个：一个是鲁班，是假元点，一个是做了鲁班窗的那个敦煌木匠，是真元点，没有敦煌木匠就不会有这个传说，他是这个传说得以产生的真正元基因，但是如果没有鲁班这个传说就不能叫《鲁班窗》，两个元点的合力才产生了《鲁班窗》这个传说。

2.历史传说的元点是历史事件

历史传说主要指关于民族或地方历史的记忆或重大历史事件的传说。与人物传说不同，历史传说的元点不是故事中的人物，而是历史事件，因为即使有这一历史人物存在，但如果没有历史事件，那么这个传说同样不会被产生和流传，比如裕固族人津津乐道的《神奇的皮袋》《裕固族东迁的故事》《裕固人姓安的传说》等传说的元点就是裕固族人的东迁历史，可以说如果没有裕固族的东迁事件，就不会有这些传说。另外，比如《五泉山的由来》《酒泉的传说》《黑河得名》《铁马站》《飞将军李广》《李陵碑》《贰师泉》等传说的元点是西汉时期汉武帝先后派遣霍去病、李广、李陵、李广利等著名大将征讨匈奴的历史事件，《诸葛亮点将台》《错斩马谡》《姜维遇险》《孔明死后除敌将》的元点则是三国时期蜀国丞相诸葛亮率军北伐之事，同样道理，没有这些历史事件就不会有这些传说。

3.风物传说的元点是风物

钟敬文先生说："所谓'风物传说'主要是指那些跟当地自然物（从山

川、岩洞到各种特殊的动植物）和人工物（庙宇、楼台、坟墓、碑碣等）有关的传说。……除了自然物、人工物外，还有一些关于人事的，如关于某种风俗习尚的起源等。”[①]依据钟老的观点，风物传说可以分为自然物传说、人文景观传说和民俗传说三种，而自然物传说又可以分为自然地理传说、地方物产传说。

如果仔细探究就会发现，讲述对象不同其元点也不同：（1）自然地理传说的元点是自然景观，比如马啣山系列传说中的《“大石马”和“小石马”》的元点是兰州市马啣山上两块形状像马的大石头，《金龙池》的元点是马啣山上两个水潭，《金香炉》的元点是马啣山的主峰，《祁连山的传说》的元点是坐落于河西走廊之南的大雪山祁连山，《玄鹤洞》的元点是平凉市崆峒山东台下面悬崖绝壁上的一个直径约2米左右的深洞；（2）地方物产传说的元点是地方物产，如《李广杏》的元点是产自于敦煌一带的一种叫李广杏的水果，《胡杨树》的元点是生长在敦煌一带的胡杨树，《麦子的来历》的元点是生长在黄土高原上的农作物小麦，《骆驼的角哪里去了》的元点是沙漠交通工具骆驼，《狗和猫的传说》的元点是生存在农家小院与人为友的动物狗和猫；（3）人文景观传说的元点是人文景观本身，比如《凉州钟》的元点是现放置于武威市城内东北隅大云寺里的大铁钟，《玉门关》的元点是敦煌西的小方盘城，《燕鸣壁》的元点是嘉峪关东西两楼内侧的北墙，《凤城》的元点是由周先祖不窋带领周先民在古庆阳修建起来的城池；（4）民俗传说的元点是导致该民俗形成的最初事由，如《除夕晚上守岁》的元点是老天爷在除夕晚上给民间撒金银财宝的传说，《二郎山花儿会》的元点是宋代将领率兵打败蛰居于岷县二郎山一带常常骚扰当地老百姓的吐蕃部落首领鬼章王一事，《东乡族迎亲曲“哈利”》的元点是东乡族妇女璐推妇人用唱“哈利”做暗号指挥众勇士杀死在呱录呱山一带残害百姓的大蟒精一事，《贵伊斯貂尔风俗的来历》的元点是一位裕固族妇女用四尺蓝包裹因除妖而死的丈夫尸骨一事。

虽然说人物传说的元点是人、历史传说的元点是历史事件、自然地理传说的元点是自然景观、地方物产传说的元点是地方物产、人文景观的元点是人文景观、民俗传说的元点是导致该民俗形成的最初事由，但并不是绝对的，也有特殊情况。比如流传在武威市民勤县境内的一组有关苏武的传说《无节

---

① 钟敬文：《浙江风物传说·序言》，转引自屈育德《神话·传说·民俗》，北京：中国文联出版公司，1988年，第97页。

芨芨草》《发菜》《双羊羔》《汉节与毛条》《野鸽子墩》《柴鼠洞与碱菜籽》等，既可以说它们是人物传说，也可以说它们是地方风物传说，有些也可以说是人文景观传说，但它们的元点却是汉武帝派遣苏武出使匈奴，被匈奴王单于扣留并流放在北海牧羊这一历史事件，如果没有这一历史事件，即使有苏武这个人，也不会有这些故事。

（二）见证物是证明传说真实性的有力证据

见证物，也叫可信物，指与传说密切相关、且能证明传说真实性的风物或习俗，其中风物既可以是自然物（山、川、河、石等）和人工物（塔、庙、寺、碑等），也可以是动植物。相对而言，传说不同其见证物不同，而且随着时间的推移有些见证物已经消失，有些见证物依然存在。

1.大多数传说有见证物

对于大多数传说来说，都有见证物，有些传说的见证物还不止一个，比如收入《丝路传说》中的70则甘肃传说，几乎每则都有见证物，其中有些传说的见证物还不止一个。如《李广射虎》的见证物有飞将巷、木牌楼、木牌楼上的大匾、射虎寺和一首赞美李广射虎的古诗；《开山之祖》的见证物有杀儿沟、倒悔沟地名和麦积山第13号石窟里的塑像；《织锦回文》的见证物有织锦台小巷子和回文诗；《崆峒山》的见证物有崆峒山、山上的小庙和一个叫庙湾的地名；《鲁班窗》的见证物有今敦煌市西郊西云观和至今仍完好地保存在敦煌市博物馆里的“鲁班小窗”；《观音井》的见证物有观音井和观音庙。

那么，人们为什么在讲述传说时要引入见证物呢？最主要的原因就是用见证物证明传说的真实性，见证物越多传说的真实性越大。比如《李广射虎》说：“天水市西关现在还有一条小街名叫‘飞将巷’。巷子口上，原先有一座木牌楼，楣间有‘飞将军李广故里’的大匾……天水的乡亲们追念李广青年时代的这段佳话，有感于‘苦功不负有心人’道理的深刻，便在当年射石虎的地方，修了一座‘射虎寺’，地点就在如今天水市东关路南石坊堂巷子里。现在‘射虎寺’的庙宇早已不复存在，但有这样一首古诗却一直在民间传颂着：林暗草惊风，将军夜引弓；平明寻白羽，没在石棱中！”讲述者不仅引用了李广故乡的人们为纪念李广射虎一事所立的木牌楼、所刻的大匾和地名，还引用了赞美李广射虎的小诗，其目的是说明李广射虎是真的，尤其是这首广为流传的小诗，几乎妇孺皆知，用它做见证更有四两拨千斤的艺术效果。

2.传说不同其见证物也不同

相对来说，自然物传说的见证物是自然物，如《李广杏》的见证物是大量种植于敦煌一带的一种水果李广杏，《鸣沙山》的见证物是地处敦煌市南郊七公里处的鸣沙山，《禹王石》的见证物是临夏市积石县积石山下一块高八尺、宽七尺、长一丈的大青石，《白牦牛》的见证物是生长于武威市天祝藏族自治县西大滩、朵什乡、抓喜秀龙滩一带的白牦牛；人文景观的见证物是人文景观，如《驼铃的故事》的见证物是至今还戴在骆驼脖子上响彻沙漠的小铁铃铛，《白马塔》的见证物是坐落在敦煌市沙州古城东隅的白马塔，《大佛寺的传说》的见证物是位于城西南隅的西夏皇家寺院大佛寺；民俗传说的见证物是民俗，比如《社火的由来》的见证物是春节期间人们扮社火的习俗，《端午节的传说》的见证物是人们在端午节时家家户户门上插艾叶柳条的习俗，《新娘骑白马新郎骑青马的由来》的见证物就是裕固族人结婚时新娘骑白马新郎骑青马的习俗等。但是，人物传说的见证物并不是故事中所涉及的那个核心人物，大多情况下是与这个人物密切相关的事或物，比如民勤县苏武传说的见证物则是苏武曾经牧羊的山——苏武山、他牧羊时天天走而留下的一条长长的羊肠小道——羊路、苏武庙以及至今还保存在民勤县博物馆的一块“汉中郎将苏武牧羝处”石碑；左宗棠传说的见证物则是散见于河西走廊的一棵棵被称作“左公柳”或“左公杨”的大柳树和大杨树。

综观这些传说，其见证物目前有三种情况：（1）见证物已经随着时间的推移而彻底消失，人们只知道它存在过，比如《李广射虎》中所说的牌楼、牌楼上的大匾和射虎寺，《仙姑庙》中的仙姑庙，《古堡临水》中的临水堡、《锁阳城》中的锁阳城等；（2）原初的见证物被毁坏，后人又重建了一模一样的见证物，如《王母宫》中的王母宫，始建于西汉元丰年间，唐宋初、明嘉靖年间曾多次重修，清同治三年毁于兵燹，1992年当地政府基于弘扬文化、发展旅游出发，由民间经理会第三次筹划重修，现有西王母大殿，东王公大殿配殿等主体建筑；（3）见证物依然存在，如《贰师泉》中的贰师泉、《酒泉的传说》中的酒泉、《大象山的来历》中的大象山等。比较而言，人工类的见证物如庙宇、塔碑、匾牌、城堡等容易被毁坏，而自然物，如山川河流、动植物和民俗则不易消失。

（三）元点和见证物是影响传说传播的主要因素

尽管元点和见证物不是同一概念，但是它们都与传说有着非常密切的关系，而且有些传说的元点就是它的见证物，所以它们都是影响传说传播的主要因素。比如，“在敦煌县城党河西边，约行二里多路的地方，有一座一进三院、朱窗画梁的古建筑，这是敦煌现存唯一的一座古庙——西云观。提起西云观，当地群众有这样的一段传说……”（《西云观》）、“乌鞘岭，被人们称为丝路险关、河西走廊的门户，以山势峻拔、地势险要驰名于世。说起它的来历，有这么一个神话传说……”（《乌鞘岭》）、“赵充国，字翁孙，是古上邽人。为西汉王朝立下汗马功劳，出击匈奴，屯田和羌，屡立战功。……相传……”（《赵充国平羌》）、“居住在河西走廊东端草原上的藏族同胞，最喜欢白颜色。……他们把白牦牛称神牛，把它视为胜利、吉祥的象征。为啥？传说……”（《白牦牛》）、“宁州出嫁女子时，都要用红布做成盖头，戴在女子头上遮面目，这是从唐朝传下来的风俗。据说……”（《顶盖头》）像这样的叙述在民间故事中比比皆是，受篇幅的限制不能在此一一列举，其中西云观是人文景观传说中的元点和见证物，乌鞘岭是自然地理传说中的元点和见证物，赵充国是人物传说中的元点，白牦牛是动物传说中的元点和见证物，女子在结婚时顶红盖头是民俗传说的见证物，人们都是在说起他（它）们时讲述了有关他（它）们的传说，由此可见对于传说而言，影响传说生成的元点和证明其真实性的见证物都可以促使人们讲述有关他（它）们的传说，那么他（它）们就是人们传播传说的主要因素。

二、新媒介给传播提供了新渠道

1936年，美国诞生了一本题为“生活”（Life）的画报，主要刊登图片，其发刊词这样说：“看生活，看世界，目击大事；看穷人的面孔和傲慢人的姿态；看奇怪的事——机器、军队、群众、森林中和月球上的阴影；看人类的作业——他们所绘制的画面、建立的高楼和发现的新趣；看千里以外的事、墙角和私室中的事、要接近却又有危险的事；男人喜欢的女人和许多的儿童；看，赏心乐事地看、惊愕地看，从看中受到教益。”[①]这段发刊词说出了看对人的重要性以及人类对看的渴望。人，自产生之日起就不是混沌地生活，而是每时每刻用自己的器官感知世界进而改造世界，其中看和听是最重要的两种感知方法。如果说人们以前那种从“讲故事”“说古今”中感知世界的方法是以听为主的话，那么后来出现的从戏曲、影视剧中的感知则是以看为主，不管是看还是听，都有各自不同的媒介。

（一）中国古代四大民间传说的现代传播

中国古代四大民间传说指在中国民间以口头或文字文本等形式流传最广、

① 转引自张韫磊、靳福堂：《专题摄影》，沈阳：辽宁美术出版社，1997年，第15页。

影响最大的四个民间传说《牛郎织女》《梁山伯与祝英台》《孟姜女哭长城》和《白蛇传》，其故事几乎是家喻户晓，它们不仅与其他民间传说一道共同构建了中国绚烂的民间文化宝库，还以其深刻的主题深深影响着广大民众的生活。尤其是近几十年来，随着新媒介的出现，它们不断被改编成影视剧出现在银幕和屏幕上，既深受观众们的喜爱，又极大地传播和保护了它们。

1. 中国古代四大民间传说的现代传播情况

从影视剧的改编情况来看，《白蛇传》是目前版本最多的民间传说。据不完全统计，迄今已有23个版本的影视剧与观众见面，它们分别是：（1）1926—1927年由上海天一影片公司出品先后的《白蛇传》（上、下）和续集《仕林祭塔》；（2）1939年由上海华新影片公司出品的《白蛇传》；（3）1949年由香港出品的影片《夜祭雷峰塔》；（4）1952年由香港富华影片公司出品的《白蛇传》（续集）；（5）1953年由香港导演王风推出的《白娘娘借尸还魂》；（6）1955年由香港泰山影片公司出品的《白蛇传》；（7）1956年由日本东宝映画出品的《白夫人の妖恋》；（8）1958年由日本东映改编的同名动画电影；（9）1962年由香港邵氏公司出品的黄梅调电影《白蛇传》；（10）1962年由香港兴发影业公司出品的粤剧戏曲片《仕林祭塔》；（11）1975年由台湾推出的电影《白蛇大闹天宫》（上、下）；（12）1978年由香港导演陈志华推出的影片《真白蛇传》；（13）1980年由上海电影制片厂出品的京剧戏曲片《白蛇传》；（14）1990年由香港TVB出品的20集电视剧《奇幻人世间》；（15）1992年由中国大陆和港台合拍的50集电视剧《新白娘子传奇》；（16）1993年由徐克导演的电影《青蛇》；（17）1995年由新加坡出品的20集电视剧《白蛇后传之人间有爱》；（18）2003年由中央电视台影视部与四川省成都市川剧院联合拍摄的12集戏曲电视剧《白蛇传》；（19）2005年由CCTV推出的30集电视剧《白蛇传》；（20）2008年由浙江杭州嘉艺影视公司推出的电视剧《白蛇后传》；（21）2001—2010年由新加坡电视机构（今新传媒集团）与中国台湾杨佩佩工作室有限公司联合摄制的48集电视剧《青蛇外传》；（22）2011年由北京柯瑞传媒有限公司和中华全国总工会文工团影视中心联合出品的40集电视剧《又见白娘子》；（23）2011年由中国巨力影视传媒有限公司出品的电影《白蛇传说》。

相比之下，其他三个传说故事的影视改编情况稍微弱一点，《牛郎织女》有：（1）1939年由赵树芹执导，由民生影业公司拍摄的同名电影；（2）1963年由岑范执导，严凤英主演，上海海燕电影制片厂和香港大鹏影业公司联合出品的同名黄梅戏彩色电影；（3）1949年由周诗禄执导，香港青华影片公司出品的同名电影；（4）1987年由台湾猪哥亮执导，台湾制品的同名爆笑剧电视连续剧；（5）2003年由庄伟健执导，香港无线电视出品的20集同名古装电视连续剧；（6）2009年由鞠觉亮执导，北京大都阳光影视文化有限公司出品的38集同名电视连续剧；（7）2010年由赵晓春执导，青岛新旋律传媒有限公司与青岛动漫研究院联合制作的同名动画片。

《梁山伯与祝英台》有：（1）1953年由桑弧、黄沙导演，上海电影制片厂摄制的同名越剧电影，这是中华人民共和国成立后第一部国产彩色戏曲艺术片；（2）1963年，由李翰祥导演，香港邵氏电影公司制作的同名黄梅调电影；（3）1972年由杨丽花歌仔戏团出品的同名歌仔戏；（4）1977年由林岭东执导，香港电视广播有限公司制作的同名4集电视剧；（5）1984年由台湾导演顾辉雄执导，杨丽花歌仔戏团拍摄的同名电视歌仔剧；（6）1994年由徐克执导，香港嘉禾电影有限公司制作的同名电影；（7）1994年由刘国权执导的《梁山伯与祝英台新传》；（8）1997年由台湾李动男执导，台湾叶青歌仔戏团出品的6集同名歌仔剧；（9）1997年由台湾张健执导，黄香莲歌仔戏团出品的同名舞台歌仔剧；（10）1999年由冯凯执导，台湾民视、永真电视电影有限公司出品的47集同名电视连续剧；（11）2000年由朱克荣执导，台湾丽花传播股份有限公司出品的同名9集歌仔剧；（11）2000年，由徐进良执导，台湾中视电视公司出品的42集电视剧《少年梁祝》；（12）2002年，由许玉琢执导的8集越剧电视连续剧；（13）2003年，由蔡明钦执导，台湾公司制作的动画电影《蝴蝶梦·梁山伯与祝英台》；（14）2007年，由陈俊良执导的同名41集古装电视连续剧；（15）2008年，由马楚成执导，香港天下影画有限公司出品的影片《剑蝶》；（16）2016年，由陈鹏执导，天津璀璨鲲鹏文化传媒、北京世纪鲲鹏国际传媒、北京鹏程映画影视传播联合出品的同名网络剧。

其中由民间传说《白蛇传》改编的50集电视连续剧《新白娘子传奇》于1992年11月15日在台湾台视首播，1993年在中国大陆中央电视台播映，获得年度收视冠军，接着又被引进到日本、泰国、越南等亚洲国家，1993年该剧获日本第二十届国际电视美术展金牌奖，同时入围中国台湾第二十八届金钟奖戏剧类作品奖。2004年，CCTV1和CCTV8进行重播，夺得这两个频道的年度收视冠军。2005年入选新加坡媒体20世纪百部华语经典。2006年央视重播创下收视率第一，至今未有任何一部重播剧超越。

除了改编成影视剧，这四大民间传说还被改编成歌曲，著名歌手白雪、陈冠希、蔡国庆、张雷和司徒兰芳都演唱过由《牛郎织女》改编的歌曲并录有唱片，李谷一、慕容晓晓、黄丽珠、童丽、黄莺莺都演唱过由《孟姜女》改编的歌曲并录有唱片，彭丽媛、黑鸭子、王小小、林冠吟、吴奇隆和杨采妮、Sweety等都演唱过由《梁山伯和祝英台》改编的歌曲并录有唱片，King-Star、云菲菲、萧敬腾等演唱过由《白蛇传》改编的歌曲并录有唱片。

综观这四大民间传说的改编情况，就可以发现：（1）它们的投资和制作方既有中国大陆、中国香港、中国台湾还有日本、新加坡的公司，收视地区不仅有中国大陆，还有日本、新加坡、泰国、越南等亚洲国家，以及中国香港、中国台湾等地区，说明传播区域已经大大超出了中国国界，逐渐走向世界；（2）改编历史已有90余年，不仅有戏曲、影视，还被改编成动画片、歌仔剧等，可见这一题材备受文艺界的青睐；（3）收视率（或收听率）居高不下，可见老百姓对它们非常喜欢；（4）有些传说，如《白蛇传》《梁山伯与祝英台》还有2016年和2017年的改编预告，说明它们还有很大的改编空间和发展前景。那么它们为什么会有如此广阔的传播空间，究其原因就是新媒介的作用。

2.新媒介对四大民间传说传播的影响

新媒介是一个相对的概念，不同时期有不同的新媒介，许多专家认为只要媒体构成的基本要素不同于传统媒介，就能称得上新媒介。美国传播学家A.哈特把有史以来的传播媒介做了如下分类：

（1）示现性的媒介系统，即人们面对面传递信息的媒介，主要指人类的口语及其肢体语言，如表情、动作、眼神等，它们是由人体的感官或器官本身来执行功能的媒介系统。

（2）再现性的媒介系统，包括绘画、文字、印刷和摄影等。在该系统中，对信息的生产和传播来说需要使用物质工具或机器，但对信息接收者来说则不需要。

（3）机器媒介系统，包括电信、电话、唱片、电影、电视、计算机通信等。这些媒介，不但传播方需要使用机器，接收方也必须使用机器。①

根据A.哈特的观点，针对当代社会而言，第三类媒介，即机器媒介都是新媒介，都属于电子传播媒介，新媒介：（1）极大地拓展了传播空间和传播速度，使远在万里之外的人们也可以瞬间接收到传播信息；（2）借用人类体

① ［美］See A. Hart：《Understanding the Media》，转引自郭庆光的《传播学教程》，北京：中国人民大学出版社，2015年，第28页。

外声音和影像信息实现了信息的大批量复制和传播，使十年、甚至几百年之后的人们还能看到我们现在录制的作品；（3）使信息记忆更精准；（4）把声音、文字、影像等信息整合在一起，大大丰富了传播内容，提高了人们接收信息的兴趣。正因为新媒介的这些特点，才促进了中国古代四大民间传说的有效传播，也为人们借助新媒介传播其他民间传说做了很好的示范。

（二）甘肃段丝路传说的新媒介传播

甘肃是一个地方传说非常丰富且极富特色的省份，但与中国古代四大民间传说相比，其传说的传播就显得非常逊色。

1.丝路传说及其分布

甘肃地处丝绸之路的黄金地段，丝路传说是甘肃地方传说中数量最多、内容最丰富的一部分，也是最有史学价值的一部分。丝路传说，顾名思义就是流传在丝绸之路上的传说。丝路传说有广义和狭义之分，广义的丝路传说指所有流传在丝绸之路（包括陆上丝绸之路和海上丝绸之路）上的口头传承事象，时间上可以上自三皇五帝开启文明始，下至当前时事新闻止，只要此传说在丝绸之路流传就属于丝路传说；其传说对象既可以是丝绸之路上的山水、城池、关隘、塔寺事物，也可以是将领、僧道、商贾等人物，只要这些故事发生在丝绸之路上就可称作丝路传说。狭义的丝路传说指自张骞开辟丝绸之路以来，到丝绸之路逐渐衰落这一段时间里，流传在丝绸之路上的传说，既可以讲述丝绸之路的开辟、贸易来往、文化交流乃至历代王朝为保障丝绸之路的畅通而实施的军事活动、移民实边、建关设卡等历史事件，也可以是对丝绸之路上自然物（山、川、河、石等）、人工物（塔、庙、寺、碑等）、动植物和社会习俗进行解释说明。目前，学界主要使用狭义的丝路传说。

汉代丝绸之路的主干线，由都城长安（东汉延伸到洛阳）出发，溯渭河西行至宝鸡，翻越陇山，渡黄河到武威，穿越河西走廊，由河西走廊的西端进入西域，全长绵延6 000多公里。目前，学界通常将今新疆以西称作丝绸之路西段，将今新疆境内称作丝绸之路中段，将长安至甘肃敦煌之间称作丝绸之路东段，东段长约1 600公里，其绝大部分在甘肃境内，今甘肃省的平凉、天水、定西、临夏、兰州、白银、武威、张掖、酒泉、嘉峪关、敦煌等市都处在汉朝所开辟的丝绸之路上，尤其是河西四郡（武威、张掖、酒泉、敦煌），规模大、人口多、物产丰富、交通便利，它们不仅是连接中原与西域的枢纽，还是中西经济和文化交流的交汇点、中西商贾和物资的集散地，留下了大量的具有史学价值的传说故事。

2. 丝路传说分类及其新媒介传播

根据故事生成，丝路传说可以分为单纯型丝路传说和复合型丝路传说；根据故事内容，丝路传说可以分为人物传说、史事传说、风物传说和民俗传说。

单纯型丝路传说即纯粹的原生性丝路传说，如《诸葛点将台》《织锦回文》《“牛儿堂”的牛》《飞天散花》《马党参的传说》《五泉山的来历》《驼铃的故事》《凉州钟》《酒泉的来历》《夜光杯》《嘉峪关上一块砖》《李陵碑》《锁阳城》《定风碑》《玉门关》《鸣沙山》《李广杏》《莫高窟的来历》《皇姑塔》等，一般情况下，它们的内容具有唯一性，也就是说该类传说很少有异文。

复合型丝路传说指单纯性丝路传说与当地所流传的神话或狭义上的民间故事融合发展而成的传说。根据粘连的文体，复合性丝路传说又可以分为神话型丝路传说、故事型丝路传说、童话型丝路传说等。神话型丝路传说就是用神话来讲述丝路传说，通常情况下该类故事最显眼的文体形式是传说，即讲述某物或其名称的由来，或某个历史事件发生的始末，或某个历史人物的故事，但故事中所涉及的主要人物不具有历史人物的真实性，他或长相奇特、或有某种超自然的能力，同时故事情节也极富虚幻性，内容充满神奇荒诞的幻想，如《春节的传说》《大峡谷里“神龟石”》《祁连山的传说》《二郎担山》《棋盘石》《黑蟒洞》《海神之窗》《白塔河》《荷花女与老瓜农》《老黄牛的传说》《甘州石》《九龙江》等。故事型丝路传说就是用狭义的民间故事来讲述丝绸传说，该类传说最明显的特点是在传说中镶嵌进了民间故事，使传说中出现了故事母题，如刮金板、两兄弟、报恩的动物负恩的人、提山鸡、云中落绣鞋、狗耕田、蛇郎娶妻、毛野人、画中人、难题婚、锅漏、猫狗结仇、动物报恩、花牛犊等，如《石狮子嘴里圆球的来历》《老牛破车结疙瘩绳》《红崖豹》《凉州钟》《石门卧龙台》《金钥匙开石门》《鹰嘴崖》《种谷台》等。童话型丝路传说指用童话的方式来讲述丝路传说，由于童话的介入使故事情节因浓郁的幻想色彩而表现出强烈的超人间味，如《燕鸣壁》《避尘珠》《麦积山为什么没有老虎》《乌龟驮碑》《燕子报恩》《梅花鹿与双峰驼》《神火盆》等。

不管是哪一类丝路传说，都有四个特定的内容成分：即特定的历史时代、特定的地理环境、特定的历史人物和特定的历史事件。丝路传说最突出、最重要的内容成分是地理环境——丝绸之路，如果离开了丝绸之路这个地理环境，再精彩的传说也不是丝路传说。相比之下，复合型丝路传说中的地理特征要比单纯型丝路传说中的地理特征弱，因为单纯型丝路传说中的地理特征表示该事件发生的地点，与故事内容密不可分，而复合型丝路传说中的地理与故事内容之间没有必然的联系，它之所以要加上标示地理的语句是为了让听故事的人相信该故事真实地发生过且就发生在身边，比如“从前，张掖县农村有个老汉早年丧妻，妻子给他撇下三个姑娘”（《不孝女》）、“从前，在瓜州的一个村子里，有一个木匠叫张乃公”（《父亲心，儿女心》）、“很早以前，龙首山下住着兄弟二人。老大贪财奸诈，老二老实忠厚”（《害人终害己（一）》）等。

甘肃段丝路传说与甘肃地理、历史、民俗，与历代朝廷的政治、军事、民族政策密切相关，具有很高的文化价值，但是就目前来说，其传播非常滞后，只有为数不多的几部影视剧，如电影《麦积烟雨》根据西魏文帝皇后乙弗氏在麦积山的传说改编，动画片《西王母》根据泾川西王母传说改编，几乎还是一片未开垦的处女地。俗话说“差距就是动力”，但愿甘肃段丝路传说在未来的日子里能被新媒体看好，走上一条光明的传播之途。

三、文化发展助推了传说的传播

文化既是民族的灵魂，又是一个国家综合国力的重要标志。随着改革开放的不断深入，我国国民经济飞速发展，综合国力大幅度提高，人民物质生活水平得到显著改善。但是，在国民经济快速发展的同时，我国文化发展却相对滞后，严重制约了经济的发展。针对这一情况，党的十六大指出：“当今世界，文化与经济和政治相互交融，在综合国力竞争中的地位和作用越来越突出，文化的力量，深深熔铸在民族的生命力、创造力和凝聚力之中。全党同志要深刻认识文化建设的战略意义，推动社会主义文化的发展繁荣。”[①]党的十六届五中全会更是把经济建设、政治建设、文化建设、社会建设概括为中国特色社会主义的“四位一体”。至此，文化被视为国家的软实力。要提高国家软实力，必须自觉主动地推动文化大发展、大繁荣。在这个大背景下，我国文化生存和发展的经济基础、体制环境、社会条件都发生了前所未有的变化，全国上下开始发展文化，力求通过文化建设提高国民经济收入。借助这股力量，地方传说的传播也得到了很大的发展，比如甘肃境内的伏羲祭祀大典、女娲祭祀大典、西王母庙会、周先祖祭祀大典、西和乞巧节、莲花山

① 江泽民：《全面建设小康社会，开创中国特色社会主义事业新局面》，北京：人民出版社，2002年，第38页。

花儿会等大型文化活动就直接、大力度地推动了相关传说的传播。

相传，西王母是古代神话中掌管不死之药和长寿仙桃的女神。关于西王母形象，有一个比较漫长的发展过程：《尔雅》《酉阳杂俎》说西王母姓杨，名回，系远古时期华夏民族西部的一个氏族部落首领；《山海经》中描述说："其状如人，豹尾虎齿而兽啸，蓬发戴胜，司天之厉及五残"；《穆天子传》中西王母已经成了天帝的女儿；《汉武帝内传》中说："视之年可三十许，修短得中，天姿掩蔼，容颜绝世，真灵人也。"西王母成了中华民族心目中的美神和女神，深得中华儿女的敬仰。甘肃省泾川县以西不远处有座回山（也称回中山），回山上有王母宫、瑶池、回屋、石窟，相传王母宫是西王母的降生地，这里是中国最早、最大的西王母祖庙。据《四库全书·史部》记载，王母宫始建于西汉武帝元封二年（公元前109年），泾川县博物馆现存的清代《共成善果册》也有王母宫建于西汉年间的记载，宋代的陶谷碑、明代的彭泽碑都有王母宫建于汉代的记载。另外，除了回山西王母宫，泾川还有10处西王母宫；每年农历三月二十日是泾川西王母庙会，届时人山人海，朝圣的人数以万计；这里流传着多则生动而传神的西王母传说，相传周穆王、秦始皇和汉武帝都曾到这里拜谒过西王母。有了这些文献记载、风俗和传说，再受20世纪80年代中华民族寻根问祖之风的影响，1992年8月24日，台湾三重市凤德玉宝殿一行30余人不远万里、漂洋过海地来泾川县拜谒西王母，在回山摩崖壁画前拍得西王母"显灵"圣像，翌年同日将"显灵"圣像送到回山回屋安放，他们经多方考证认定泾川县不仅是西王母祖庙的所在地，更是西王母文化的发祥地，并捐资重建了回山山顶的西王母宫大殿。1999年，国际亚细亚民俗学会和中国民俗学会授予回山王母宫"国家重点民俗文化景区"称号、泾川县"中国西王母文化名城"称号。至此，泾川县拉开了全力推广宣传西王母文化以推动泾川经济发展的序幕。

为了弘扬西王母文化，2003年，泾川县举行"首届中国泾川西王母瑶池蟠桃节"；2004年，泾川县以西王母文化研究成果为基础，提炼民族西王母、神话西王母、道教西王母、民俗西王母、文学艺术西王母可转化的文化元素，由泾川县地方文化研究者张怀群精心创作了一台集舞台演出、情景演出和流动演出为一体的西王母文化主题舞剧《梦幻西王母》，其中第二幕"穆天子传"以周穆王拜谒西王母的传说为蓝本，第三幕"上之回"的后半段以汉武帝拜谒西王母的传说为蓝本；2006年5月，甘肃电视台多次播出电视片《王母第一宫》；2008年，泾川西王母信俗成功申报为国家级非物质文化遗产代表项目；2009年12月3日，中央电视台4频道播出电视片《重修回山王母宫颂碑》；2010年，泾川县以西王母3 000年一熟的蟠桃文化传说为载体策划“西王母蟠桃园”项目；2011年，泾川县与国内一家动漫公司合作拍摄百集动画片《西王母》。早在20世纪90年代初，泾川县就计划撰写“西王母文化丛书”，1992年9月15日当代著名作家冰心女士亲笔为“西王母文化丛书”题名，“西王母文化丛书”的作者由当代泾川籍和写泾川的作者两部分人构成，约60人，计划出版111种，共计2 105万字，分整合类和新出版类两大类，到2011年时已经出版47种，1 150万字，已完成57种，1 027万字，即将完成7种。[①]泾川县的这些文化活动，或以西王母传说为载体，或渗透着西王母传说，都极大地推动了西王母传说的传播。

农历七月七日是乞巧节。关于乞巧节，东晋葛洪曾在《西京杂记》中说：“汉彩女常以七月七日穿七孔针于开襟楼，人俱习之。”这是古代文献中能见到的最早关于乞巧的记载。后来在唐宋诗词中，妇女乞巧也被屡屡提及，唐朝王建有诗云：“阑珊星斗缀珠光，七夕宫娥乞巧忙。”宋元之际，七夕乞巧相当隆重，京城中还设有专卖乞巧物品的市场，世人称为“乞巧市”。宋罗烨、金盈之辑《醉翁谈录》说：“七夕，潘楼前买卖乞巧物。自七月一日，车马嗔咽，至七夕前三日，车马不通行，相次壅遏，不复得出，至夜方散。”可见乞巧的盛况。

说到乞巧节，人们总是把它与《牛郎织女》传说联系在一起，但是很少有人知道流传在甘肃省西和、礼县一带的《乞巧节的传说》：相传，在汉水源头的嶓冢山下，住着一位瘦骨嶙峋的老太婆，靠织土布和麻布拉扯七个女儿长大，其中最小的女儿叫琼花，琼花心灵手巧，织出的布如云似水、如霞似雾，乡邻都喜欢叫她“巧姐”。在琼花家北面的一个地方住着十多户半猎半农的人家，其中一户人家有个名叫春林的小伙，为偿还父亲借下的阎王债被山霸抓去背脚，常年背着沉重的东西来往于当地与四川之间。一天，春林用自己的歌声诉说背脚之苦，歌声传到琼花的耳朵里，琼花同情他，就把他请到家里给他做了两碗酸菜拌汤，并送他一顶麦秆草帽。后来，为了感谢琼花对自己的关心，春林给琼花送了两斤胡麻油，一来二往，两人产生了感情，琼花的母亲就给二人成了亲，琼花母女就搬到了春林家里。山霸见春林娶回一个如花似玉又心灵手巧的媳妇就起了歹心，一心想把琼花据为己有，于是多

---

① 张怀群：《张怀群文集02・梦幻西王母》，北京：九州出版社，2013年，第301页。

次设计害春林，结果都被琼花一一化解，但山霸还不死心，琼花只好设计火烧山霸为民除害。山霸死后，人们过上了安稳舒心的生活，琼花就把自己织布的技艺无私地传给村里的姐妹们，于是“巧姐”“巧娘”的名字就传得更远、更响了。六十多年后，琼花无病而亡，临终时她对春林说自己是仙女转世，现在要回到天宫去，将于明年七月初一再来看大家。第二年七月初一，春林就专门腾出几间干净屋子，设香案、陈瓜果、摆菜芽、献鲜花、供祭品，置上鸳鸯水等待琼花的到来，姑娘、小伙见了觉着好玩，就打扮一新排成队在外面边跳边唱迎接巧娘娘回来。就这样，他们无拘无束过了几天，女孩子还唱歌乞求巧娘娘赐给她们巧手艺和好归宿。七月七日晚，琼花的灵魂要上天了，大家聚在春林家里边唱边跳送别了巧娘娘。此后，就有了乞巧活动。

仔细比较就会发现，《牛郎织女》和《乞巧节的传说》既有关联又有不同，关联之处是它们讲的都是有关织女的故事，只是《牛郎织女》中的织女是仙女，而《乞巧节的传说》中的织女是仙女在凡间的转世。它们的“不同”有：(1) 主题不同，前者歌颂忠贞不渝的爱情，后者说明乞巧节的由来；(2) 遗留于世的习俗不同，前者遗留下来的是织女与牛郎在农历七月七日晚上鹊桥相会的习俗；后者遗留的习俗是女孩子在七月初一到初七向巧娘娘乞巧。就目前所流传的乞巧节（或七夕节）来说，实为牛郎织女鹊桥相会和女子向织女乞求智巧习俗的组合，也就是说既与《牛郎织女》传说密切相关，也与《乞巧节的传说》密不可分，从这个意义说《牛郎织女》和《乞巧节的传说》共同促成了乞巧习俗。其实乞巧节不仅在中国的大部分地区流传，还传到了日本、韩国、东南亚一带，但是比较而言，甘肃省西和县和礼县一带的乞巧活动更具特色：(1) 持续时间长——从农历六月三十日至七月七日晚，达七天八夜；(2) 规模大，几乎遍及西和县和礼县的村村户户；(3) 涉及人员广，传统习俗仅限未出嫁的女孩子，现在几乎是所有女性都参加，不论婚否、不论年龄大小。也正因为这一点，近年来，西和县委、县政府大力传承并弘扬优秀民间文化，高度重视非物质文化遗产的保护和开发，2006年5月，西和乞巧节被列为甘肃省首批非物质文化遗产保护名录；同年7月，西和县成功举办了“甘肃西和首届仇池山歌文化艺术节”；同年10月，中国民间文艺家协会正式命名西和为“中国乞巧文化之乡”；2007年春节，“西和羊皮扇鼓舞”在央视亮相，后来先后整理出版了《仇池风——陇南山歌集》《西和乞巧志》《西和乞巧节》《仇池乞巧民俗录》《西和乞巧歌》《中国女儿节 西和乞巧文化》等书籍，2015年8月18日，在北京中国职工之家成功举办了第七届乞巧女儿节保护传承论坛，论坛以“中国乞巧·对话世界”为主题，由中国文学艺术界联合会指导，中国民间文艺家协会、中共甘肃省委宣传部、甘肃省文化厅、西和县人民政府、礼县人民政府等13家单位联合承办，与会人员有8位国家及部委领导、27位国外驻华使节、6位国外文化部门领导及200多名国内知名学者和专家，使中国乞巧节迈出国门走向世界，这不仅为加快中国（陇南）乞巧女儿节申报世界非物质文化遗产奠定了坚实的基础，还极大地推动了乞巧节传说的传播。

第三节　民间故事传播之探源

这里所说的“民间故事”是狭义的民间故事，它与地方传说有明显的不同：（1）传说中的人物多为真实姓名，而故事中的人物多为老大、老二、大姐、二姐、老头子、老太婆等；（2）传说大多有比较明确的时间，如唐代、汉朝、前秦等，而故事多为“很久很久以前”“从前”“早些年以前”等；（3）传说中的故事多发生在某个具体的地方，如“天水市东城门外”“酒泉县城以东二十五公里处”等，而故事多为“在××河边”“在××山脚下”等。一般情况下，狭义的民间故事又分为生活故事、幻想故事（童话）、寓言和笑话四小类，其中生活故事现实性比较强，有尖锐鲜明的阶级倾向性；幻想故事充满浪漫色彩，其人物可以是蛇郎、青蛙姑娘、龙女等，事物可以是赶山鞭、飞靴、提山鸡等，情节可以是牡丹变成漂亮的女子、死人复活、凤凰生下金蛋等，都极富幻想性；寓言是劳动人民智慧、经验和知识的结晶，含有一定的哲理；笑话短小精悍，有些幽默，有些带有一定的批判和讽刺意味。不管是哪一类民间故事，它们都带有比较强的娱乐性，所以万建中称狭义的民间故事为“娱乐的叙事”[①]。

一、寓教于乐的社会作用使其传播如坐春风

在旧社会，人们很少有文化生活，唯一的娱乐就是自我娱乐，而自我娱乐的最佳形式就是民间文学的展演，因此他们在劳动中唱歌、猜谜、说笑话，

① 万建中：《民间文学引论》，北京：北京大学出版社，2012年，第192页。

在空闲时间讲故事、表演小戏和曲艺，但是他们这么做并不只为了娱乐，其中也含有一定的教育作用，这就是罗马诗人贺拉斯在《诗艺》中所说的“寓教于乐”。在现代社会，尽管儿童和大人都不乏学校的正规教育，也有许多娱乐方式，但民间故事还是渗透在他们的生活和学习中，承担着一定的教育和娱乐作用。

（一）一些优秀民间故事被收录进小学语文教材

民间故事与人们有着非常密切的关系，其形式也是人们喜闻乐见的，所以在很早以前就是人们教育儿童最方便、最普及的口头教科书。后来，尽管出现了许多优秀的作家文学，但它仍然难以替代民间故事在儿童教育中所起的作用，这也是至今民间故事仍然被选录在小学语文教材中的原因，比如小学一年级下册中的《松树和松果》《小壁虎借尾巴》《小白兔和小灰兔》《两只小狮子》《手捧空花盆的孩子》《小蝌蚪找妈妈》，二年级上册中的《坐井观天》《纸船和风筝》，二年级下册中的《小鹿的玫瑰花》《揠苗助长》《丑小鸭》，三年级上册中的《狮子和鹿》，三年级下册中《守株待兔》《亡羊补牢》《惊弓之鸟》，四年级上册中的《巨人的花园》《小木偶的故事》，四年级下册中的《纪昌学射》《扁鹊治病》《渔夫的故事》等课文就是古今中外著名的民间故事，其中有生活故事《渔夫的故事》等；有童话《松树和松果》《小壁虎借尾巴》《手捧空花盆的孩子》等；有寓言《乌鸦喝水》《坐井观天》《惊弓之鸟》等；有笑话如《守株待兔》《扁鹊治病》等。

这些故事情节简单，人物生动可爱，有些深含哲理，如《揠苗助长》告诉人们做事不能违反事物发展的自然规律，否则就会把事情弄糟；《亡羊补牢》告诉人们出了问题以后想办法补救，可以防止继续受损失。有些教给学生做人的道理，《扁鹊治病》告诉人们不能讳疾忌医，否则后果不堪设想。有些告诉学生人类与自然的关系，如《松树和松果》告诉人们在向自然索取时一定要记着回报自然，只有这样我们才能拥有一个美好的家园，等等。以这些故事为课文，学生易于理解和接受，也容易产生情感共鸣，再把学习生字新词、理解句子等基础知识和培养听说读写基本能力的学习渗透其中，可以产生非常好的教育效果。另外，这些故事短小精悍、趣味性强，也非常适合小学生学习。

（二）一些优秀民间故事是儿童课外受教的主要教材

中国现代著名作家鲁迅先生在散文《阿长与山海经》中说：自己一直渴慕有一套绘图的《山海经》，里面有人面的兽、九头的蛇、三脚的鸟、生着翅膀的人和没有头而以两乳当作眼睛的怪物，但苦于多种原因无法实现自己的愿望，不料却被目不识丁的保姆阿长妈妈为他买到了，这几乎使他欣喜若狂，从此这套小小的四本书便成了他“最为心爱的书”。高尔基在自传体小说《童年》中说他幼年时也常听外祖母和保姆叶甫盖尼雅唱民间歌曲和讲民间故事。俄罗斯诗人普希金在童年时也非常喜爱民间故事，后来在流放期间还收集和整理过民间故事，他在给弟弟的信中说：“我听民间故事，我想借此来矫正我受的该死的教育的缺陷。”[①]这里所说的“该死的教育”指贵族教育，属于俄罗斯当时的官方教育。这些中外著名事例足以说明民间故事在儿童课外教育中的普遍性和重要性，尤其是普希金的例子典型地说明了民间故事具有学校教育所不能替代的教育作用。

正因为民间故事具有学校教育不可替代的教育作用，所以《经典童话故事100篇》《儿童睡前故事365》成了学前儿童最受欢迎的读物，《安徒生童话》《格林童话》《伊索寓言》成了学龄儿童最主要的课外读物。《经典童话故事100篇》和《儿童睡前故事365》中大多数是短小精悍的童话和寓言故事，语言简洁通俗、情节生动有趣、人物活泼可爱且善恶丑美分明，孩子喜欢听，也乐于听，听后也容易接受，可以从小引导他们分辨是非善恶，培养积极健康的人生态度，适合学前儿童的教育。相对来说，《安徒生童话》《格林童话》《伊索寓言》中的故事比《经典童话故事100篇》《儿童睡前故事365》中的故事长，所蕴含的道理也稍微深刻一些，比如《伊索寓言》中大多是动物故事，其中的一部分（如《狼与小羊》《狮子与野驴》等）用豺狼、狮子等凶恶的动物比喻人间的权贵，揭露他们的专横、残暴、虐害弱小，反映了平民或奴隶的思想感情；《乌龟与兔》《牧人与野山羊》等则总结了人们的生活经验，教给人处世的方法和做人的道理；有些揭露富人的贪婪和自私，鞭挞恶人的残忍与粗鲁；有些控诉社会的不平等，赞美劳动人民的勤劳和勇敢；有些还展示早期人类的生活状态，总之文字凝练、故事生动、想象丰富、饱含哲理、融思想性和艺术性于一体，更适合学龄儿童。

由于这些民间故事广受儿童喜爱，它们或被选录进课本，或被选成课外读本，所以《安徒生童话》中的《拇指姑娘》《海的女儿》《丑小鸭》《红鞋》《卖火柴的小女孩》《园丁与主人》，《格林童话》中的《灰姑娘》《猫和老鼠交

① ［苏］阿扎多夫斯基：《普希金与民间传说》，见中国民间文艺研究会编《苏联民间文学论文集》，北京：作家出版社，1958年，第129页。

朋友》《三兄弟》《白雪公主》《小红帽》《青蛙王子》《渔夫和他的妻子》《勇敢的小裁缝》《睡美人》，《伊索寓言》中的《农夫和蛇》《狼和小羊》《龟兔赛跑》《狐狸和葡萄》《乌鸦喝水》《蚊子和狮子》已经成了全世界家喻户晓的故事，这不仅典型地说明了民间故事在儿童教育中的重要作用，更典型地说明民间故事的传播力度。尽管甘肃民间故事中还没有涌现出如此优秀的故事，但《猴子与乌龟》（回族）、《老虎和狼找寻“阿格力”》（东乡族）、《当天地良心》（回族）、《三十年河东 三十年河西》《姣姣女》（东乡族）、《锅儿漏》《三年等个闰腊月》《儿女的心在石头上》《勤俭匾》《聪明伶俐的儿媳妇》（蒙古族）、《阿布都的故事》（回族）、《将恩不报反为仇》《盖赛尔的故事》《神水》《戈尧斯》《黄黛琛》（裕固族）等故事也深受人们的喜爱，在甘肃及周边地区广为流传，成了当地人教育孩子的口头教材，相信它们也会越传越远，成为更多人教育孩子的活教材。

二、生活的快节奏高压力使其传播成为需要

“生活”是人在生存过程中的各项活动的总和，包括日常生活行动和学习、工作、休闲、社交、娱乐等，“生活的本质是人在自然和社会空间中，通过享受、占有、内化并创造人类物质文化、精神文化和制度文化，围绕人的生命存在和发展，实现人生价值和意义的能动的活动。人的生命存在是生活的基点，而人的生命的实现则是生活的归宿。”[①]生活应当满足人的需要，维持人的生存和发展，丰富人的活动。

近两百年来，随着遍及全球的社会、经济、文化的迅速转型，日益加剧的现代化、工业化、城市化正一天天地改变着人们的生存状况以及人们的生活方式和价值观念。美国摩根士丹利通过分析师克莱尔·肯特的一份报告说中国人天生就是奢侈品的受众，他的判断依据是在欧美很少有人问津的单价超过100万美元的宾利车，在中国却连创销售纪录。他还说不要以为这些奢侈品的追求者一定就是中国的富人，其实许多普通打工族也位列奢侈品的购买大潮中，因为他们认为奢侈品代表最时髦、最现代的生活方式。[②]这种生活理念必然驱使他们追求更高级的生活用品，而这形形色色的追求背后则是生活压力大、工作强度大、生活节奏快，使人长时间处于过度疲劳状态。2016

① 肖群忠：《伦理与传统》，北京：人民出版社，2006年，第23-24页。

② 王治河：《后现代生态文明与现代生活方式的转变》，《岭南学刊》2010年第3期。

年12月11日，凤凰科技新闻在一篇评论中说："'过劳'似乎已成中国职场的常态。过度加班又是导致过劳死的首要原因。有资料显示，巨大的工作压力导致我国每年'过劳死'的人数达60万人，已超越日本成为'过劳死'第一大国。'过劳死'的威胁对象已从体力劳动者转向脑力劳动者，且呈年轻化趋势。而这已不是哪个行业独有的现象，广告、媒体、医疗以及金融等行业都没有幸免。"[①]而缓解生活压力、放松身心的最好办法就是自我调节，这也是现代娱乐业和休闲业兴起的主要原因。

在当今社会，尽管科技的发展给人们提供了许多新的娱乐和休闲方式，如看影视、玩游戏、跳舞、唱KTV、玩棋牌、打网游、旅游等，但有些人还是愿意用民间故事（尤其是笑话）放松自己。比如在百度网上键入"笑话"二字，就可立马找到"笑话集""笑话吧""笑话大全""简短幽默笑话"等笑话网页。如果你打开"笑话集"，就会发现该网页上有"网页更新记录""网站活动专题""最新笑话""笑话大全""爆笑笑话""原创笑话""笑话爆笑""社会经典笑话""男女爆笑笑话""夫妻笑话""冷笑话""儿童笑话""职场笑话"13个栏目。其中，"网页更新记录"显示2016年8月更新81篇笑话、9月更新88篇、10月更新81篇、11月更新84篇、12月更新51篇（搜索时间为2016年12月20日18点），"网站活动专题"有"笑话大全 爆笑笑话排行榜""幽默笑话大全 笑话故事""笑话大全乐翻天 爆笑""笑话大全 爆笑短信笑话集锦""冷笑话大全 冷笑话精选""笑话大全 笑破你的肚子"等栏目，"最新笑话"收录的是人们新创作的一些笑话，"笑话大全"又设有爆笑男女、冷笑话、社会、校园、儿童、家庭、综合、爆笑签名、职场、动物、幽默网文、幽默笑话、短信笑话、爱情、节日笑话、影视台词、哲理等46个分栏目。有些笑话点击率非常高，比如"最新笑话"中的《二货夫妻呲出的爆笑火花》点击率为5 885次，《爆囧，都有一颗躁动的心》点击率为6 495次，《不懂历史看不懂，历史完美地诠释了网语》点击率为4 305次；"爆笑笑话"中的《笑破肚皮的爆笑段子》点击率为112 907次，《××与手机的搞笑段子》点击率为59 861次，《最爱冷笑话，开心还能练大脑》点击率为89 560次；"笑话爆笑"中的《十个爆笑段子，不笑不要钱》点击率为11 204 967次，《29个超级经典笑话》点击率为6 961 716次，《笑话大全 笑破你的肚子的笑话》点击率

① 凤凰网：《中国每年"过劳死"达60万人，大多是因自己太拼》，http://tech.ifeng.com/a/20161211/44512414_0.shtml.

为4 450 369次，如此高的点击率只能说明一个问题，即人们喜欢笑话，喜欢的原因是它们可以娱乐自己。

德国哲学家瓦尔特·本雅明（Walter Benjamin）在《讲故事的人》中说："民间故事和童话因为曾经是人类的第一导师，所以直至今日依旧是孩子们的第一导师。无论何时，民间故事和童话总能给我们提供好的忠告；无论在何种情况，民间故事和童话的忠告都是极有助益的。"[①]正是民间故事具有很强的教育和娱乐作用，所以它至今仍然活跃在人们的生活中，成了从小孩到大人的生活的一部分。

三、新媒介的出现为其传播提供了便捷

随着科技的发展和人们对文化产业的重视，民间故事几乎出现在每种新媒介中，成了一个比较活跃的艺术素材。

（一）民间故事活跃在动画片中

动画片，即英语中的"cartoon"，"是活动的画，是以图画表现人物形象、戏剧情节和作者构思的影片"[②]，其制作原理是每秒连续播放16帧或16帧以上静止画面，使人眼对这些画面产生一种连续动作的错觉。动画片于1906年诞生于美国，作为儿童观看的影视片，它有很强的娱乐和教育价值。中国最早的动画片始于20世纪20年代初，由万氏兄弟（万籁鸣、万古蟾和万超尘）在上海拍摄，但在当时影响不大。1941年，万氏兄弟又制作了长达90分钟的《铁扇公主》，这是我国第一部有声动画片，万氏兄弟为了让火焰发出红光，在影片放映时手持玻璃挡住镜头使原本黑白的电影有了色彩。1951年，万超尘摄制了彩色木偶片《小小英雄》。1958年，万古蟾等又制作了独具风采的剪纸片《猪八戒吃西瓜》和《金色的海螺》等。1960年，万籁鸣参与编导的大型动画片《大闹天宫》问世，深受到国内外观众的喜爱，并在1962年第13届卡罗维·发利国际电影节上荣获"短片特别奖"、在1963年我国第二届《大众电影》"百花奖"的评选中荣获最佳美术片奖，1978年伦敦国际电影节又授予它最佳影片奖。就这样，中国动画片在万氏三兄弟的手中开始，又在他们的手中逐渐走上成熟，而且还在他们的手中开出了多样的花朵——受中国剪

① ［德］瓦尔特·本雅明：《本雅明文选》，北京：中国社会科学出版社，1999年，第309页。

② 张慧临：《二十世纪中国动画艺术史》，西安：陕西人民美术出版社，2002年，第5页。

纸艺术和木偶艺术的启发新创了剪纸片和木偶片。但是受国内制作技术和政治形势的影响，国产动画片曾一度处于低谷，而美国、日本的动画片得到了很大程度的发展，比如美国的《白雪公主和七个小矮人》《美女与野兽》《睡美人（1959）》《米老鼠和唐老鸭》《狮子王》《人猿泰山》《小美人鱼》《花木兰》，日本的《聪明的一休》《白蛇传》《花仙子》《樱桃小丸子》《宠物小精灵》《红辣椒》《天鹅湖》《千与千寻》都远播海外。在近十多年时间里法国、西班牙、英国、德国、加拿大、澳大利亚等国和我国的动画片都有了比较大的发展。在新时期以来国产的动画片中，《哪吒闹海》（1979）、《三个和尚》（1980）、《九色鹿》（1981）、《人参果》（1981）、《鹬蚌相争》（1983）、《除夕的故事》（1984）、《阿凡提的故事》（1979—1988）、《葫芦兄弟》（1986—1987）、《宝莲灯》（1999）等都深受广大儿童的喜爱。

不管是国产的还是国外的，许多动画片都取材于民间故事，比如美国摄制的《白雪公主》乃根据《格林童话》中的《白雪公主与七个小矮人》改编，《美女与野兽》来源于法国民间故事，《睡美人》来源于《格林童话》中的《玫瑰公主》，《花木兰》取材于中国民间故事《花木兰替父从军》，《小美人鱼》取材于丹麦《安徒生童话》中的《海的女儿》；日本摄制的《白蛇传》取材于中国民间故事，《少年猿飞佐助》《桃太郎传说》《千与千寻》取材于日本本土神话或传说，《圣斗士星矢》取材于希腊神话影响，《圣传》《孔雀王》《3×3只眼》《天外佛陀》取材于印度神话。中国摄制的《宝莲灯》根据中国神话故事《劈山救母》改编，《阿凡提的故事》取材于维吾尔族家喻户晓的霍加·纳斯列丁的笑话故事，《水漫金山》取材于中国民间传说《白蛇传》，《孔雀公主》改编自傣族民间故事《召树屯》，《金色的海螺》取材于民间故事《田螺姑娘》，《神笔马良》取自于中国童话，《拔萝卜》取材于俄罗斯民间童话，《抬驴》取材于中国古代民间笑话，《老鼠嫁女》取材于中国的民俗传说，等等。可见，民间故事的确为动画片提供了大量的创作素材。

（二）民间故事也见于影视剧中

民间故事不仅是动画片的主要素材，也为电视剧提供了一定的创作素材。与动画片相比，民间故事在影视剧中有两种表现形式。一种是直接由民间故事改编而成，比如舞剧电影《宝莲灯》（1959）、粤剧电影《七彩宝莲灯》（1964）、黄梅调电影《宝莲灯》（1965）、电视剧《民间传奇之宝莲灯》（1976）等，其情节基本与宝卷《新编说唱沉香太子全传》之中的《宝莲灯》故事一致，讲汉代士子刘向上京赶考路过华山神庙，于墙上题诗戏弄庙神华岳三娘娘，不料三娘娘却因诗爱上了刘向，于是二人结成夫妻生了一子名叫沉香。不久，他们的事情被三娘娘之兄二郎神得知，二郎神怒将三娘娘压于华山之下。为了抚养沉香，刘向续弦王氏。沉香长大后因闹学打死太师之子，刘向说明沉香身世，为救沉香王氏舍亲生儿子替沉香抵罪。为救生母沉香拜师何仙姑，他潜心修炼多年并盗得仙姑萱花神斧，与二郎神大战于华山之巅，最终以斧劈山救出了生母。即使故事情节变动比较大的动画片《西岳奇童》（1985—2006）、动画片《宝莲灯》（1999）、电视剧《天地传说之宝莲灯》（2001）和《宝莲灯》（2005）也有三娘娘被压华山之下、沉香拜师学艺和劈山救母三个重要情节。一种是只取民间故事中的一个母题（如人物、法器、事件等）进影视剧，比如“灰姑娘”这个中外著名的民间故事人物就被许多影视剧搬上了荧屏。灰姑娘故事最早见于1697年巴黎出版的法国童话集《鹅妈妈的故事》，19世纪初被格林兄弟收入《格林童话》，随着时间和空间的推移，灰姑娘现在已成为流传最广、最有名、最受欢迎的一则故事。1989年，好莱坞拍摄的《风月俏佳人》，女主角维维安是个站街女（即妓女），与英俊潇洒、身家百万的生意人爱德华·刘易斯相遇相爱，俨然一个典型的现代版灰姑娘故事。后来拍摄的《曼哈顿灰姑娘》（2002）、《麻雀变王妃》（2004）、《丑女大翻身》（2006）、《灰姑娘之舞动奇迹》（2008）都脱离不了灰姑娘故事的原型。另外，日本电影《东京灰姑娘》（1994）、《恶作剧之吻》（1996），英国电影《卖花女》（1938）、《魔法灰姑娘》（2004）中都有灰姑娘原型。

国产民间故事系列剧《土地公土地婆》是运用民间故事原型最多的一个电视剧：（1）人物角色均来自于中国民间故事，如土地公、土地婆、城隍爷、城隍娘、山神、石神、风神、雨神、水神、花神、雪神、千年人参娃娃等；（2）有些情节也来自民间故事，如比武招亲、山神抢亲、真假张福德、鸭子下金蛋、偷换孩子、祭天等；（3）人物所用法器也多见于民间故事，如能使丑女变美的宝镜、能将一文钱变成一盆钱的宝盆、能治百病的神仙水、能使人烂醉如泥的神仙酒、能使醉汉立刻清醒的醒神丹等。该剧运用这些民间故事元素在给观众带来笑声的同时也传达了满满的正能量，同时也传承与弘扬了中华传统文化。还有20世纪90年代红遍全国的电视剧《渴望》，有人说“其主人公刘慧芳实质是秦香莲的化身，更是无数个民间故事中巧妇、弃妇、贞妇的化身，她集合了中国传统文化中饱受赞扬的贤惠孝顺、温柔美丽、勤劳善良、忍辱负重等几乎所有的女性优秀品质；而王沪生实质是陈世美的化身，是那无数的民间故事中自私自利、忘恩负义、对妇女始乱终弃的性格典型。”[①]

（三）民间故事还见于短信中

目前，在人们的心目中，短信有手机短信和网络短信之分。手机短信又有两种：一种是用户通过手机或其他电信终端直接发送或接收的文字或数字信息；一种是彩信，它最大的特色就是支持多媒体功能，能传递包括文字、图像、声音、数据等多种格式的信息；网络短信指通过微信、QQ等软件所发送或接收的信息。

由于手机短信字数被严格限制，加之发送这种短信需要付费，所以人们大多用微信、QQ等软件发送短信，而短信中有相当一部分就是笑话短信。甄别笑话短信和普通短信的关键是笑话有故事，即有行动中的人物、因果线索完整的情节、具体明确的场景等，由这诸种因素组合成一个个社会生活中的事件。比如：

笑话一：

一老头给儿子买房，去现场办理分期付款手续登记。银行业务员说：“先生您是季付，还是月付。”老头一听火了，说：“我他妈的不是继父，也不是岳父，我是……父亲！”于是业务员就在申请表格上打钩了……一次付清。

笑话二：

大妈上了空调车投了一块钱。司机说：“空调车两块！”大妈答：“是凉快。”司机又说：“投两块！”大妈笑着说：“不光头凉快，浑身都凉快。”说完往后头走。司机说：“我告诉你钱投两块。”大妈说：“我觉得后头人少更凉快。”司机无语，一车人笑翻了！

其实，民间故事不只出现在动画片、影视剧和短信中，一些还被制作成光盘、MP3等有声朗读的形式，在民众中广泛流传，正因为民间故事有这么多这么快的传播方式，所以有些故事才能闻名于世界。

---

① 郑仪东，王海霞：《论民间故事在影视剧中的多重价值显现》，《白城师范学院学报》2011年第1期。

第七章
甘肃民间故事的传承与发展

民间故事属于人类非物质文化遗产，自2003年联合国教科文组织正式颁布《保护非物质文化遗产公约》，吹响保护人类非物质文化遗产的号角至今已有14个年头，全国上下也掀起了一股保护非物质文化遗产的热潮。针对如何保护非物质文化遗产，目前出现了两种错误的观点：一种认为民间故事已经失去了存活的环境，主张让它“寿终正寝”；一种是怀着朝圣般的心态，建议把它“供”起来。可以看出，前者是抛弃，后者是保护，但这种保护是一种把它与世隔绝的“死保护”，两种观点都不可取。民间故事自产生至今至少有数千年的历史了，在这数千年的历史长河中，民间故事一定遇到过许多不利于它传承的因素，那么古代劳动人民是如何化不利因素为有利因素把它传承至今的？目前，民间故事正在遭遇前所未有的生存威胁，《国务院办公厅关于加强我国非物质文化遗产保护工作的意见》中明确指出“保护为主、抢救第一、合理利用、传承发展”，那么如何“合理利用”民间故事？旅游产业、影视产业、动漫产业似乎比其他产业利用得更好一些，他们利用民间故事不仅可以提升自己产品的文化竞争力、提高经济效益，也为我们保护和传承民间故事提供了一个很好的范例。

第一节 民间故事与旅游产业的融合发展

民间故事与旅游自古就呈现出鲜明的联动关系：民间故事激发人们的旅游兴趣，人们在旅游中重温和体悟民间故事，使民间故事与旅游呈现出比较明显的融合发展趋势。进入21世纪以来，随着文化旅游产业的不断发展，民间故事与旅游产业的融合发展越来越明显，景区不仅可以用民间故事解说景观，还可以用它彰显自己的文化个性，达到推销旅游的目的，同时景区也可以依照民间故事造设景观，增加景区看点，拓展旅游产业链，进一步提高旅游产业的经济效益和社会效益。

一、民间故事与旅游产业的融合方式

随着社会的发展，人们的旅游取向发生了较大变化，由以前单纯的游山玩水转向了对文化的探求和消费。为了满足游客的需要，旅游业越来越重视文化资源的挖掘，于是形形色色的文化进入了旅游产业，几乎充斥在旅游的方方面面，既成了人们旅游的出发点，也成了旅游产业的灵魂，故而旅游产业也被称作“文化旅游产业”。作为重要文化资源，旅游产业也把民间故事纳入了自己的文化资源体系，让民间故事承担起了解说景观和推销旅游的重要功能。

（一）用民间故事解说景观

目前，景区多以自然景观和传统人文景观为载体，而许多自然景观和传统人文景观都有与之相对应的民间故事，如《凤城的传说》《西王母传说》《黄帝问道广成子》《麦积崖的三尊佛像》《五泉山的由来》《炳灵寺大佛的传说》《苏武山的传说》《郭瑀与马蹄寺》《酒泉的传说》《选址建关》《鸣沙山与月牙泉》《玉门关的传说》分别对应甘肃的庆阳周祖陵、泾川西王母宫、平凉崆峒山、天水麦积山、兰州五泉山、临夏炳灵寺、武威苏武山、张掖马蹄寺、酒泉西汉胜迹公园、嘉峪关城楼、敦煌鸣沙山和月牙泉等景区；有些景区还不只一则故事，比如与嘉峪关城楼有关的故事有《一块砖》《燕鸣壁》《高楼从顶起》《山羊驮砖》《玉泉活水》《嘉峪晴烟》《选址建关》《宝碑》《冰道运石》等10余则，与苏武山有关的有《无节芨芨草》《发菜》《龙潭》《双羔羊》《汉节与毛条》《野鸽子墩》《柴鼠洞与碱菜籽》7则，它们或想象景观的由来、

或记忆它命名的过程、或记录景观发展变迁的历史、或讲述发生在这里的故事，都有引人入胜的故事情节，这正好可以满足游客猎奇又渴望放松身心的心理需要，于是民间故事就顺理成章地肩负起了解说景观的重任。在甘肃，用民间故事解说景观有两种方式：一种是把民间故事纳入导游词（讲解词），由导游口头讲给游客；另一种是把故事梗概写在木牌或石碑上树立在景观旁供游客自己阅读。

导游词是景区管理单位组织人力撰写的对本景区所涉及的景观（包括自然景观和人文景观）、人物、画面进行解释说明的一种应用性文体，通常要求导游熟记于心，再以口语的形式讲给游客。导游词主要对视觉起补充作用，即让游客从听觉上对所看景观有更全面更具体的了解。导游词通常以说明为主、记叙为辅，目的是让游客在说明中了解景观，获得相关知识，在记叙中放松身心，享受旅游的乐趣，同时要求说明准确、简洁、通俗，记叙紧扣说明，有故事，能吸引游客，民间故事在导游词中主要起记叙作用。在笔者所能搜集到的甘肃景区导游词中，大多都能引用民间故事解说景观，如崆峒山引用52则、周祖陵引用56则、大佛寺引用3则、鸣沙山月牙泉引用2则、天水伏羲庙引用3则、麦积山石窟引用1则、山丹军马场引用3则、焉支山森林公园引用7则、扁都口风光旅游区引用3则、马蹄寺引用1则，莫高窟引用的故事更多，几乎是每个洞窟都有若干则故事。

与在导游词中引入故事相比，把故事写在木牌或石碑上解说景观的情况也比较常见，如张掖市大佛寺院内姚氏尼姑的塑像下方刻有《姚氏尼姑终生护经》的故事；庆城县周祖农耕文化展览馆在墙上挂着一个小木牌，上面讲述了《周老王斩龙脉的传说》；甘谷县大象山下上山的石台阶旁树有一块石碑，上面刻有《伏羲生于甘谷朱圉古风台》的故事；秦安县陇城镇龙泉旁竖着一块石碑，简单讲述了《女娲抟土造人》《秦始皇西征阿育王》两则与龙泉相关的故事；兰州兴隆山在“滴泪岩”旁挂着一块小木牌，上面讲述了滴泪岩的由来；酒泉西汉胜迹公园酒泉遗址旁树有一块石碑，讲述了酒泉的由来；嘉峪关长城博物馆中“左公杨”画卷下放有一块小小的木牌，讲述了“左公杨”及其名字的由来，等等。

比较而言，这两种方式各有利弊：（1）导游词中的故事不受字数的限制，应景观的需要可长可短，而木牌和石碑受书写空间的限制其文字只能控制在百字左右，使故事难以具体展开，即使有特殊情况其字数也不能太多，如甘谷县《伏羲生于甘谷朱圉古风台》故事约有1 200字；（2）导游词由导游口头讲述，不仅语气可抑扬顿挫，还可辅之以肢体语言和神态，有极强的展演效果，给游客以生动形象之感，而木牌和石碑上的故事只能靠游客自己阅读领会，受文化素养的影响，不同游客会有不同的理解；(3) 口头解说具有一次性效果，其语音转瞬即逝，游客必须紧随导游听讲，使游客的行动受到了较大限制，而木牌或石碑上的故事游客可以随时阅读，其行动也比较自由。到底用哪种方式主要由景区自己决定，就目前的利用情况来看，导游讲述方式利用率高，文字记录方式利用率低。

（二）用民间故事推销宣传旅游

旅游产业是一个讲究文化个性的产业，谁拥有了丰富而有特色的文化资源，谁就掌握了发展旅游的主动权。在此背景下，一批打着“特色”二字的文化景区应运而生，如民族特色、区域特色、历史特色、宗教特色、政治特色等。为了具体突出自己的文化特色和文化个性，一些景区便利用那些最能体现自己悠久历史、地域特色、民族特色、宗教地位的民间故事来推销宣传旅游。

目前，甘肃用民间故事推销宣传旅游的主要方式是把民间故事印在景区的宣传册和记录在宣传光盘中，比如由张掖市旅游局编印的张掖旅游指南《畅游金张掖》中《古韵悠长 丝绸之路古城邦》一文援引了《张骞出使西域》《班超出使西域》《霍去病大败匈奴》《隋炀帝西巡》等故事，在介绍扁都口时援引了《娘娘坟》、在介绍马蹄寺时援引了《天马传说》、在介绍汉明长城时援引了《狄青传说》《隋炀帝召见二十七国王公使节》《霍去病三战河西》等历史传说；由平凉旅游局监制的《平凉旅游指南》中《神奇崆峒 养生平凉》一文就援引了《伏羲传说》《柳毅传书》《黄帝问道广成子》《左公柳》《西王母传说》《文王伐密》《李广传说》等故事；由上海丽声影音有限公司发行的“中国行”系列光盘《甘肃·敦煌》中讲述了《乐僔和尚凿石开窟》《白马塔的由来》《古董滩》《夜光杯的传说》《唐玄奘雷音寺求取真经》等故事。虽然它们都是用民间故事彰显自己的文化，但由于援引的故事不同，使这些景区表现出各自不同的文化底蕴和文化个性，激发了游客们不同的旅游期待。

西和县街道两旁灯柱上的广告牌

把民间故事隐藏在广告中，也是一种不容忽视的宣传方法，如“女娲故里　正前方××公里”“黄帝问道宫→”“伏羲生处

仇池古国　乞巧之乡魅力西和”等。一般情况下，广告牌上不直接出现故事的题目，但人们还是能从简单的文字中体会出所暗含的故事，如“女娲故里”就暗含着《女娲出生在风沟》《伏羲女娲滚磨成婚》等故事，“黄帝问道宫”暗含着《黄帝问道广成子》《问道宫》等故事，“伏羲生处　仇池古国”暗含着《伏羲出生仇池山》的故事，“乞巧之乡　魅力西和”则暗含着《乞巧的由来》。

二、民间故事在导游词中的作用及其艺术效果

综观甘肃著名景区的导游词，民间故事主要起如下作用：

（一）说明景观或名字的由来，以及景观的状貌或特征

这是民间故事在导游词中最主要的作用。比如崆峒山景区在讲解胭脂河时讲了一则秦始皇巡游崆峒山的故事：

> 相传公元前220年秦始皇登临崆峒巡疆时，所带随从众多，仅宫女就有两百多名，一路上远程跋涉，当宫女们走到山脚下时已经非常劳累，看到这里山清水秀，便把清清的河水当镜子梳妆打扮自己，她们用香巾擦汗时将抹在脸上的胭脂留在了河水中，清澈见底的河水瞬时间便色如胭脂，于是就有了胭脂河这个好听的名字。[①]

故事既说明了胭脂河水色如胭脂这一特征的由来，又解释了胭脂河名字的由来，可谓是一箭双雕，同时，这里的景色把已经劳累不堪的秦宫女都吸引得以河水为镜来梳妆打扮自己，从侧面烘托了此地景色之美，激发了游客的游览欲望。

另外，张掖西来寺景区在讲解寺内“一块奇异的石头”时说它是一天深夜从天上掉下来的，赋予它来自“天堂”的神圣感；说它掉到水池里让水顿时沸腾，赋予它一种神奇的力量；说它形状好看、颜色漂亮，赋予它一种神秘感；说它能给人治疗眼疾，赋予它一种神奇的功效，从而突出了这块石头之“奇异”。崆峒山景区在解说大象山时给游客讲了一则黄帝的坐骑大象变成一座山的故事，并且描述说这座山“有两只大耳朵，一根长长的鼻子，还有圆圆的眼睛”，既形象地描述了大山的形状，又与道教神话密切结合，不仅给游客留下了深刻的印象，还突出了崆峒山道家文化的主题，起到了很好的解说作用。

---

① 崆峒山景区导游词（2015），由崆峒区旅游局提供。

（二）解说壁画、浮雕画面内容

第二组画一人在树上摘花，树下有一人，这是梵志夫妇摘花失命因缘。故事说，有一小儿用弓箭射死了神树上的一只鸟，此小儿后世转生为一梵志长者的儿子，二十岁时成婚。婚后与妻子游园，见林中一树繁花茂盛，妻子想得到花，丈夫便上树摘花，摘了一枝花，妻还想要一枝，丈夫便又上树摘花，不料树枝断了，坠地身亡。佛教以此来宣扬因果报应思想。①

这是《讲解莫高窟》讲解佛教壁画故事时惯用的一种模式：先交代故事题目，再讲述故事梗概，最后说明该故事的社会功能，目的是让游客在了解壁画、石雕画的画面内容中得到艺术美的享受，同时又要他们与宗教拉开一定的距离，以防思想被宗教所影响。庆阳周祖陵解说词也用这种模式讲解二十四孝馆、邑孝馆和忤逆馆中的画面内容。

（三）讲述人物事迹

张掖大佛寺景区讲述的“姚氏尼姑护经”故事，旨在说明寺中经书保存完好的原因。解说词用了短短226个字比较详细地讲述了她护经的经过，重点突出了她护经过程中所体现出来的高贵品质：坚守承诺、坚贞不屈、始终如一、勇于吃苦，使游客听后既能对姚氏尼姑产生一种深深的敬意，也能体会出经书的珍贵。几乎各景区在解说关公殿、药王庙时都会讲述关云长“过五关斩六将”“桃园三结义”和孙思邈妙药医龙虎的故事，目的在于说明人们供奉他们的原因。

（四）讲述与景观相关的故事

相传远古时期，洪水泛滥，一场突如其来的洪水灭绝了人类，只有善良的伏羲、女娲受到雷公的启示，钻进了一个大葫芦内才幸免于难。洪水退后，兄妹俩历经千辛万苦，承担起重建家园的神圣职责。为了繁衍后代，伏羲和女娲必须结亲，但他们是兄妹，不能结亲，于是他们想了个办法，两个人约好分别面对面站在天水南北两山上，将两个石磨盘滚下山，如果石磨盘刚好重合在一起，那么就说明上天同意他们结合。结果石磨盘滚下来后结合了在一起，人

① 敦煌研究院编：《讲解莫高窟》，杭州：浙江文艺出版社，2006年，第57页。

类才得以繁衍生存。①

该故事不是用来解释石磨的由来或某个特征，而是讲述发生在该庙主人伏羲身上与石磨相关的一件事，既补充了伏羲的事迹，又侧面解释了石磨：该石磨非彼石磨，它是后人根据伏羲的神话仿做，用来丰富伏羲文化、缅怀伏羲的一个物体。

当然，民间故事在导游词中不止这四种作用，还有其他作用，如《解说莫高窟》开篇就讲《乐僔和尚凿石开窟》的故事旨在说明莫高窟历史之悠久，山丹军马场讲述《火焰驹》的故事旨在从侧面说明军马场马匹品种之优良，大佛寺之所以讲《西游记》中猪八戒的故事是要说明大佛寺壁画中猪八戒与《西游记》中猪八戒的不同，等等，只是比较而言这四种作用最常见。总的来说，景区把民间故事引入导游词用来解释景观，既生动形象，趣味性强，游客喜欢听；又轻松愉快，可以缓解紧张气氛；还传神细致，能给游客留下深刻印象，这些都是单纯的说明难以达到的艺术效果。

三、导游词在运用民间故事时存在的问题

就目前民间故事的运用情况来看，甘肃境内景区导游词在引用民间故事时还存在一些比较明显的问题。

（一）民间故事没能被充分利用

民间故事是一笔非常丰富的文化资源，几乎涉及生产生活的方方面面，其数量之多难以准确统计，有些已经被地方文化部门或文化爱好者搜集整理成册，有些还继续“流落”民间。没有整理成册并不代表它不存在，就笔者目前所掌握的情况来看，每个景区都有一定数量的民间故事与之相对应，多则数十则，少则数则，且内容并无重复，完全可以为景区所用，但有些景区并没有充分选用这些民间故事，留下了很大的遗憾。比如，在已经出版的故事集中有两则专门讲述鸣沙山形成的故事，一则是《丝路传说》中的《鸣沙山》：相传古代有一位将军领兵西征，一路上穿戈壁渡流沙受尽了辛苦。一天，他们来到一片芳草如茵、流水似银的绿洲，这片绿洲就是现在的鸣沙山一带，将军下令让士兵安营扎寨好好休息，官兵们非常高兴，数十里之外都能听到他们的欢呼声。一个漆黑的夜晚，居住在南山一带的敌人前来偷袭，正当两军酣战之时突然狂风大作，铺天盖地的飞沙凌空而降，顿时一座沙山

① 天水伏羲庙景区解说词，由伏羲庙景区管理所提供。

平地而起。从此每逢吹大风，此山就发出金鼓之声，人们就叫它鸣沙山。一则是《中国民间故事集成·甘肃卷》中的《三危山和鸣沙山》：一条黄龙来敦煌游玩，见这里景美果香就发起了威风，致使敦煌整天风吼沙飞，天昏地暗。玉帝的三女儿来月牙泉洗澡知道了此事，就把黄龙的恶行上奏给天庭，玉帝派青龙下来征服黄龙，二龙相遇整整厮杀了七七四十九天。由于青龙是条水龙，远离了海边慢慢有点力不从心，就伏在东面歇息，黄龙看见后非常得意就要逃走，青龙见势不妙就用头抵，结果两龙都因用力过猛被撞死了，黄龙变成了鸣沙山，青龙变成了三危山。在这两则故事中，前者侧重解释鸣沙山的声音，后者侧重解释它的形状，都非常生动。关于月牙泉的形成也有《月牙泉的来历》和《月牙泉》两则故事，都收在《中国民间故事集成·甘肃卷》中，前者说月牙泉是白云仙子向嫦娥借来的初五晚上的月亮所化，后者说月牙泉是仙姑用绣花针照着月亮的样子画成。除此之外，前者还介绍了鸣沙山的由来及其沙子向山顶流动的缘由，形象而富有传奇地解释了鸣沙山与月牙泉既矛盾又和谐相处的存在状态，后者讲述了一个美好的爱情故事，同时两则故事都反映了古代敦煌人民生活之艰难和水源之缺乏，不仅想象了景观的由来还有利于游客了解古代敦煌的自然环境和人民的生活情况。可是，这四则故事在"鸣沙山月牙泉西线解说词"中都没出现。

当然，此类情况不只是鸣沙山月牙泉景区存在，几乎每个景区都存在，只是程度不同罢了。比如有关嘉峪关城楼的故事在《丝路传说》上就收录了《嘉峪关上一块砖》《燕鸣壁》《高楼从顶起》《山羊驮砖》《玉泉活水》《嘉峪晴烟》《选址建关》《宝碑》《天门关》《冰道运石》10则，其他故事集（如《中国民间故事集成·甘肃卷》《肃州非物质文化遗产 肃州民间故事》《祁连山传说》等）中或多或少也有收录，其中《嘉峪关上一块砖》体现了古代工匠的聪明才智，《燕鸣壁》讲述了城墙的特殊效果，《高楼从顶起》体现了嘉峪关城楼非凡的建筑方法，《山羊驮砖》《玉泉活水》《冰道运石》从不同角度体现了当时修建关城之难，《选址建关》突出了关城的重要军事地位，《嘉峪晴烟》体现了建关时民工之多和今日嘉峪关自然景观之神奇，《天门关》说明嘉峪关的重要军事地位在明代以前就已经被朝廷所重视，可以说每个故事都有其不可忽视的文化价值，但嘉峪关城的解说词（网上搜索并下载的，非景区提供）只用了《嘉峪关上一块砖》《燕鸣壁》《高楼从顶起》《山羊驮砖》《选址建关》《冰道运石》6则，体现工程极度缺水问题的《玉泉活水》不但没有提及，就连"玉泉活水"景观也被现代设施（一间水泵房）所替代。另外，麦积山景区可以选择性地引用《麦积崖的三尊佛像》《七佛阁》《散花楼》《瑞应寺》《牛犊儿》《万岁牌》《九敦莲花池》《火烧麦积崖》，张掖马蹄寺可以引入《马蹄寺的由来》《郭瑀与马蹄寺》《五行山》《蟠桃峰》《八功德水井》《三十三天石窟》《藏佛殿》《马王殿》《七觉士殿》等。

将民间故事引入导游词不光是给解说增添趣味性，还可以让游客在游玩中获取知识、了解文化，既满足了游客的文化需要又传承了文化，是一件双向受益的事情，应该引起相关部门和工作人员的重视，尽量搜集整理与景区相关的民间故事并合理引用，以便让民间故事在旅游产业的发展中发挥应有的作用。

（二）引用错乱

引用错乱就是把讲述景观甲的民间故事用给了景观乙或景观丙，比如周祖陵的解说词中有这么一段话："从这里到山顶共有808级台阶，象征周王朝808年的江山。每一组台阶都是以周朝的历史来命名的。……西结阶共有136个台阶，代表周共王姬繄扈到周幽王姬宫涅七个帝王在位136年，西周王朝逐渐走向衰亡。关于周王朝808年的江山，还有一个传说故事。……中发阶共有台阶79级，代表周昭王姬瑕在位的24年和穆王姬满在位的55年，共79年，是周王朝的中期发展阶段。关于凤城，还有一段美丽的传说。……像这样的台阶一共有14级，代表武王之前的14代周先祖，因此称之为圣祖阶。"① 这段解说词先后引入了《周王朝808年江山的由来》和《凤城的传说》两则故事，前者说周王朝之所以有808年江山是因为周文王在渭水边用车子拉着姜子牙走了808步，是对周朝江山的整体想象；后者讲凤城是由歆周先祖不窋从"邰"（今陕西武功县）到庆阳（今庆城县）的凤凰变的，属于周先祖传说，显然这两则故事都用错了地方，《周王朝808年江山的由来》应该放在"象征周王朝808年的江山"之后，《凤城的传说》放在"因此称之为圣祖阶"之后。另外，大佛寺在讲解降龙罗汉时讲述了"元朝江山，南宋皇帝"的故事，里面既没有"降龙罗汉"这个人物，也没有交代××就是降龙罗汉，使景观与所讲故事之间没有了联系。其实，这则故事收录在《张掖民间传说故事》里的"大佛寺逸事"中，题为《金龙绕梁》，故事结尾说"后人为了记叙这段戏剧性的故事，在大佛寺内东北角塑了一条绕梁的金龙"，看来用它解说"降

① 《周祖陵解说词》，笔者于2015年9月30日在周祖陵调研时由周祖陵景区管理所提供。

龙罗汉”的确是用错地方了。

（三）导引欠清楚

通常情况下，导游词在引用故事时会有一些导引的语言，如“说起它的形成还有一个美丽的传说”“胭脂河的水色如胭脂，这是为什么呢?”“有关他的故事很多”等，目的是引出后面要讲的故事，并告诉游客所讲故事与景观的关系。一般来说，导引语言说完后就开始讲故事，但是有些解说词却在导引语言之后又开始解说景观，景观解说完后又从另一个角度导引故事，使一个故事多次被导引，却又没有明确照应导引语言，让故事难以准确解说景观，焉支山森林公园在解说后寺时就犯了这样的失误。

四、民间故事与旅游产业有待融合的途径

我国学者易小力说：“文化遗产与旅游产业，两者之间既是引领和被引领的关系，又是相辅相成的关系。文化遗产是一个点，但这个点并不简单，会产生涟漪效果，对周边的许多事物产生影响。好的文化遗产规划，会引领文化遗产朝着正确的方向发展，进而引领相关的文化旅游产业做大做强。”[①]民间故事是劳动人民创造并传承下来的一笔宝贵的精神财富，是旅游产业的重要文化资源之一，在它与旅游产业的融合发展方面，有许多值得进一步挖掘的潜在价值。

（一）依照民间故事造设景观，增加景区看点

下面我们看一段解说词：

> 民间一直流传广成子向黄帝传道五天五夜，所谓“仙界一天，人间一年”，山下的臣子们不见黄帝回来，十分焦急，便齐心协力担土垒石，要人为的建起一座山来眺望自己的黄帝。于是人们挖呀挖，挑呀挑，干了几个月才筑了一个山底。这时人们有些犯愁了，按照这个进度下去，那啥时候才能把山筑起来呀！就在人们发愁的时候，恰巧二郎神经过这里，他被臣子的诚心所感动，就动用神力担土垒石，不一会的工夫就筑到了现在这个高度，突然天空传来玉帝的命令“次不能大于主”。于是刚打好眼的两块大石头就被放在了河水中，形成了今天我们看到的二郎石。

这是崆峒山景区解说词中用来解释“二郎石”由来的一则故事。河道里

① 易小力：《文化遗产与旅游规划》，北京：北京大学出版社，2014年，第128页。

有石头本来是一件非常寻常的事，再从图片上看这块石头也没有与众不同之处，但是经导游这么一讲，就让一个平常的石头变得不平常，还给它增添了一份神秘感，硬生生地把一块普通大石头变成了一道景观。其实，这段解说词给了我们一个重要启示，即根据民间故事造设景观，因为人自古就是文化的创造者、传承者和消费者，对于任何一个群体来说，它不仅可以消费文化，也有责任创造文化。为了发展文化旅游产业，景区可以依照民间故事造设景观增加景区看点，但是依照民间故事造设景观不是普通意义上的造假，而是文化的再创造，是把无形的精神文化转换成有形的物质文化。根据景观的来源可以把依照民间故事造设景观分为依照民间故事新造景观、依照民间故事改造景观和依照民间故事恢复景观三种情况。

崆峒山二郎石

1.依照民间故事新造景观

依照民间故事新造景观指有民间故事却没有与之对应的景观，景区可以依据故事内容新造一个景观。比如大佛寺可在寺内东北角做一个金龙绕梁的景观，其依据是《张掖民间传说故事》中“大佛寺轶事”里的《金龙绕梁》；崆峒山可在西台佛殿西北边山岩上新造“一片平平的石台”，把它指认为唐僧师徒的晾经台，其依据是《崆峒山神话故事》中的《晾经台的传说》；把弹筝峡通向香山梁的小路边一块中间有凹陷的大石头指认为“煮羊锅”，其依据是《崆峒山神话故事》中的《煮羊锅》，等等。之所以这样做是因为游客在乎的不是景观的真假，而是由景观营造的文化氛围和在文化中游走的心理享受，而依照民间故事新造景观正好满足他们这种心理需求。

2.依照民间故事改造景观

依照民间故事改造景观指已经有与故事相对应的景观，但景观和故事所述存在一定的误差，景区可以根据故事内容改造景观，优化景观的欣赏效果。比如，嘉峪关有一个叫作“定城砖”的小景观，关于这块砖在河西流传着三个故事，一个是《嘉峪关上一块砖》，收录在《丝路传说》中；一个是《定城砖》，收录在《祁连山传奇》中；另一个是《一块砖》，收录在《肃州民间故事》里。关于它的位置三个故事三种说法：《嘉峪关上一块砖》说“放在重关的小楼上”，《定城砖》说“放在西瓮城城楼后檐台上”，《一块砖》说放在西南箭楼巡墙下，其中《一块砖》里的位置就是现在景区里的位置，是一个不易被人发现的位置。针对这块砖的位置，笔者于2015年7月28日下午在嘉峪关市区街道边口头询问了几位老者，其中一位70多岁的大爷说这块砖本来是放在关楼（主城楼）的屋脊上的，是工匠易开天计算失误多出来的，因为当时监工和易开天立军令状时说如果多出一块砖就要砍易开天的头，还要罚众工匠做三年苦役，所以当易开天发现多出来一块砖后就心生一计，让心腹偷偷地把砖放在了关楼的屋脊上，谎称那块砖是“定城砖”不敢取，取了后整个关楼就会倒塌，监工不敢冒这个险就只好饶了易开天和众工匠。如果把这三个故事和老人的讲述做一比较，就会发现老人讲得更真实、更有“味”，人脑非电脑，计算失误是情理之中的。他为了免去自己的砍头之灾和众工匠的劳役之苦急中生智，足见他的聪明。同时易开天和监工的矛盾也反映了劳工与管理者之间的矛盾。“定城砖”的位置也显眼玄妙，容易引发游客们的遐想，如此，景区完全可以把“定城砖”从城墙根挪到关楼屋脊上。

3.依照民间故事恢复景观

依照民间故事恢复景观指传说中的景观本来是存在的，但因某种原因后人将它做了他用，或者没有用作其他却也没有把它当作景观介绍给游客，遇到这种情况，景区就可以把该景观或恢复原样，或维持现状纳入景观，让该景观再次进入游客的视野，发挥它的文化作用。恢复旧景观有三种情况：

（1）恢复做了他用的景观原样，这种做法目前有的地方已经在用，此处不再赘述。

（2）维持做了他用景观的现有情形，但把它纳入景观，供游人了解观赏。比如，《玉泉活水》讲在嘉峪关东百米处有一眼清泉，泉水四季不竭，月光映照下宛如一颗水灵灵的眼珠，人们叫它“玉泉活水”。关于它的形成有一个美丽的传说：当年修建嘉峪关时最大的困难就是缺水，为了保证几万民工的吃喝用水和工程用水，每天得派两三千民工到五六十里以外的黑山湖去运水，后来为了赶工期又不断追加民工，致使百姓叫苦不迭。一天，从文殊山下来了一位老者，说如果能裁减一半民工，他就就近开泉保证工程足够的用水，监工头一口答应了他的要求，并给他立了裁减民工的文书。等一切事宜处理停当后，只见老者挖下自己的一只眼珠向空中一抛，那眼珠在空中打了几个转后落在工地，忽然“轰隆”一声地上裂出磨盘大的一眼清泉，一股缸口粗的水哗哗哗地往外流，大家回头看时老者已不知去向。这则传说不仅交代了玉泉活水的由来，还清楚地记忆了当年修建嘉峪关时严重缺水的情形，对人们了解嘉峪关的修建过程有很大帮助，《丝路传说》中说此泉现已被改成了水泵房，当地人也证明了此事，嘉峪关解说词中也未见对这一景观的介绍。其实，这是对旅游资源的浪费，是不可取的，景区可以根据传说恢复这一景观。恢复的做法很简单，只需在水泵房旁边树一个比较显眼的木牌，上面写上“玉泉活水”四个大字，下面再用文字简单介绍它的由来，如“当年修筑嘉峪关时的取水处，传说是一老者用眼珠所化”。

（3）恢复那些没有被当作景观的景观地位。比如，嘉峪关城楼及城墙下面的石条，据说每块长约2米、宽约0.5米、厚约0.3米，有好几千块，为了保证质量，这些石条都凿自于黑山。在当时，一切体力活都靠人力，而这些石条又大又重，人抬不起、车拉不动，山高路远，难以运输。工匠们就在一块商议，其中一个老石匠想出了一个办法：在黑山到嘉峪关之间修一条路，在隆冬季节时给路上泼上水，水就凝结成冰，然后顺着这条冰道把石条从黑山滑到嘉峪关工地。大家一听是个好主意，就赶紧如法炮制，果然运输省力又方便，从此工匠们夏天采石，冬天运石，终于修成了嘉峪关，这就是《冰道运石》的传说。这则故事既记录了当时在生产力极不发达的情况下修建嘉峪关的艰难，也体现了劳动人民的聪明才智，现在嘉峪关景区内的城楼下、城墙下、将军府的房屋下都能见到这样的石条，它们是历史的见证，是嘉峪关能屹立到今天的大功臣，可是景区并没有把这些石条当作景观介绍给游客，这也是对文化资源的浪费，补救的办法就是把石条纳入景观介绍给游客。

（二）依照民间故事改进景区，拓展旅游产业链

旅游产业是一个关联性和拉动性很强的朝阳产业，它不仅能给景区带来直接的经济效益和社会效益，还会拉动景区所在地的住宿、餐饮、交通、娱乐、商业等方面的发展。反之，一个地方的住宿、餐饮、交通、娱乐、商业设施的好坏也直接影响该地旅游产业的发展程度，所以资源整合对发展旅游产业有着非常重要的作用。依照民

泾川县的回中山

间故事改进景区就是努力发掘并整合旅游资源，人为制造游客所需的特色景区，拓展旅游产业链，进而促进旅游产业的发展。比如道教把西王母奉为女仙领袖，说她掌有不死之药和长寿蟠桃。平凉市流传着丰富的西王母传说，其中《汉武帝游崆峒》中有西王母送汉武帝蟠桃的情节，《王母宫》中说："这仙桃有三种，第一种有1 200株，花微果小，是三千年一熟，人吃了成仙成道，体健身轻；第二种有1 200株，层花果甘，是六千年一熟，人吃了霞举飞升，长生不老；第三种也是1 200株，紫纹缃核，九千年一熟，人吃了与天地齐寿，日月同庚。"关于"王母宫"的位置，《王母宫》中明确说在泾川县城西泾河和汭河交汇之处，今平凉市泾川县回山脚下有西王母祠，此地就在泾河和汭河的交汇之处，回山上有西王母宫，始建于西汉武帝元封年间，是中国最早、最大的西王母祖庙。每年农历三月二十日是泾川西王母庙会，七月十八是西王母诞辰，每年都有上万人到回山游玩祭拜。农历三月是桃花盛开的季节，七月是桃子成熟的季节，回山上有许多空置的荒草平台，山下有长达数十里草木茂盛的泾河河岸，这给我们利用西王母传说改进回山景区创造了很好的条件。改进之法是把回山上的荒草平台和山下河岸承包给一些愿意经营农家乐的人，让他们把这些地方整理出来种上桃树，并留出一些空地供人们打牌喝茶之用，这样每年农历三月游人赶庙会赏桃花，七月游山摘桃，平时还可以在绿树花丛中打牌喝茶，再辅之以桃子的副产品，不仅拓展了泾川文化产业链，还可以直接推动回山景区的旅游发展。

另外，张掖焉支山也有改进的余地。焉支山也叫胭脂山，汉朝大将军霍去病曾在这里大败匈奴，匈奴因为丢了这座山唱出了流传千古的悲情歌谣："亡我祁连山，使我六畜不繁衍；失我燕支山，使我妇女无颜色"；隋朝时，隋炀帝曾于大业五年不远千里从洛阳来到这里，于当年六月十七日会见西域二十七国使臣，举办了集商贸、文化交流于一体的"互市"，盛况空前，隋炀帝欣然提笔书写了"焉支山"三个大字。那么，这座山为什么叫"焉支山"？据《张掖民间传说故事》中《胭脂花》和《焉支草》两则故事说是因为这个山上漫山遍野长满了焉支草。焉支草，也叫凤仙草、胭脂花、指甲花，印度、埃及和我国新疆等地又叫它海娜花，古时匈奴妇女用它粉面饰容，现代人也用它染指甲、焗头发，可是现在整座山上连一株焉支草都看不到，使焉支山难以体现它名字的真正内涵。针对这一问题，我们可以在焉支山上种植大量的焉支草，一是可以增加景区看点，凸显焉支山名字的文化内涵；二是可以美化景区，生动阐释古匈奴的歌谣；三是可以增加一项产业收入，因为焉支

焉支山前的大石头，讲述了隋炀帝会见西域二十七国使臣的事件

草浑身是宝，可以创造经济收入。

（三）吸纳笑话和民俗故事进导游词

旅游本是一件轻松愉快的事情，但许多景点的游客从开始聆听解说到聆听结束都处在一种庄严肃穆的气氛中，游客的表情也十分凝重，这似乎已经成了许多景点的共象，也无人注意这一问题。其实，这有违旅游的本意，应该做相应的改变，改变的办法之一就是用语言活跃气氛，间或讲一两则笑话也是可取的。笑话是让人开心的民间故事，讲笑话者和听笑话者都可以享受笑话带来的轻松愉快。根据内容和功能，笑话可以分为嘲讽笑话、幽默笑话和诙谐笑话三种。嘲讽笑话是民众向权威阶层进行抗争的叙述性武器，生动尖锐，暗含着民众的尖刻评论；幽默笑话是运用智慧和种种招笑技巧，使人听后发笑、惊异或啼笑皆非，有一定的教育作用；诙谐笑话是以风趣的谈吐进行戏谑调笑，是一种笑过不留痕迹的故事。除了讽刺笑话含有一定的讽刺意味要慎用外，幽默笑话和诙谐笑话都可以相时而用，这样做既活跃了气氛，消解了游客听讲时庄严凝重的表情，让他们在愉悦中获取相关知识，也可以借笑话介绍地方特产。比如张掖解说词就可以加进有关吃枣的笑话，然后话题一转，“临泽小枣是我们张掖的特产，以核小味甜、肉质细腻、营养丰富、久贮不坏而著称，俗话说得好‘一日吃三枣，一生不显老’，走过路过不要错

过，现在市面上既有青枣又有干枣，大家可以买一点尝尝哟”，既介绍了本地文化又推销了地方特产，也是一个不错的小插曲。

了解文化、享受文化是现代旅游业的主旋律，所到之处有哪些民俗，游客也非常渴望了解，但大多导游词都以说明书的方式将民俗介绍给游客，很难给游客留下深刻的印象。有些地方的民俗有相应的传说，如《夜光杯的传说》、《社火的由来》、《二郎山花儿会》、《东乡族迎亲曲“哈利”》（东乡族）、《保安腰刀的传说》（保安族）、《裕固族头目都姓安》（裕固族）、《藏族火葬的传说》（藏族）、《棺材头上画蟒的由来》、《辛店石子馍》、《静宁烧鸡》，等等，如果能将民俗以故事的形式讲给游客，不仅能给游客留下深刻的印象，而且能帮助游客记忆当地民俗，还能提高解说的趣味性。

五、民间故事与旅游产业融合时应遵循的基本原则

不管是用民间故事解说景观、推销旅游，还是依照民间故事造设景观、改进景区，都应该遵循一定的原则，否则可能适得其反，不但不能促进旅游产业的发展，反而引起负面效应。

（一）以适用为原则，戒牵强附会

这一原则主要针对景观与所引故事的关系而言。“适用”就是要求景观与所引用故事之间必须是相关的，比如用左宗棠发动士兵在河西一带栽种柳树一事解释“左公柳”、用黄帝三次来崆峒山向广成子问道的故事来讲解“黄帝问道处”、用姚氏尼姑护经故事来讲解大佛寺院内尼姑塑像都是适用的，因为“左公柳”就是当年左宗棠发动士兵栽种的，黄帝问道处就是传说中当年广成子给黄帝传道之地，大佛寺院内的尼姑像就是后人为纪念姚氏尼姑终生护经的事迹塑的姚氏尼姑像，所引故事与景观之间有必然的联系。相反，如果景观和所引故事之间没有联系，即使故事再精彩也不能引用。

（二）以适量为原则，戒滥用

我们都知道过犹不及的道理，不引用民间故事是对旅游资源的浪费，但用得太多也不好，会给游客带来另一种不快，比如周祖陵在介绍日月广场两侧岐伯浮雕时引用了有关岐伯的8则故事，在介绍二十四孝馆时引用了21则故事，在介绍邑孝馆时引用了10则故事，在介绍忤逆馆时讲述了13则故事，4个景点共讲了52则故事，如果按讲一则故事平均耗时1分钟算的话，游客在这四个景点就得停留将近1个小时，况且二十四孝图全国各地都有，人们对这些故事比较熟悉，再一一讲述，的确没有必要。即使是岐伯传奇、邑孝故

事和忤逆故事这些人们比较陌生的故事也最好是挑一两个典型的故事讲，而不是一一讲述，否则游客总觉得景区在用故事忽悠他们，产生一种厌烦心理，反而影响了导游效果。从这个角度来说，景区在选取民间故事时一定要适量，既不可不用也不可滥用。

（三）传递正能量，戒俗媚

民间故事是广大劳动人民集体创作、集体传承的反映现实生活的一种口头文学，它来自于民间又流传于民间，其内容不受任何意识形态的约束，有很大的随意性，既可以表现宗教思想，也可以传播封建迷信，甚至有些荤段子还颇受人们的喜爱，所以我们在选择民间故事时一定要选用那些能表现正确思想、传递正能量的故事，剔除那些宣传封建迷信和宗教思想的故事，坚决抵制低级无趣的荤段子。比如有两则以“吃枣”为内容的笑话，其中一则是《傻女婿》，一则是《囫囵吞枣》，《傻女婿》表现的是人物的“傻”，《囫囵吞枣》表现的是人物的“愚”，尽管人们平时说傻人傻得可爱，愚人愚得不可理喻，似乎可以包容傻人的傻，难以接受愚人的愚，但《傻女婿》低俗乏味，而《囫囵吞枣》可以让人受到教育，两相比较就会发现《囫囵吞枣》可取而《傻女婿》不可取。

第二节　民间故事与影视产业的融合发展

影视产业是指按照工业标准生产、储存、分配和消费影视产品和服务的一系列市场行为与经济行业，是文化产业中最具活力和影响力的产业之一。不管是国内还是国外，影视产业自产生之日起就与民间故事结下了不解之缘，特别是在文化产业大发展的今天，民间故事与影视产业之间表现出非常明显的融合发展态势。

一、甘肃影视业的发展状况

我国学者储玉琦说：“回顾五十多年的成长轨迹，中国电视剧经历了从电视剧事业到电视剧产业的重要转变。”[①]其实，不仅中国电视剧经历了从电视

① 储玉琦：《中国电视剧产业史》，北京：中国广播电视出版社，2014年，第16页。

剧事业到电视剧产业的重要转变，中国电影同样经历了从电影事业到电影产业的重要转变。受政治思想的影响，中国影视业的发展可以分为三个阶段：影视事业阶段、从影视事业向影视产业过渡的阶段和影视产业阶段，甘肃影视业也是遵循着同样的路线而发展。

（一）甘肃影视事业发展阶段（1958—1978年）

储玉琦说：严格意义上说，从1958年6月到1978年5月这一时期的电视剧处于中国电视剧事业发展阶段，因为这一时期的电视剧是在计划经济的大背景下，遵循"以阶级斗争为纲"的政治路线，在"文艺为政治服务、为工农兵服务"的文艺政策下，其经费完全由国家政府拨款，其制作和播出权完全受制于国家政府的行政指令。[①]从实际上说，从1958年到1978年是整个中国影视事业的发展阶段，甘肃也不例外。受经济和地理因素的影响，就这一阶段而言，甘肃影视事业的发展似乎比其他省份更困难。

1.初创期

1958年8月26日，甘肃正式成立第一个电影制片厂——兰州电影制片厂，从中央新闻纪录电影制片厂调来支援建厂的摄影、洗印、剪辑、录音、编辑等业务技术干部15人，开始了新闻、纪录、科教影片的制作。值得一提的是，在筹建期间兰州电影制片厂就已拍摄了甘肃历史上第一部新闻纪录片《1958〈甘肃新闻〉第1号》，并在兰州市公映。虽然这部影片只有短短的十分钟时间，但在放映之后受到了社会各界的一致好评。此后，兰州电影制片厂便拍摄了甘肃电影史上多个"第一"：甘肃第一部黑白影片《快马加鞭》（1958），第一部纪录片《英雄渠》（1958），甘肃第一部彩色故事片《黄河飞渡》（1959），甘肃第一部科教片《猪浑身是宝》（1960）。这一阶段，尽管影片不多，但在全国放映时都受到了观众们的好评，为甘肃电影业留下了一段美好的记忆。甘肃电视台始建于20世纪50年代，1958年8月兰州电视台开始筹建，1960年9月7日试验播出，标志着甘肃电视的诞生。

尽管甘肃影视产业在1958年到1962年期间没有太大的发展，但作为一种新事物，它毕竟出现了，也给广大甘肃人民带来了短暂的视觉冲击和审美快感，为甘肃影视产业的发展奠定了基础。

2.沉寂期

1962—1963年，国务院两次批转文化部《关于调整电影制片厂的报告》

① 储玉琦：《中国电视剧产业史》，北京：中国广播电视出版社，2014年，第19页。

和《关于坚决撤销省、自治区新闻纪录电影摄制机构的报告》。为响应中央政策，甘肃省文化厅于1963年6月决定撤销兰州电影制片厂，厂内的制片设备和器材由文化部全部调拨给北京电影制片厂等单位，其他财产调拨给省电影公司以及局直属的7个剧团使用，只保留15名专业人员，由省电影公司安排临时性工作。从此，甘肃影视界就遭遇了长时间的沉寂期。1961年，兰州电视台试播中断，也标志着甘肃电视进入了沉寂阶段。

3.复苏期

兰州电视台于1969年重新筹建，1970年10月3日开始第二次试播，1972年6月1日正式播出，标志着甘肃电视复苏。1977年4月，中共甘肃省委决定在原兰州电影制片厂保留部分的基础上成立“甘肃新闻纪录电影制片厂”，省革委会还拨款购置了部分急需的制片设备，整修了厂房和生产车间，选调、培养了一批创作、技术人员和生产管理干部，逐步完善了制片生产能力。

（二）甘肃影视事业向影视产业过渡阶段（1979—1985年）

1978年12月，党的十一届三中全会提出停止使用“以阶级斗争为纲”的口号，要把党的工作重点转移到“以经济建设为中心”的轨道上来，从此中国进入了由计划经济向社会主义市场经济体制的转型时期。随着各省电视台的复播，电视节目缺口大增，为了生存电视台不得不自办节目，而电视剧是电视台最重要的自办节目之一。1979年8月，中央广播事业局召开第一次全国电视节目会议，会议指出：“电视剧是文艺花圃中的一朵新花，它反映现实生活快，艺术感染力强，比起电影，制作周期短，成本低，电视中需求量大，要大力提倡和发展。凡有条件的电视台，都应该办电视剧，现在没有条件的创造条件，尽快把电视剧办起来。”[①]标志着中国电视剧开始走自己的路了。同年11月，中宣部发布《关于报刊、广播、电视台刊播外国商品广告的通知》，正式认可了电视台“以剧换剧”之外的又一条资金来源渠道——电视广告。1980年7月，《人民日报》发表了题为《文艺为人民服务、为社会主义服务》的社论，正式提出“文艺为人民服务、为社会主义服务”的新口号，标志着中国影视创作从此脱离了政治的严格束缚。1982年5月4日，第五届全国人民代表大会常务委员会第23次会议通过了《关于国务院部委机构改革实施方案的决议》宣布撤销中央广播事业局，成立中华人民共和国广播电视部，标志着党和国家对电视事业的高度重视，同时也加快了电视入户的步伐。

① 刘习良主编：《中国电视史》，北京：中国广播电视出版社，2007年，第168页。

1983年，第十一次全国广播电视工作会议确定了“四级办广播、四级办电视、四级混合覆盖”的广播电视发展方针。

复苏后的兰州电影制片厂焕发出了一片生机，自1977年起，先后拍摄了《陇原在欢腾》《兰州铁路局在前进》《麦积山石窟》《在文明礼貌月活动中》《丝路花雨在西欧》《居安思危》《陇原武警》《大西北奇观》《千里陇原草牧兴》《甘肃在腾飞》《社会保障在改革中前进》《丝路建设新歌》《定城砖的遐想》《西北荟萃》《祁连山下裕固人》等新闻纪录电影片，尽管这些影片有的在国内发行，有的在本省发行，有的只在本系统内部发行，但它们在甘肃改革开放的进程中起了积极的宣传作用。1983年9月，中共甘肃省委宣传部批准恢复兰州电影制片厂。在新的形势下，兰州电影制片厂对内部结构进行了大的调整，设置编导部、生产技术部和办公室等三个职能部门，还成立了艺术委员会、技术委员会两个学术性组织，有效地提高了产品的质量。1984年拍摄了《经理室的空座位》和《降职以后》，1985年拍摄了《警惕呀！年轻的朋友》。

受国家大气候的影响，1978年10月1日兰州电台更名为甘肃电视台，1979年甘肃电视台抽出4名人员参加中央电视台《何日彩云归》电视剧的拍摄工作，其主要目的是观察学习。1980年，甘肃电视台与中央电视台合拍了《没赶上车的小伙子》，独立拍摄了电视剧《这仅仅是开始》《马贵回厂》《小院恩仇》《山道弯弯》和《甜甜的泉水》等电视剧。仅1983年一年，甘肃电视台就制作了5部电视剧。

1985年，《国家统计局关于第三产业的统计报告》第一次将电影、电视业列为第三产业，使电影和电视的产业属性得到了初步确认。

（三）甘肃影视产业发展阶段（1986年至今）

产业成长周期理论认为，产业成长一般要经历萌芽期（或形成期）、扩张期、成熟期及衰退期四个阶段[①]。但是，甘肃影视产业就像一个顽皮的孩子，并不按既定的套路出牌，到目前为止还彳亍在发展的路上，难以与中、东部文化产业较为发达的省份相比。

1.成长期（1986—2003年）

为解决电视节目的饥荒问题，1983年广播电视部鼓励社会力量参与电视剧的生产，于是兴起了一批带有民营性质的电视剧制作力量。1986年4月11

① 杨旦修：《中国电视剧产业发展研究》，广州：暨南大学出版社，2015年，第11页。

日，广播电影电视部颁布了《关于实施电视剧制作许可证制度的暂行规定》（于1989年10月31日废止），标志着中国电视剧许可证管理制度的建立。1986年，甘肃省广播电视厅给兰州电影制片厂颁发了电视剧制作许可证，赋予兰州电影制片厂制作电视剧和影视专题片的资格，有效拓展了兰州电影制片厂的创作空间。自1987年到2003年，兰州电影制片厂先后拍摄了《血的忏悔》《被吞噬的女子》《夺虎连环计》《歪打正着》《红流》《康家大院的新媳妇》《太平使命》《陇上英烈张一悟》《甘泉》《蓝蝴蝶》等影视剧，其中《血的忏悔》被铁道部授予四项优秀奖：优秀影片奖、优秀编剧奖、优秀导演奖、优秀摄影奖，《康家大院的新媳妇》于2001年7月荣获国家广电总局第七届（2000年度）中国电影"华表奖"入围奖，《陇上英烈张一悟》于2003年荣获甘肃省敦煌文艺奖。

甘肃电视台也毫不示弱，几乎每年都有新作问世，尤其是20世纪90年代，甘肃电视剧创作进入了一个小的发展高潮，拍摄了数十部电视剧和小品剧，其中《兵车行》《拜年》《麦客》《白色鸟》《古木河的水声》《如意梦》《一个东方女性的悲剧》《命运在敲门》《昆仑女神》《朱德上井冈》《麦积烟雨》《新河》《望子成龙》《艾黎与何克》《肋巴佛传奇》《白马》《我们长大了》《仰望昆仑》《岁月不流逝》等剧分别获得了全国或西部地区电视剧奖项，为甘肃电视业写下了浓重的一笔。

2.发展期（2004年至今）

2004年既是中国广播影视产业发展的关键年，也是甘肃广播影视产业发展的关键年。2003年12月22日，全国广播影视工作会议在长沙举行，在会议上广电总局正式提出将2004年作为"数字电视年"和"产业发展年"，随后还陆续出台了一系列相关政策，如《关于促进广播影视产业发展的意见》（2003年12月30日）、《关于加快电影产业发展的若干意见》（2004年1月8日）等。受国家大力发展广播影视产业大气候的影响，2004年12月16日，甘肃成立了甘肃省广播电影电视总台，总台由广播新闻中心、电视新闻中心、广播电视文艺中心等33个单位组成，以广播电影电视为主业，以新闻宣传为中心，以繁荣创作为重点，同时兼营其他相关产业，此举极大促进了甘肃影视产业的发展，使甘肃影视产业的发展上了一个新台阶。

2005年1月，在甘肃广播电影电视集团化改革中，兰州电影制片厂和原电视台电视剧制作中心合并成立了甘肃敦煌影视文化中心。2005年，甘肃敦煌影视文化中心经国家广电总局批准立项的电视剧就有15部276集，完成8

部72集，独立制作电视剧《失踪的女神》《燃情香巴拉》、电视系列剧《快乐兰州》3部14集；与省外电视剧制作机构合拍《向我看齐》《黄河浪》《避暑山庄大传奇》等电视剧5部58集。2005年甘肃敦煌影视文化中心斥资600万元，历时三年拍摄的反映藏、汉、蒙团结统一的历史题材影片《月圆凉州》先后在北京、西藏、新疆、兰州、武威和联合国总部首映，不仅产生了极大的社会反响，也打响了甘肃影片走出国门，走向世界的“第一枪”。

2007年，仅甘肃敦煌影视文化中心一家就拍摄制作了数字电影《常胜班》《同学》，电视连续剧《老柿子树》（28集）、《铁血燃情》（22集）、电视栏目《365电视短剧》203部（集）和4集皮影电视艺术片《猫和老鼠》《闹元宵》《断桥》《孙悟空三打白骨精》，译制了藏语科教影片10部、故事影片30部。截至2008年，甘肃省批准成立的广播电视节目制作经营机构共有32家，其中国有单位4家、民营机构28家，其中甘肃敦煌影视文化中心、甘肃华星影视制作有限公司、甘肃黄土地影视制作中心、兰州北方文化传媒公司、甘肃宇星影视文化公司、甘肃般若影视制作有限公司、甘肃金榕树影视文化公司都具有较强的制作实力，每年生产2～3部电视连续剧和40～50部专题节目。[①]此后，甘肃影视出品量每年都在增长，且题材也越来越广，质量越来越高。

二、甘肃影视产业在发展期的特点

尽管甘肃影视产业难以与中东部省份的影视产业相比，也难以用“成熟”一词来形容，但它毕竟产生了，也开始发展了。尤其是发展期的甘肃影视产业，表现出了一些比较明显的特点。

（一）出品量大

据统计，甘肃省在2001年共上报批准影视剧题材9部75集，完成拍摄影视剧2部4集，电影1部；在2005年批准立项剧目共15部276集，拍摄完成电视剧8部共72集[②]；2015年共审查电影剧本58部，报备37部，审查完成电影《耳蜗》《咱们分手吧》等11部，审查电视剧本6部229集，备案公示电视剧3部，完成电视剧1部44集[③]。由这些数据可以看出，不管是上报数目还是拍摄完成数目，发展期的都比复苏期的要多，而且呈现出每年稳步上涨的趋势。

① 周文婷：《甘肃题材电视剧研究》，西北师范大学硕士学位论文，2013年，第13页。

② 周文婷：《甘肃题材电视剧研究》，西北师范大学硕士学位论文，2013年，第11页。

③ 国家新闻出版广电总局发展研究中心：《国家广播电影电视发展报告》（2015），北京：中国广播影视出版社，2016年，第312页。

（二）质量高

2007年，仅甘肃敦煌影视文化中心一家就有7部影视片，并且中心和10位专业技术人员荣获第2届甘肃电影“锦鸡奖”，除此之外科教片《柽柳》《沙漠化的治理》，电视剧《走进香巴拉》《玫瑰悄悄红》《使命》《望子成龙》《午夜出击》《陇上英烈张一悟》曾先后荣获了“华表奖”“百花奖”“CCTV杯奖”“骏马奖”“敦煌文艺奖”“五个一工程奖”“金鹰奖”“人口文化奖”等奖项，2013年拍摄完成的《甘南情歌》作为全国十部优秀电影故事片之一入选“中国梦”电影新片参加全国展播。

（三）题材丰富而多样

甘肃省广播电影电视总台是一个省级多媒体、多渠道、多品种、多层次、多功能的综合性传媒集团，开辟出了许多影视题材，如铁路交通安全问题、农村改革问题、礼赞英模、反映西部干旱地区母亲水窖工程、讲述民间艺术保护、再现乡村生活、再现当代大学生生活、体现青年男女婚恋问题、反映煤矿安全问题、反映少数民族生活等，几乎是反映了生活的方方面面。

（四）聚焦重大主题，反映重大活动和重大事件

2015年是纪念抗战胜利70周年，甘肃广播电视台推出了新闻栏目《铭记历史开创未来》、系列专题《抗战·甘肃故事》和特别访谈节目《兰州大空战》等，及时全面地报道了各地的纪念活动，此外卫视频道还播出了7集历史文献纪录片《筑梦中国》，公共频道推出了《寻找抗战英雄》《烽火记忆——抗战物品征集》系列报道，经济频道播出2集专题片《红色记忆》，都市频道播出了《难忘历史，以史为鉴》专题节目，不仅响应了全国纪念抗战胜利的广播影视主题，也向全省人民较为全面地介绍了甘肃在抗战中的重要地位，进行了爱国主义教育。

（五）精心打造西部影视剧

越是地域的，就越是民族的；越是民族的，就越是世界的。甘肃作为中国西部省份之一，有其独具的地域特色，甘肃影视产业自产生之日起就以反映西部为己任，拍摄了许多反映西部文化的影视剧。如《大敦煌》中的楼兰古城和敦煌壁画，《拉卜楞人家》中的拉卜楞寺和桑科草原，《大漠祭》中的“银武威”，《大营救》中的“金张掖”，《老柿子树》中的黄河水车、羊皮筏子、青城水烟，《黄沙下面是沃土》中的沙漠和干旱，《黄土女女》中的陇东刺绣、剪纸和香包，为广大观众了解甘肃、欣赏西部风光打开了一扇艺术之窗。2015年，为促进西部影视剧的繁荣发展，甘肃省制定了《西部类型影视剧本工程实施方案》《扶持培育西部类型影视剧本实施办法》和《甘肃省特约影视剧作者管理办法》，提倡进一步突出西部文化特色，扶持创作生产具有中国特色的西部电视剧。

（六）走市场化之路，发展甘肃经济

影视产业本来就有两大效益，即社会效益和经济效益，而且这两大效益互为表里、相得益彰。新世纪之初，为了促进文化产业的发展，国家广电总局、文化部先后发布了《关于进一步深化电影业改革的若干意见》《关于改革电影发行放映机制的实施细则》等文件，甘肃广电影视部门立刻贯彻实施，切实深化影视产业改革，坚持走市场化道路。2006年时甘肃影院电影票房达930万元，较上年增长46.9%，占全国票房的0.36%；2012年甘肃影院电影票房达11 051万元，较上年增长47.9%，占全国票房的0.66%[①]；2015年甘肃省共有城市数字影院111家，影厅420个，院线45条；共放映影片371部、65 372场，观影人次达769 999人次，广播影视总收入37.12亿元，其中创收收入15.98亿元[②]，为甘肃经济发展做出了比较大的贡献。

三、影视产业与民间故事之间的不解之缘

民间故事是一个民族古老文明的源头，在整个民族文艺发展中占有重要的地位。在影像文化日益勃发的今天，民间故事常常出现在影视中，与影视文化结下了亲密的姻缘关系。

（一）民间故事是影视剧的重要题材之一

1906年，俞震庭导演的戏曲黑白影片《金钱豹》是中国第一部由民间故事改编而来的电影，讲述了金钱豹想要强取一个女子，却被唐僧、孙悟空等人阻拦，最后被收服的故事。此后此类改编一发而不可收，不仅涌现出了许多部由民间故事改编的影视剧，而且有些民间故事还被多次改编，出现了多个影视版本。

1.以神话和传说的改编最多

由于“以神话故事或传说为题材的故事片，通常以神、魔、仙、妖及其人化了的形象为主人公，往往通过虚幻、离奇或非人间的故事情节曲折地

① 王鹏：《西部城市电影产业跨越式发展研究——以新世纪甘肃电影业为例》，《中国电影市场》2013年第7期。

② 国家新闻出版广电总局发展研究中心：《国家广播电影电视发展报告》（2015），北京：中国广播影视出版社，2016年，第353页。

反映出人类的社会生活。内容往往表现人类与自然力的斗争和对理想的追求……为表现神力、魔力及其变化无穷的行动，在摄影上较多运用特技装置和特技摄影”[①]，所以由神话和传说改编而成的影视剧不但多而且倍受观众的喜爱。比如，由民间走向文坛、又由文坛走向民间的古代神话《西游记》、故事集《聊斋》、神话《宝莲灯》、神话《封神榜》都有改编而成的影视剧；中国四大民间传说也被高频率地改编成影视剧；除此之外，民间传说《妈祖的传说》《八仙过海》《花木兰传说》《土地爷传说》《城隍爷传说》《白山神》《呆婿拜寿》《崂山道士》等也被改编成影视剧。不仅这样，这些作品还深受观众的喜爱，比如由中央电视台和北京网连八方文化传媒有限公司联合出品的，反映海上女神妈祖生平事迹的神话电视剧《妈祖》，在2012年12月31日在CCTV-8黄金时段首播后，平均收视率达3.19%，收视份额为9.14%；单集最高收视率达4.44%，最高收视份额为14.39%，开创了中央电视台电视剧频道开播以来开年大戏的最佳成绩[②]，同时该剧还荣获第29届中国电视剧飞天长篇电视剧二等奖。2009年由赵薇主演的《花木兰》于同年12月在中国以及新加坡先后上映，截止到2010年1月13日亚太地区票房达到1.1亿人民币，该影片还先后荣获第三十届大众电影百花奖优秀故事片奖、年度中国最具网络影响力的十大电影之一、河南省2011年电影五个一工程大奖等奖项。

2.有些民间故事被多次改编

据不完全统计，到目前为止根据《西游记》改编而来的影视作品有：1956年就拍摄了分别由顾文宗和赵树燊执导的两部电影《西游记》；1966—1968年由香港邵氏电影公司拍摄的《西游记》系列电影《西游记》《铁扇公主》《盘丝洞》和《女儿国》；1978年日本国际放映公司拍摄的26集电视剧《西游记》；1986年杨洁执导央视版电视剧《西游记》；1993年日本电视台为庆祝开播40周年而拍摄的单集电视剧《西游记》；1996年香港TVB电视剧《西游记》；1998年香港TVB电视剧《天地争霸美猴王》；2006年日本富士电视台拍摄的11集电视剧《西游记》；2007年由先一年拍摄11集电视剧的原班人马拍摄电影《西游记》；2010年程力栋执导的浙版电视剧《西游记》；2011

① 《电影艺术词典》编辑委员会编：《电影艺术词典》，北京：中国电影出版社，1986年，第18页。

② 南海网：王国平《〈妈祖〉创央视电视剧频道开播以来最好成绩》，http://www.hinews.cn/news/system/2013/01/24/015386778.shtml.

年由张纪中执导的电视剧《西游记》；2014年中美合拍的3D电影《敢问路在何方》；2015年美国拍摄的6集功夫电视剧《西游记》等。另外，《西游记》还衍生出了一些相关的影视作品，如有关猪八戒的影视剧有《福星高照猪八戒》《喜气洋洋猪八戒》《欢乐元帅》等，与孙悟空有关的电视剧有《孙悟空大闹天宫》《孙悟空三打白骨精》《孙悟空七打九尾狐》《孙悟空大闹雷音寺》等。

另外，《封神榜》的版本也很多，主要有1981年余子明主演的香港TVB电视剧《封神榜》、1986年台湾华视公司出品的电视剧《封神榜》、1989年西安金秋影视制作公司出品的历史神话剧《封神榜》、1990年由中国大陆和台湾合作拍摄的，由傅艺伟主演的36集电视剧《封神榜》、2000年由台湾拍摄的电视剧《封神榜》、2001年由香港电视广播有限公司出品的40集电视剧《封神榜》，2006年由程力栋执导的38集电视剧《封神榜之凤鸣岐山》、2007年由浙江永乐影视制作有限公司拍摄的《封神榜之武王伐纣》、2013年中央电视台和浙江华策影视股份有限公司合拍的《封神英雄榜》、2016年由中国星电影有限公司和博纳影业集团联合出品的3D影片《封神传奇》等，少说也在10个以上。

（二）民间故事也进入了甘肃题材的影视作品

在弄清楚这一问题前，必须先弄明白一个概念，即“甘肃题材的影视作品”。

1.“甘肃题材影视作品”的含义

关于甘肃题材的电视剧，西北师范大学硕士研究生周文婷在她的毕业论文中曾做过这样一个界定：“所谓甘肃题材的电视剧，是指取材于甘肃，以描绘甘肃历史文化、民族关系、生活习俗、地域风情等，反映甘肃人民的现实生活，表现甘肃人民特有的精神风貌、思想感情和性格特征，突出展现甘肃特有的自然风貌，在视听语言与叙事风格上具有鲜明的甘肃地域特征，并在数量上形成了一定的规模，具有文化和美学特征的电视剧作品。”她还认为：“甘肃题材电视剧着重于艺术特色和人文内涵，但对创作者本人的地域性并不在乎，也就是说不只局限于甘肃的创作者，其他地方创作者撰写的集中表现甘肃风貌和人文精神的作品也包括其中。比如电视剧《大营救》的编剧和导演游江雄，并非甘肃本土人，但这部作品集中展现着甘肃的历史文化和风土人情，也应当归入到甘肃题材电视剧的范畴。”①

相对来说，这个界定比较准确地说出了甘肃题材电视剧的基本特征，但是要求甘肃题材的电视剧在数量上要有“一定的规模”有些欠妥，难道某一部反映甘肃人民生活、体现甘肃自然风光的电视剧就不属于甘肃题材的电视剧吗？鉴于此，笔者认为可以把“甘肃题材的影视作品”界定为取材于甘肃，以描绘甘肃自然风貌、历史文化、民族关系、生活习俗、风土人情为表征，反映甘肃人民的生活，体现他们特有的精神风貌、思想感情和性格特征，从而表现出鲜明的甘肃地域特征的影视作品。同理，甘肃题材的影视作品的制作者（包括编剧和拍摄）也不受地域的限制，既可以是甘肃省的，也可以是甘肃省外的，只要影视作品反映的人物是生活在甘肃的（不管是过去还是现在）、事件发生在甘肃就属于甘肃题材的影视作品。

从这个意义上说，“甘肃题材的影视作品”包括下列两种情况：（1）制作者不是甘肃的，但影视作品中的人物和事件是甘肃的，如电视剧《大敦煌》、电影《萨里玛珂》等。《大敦煌》的导演是陈家林，由五洲传播中心和中央电视台联合出品，《萨里玛珂》的导演是于蓝和李伟，由北京电影制片厂拍摄出品，这两部作品的导演和制作单位都不是甘肃的，但《大敦煌》以甘肃敦煌为地理背景，以一部金字大藏经的命运为线索，反映了千年敦煌的形成、发展、辉煌、衰败和重生的历史，《萨里玛珂》讲述了一个发生在祁连山脚下裕固族牧民们之间的故事，不论人物还是事件都是甘肃的。（2）制作者是甘肃的，影视作品中的人物和事件也是甘肃的，如电影《月圆凉州》、电视剧《快乐兰州》等，《月圆凉州》的导演是王星军，由兰州电影制片厂出品，《快乐兰州》的导演是苏一格、庞文龙等人，制作单位是甘肃电视台文化影视频道，不管是导演本人、制作单位还是作品所反映的人和事，都是甘肃的。同时也必须明白，即使制作者是甘肃本土的，但是作品所反映的人和事不是甘肃的，那么该作品就不属于甘肃题材的影视作品，比如兰州电影制片厂出品的《掘井》，尽管制作者是甘肃的，但它讲述的故事不是发生在甘肃，所以就不属于甘肃题材的影视作品。

2.甘肃题材影视作品中的民间故事

在甘肃题材的影视作品中，电影《月圆凉州》，影视剧《麦积烟雨》《大敦煌》《大漠皇妃》《张大千敦煌传奇》等剧作中都不同程度地涉及一些甘肃

① 周文婷：《甘肃题材电视剧研究》，西北师范大学硕士学位论文，2013年，第4页。

传说。

（1）整体利用

整体利用，就是整个影视情节都与传说故事的情节大体相同，此类影视代表作是1988年由祖炳礼编剧、孙重光导演的6集电视连续剧《麦积烟雨》。据考证，天水市麦积山石窟第43窟是西魏文帝文皇后乙弗氏的墓窟，名为寂陵，《麦积烟雨》就是根据乙弗氏的故事改编而成的。关于乙弗皇后的故事，既可见于《北史·卷十三·列传第一》《资治通鉴·卷一百五十七》和《资治通鉴·卷一百五十八》等历史文献中，也可见于甘肃民间故事集《麦积山的传说》中。

《麦积山的传说·魏后墓》讲乙弗氏是洛阳人，祖父为吐谷浑渠帅，世居青海，号称青海王。其父官至兖州刺史，母亲为淮阳公主。乙弗氏生来文静贤淑，为人谦和，衣食俭朴，不爱珠玉罗绮，父母十分喜爱她。乙弗氏16岁入宫为妃，文帝即位后封为皇后，深得文帝宠爱，生有一子任秦州刺史，称武都王。当时东魏和西魏对立，为了扩大自己的势力都极力拉拢北方强国柔然国，先是东魏将公主嫁给了柔然国王阿那瑰，后是西魏大臣宇文泰建议文帝娶柔然国公主郁久闾，文帝只好废了乙弗氏，让她迁住城郊。郁久闾性情急躁多疑，因不满乙弗氏居住城郊而常常大闹，文帝只好让乙弗氏去秦州麦积山为尼，并偷偷告诉大臣让乙弗氏不要落发，表示会把她接回的意思。郁久闾对此还不满意，挑拨柔然举兵来犯，文帝无计可施，只好赐死乙弗氏。圣旨传到后，乙弗氏非常平静地说："愿皇帝清明，天下康宁，我死而无恨。"并亲手为侍女们一一落发，在与武都王诀别后，安然地走进卧室自己覆被而死。太子于麦积山凿窟葬母，此窟就是现在的43窟。凿窟竣工后定名为寂陵，择吉日武都王着丧服亲自举哀，百官前来送葬。安葬那天，麦积山本来天空晴朗，可就在灵柩即将送入石龛时忽然从远方飘来两朵白云，一朵飞入石窟隐去，一朵飞出，传说那是乙弗氏驾云而去。该传说与史书记载大体相同，只是把乙弗氏的两个儿子（一为太子元钦，一为武都王元戊）混而为一。电视剧《麦积烟雨》将真实历史与秦州传说巧妙地融为一体，创作编导了一部西魏宫廷悲剧，同时剧作还把历史与古老的麦积石窟艺术联系起来，既刻画了鲜明的艺术形象，也表现了石窟艺术的博大精深，此剧曾获大西北优秀电视剧奖。

（2）局部引述

局部引述，就是在适当的时候引述民间传说，且该传说不影响整个影视情节的发展，此类代表电影有《月圆凉州》，电视剧有《大敦煌》《大漠皇妃》《张大千敦煌传奇》等。

由王星军导演的《月圆凉州》是第一部在联合国首映的中国电影，讲述了公元1247年发生在中国西部的一个真实故事：公元13世纪初，蒙古汗国西凉王孛儿只斤·阔端在奉父王之命率军征讨吐蕃的路上想起10多年前战争给吐蕃带来的灾难和被藏族姑娘卓玛所救的往事时，他毅然决然抗旨撤兵。为了祖国和平统一，阔端忍辱负重，放弃汗位，以汗国名义颁发诏书，亲派助手多达那布将军为金子使者和女儿萨日朗一起前去邀请西藏高僧萨班来凉州会谈。萨班接受了邀请，并说服众僧族人，率侄儿八思巴和那多吉等僧人赴凉州与阔端举行了举世瞩目的“凉州会盟”，从此使西藏纳入了中国版图，实现了中国多民族之间的世代团结。当阔端告诉女儿萨日朗要派多达那布将军去西藏寻找有威望的高僧时，萨日朗说：“我也要去，我想去看看文成公主当年走过的路。”尽管短短一句话，却道出了萨日朗对文成公主的崇拜，以及文成公主故事的流布之广。

文成公主于贞观十五年（公元641年）正月十五日，从长安出发沿渭河西行，经陇关，过秦州、临洮，至河州，东渡黄河，入炳灵寺，再至青海民和、西宁，翻日月山进藏和亲，一路上留下了许多令人津津乐道的传说，比如在途经炳灵寺时为表达对母国的留恋、对夫国的尊重，她让随从的中原工匠与当地藏族工匠合力雕塑了一尊面朝东、带品字形石龛的大佛，面朝东表示她热爱她的故国，“品”字形同“土”字形，“土”“吐”同音，表达了她去夫国的决心（《炳灵寺大佛的传说》）。制作者在此借萨日朗之口引述文成公主和亲之事并非无意，而是有其特殊意图：萨日朗和文成公主尽管不是同时代的人，但都身为公主，文成公主为汉藏人民的和睦相处做出了伟大贡献，萨日朗从内心深处敬重她崇拜她。当时蒙藏人民的矛盾一触即发，作为一位深明大义又深知父汗和平解决蒙藏矛盾意图的蒙古族公主，她也想为民族的和平做点什么，所以她才在父汗跟前勇敢请缨，与多达那布将军前去西藏寻找有威望的高僧。事实也证明，萨日朗的确不辱父命，成功请来萨班法师，达成了“凉州会盟”，最终促成了蒙古族藏族两族人民的和平相处。

另外，《大敦煌》中的乐僔和尚初凿石窟的传说、《大漠皇妃》中的皇妃传说、《张大千敦煌传奇》中的张大千传说都在河西一带广为流传。尤其值得一提的是《大敦煌》开篇就讲述乐僔和尚开窟的传说，荧屏上不仅出现了乐僔和尚走在沙漠和他在夕阳下看见三危山上出现万尊佛像的画面，还打出了借此来介绍莫高窟的文字："公元366年，乐僔法师在塔克拉玛干沙漠边缘的绿洲，丝绸之路的交汇点敦煌开凿出了第一个洞窟，此后，经晋、南北朝、隋、唐、五代十国前后七百年不间断地开凿，到宋代已经开凿出一千多个石窟，成了闻名于世的佛国圣地。"由此可见，他们对乐僔和尚开窟的传说深信不疑。

四、甘肃民间故事是影视产业的资源宝库

2010年5月，国务院办公厅印发《关于进一步支持甘肃经济社会发展的若干意见》，其中第四十一条说："扶持壮大文化产业和旅游产业。加大对文化产业发展的扶持力度，支持敦煌艺术、麦积山石窟艺术等历史文化遗产的挖掘开发，做大做强以'丝路花雨''大梦敦煌'等为代表的歌舞、影视、戏剧、动漫文化品牌……"[①]影视产业是文化产业的重要组成部分，发展影视产业是发展甘肃经济的重要渠道。文学是影视剧取之不尽、用之不竭的创作源泉，那么历史悠久、题材丰富、人物多样典型的甘肃民间故事，也是甘肃影视产业的创作源泉。

（一）甘肃民间故事是影视剧创作的题材宝库

题材，既"是电视剧艺术作品中直接讲述的对象"[②]，也是电影艺术作品中直接讲述的对象。题材在影视艺术中有广义和狭义之分，广义的题材指作为创作材料的社会生活的某些方面，如《牵手》是都市婚恋题材、《十面埋伏》是武侠题材、《南京大屠杀》是战争题材，等等。狭义的题材指构成影视剧作品内容的因素，是影视剧策划人、剧作家和各种造型艺术家从现实的或历史的客观生活中选择出来，经过集中、提炼、虚构而成为影视剧材料的一组生活现象。比如8集电视连续剧《烧锅屯的钟声》的题材是东北一个小山村农民集体抗税抗法和政府工作队进村通过艰苦细致的工作收复民心的事；电影《霸王别姬》是9岁小豆子（艺名蝶衣）在关家戏班学戏，长大后对师兄段小楼产生感情，俩人分分合合表演《霸王别姬》，最后为感情和艺术而自

---

① 中华人民共和国中央人民政府网：《国务院办公厅关于进一步支持甘肃经济社会发展的若干意见》（国办发〔2010〕29号），http://www.gov.cn/zwgk/2010-05/06/content_1600275.htm.

② 曾庆瑞：《电视剧原理》（第二卷），北京：中国传媒大学出版社，2007年，第37页。

杀的事。甘肃民间故事中既有广义的影视创作题材，也有非常丰富的狭义影视创作题材。

1.历史题材

历史题材的民间故事在甘肃非常丰富，用“数以千计”这个词来形容一点都不过分，尤其值得注意的是甘肃民间故事中有些历史故事可以自成一个系列，多方位、多角度地去反映某个历史事件，如三国系列故事有《诸葛点将台》《诸葛亮得天书》《姜维遇险》《孔明死后除敌将》《错斩马谡》《貂蝉出世》等，隋炀帝巡河西系列故事有《歇家嘴的传说》《神梦引游扁都口》《娘娘坟》《隋炀帝在张掖召见二十七国使臣》等，嘉峪关选址建关系列故事有《嘉峪关上一块砖》《燕鸣壁》《高楼从顶起》《山羊驮砖》《玉泉活水》《嘉峪晴烟》《冰道运石》等，周先祖坐庆阳系列故事有《凤城的传说》《周懒王的传说》《牛心石》《斩山湾》《驸马城》等，左宗棠系列故事有《锁阳石柳》《左公杨》《左宗棠斩驴》《左宗棠除妖》《彭千长直谏左宗棠》《左宗棠的故事》《徐文生现魂》《新添墩》等。而记忆最具体的则是西汉历史：有记忆张骞出使西域的故事，有记忆苏武牧羊的故事，有记忆西汉发兵征讨匈奴的故事，有记忆赵充国平定羌族叛乱的故事，有记忆汉武帝巡游崆峒山的故事，有记忆朝廷从西域引进汗血宝马的故事等。这些故事虽不见于正史，却长时间流传在民间，广大民众深信不疑，如果以它们为题材创作影视作品，不仅可以丰富正史内容，多角度地表现历史，也会深受观众喜爱，提高收视率。

2.婚恋题材

婚姻和爱情是人类永恒的话题，带着人们的渴望、带着人们的美好祝福，而且时说时新。在甘肃民间故事中，既有令世人称颂的《织锦回文》、《天鹅琴》（裕固族）故事，也有为世人所不知但很容易引起人们情感共鸣的爱情故事，如《凉州钟》、《孟姜女选婿》、《阿木兰汗的传说》（裕固族）、《女英雄萨尔阿玛珂》（裕固族）、《黄黛琛》（裕固族）、《玄鹤洞》、《姣姣女》（东乡族）、《赤孜与拉姑》（东乡族）、《潘唐娃的故事》、《滴泪崖》、《不见黄河心不死》等。尤其是《凉州钟》《黄黛琛》《姣姣女》和《女英雄萨尔阿玛珂》等故事，是难得的优秀故事。

《凉州钟》讲玉柱和金凤从小就青梅竹马，长大后更是两小无猜。不料敌兵一夜之间围了凉州城，守城的是一个贪恋酒色、只知搜刮百姓钱财的无能的“酒肉将军”。危难之中，酒肉将军贴出告示：谁能退敌要官给官，要银给银。玉柱立即背上长枪利剑骑着他的大黑马冲入敌营，直杀得敌人落荒而逃，酒肉将军端出百两金银奖赏玉柱，玉柱却说："不要金，不要银，金银散给凉州人。"大伙听了不解地问："那你出生入死为了啥?"玉柱又说："不为名，不为利，只为百姓享太平。"听此，百姓一片叫好声，却字字打在了酒肉将军的脸上，他心生一计让玉柱带领500人去大漠追击逃兵，玉柱只好从命。玉柱走后，酒肉将军一封奏表将功劳全归己有，皇上封他为靖西侯，他修完侯府又铸钟，要用大钟记功扬名。但是，铸钟工匠换了一批又一批、大钟铸了一次又一次，就是不响，急得酒肉将军团团转。正在此时，凉州城里传来了唱歌声，先唱孟姜女哭长城，再唱玉柱杀敌卫国，三唱酒肉将军的恶毒卑鄙，直唱得酒肉将军怒气冲天、凶相毕露，唱歌的姑娘就是玉柱的情妹金凤。在监工的教唆下，酒肉将军把金凤推到了铸钟场，要用她来祭钟。面对死亡，金凤依然不停地大骂，然后纵身跳进了化铁炉。工匠们含着泪水，在监工的皮鞭下将铁水一罐一罐地倒进了模子，一口大钟铸成了，不用敲也能响，"郎啊——郎啊——"，活脱脱金凤之声。正在杀敌的玉柱听到了金凤的呼唤，扭头就往凉州跑，铸钟老汉将事情的前因后果告诉了玉柱，玉柱冲进侯府杀了酒肉将军为金凤报了仇，也为凉州人民除了大害。该故事不仅歌颂了玉柱和金凤之间至死不渝的爱情，还体现了玉柱保家卫国的爱国精神和金凤不畏强暴、视死如归的献身精神，故事跌宕起伏、引人入胜，人物性格鲜明，又衬之以贪官恶吏、旁涉勤劳善良的普通百姓，将家事国事社会事相互关联，既反映了皇帝之昏庸、大臣之无赖，又反映了百姓生活之疾苦、玉柱金凤爱情之坚贞，语言极富民族性，画面感强，适合改编和影视拍摄。

3.民俗题材

在甘肃，既有讲述全民性民俗的故事，如《元宵节"点明灯"的来历》《端午节的传说》《社火的由来》《二月二"龙抬头"》《除夕夜守岁的由来》等；也有讲述地方性民俗的故事，如《蜂窝寺庙会的由来》《二郎山花儿会》《羊头会》《枕头上留洞的秘密》《棺材头上画蟒的由来》等；还有讲述民族民俗的故事，如《新娘骑白马新郎骑青马的由来》（裕固族）、《新娘戴狐皮帽子的来历》、《东乡族迎亲曲"哈利"》（东乡族）、《回族姑娘结婚时追马的来历》（回族）、《贵伊斯貂尔风俗的来历》（裕固族）等。其中有些故事如《端午节的传说》《二郎山花儿会》《棺材头上画蟒的由来》《新娘骑白马新郎骑青马的由来》《东乡族迎亲曲"哈利"》《贵伊斯貂尔风俗的来历》等，情节曲折，故事性强，人物鲜活，语言极富个性，画面感强，可以拍摄成独立的影视作品，而那些情节比较简单、人物也少的故事就可以作为"小插曲"嵌在某些影视作品中起调节、辅助、烘托等作用，丰富影视作品的内容。

另外，还有战争、家庭生活、阶级矛盾、民族迁徙、宗教、商贸、和亲、自然灾害、清官、名匠、人文景观、山川地理等题材，有些故事情节曲折引人入胜，人物也极富代表性，极有拍摄价值。

（二）甘肃民间故事是影视剧创作的人物宝库

人物是影视剧中不可缺少的要素。“通常，我们说一部剧成功与不成功，总会首先说，你那个剧中的人物，主要的人物，是不是立起来了。剧中的人物，立起来了，有了自己的鲜明个性了，命运的发展和变化清晰了，有戏了，你那个电视剧就有可能成功了。相反，则不太可能成功。”①那么，为什么人物在影视剧中会有如此重要的作用呢？首先，影视剧是社会生活的艺术反映，而社会生活都是由人的活动构成的，没有人物，就没有人与人的社会关系和社会活动；其次，人物是影视剧的灵魂，剧作中的矛盾和冲突都是围绕人物而展开，没有人物就没有矛盾和冲突，也就无所谓影视剧了；第三，剧作者所要表达的思想感情、观念意志，都要通过人物及其活动来表现，没有人物就没有思想感情所要搭乘的载体。所以，许多有志于追求成功的影视剧创作者，从一部影视剧的策划阶段开始就非常重视人物的设计与艺术造型，不仅力求让自己的主要人物个性鲜明，还要围绕他（或她）设计一组人物关系图表，再按人物性格和命运的走向来设计矛盾冲突，编织故事情节。在甘肃民间故事中，有许多性格鲜明、关系错综、矛盾冲突尖锐的典型人物，值得影视剧创作者借鉴。

裕固族著名英雄传说《女英雄萨尔阿玛珂》讲西州哈卓有两座山，山上各自住着黑白两个头目，白头目手下有一个品行卑劣又一心想当头目的大圈头（即“大管家”），为了实现自己的愿望他挑起了两个头目之间的矛盾，想借黑头目的手杀了白头目。每次打仗前他都把从白头目那儿得到的消息告诉黑头目，所以每次打仗都是白头目惨遭失败。一次作战，白头目身受重伤，整个部落面临着灭族的危险。在生死存亡的关键时刻，白头目的妻子萨尔阿玛珂挺身而出，她穿上战袍，提上丈夫的宝刀，率领全部落青年妇女组成一支女子大军杀向战场。因为事发突然，黑头目没有任何防备，加之又在夜晚，所以女子军杀得黑头目军队丢盔弃甲，溃不成军。胜利归来的萨尔阿玛珂顾

① 曾庆瑞：《电视剧原理》（第二卷），北京：中国传媒大学出版社，2007年，第61页。

不上休息就去看望受伤的丈夫，众人见萨尔阿玛珂品德高尚武艺又好，就提议给萨尔阿玛珂立碑纪念，萨尔阿玛珂竭力劝阻。大圈头没有实现自己的美梦，非常痛恨萨尔阿玛珂，就以立碑之事向白头目进谗言说萨尔阿玛珂有做头目的野心，白头目相信了大圈头的话，就不理萨尔阿玛珂了，大圈头又对萨尔阿玛珂说白头目因为伤口未好不想见她。就这样，他一边离间白头目与妻子之间的感情，一边劝说白头目另娶女子为妻，但白头目碍于尧乎儿民族的男子必须对妻子忠贞不贰、白头到老的规矩，就没有再娶，即便这样大圈头还是有意挑拨不让他们夫妻见面。时间长了，萨尔阿玛珂特别想回娘家看看，大圈头给她准备了一匹烈马，还以白头目的名义送她两褡裢礼物，并叮咛让她到了娘家门前的山岗上再看礼物。为了尊重丈夫，萨尔阿玛珂完全按大圈头说的去做，结果褡裢里装的全是鸽子，飞出的鸽子吓惊了烈马，烈马没命地往前跑，由于萨尔阿玛珂没有任何防备，一只脚套在马镫里被烈马拖着在山路上奔驰，等娘家人拦住烈马后她头顶流血，前胸血肉模糊、脊背露出了白骨。听到萨尔阿玛珂惨死的噩耗后，全部落的人都伤心地哭泣，在乡亲们的要求下，白头目彻查妻子的死因，派去抓鸽子的家奴也出面揭露大圈头的阴谋，才使大圈头的真实嘴脸暴露于整个部落，白头目为他准备了一匹最烈的马，也将他的一只脚牢牢套进马镫，然后在马后腿上插了一把刀子，于是烈马嘶叫着跑过山岗，跑过乱石滩，最后跑进了沙漠。尽管这则故事中出现的人物并不多，但三个主要人物性格都非常鲜明：萨尔阿玛珂美丽善良，在和平的日子里她深居简出，深爱着自己的丈夫、自己的家，但在民族生死存亡的关键时刻她不计个人安危挺身而出，既能英勇杀敌又有极强的组织能力，表现出了超强的军事指挥才能，战争结束后，她不居功自傲、不恃功邀宠，而是回归平常的生活，继续以一颗平常之心待别人、待自己。白头目能想部落之所想，急部落之所急，挚爱着自己的妻子，恪守着族规，是个好头人、好丈夫，然而过于信任自己的手下，以致于造成了妻子惨死的悲剧，但是当他真正认识了大圈头的真实面目时，他能毫不留情地处死这个恶魔为妻子报仇、为部落清理门户，也不失为一个真丈夫。大圈头阴险狡猾、心狠手辣、为人卑鄙、两面三刀，为达目的不择手段，是个十足的小人、恶人。本来白头目夫妻恩爱、家庭和睦，整个部落安定祥和，人们过着幸福的生活，不料这个好局面却被大圈头所破坏，从此白头目的家庭不和睦了，部落里也是人人自危，鉴于白头目和妻子身上各自的性格优点又让大圈头的阴谋一次又一次受挫，将故事情节在大圈头的最后疯狂中推向了高潮。该故事虽然人物关系并不复杂，但人物性格鲜明，又旁涉家、国两条线索和三种矛盾（部落与部落之间矛盾、部落内部矛盾和家庭矛盾），它们的共同作用既影响了人物命运也推动了部落命运的发展，是一则很好的影视剧创作素材。

另外，裕固族故事中的托什卡老人（《神奇的皮袋》）机智、大胆，有丰富的生活经验，有出不完的主意，简直就是民族智慧的化身。黄黛琛（《黄黛琛》）对待爱情态度是典型的“富贵不能淫、贫贱不能移、威武不能屈”，面对父母兄嫂和恶霸的逼迫，她勇敢地携爱人之手跳入了海水，当她被打捞上来连死都成了一种奢望时，她将仇恨深埋心底，含恨度过一个又一个痛苦的春秋，当报仇的时机终于到来时，她毫不犹豫地将箭头刺向了仇人。白马人传说《阿尼嘎萨》中的阿尼嘎萨既有格萨尔王的神奇出生和机智勇敢，又有他不畏艰险降妖除魔、铲除恶霸，带领人民谋求幸福安康的平实人生。《小依奥哩》中的小依智能双全，办事果断，遇事沉着冷静，爱护老百姓；奥哩端庄贤惠，能描凤绣花，擅长纺线织布，和乡亲们亲密无间，在民族最危难的时候，他们带领全族人民进幽林、上高山避过了一难又一难，最终过上了稳定而安宁的日子。东乡族故事中的米拉尕黑、海迪娅、璐推夫人、玉哈斯，汉族故事中的赵时春、赵充国、韩遇春、刘老汉（《刘家峡》）、荷花女、金花娘娘等都是艺术作品中难得个性人物，影视作品可以借鉴。

（三）甘肃民间故事是影视剧创作的文化宝库

甘肃是一个文化丰富而深厚的省份，民间故事是文化的反映，所以甘肃民间故事中有影视剧所能借鉴的地域文化。

1. 亦真亦幻的远古文化

甘肃是中华文明的发祥地之一，甘肃有盘古开天辟地神话、伏羲女娲成婚神话、女娲抟土造人神话、炎黄二帝争霸神话、黄帝升天神话、黄帝在崆峒山问道于广成子神话、大禹治水神话，它们体现的都是灿烂的远古文化。虽然故事的真实性有待考证，但重要的不是历史的真实性，而是渗透于故事中的人们对远古文化的想象和中华先民们不畏艰险、勇于开拓、富于创造的民族精神。我国古史中的“三皇之首”伏羲，传说诞生于甘肃天水，他画八卦、创文字、定历法、发明乐器，开创了中华最早文明，而距今有7 800年历史的大地湾文化所展示的远古文明正好与伏羲文化相符，这不能不说是个奇迹。大地湾文化和民间神话中的远古文化，一真一幻，为影视作品表现远古文化提供了可以借鉴的素材。

2.源远流长的古代文化

夏朝中期，周先祖不窋带领全族人从陕西的武功县迁徙到甘肃的庆阳，并在庆阳建都，他教民挖窑洞、种庄稼，提倡养猪、养牛、养鹅、植树种花，为庆阳早期的农业经济发展做出了不朽的贡献。早期老秦人在张家川、清水一带繁衍、发展，并一路向东，最后发展成战国时期最强大的诸侯国。汉朝时，武帝派张骞出使西域开辟了举世闻名的丝绸之路，此后在这里修长城、设关隘、建城堡、兴农业，谱写了一曲又一曲可歌可泣的历史篇章。三国时，诸葛亮曾“六出祁山”。十六国时，仅河西地区就建立了五个凉国。公元609年，隋炀帝西巡，在张掖举办了以“互市”为主要内容的国际贸易会。公元755年，“安史之乱”爆发，吐蕃趁机侵占河陇地区。公元848年，张议潮领导沙州人民驱逐吐蕃守将，收复河湟11州，并献图籍于唐。隋唐时，道教、佛教、摩尼教、景教、祆教、本教都在甘肃传播，佛教石窟艺术发展盛极一时，敦煌莫高窟、瓜州榆林窟、炳灵寺石窟、麦积山石窟竞相献新。公元1038年，西夏政权在河西地区确立。公元1247年，蒙古贵族阔端与西藏地方宗教领袖萨班举行凉州会盟，实现了藏蒙统一。清朝时，陕甘总督驻节兰州，兰州成了西北地区的军政重镇。就这样，“你方唱罢我登场”，它们不仅共同演绎了甘肃历史，也一起成就了绚丽多彩的甘肃古代文化，而这些文化几乎都可见于甘肃民间故事。

3.丰富多彩的民族文化

甘肃民族众多，不同的民族有不同的文化，从饮食、衣着、佩饰、住宿、姓氏、行为习惯、宗教信仰等方面都可以表现出来，民间故事也反映了这一方面。比如，东乡族人结婚时唱“哈利”、保安族男子喜欢佩带腰刀、保安族和东乡族的大多数人都信仰伊斯兰教、白马人喜欢喝咂杆酒、土族人喜欢用荨麻饼招待客人等。另外，裕固族姑娘出嫁时要提前三天把狐皮帽子戴上，出嫁当天要骑白马、戴头面、举行“阿斯哈斯”仪式。白马人男女都头戴沙嘎帽，男子穿偏襟长衫，腰系羊毛腰带，膝下扎麻布绑腿，脚穿蛙鞋；女子穿五颜六色的百褶对襟连衣裙，上套花坎肩，胸部佩戴三五块银鱼骨牌，腰系花腰带，脚穿绣花鞋。白马青年男女在农历五月初五要去当地的采花湾采花、到五花池边洗脸；每年从腊月初八开始跳火圈舞，一直坚持到正月十七。保安族和东乡族长期居住在古河州，受河湟花儿的影响，他们展演民间故事时常常是说中有唱，唱中有说，表现出特有的艺术美感。

4.复杂多样的地理文化

甘肃地形复杂，地貌多样，既有一望无际的沙漠和戈壁，也有广袤的高原和沟壑分明的山地；有的山上终年白雪皑皑，有的山上四季绿树成荫；有的地方“大漠孤烟直”，有的地方“绿树村边合”；有的山如马牙，有的山如磨盘；有的山像凤凰，有的山像飞龙；有的地方种出来的西瓜个大味甜，有的地方种出来的药材品质优良；有些地方绿草如茵适合放牧牲畜，有些地方土地肥沃适合农业生产；有些地方适合依山挖窑洞，有些地方平旷适合盖四合院，等等，这些使甘肃文化呈现出复杂多彩的特色。

孟德斯鸠说：“土地贫瘠，使人勤奋、俭朴、耐劳、勇敢和适宜于战争；土地所不给予的东西，他们不得不以人力去获得。而土地膏腴则使人因生活宽裕而柔弱、怠惰、贪生怕死。”[①]生存环境的恶劣造就了甘肃人民顽强拼搏的精神、战天斗地的体魄和勤劳勇敢的性格。甘肃民间故事以其最朴实的方式保存了一方文化净土，它既是现代人精神回归的家园，也是影视剧能借鉴使用的宝贵资源。

第三节　民间故事与动漫产业的融合发展

动漫产业是21世纪的朝阳产业，学界对它有多个定义，目前人们比较认可的是2005年由财政部、文化部、广电总局等十部门联合发布的《关于推动我国动漫产业发展的若干意见》提出的界定：“动漫产业是指以‘创意’为核心，以动画、漫画为表现形式，包含动漫图书、报刊、电影、电视、音像制品、舞台剧和基于现代信息传播技术手段的动漫新品种等动漫直接产品的开发、生产、出版、播出和销售，以及与动漫形象有关的服装、玩具、电子游戏等衍生产品的生产和经营的产业。”[②]

一、中国动漫产业的发展状况

1906年，出生于英国的美国人布雷顿（也译为“布莱克顿”）发明了逐

---

① 转引自吴岩岩：《从地理环境看中西法制文化差异》，《法制与社会》2012年第3期。

② 转引自张成义、申晟：《民族化：中国动漫产业发展的必由之路》，北京：人民出版社，2013年，第1页。

格拍摄法，他用粉笔绘制、录像与定格绘画拍摄相结合的方法拍摄出了世界上第一部动画片《滑稽脸的幽默相》，标志着动画片的诞生。此后，美国人不断创新，拍摄出了多部动画短片，这些短片都在世界上产生了很大影响。1918年，美国动画片陆续在上海“登陆”，激发了中国人对动画片的好奇之心，抱着创造中国人自己的动画片的信念，中国人拉开了研制自己的动画片的序幕。1926年，万籁鸣、万古蟾、万超尘三兄弟在1分钟动漫广告片《舒振东华文打字机》的技术基础上，成功拍摄出中国第一部动画短片《大闹画室》，宣告了中国动画片的诞生。从1926年至2006年，中国动漫已经走过了整整90年，综观这整整90年，中国动漫产业经历了一个非常曲折的发展之路，而且目前陷入了一个前所未有的困境。

（一）中国动漫的发展历程

中国动漫发展的90年可以用六个阶段来概括：

第一个阶段（1926—1949年），初创和探索期。自1926年万氏兄弟制作了中国第一部动画片以后，中国动画界涌现出了多个“第一”：1935年万氏兄弟制作了中国第一部有声动画片《骆驼献舞》，1941年万氏兄弟又推出中国第一部动画长片《铁扇公主》（80分钟），1947年由东北电影制片厂先后生产出新中国第一部木偶动画片《皇帝梦》和动画片《瓮中捉鳖》，为新中国美术电影的发展揭开了序幕，尤其是动画片《瓮中捉鳖》，为新中国动画片的生产奠定了基础。

第二阶段（1950—1965年），发展期，尤其是1957—1965年几乎可以看作中国动画的“黄金时代”。在这一时段，中国动画片呈现出几个比较明显的特点：（1）题材上多选用童话故事，拍摄了《小猫钓鱼》《乌鸦为什么是黑的》等动画片；（2）风格上凸显出鲜明的民族之风，制作了木偶片《神笔》《骄傲的将军》等动画片；（3）技术上由黑白向彩色过渡，摄制了中国第一部彩色木偶动画片《小小英雄》、第一部彩色剪纸动画片《猪八戒吃西瓜》；（4）动画种类多，有动画长片、木偶动画、水墨动画、剪纸动画和折纸动画等多种形式，其中50年代生产的木偶动画《神笔》、手绘动画《骄傲的将军》、剪纸动画《猪八戒吃西瓜》、水墨动画《过猴山》、剪纸动画《渔童》开“中国学派”之风。1957年4月1日，中国第一家独立制作动漫的专业电影制片厂——上海美术电影制片厂成立，从成立到1965年，上海美术电影制片厂共摄制了105部影片，其中动画片40部、木偶片37部、剪纸片16部、折纸片3

部、木偶纪录片9部，从业人员达380人之多①，尤其是60年代出品的《牧童与公主》（1960）、《聪明的鸭子》（1960）、《小蝌蚪找妈妈》（1960）、《大闹天宫》（1961—1964）、《牧笛》（1963）、《孔雀公主》（1963）、《金色的海螺》（1963）等动画片，不仅艺术和质量都已达到世界先进水平，而且以其鲜明的民族特色享誉世界。

第三个阶段（1966—1971年），沉寂期。动画片生产厂家全都停产闹革命，全国没有制作任何新作品。

第四个阶段（1972—1976年），复苏期。1972年，上海美术电影制片厂率先恢复生产，到1976年“文革”结束，共摄制了17部动画片，如《小号手》《东海小哨兵》《小八路》等，但是由于一味迎合政治需要，它们都以写实的手法，或描写中华人民共和国成立前的革命，或描写中华人民共和国成立后的阶级斗争、路线斗争和思想斗争，或歌颂工农兵，致使这些动画片不仅模式僵化、政治色彩浓，而且人物形象“高、大、全”，把儿童都变成了小大人、小革命，丧失了动画的个性特征，只有1976年摄制的《长在屋里的竹笋》将水墨画与民间剪纸艺术巧妙结合，成了一部难得的艺术佳作。

第五个阶段（1977—1989年），繁荣期。这一时期（尤其是1979—1989年）是中国动画片最繁荣的时期，在长春、北京、南京、福建等地新生了多家动画生产厂家，不仅改变了以前上海美术电影制片厂一家独秀的局面，而且生产出了许多誉享世界的好动画片，如《哪吒闹海》（1979）、《三个和尚》（1980）、《我的朋友小海豚》（1980）、《雪孩子》（1980）、《九色鹿》（1981）、《猴子捞月》（1981）、《南郭先生》（1981）、《人参果》（1981）、《善良的夏吾冬》（1981）、《鹿铃》（1982）、《蝴蝶泉》（1983）、《天书奇谭》（1983）、《鹬蚌相争》（1983）、《除夕的故事》（1984）、《火童》（1984）、《西岳奇童》（1984）、《草人》（1985）、《夹子救鹿》（1985）、《金猴降妖》（1984—1985）、《女娲补天》（1985）、《邋遢大王奇遇记》（1987）、《山水情》（1988）、《鱼盘》（1988）、《不射之射》（1988）、《牛冤》（1989）等单集动画片和《阿凡提的故事》（1984—1987）、《黑猫警长》（第一部）（1984—1987）、《葫芦兄弟》（1986—1987）等系列动画片。这一时期的动画片题材广泛，内容深刻，有些还针砭时弊，深受广大观众的喜爱。

---

① 徐金龙：《从资源到资本——民间文学与国产动漫的整合创新研究》，武汉：华中师范大学出版社，2013年，第24页。

第六个阶段（1990年至今），转折扩张期。转折和扩张是这一时期国产动漫的最大特点，其中“转折”表现为：（1）由以前的单集动画居多转为连续动画、系列动画居多，生产出大量连续动画片和系列动画片，如《大盗贼》（1990）、《葫芦小金刚》（1993）、《蓝皮鼠与大脸猫》（1993—1994）、《大头儿子和小头爸爸》（1995）、《西游记》（1999）、《中华传统美德故事》（2000）、《小虎还乡》（2005）、《福娃奥运漫游记》（2007）、《果冻宝贝》（2007）、《开心宝贝》（2010）、《喜羊羊与灰太狼》（2005—2016）等，其中《大盗贼》8集，《蓝皮鼠与大脸猫》39集，《西游记》52集，《大头儿子和小头爸爸》2部156集，尤其是《喜羊羊与灰太狼》，从2005年开始制作到2016年共制作TV动画15部、动画电影9部，共计1 462集，规模越来越大；（2）由二维转向三维，且三维电脑动画逐年增加，2001年，由北京铁形梦幻数字图像技术有限公司联合中国儿童电影制片厂，历时40个月，耗资2 000多万元，推出了中国第一部全数字计算机三维动画《小虎斑斑》，此后三维动画如《魔比斯环》（2006）、《秦时明月》（2007）、《魔幻仙踪》（2008）、《麋鹿王》（2009）、《兔侠传奇》（2011）、《侠岚》（2012）、《熊出没》（2013）等相继出品，为中国动画艺术殿堂增添了新的成员；（3）逐渐走向数字化、网络化，正如有些学者所说，20世纪90年代，“大型动画连续片、系列片盛行，中国从影院动画艺术短片唱主角，转入电视动画片大型化、连续化、系列化的国际潮流，在制作方面，国内电脑动画技术实力也明显增强，电脑绘制背景技术已较为普及，三维和二维电脑动画发展迅猛，形成了从策划、创作、传播到系列产品开发的‘大动画体系’新概念，从而推动了动画业的腾飞。”① “扩张”主要表现为：（1）全国动画生产公司逐年增加，“截至2015年，全国通过认定的动漫企业累计达到730家，其中重点企业43家……以地理区域进行统计，华东地区有283家，占总体的38.77%；华北地区有135家，占18.49%；华南地区有101家，占13.84%；华中地区有87家，占11.92%；华北地区有49家，占6.71%；西南地区有38家，占5.21%；西北地区有37家，占5.07%”②；（2）动画产量每年都在增长，尤其是在2000年以后动画片产量大幅度增长，据统计，2000年全国共制作完成4 689分钟，2001年制作完成8 411分钟，2002年

① 张成义、申晟：《民族化：中国动漫产业发展的必由之路》，北京：人民出版社，2013年，第44页。

② 卢斌等主编：《中国动漫产业发展报告》（2016），北京：社会科学文献出版社，2016年，第2-3页。

制作完成11 392分钟，2003年制作完成12 755分钟，2004年制作完成21 819分钟，2005年制作完成42 759分钟，2006年制作完成82 326分钟，2007年突破10万分钟，2008年超过13万分钟，2009年超过14万分钟，2010年超过22万分钟[①]，2011年制作完成261 224分钟，2012年制作完成222 938分钟，2013年制作完成204 732分钟，2014年制作完成138 496分钟，2015年制作完成134 011分钟[②]（发展趋势见下图），但是这一时期动画片的“质量却远远无法与国外动画相比。在很大程度上，当前的中国动画类似于中国足球，几近于‘扶不起的阿斗’，几十年来没有什么实质性的进步”[③]。

2000—2015年动画片产量发展趋势图：

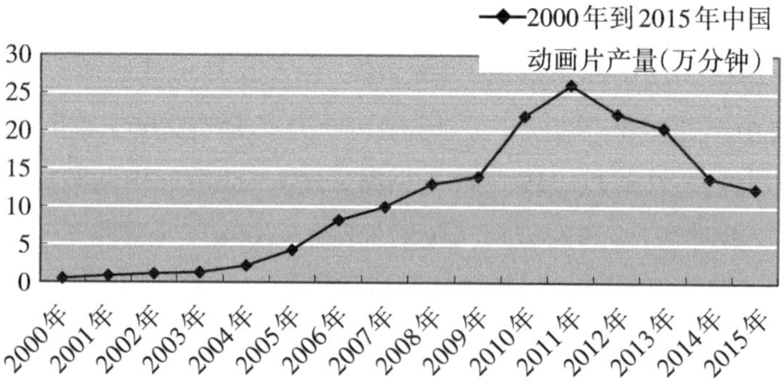

（二）国产动漫产业目前所面临的困境

自20世纪90年代至今，中国动漫产业虽然呈现出鲜明的扩张之势，但很少推出享誉世界的佳作，使国产动画陷入了前所未有的困境。其主要原因可能包含以下几个方面。

1.产业链不完整

动漫产业有两个非常明显的特征：一是产品范围广，其产品可以分为核心产品、附属产品和衍生产品三大类，核心产品指拥有知识产权的漫画、动画卡通创作艺术品；附属产品指在核心产品基础上开发出来的产品，如动漫音像制品、动漫游戏、动漫图书等；衍生产品指基于其核心产品的品牌、图标而开发的衣饰、食品、玩具、饮料、文具、日常用品，乃至药品、主题公

① 李朝阳：《中国动画的民族性研究——基于传统文化表达的视角》，北京：中国传媒大学出版社，2011年，第9页。

② 中华人民共和国国家新闻出版广电总局网站：http://www.sarft.gov.cn/col/col34/index.html.

③ 李朝阳：《中国动画的民族性研究——基于传统文化表达的视角》，北京：中国传媒大学出版社，2011年，第8页。

园、娱乐设施等，是依托动漫核心产品衍生出来的产业链；[1]二是产业关联度大，不仅涉及摄影、摄像、照明、音响等影视光电产业、胶片冲印产业及数字产业，还涉及创意、出版、艺术、科技、传媒、商业、金融等方面，产业链从期刊图书出版到动画片投资制作、相关音像制品、电子游戏、教育软件等相关产品的开发与传播，再到玩具、文具、包装、服装、食品饮料等衍生产品的开发、经营与销售，涉及面特别广。但是“我国动画产业衍生产品的开发普遍乏力。中国原创动画主要是从放映和播出的票房和收视率上获取收益”[2]。

中国动漫产业赢利模式单一，产业链不完整这一弊端可以通过中外动漫产业收益的比较看出。比如美国迪士尼公司制作的动画片《狮子王》，投资4 500万美元，到2011年年底，播出环节收入7.5亿美元，衍生产品收入20亿美元；日本三大卡通偶像之一皮卡丘，其衍生产品在国内外共有1 100多家公司生产销售，短短4年的利润已超过7 000亿日元；韩国一个“流氓兔”在韩国本土创造的利润就超过了美国的“米老鼠”，而中国目前不但没有产生一个能与“米老鼠”“流氓兔”相比的卡通形象，而且我国动画印刷市场里热销的动漫读物大多是外来文化，就连文具、玩具、儿童服装等衍生产品市场以及漫画书吧、卡通吧、电子玩具、网络游戏无不充斥着外国品牌。更有甚者，2006年5月，中国原创漫画的代表性刊物《北京卡通》休刊，《电子杂志》和《卡通新干线》倒闭，《卡通先锋》和《少年漫画》告终，上海的《漫动作》和《卡通王》开始转轨，使中国动漫产业表现出渠道不畅、市场不活等经济表征。

2.原创性差，照抄照搬之风盛行

20世纪90年代以后，“中国学派”渐渐淡出动画艺术舞台，美、日动画充斥中国市场，在我国青少年中掀起了一波又一波的流行热潮。在美、日动画的冲击下，中国动画也开始模仿甚至照搬国外动画制作技术，使许多中国动画生产企业一度成了美、日动画片的加工厂和再生产基地，失去了昔日“中国学派”留下的民族之风。比如，2006年由深圳环球数码公司出品、被称为“中国首部原创全三维动画大片”的大型3D动画电影《魔比斯环》，耗资1.3亿元，由来自中国、美国、英国、法国、加拿大、马来西亚等8个国家的

---

① 欧阳友权主编：《文化产业概论》，长沙：湖南人民出版社，2012年，第312页。

② 李朝阳：《中国动画的民族性研究——基于传统文化表达的视角》，北京：中国传媒大学出版社，2011年，第12页。

400多名动漫师精心打造，集合了6位国际动漫精英的制作班底，建立了500套专业图形工作站、176套角色模型、461套场景模型、242套道具模型，拍了106场戏、1 602个镜头，制作文件总量超过11万个，历时五年制作而成[①]，其预告片在国际几大电影节亮相时曾经震撼了整个影坛，被认为是2006年最值得期待的动画影片之一，《国际动漫艺术》杂志编辑约翰·雷特（Jihn Lent）看完该片后也说“我毫无疑问，你们的技术已经开始抗衡好莱坞或欧洲”[②]，但是其票房却让人大失所望，上映后首周票房不足200万元，最后以600万票房的收获，成为中国动画电影史上的一次惨痛的失败。其失败的主要原因是照套照搬：影片中主角形象高鼻子、黄头发、深眼窝、蓝眼睛，是典型的欧美人，名字也是西洋的，另外故事情节来自英国莎士比亚《哈姆莱特》，其场面像《环球大战》，城市构造像《第五元素》，战争场面像《指环王》，再加上原汁原味的英文台词、最流行的最前卫的炫酷元素、全然欧美式的表现手法，不但整部影片让人难以看出它是“中国制造”，更重要的是找不到原创的东西；再如1999年在“振兴国产动画”呼声中重金打造的《宝莲灯》，不仅照搬了美、日商业动漫的操作流程和运作模式，就连人物造型也有照搬之嫌，“幼年的沉香很像葫芦娃；少年沉香的造型颇具日本少年的风格；嘎妹的造型酷似迪士尼动画中的非洲土著；那些动物造型怎么看怎么像《狮子王》里面的；土地和孙悟空是《大闹天宫》里角色的翻版。”[③]2003年由上海美术电影制片厂和台湾中影公司联合制作的动画片《梁山伯与祝英台》中的女主角祝英台，就是模仿了迪士尼动画片《花木兰》中的花木兰造型，不仅性格类似于花木兰，其对待爱情的那种激情只有美国女孩才有，祝英台的形象简直成了一个穿着中国服装的美国女孩；更有甚者，2011年国产动画片《高铁侠》雷同于日本动画片《铁胆火车侠》（1998），《大嘴巴嘟嘟》雷同于《蜡笔小新》，《兔侠传奇》雷同于《功夫熊猫》，《魁拔》雷同于《七龙珠》。“学习国外好的经验，只是‘为我所用’，最终为了创造自己民族的新的动画风格，……艺术上的抄袭和模仿，只能成为他人文化上的附庸，是

① 方勤：《〈魔比斯环〉贡献了什么?》，《深圳晚报》2006年8月11日。

② 南方动漫网：《〈魔比斯环〉办发布会 动画生力军崛起国际市场》，http://cartoon.southcn.com/rg/moebius/news/200605250093.htm.

③ 徐金龙：《从资源到资本——民间文学与国产动漫的整合创新研究》，武汉：华中师范大学出版社，2013年，第55页。

没有发展前途的，只有立足民族文化而去开掘创新，才能有所作为。”①

3.重技术，轻内容

动漫产业属于文化产业中的内容产业，被称为21世纪知识经济的核心产业之一。内容产业是进行信息生产和营销的产业，这里的“信息”并非通讯领域里的信息，而是指知识和文化，它们以文字、图像、声音等形式或者存储于某种物质载体（如书籍、报刊、磁带、光盘等）中，或存储于现实生活中。内容产业就是对这些知识或文化进行创意加工，赋予它一定的精神内涵，再把它加工成物质的产品进行交换、流通和销售，从中获取资本增值和利润收益，所以内容产业虽然也涉及物质形式，但真正从事的是精神生产，其生产一定要遵守“内容为王，技术为辅”的原则，否则就违背了内容产业的本质属性。然而，20世纪90年代以后的国产动画，盲目追求技术的高端大气，却忽视了动画内容的提炼和加工，使动漫生产本末倒置、主次颠倒。比如，2003年由台湾一个电影公司投资数千万打造的动画长片《梁山伯与祝英台》，能以中国古老的民间传说为题材，结合现代流行文化时尚，中间又采用戏中戏的方式插入“河伯娶亲”故事，还不失重金请来台湾当红主持人吴宗宪、歌手萧亚轩和刘若英为主要人物配音，可谓是用心良苦。但是人物性格单一，概念化倾向严重，尤其是祝英台这一人物形象不仅失去了中国传统女性的含蓄、矜持之美，而且也失去了故事原型中人物的大胆抗争和不屈反抗，致使整个动画片只有中国传统文化的形而无中国传统文化的神。再如2003年由上海美术电影制片厂和上海文广新闻传媒集团制作的《隋唐英雄传》，他们竟然把历史动画片做成了恶搞剧，不但没有深刻的主题，就连人物国籍也发生了变化，如王世充是中国籍伊朗人、哥舒芸是土耳其人、王青英是波斯女王等，人物造型更是让人瞠目结舌，李世民的妹妹李世宁竟然是穿着短裤的高中女学生，不但歪曲了原著，在某种程度上简直是对文学作品的亵渎和蹂躏。当然，并不是说只有这两部动画片只重技术而轻内容，在某种程度上说20世纪90年代以后的动画片都有重技术而轻内容之嫌，只是程度不同罢了。

二、民间故事与动漫产业的融合

我国学者徐金龙说：“从世界范围来看，各国动漫艺术莫不是从对民间文学的改编创造中起步的。动漫艺术成熟壮大之后，依然源源不断地从民间文

① 刘月林：《动画片《梁山伯与祝英台》解析》，《艺术教育》2005年第5期。

学资源宝库中汲取养分，并由此形成了各自鲜明的民族风格、民族特色。中国动漫也不例外，早期国产动漫一度形成了声名显赫的‘中国学派’，誉满全球，辉煌一时，这不得不归功于民间文学和民间艺术的哺育和滋养。”[①]民间故事作为民间文学中最大的一个分支，在中外动漫产业的发展中起到了至关重要的作用，并逐渐形成了民间故事与动漫产业融合发展的总趋势。

（一）故事情节的融合

从动漫产生至今，不管是美国、日本还是中国，都拍摄了许多以民间故事为题材的动画片，这些动画片不仅受到了观众们的好评，还产生了比较好的经济效益。

1. 国外动漫中的民间故事

美国既是全球文化产业的龙头，其动漫产业也一直走在世界的最前列。1937年，迪士尼根据格林童话《白雪公主和七个小矮人》改编创作了第一部彩色卡通长片《白雪公主》，成为美国动漫兴起的标志性作品，此后美国动漫一直稳居世界动漫界的霸主地位。在美国动漫电影中，《美女和野兽》来源于法国的民间故事，《睡美人》来源于英国的民间故事，《花木兰》来源于中国民间传说，《真假公主》来源于流传于民间的俄国沙皇家族故事，《风中奇缘》取材于美国印第安人的民间故事，《大力神哈克雷斯》取材于古希腊神话，《小美人鱼》取材于安徒生童话，《石中剑》源自英国民间流传的亚瑟王故事，《埃及王子》源自《圣经·旧约》故事，《阿拉丁》和《辛马达七海传奇》都源自阿拉伯民间故事，《功夫熊猫》的题材也蕴含着中国民间流传的草根变英雄、正义战胜邪恶的故事套路。其中《花木兰》在美国首映的周末三天票房就达到2 300万美元，在全球取得了3亿美元票房的好成绩；《功夫熊猫》在北美公映后，首个周末就收获6 000万美元，拿下周末冠军，4 114家影院盛大公映，平均单家影院入账14 584美元，超过了好莱坞历史上所有动画片的票房；《功夫熊猫》于2008年6月28日在中国大陆上映，首个周末票房3 800万元，随后两周分别取得5 800万元、3 800万元的成绩，上映3周累计总票房超过1.35亿元人民币，成为内地第一部票房过亿的动画片。

日本是亚洲各国中文化产业发展最快的国家，也是世界上最大的动漫制作和输出国之一，其动漫产量仅次于美国。据统计，日本动漫产业的总产值

① 徐金龙：《从资源到资本——民间文学与国产动漫的整合创新研究》，武汉：华中师范大学出版社，2013年，第13页。

已超1兆亿日元，成为日本排名第六的国民经济支柱产业，仅2010年的出品额就达138亿美元。日本动漫《少年神探柯南》类似于美国流传的福尔摩斯神探，《龙珠》借鉴了中国民间传说孙悟空的故事，第一部长篇彩色动画电影《白蛇传》改编于中国民间传说，《猫的报恩》的题材来自世界著名民间故事动物报恩，《悬崖上的金鱼姬》中有中国民间故事《牧童与龙女》的影子，《少年猿飞佐助》和《桃太郎传说》取材于日本本土民间故事和传说，《千与千寻》渗透着日本民俗与神话的成分，《三目童子》（又名《三眼神童》）中也有日本民俗传说，《星座宫神话》和《圣斗士星矢》严重受希腊神话和北欧神话的影响，《圣传》《天空战记》《孔雀王》《3×3只眼》《天外佛陀》大量借用印度神话等。其中《千与千寻》于2001年7月20日在日本正式上映，最终收获了304.0亿日元的票房，位居日本历代电影票房排行榜第一。《悬崖上的金鱼姬》上映头两日的累计票房约为10.5亿万日元，上映三天累计票房已超过15亿日元，成为2008年度日本国内票房最快突破15亿日元的本土片，影片上映31日后票房则突破100亿日元，于2008年最终收获票房155亿日元，创下了日本影史上本土片最大上映规模的纪录。

2.国产动漫中的民间故事

在国产动画片中，《铁扇公主》《猪八戒吃西瓜》《金猴降妖》《人参果》《大闹天宫》《丁丁战猴王》《西游记》《齐天大圣前传》《超时空猴王》《最后一部经书》等都取材于唐僧师徒四人西天取经的故事。《哪吒闹海》《哪吒传奇》《白蛇传》《孟姜女》《牛郎织女》《梁山伯与祝英台》《女娲补天》《后羿射日》《阿凡提的故事》《除夕的故事》《九色鹿》的故事在民间广为流传，几乎是家喻户晓，尤其是《女娲补天》《后羿射日》和《九色鹿》曾入选小学课本。《过猴山》取材于民间故事《猴子与帽子》，《渔童》根据流传于渔民间的同名民间传说改编，《牧童与公主》的故事在民间也广为流传，只是里面的主人公身份略有变化，女主人公有的是公主、有的是官宦家小姐、有的是财主的女儿，男主人公有的是长工、有的是樵夫、有的是农夫、有的是放羊娃。《小蝌蚪找妈妈》《鹬蚌相争》也入选小学课本，是中国著名的童话和寓言故事。《孔雀公主》根据流传在西双版纳的傣族民间传说改编，《三个和尚》根据民间同名故事改编，《蝴蝶泉》根据云南白族的民间传说故事改编，《西岳奇童》取材于民间传说《劈山救母》。《葫芦兄弟》的故事情节虽然不出自民间故事，但其中人物的特征（如大力士、千里眼、顺风耳、刀枪不入等）、法宝（如太上老君修炼仙丹用的紫金神葫）以及法术和本领（如隐身术、吞吐江河之水的本领、吞吐烈火的本领等）在民间故事中随处可见。在中华人民共和国国家新闻出版广电总局网页上能查到2011年1月到2017年1月每年动画片制作备案公示的通知，《通知》显示每年报备的动画片中都少不了童话和神话两个题材，而且童话题材的动画片，其报备量在绝大多数情况下都位居第一。如2011年1月在备案公示的全国国产电视动画片52部37 710分钟中童话题材21部22 849分钟，分别占备案公示总数的40.3%、60.6%，神话题材2部418分钟，占备案公示总数的3.8%、1.1%，童话题材所占比例位居第一；2015年10月，经备案公示的全国国产电视动画片为33部21 900分钟，其中童话题材17部12 695分钟，占备案公示总数的51.5%、58.0%；2017年1月，经备案公示的全国国产电视动画片为26部12 234分钟，其中童话题材18部9 937分钟，占备案公示总数的69.2%、81.2%，童话题材所占比例也位居第一。[①]其中童话与神话题材多来自于民间故事，可见动画片的确与民间故事有着非常密切的关系。

民间故事不仅是国产动画片的主要题材，而且以此为题材的动画片都深受观众们的喜爱，收到了较好的经济效益。《铁扇公主》的出品，作为世界上第四部长片动画，不仅轰动了中国各地，也誉享世界，当《铁扇公主》传入日本后，深深触动了日本动画先驱手冢治虫的心，使他萌发了创作成年人动画的想法，并正式开启了他创作动画的生涯。多年以后，手冢治虫到中国拜访已是古稀之年的万籁鸣，两人合画了一幅孙悟空与铁臂阿童木握手的作品。《大闹天宫》（上、下）创下了中国动漫出口的最高纪录，在国际上声名鹊起，几乎成了外国人心目中中国动画片的代名词，先后获得捷克斯洛伐克“第13届卡罗维发利国际电影节短片特别奖”、“中国第二届大众电影百花奖最佳动画电影”、“第二十二届伦敦国际电影节最佳影片奖”、“第二次全国少年儿童文艺创作评奖委员会一等奖”、厄瓜多尔“第五届基多国际儿童电影节三等奖”、葡萄牙“第十二届菲格腊达福兹国际电影节评委奖”等奖项；《哪吒闹海》先后获得1980年“大众电影百花奖最佳动画电影奖”、文化部“1979年优秀影片奖”、“青年优秀创作奖”、“菲律宾马尼拉国际电影节特别奖”、法国布尔波拉斯文化俱乐部青年国际动画电影节“宽银幕长篇动画片奖”等奖项。

---

① 中华人民共和国国家新闻出版广电总局网站：http://www.sarft.gov.cn/col/col34/index.html.

（二）表现手法的融合

作为艺术资源，民间故事是广大民众经过千百年的反复流传、琢磨、补充和锤炼而成的口头艺术精品，其思想性和艺术性经受了数千年历史的检验。动漫产业不仅从民间故事中选取题材，还从民间故事中汲取象征、拟人、夸张等表现手法。

1.象征手法

瑞士心理学家荣格说：“当一个字或一个意象所隐含的东西超过明显的和直接的意义时，就具有了象征性。”[①]我国学者刘锡诚指出：“象征不是哪一个人的创造和发明，而是在众多的人心灵中显现出来、经过漫长时间积淀而成的一种集体意象。象征是原始思维方式的一个重要特点。”[②]在民间故事中有许多具有象征意义的人物和事物，而且许多都进入了动画片。

孙悟空是中国著名神话角色之一，出自《西游记》，由开天辟地以来的仙石孕育而生，因带领群猴进入水帘洞而被尊为“美猴王”，后拜菩萨祖师为师学得七十二变、筋斗云等术，并取名为孙悟空。他先大闹龙宫取得如意金箍棒，又大闹地府在生死簿上勾去群猴的名字，后被天界招安封为弼马温。在得知职位低卑后生气返回花果山，并战胜托塔天王和哪吒三太子，迫使玉皇大帝封其为“齐天大圣”，奉旨管理蟠桃园。后来因偷吃太上老君的金丹炼成了金刚不坏之躯和火眼金睛，紧接着又大闹天宫，最后被如来佛压在五指山下。五百年后，经观音菩萨点化被唐僧救出，法号行者，保护唐僧西天取经，一路上孙悟空降妖除魔、不畏艰难苦困，历经九九八十一难终于取得真经，被封为“斗战胜佛”。孙悟空生性聪明、活泼、忠诚、勇敢、坚持正义、疾恶如仇，在中国民间文化中早已成为机智和勇敢的化身，深受人民大众的喜爱。1941年，万氏兄弟怀着“以动画为武器”的信念，经过慎重考虑，制作了动画长片《铁扇公主》，有意借孙悟空的斗争精神鼓舞全国人民的抗日斗志。他后来创作的《大闹天宫》，也集中表现了孙悟空敢做敢当、机智乐观、大胆反抗天威神权的大无畏战斗精神。《铁扇公主》于1941年底在上海上映，获得了空前的好评，其后又在香港和东南亚及日本上映，反响极为热烈。《大闹天宫》除了在国内各地多次放映外，曾向44个国家和地区输出、发行和放映，

---

① ［瑞士］荣格：《人类及其象征》，张举文、荣文库译，沈阳：辽宁教育出版社，1988年，第1期。

② 刘锡诚：《象征：对一种民间文化模式的考察》，北京：学苑出版社，2002年，第8页。

甚至一些国家级的电视台都放映过该片，比如英国的BBC。另外，民间故事中的人物，如盘古、伏羲、女娲、夸父、鲁班、诸葛亮、关羽、岳飞、花木兰、格萨尔、阿诗玛、阿凡提、孟姜女、祝英台等传奇人物，千百年来一直活在人们的心目中，也是某一类人物的象征。比如盘古、伏羲、女娲是人类先祖，是文明的开启者；夸父有毅力，能坚持，不达目的不罢休，是执着追求者的象征；鲁班是智慧的象征；诸葛亮是忠智象征；关羽是忠义的象征，等等。

莲花，也叫荷花，是圣洁、纯净、高雅的象征，中国人自古就热爱莲花。在道教中，莲花是至纯、至妙、至神、至圣的象征，哪吒是道家弟子，他天真、可爱、至纯至真，以莲花为其身，象征着他脱凡去俗，走向神圣，走向永生。莲花与佛教也有着不解之缘，比如大彻大悟的佛祖坐的是莲花宝座，救苦救难的菩萨脚下踩的是莲花台，其中固然有古印度人爱莲的因素，但更多的是取莲花的象征意义。《维摩经·佛国品》曰："不著世间如莲花，常善入于寂行"，《诸经要解》又说："故十方诸佛，同生于淤泥之浊，三身证觉，俱坐于莲台之上"，可见在佛教中莲花表示由烦恼而至清净，有"出淤泥而不染"的深层内涵，是从烦恼中解脱而进入佛国净土的圣人化身。莲花的象征意蕴也见于中外动画片中，如国产动画片《哪吒闹海》就有太乙真人用莲花、莲藕为哪吒还魂再生的情节，所有涉及佛祖的中外动画片中，佛祖或坐于莲花宝座之下，或脚踩莲花，几乎与莲花形影不离。另外，在民间故事中，太阳、月亮、山、水、火、石、鞭子、鞋、扫帚、葫芦、羽毛、龙、凤凰、老虎、青蛙、蛇、龟等物都有一定的象征意味，比如太阳象征光明，月亮象征阴柔，山象征厚重，水象征纯洁和温柔，火象征热烈，石头象征坚毅，等等，而这种象征在中外动漫中也随处可见。

2.拟人手法

拟人就是把没有生命的物体、非人类的动物人格化，给不具有人的思想感情的东西赋予它人的思想感情。拟人是童话中最常见的表现手法。童话是最主要的一种儿童文学，它按照儿童的心理特点和需要，通过丰富的想象、幻想和夸张来塑造形象、反映生活，语言通俗形象，人物活泼可爱，故事情节往往离奇曲折，引人入胜。在童话世界里，几乎所有的鸟兽虫鱼、花草树木、山川河流、日月星辰，乃至世间万事万物，都有生命和思想感情，比如老牛伯伯、狼外婆、青蛙王子、金鱼姑娘、海螺姑娘、蛇郎、拇指儿、花仙子、风婆婆是儿童们耳熟能详的童话人物，聚宝盆、摇钱树、宝葫芦、神笔、开山斧、赶山鞭、百鸟衣、提山鸡是童话中常见的法宝。心理学家认为如果家长能有意识地选择一些优秀的童话和孩子们一起阅读，有助于孩子建构精神世界，对培养孩子的认知能力、观察能力、沟通能力、想象力、创造力、共情能力都有着潜移默化的影响。因此，童话故事和根据童话所改编的动画片、漫画书成了家长教育和娱乐孩子的首选资料。从动漫产生至今，童话都是动漫产业最重要的题材，如动画片《神笔》、《小鲤鱼跳龙门》（1958）、《雪孩子》（1980）、《九色鹿》（1981）、《猴子捞月》（1981）、《鹿铃》（1982）、《百鸟衣》（1996）、《神笛》、《白雪公主与青蛙王子》（1997）、《宝葫芦的秘密》（2007）、《葫芦兄弟》、《喜羊羊与灰太狼》、《龙猫》（日本，1988）、《猫和老鼠》（美国，1939）、《灰姑娘》（美国，1950）、《小锡兵》（美国，1988）、《冰雪奇缘》（2013，美国）、《芭比之拇指姑娘》（加拿大，2009）、《丑小鸭》（美国，1993）等都是根据童话故事改编而成的。在这些动画片中，毛笔画什么，什么就变成了真的；九色鹿像人一样能辨是非曲直；猴子为了占有又圆又亮的月亮，可以一个接一个地倒挂着从水里捞月亮；魔法可以把人变成青蛙；猫和老鼠也有人的思维和情感，它们既有超凡的力量，又有过人的智慧，深受广大观众的喜欢。

三、甘肃民间故事是动漫产业的资源宝库

“中国学派”在中国动漫史上曾经掀起了两次创作高潮，一次在20世纪50—60年代，一次在20世纪80年代，有学者说“它因民族化而起，又因民族化而兴”。首先，动画内容和题材借鉴民间文学，使深藏于神话、童话和传说中的人类集体无意识与观众产生情感共鸣，赢得了人们的喜爱；其次，积极借鉴中国传统绘画、民间音乐、传统戏曲、民间工艺等艺术形式，创造性地制作了水墨、剪纸、木偶等形式动画，有效拓展了动画的表现空间；第三，选用不同的民俗符号展现不同的民俗内容，充分体现了不同民族、不民地域的民俗文化；第四，将“天人合一”的意境追求和“寓教于乐”的道德教化相结合，有效弘扬了中华文化艺术的传统精神。①日本是世界上数一数二的动漫大国，其许多动漫不仅深受日本本土观众的喜爱，也在世界上享有很高的声誉，探其精妙，就是日本动漫作品中蕴含着深厚的民族文化，即浓郁的唯

① 徐金龙：《从资源到资本——民间文学与国产动漫的整合创新研究》，武汉：华中师范大学出版社，2013年，第26-35页。

美情绪、深沉的悲剧意识和鲜明的武士道精神。

中华民族历史悠久，物产丰富，民族众多，有着非常丰富的民间文化。就国产动漫来说，它对中国民间文化的发掘利用只是冰山一角。我们知道，越是民族的越是世界的，越是地域的越是全球的。甘肃作为中国的一个省，历史悠久，文化深厚，在此基础上形成的民间故事也是非常丰富，毫无疑问它是动漫产业发展的资源宝库。

（一）甘肃民间故事是动漫产业的文学宝库

在文学史上，民间故事“长久地做着文人、骚人们创作的种子和酵母”①。作为内容产业，动漫产业也与文学创作密切相关，其剧本的创作就是文学创作。日本著名电影导演黑泽民说：“一部影片的命运几乎要由剧本来决定。我甚至认为，抓住一个好的剧本是导演艺术的第一步。”②不管是影视剧还是动漫，其剧本的创作无怪乎两种类型：一种是原创，一种是改编。改编历来是动漫剧本最重要的创作方式，其最主要的改编资源就是民间故事。

1.丰富的文学母题

在文学理论范畴中，母题是民间故事中反复出现的最小的叙事单位，“它可以是一个物件（如魔棍），一个奇异的动物（如能说话的马），一种观念（如一种禁忌，或禁止做的动作），一种行为（一次考验、欺骗），一个角色（如一个巨人，一个魔鬼或一个教母），一种人物类型（如傻瓜或预言者），或一种结构特点（如常用的数字或多次重复）。”③甘肃民间故事中有丰富的值得动漫艺术借鉴的母题。

（1）故事

动漫作品就是给观众（或读者）讲故事，所以故事是动漫剧本最重要的要素，可以说没有故事就没有动漫剧本。随着社会的发展，动漫作品已经向连续剧和系列剧发展，也就是说动漫剧本不再由单个故事构成，可能由数十个、数百个、数千个故事构成。据不完全统计，甘肃民间故事有8 000余则，有些故事还采用了“故事套故事”的形式，可以说甘肃民间故事就是一个数目可观的故事库，这个故事库是中国动漫产业不可忽视的“后备军”。丝绸之路贯穿整个甘肃，它是南来北往的政客、商客、传教士歇脚休整的重要地段，

---

① 钟敬文：《民间文艺谈薮》，长沙：湖南人民出版社，1981年，第200页。

② ［日］野田高梧：《创作结构基础》，《世界电影》1984年第4期。

③ ［美］J.H.布鲁范德：《美国民俗学》，李扬译，汕头：汕头大学出版社，1993年，第46页。

他们把各自家乡的故事带到这里，在闲暇时候讲给他人听，既娱乐了自己也娱乐了别人，使不同地方、不同民族的故事在这里交汇，所以甘肃民间故事里既有来自西域的佛经故事、来自中原的道教故事，还有讲述西域商人和中原商人在经商过程中所发生的故事，也不乏政客们留下的故事。甘肃又是古战场，留下了许多记录战争的故事。甘肃还是朝廷移民实边的地方，许多外来民族从远方迁徙而来，他们不光带来了他们的财产，还带来了他们的民间故事，从这个角度说，甘肃是文化的聚宝盆，它既汇聚了不同地域、不同民族的文化，也汇聚了不同地域、不同民族的民间故事，所以甘肃民间故事不单调、不老旧，而是五彩缤纷、与时俱进，如果利用得当，这五彩缤纷、与时俱进的甘肃民间故事就会让中国动漫插上民族文化的翅膀，翱翔在世界动漫的蓝天上。

（2）角色

正因为甘肃民间故事是不同地域、不同民族故事的汇聚，所以甘肃民间故事中有许多极富个性的角色。

一是人物角色，如阿不都（阿卜都）、哈比卜、莫拉（木拉）、什司乃比由、白马少爷、小依、奥哩、璐妇人、米拉尕黑、海迪娅、黄黛琛、苏尔旦、勒退夫、姣姣女、暴利长、班银鱼子、金花娘娘、玉柱、玉凤、柳仙姑、易开天、鲁班、狄仁杰、霍去病、苏武、张骞、李广、李广利、李陵、姜维、诸葛亮、薛仁贵、萨尔阿玛珂、阿木兰汗、左宗棠、格萨尔、荷花女，等等。其中阿不都、哈比卜、莫拉分别是东乡族、保安族和裕固族的“阿凡提”，他们用过人的聪明才智战胜了一个又一个恶人，帮助了一个又一个穷人，尽管故事都是赞扬他们，但是因为他们所属的民族不同、居住的地方不同，所以故事完全不同。米拉尕黑和海迪娅、阿拜波和娥曼妹、苏尔旦和黄黛琛、玉柱和玉凤分别是东乡族、白马人、裕固族和汉族的恩爱情侣，其爱情都受到了封建势力的迫害，他们都做出无畏的反抗，但是封建势力的嘴脸不同、阻挠的方式不同、他们反抗的方式不同，导致抗争的效果也不同。小依和奥哩、萨尔阿玛珂和白头目、姣姣女和丈夫分别是白马人、裕固族和东乡族的恩爱夫妻，但他们的生活并不是一帆风顺，而是遭遇了许多势力的破坏，有的大胆反抗，有的被恶势力所残害，有的最后获得了团圆，有的阴阳相隔，尽管他们的结局不同，但他们共同书写了人类维护爱情的新篇章。鲁班、霍去病、苏武、张骞、李广、李广利、李陵、姜维、诸葛亮、薛仁贵、易开天、萨尔阿玛珂、阿木兰汗、左宗棠、格萨尔都是中华民族的人杰，他们有些是文臣，有些是武将，有些是能工巧匠；有些将聪明才智发挥在庙堂上，有些将生命献给民族和平，有些将毕生精力投入到社会建设，都书写了许多可歌可泣的英雄篇章。另外，还有一些符号化的人物，如灰姑娘、放羊娃、青蛙儿子、牡丹公主、老大、老二、老头子、老太婆、后娘、新媳妇、龙王、龙子、龙女、叫花子等，尽管符号都一样，但发生在他们身上的事件不一样，于是他们也就成了不同的人物。

二是动植物角色，如狗、猫、凤凰、老虎、老鼠、狐狸、喜鹊、狼、牛、蛇、骆驼、兔子、荷花、杏树、梧桐树等。在甘肃民间故事中，它们不仅有了生命，还有了人的语言、人的思想感情和人的行为，比如老虎、狼和狐狸为了像人一样聪明到处寻找阿格力，结果处处受人捉弄，最后狼狈不堪，此时的它们没了凶猛和狡猾，有的却是憨厚老实，形象十分可爱。为了博得主人的欢心，狗和猫竞相讨好主人，但忠诚老实的狗怎么也躲不掉猫给它设下的一个又一个圈套。喜鹊贪慕虚荣，看见尕拉鸡（山鸡）比自己走得好看就向它学走路，但它又不能虚心学习、耐心练习，结果既忘了自己怎么走也不能正确地像尕拉鸡一样走，最后只能一辈子奔奔跳跳。杏树仙子奉西王母之命前来戈壁滩解救困厄中的李广大军，但淘气顽皮的苦杏仙子抢先一步，结果李广兵士因吃了苦涩不堪的杏子砍倒了所有的苦杏树，半夜时甜杏仙子赶到，苦杏仙子向她诉说了自己的不幸并求助于甜杏仙子，甜杏仙子给其嫁接了甜杏枝，于是李广兵士吃上了又大又甜的甜杏子，她俩也高高兴兴地去向西王母交差了。

三是自然物角色，如山、水、石等。比如北山姐姐爱美、南山妹妹忠于职守，它们形象生动，个性鲜明，都是动漫产业的宝贵资源。

（3）背景

背景指事件发生的环境。背景可以指时代背景、政治背景、军事背景、宗教背景、自然地理、人文景观和民族文化。同一母题的故事，发生在不同的地方、不同的时代、不同的人身上，其背景就自然不同，根据它改编出来的动漫作品也就有了不同的艺术效果，比如阶级矛盾、婆媳矛盾、兄弟矛盾、后母与继子之间的矛盾是人类社会最常见的矛盾，在所有时代、所有民族中都能见到，但是背景却让这些故事完全不同。比如东乡族的《新媳妇驱鬼》、保安族的《木匠和他的妻子》和汉族的《三年等个闰腊月》讲的都是财主盘剥雇工的工钱，但是由于背景不同却演绎出了不同的故事。新媳妇用风吹汤瓶的声音吓唬老头豪（老财主），致使他不但放了自己的丈夫和其他工匠，还一次性付清了所有工匠的工钱；巴羊恐（财主）想利用人们的祖先崇拜和天神崇拜意识迫害木匠，木匠和妻子以子之矛攻子之盾让巴羊恐丢了性命。甘肃有沙漠、高原、戈壁滩、草原、湿地、黄河、丹霞、雅丹等自然地貌，有丝绸之路、长城、石窟、古城楼、古佛寺、水车园、五泉山、崆峒山、古镇、古战场等人文景观，有伏羲、先周、先秦、西夏、大地湾等历史文化，它们都是动漫作品的潜在背景。

背景还可以指人物用以征服邪恶势力的法器，比如裕固族的《莫拉》和汉族的《西天问佛》都是赞美主人公的刚毅顽强精神的，但他们所用的法器不同，整个故事也就不同了。裕固族生活在草原上以放牧为生，法器有宝马、宝衣、神箭、赶羊鞭和神火宝葫芦，马是草原人最重要的生活资源，不仅要骑它还要喝马奶、吃马肉；衣服是御寒的宝物；箭是射杀猛兽的武器；赶羊鞭是他们的劳动工具；对于以农耕为主的财主来说，他不会受严寒、猛兽的威胁，要的是生活更加富裕和面子上的虚荣，所以故事中的法宝是黄金、红头发、龙须布和夜明珠。在甘肃民间故事中，还有许多特殊的法器，比如指环、顶针、豆子、荆棘、鲜花、手杖、靴子、鞭子、弓箭、宝剑、缝衣针、锣、鼓、锅、碌碡、锯子、牙齿、葡萄蔓、石头、镜子、斧子、公鸡、红布、金钗、葫芦、酒、褁肚等，它们在特殊的情况下都可以发挥超自然的力量打败邪恶势力。

2. 多样的叙事形式

叙事形式就是如何讲故事。讲得好观众喜欢看，票房大涨，讲得不好还得赔本，要让中国观众喜闻乐见又能表现出中国特色，就得从中国传统文化——民间故事中去寻找。

（1）神化人物或事物

神话是人类在童年时代用象征手法将自然现象和人类生活不自觉地形象化和人格化的一种幻想性故事。在神话中，不仅人被神化了，就连无生命的自然物也被神化了，神话给人的第一印象就是“神”——神奇、神异、神秘、神幻、神乎其神。文学一插上神话的翅膀，便天马行空、荒诞不经、感情奔放、想象神奇，产生了一种神奇的艺术魅力，这也是神话成为动漫作品主要题材的一个原因。出于对先祖的敬仰和崇拜，在甘肃民间故事中有许多神话，如盘古开天辟地神话、伏羲神话、女娲神话、西王母神话、周先祖神话、黄帝神话、大禹治水神话、兴隆山神话、崆峒山神话、麦积山神话，等等。其中伏羲和女娲蛇身人首，伏羲能缘神木而上天庭，女娲能炼五彩石而补天，能抟黄土造人，西王母掌有不死之药和长寿仙桃，黄帝也可以驾龙上天，大禹可以以掌劈石，周先祖不窋骑着一只凤凰从陕西的武功飞到甘肃的庆阳，仙女可以来兴隆山与大马、小马结为夫妻，崆峒山上住着道教仙人广成子，等等。在这些神话中，或者人的长相神奇，或者他所做之事神奇，或者他的来历神秘，总能给人一种神秘莫测之感。

不仅神话有神奇、神秘之感，一些传说、童话、寓言故事也能给人以神奇、神秘之感。比如霍去病、李广利、薛仁贵等大将竟然可以用宝剑在山石上刺出清澈的泉水；樊梨花在古金城可以把箭射到770公里以外的嘉峪关；霍去病在2 000多年前把汉武帝赐给他的御酒倒进水泉，至今那个水泉还能闻到一股淡淡的酒香；张三丰可以把瓦罐翻过来；凤凰、大象、乌龟、龙可以变成山，人可以变成山、变成鸟、变成花；人死了心挖出来还能“咚咚咚”地跳；鸭子可以生金蛋；杏树、梧桐树可以移动，等等。在这里，羊可以把建寺庙所用砖瓦一块一块地从山下驮到山上，狐狸可以把老虎骗得团团转，猫和狗既是冤家也是朋友，水泉也可以见机行事，一会甜一会苦，就连狼、老虎、蛇这些伤害人的动物也知恩图报。这些被神化了的人物、动植物和无生物都能给读者以新鲜之感，增强他们的阅读兴趣，用它们改编的动漫作品也会具有同样的艺术效果。

（2）复合式结构

狭义的民间故事大都有稳定的结构形式，有些只有一个故事，叫“单纯式故事”；有些有两个或两个以上的故事，叫“复合式故事”。复合式故事的结构又有两种：一种是“一个故事接一个故事”，叫“连缀式故事”；一种是“大故事中小套故事”，叫“框套式故事”，其中“连缀式故事”往往采用“三迭式”（或称“三段式”“三叠式”）手段来安排故事情节。所谓“三迭式”是指类似的故事情节反复多次，这类似的故事既可以是同一个人做，也可以是不同的人做，比如《西天问佛》是同一个人做多件不同的事，《两兄弟》是不同的人做同一件事。不管是连缀式故事还是框套式故事，重复是其最大的特点，而重复既可以使故事展开得更具体，又可以让前面的故事给后面的故事埋伏笔、设悬念，还可以让后面的故事补充、解释前一个故事，形成故事中有故事、首尾交合、环环紧扣的艺术效果，而这种艺术效果正是动漫连续剧所需要的。

在甘肃民间故事中有许多复合式故事，其中《乌鸦、喜鹊和八哥》、《母羊、兔子和狼》（裕固族）、《喜鹊、太阳和骡子》（裕固族）、《老太婆和老虎》

（藏族）、《孟根夫和阿拉腾夫》（蒙古族）、《蛤蟆儿子》、《学生和癞蛤蟆》、《救生珠》、《将恩不报反为仇》、《砍柴人》、《沙郎哥》（东乡族）、《放牛娃娶媳妇》、《天理良心》等是连缀式故事，《盖赛尔的故事》（裕固族）、《尕孙子》（东乡族）、《七寸三和九寸三》、《长蛇洞》、《蟒头蛋》等是框套式故事，它们都是中国动漫应该利用的故事。

（3）箭垛式叙事

箭垛式叙事是传说故事最常用的一种叙事方式，指把一些相关故事安置在一个人身上，集中刻画一个人的某种性格特点或思想品质，使这一人物成了某一性格或品质的代表人物。在甘肃民间传说中，鲁班、关公、张三丰、诸葛亮、康熙、包公、曹操、大禹等可以算作箭垛式人物。比如关于鲁班的故事有二十多则，其中《木塔》《鲁班窗》《鲁班滩》《鲁班桥》《鲁班的板凳》《鲁班修河桥》《木人挑担》《白塔寺的木匠》《千里眼》《神建后寺》《鲁班楼》等侧重赞扬鲁班木工技艺之高超，《鲁班选徒》讲述了鲁班选徒的标准，《神留山》《卧牛山》《石门坎》《鲁班崖的传说》《鲁班试犁》《骆驼石的传说》等侧重讲述人们对鲁班之崇拜。其实，鲁班是春秋时期鲁国人，大约生于周敬王十三年（公元前507年），卒于周贞定王二十五年（公元前444年），而《木塔》中所说木塔是一座砖木结构的古塔，初建于北周或更早。沙州新城西云观的“鲁班窗”造于清雍正年间；《卧牛山》中的事件发生在殷商时期，显然都不可能发生在鲁班本人身上，但劳动人民却把它们全都堆到了鲁班身上，让鲁班成了智慧的象征。尽管这些事没有发生在鲁班身上，但毕竟反映了古代能工巧匠的聪明才智，具有传颂和弘扬的价值，动漫也可以这些故事为素材创作表现和赞美劳动人民的艺术作品。

（二）甘肃民间故事是动漫产业的文化宝库

民间故事不仅是文学，也是一种文化，尤其是其文化性，让它染上了浓厚的民族色彩，如果借鉴得好，那么动漫就能凸显出鲜明的民族特色。

1.鲜明的民族性格

日本著名动画大师宫崎骏说：“动画是一个如此纯粹、朴素，又可以让我们贯穿想象力来表现的艺术……它的力量不会输给诗、小说或喜剧等其他艺术形式。”[①]动画正是用这种“纯粹、朴素”的性格吸引着读者、感动着读者，最后赢得他们的欢心。

① 云峰：《与梦飞翔宫崎骏》，北京：文化艺术出版社，2002年，第1页。

（1）童真

民间故事既是人民群众生活的百科全书，也是一个国家和民族，乃至整个人类心灵的窗口。民间故事是人类在童年时期，借助想象和幻想对自然、对生活的解释和记录，其中充满了人类的童心，甘肃民间故事是甘肃人民童心的体现。明代思想家李贽在《童心说》中说："夫童心者，真心也。""若夫失却童心，便失却真心；失却真心，便失却真人。"人在儿童时的精神纯度最高，但随着年龄的增长，其童心就会慢慢褪色，掺杂进各种私心杂念。"从动画的角度解析儿童，不只是在探索儿童，而且是在解析所有人。让儿童的纯真与原生态解放成人被束缚了的心灵，让原始的情感与身体冲破邪恶的专制和压迫力量，让无邪的童年梦想唤醒那颗原本敏感柔软的审美之心，这正是动画在当今物质主义横流、人被物役的社会语境下最为突出的艺术功能，也是动画艺术最大的魅力所在。"[①]童心的表征是童真，它可以拉近读者与动画的心，让孩子与孩子平等对话，让备受世俗奴役的大人们暂时放下繁杂的事务以朴素之心放松自己，这正是日本动画之所以能打动任何一个年龄阶段、任何一种工作的人的原因。其实，童心也有国籍，也有民族，也有地域，远离了民族性格的童真不仅没有吸引力，更难立足世界，这既是各国动画片以民间故事起步的原因，也是他们以此发展壮大自己的原因。而近年来国产动漫所犯的一个错误就是远离中国人的童真，正因为这个错误，国产动漫才塑造出了许多穿着中国衣服的外国人。要让国产动漫中的中国人成为真正的中国人，让中国的动漫再次位列世界之林，就得继续发掘和利用民间故事这个宝贵资源，毫无疑问，甘肃民间故事也在其中。

（2）刚毅

日本动画大师手冢治虫是第一个用动画片关注人性的人，他经常透过作品探讨人类本性，思辨人生哲学，传扬人道主义，让人拜读了他的作品后自然而生感动之情。手冢治虫之后，多个日本漫画大师也承袭这一思想传统，其中宫骑骏最为出色。《千与千寻》是宫骑骏复出之作，也是体现他人性光辉思想的巅峰之作，他用千寻这个艺术形象生动地阐释了一个深刻的人生哲理，即只有坚毅才能找回自我，才能找回自己的父母和人生。在当今社会，物欲横流，人心浮躁，有些人见利忘义，有些人见利失节，不仅失却了流传数千

① 李朝阳：《中国动画的民族性研究——基于传统文化表达的视角》，北京：中国传媒大学出版社，2011年，第173页。

年的传统美德，而且身为物所累，心被欲所困。孩子正处在身心快速发展的时期，思想很不成熟，难免不受此大气候的影响。孔子说："富与贵，是人之所欲也；不以其道得之，不处也；贫与贱，是人之所恶也，不以其道得之，不去也。"（《论语·里仁》）利害当前，择善固守，义无反顾，才能"见利不亏其义""见死不更其守"（《礼记·儒行篇》）。作为儿童最主要的读物，动漫艺术必须考虑这一点。或许是地理位置的缘故，甘肃民间故事中的民族性格显得更为刚毅，莫拉不畏邪恶势力，冲破重重困难，向太阳神讨来火葫芦，最终消灭了雪神；黄黛琛不为钱财所动，始终深爱着情郎苏尔旦，直到为他杀了保尔威；玉凤不为权势所屈，最终用自己的肉体捍卫了自己的爱情；霍去病不为甘肃地理所困，带领他的兵士最终征服了强悍的匈奴人；裕固族人民不畏路途遥远艰险，跋山涉水、过雪山、走戈壁，从新疆过青海来到了祁连山脚下，过上了稳定的生活，等等，都应该是当代国产动漫发掘和利用的宝贵资源。

（3）粗犷

如果说童真是人类童年共有的性格，刚毅是人类成长过程中的性格的话，那么粗犷则是中国西北地区人民特有的地域性格。甘肃民间故事形象生动地体现了甘肃人民的粗犷性格，主要表现在：一唱花儿，二是做事果断，直来直去，尤其是唱花儿，更能形象地体现甘肃人民粗犷的性格。花儿又称"少年"，是一种在甘肃、青海、宁夏等地广为传唱的多民族民歌。花儿以抒情见长，曲调高亢、悠长、辽阔；歌词兴中有赋，赋中有比，情感纯洁、直白、奔放。在甘肃，有许多民间故事在展演时都是说唱相间，而其中唱的便是高亢豪放的花儿，如东乡族的《米拉尕黑与海迪娅》《白羽飞衣》《姣姣女》，保安族的《三邻居》《阿舅与外甥》，裕固族的《莫拉》《黄黛琛》《吐鲁格排尔克》，回族的《阿布都卖柴》，藏族的《格萨尔斗巨蟒》，蒙古族的《格萨尔王》，白马人的《阿尼嘎萨》《会唱歌的石头》等。每当他们展演这些故事时，总能时不时地传来花儿声，歌声高亢辽远，让人似乎看到了蓝天、看到了白云、看到了一望无际的草原和点缀其中的牛羊。

2. 中国特色的审美观念

每个人都有自己的审美观，其中一部分是纯粹的个人审美，另一部分可以看作集体无意识，而集体无意识审美观则带有很强的民族特色，渗透在每个人的血液中，会时不时地探出头来表现一下自己。作为中国民间故事的有机组成部分，甘肃民间故事也形象地体现了中国特色的审美观。

（1）善恶有报观

在每则民间故事中，人物几乎都被划分为十分鲜明的两类：忠诚与奸诈、勤劳与懒惰、善良与凶恶、正义与邪恶、无私与自私、真诚与虚伪、勇敢与怯懦等，最后都以忠诚者、勤劳者、善良者、正义者、无私者、真诚者、勇敢者有好结果，奸诈者、懒惰者、凶恶者、邪恶者、自私者、虚伪者、怯懦者没有好结果作结，表现出鲜明的善恶有报思想。车尔尼雪夫斯基曾说“美是生活”，这种善恶有报思想体现的正是广大民众对生活的判断、对美好生活、美好人性的向往。尤其值得注意的是，这种善恶有报的审美观不是某一个中国人有，而是渗透在每个中国人的血液中，一代又一代传递至今。也正因为这种审美观，《女英雄萨尔阿玛珂》中的大圈头被白头目用烈马拖死了，而且比萨尔阿玛珂死得更惨；《两兄弟》中的善良哥哥不但娶了媳妇，还有了很多钱，而那个懒惰、心术不正的弟弟则死有余辜；《石狮子》中勤劳、孝顺、不贪婪的弟弟有了幸福的生活，而懒惰、自私又贪婪的哥哥的胳膊被石狮子咬掉了，等等。

（2）有情人终成眷属观

描写爱情和婚姻是民间故事最常见的主题。对于爱情和婚姻，中国人有自己鲜明的观点，即不管双方社会地位、经济条件悬殊有多大，哪怕是异类，有情人终成眷属，而且这种观念不分民族、不分地域。在这种观念的支配下，穷人家的孩子阿尼嘎萨娶到了公主，放牛娃娶到了财主家的女儿，蛤蟆儿娶到了员外的女儿，放羊娃娶到了龙女，蛇郎娶到了世间最美最善良的女子。如果他们的爱情或婚姻被某种封建势力所迫害，即使他们不能活着做夫妻，死了灵魂也要在一起，比如《天鹅琴》中的天鹅被恶鸟所吃，她死后把自己的骨头和肠子给了自己的情郎，让他用它们做成天鹅琴天天陪伴他；《姣姣女》中的姣姣女与丈夫双双变成了蜜蜂，永远离开了那个只有痛苦的家。

（3）穷人变富观

每个人都向往美好幸福的生活，尤其是那些饱受贫穷之苦的人，对财富的追求似乎更为强烈。但是，受多种因素的影响，富裕离他们又非常的遥远，于是他们就充分发挥自己的想象，在幻想中满足自己的致富心理，所以在民间流传着许多让穷人变富的故事，如《辛小孝登殿》《三十年河东三十年河西》《三年等个闰腊月》《乞丐状元》《叫化子当县官》《刮金板》等。如果仔细思辨就会发现这些事情绝不会发生，一是事件的发展不符合逻辑，二是变富原因率性随意，没有任何根据，然而在民间故事中这些事情都得以实现了，究其原因，它们表达的正是广大民众对富足生活的向往和追求。

文化产业的核心是文化资源，没有文化资源文化产业将是一句空话，同时如果文化资源没有鲜明的个性，那么文化产业也难以走出自己的个性、难以立于世界文化产业之林。我国学者胡惠林说："由于特殊的地理位置和社会环境，内陆地区所固有的文化形态一向得到较好的保存。相对于经济发达的大都市，它们拥有的是文化多样性的资源优势。世间一切可利用资源的最高层次恰恰在于文化资源，这也是内陆地区文化产业发展必须首先加以利用的得天独厚的条件。"[①]甘肃属于典型的内陆欠发达地区，与中东部发达地区相比，其文化资源的确保存比较好，既有鲜明的个性又有很强的原生性，这是许多省份所没有的文化优势。目前正值我国文化产业大发展时期，尽管甘肃民间故事这一文化资源已经引起了相关部门和人员的注意，但其重视和利用程度还远远不够，希望他们在以后的时间里能充分利用这一资源，为推动我国文化产业的发展做出应有的贡献。

① 胡惠林：《文化产业——现代文化产业理论与政策》，上海：上海文艺出版社，2005年，第78页。

参考文献

说明：此处列举的故事集是项目组搜集到的主要研究资料，有两类：一类是正式出版并在国内发行的故事集，此类故事集有明确的出版社；另一类是20世纪80—90年代全国编纂民间文学三套集成时各市县所做的资料本，多为当地文化部门或民间文学编委会编印，两类故事集共计99本，收录甘肃民间故事8 711则。另外，还有一部分甘肃民间故事散见于地方志书、地方文化丛书和网络上，所以本项目所参考的甘肃民间故事总数至少有9 000则。

（一）作品

［1］《中国民间故事集成·甘肃卷》编辑委员会主编.中国民间故事集成·甘肃卷［M］.北京：中国ISBN中心，2001.（459则故事）

［2］陈庆浩等主编.中国民间故事全集·甘肃民间故事集［M］.台北：远流出版事业股份有限公司，1989.（91则故事）

［3］张克复，张占社主编.甘肃民间故事集［M］.兰州：敦煌文艺出版社，2012.（92则故事）

［4］甘肃人民出版社编辑部编.甘肃民间故事选［M］.兰州：甘肃人民出版社，1962.（58则故事）

［5］胡沙主编.中国丝绸之路著名景物故事系列（10卷）［M］.兰州：甘肃人民出版社，1995.（248则甘肃故事）

［6］甘肃人民出版社编.丝路传说［M］.兰州：甘肃人民出版社，1983.（69则甘肃故事）

［7］胡沙等主编.黄河的神话［M］.兰州：甘肃少年儿童出版社，1992.（26则甘肃故事）

［8］敦煌文物研究所编.敦煌壁画故事［M］.兰州：甘肃人民出版社，

1983.（44则故事）

［9］郝苏民主编.东乡族·保安族·裕固族民间故事选［M］.上海：上海文艺出版社，1991.（83则故事）

［10］姚自昌等主编.窑洞故事［M］.兰州：甘肃文化出版社，1999.（255则故事）

［11］姚自昌等主编.窑洞传说［M］.兰州：甘肃文化出版社，1999.（243则故事）

［12］镇原县文化广播影视局，镇原县文化馆编.镇原民间文化集成·故事卷（一、二）［M］.兰州：甘肃文化出版社，2012.（307则故事）

［13］王生杰主编.崆峒传说故事集［M］.西安：三秦出版社，1999.（62则故事）

［14］王生杰主编.崆峒山神话故事（第二集）［M］.兰州：甘肃人民出版社，1994.（35则故事）

［15］潘竞万主编.凉州传奇［M］.兰州：甘肃少年儿童出版社，1988.（60则故事）

［16］耕夫等主编.天水传说［M］.兰州：甘肃文化出版社，2005.（361则故事）

［17］张志纯等主编.张掖民间传说故事［M］.兰州：甘肃文化出版社，2002.（172则故事）

［18］王知三主编.静宁民间神话传说故事［M］.银川：宁夏人民出版社，2013.（281则故事）

［19］潘况万主编.祁连山传说［M］.兰州：甘肃人民出版社，1989.（82则故事）

［20］郭天跃主编.神奇的天水［M］.兰州：甘肃文化出版社，2003.（140则故事）

［21］宋进林主编.悦读甘州·故事［M］.兰州：甘肃人民出版社，2001.（62则故事）

［22］宁世忠主编.中国民间故事全书·甘肃·西和卷［M］.北京：知识产权出版社，2007.（165则故事）

［23］赵玉忠主编.中国民间故事全书·甘肃·漳县卷［M］.北京：知识产权出版社，2010.（190则故事）

［24］才让丹珍主编.神奇的皮袋（裕固族民间故事选）［M］.兰州：甘肃

人民出版社，1984.（14则故事）

［25］景生魁主编.岷县民俗文化丛书·岷县民间故事［M］.兰州：甘肃人民出版社，2002.（145则故事）

［26］邱雷生等主编.陇南白马人民俗文化研究·故事卷［M］.兰州：甘肃人民出版社，2011.（78则故事）

［27］张金生等主编.陇南白马人民俗文化研究·故事卷（续）［M］.兰州：甘肃人民出版社，2014.（137则故事）

［28］毛树林主编.陇南民间文学选［M］.兰州：敦煌文艺出版社，2011.（98则故事）

［29］温继忠编.陇西民间故事集［M］.香港：香港天马图书有限公司，2003.（48则故事）

［30］甘肃人民出版社编.东乡族民间故事选［M］.兰州：甘肃人民出版社，1981.（29则故事）

［31］刘志清主编.礼县民间文学集［M］.兰州：敦煌文艺出版社，1993.（106则故事）

［32］赵存福主编.瓜州民间故事［M］.北京：中国戏剧出版社，2006.（61则故事）

［33］杨文才主编.多彩迭部·民间故事［M］.兰州：甘肃民族出版社，2011.（69则故事）

［34］高毅国等主编.肃州非物质文化遗产·肃州民间故事［M］.兰州：甘肃人民出版社，2009.（88则故事）

［35］肃南裕固族自治县文学艺术工作者联合会，肃南裕固族自治县文化馆编.裕固族民间故事集（上）［M］.天马图书有限公司，2002.（99则故事）

［36］云丹龙珠编译.藏族民间故事［M］.兰州：甘肃人民出版社，2008.（50则故事）

［37］荆爱民主编.西王母传奇［M］.兰州：敦煌文艺出版社，1993.（4则故事）

［38］甘肃刘家峡旅游局主编.炳灵寺与刘家峡传说［M］.兰州：甘肃少年儿童出版社，1991.（51则故事）

［39］山丹县文化馆民间故事文学编辑部编.焉支山的传说——山丹民间故事选［M］.兰州：敦煌文艺出版社，1993.（104则故事）

［40］于忠正、曹昌光主编.漫画丝绸之路——丝路传说［M］.北京：中

国文学出版社，1994.（15则故事）

［41］辛轩主编：《麦积山的传说》，麦积山风景名胜管理局文化艺术交流中心、麦积山申报世界文化自然双遗产办公室内部资料，2002.（49则故事）

［42］正宁县民间文学“三集成”编委会编：《中国民间故事集成·甘肃卷·正宁县资料本》，1989.（195则故事）

［43］曹晓兰主编：《泾川民间故事》内部资料，1991.（322则故事）

［44］陈钰主编：《中国民间故事集成甘肃卷·敦煌民间故事》，敦煌市文化馆内部资料，1989.（47则故事）

［45］临洮县民间文学集成编委会主编：《中国民间文学三套集成甘肃卷·临洮县资料本》，1989.（62则故事）

［46］甘肃省安西县文化馆编印：《安西民间故事集》，1988.（66则故事。）

［47］平凉民间文学三套集成编辑部：《平凉地区民间故事集成资料本》（上、下），1989.（269则故事）

［48］白银民间文学三套集成编委：《白银民间故事资料本》，1990.（185则故事）

［49］赵方中等编审：《嘉峪关民间故事集成》，1988.（127则故事）

［50］天水市北道区民间文学三套集成编辑委员会：《中国民间故事集成甘肃卷·天水市北道区民间故事集》，1990.（361则故事）

［51］天水市秦州区民间文学三套集成编辑委员会：《中国民间故事集成甘肃卷·天水市秦州区民间故事集》（上、下），1989.（179则故事）

［52］武山县民间文学三套集成编辑小组：《武山县民间故事集》资料本，无年月.（136则故事）

［53］红古区文化馆：《中国民间故事集成甘肃卷·红古区资料本》（上、下），1988.（104则故事）

［54］孙维高主编：《中国民间故事集成甘肃省兰州市分卷》（两卷），1988.（346则故事）

［55］永登县文化馆：《中国民间故事集成甘肃卷永登县资料本》（全四册），1988.（216则故事）

［56］榆中县民间文学集成编委会：《中国民间故事集成甘肃卷榆中县资料本》（第一册），1988.（49则故事）

［57］兰州市城关区文学集成编委会：《中国民间故事集成甘肃卷城关区

资料本》（第3册），1988.（49则故事）

［58］七里河区文化馆：《中国民间故事集成甘肃卷七里河区卷》，1988.（41则故事）

［59］西固区文学集成编委会：《中国民间故事集成甘肃卷西固区资料本》，1988.（28则故事）

［60］安宁区文化馆编：《中国民间故事集成甘肃卷安宁区资料本》，1988.（41则故事）

［61］皋兰县文化馆主编：《中国民间故事集成皋兰县资料本》（第一卷），1988.（20则故事）

［62］张家川回族自治县《三套集成》小组编：《民间故事集成卷》，1989.（124则故事）

［63］《中国民间故事集成甘肃卷·清水县资料本》，1988年.（36则故事）

［64］肃南县文化馆民间文学集成编辑组：《中国民间故事集成·甘肃卷·裕固族民间故事》（一、二），1990.（55则故事）

［65］永昌县文化馆：《永昌县故事集成》，1988.（35则故事）

［66］渭源县文化馆编印：《鸟鼠山的传说·渭源民间故事选》（第一辑），1989.（19则故事）

［57］合水县民间文学三套集成编委会编：《合水民间故事》（上），1998.（132则故事）

［68］徽县民间文学集成编委会：《中国民间故事集成·甘肃卷·徽县资料本》，1988.（110则故事）

［69］平凉市文化局“三集成”编委会：《中国民间故事集成·平凉市卷》（全一卷），1988.（72则故事）

［70］民勤县文化馆编印：《中国民间故事集成·甘肃卷·民勤县资料本》，1989.（23则故事）

［71］华亭县民间文学集成编委会：《中国民间故事集成·甘肃卷·华亭县资料本》（全一卷），1988.（104则故事）

［72］岷县文化局：《岷县民间故事集成》（下集），1989.（60则故事）

［73］临泽县民间文学三套集成办公室：《民间文学三集成资料本》，1987.（59则故事）

［74］《漳县民间故事》，无年月、无编辑单位.（22则故事）

［75］甘肃省定西县文化馆编印：《定西民间文学初辑》，1981.（23则

故事）

［76］民乐县文化局编：《民乐县民间文学选集》，1992.（6则故事）

［77］镇原县文化馆印：《民间故事》，1981.（17则故事）

［78］庆阳县文化馆编：《庆阳民间文学辑》（一、二、三），1981—1983.（88则故事）

［79］庆阳地区艺术馆：《民间文学》（1、2），1983—1984.（53则故事）

（二）论著

［1］［美］朱利安·史徒华.文化变迁的理论［M］.张恭启，译，台湾：台湾远流出版事业股份有限公司，1989.

［2］钟敬文.民间文学概论［M］.北京：高等教育出版社，2012.

［3］万建中.民间文学引论［M］.北京：北京大学出版社，2006.

［4］刘守华.民间文学教程（第二版）［M］.武汉：华中师范大学出版社，2013.

［5］李惠芳.中国民间文学［M］.武汉：武汉大学出版社，2012.

［6］段宝林.中国民间文学概要［M］.北京：北京大学出版社，2012.

［7］黄涛.中国民间文学概论（第二版）［M］.北京：中国人民大学出版社，2013.

［8］祁连休，程蔷.中国民间文学史［M］.石家庄：河北教育出版社，2008.

［9］刘守华.中国民间故事史［M］.北京：商务印书馆，2012.

［10］刘守华.中国民间故事类型研究［M］.武汉：华中师范大学出版社，2006.

［11］［德］艾伯华.中国民间故事类型［M］.王燕生，等译.北京：商务印书馆，1999.

［12］祁连休.中国古代民间故事类型研究（上、中、下）［M］.石家庄：河北教育出版社，2011.

［13］刘守华.比较故事学论考［M］.哈尔滨：黑龙江人民出版社，2003.

［14］万建中.20世纪中国民间故事研究史［M］.北京：北京师范大学出版社，2011.

［15］刘守华.佛经故事与中国民间故事演变［M］.上海：上海古籍出版社，2012.

［16］万建中.中国民间散文叙事文学的主题学研究［M］.北京：北京大

学出版社，2009.

［17］刘守华.道教与民间文学［M］.北京：燕山出版社，1993.

［18］乌丙安.民俗学原理［M］.长春：长春出版社，2014.

［19］乌丙安.民间口头传承［M］.长春：长春出版社，2014.

［20］刘光华主编.甘肃通史（七卷）［M］.兰州：甘肃人民出版社，2009.

［21］钟敬文.中国民间文学讲演集［M］.北京：北京师范大学出版社，1999.

［22］钟敬文.二十世中国民俗学经典［M］.北京：社会科学文献出版社，2002.

［23］林继富.民间叙事与非物质文化遗产［M］.北京：中国社会出版社，2012.

［24］姚伟钧.从文化资源到文化产业——历史文化资源的保护与开发［M］.武汉：华中师范大学出版社，2012.

［25］向勇主编.全球视野下的产业融合与文化振兴［M］.北京：金城出版社，2011.

［26］［法］德里达.文学行动［M］.赵兴国，等译.北京：中国社会科学出版社，1998.

［27］杨利慧.女娲溯源——女娲信仰起源地的再推测［M］.北京：北京师范大学出版社，1999.

［28］李宁民.人祖伏羲与宗庙［M］.北京：作家出版社，2008.

［29］李娟.人类起源之谜［M］.北京：时事出版社，2008.

［30］霍想有主编.伏羲文化［M］.北京：中国社会出版社，1994.

［31］叶舒宪.文学与人类学［M］.北京：社会科学文献出版社，2003.

［32］［英］爱德华·泰勒.原始社会［M］.连树声，译.桂林：广西师范大学出版社，2005.

［33］李明伟.丝绸之路贸易史研究［M］.兰州：甘肃人民出版社，1991.

［34］马少青主编.保安族研究文集［M］.兰州：甘肃人民出版社，2006.

［35］卿希泰.中国道教思想史（一、二、三、四）［M］.北京：人民出版社，2009.

［36］方立天.佛教哲学［M］.北京：宗教文化出版社，2013.

［37］方立天.中国佛教与传统文化［M］.北京：中国人民大学出版社，

2011.

［38］刘晓英.佛教道教传播与中国文化［M］.北京：学苑出版社，2012.

［39］国家重点风景名胜区崆峒山管理局编.崆峒山新志［M］.兰州：甘肃文化出版社，2008.

［40］敦煌研究所编.讲解莫高窟［M］.杭州：浙江文艺出版社，2006.

［41］葛兆光.中国禅思想史［M］.北京：北京大学出版社，1995.

［42］葛兆光.古代中国社会与文化十讲［M］.北京：清华大学出版社，2002.

［43］何光沪.宗教与当代中国社会［M］.北京：中国人民大学出版社，2006.

［44］任继愈.中国佛教史［M］.北京：中国社会科学出版社，1981.

［45］张国刚.佛学与隋唐社会［M］.石家庄：河北人民出版社，2002.

［46］樊锦诗主编.解读敦煌（五卷）［M］.上海：华东师范大学出版社，2010.

［47］王惠民.敦煌佛教与石窟营建［M］.兰州：甘肃教育出版社，2013.

［48］［美］苏珊·朗格.艺术问题［M］.滕守尧，译.北京：中国社会科学出版社，1983.

［49］［俄］普列汉诺夫.论艺术［M］.曹葆华，译.北京：三联书店，1973.

［50］刘雁翔.伏羲庙志［M］.兰州：甘肃文化出版社，2003.

［51］［日］柳田国南.传说论［M］.连湘，译.北京：中国民间文艺出版社，1985.

［52］屈育德.神话·传说·民俗［M］.北京：中国文联出版公司，1988.

［53］郭庆光.传播学教程［M］.北京：中国人民大学出版社，2015.

［54］中国电影家协会，中国文联电影艺术中心.2016年中国电影产业研究报告［M］.北京：中国电影出版社，2016.

［55］［罗马］贺拉斯.诗艺［M］.杨周翰，译.北京：人民文学出版社，1962.

［56］肖群忠.伦理与传统［M］.北京：人民出版社，2006.

［57］沙武田.敦煌壁画故事与历史传说［M］.兰州：甘肃人民出版社，2009.

［58］储玉琦.中国电视剧产业史［M］.北京：中国广播电视出版社，

2014.

［59］刘习良主编.中国电视史［M］.北京：中国广播电视出版社，2007.

［60］杨旦修.中国电视剧产业发展研究［M］.广州：暨南大学出版社，2015.

［51］赵玉明主编.中国广播电视年鉴（2006）［M］.北京：中国广播电视年鉴社，2006.

［62］国家新闻出版广电总局发展研究中心.国家广播电影电视发展报告（2016）［M］.北京：中国广播影视出版社，2016.

［63］易小力.文化遗产与旅游规划［M］.北京：北京大学出版社，2014.

［64］曾庆瑞.电视剧原理（一、二）［M］.北京：中国传媒大学出版社，2007.

［65］张成义，申晟.民族化：中国动漫产业发展的必由之路.北京：人民出版社，2013.

［66］徐金龙.从资源到资本——民间文学与国产动漫的整合创新研究［M］.武汉：华中师范大学出版社，2013.

［67］卢斌等主编.中国动漫产业发展报告（2016）［M］.北京：社会科学文献出版社，2016.

［68］李朝阳.中国动画的民族性研究——基于传统文化表达的视角［M］.北京：中国传媒大学出版社，2011.

［69］欧阳友权.文化产业概论［M］.长沙：湖南人民出版社，2012.

［70］［瑞士］荣格.人类及其象征［M］.张举文，荣文库，译.沈阳：辽宁教育出版社，1988.

［71］武文.甘肃民间文学概论［M］.兰州：甘肃人民出版社，1996.

［72］［美］J.H.布鲁范德.美国民俗学［M］.李扬，译.汕头：汕头大学出版社，1993.

［73］云峰.与梦飞翔宫崎骏［M］.北京：文化艺术出版社，2002.

［74］刘锡诚.象征：对一种民间文化模式的考察［M］.北京：学苑出版社，2002.

［75］彭岚嘉主编.甘肃文化产业发展研究［M］.北京：民族出版社，2013.

（三）论文

［1］高小康.非文本诗学：文学的文化生态视野［J］.文学评论，

2008（6）.

［2］咸立强.“文化生态与中国文学的演变发展”会议综述［J］.文学评论，2009（4）.

［3］陈连山.走出西方神话的阴影——论中国神话学界使用西方现代神话概念的成就与局限［J］.长江大学学报（社会科学版），2006（6）.

［4］户晓辉.纯粹民间文学关键词引论［J］.文学评论，2009（2）.

［5］陈友康.中国民间文学研究的现实困境与未来出路［J］.河北学刊，2009（1）.

［6］刘治立.“周赧王斩妖龙”的文化阐释［J］.庆阳师专学报（社会科学版），1996（1）.

［7］李建成.伏羲活动区域新考［J］.天水行政学院学报，2002（1）.

［8］施少华.全新世高温环境变化对太湖流域新石器文化的影响［J］.湖泊科学，1993（2）.

［9］夏敦胜等.秦安大地湾高分辨率全新世植被演变与气候变迁初步研究［J］.兰州大学学报（自然科学版），1998（1）.

［10］安志宏.远古部族首领故里溯源——兼论上古时代的“袭号”现象［J］.天水师范学院学报，2009（3）.

［11］郎树德.大地湾遗址的发现和初步研究［J］.甘肃社会科学，2002（5）.

［12］汪国富.大地湾——世界上农业文化的发源地［J］.历史文化，2012（11）.

［13］魏仰浩.试论黍的起源［J］.农业考古，1986（2）.

［14］黄国卿.对天水封台山伏羲画卦传说的新思考——卦源新探［J］.周易研究，1999（2）.

［15］姜韫霞.从性别角度看始祖诞生的感生神话［J］.江淮论坛，2004（4）.

［16］木尧.伏羲女娲神话的文化学析义［J］.渭南师专学报（社会科学版），1993（1).

［17］段友文，郑月.“单性异体”与“两性合体”：从女娲神话到伏羲女娲神话考论［J］.贵州大学学报（社会科学版），2015（4）.

［18］汪聚应，霍志军.女娲神话的原型意义［J］.甘肃社会科学，2008（5）.

［19］金棹.羲女娲神话的文化意象——关于宗教与科学的起源和二者关系的演变［J］.中国社会科学院研究生院学报，1990（6）.

［20］王丽娟.从《载芟》《七月》《公刘》看周祖在北豳的创业.现代语文（学术综合版），2014（10）.

［21］温玉成，刘建华.玄奘生平几个问题的再考订［J］.文物春秋，2005（1）.

［22］陆瑞.玄奘西天取经其实是“私自偷渡”［J］.咬文嚼字，2009（12）.

［23］高自厚.撒里畏兀尔和裕固族的形成［J］.西北民族研究，1986（6）.

［24］张玉林.论历史上民族迁徙主要原因及社会作用［J］.贵州民族研究，2009（4）.

［25］李吉和.中国古代少数民族迁徙原因探讨［J］.中南民族大学学报（人文社会科学版），2004（1）.

［26］王守礼.新疆伊斯兰教派初探［J］.新疆社会科学研究动态，1981（40）.

［27］杨操.浅议十九世纪中叶保安族东迁及其它［J］.中国穆斯林，1998（2）.

［28］马正亮.保安族人口发展初探［J］.兰州大学学报（社会科学版），1985（4）.

［29］蒲向明.论白马藏族族源记忆与传说——以陇南为例［J］.西藏民族学院学报（哲学社会科学版），2013（4）.

［30］于盈.炎帝、黄帝部落与炎黄子孙传说［J］.齐鲁学刊，1990（4）.

［31］李凭.黄帝历史形象的塑造［J］.中国社会科学，2012（3）.

［32］刘永明，赵玉山.“黄帝问道广成子”对道家和道教的影响——兼议陇东与道家道教文化［J］.天水师范学院学报，2008（6）.

［33］潘延川.崆峒道教碑文浅析［J］.中国道教，1999（2）.

［34］刘永明，赵玉山.“黄帝问道广成子”对道家和道教的影响——兼议陇东与道家道教文化［J］.天水师范学院学报，2008（6）.

［35］李明.诸葛亮“七擒孟获”传说的文化内涵初探［J］.临沧师范高等专科学校学报，2008（1）.

［36］朱双周.从“六出祁山”看诸葛亮决策上的失误［J］.决策探索，

1987（4）.

［37］徐志斌.诸葛亮北伐的争议及其才能质疑［J］.成都大学学报（社科版），2007（3）.

［38］和力民.简论原始宗教的基本性质和形态特征［J］.云南师范大学哲学社会科学学报，1992（6）.

［39］刘宗迪.华夏上古龙崇拜的起源［J］.民间文化论坛，2004（4）.

［30］丁原明.从原始道家到黄老之学的轮回发展［J］.山东大学学报（哲学社会科学版），1996（3）.

［31］茹坚.黄帝问道崆峒山［J］.金秋科苑，2001（6）.

［32］李清凌.麦积山石窟的开凿背景与价值［J］.丝绸之路，2003（7）.

［33］张学荣.麦积山石窟的创建年代［J］.文物，1983（6）.

［34］张学荣.麦积山石窟创凿年代考［J］.天水师专学报，1988（1）.

［35］黄文昆.麦积山的历史与石窟［J］.文物，1989（3）.

［36］郎树德.大地湾考古创6项中国之最［J］.收藏界，2003（1）.

［37］霍志军，吴云霞.伏羲文化源流探析［J］.天水行政学院学报，2011（1）.

［38］马志荣.伏羲和伏羲文化初探——大地湾的启示［J］.甘肃联合大学学报（社会科学版），2007（1）.

［39］王文杰.遗物名胜与两皇故里［J］.丝绸之路，1998（4）.

［40］马志荣.伏羲和伏羲文化初探——大地湾的启示［J］.甘肃联合大学学报（社会科学版），2007（1）.

［41］吴岩岩.从地理环境看中西法制文化差异［J］.法制与社会，2012（3）.

［42］王治河.后现代生态文明与现代生活方式的转变［J］.岭南学刊，2010（3）.

［43］郑仪东，王海霞.论民间故事在影视剧中的多重价值显现［J］.白城师范学院学报，2011（1）.

［44］王鹏.西部城市电影产业跨越式发展研究——以新世纪甘肃电影业为例［J］.中国电影市场，2013（7）.

［45］刘月林.动画片《梁山伯与祝英台》解析［J］.艺术教育，2005（5）.

［46］［日］野田高梧.创作结构基础［J］.世界电影，1984（4）.

[47] 邓娟.女娲补天仪式的解读——以贵州赫章县为例 [D].辽宁大学硕士学位论文，2012.

[48] 周文婷.甘肃题材电视剧研究 [D].西北师范大学硕士学位论文，2013.

后 记

十多年前的一天，我去省图借书，不经意间在民俗学书架上发现了一本《丝路传说》，受“丝路”二字的吸引就拿出来翻了翻，发现小时候妈妈讲的《李广射虎》《黄帝问道》《酒泉的来历》《山羊驮砖》等故事在这本书里竟然都有。出于好奇我就在书架上找了找，找到了《中国民间故事集成》《泾川民间故事》等多卷民间故事集，没想到自己从来没当回事的《黄狗耕田》《当良心》《神牛翻身地就动》《傻女婿》《巧媳妇》《坏后娘》《毛野人》等故事都被收录其中，难道它们可以登大雅之堂？当晚，我就把自己的这一“重大发现”打电话告诉了千里之外的妈妈。此后，这件事就再也没有提起过。

近十年来，学校鼓励教师申报研究课题，自己也努力申请，但是不管是自己的本专业中国现当代文学还是受教学影响新开辟的会展专业，其项目申请都石沉大海。为了不让自己再失望，我就去参加兄弟院校举办的国家社科基金项目动员会，因为他们会请相关专家解读当年的项目申报指南，并对申报工作予以指导，专家们一致认为有关民族的和地域的课题容易获批。一语惊醒梦中人，我又想起了十多年前的那个重大发现，它们不就是地域的吗?！开完会我就上网查，发现这个研究方向上没有获批的项目，我如获至宝，激动得有点发抖。当天下午我就去省图找那些宝贝，还担心它们被别人借走。当我再次找到那个书架时，发现它们还在那里等着我，我欣喜若狂地把它们全抽出来先“据为己有”，由于自己只有两个借书证，最后只好挑出10本认为最有价值的背回家。为了方便阅读，我把最重要的几本复印，作为研究资料，再空出借书证借其他书籍。就这样忙忙碌碌了整整3个月，终于拿出了一本比较满意的申请书。

交申请书的前一天晚上，兰州下了一场大雪，地上积了厚厚一层雪。由于在假期，自己又到得早，校园广场上的雪像有人整理过一样平平整整、干干净净，受雪景的影响心情轻松而愉快。可是，当申请书交上去后心里一下子变得空荡荡的，觉着本次选题欠谨慎，于是又做好了迎接失败的心理准备。

竟然获批了！当一位老乡告诉我项目获批的消息后我不敢相信自己的耳朵，生怕听错了，直到自己上网查了以后才相信。那一天我高兴得有点语无伦次，不仅因为这是我第一次拿国家社科基金项目，更重要的是它肯定了我的选题眼光。高兴之余，我打电话把这一好消息一一告诉了课题组成员，第二天我们就开了组会，对研究工作做了大体分工并开始搜集资料。省图、校图、网上书店、实体书店，凡是能找到甘肃民间故事集的地方一个也不放过，但还是不尽人意。后来，我的老师兰州大学文学院武文教授建议我去甘肃省民间文艺家协会找资料，说那里有20世纪80—90年代全国民间故事普查时各地县整理出来的资料本。当我给甘肃省民间文艺家协会主席杜芳先生说明来意后，她非常高兴，对我收集研究资料给予了极大支持。就这样，我们在2013年年底时已经有购买的和复印的资料约60本，故事达5 000则以上。

由于研究组成员全不是民俗学专业，所以我们一边找资料一边“补课”（学习民俗学、民间文学方面的理论知识），并向国内民俗学专家请教，其中辽宁大学民俗研究中心主任乌丙安教授多次强调说：“一定要注意研究方法，千万不能用研究中国现当代文学的方法研究民间故事”，兰州大学文学院柯杨教授告诉我们“一定要多调研”。随着研究工作的开展和资料的收集，我们产生了一种恐惧心理，面对铺天盖地而来的故事不知如何去研究，而且读每一则故事就像喝白开水品不出一点味，我们只好一遍又一遍地读故事。读着读着，片出来了，线也出来了，为了让这些“片”和“线”更清晰，我们放弃了三年完成研究任务的计划，开始静下心来整理资料。先把收集来的甘肃民间故事分类，如自然地理传说、人文始祖神话、周先祖传说、丝路传说、敦煌壁画故事、崆峒山传说、麦积山石窟传说、军事战争传说、少数民族迁徙传说、民俗传说，等等；再梳理每一类故事之间的关系，把它们捋成线。其中，数量最多、工作量最大的是丝路传说，整理资料多达18.3万字，其他小类多则两三万字，少则两三千字，这是我们做得最笨的、也是最有效果的一件事。

整理完资料后，我们开始撰写书稿。可是，时间不长又遇见了另一件烦心事，总觉着每一类故事要研究的问题都很多，结果伏羲女娲神话写了4.1万字、敦煌壁画故事写了3.7万字、丝路传说写了5.2万字，这不仅严重影响了研究进度还分散了研究的注意力。当我们意识到这一严重问题后又停下来寻找解决的办法，武文教授说："如果能列出一个2万字左右的提纲，你们的研究就不会跑偏了。"武老师的这句话如醍醐灌顶，让我们迷途知返。接下来，我们用了1个月的时间列出了一个1.7万字的提纲，不仅包括四级标题，还包括每个章节要研究的主要问题，果然再没有跑偏。

研究中最累人的是调研，因为项目组所有成员都不会开车，且经费有限，所以我们的调研基本靠走，不仅如此我们还经常被"搁浅"。2014年4月21日，我们去天水市麦积区三阳川的卦台山调研，那时天水到三阳川没有公交车，加之卦台山的地理位置比较偏，只能先坐车到中滩镇，再花20元租车去卦台山，我们在中滩镇本想多要两个出租车司机的电话号码，但是送我们上山的那个司机信誓旦旦地说他一定来接我们，我们就相信了他，可是下山时不管我们怎么打电话他就是不接，无奈之下我们只好步行下山，一边走一边问，穿过山下的村子，找到一座小桥过了渭河，再拐上从甘谷县去天水的公路，沿着公路走了好远才挡住了一辆去天水的小卡车，一问司机才知我们已经走了30多里路。有时调研单位拒绝接待，有时拒绝提供资料，有时领导们不相信我们的证件和证明信……当然，调研并不只有困难，也遇到了许多热心人的帮助，比如秦安县陇城镇的魏世昌先生用摩托车载着我去看女娲洞、女娲庙和街亭古战场，秦安县志办的李雁冰先生用摩托车载着我去考察传说中的显亲峡，大地湾博物馆馆员汪国富先生不仅亲自带我们参观大地湾遗址还开车把我们一行送回远在20里之外的小宾馆，卦台山下张石村村民张国恩先生无偿给我们提供午饭，等等。可以说，遇到的困难多多，受到的帮助也多多。

今天，书稿终于要付梓出版了，请允许我代表全体项目组成员向曾经给予我们支持和帮助的单位以及个人表示最诚挚的谢意。首先，感谢国家哲学社会科学规划办公室和兰州文理学院，没有国家哲学社会科学规划办公室的经费支持我们的研究将寸步难行；没有兰州文理学院的经费支持，书稿不会如此顺利出版。其次，感谢甘肃省民间文艺家协会、庆阳市文化局、天水市文化局、平凉市文化局、张掖市文化局、崆峒区旅游局、崆峒区文联、泾川县文化局、秦安县志办、秦安县陇城镇政府、临夏市旅游局、西和县文联、张掖市旅游局、张掖市志办、肃南县文联及西部思海书屋老板董守义先生，没有他们的大力支持我们不会有如此丰富的研究资料。最后，感谢乌丙安教授、柯杨教授、王喜绒教授、武文教授、程金城教授、彭岚嘉教授，没有他们的精心指导我们不会如此顺利地完成研究任务，你们辛苦了，你们的帮助和指导将永远成为我们前进的动力和方向，感谢你们！

徐　凤

2020年5月20日于兰州